KARL MAY TASCHENBÜCHER
Ausgewählte Werke

KARL MAY

DURCHS WILDE KURDISTAN

REISEERZÄHLUNG

UEBERREUTER

Herausgegeben von Dr. E. A. Schmid
Diese Ausgabe erscheint in enger Zusammenarbeit
mit dem Karl-May-Verlag, Bamberg

Bestellnummer
T 2

ISBN 3-8000-4002-2
Gesamtherstellung: Carl Ueberreuter Druckerei Ges. m. b. H., Korneuburg
Printed in Austria

1. Eine nächtliche Feier

Wir kehrten von dem Besuch des Anführers der Badinankurden zurück. Als wir auf der letzten Höhe ankamen und das Tal der Teufelsanbeter überblicken konnten, bemerkten wir in der Nähe des Hauses, das Ali Bei gehörte, einen ungeheuren Haufen Reisholz, der von einigen Jesidi noch vergrößert wurde. Pir Kamek stand dabei und warf von Zeit zu Zeit ein Stück Erdharz hinein.

„Das ist ein Opferhaufen“, meinte Ali Bei.

„Was wird geopfert?“ fragte ich. – „Ich weiß es nicht. – „Vielleicht ein Tier?“ – „Nur bei den Heiden werden Tiere verbrannt.“ – „Dann vielleicht Früchte?“ – „Die Jesidi verbrennen weder Tiere noch Früchte. Der Pir hat mir nicht gesagt, was er verbrennen wird, aber er ist ein Heiliger, und was er tut, wird recht sein.“

Noch immer ertönten von der gegenüberliegenden Höhe die Salven neu eintreffender Pilger, und noch immer wurde ihnen im Tal geantwortet. Als wir unten ankamen, bemerkte ich, daß dieses Tal kaum noch mehr Menschen zu fassen vermochte. Wir gaben unsere Tiere ab und gingen zum Grabmal. An dem Weg, der dorthin führte, lag ein Springbrunnen, der von Platten eingefaßt war. Auf einer dieser Platten saß Mir Scheik Khan und sprach mit mehreren Pilgern, die in ehrerbietiger Haltung und Entfernung vor ihm standen.

„Dieser Brunnen ist geheiligt, und nur der Mir, ich und die Priester dürfen auf diesen Steinen sitzen. Zürne also nicht, wenn du stehen mußt!“ sagte Ali zu mir.

„Keine Sorge!“ erwiderte ich. „Ich werde eure Bräuche achten.“

Als wir uns nahten, gab der Mir den Umstehenden ein Zeichen, worauf sie Platz machten, so daß wir zu ihm kommen konnten. Er erhob sich, kam uns einige Schritte entgegen und reichte uns die Hände.

„Willkommen bei eurer Rückkehr! Nehmt Platz zu meiner Rechten und Linken!“

Er winkte den Bei zur Linken, so daß mir die rechte Seite übrig blieb. Ich setzte mich auf die geheiligten Steine, ohne daß ich bei einem der Anwesenden den geringsten Verdruß darüber bemerkt hätte. Das war ein erfreuliches Zeichen von Großzügigkeit und Duldsamkeit.

„Hast du mit dem Anführer der Badinan gesprochen?“ fragte der Mir.

„Ja“, entgegnete der Bei. „Es ist alles in bester Ordnung. Hast du den Pilgern bereits eine Mitteilung gemacht?“ – „Nein.“ – „So wird es Zeit, daß die Leute sich versammeln. Gib den Befehl dazu!“

„Nicht doch! Ich bin das geistliche Oberhaupt der Jesidi. Alles andere ist deine Sache. Ich werde dir den Ruhm, die Gläubigen beschützt und die Feinde besiegt zu haben, nicht verkürzen."

Auch das war eine Bescheidenheit, die anderswo nicht immer zu finden ist. Ali Bei erhob sich und ging. Während ich mich mit dem Khan unterhielt, bemerkte ich eine Bewegung unter den Pilgern, die mit jeder Minute größer wurde. Die Frauen blieben an ihren Plätzen stehen, die Kinder ebenso. Die Männer aber stellten sich am Bach entlang auf, und die Anführer der einzelnen Stämme, Zweige und Ortschaften bildeten einen Kreis um Ali Bei, der ihnen die Absichten des Müteßarrif von Mossul bekanntmachte. Dabei herrschte eine Ruhe, eine Ordnung, wie bei der Parade einer europäischen Truppe, ganz verschieden von dem lärmenden Durcheinander, das man sonst bei morgenländischen Kriegern zu sehen und zu hören gewohnt ist. Dann ging die Versammlung ruhig auseinander, und die Anführer überbrachten den Ihrigen die Mitteilung und die Befehle des Bei.

Ali Bei selbst kam zu uns zurück.

„Was hast du befohlen?" fragte der Mir.

Der Gefragte streckte den Arm aus und deutete auf einen Trupp von vielleicht zwanzig Männern, die den Pfad emporstiegen, auf dem wir vorhin herabgekommen waren.

„Sieh, das sind Krieger aus Aïran, Hadschi Dsho und Schura Khan, die diese Gegend sehr gut kennen. Sie gehen den Türken entgegen und werden uns von deren Kommen rechtzeitig benachrichtigen. Auch gegen Baadri hin habe ich Wachen stehen, so daß es ganz unmöglich ist, uns zu überraschen. Bis es Nacht wird, sind noch drei Stunden, und das genügt, um alle bewegliche Habe in das Tal Idis zu bringen. Die Männer werden aufbrechen, und Selek wird ihnen den Weg zeigen."

„Werden sie beim Beginn der heiligen Handlungen zurück sein?"

„Ja, das ist sicher."

Nach einiger Zeit schritt ein langer Zug von Männern, die Tiere mit sich führten oder verschiedene Habseligkeiten trugen, an uns vorüber und verschwanden einer nach dem anderen hinter dem Grabmal. Dann kamen sie oben auf einem Felsenpfad wieder zum Vorschein, und man konnte von unserem Sitz aus ihren Weg verfolgen, bis er im hohen dichten Wald verlief.

Jetzt mußte ich mit Ali Bei gehen, um das Mahl einzunehmen. Später trat der Baschi Bosuk zu mir.

„Effendi, ich muß dir etwas sagen." – „Was?" – „Uns droht eine große Gefahr." – „Ah! Wieso?" – „Ich weiß es nicht. Aber diese Teufelsmänner haben mich seit einer halben Stunde mit Augen angesehen, die ganz fürchterlich sind. Es sieht ganz so aus, als wollten sie mich töten!"

Da der Buluk Emini seine Uniform trug, konnte ich mir das Verhalten der von den Türken bedrohten Jesidi leicht erklären. Doch war ich überzeugt, daß Ifra nichts geschehen werde.

„Das ist schlimm!" meinte ich trotzdem. „Wenn sie dich töten, wer wird dann den Schwanz deines Esels bedienen?" – „Effendi, die Teufelsanbeter werden den Esel auch mit erstechen! Hast du nicht gesehen, daß sie bereits die meisten Stiere und Schafe getötet haben?"

„Dein Esel ist sicher, und du bist es auch. Ihr gehört zusammen, und man wird euch nicht auseinanderreißen.“ – „Das ist gut. Ich hatte Angst, als du vorhin abwesend warst. Gehst du wieder fort von hier?“

„Ich werde bleiben. Dir aber befehle ich, stets hier im Haus zu sein und dich nicht unter die Jesidi zu mischen, sonst ist es mir unmöglich, dich zu beschützen.“

Ifra ging, halb getröstet, von dannen, der Held, den mir der Müteßarrif zu meinem Schutz mitgegeben hatte. Doch es kam auch noch von einer anderen Seite eine Warnung. Halef suchte mich auf.

„Sihdi, weißt du, daß es Krieg geben wird?“ – „Krieg? Zwischen wem?“ – „Zwischen den Osmanlylar und den Teufelsleuten.“

„Nun, du hast wohl gehört, was wir heute früh in Baadri besprochen haben?“ – „Nichts habe ich gehört, denn ihr spracht türkisch, und diese Leute sprechen das Türkische so aus, daß ich sie schwer verstehen kann. Aber ich sah, daß es eine große Versammlung gab und daß danach alle Männer die Waffen untersuchten. Nachher haben sie ihre Tiere und ihre Habseligkeiten fortgeschafft, und als ich zu Scheik Mohammed hinauf auf die Plattform kam, war er beschäftigt, die alte Ladung aus seinen Pistolen zu ziehen, um sie gegen eine neue zu vertauschen. Sind das nicht genug Zeichen dafür, daß man eine Gefahr erwartet?“ – „Du hast recht, Halef. Morgen früh bei Anbruch des Tages werden die Türken von Baadri und auch von Kaloni her über die Jesidi herfallen.“ – „Wie stark sind die Türken?“ – „Fünfzehnhundert Mann.“ – „Es werden viele von ihnen fallen, da ihr Plan verraten ist. Wem wirst du helfen, Sihdi, den Türken oder den Jesidi?“

„Ich werde gar nicht kämpfen.“ – „Nicht?“ erwiderte der tapfere kleine Mann enttäuscht. „Darf auch ich nicht?“ – „Wem willst du helfen?“ – „Den Jesidi.“ – „Ihnen, Halef? Ihnen, von denen du glaubst, sie würden dich um das Paradies bringen?“ – „O Sihdi, ich kannte sie nicht. Jetzt aber liebe ich sie.“ – „Aber es sind Ungläubige!“

„Hast du selbst nicht stets denen geholfen, die im Recht waren, ohne zu fragen, ob sie an Allah oder an einen anderen Gott glauben?“

Mein wackerer Halef hatte mich zum Moslem machen wollen, und jetzt sah ich zu meiner Freude, daß seine starre Rechtgläubigkeit ins Wanken geraten war.

„Du wirst bei mir bleiben“, entschied ich.

„Während die anderen kämpfen und tapfer sind?“

„Es wird sich für uns vielleicht Gelegenheit finden, noch tapferer und mutiger zu sein.“ – „So bleibe ich bei dir. Der Buluk Emini auch?“

„Auch Ifra.“

Ich stieg auf die Plattform zu Mohammed Emin hinauf.

„Hamdulillah — Preis sei Gott, daß du kommst!“ sagte der Scheik. „Ich habe mich nach dir gesehnt wie das Gras nach dem Tau der Nacht.“

„Du bist hier oben geblieben?“ – „Stets. Es soll mich niemand erkennen, weil ich sonst vielleicht verraten werden könnte. Was hast du Neues erfahren?“

Ich teilte dem Scheik alles mit. Als ich geendet hatte, deutete er auf seine Waffen, die vor ihm lagen.

„Wir werden die Türken empfangen!“ – „Du wirst diese Waffen nicht brauchen.“ – „Nicht? Soll ich mich und unsre Freunde nicht verteidigen?“ – „Die Jesidi sind allein stark genug. Willst du etwa wieder in die Hände der Türken fallen, denen du kaum entgangen bist, oder soll dich eine Kugel, ein Messerstich treffen, damit dein Sohn noch länger in der Gefangenschaft von Amadije schmachtet?“ – „Effendi, du sprichst wie ein kluger, aber nicht wie ein tapferer Mann!“ – „O Scheik, du weißt, daß ich mich vor keinem Feind fürchte. Es ist nicht die Angst, die aus mir spricht. Ali Bei hat von uns verlangt, daß wir den Kampf meiden sollen. Er hegt übrigens die Überzeugung, daß es gar nicht zum Kampf kommen wird, und ich bin gleicher Meinung.“ – „Du denkst, die Türken ergeben sich ohne Widerstand?“ – „Wenn sie es nicht tun, werden sie zusammengeschossen.“ – „Die Offiziere der Osmanen taugen nichts, aber die Soldaten sind tapfer. Sie werden die Höhen stürmen und sich befreien.“ – „Fünfzehnhundert Mann gegen vielleicht sechstausend Mann?“ – „Wenn es gelingt, die Türken zu umzingeln!“ – „Es wird gelingen.“ – „So müssen wir wohl mit den Frauen in das Tal Idis gehen?“ – „Du, ja.“ – „Und du?“ – „Ich werde hier zurückbleiben.“

„Allah kerîm! Wozu? Das würde dein Tod sein!“ – „Das glaube ich nicht. Ich stehe im Schatten des Großherrn, besitze die Empfehlungen des Müteßarrif Schekib Halil Pascha und habe einen Buluk Emini bei mir, dessen Anwesenheit schon genügend wäre, mich zu schützen.“

„Aber was willst du hier tun?“ – „Unheil vermeiden, wenn es möglich ist.“ – „Weiß Ali Bei davon?“ – „Nein.“ – „Oder Mir Scheik Khan?“

„Auch nicht. Beide erfahren es noch immer zur rechten Zeit.“

Ich hatte wirklich große Mühe, den Scheik zur Billigung meines Vorhabens zu überreden. Endlich aber gelang es mir.

„Die Wege des Menschen sind im Buch vorgeschrieben“, meinte er schließlich. „Ich will dich nicht bewegen, von diesem Vorhaben abzulassen, aber ich werde hier bei dir bleiben!“ – „Du? Das geht nicht.“

„Warum nicht?“ – „Die Türken dürfen dich nicht finden.“ – „Dich auch nicht.“ – „Ich habe dir bereits auseinandergesetzt, daß ich keine Gefahr laufe. Dich aber erwartet, wenn du erkannt wirst, ein anderes Los.“ – „Das Ende des Menschen steht im Buch verzeichnet. Soll ich sterben, so sterbe ich, und dann ist es gleich, ob es hier geschieht oder in Amadije.“ – „Du willst in dein Unglück rennen, aber du vergißt, daß du auch mich hinein verwickelst.“

Das schien mir der einzige Weg, seiner Hartnäckigkeit beizukommen.

„Dich? Wieso?“ fragte Mohammed Emin.

„Bin ich allein hier, so schützen mich meine Pässe. Finden sie aber dich bei mir, den Feind des Müteßarrif, den entflohenen Gefangenen, so habe ich diesen Schutz verwirkt. Dann sind wir alle beide verloren!“

Der Scheik blickte nachdenklich vor sich nieder. Ich sah, was sich in ihm gegen den Rückzug in das Tal Idis sträubte, und so ließ ich ihm Zeit, einen Entschluß zu fassen. Endlich sagte er mit unsicherer Stimme: „Effendi, hältst du mich für einen Feigling?“ – „Nein. Ich weiß, daß du tapfer und furchtlos bist.“ – „Und was wird Ali Bei denken?“

„Er denkt so wie ich, ebenso Mir Scheik Khan.“ – „Und die anderen Jesidi?“ – „Sie kennen deinen Ruhm und wissen, daß du vor keinem Feind fliehst. Darauf kannst du dich verlassen.“ – „Und wenn man an meinem Mut zweifeln sollte, wirst du mich verteidigen? Wirst du öffentlich sagen, daß ich mit den Frauen nach Idis gegangen bin, nur um dir zu gehorchen?" – „Ich werde es überall und öffentlich sagen."

„Nun wohl, so werde ich tun, was du mir vorgeschlagen hast!"

Mohammed Emin schob seufzend die Flinte von sich und wendete sein Gesicht wieder dem Tal zu, das sich bereits in den Schatten des Abends zu hüllen begann.

Jetzt kamen die Männer zurück, die vorher nach Idis gegangen waren. Sie bildeten einen Zug einzelner Personen, der sich im Tal vor uns auflöste.

Da erscholl vom Grab des Heiligen her eine Salve, und zu gleicher Zeit kam Ali Bei zu uns herauf mit den Worten:

„Die große Feier am Grab beginnt. Es ist noch nie ein Fremder dabei gewesen, aber Mir Scheik Khan hat mir im Namen aller Priester die Genehmigung erteilt, euch einzuladen."

Das war nun allerdings eine hohe Ehre für uns. Doch der Scheik der Haddedihn lehnte ab: „Ich danke dir; aber es ist dem Moslem verboten, bei der Anbetung eines anderen als Allah zugegen zu sein."

Mohammed Emin war ein Moslem. Nur hätte er diese Abweisung in andere Worte kleiden können. Er blieb zurück, und ich folgte dem Bei.

Als wir aus dem Haus traten, bot sich uns ein seltsamer, unbeschreiblich schöner Anblick. Soweit das Tal reichte, flackerten Lichter unter und auf den Bäumen, am Wasser unten und auf jedem Felsen in der Höhe, um die Häuser herum und auf den Plattformen. Das regste Leben aber herrschte am Grabmal des Heiligen. Der Mir hatte an der ewigen Lampe des Grabes ein Licht angebrannt und schritt damit hinaus in den inneren Hof. An diesem Licht zündeten die Scheiks und die Kawali ihre Lampen an, von ihnen liehen wieder die Fakire ihre Flammen, und nun traten alle heraus ins Freie. Tausende strömten herbei, um sich an den heiligen Feuern zu reinigen.

Wer den Lichtern der Priester nahezukommen vermochte, fuhr mit der Hand durch die Flamme und bestrich dann mit dieser Hand die Stirn und die Gegend des Herzens. Männer strichen dann zum zweitenmal durch die Flamme, um den Segen ihren Frauen zu bringen. Mütter taten dies für ihre Kinder, die nicht durch die dichte Menge zu dringen vermochten. Und dabei herrschte ein heller Jubel, eine von Herzen kommende Freude.

Auch das Heiligtum wurde beleuchtet. In jede der zahlreichen Mauernischen kam eine Lampe zu stehen. Über die Höfe hinweg zogen sich die langen Girlanden von Lampen und Flammen. Jeder Zweig der Bäume in den Höfen schien der Arm eines riesigen Leuchters zu sein, und Hunderte von Lichtern liefen an den beiden Türmen bis zu den Spitzen empor, zwei riesige Lichtsäulen bildend, deren Anblick zauberisch war.

Die Priester hatten jetzt, zwei Reihen bildend, im inneren Hof Platz genommen. Auf der einen Seite saßen die weißgekleideten Scheiks, ihnen gegenüber die Kawali. Von diesen hatte abwechselnd je einer eine Flöte und der andere ein Tamburin in den Händen. Ich saß mit Ali Bei in der Rebenlaube. Wo Mir Scheik Khan war, konnte ich nicht bemerken.

Da ertönte aus dem Inneren des Grabes ein Ruf, und die Kawali erhoben ihre Instrumente. Die Flöten begannen eine langsame, klagende Melodie zu spielen, wozu ein leiser Schlag des Tamburins den Takt angab. Dann folgte plötzlich ein lang ausgehaltener viertöniger Akkord, wozu auf den Tamburins mit den Fingerspitzen getrillert wurde, erst pianissimo, dann piano, stärker, immer stärker bis zum Fortissimo, und nun fielen die Flöten in ein zweistimmiges Tonstück ein, für das keine unserer musikalischen Bezeichnungen paßt, dessen Wirkung aber doch sehr angenehm befriedigend war.

Am Schluß dieses Stückes trat der Mir Scheik Khan aus dem Inneren des Gebäudes heraus. Zwei Scheiks begleiteten ihn. Der erste trug ein hölzernes Gestell vor ihm her, das einem Notenpult gleich. Es wurde in die Mitte des Hofes gesetzt. Der zweite brachte ein kleines Gefäß mit Wasser und ein anderes, offenes, rundes, worin sich eine brennende Flüssigkeit befand. Diese beiden Gefäße wurden auf das Pult gestellt, zu dem nun der Mir Scheik Khan hinschritt.

Er gab mit der Hand ein Zeichen, worauf die Musik von neuem begann. Sie spielte eine Einleitung, nach der die Priester mit einer einstimmigen Hymne einfielen. Leider konnte ich mir ihren Inhalt nicht aufzeichnen, da dies aufgefallen wäre, und der Wortlaut ist meinem Gedächtnis entschwunden. Sie war in arabischer Sprache verfaßt und forderte zur Reinheit, zum Glauben und zur Wachsamkeit auf.

Danach hielt der Mir Scheik Khan eine kurze Ansprache an die Priester. Er schilderte in kurzen Worten die Notwendigkeit, sich von jeder Sünde rein zu halten, Gutes zu tun an allen Menschen, dem Glauben stets treu zu bleiben und gegen alle Feinde zu verteidigen.

Dann trat er zurück und setzte sich zu uns. Jetzt brachte einer der Priester einen lebenden Hahn herbei, der mittels einer Schnur an das Pult befestigt wurde. Zur Linken des Vogels wurde das Wasser und zur Rechten das Feuer gestellt.

Die Musik begann wieder. Der Hahn hockte in sich gekehrt am Boden; die leisen Klänge der Flöten schien er gar nicht zu beachten. Da wurden die Töne stärker, und er lauschte. Den Kopf aus dem Gefieder ziehend, blickte er sich mit hellen, klugen Augen im Kreis um und bemerkte dabei das Wasser. Schnell fuhr er mit dem Schnabel in das Gefäß, um zu trinken. Dieses Ereignis wurde durch ein helles, jubelndes Zusammenschlagen der Tamburins verkündet. Der Lärm schien den Vogel zu erregen. Der Hahn krümmte den Hals und horchte aufmerksam. Dabei bemerkte er, daß er sich in gefahrvoller Nähe der Flamme befand. Er wollte sich zurückziehen, konnte aber nicht, da er festgehalten wurde. Darüber ergrimmt, richtete sich der Hahn auf und stieß ein lautes „Kik-ri-kih!" hervor, in das die Flöten und Tamburins einfielen. Das schien in ihm die Ansicht zu erwecken, man habe es auf einen musikalischen Wettstreit abgesehen. Er wandte sich mutig gegen die Musikanten, schlug die Flügel und schrie abermals. Es erfolgte die gleiche Antwort, und so entwickelte sich ein Tongefecht, das den Vogel schließlich so erzürnte, daß er sich unter wütendem Krähen losriß und ins Innere des Grabes floh.

Die Musik begleitete diese Heldentat mit dem allerstärksten Fortissimo, die Stimmen der Priester fielen jubelnd ein, und nun folgte ein Finale, das allerdings geeignet war, sowohl die Musikanten als auch die Sänger zu ermüden. Am Schluß des Stückes küßten die Kawali ihre Instrumente.

Jetzt sollte der Verkauf der Kugeln erfolgen, von denen ich bereits gesprochen habe. Vorher aber traten die Priester herbei und machten Ali Bei und mir ein Geschenk davon. Er erhielt sieben und ich sieben. Sie waren mit einem arabischen Wort versehen, das man mit einem spitzigen Werkzeug eingegraben hatte. Von meinen sieben Kugeln zeigten vier die Worte „Esch Schems" – die Sonne.

Der Verkauf fand im äußeren Hof statt, während im Inneren des ummauerten Raumes die Instrumente und der Gesang noch ertönten. Ich verließ das Heiligtum. Mir fiel ein, das Tal müsse von der Höhe aus einen wundervollen Anblick bieten, und so ging ich, um mir Halef zur Begleitung zu holen. Ich fand ihn auf der Plattform des Hauses bei dem Buluk Emini sitzen. Sie schienen sich in einem sehr angeregten Gespräch zu befinden, denn ich hörte den Hadschi soeben fragen:

„Was? Ein Russe wäre es gewesen?" – „Ja, ein Moskow, dem Allah den Kopf abschneiden möge; denn wenn er nicht gewesen wäre, so hätte ich meine Nase noch! Ich hieb wütend um mich. Dieser Kerl aber holte auf meinen Kopf aus. Ich wollte ausweichen und trat zurück. Der Hieb, der den Kopf treffen sollte, traf bloß die —" – „Hadschi Halef!" rief ich.

Es machte mir Spaß, die berühmte Geschichte von der Nase auch einmal unterbrechen zu können. Die beiden sprangen auf und traten auf mich zu.

„Du sollst mich begleiten, Halef. Komm!" – „Wohin, Sihdi?"

„Dort hinauf zur Höhe, um zu sehen, wie sich die Beleuchtung des Tales von da ausnimmt." – „Emir, laß mich mitgehen!" bat Ifra.

„Ich habe nichts dagegen. Vorwärts!"

Wir stiegen die nach Baadri zu gelegene Höhe hinan.

Überall trafen wir Männer, Frauen und Kinder mit Fackeln und Lichtern, und von allen wurden wir freudig begrüßt und angeredet. Als wir die Höhe erreichten, bot sich uns ein geradezu unbeschreiblicher Anblick dar. Mehrere Jesidi waren uns gefolgt, um uns zu leuchten. Ich aber bat sie, zurückzugehen oder ihre Fackeln zu verlöschen. Wer den Genuß vollständig haben wollte, mußte sich selbst im Dunkeln befinden.

Da unten im Tal zuckte Flamme an Flamme. Tausend leuchtende Punkte kreuzten, hüpften und schlüpften, tanzten, schossen und flogen durcheinander, klein, ganz klein tief unten, je näher aber zu uns, desto größer. Das Heiligtum wallte förmlich von Glanz und Licht, und die beiden Türme leckten empor in das Dunkel der Nacht wie flammende Hymnen. Dazu ertönte von unten herauf das dumpfe Wogen und Brausen der Stimmen, oft unterbrochen von einem lauten, nahen Jubelruf. Ich hätte stundenlang hier stehen und mich an diesem Anblick weiden und ergötzen können.

„Was ist das für ein Stern?" ertönte da neben mir eine Frage in kurdischer Sprache.

Einer der Jesidi hatte sie ausgesprochen.

„Wo", fragte ein anderer.

„Sieh die Rea Kadisân[1] da rechts!" – „Ich sehe sie." – „Unter ihr flammte ein heller Stern auf. Jetzt wieder! Siehst du ihn?"

„Ich sah ihn. Es ist der Kjale be seri[2]."

Die vier Sterne, die in unserem Sternbild den Rücken des Bären bilden, heißen nämlich bei den Kurden „der Alte". Sie meinen, daß sein Kopf hinter einer benachbarten Sternengruppe versteckt sei. Die drei Sterne, die bei uns den Schwanz des Großen Bären bilden (oder die Deichsel des „Wagens", wie dieses Sternbild auch genannt wird), heißen bei ihnen die „zwei Brüder und die blinde Mutter des Alten."

„Der Kjale be seri? Der hat doch vier Sterne!" meinte der erste Sprecher. „Es wird Kumikdschi siwian[3] sein." – „Der steht höher. Jetzt leuchtet es wieder. Ah, wir sind irre. Es ist ja im Süden. Es wird Meschin[4] sein." – „Meschin hat auch mehrere Sterne. Was meinst du, Effendi, was ist es?"

Diese Frage war an mich gerichtet. Mir war dieser „Stern" verdächtig. Die Fackeln und Lichter unter uns warfen einen Schein in die Höhe, der es uns unmöglich machte, die Sterne genau zu erkennen. Der Glanz aber, der von Zeit zu Zeit da drüben aufblitzte, um sofort wieder zu verschwinden, war auffallend hell. Er glich einem Irrlicht, das plötzlich aufleuchtet und augenblicklich wieder verlischt. Ich beobachtete noch eine Weile und wandte mich dann an Halef:

„Hadschi Halef, eile sofort zu Ali Bei hinab und sag ihm, er soll schnell zu mir heraufkommen! Es handelt sich um etwas Wichtiges."

Der Kleine verschwand mit raschen Schritten, und ich trat noch ein Stück weiter vor, teils, um den vermeintlichen Stern besser beobachten zu können, teils auch, um allen weiteren Fragen zu entgehen.

Glücklicherweise hatte Ali Bei gehört, daß ich heraufgegangen sei, und den Entschluß gefaßt, mir zu folgen. Halef traf ihn unterwegs und brachte ihn zu mir.

„Was gibt es, Effendi?" fragte der Bei.

Ich streckte den Arm aus.

„Blicke fest dorthin! Du wirst einen Stern aufblitzen sehen. Jetzt!"

„Ich sehe ihn." – „Er ist wieder fort. Kennst du ihn?" – „Nein", erklärte Ali Bei. „Der Stern steht sehr tief und gehört zu keinem Bild."

Ich trat an einen Busch und schnitt einige Ruten ab. Die eine steckte ich in die Erde, dann stellte ich mich einige Schritte vor Ali Bei auf.

„Knie genau hinter dieser Rute nieder! Ich werde in der Richtung, wo der Stern wieder blitzt, eine zweite aufstecken. – Sahst du ihn jetzt?"

„Ja. Ganz deutlich." – „Wohin soll die Rute? Hierher?" – „Einen Fußbreit weiter nach rechts." – „Hierher?" – „Ja, das ist genau."

„So! Nun beobachte weiter!" – „Jetzt sah ich ihn wieder!" meinte der Bei nach einer kleinen Weile.

„Wo? Ich werde eine dritte Rute stecken." – „Der Stern war nicht am alten Platz. Er war mehr links." – „Wie weit? Sag es!" – „Zwei Fuß von der vorigen Rute." – „Hier?" – „Ja."

Ich steckte die dritte Rute ein, und Ali Bei beobachtete weiter.

[1] Milchstraße [2] Wörtlich: Der Alte ohne Kopf (Große Bär) [3] Venus [4] Waage

„Jetzt sah ich ihn wieder", meinte er bald. – „Wo?" – „Nicht mehr links, sondern rechts." – „Gut! Das war es, was ich dir zeigen wollte. Jetzt magst du dich wieder erheben."

Die anderen hatten meinem sonderbaren Gebaren mit Verwunderung zugesehen, und auch Ali Bei konnte dessen Grund nicht einsehen.

„Warum läßt du mich dieses Sternes wegen rufen?" – „Weil es kein Stern ist." – „Was sonst? Ein Licht?" – „Wenn es nur ein Licht wäre, würde es schon merkwürdig sein. Aber es handelt sich um eine ganze Reihe von Lichtern." – „Woraus vermutest du das?" – „Ein Stern kann es nicht sein, weil das Licht tiefer steht als die Spitze des Berges, der dahinterliegt. Und daß es mehr Lichter sind, hast du ja aus der Probe gesehen, die wir vorgenommen haben. Da drüben gehen oder reiten viele Leute mit Fackeln oder Laternen, von denen zuweilen die eine oder andere herüberblitzt."

Da rief Ali Bei verwundert: „Du hast recht, Effendi!"

„Wer mag es sein?" – „Pilger sind es nicht, denn sie würden auf dem Weg von Baadri nach Scheik Adi kommen." – „So denke an die Türken!"

„Herr! Wäre es möglich?" – „Das weiß ich nicht, denn diese Gegend ist mir unbekannt. Beschreibe sie mir, o Bei!" – „Hier geradeaus geht der Weg nach Baadri und hier weiter links der nach Ain Sifni. Teile diesen Weg in drei Teile und gehe das erste Drittel, so hast du diese Lichter dir zur Linken dem Wasser zu, das von Scheik Adi kommt."

„Kann man am Wasser entlang reiten und auf diese Weise nach Scheik Adi kommen?" – „Ja." – „So ist etwas Wichtiges versäumt worden. Du hast nach Baadri und Kaloni hin Posten gestellt, aber nicht nach Ain Sifni zu." – „Dorther werden die Türken nicht kommen. Die Leute von Ain Sifni würden es uns verraten." – „Aber wenn die Türken nicht nach Ain Sifni kommen, sondern bei Dscheraijo den Khausser überschreiten und dann zwischen Ain Sifni und hier das Tal zu erreichen suchen? Mir scheint, sie würden dann diese Richtung nehmen, in der sich dort jene Lichter bewegen. Sieh, die sind bereits wieder nach links vorgerückt!" – „Effendi, deine Vermutung ist vielleicht richtig. Ich werde sofort mehrere Wachen vorschicken." – „Und ich werde mir diese Sterne einmal näher betrachten. Hast du einen Mann, der diese Gegend genau kennt?" – „Niemand kennt sie besser als Selek." – „Er ist ein guter Reiter und soll mich führen!"

Wir stiegen so schnell wie möglich hinab. Der letzte Teil der Unterredung war von uns leise geführt worden, so daß niemand, besonders auch der Baschi Bosuk nicht, etwas davon vernommen hatte. Selek war bald gefunden. Er erhielt ein Pferd und holte seine Waffen. Auch Halef mußte mit. Ich konnte mich auf ihn mehr als auf jeden anderen verlassen.

Zwanzig Minuten, nachdem ich den Stern zuerst gesehen hatte, jagten wir auf dem Weg nach Ain Sifni dahin. Auf der nächsten Höhe blieben wir halten. Als ich das Halbdunkel vor uns musterte, sah ich endlich das Aufleuchten wieder. Ich machte Selek darauf aufmerksam.

„Effendi", meinte er, „das ist kein Stern, das sind auch keine Fackeln, denn diese würden einen umfangreicheren Schein verbreiten. Das sind Laternen." – „Ich muß hart an sie heran. Kennst du die Gegend genau?"

„Ich werde dich führen; ich kenne jeden Stein und jeden Strauch. Halte dich nur hart hinter mir und halte dein Pferd stets kurz!"

Selek wandte sich vom Wasser nach rechts, und nun ging es über Stock und Stein im Trab vorwärts. Es war ein böser Ritt, aber nach einer reichlichen Viertelstunde konnten wir mehrere Lichter unterscheiden. Und nach einer zweiten Viertelstunde, während der die Lichter hinter einem Bergrücken vor uns verschwunden waren, langten wir auf diesem an und sahen deutlich, daß wir einen ziemlich langen Zug vor uns hatten. Von wem er gebildet wurde, war von hier aus nicht zu unterscheiden. Das aber bemerkten wir, daß er plötzlich verschwand und nicht wieder erschien.

„Gibt es dort wieder einen Hügel?" – „Nein. Hier ist Ebene", antwortete Selek.

„Oder eine Vertiefung, ein Tal, in dem diese Lichter verschwinden können?" – „Nein." – „Oder einen Wald –" – „Ja, Effendi", fiel Selek schnell ein. „Dort, wo sie verschwunden sind, liegt ein kleines Olivenwäldchen."

„Ah! Du wirst mit den Pferden hierbleiben und auf uns warten. Halef aber begleitet mich."

„Herr, nimm mich auch mit", bat Selek.

„Die Tiere würden uns verraten." – „Wir binden sie an!" – „Mein Rappe ist zu kostbar, als daß ich ihn ohne Aufsicht lassen dürfte. Und übrigens verstehst du auch das richtige Anschleichen nicht. Man würde dich hören oder sehen." – „Effendi, ich verstehe es." – „Sei still!" meinte da Halef. „Auch ich dachte, ich verstände es, mich mitten in ein Duar[1] zu schleichen und das beste Pferd wegzunehmen. Als ich es aber vor dem Effendi machen mußte, habe ich mich schämen müssen wie ein Knabe. Doch tröste dich! Allah hat nicht gewollt, daß aus dir eine Eidechse wird."

Wir ließen die Gewehre zurück und schritten voran. Es war so licht, daß man auf fünfzig Schritt einen Menschen leidlich erkennen konnte. Vor uns tauchte nach vielleicht zehn Minuten ein dunkler Punkt auf, dessen Umrisse von Schritt zu Schritt zunahmen – das Olivenwäldchen. Als wir so weit heran waren, daß wir es in fünf Minuten zu erreichen vermocht hätten, hielt ich an und lauschte angestrengt. Nicht der mindeste Laut war zu vernehmen.

„Geh genau hinter mir, daß wir eine Linie bilden!"

Ich hatte nur Jacke und Hose an, beide dunkel. Auf dem Kopf trug ich den Tarbusch, von dem ich das helle Turbantuch abgewunden hatte. So war ich nicht so leicht vom dunklen Boden zu unterscheiden. Mit Halef war das auch der Fall.

Lautlos glitten wir weiter. Da vernahmen wir das Geräusch knackender Äste. Wir legten uns nun auf die Erde nieder und krochen langsam vorwärts. Das Knacken und Brechen wurde lauter.

„Man sammelt Äste, vielleicht gar um ein Feuer zu machen."

„Gut für uns, Sihdi!" flüsterte Halef.

Bald erreichten wir den hinteren Rand des Gehölzes. Das Schnauben von Tieren und der Klang von Männerstimmen wurden hörbar. Wir

[1] Arabisches Zeltdorf

lagen soeben neben einem dichten Buschwerk. Ich deutete darauf hin und sagte leise: „Verbirg dich hier und warte auf mich, Halef."

„Sihdi, ich verlasse dich nicht, ich folge dir!" – „Du würdest mich verraten. Das unhörbare Schleichen ist in einem Wald schwieriger als auf offenem Feld. Ich habe dich nur mitgenommen, um mir den Rückzug zu decken. Du bleibst liegen, selbst wenn du schießen hörst. Wenn ich dich rufe, kommst du so schnell wie möglich." – „Und wenn du weder kommst noch rufst?" – „So schleichst du nach einer halben Stunde vorwärts, um zu sehen, was mit mir geschehen ist." – „Sihdi, wenn die Osmanlylar dich töten, schlage ich alle tot!"

Diese Versicherung hörte ich noch, dann war ich fort. Aber noch hatte ich mich nicht weit von Halef entfernt, da hörte ich eine laute, befehlende Stimme rufen: „Atesch jak – brenne an, mach Feuer!"

Diese Stimme kam aus einer Entfernung von vielleicht dreißig Metern. Ich konnte unbesorgt weiterkriechen. Da vernahm ich das Prasseln einer Flamme und bemerkte zugleich einen lichten Schein, der sich zwischen den Bäumen fast bis zu mir verbreitete. Das erschwerte mir mein Vorhaben bedeutend.

„Atesch etrafina taschlar koj – leg Steine um das Feuer!" befahl die Stimme.

Diesem Befehl wurde jedenfalls sofort Folge geleistet, denn der lichte Schein verschwand, so daß ich nun besser vorwärts konnte. Ich schlich von einem Stamm zum anderen und wartete hinter einem jeden, bis ich mich überzeugt hatte, daß ich nicht bemerkt worden sei. Glücklicherweise war diese Vorsicht überflüssig. Ich befand mich hier nicht in den Urwäldern Amerikas, und die guten Leute, die ich vor mir hatte, schienen nicht die mindeste Ahnung zu haben, daß es einem Menschenkind einfallen könnte, sie zu belauschen.

So rückte ich immer weiter vor, bis ich einen Baum erreichte, dessen Wurzeln so zahlreiche Schößlinge getrieben hatten, daß ich dahinter ein leidliches Versteck zu finden hoffte. Wünschenswert war dies besonders deshalb, weil in der Nähe des Baumes zwei Männer saßen, auf die ich es abgesehen hatte, zwei türkische Offiziere.

Mit einiger Vorsicht gelang es mir, mich hinter den Schößlingen häuslich niederzulassen, und nun konnte ich alles überblicken.

Draußen vor dem kleinen Gehölz standen – vier Gebirgskanonen. Am Saum des Gehölzes waren ungefähr vierzig Maultiere angebunden, die zum Transport dieser Geschütze erforderlich waren. Man braucht zu einem Geschütz gewöhnlich sieben Maultiere. Eins muß das Rohr, eins die Lafette, eins die Räder und vier müssen die Munitionskästen tragen.

Die Kanoniere hatten es sich bequem gemacht. Sie lagen auf dem Boden ausgestreckt und plauderten miteinander. Die beiden Offiziere aber wünschten Kaffee zu trinken und ihren Tschibuk zu rauchen. Darum war ein Feuer gemacht worden, über dem eine Dscheswa[1] auf zwei Steinen stand. Der eine der beiden Helden war ein Hauptmann, der andere ein Leutnant. Der Hauptmann hatte ein recht biederes Aussehen. Er kam mir vor, wie ein urgemütlicher, dicker deutscher Bäckermeister,

[1] Kännchen

der auf einem Liebhabertheater den grimmigen Türken spielen soll und sich dazu vom Maskenverleiher das Kostüm geliehen hat. Mit dem Leutnant war es ähnlich. Just so wie er mußte eine ältliche Kaffeeschwester aussehen, die auf den unbegreiflichen Backfischgedanken geraten ist, in Pumphosen und Osmanly-Jacke zum Fasching zu gehen.

Die Worte, die ich zu hören bekam, waren freilich etwas weniger gemütlich. Ich lag den Offizieren so nahe, daß ich alles hören konnte.

„Unsere Kanonen sind gut“, brummte der Hauptmann.

„Sehr gut“, flötete der Leutnant.

„Wir werden schießen, alles niederschießen.“ – „Alles!“ ertönte das Echo.

„Wir werden Beute machen.“ – „Viel Beute!“ – „Wir werden tapfer sein.“ – „Sehr tapfer!“ – „Wir werden befördert werden.“ – „Hoch, äußerst hoch!“ – „Dann rauchen wir Tabak aus Persien.“

„Tabak aus Schiras!“ – „Und trinken Kaffee aus Arabien.“

„Kaffee aus Mokka!“ – „Die Jesidi müssen alle sterben.“ – „Alle!“

„Die Bösewichter.“ – „Die Schurken!“ – „Die Unreinen, die Unverschämten.“ – „Die Hundesöhne!“ – „Wir werden sie töten.“

„Gleich morgen früh!“ – „Natürlich, das versteht sich.“

Ich hatte nun genug gesehen und gehört. Darum zog ich mich zurück, erst langsam und vorsichtig, dann rascher. Dabei erhob ich mich sogar von der Erde, worüber sich Halef nicht wenig wunderte, als ich bei ihm ankam.

„Wer ist es, Sihdi?“ – „Artilleristen. Komm, wir haben keine Zeit!“

„Gehen wir aufrecht?“ – „Ja.“

Wir erreichten bald unsere Pferde, stiegen auf und kehrten um. Die Strecke nach Scheik Adi wurde jetzt viel schneller zurückgelegt als vorhin. Wir fanden dort noch das gleiche rege Leben.

Ich hörte, daß sich Ali Bei beim Heiligtum befinde, und traf ihn mit dem Mir Scheik Khan im inneren Hof. Er kam mir erwartungsvoll entgegen und führte mich zum Khan.

„Was hast du gesehen?“ fragte Ali Bei.

„Kanonen!“ – „Oh!“ machte er erschrocken. „Wie viele?“

„Vier kleine Gebirgskanonen. Scheik Adi soll damit zusammengeschossen werden. Während die Infanteristen von Baadri und Kaloni angreifen, soll die Artillerie jedenfalls da unten am Wasser spielen. Der Plan ist nicht schlecht, denn von dort aus läßt sich das ganze Tal bestreichen. Es handelte sich nur darum, die Geschütze unbemerkt über die Höhe zu bringen. Dies ist gelungen. Man hat sich der Maultiere bedient, mit deren Hilfe die Kanonen in einer Stunde von dem Lagerplatz aus bis nach Scheik Adi gebracht werden können.“ – „Was tun wir, o Effendi?“ – „Gib mir sofort sechzig Reiter mit und einige Laternen, so siehst du binnen zwei Stunden die Geschütze samt ihrer Bedienung hier in Scheik Adi!“ – „Gefangen?“ – „Gefangen!“ – „Herr, ich gebe dir hundert Reiter!“ – „Nun wohl, gib mir achtzig und sage ihnen, daß ich sie unten am Wasser erwarte!“

Ich ging und traf Halef und Selek noch bei den Pferden.

„Was wird Ali Bei tun?“ fragte Halef.

„Nichts. Wir selbst werden tun, was getan werden soll.“

„Was ist, Sihdi? Du lachst! Ich kenne dein Gesicht. Wir holen die Kanonen?“ – „Allerdings. Ich möchte aber die Kanonen haben, ohne daß Blut vergossen wird, und darum nehmen wir achtzig Reiter mit.“

Wir ritten dem Ausgang des Tales zu, wo wir nicht lange zu warten brauchten, bis die achtzig kamen.

Ich sandte Selek mit zehn Mann voran und folgte mit den anderen eine Strecke hinter ihnen. Wir erreichten, ohne den Feind zu sehen, die Anhöhe, auf der Selek vorhin auf uns gewartet hatte, und stiegen ab. Zunächst schickte ich einige Leute aus, die für unsere Sicherheit wachen sollten. Dann ließ ich zehn Mann bei den Pferden zurück und gebot ihnen, den Platz ohne meinen Befehl nicht zu verlassen. Nun schlichen wir anderen auf das Wäldchen zu. In angemessener Entfernung davor wurde haltgemacht, und ich ging allein vorwärts. Wie vorher gelangte ich auch diesmal ohne Hindernis zu dem Baum, unter dem ich bereits gelegen hatte. Die Türken lagen in einzelnen Gruppen beisammen und plauderten. Ich hatte gehofft, daß sie schliefen. Die militärische Wachsamkeit und die Erwartung des bevorstehenden Kampfes ließen sie jedoch nicht ruhen. Ich zählte mit den Unteroffizieren und den Offizieren vierundfünfzig Mann und kehrte zu den Meinen zurück.

„Geht und holt eure Pferde!“ sagte ich zu dem Hadschi und Selek. „Ihr reitet einen Bogen und kommt an der anderen Seite des Wäldchens vorüber. Man wird euch anhalten. Ihr sagt, ihr hättet euch verirrt und wolltet zu dem Fest nach Scheik Adi. So werdet ihr die Aufmerksamkeit der Osmanlylar auf euch lenken. Das übrige ist unsere Sache. Geht!“

Meine übrigen Begleiter ließ ich zwei lange, hintereinanderstehende Reihen bilden, die das Gehölz von drei Seiten umfassen sollten. Ich gab die nötigen Anweisungen, worauf wir uns zu Boden legten und vorwärts krochen.

Dabei kam ich selber am schnellsten voran. Ich hatte meinen Baum seit zwei Minuten erreicht, als laute Hufschläge erschollen. Das Feuer brannte noch immer, darum war es mir möglich, alles leidlich zu überblicken. Die beiden Offiziere hatten wahrscheinlich während der ganzen Zeit meiner Abwesenheit geraucht und Kaffee getrunken.

„Scheik Adi ist ein böses Nest“, hörte ich den Hauptmann sagen.

„Ganz bös!“ antwortete der Leutnant.

„Die Leute beten dort den Teufel an.“ – „Den Teufel! Allah zerhacke und zerquetsche sie!“ – „Das werden wir tun.“ – „Ja, wir werden sie zerreißen!“ – „Ganz und gar.“

Bis hierher konnte ich der Unterhaltung folgen, dann aber hörte man das erwähnte Pferdegetrappel. Der Leutnant hob den Kopf.

„Es kommt jemand“, sagte er.

Auch der Hauptmann lauschte.

„Wer mag das sein?“ fragte der Dicke.

„Es sind zwei Reiter. Ich höre es.“

Die Offiziere erhoben sich, und die Soldaten taten desgleichen. Im Schein, den das Feuer hinauswarf, wurden Halef und Selek sichtbar. Der Hauptmann trat ihnen entgegen und zog seinen Säbel.

„Halt! Wer seid ihr?“ rief er sie an.

Die Reiter waren sofort von den Türken umringt. Mein kleiner

Halef betrachtete sich die Offiziere vom Pferd herunter mit einer Miene, die mich erraten ließ, daß sie auf ihn einer ähnlichen Eindruck machten wie auf mich.

„Wer ihr seid, habe ich gefragt!“ wiederholte der Hauptmann.

„Männer!“ – „Was für Männer?“ – „Reitende Männer!“ – „Der Teufel verschlinge euch! Antwortet besser, sonst erhaltet ihr die Bastonade! Also wer seid ihr?“ – „Wir sind Jesidi“, antwortete jetzt Selek kleinlaut.

„Jesidi? Ah! Woher?“ – „Aus Mekka.“ – „Aus Mekka? Maschallah! Gibt es dort auch Teufelsanbeter?“ – „Einige Tausend.“ – „Soviel? Allah kerîm, er läßt viel Unkraut unter dem Weizen wachsen. – Wohin wollt ihr?“ – „Nach Scheik Adi.“ – „Ah, habe ich euch? Was wollt ihr dort?“ – „Es wird dort ein großes Fest gefeiert.“ – „Ich weiß es. Ihr tanzt und singt mit dem Teufel und betet dabei einen Hahn an, der durch das Feuer der Dschehenna ausgebrütet worden ist. Steigt ab! Ihr seid meine Gefangenen!“ – „Gefangen? Was haben wir getan?“

„Ihr seid Söhne des Teufels. Ihr müßt geprügelt werden, bis euer Vater von euch gewichen ist. Herunter von den Pferden!“

Der Hauptmann griff selbst zu, und beide Männer wurden förmlich von den Pferden heruntergezogen.

„Gebt eure Waffen her!“

Ich wußte, daß Halef das nie tun würde, selbst unter den gegenwärtigen Verhältnissen nicht. Er sah suchend zum Feuer hin, und so hob ich den Kopf so weit empor, daß der Hadschi mich erblickte. Nun wußte der Kleine, daß er sicher war. Aus dem leisen Rascheln hinter mir, hatte ich bereits erkannt, daß die Meinen das Lager vollständig umschlossen hatten.

„Unsere Waffen?“ fragte Halef. „Höre Jüsbaschi, erlaube, daß wir dir etwas sagen!“ – „Was?“ – „Das können wir nur dir und dem Mülasim mitteilen.“ – „Ich mag nichts von euch erfahren!“ – „Es ist aber wichtig, sehr wichtig.“

„Was betrifft es?“ – „Höre!“

Halef flüsterte ihm einige Worte ins Ohr, die den Erfolg hatten, daß der Hauptmann einen Schritt zurücktrat und den Sprecher mit einer beinahe achtungsvollen Miene musterte. Später erfuhr ich, daß der schlaue Halef geflüstert hatte. „Euren Geldbeutel betrifft es!“

„Ist das wahr?“ fragte der Offizier.

„Es ist wahr.“ – „Wirst du darüber schweigen?“ – „Wie das Grab!“

„Schwöre es mir!“ – „Wie soll ich schwören?“ – „Bei Allah und beim Bart des – doch nein, ihr seid ja Jesidi. So schwöre es mir beim Teufel, den ihr anbetet!“ – „Nun wohl! Der Teufel weiß, daß ich nachher nichts sagen werde.“ – „Aber er wird dich zerreißen, wenn du die Unwahrheit sagst. Komm, Mülasim! Kommt, ihr beiden!“

Die vier Männer traten an das Feuer heran. Ich konnte jetzt erst recht jedes ihrer Worte vernehmen.

„Nun, so rede!“ gebot der Hauptmann.

„Laß uns frei! Wir werden dich bezahlen.“ – „Habt ihr Geld?“

„Wir haben Geld.“ – „Wißt ihr nicht, daß dieses Geld bereits mir gehört? Alles, was ihr bei euch habt ist unser.“ – „Du wirst es nicht finden.

Die Teufelsanbeter haben wirksame Mittel, ihr Geld unsichtbar zu machen." – „Allah ist allwissend." – „Aber du bist nicht Allah!"

„Ich darf euch nicht freilassen. Ihr würdet uns verraten."

„Verraten? Wieso?" – „Seht ihr nicht, daß wir hier sind, um einen Kriegszug zu unternehmen?" – „Wir werden dich nicht verraten."

„Aber ihr wollt nach Scheik Adi!" – „Sollen wir nicht?" – „Nein."

„So sende uns, wohin es dir beliebt!" – „Würdet ihr nach Baaweisa gehen und dort zwei Tage warten?" – „Gewiß." – „Wieviel wollt ihr uns für eure Freiheit zahlen?" – „Wieviel verlangst du?" – „Fünfzehntausend Piaster[1] für jeden." – „Verzeih, o Jüsbaschi, das ist zu wenig!"

Der Hauptmann sah den kleinen Hadschi Halef ganz erstaunt an.

„Wie meinst du das, Kerl?" – „Ich meine, daß ein jeder von uns mehr wert ist als fünfzehntausend Piaster. Erlaube, daß wir dir fünfzigtausend geben!" – „Bist du verrückt?"

„Oder hunderttausend!"

Der Bäckermeister-Jüsbaschi blies ratlos die Backen auf, blickte dem Leutnant in das hagere Gesicht und fragte ihn: „Mülasim, was sagst du?"

Der hatte den Mund offen und gestand freimütig: „Nichts, ganz und gar nichts!" – „Ich auch nichts! Diese Menschen müssen ungeheuer reich sein."

Dann wandte der Dicke sich wieder an Halef:

„Wo habt ihr das Geld?" – „Mußt du das wissen?" – „Ja."

„Wir haben einen bei uns, der für uns bezahlt. Du kannst ihn aber nicht sehen," – „Allah beschütze uns! Du meinst den Teufel!"

„Soll er kommen?" – „Nein, nein! Ich bin kein Jesidi, ich verstehe nicht, mit ihm zu reden. Ich würde vor Schreck tot umfallen."

„Du wirst nicht umfallen, denn dieser Scheïtan kommt in der Gestalt eines Menschen. Da ist er schon!"

Ich hatte mich hinter dem Baum erhoben, und mit zwei schnellen Schritten stand ich vor den zwei Offizieren. Sie fuhren entsetzt auseinander, der eine nach rechts und der andere nach links. Da ihnen aber meine Gestalt noch nicht ganz und gar schrecklich vorkommen mochte, so blieben sie stehen und starrten mich wortlos an.

„Jüsbaschi", redete ich sie an, „ich habe alles gehört, was ihr gestern abend und heute morgen gesprochen habt. Ihr sagtet, Scheik Adi sei ein böses Nest."

Ein schwerer Atemzug war die einzige Antwort.

„Ihr sagtet, Allah möge dort die Leute zerhacken und zerquetschen."

„Oh, oh!" ertönte es.

„Ihr sagtet ferner, ihr wolltet die Bösewichte, die Unreinen, die Hundesöhne niederschießen und große Beute machen."

Der Mülasim war wie gelähmt, und der Jüsbaschi konnte nur stöhnen.

„Ihr wolltet dann befördert werden und Tabak aus Schiras rauchen."

„Er weiß alles!" brachte der dicke Hauptmann endlich hervor.

„Ja, ich weiß alles. Ich werde euch befördern. Weißt du, wohin?"

Er verneinte.

„Nach Scheik Adi zu den Unreinen und Unverschämten, die ihr töten

[1] ungefähr dreitausend Mark

wolltet. Jetzt sage ich zu euch das, was ihr vorhin zu diesen beiden Männern sagtet: Ihr seid meine Gefangenen!"

Die Kanoniere konnten sich den Vorgang nicht erklären. Sie standen in einem dicken Knäuel beisammen. Der Wink, den ich bei meinen letzten Worten gab, genügte. Die Jesidi brachen hervor und umringten die Türken. Nicht ein einziger leistete Widerstand. Alle waren verblüfft. Die Offiziere aber ahnten nun den wahren Sachverhalt und langten in den Gürtel.

„Halt, keine Gegenwehr!" ermahnte ich sie und zog den Revolver. „Wer zur Waffe greift, wird augenblicklich niedergeschossen!"

„Wer bist du?" fragte der Hauptmann.

Er schwitzte förmlich. Der brave Fallstaff dauerte mich einigermaßen, und die Don-Quixote-Gestalt neben ihm gleichfalls. Um ihre Beförderung war es nun geschehen.

„Ich bin euer Freund und möchte deshalb nicht, daß ihr von den Jesidis erschossen werdet", fuhr ich fort. „Gebt eure Waffen ab!"

„Aber wir brauchen sie doch!"

„Wozu?"

„Wir müssen damit die Geschütze verteidigen!"

Dieser beispiellosen Naivität war nicht zu widerstehen. Ich mußte laut auflachen. Dann beruhigte ich sie: „Seid ohne Sorgen, wir werden die Kanonen behüten!"

Die beiden weigerten sich, und so wurde zwar noch einiges hin und her gesprochen, dann aber streckten sie doch die Waffen.

„Was werdet Ihr jetzt mit uns tun?" fragte der Jüsbaschi besorgt.

„Das kommt ganz auf euer Verhalten an. Vielleicht werdet ihr getötet, vielleicht aber erlangt ihr Gnade, wenn ihr gehorsam seid."

„Was sollen wir tun?"

„Zunächst meine Fragen der Wahrheit gemäß beantworten."

„Frage!"

„Kommen noch mehr Truppen hinter euch?" – „Nein."

„Ihr seid wirklich die einzigen hier?" – „Ja."

„So ist der Miralai Omar Amed ein ganz unfähiger Mensch. In Scheik Adi stehen mehrere Tausend Bewaffnete und hier schickt er knapp sechzig Männer mit vier Kanonen gegen sie. Er mußte euch wenigstens hundert Mann Infanterie als Bedeckung mitgeben. Dieser Mensch hat gemeint, die Jesidi seien so leicht zu fangen und zu töten wie die Fliegen. Welche Befehle hat er euch gegeben?" – „Wir sollen die Geschütze unbemerkt bis an das Wasser schaffen."

„Und dann?"

„Und dann am Wasser aufwärtsgehen, bis eine halbe Stunde vor Scheik Adi."

„Weiter!"

„Dort sollen wir warten, bis der Oberst uns einen Boten sendet. Darauf müssen wir bis zum Tal vorrücken und die Jesidi beschießen."

„Das Vorrücken ist euch gestattet. Ihr werdet sogar noch weiter kommen als nur bis zum Eingang des Tals. Das Schießen aber werden andere übernehmen."

Nun, da es einmal geschehen war, ergaben sich die Turken als echte Fatalisten ruhig in ihr Schicksal. Sie mußten zusammentreten und wurden von den Jesidi in die Mitte genommen. Die Geschützstücke waren auf die Maultiere geladen worden und folgten unter Bedeckung. Natürlich machten wir uns wieder beritten, als wir bei den Pferden ankamen.

Eine halbe Stunde vor dem Tal von Scheik Adi ließ ich die Kanonen unter dem Schutz von zwanzig Mann zurück. Das geschah des Boten wegen, den der Miralai senden wollte.

2. *Der Opfertod des Heiligen*

Gleich am Eingang zum Tal trafen wir auf eine bedeutende Menschenmenge. Das Gerücht von unserem kleinen Unternehmen hatte sich rasch unter den Pilgern verbreitet, und man hatte sich hier versammelt, um das Ergebnis so bald wie möglich zu vernehmen. Infolgedessen war auch jedwedes Schießen im Tal eingestellt worden, so daß nun eine tiefe Stille herrschte. Man wollte die Schüsse hören, falls es zwischen uns und den Türken zu einem ernstlichen Kampf kommen sollte.

Der erste, der mir entgegenkam, war Ali Bei.

„Endlich kommst du", rief er sichtlich erleichtert. Dann setzte er besorgt hinzu: „Aber ohne Kanonen! Und auch Leute fehlen!"

„Es fehlt kein Mann, und auch kein einziger ist verwundet."

„Wo sind sie?" – „Bei Halef und Selek draußen bei den Geschützen, die ich zurückgelassen habe." – „Warum?" – „Der Jüsbaschi, der die kleine Schar befehligte, hat mir erzählt, daß der Miralai an die Stelle, wo die Kanonen stehen, einen Boten senden will. Sie sollen dann vorrücken und Scheik Adi beschießen. Hast du Leute, die ein Geschütz zu bedienen verstehen?" – „Genug!" – „So sende sie hinaus! Die Männer mögen mit den Kanonieren die Kleidung wechseln, den Boten gefangennehmen und dann sofort einen Schuß lösen. Dies wird für uns das sicherste Zeichen sein, daß der Feind nahe ist, und ihn selbst wird es zu einem übereilten Angriff verleiten. Was tust du mit den Gefangenen?" – „Ich schicke sie fort und lasse sie bewachen." – „Im Tal Idis?" – „Nein. Diesen Ort darf keiner sehen, der nicht zu uns gehört. Aber es gibt eine kleine Schlucht, in der man die Gefangenen durch wenig Leute festhalten kann. Komm!"

Im Haus des Bei erwartete mich ein reichliches Nachtessen, wobei mich seine Frau bediente. Er selbst war nicht zugegen, denn er mußte die Umkleidung der Gefangenen beaufsichtigen, die dann abgeführt wurden. Jene, die die Uniformen der Türken erhielten, waren geschulte Kanoniere und rückten bald ab, um sich zu den Geschützen zu begeben.

Die Sterne begannen bereits zu erbleichen, als Ali Bei zu mir kam.

„Bist du bereit, aufzubrechen, Effendi?" – „Wohin?" – „Ins Tal Idis." – „Erlaube, daß ich hier bleibe!" – „Du willst mitkämpfen?"

„Nein." – „Dich uns nur anschließen, um zu sehen, ob wir tapfer sind?" – „Ich werde mich euch auch nicht anschließen, sondern hier in Scheik Adi bleiben." – „Effendi, was denkst du, man wird dich töten."

„Nein. Ich stehe unter dem Schutz des Großherrn und des Müteßarrif."

„Aber du bist unser Freund. Du hast die Artilleristen gefangengenommen. Das wird dich das Leben kosten!" – „Wer wird das den Türken erzählen? Ich bleibe hier mit Halef und Ifra. So kann ich für euch vielleicht mehr tun, als wenn ich in euren Reihen kämpfte."

„Du magst recht haben, Effendi. Aber wenn wir schießen, kannst auch du verwundet oder vielleicht gar getötet werden." – „Das glaube ich nicht, denn ich werde mich hüten, mich euren Kugeln auszusetzen."

Da öffnete sich die Tür, und ein Mann trat herein. Er gehörte zu den Posten, die Ali Bei ausgestellt hatte.

„Bei", meldete er ihm, „wir haben uns zurückgezogen, denn die Türken sind bereits in Baadri. In einer Stunde sind sie hier."

„Kehre zurück und sage den Deinen, sie mögen immer in Fühlung mit den Feinden bleiben, sich aber vor ihnen nicht sehen lassen!"

Wir gingen vor das Haus. Die Frauen und Kinder zogen an uns vorüber und verschwanden hinter dem Heiligtum. Da kam ein zweiter Bote atemlos gelaufen und meldete:

„Die Türken haben Kaloni längst verlassen und marschieren durch die Wälder. In einer Stunde können sie hier sein." – „Stellt euch jenseits des Tals auf und zieht euch, wenn sie kommen, zurück. Die Unsrigen werden euch oben erwarten."

Der Mann ging, und der Bei entfernte sich auf einige Zeit. Ich stand am Hause und beobachtete die Gestalten, die an mir vorüberzogen. Als die Frauen und Kinder vorbei waren, schlossen sich ihnen lange Reihen von Männern an, zu Fuß und zu Pferd. Aber sie verschwanden nicht hinter dem Heiligtum, sondern erstiegen die nach Baadri und Kaloni gelegenen Höhen, um den Türken das Tal freizugeben. Es war ein eigentümliches Gefühl, das ich bei dem Anblick dieser dunklen Gestalten empfand. Ein Licht nach dem anderen, eine Fackel nach der anderen erlosch, und nur das Grabmal streckte seine beiden flammenden Türme noch immer zum Himmel empor. Ich befand mich allein hier. Die Angehörigen des Bei waren fort, der Buluk Emini schlief droben auf der Plattform, und Halef war noch nicht zurück. Da aber hörte ich den Galopp eines Pferdes. Halef sprengte heran. Während er absaß, erdröhnten von unten herauf zwei starke, krachende Schläge.

„Was war das, Halef?" – „Ali Bei hat befohlen, Bäume zu fällen, um unten das Tal zu schließen und die Kanonen gegen einen Angriff der Türken zu schützen." – „Das ist klug gehandelt. Wo sind die anderen von den zwanzig?" – „Sie mußten auf Befehl des Bei bei den Geschützen zurückbleiben, und er hat außerdem noch weitere Männer zu ihrer Bedeckung beordert. So können diese Leute schon einen Angriff aushalten. – Doch wo sind die Gefangenen?" – „Bereits fort unter Aufsicht." – „Diese Männer hier ziehen schon zum Kampf?" – „Ja."

„Und wir?" – „Bleiben hier zurück. Ich bin neugierig, die Gesichter der Gegner zu sehen, wenn sie merken, daß sie in die Falle geraten sind."

Dieser Gedanke schien Halef zu befriedigen, so daß er nicht über unser Hierbleiben murrte. Er mochte sich auch sagen, daß dieses Bleiben wohl gefährlicher sei, als der Anschluß an die Streiter.

„Wo ist der Buluk Emini?" fragte Halef noch.

„Er schläft auf der Plattform." – „Ifra ist eine Schlafmütze, Sihdi, und darum wird ihm wohl sein Hauptmann den Esel gegeben haben, der die ganze Nacht hindurch schreit. Weiß er bereits etwas von dem, was geschehen wird?" – „Ich glaube nicht. Ifra soll auch nicht wissen, wieweit wir dabei beteiligt waren. Verstehst du?"

Da kam Ali Bei noch einmal zurück, um sein Pferd zu holen. Er machte mir noch allerlei Vorstellungen, die aber nichts fruchteten, und so war er gezwungen, mich zu verlassen. Der Jesidi tat es mit dem herzlichen Wunsch, daß mir nichts Böses geschehen möge. Zuletzt bat er mich, das große weiße Tuch, das in der Stube hing, auf die Plattform des Hauses, die er von der Höhe gut überblicken konnte, zu legen, zum Zeichen, daß ich mich wohl befinde. Sollte das Tuch fortgenommen werden, so würde er schließen, daß ich mich in Gefahr befinde, und sofort demgemäß handeln.

Nun saß er auf und ritt davon, der Letzte von all den Seinen.

Der Tag begann zu grauen, der Himmel lichtete sich, und wenn man zu ihm emporblickte, vermochte man bereits die einzelnen Äste der Bäume zu unterscheiden. Droben in der gegenüberliegenden Talwand verhallten die Hufschläge von Ali Beis Pferd. Ich war nun, da auch Jussuf, mein Dolmetscher, mich verlassen mußte, mit den beiden Dienern allein in dem viel besprochenen Tal einer geheimnisvollen, rätselhaften Gottesverehrung. Allein? Ganz allein? War es wirklich so, oder hörte ich nicht Schritte dort in dem kleinen, esch Schems geweihten Haus?

Eine lange weiße Gestalt trat hervor und blickte sich um. Da sah mich der Mann und kam auf mich zu. Ein langer, schwarzer Bart hing ihm über die Brust herab, während das Haupthaar schneeweiß über den Rücken wallte. Es war Pir Kamek. Ich erkannte ihn jetzt.

„Du noch hier?" fragte er, als er vor mir stand, mit beinahe harter Stimme. „Warum folgst du nicht den anderen nach?" – „Weil ich euch hier mehr nützen kann als anderswo." – „Das ist möglich, Effendi. Aber du solltest dennoch gehen." – „Ich richte die gleiche Frage an dich: ‚Wann gehst du den anderen nach?'" – „Ich bleibe!" – „Warum?"

„Hast du dort den Scheiterhaufen gesehen?" antwortete Kamek finster. „Er hält mich zurück." – „Wieso?" fragte ich.

„Weil es nun an der Zeit ist, das Opfer zu bringen, für das ich ihn errichten ließ." – „Die Türken werden dich dabei stören." – „Sie werden mir sogar das Opfer bringen, und ich werde heute den wichtigsten Tag meines Lebens feiern."

Fast wollte es mir beim Klang dieser hohlen, tiefen Stimme unheimlich werden. Ich überwand jedoch dieses Gefühl und fragte:

„Wolltest du nicht heute noch mit mir über dein Buch sprechen, das mir Ali Bei geliehen hat?" – „Kann es dir Freude machen und Nutzen bringen?" – „Gewiß!" – „Effendi, ich bin ein armer Priester. Nur dreierlei gehört mir: mein Leben, mein Kleid und das Buch, von dem du redest. Mein Leben bringe ich dem Reinen, dem Mächtigen, dem Erbarmenden zurück, der es mir geliehen hat. Mein Kleid überlasse ich dem Element, in dem auch mein Leib begraben wird, und das Buch schenke ich dir, damit dein Geist mit dem meinigen sprechen kann, wenn Zeiten, Länder, Meere und Welten uns trennen."

War das nur eine blumige, morgenländische Ausdrucksweise, oder sprach aus dem Greis wirklich die Ahnung des nahen Todes? Es überlief mich ein Schauder, den ich nicht abschütteln konnte.

„Pir Kamek, deine Gabe ist groß", sagte ich. „Fast kann ich sie nicht annehmen." – „Effendi, ich liebe dich. Das Buch ist dein, und wenn dein Blick auf die Worte fällt, die meine Hand geschrieben hat, so denke an das letzte Wort, das diese Hand in das Buch schreiben wird, worin die blutige Geschichte der Jesidi, der Verachteten und Verfolgten, verzeichnet steht."

Ich konnte nicht anders, ich mußte Kamek umarmen.

„Ich danke dir, Pir Kamek! Auch ich liebe dich, und wenn ich dein Buch öffne, wird deine Gestalt vor mich treten, und ich werde alle Worte hören, die du zu mir gesprochen hast. Jetzt aber solltest du Scheik Adi verlassen, denn noch ist es nicht zu spät!"

„Sieh dort das Heiligtum, worin der begraben liegt, der verfolgt und getötet wurde. Er ist nie geflohen. Steht nicht auch in deinem Kitab[1], daß man sich nicht fürchten soll vor jenen, die nur den Leib töten können? Ich bleibe hier, da ich weiß, daß die Osmanlylar mir nicht zu schaden vermögen. Und wenn sie mich töteten, was wäre es? Muß nicht der Tropfen zur Sonne emporsteigen? Stirbt nicht esch Schems, die Glänzende, täglich, um täglich wieder aufzustehen? Hast du jemals gehört, daß ein Jesidi von einem anderen sagt, er sei gestorben? Er sagt nur, daß er verwandelt sei, denn es gibt weder Tod noch Grab, sondern Leben, nichts als Leben."

Nach diesen Worten schritt der Greis schnell davon und kam hinter der Außenmauer des Grabmals außer Sicht.

Ich trat in das Gebäude und stieg auf die Plattform. Droben vernahm ich Stimmen. Halef und Ifra redeten miteinander.

„Ganz allein?" hörte ich den Buluk Emini fragen. „Wohin sind die anderen, die Tausende?" – „Sie sind geflohen." – „Vor wem? Hadschi Halef Omar, ich verstehe nicht, was du sagst." – „So will ich dir es deutlicher sagen: Sie sind geflohen vor Schekib Halil Pascha und vor deinem Miralai Omar Amed." – „Aber warum denn?" – „Weil der Miralai kommt, um Scheik Adi zu überfallen." – „Allah akbar – Gott ist groß, und die Hand des Müteßarrif ist mächtig! Sage mir, ob ich bei unserem Effendi bleiben darf, oder ob ich unter dem Miralai kämpfen muß!" – „Du mußt bei uns bleiben." – „Hamdulillah – Preis und Dank sei Allah, denn es ist gut sein bei unserem Emir, den ich zu beschützen habe." – „Du? Wann hast denn du ihn beschützt?" – „Stets, solange er unter meinem Schirm wandelt!"

Halef lachte.

„Ja, du bist der Mann dazu! Weißt du, wer der Beschützer des Effendi ist?" – „Ich!" – „Nein, ich!" – „Hat ihn nicht der Müteßarrif selbst in meine Obhut gegeben?" – „Hat er sich nicht selbst unter meinen Schutz gegeben? Und wer gilt da mehr, der Effendi oder dein Nichtsnutz von Müteßarrif?" – „Halef Omar, hüte deine Zunge! Wenn ich dieses Wort dem Pascha sage!" – „Glaubst du, ich werde mich dann vor ihm fürchten? Ich bin Hadschi Halef Omar Ben Hadschi Abul Abbas Ibn Hadschi Dawuhd al Gossarah!" – „Und ich heiße Ifra, gehöre zu den tapferen

[1] Buch

Baschi Bosuk des Großherrn und wurde für meine Heldentaten zum Buluk Emini ernannt! Für dich sorgt nur eine Person, für mich aber sorgt der Padischah und der ganze Staat, den man den osmanischen nennt." – „Ich möchte wirklich wissen, welchen Vorteil du von dieser Fürsorge hast." – „Welchen Vorteil? Ich will es dir auseinandersetzen. Ich erhalte einen Monatssold von fünfunddreißig Piastern und täglich zwei Pfund Brot, siebzehn Lot Fleisch, drei Lot Butter, fünf Lot Reis, ein Lot Salz, anderthalb Lot Zutaten nebst Seife, Öl und Stiefelschmiere." – „Und dafür verrichtest du Heldentaten?" – „Ja, sehr viele und sehr große!" – „Das möchte ich sehen." – „Was? Du glaubst das nicht? Wie bin ich da zum Beispiel um meine Nase gekommen? Das war nämlich bei einem Streit zwischen den Drusen und Maroniten des Libanon. Wir wurden hingeschickt, um Ruhe und Achtung der Gesetze zu erkämpfen. In einer dieser Schlachten schlug ich wie wütend um mich. Da holte ein Feind nach meinem Kopf aus. Ich wollte ausweichen und trat zurück, und so traf der Hieb statt meinen Kopf meine Na – oooh – aaah – was war das?" – „Ja, was war das? Ein Kanonenschuß!"

Halef hatte recht. Es war ein Kanonenschuß, der den kleinen Buluk Emini um den Schluß seiner Erzählung gebracht hatte. Das war jedenfalls der Signalschuß, den unsere Artilleristen abgegeben hatten, um uns anzuzeigen, daß der Bote des Miralai von ihnen gefangengenommen worden sei. Die beiden Diener kamen sofort herunter.

„Sihdi, man schießt!" rief Halef, seine Waffen nachsehend.

„Mit Kanonen!" fügte Ifra hinzu.

„Schön! Holt die Tiere herein, schafft sie in den inneren Hof, und dann schließt ihr die Tür!"

Ich selbst holte das weiße Tuch und breitete es oben auf der Plattform aus. Dann ließ ich mir einige Decken kommen und legte mich so darauf, daß ich von unten nicht bemerkt werden konnte. Die beiden Diener nahmen später unweit von mir Platz. Es war mittlerweile so licht geworden, daß man ziemlich deutlich sehen konnte. Der Nebel wallte bereits im Tal auf. Noch immer brannten die Lichter und Flammen des Heiligtums, ein Anblick, der dem Auge weh zu tun begann.

So vergingen fünf, ja zehn erwartungsvolle Minuten. Da hörte ich drüben am Abhang ein Pferd wiehern, noch eins, und dann antwortete ein drittes hüben von der anderen Seite. Es war klar, die türkischen Truppen rückten zu gleicher Zeit von beiden Seiten in das Tal ein. Die Befehle des Miralai wurden mit großer Pünktlichkeit befolgt.

„Die Soldaten kommen!" meinte Halef. – „Ja, sie kommen!" bestätigte Ifra. „Effendi, wenn sie uns nun für Jesidi halten und auf uns schießen?" – „Dann läßt du deinen Esel hinaus. Daran werden sie dich sofort erkennen."

Reiterei war nicht dabei. Die Pferde, die gewiehert hatten, waren Offizierspferde. Man hätte sonst das Pferdegetrappel hören müssen. Nach und nach aber ließ sich ein Geräusch bemerken, das immer deutlicher wurde. Es war der Tritt vieler Menschen, die näher kamen. Endlich ertönten Stimmen von dem Grabmal her, und zwei Minuten später vernahmen wir den Marschtritt einer geschlossenen Abteilung. Ich hob den Kopf und schaute hinab.

Es waren vielleicht zweihundert Arnauten, prächtige Gestalten mit wilden Gesichtern, angeführt von einem Alai Emini und zwei Hauptleuten. Sie zogen in geschlossenen Gliedern das Tal hinab. Hinter ihnen kam eine Schar Baschi Bosuk, die sich nach rechts und links zerstreuten, um die Bewohner des Tales zu suchen. Dann folgte ein kleiner Trupp von Offizieren: zwei Jüsbaschi, zwei Alai Emini[1], zwei Binbaschi[2], ein Kaimmakam[3], mehrere Kol Agassi[4] und an der Spitze ein langer, hagerer Mensch mit einem grob zugehackten Gesicht, in der reichen, von Gold strotzenden Uniform eines Regimentskommandeurs.

„Das ist der Miralai Omar Amed!" meinte Ifra achtungsvoll.

„Wer ist der Zivilist an seiner Seite?" fragte ich.

An der Seite des Obersten ritt ein Mann, dessen Züge mir auffielen. Es gibt bekanntlich menschliche Gesichter, die unwillkürlich an bestimmte Tiere erinnern. Ich habe manche gesehen, die etwas Affen-, Bullenbeißer- und Katzenartiges hatten und bei anderen sofort an einen Ochsen, einen Esel, eine Eule, ein Wiesel, ein Rüsseltier, einen Fuchs oder einen Bären denken müssen. Das Gesicht des Mannes nun, den ich jetzt sah, hatte etwas Raubvogelähnliches; es war ganz das eines Stößers.

„Es ist Kiamil Effendi, der Machredsch[5] von Mossul, der Vertraute des Müteßarrif", antwortete der Buluk Emini.

Was wollte nun dieser Machredsch bei den Truppen hier? Ich konnte meinen Vermutungen darüber nicht lange nachhängen, denn plötzlich ertönte ein Kanonenschuß und noch einer. Ein wirres Heulen, Schreien und Rufen erscholl, und dann hörte ich ein Stampfen, als kämen viele Menschen in Hast herbeigesprungen. Die Kavalkade hatte gerade unter meinem Beobachtungsposten angehalten.

„Was war das?" rief der Miralai.

„Zwei Kanonenschüsse!" erwiderte der Machredsch.

„Sehr richtig!" bemerkte der Oberst spöttisch. „Ein Offizier wäre wohl schwerlich darauf gekommen. Aber, bei Allah, was ist das?"

Die Arnauten, die soeben vorübermarschiert waren, kamen in Unordnung und schreiend zurück, viele unter ihnen verwundet.

„Halt!" donnerte der Oberst. „Was ist geschehen?" – „Man hat mit Kartätschen auf uns geschossen. Der Alai Emini ist tot und ebenso einer der Hauptleute, der andere liegt verwundet dort." – „Allah belaleryni werßin – Allah vernichte sie! Auf ihre eigenen Leute zu feuern! Ich lasse sie alle totpeitschen. Nassyr Aga, reite vor und kläre diese Hundesöhne auf!"

Dieser Befehl wurde an einen der Kol Agassi gerichtet, die sich im Gefolge Omar Ameds befanden. Es war derselbe Nassyr Aga, den ich am Bach bei Baadri überrascht und dem ich dann wieder zu seiner Freiheit verholfen hatte. Er gab seinem Pferd die Sporen, kehrte aber schon in kürzester Zeit wieder zurück.

„Miralai, es sind nicht die Unsrigen, sondern es sind Jesidi, die geschossen haben. Sie ließen mich herankommen und riefen es mir zu."

[1] Regimentsquartiermeister oder Rangmajor [2] Major oder Bataillonschef [3] Oberstleutnant [4] Stabsoffizier, Adjutant [5] Vorsteher des Gerichtshofes

„Wo sind unsere Geschütze?" – „In ihren Händen. Mit ihnen haben sie geschossen. Die Feinde haben die Kanonen heute nacht dem Jüsbaschi abgenommen."

Der Oberst stieß einen Fluch aus.

„Dieser Halunke soll es mir büßen! Wo ist er?"

„Gefangen mit allen seinen Leuten."

„Gefangen? Mit allen? Also ohne sich gewehrt zu haben!"

Omar Amed stieß seinem Pferde vor Wut die Sporen so fest in die Weichen, daß es kerzengerad emporstieg, dann fragte er weiter:

„Wo sind die Jesidi, die Teufelsmänner, diese Giaurs? Ich wollte sie fangen, peitschen, töten, aber keiner läßt sich sehen! Sie sind verschwunden? Man wird sie finden. Vorher aber holt mir die Geschütze zurück! Die von Diarbekr haben sich gesammelt. Vorwärts mit ihnen, und dann die Hunde von Kerkuk hinterher!"

Der Kol Agassi sprengte zurück, und sofort setzten sich die Infanteristen von Diarbekr in Bewegung. Der Oberst ritt mit seinem Stab zur Seite. Sie marschierten an ihm vorüber. Weiter konnte ich nichts sehen, da das Tal eine Biegung machte. Aber kaum war eine Minute vorüber, so dröhnte ein Kanonenschuß, ein zweiter, dritter, vierter, und dann folgte derselbe Vorgang wie zuvor: die Unversehrten und Leichtverwundeten flohen zurück, während sie die Toten und Schwerverwundeten liegen ließen. Der Oberst ritt mitten unter sie hinein und züchtigte sie mit der flachen Klinge seines Säbels.

„Steht, ihr Feiglinge! Steht, sonst schicke ich euch mit eigener Hand in die Dschehenna! Kol Agassi, die Dragoner her!"

Der Adjutant galoppierte davon. Die Flüchtlinge sammelten sich, und viele der Baschi Bosuk kamen herbei, um zu melden, daß sie alle Gebäude leer gefunden hätten.

„Zerstört die Nester, brennt alles nieder und sucht mir Spuren! Ich muß wissen, wo diese Ungläubigen hingekommen sind!"

Jetzt war es Zeit für mich, wenn ich überhaupt hier etwas nützen wollte.

„Halef, wenn mir etwas geschieht, so nimmst du dieses weiße Tuch weg! Es ist ein Zeichen für Ali Bei!"

Nach dieser Weisung richtete ich mich auf und wurde sofort bemerkt.

„Ah", rief der Miralai, „da ist ja einer! Komm herunter, du Sohn eines Hundes! Ich will Auskunft haben."

Ich trat zurück.

„Halef, du verschließt die Tür hinter mir und läßt ohne meine Erlaubnis niemand ein! Wenn ich deinen Namen rufe, öffnest du sofort!"

Ich nahm ihn mit hinab und trat vor das Haus; die Tür schloß sich hinter mir. Sofort hatten die Offiziere einen Kreis um mich gebildet.

„Wurm, der du bist, antworte auf meine Fragen, sonst lasse ich dich schlachten!" befahl mir der Oberst.

„Wurm?" wiederholte ich ruhig. „Nimm und lies!"

Omar Amed blitzte mich wütend an, ergriff aber doch den großherrlichen Ferman. Als er das Siegel erblickte, druckte er das Papier an seine Stirn, aber nur leicht und beinahe verächtlich, und überflog den Inhalt.

„Du bist ein Franke?" – „Ein Alamán." – „Das ist gleich. Was tust du hier?" – „Ich kam, um die Gebräuche der Jesidi kennenzulernen", erwiderte ich, während ich den Paß wieder in Empfang nahm.

„Wozu das! Was geht mich dieses Bujuruldu an! Warst du in Mossul beim Müteßarrif?" – „Ja." – „Hast du von Schekib Halil Pascha die Erlaubnis, hier zu sein?"

„Ja. Hier ist sie."

Ich reichte Omar Amed das zweite Blatt. Er las es und gab es mir wieder.

„Das ist richtig, aber –"

Er hielt inne, denn es prasselte drüben am Abhang ein kräftiges Gewehrfeuer los und zu gleicher Zeit vernahmen wir den Hufschlag galoppierender Pferde.

„Scheïtan! Was ist da oben?"

Diese Frage war halb an mich gerichtet. Daher erwiderte ich:

„Es sind Jesidi. Du bist umzingelt, und jeder Widerstand ist vergebens."

Omar Amed richtete sich im Sattel auf.

„Hundesohn!" brüllte er mich an.

„Laß dieses Wort, Miralai! Sagst du es noch einmal, so gehe ich."

„Du bleibst!" – „Wer will mich halten? Ich werde dir jede gewünschte Auskunft erteilen, aber wisse, daß ich nicht gewohnt bin, mich unter einem Miralai zu stellen. Ich habe dir gezeigt, unter welchem Schutz ich stehe, und sollte das nicht helfen, so weiß ich mich selbst zu schützen!"

„Ah!"

Der Offizier hob die Hand, um mich zu schlagen.

„Halef!"

Mit diesem lauten Ruf drängte ich mich zwischen den Pferden hindurch. Die Tür öffnete sich, und kaum hatte ich sie hinter mir zugeschoben, so knirschte die Kugel einer Pistole im Holz. Der Miralai hatte mir nachgeschossen.

„Das galt dir, Sihdi!" meinte Halef besorgt.

„Komm herauf!"

Noch während wir die Treppe erstiegen, vernahmen wir draußen ein wirres Rufen, vermischt mit Rossegestampf, und als ich oben anlangte, sah ich die Nachhut der berittenen Truppe hinter der Krümmung des Tales verschwinden. Es war der reine Wahnsinn, die Dragoner gegen die Geschütze zu jagen, die nur durch einen Schützenangriff von den Seiten des Berges aus hätten zum Schweigen gebracht werden können. Der Miralai wurde sich über seine Lage ja gar nicht klar, und es war ein Glück für ihn, daß Ali Bei das Leben der Menschen schonen wollte, denn droben am Heiligtum und auf den Pfaden bis zur halben Höhe des Berges standen die Türken so dicht, daß jede Kugel der Jesidi ein oder gar mehrere Opfer finden mußte.

Da dröhnte der Donner der Kanonen von neuem. Die Geschosse mußten, wenn gut gerichtet war, eine fürchterliche Verwüstung unter den Reitern hervorbringen, und das bestätigte sich nur zu bald. Der ganze untere Teil des Tales bedeckte sich mit fliehenden Dragonern, laufenden Kavalleristen und reiterlosen Pferden.

Jetzt war der Miralai steif vor Wut und Entsetzen. Nun mochte ihm doch die Erkenntnis kommen, daß er anders handeln müsse. Er bemerkte meinen Kopf, der hinabschaute, und winkte mir. Ich erhob mich wieder.

„Komm herab!" gebot er.

„Wozu?" gab ich zurück.

„Ich will dich fragen." – „Und auf mich schießen?" – „Es galt nicht dir."

„Nun wohl, so frage! Ich werde dir von hier antworten. Du hörst dann meine Worte ebenso deutlich, als wenn ich bei dir stünde. Aber" – und dabei gab ich Halef, der mich sofort verstand, einen Wink – „aber siehst du diesen Mann? Er ist mein Diener; er hat die Büchse in der Hand und zielt auf dich. Sobald sich eine einzige Waffe gegen mich erhebt, erschießt er dich, Miralai, und dann werde ich gerade so sagen wie du, nämlich: Es galt nicht dir."

Halef kniete hart am Rand der Plattform und hielt seine Büchse auf den Kopf des Obersten gerichtet. Der Miralai wechselte die Farbe, ob vor Schreck oder vor Wut, das weiß ich nicht.

„Tut das Gewehr fort!" befahl er.

„Es bleibt!" – „Alamán, ich habe fast zweitausend Soldaten hier, ich kann dich zermalmen!" – „Und ich habe diesen einen bei mir. Ich kann dich mit einem Wink zu deinen Vätern senden." – „Die Meinen würden mich fürchterlich rächen." – „Es würden viele von ihnen zugrunde gehen, ehe es ihnen gelänge, in dieses Haus einzudringen. Übrigens ist das Tal von viertausend Kriegern umschlossen, denen es ein leichtes ist, euch innerhalb einer halben Stunde aufzureiben." – „Wie viele, sagst du?" – „Viertausend. Schau hinauf auf die Höhen! Siehst du da nicht Kopf an Kopf? Dort steigt ein Mann herab, der mit einem weißen Turbantuch winkt. Er ist gewiß der Bote des Bei von Baadri, der mit dir verhandeln soll. Gewähre ihm sicheres Geleit und empfange ihn der Sitte gemäß. Das wird zu deinem Besten sein." – „Ich brauche deine Lehren nicht. Die Rebellen sollen nur kommen! Wo sind überhaupt die Jesidi alle?" – „Laß dir erzählen! Ali Bei hörte, daß du die Pilger überfallen sollst. Er sandte Boten aus und ließ die Truppen aus Mossul, Diarbekr und Kerkuk beobachten. Die Frauen und Kinder wurden in Sicherheit gebracht. Der Bei stellte deinem Anmarsch nichts in den Weg, aber er verließ das Tal und schloß es ein. Er ist dir weit überlegen an Zahl der Krieger und auch in Beziehung auf das Gelände. Er ist im Besitz deiner Artillerie mit ihrer Munition. Du bist verloren, wenn du nicht freundlich mit seinem Abgesandten verhandelst." – „Ich danke dir, Franke. Ich werde erst mit ihm verhandeln und dann auch mit dir. Du hast das Bujuruldu des Großherrn und den Ferman des Müteßarrif und machst doch gemeinschaftliche Sache mit ihren Feinden. Du bist ein Verräter und wirst deine Strafe finden."

Da drängte Nassyr Aga, der Adjutant, sein Pferd zu ihm heran und sagte ihm einige Worte. Omar Amed deutete auf mich und fragte:

„Der wäre es gewesen?"

„Er war es. Der Alamán gehört nicht zu den Feinden; er ist zufällig ihr Gast und hat mir das Leben gerettet."

„So werden wir weiter darüber reden. Jetzt aber kommt mit in jenes Gebäude!"

Sie ritten zum Tempel der Sonne, stiegen vor dem Eingang ab und traten ein.

Mittlerweile war der Unterhändler, von Fels zu Fels springend, in gerader Linie herab ins Tal und über den Bach herübergekommen. Auch er trat in den Tempel ein. Kein Schuß fiel. Es herrschte Ruhe, und nur der Marschtritt der Soldaten ertönte, die sich von dem oberen Teil des Tales, wo sie sich zu sehr gefährdet sahen, zurückzogen und mehr talwärts ausbreiteten.

Wohl über eine halbe Stunde verging. Da trat der Unterhändler wieder ins Freie, aber nicht allein, sondern er wurde geführt. Man hatte ihn gebunden. Der Miralai, der gleichfalls am Eingang des Gebäudes erschien, blickte sich um, sah den Scheiterhaufen, und deutete darauf hin. Es wurden zehn Arnauten herbeigerufen. Sie nahmen den Mann in ihre Mitte und schleppten ihn zum Holzstoß. Während mehrere den Jesidi hielten, griffen die anderen zu ihren Gewehren – er sollte erschossen werden.

„Halt!" rief ich zum Obersten hinüber. „Was willst du tun? Er ist ein Abgesandter, also unverletzlich."

„Der Jesidi ist ein Rebell wie du. Erst er, dann du; denn nun wissen wir, wer die Artilleristen überfallen hat!"

Er winkte – die Schüsse krachten – der Mann war tot! Da aber geschah etwas, was ich nicht erwartet hatte: durch die Soldaten drängte sich ein Mann. Es war Pir Kamek. Er erreichte den Scheiterhaufen und kniete bei dem Toten nieder.

„Ah, ein zweiter!" rief der Oberst und schritt hinzu. „Erhebe dich und antworte mir!"

Weiter konnte ich nichts hören. Ich sah nur die feierlichen Gesten des Priesters und die zornigen des Miralai. Dann bemerkte ich, daß Pir Kamek die Hände in den Haufen steckte, und einige Sekunden später züngelte blitzschnell eine Flamme empor. Eine Ahnung durchzuckte mich. Großer Gott, sollte Kamek ein solches Opfer, eine solche Rache an dem Mörder seiner Söhne und seines Weibes gemeint haben!

Pir Kamek wurde ergriffen und vom Haufen weggerissen, aber es war bereits zu spät, die Flamme zu löschen, die in dem Erdpech reiche Nahrung gefunden hatte. In der Zeit von kaum einer Minute war sie bereits zur hellen Lohe geworden, die hoch zum Himmel schlug.

Kamek wurde umringt und festgehalten. Der Miralai schien den Platz verlassen zu wollen. Da aber kehrte er um und ging zu dem Priester zurück. Sie sprachen miteinander, der Oberst erregt, Kamek ruhig und mit geschlossenen Augen. Doch plötzlich öffnete er sie, warf die zwei Soldaten, die ihn hielten, von sich und packte den Oberst. Mit der Kraft eines Riesen hob der Jesidi den Türken empor – zwei Sprünge, und er stand vor dem Scheiterhaufen; noch einer, und sie verschwanden in der lohenden Glut, die über ihnen zusammenschlug. Eine Bewegung im Inneren der Lohe ließ vermuten, daß die beiden dem Flammentod Geweihten miteinander kämpften: der eine, um sein Leben zu retten, der andere, um den Feind sterbend festzuhalten.

Es war mir, als sei ich bei grimmigster Winterkälte ins Wasser gestürzt. Also darum war dieser Tag der wichtigste seines Lebens, wie Kamek, der Priester zu mir gesagt hatte! Ja, der wichtigste Tag des Lebens ist der, an dem man dieses Leben verläßt, um sich den brandenden Fluten der Ewigkeit anzuvertrauen. Also diese fürchterliche Rache an dem Miralai war das ‚letzte Wort', das Pir Kameks Hand in jenes Buch verzeichnen sollte, worin die blutige Geschichte der Jesidi, der Verachteten und Verfolgten verzeichnet steht! Also dieses Feuer war das ‚Element', in dem sein Leib begraben werden sollte und dem er darum auch sein Kleid überlassen wollte!

Schrecklich! Ich schloß die Augen. Ich mochte nichts mehr sehen, nichts mehr wissen. Ich ging hinunter in die Stube und legte mich auf das Polster, mit dem Gesicht zur Wand. Noch einige Zeit lang war es draußen verhältnismäßig ruhig, dann begann das Schießen von neuem. Mich ging das nichts an. Wenn mir Gefahr drohte, würde mich Halef benachrichtigen. Ich sah nur die langen weißen Haare, den wallenden schwarzen Bart und die goldblitzende Uniform in dem Brodem des Scheiterhaufens verschwinden. Mein Gott, wie wertvoll, wie unendlich kostbar ist ein Menschenleben, und dennoch – dennoch – dennoch – –!

So verging eine geraume Zeit. Da hörte das Schießen auf, und ich vernahm Schritte auf der Treppe. Halef trat ein.

„Sihdi, du sollst auf das Dach kommen! Ein Offizier verlangt nach dir."

Ich stand auf und begab mich wieder hinauf. Ein einziger Blick belehrte mich über den Stand der Dinge. Die Jesidi hielten nicht mehr die Höhen besetzt, sie waren vielmehr nach und nach ins Tal herniedergestiegen. Hinter jedem Stein, hinter jedem Baum oder Strauch hielt sich einer verborgen, um aus dieser sicheren Stellung seine Kugeln zu versenden. Im unteren Teil des Tales hatten sie sogar, durch die Geschütze gedeckt, bereits die Sohle erreicht und sich in dem Gebüsch am Bach eingenistet. Es fehlte nur noch eins: wenn die Kanonen nur eine kurze Strecke noch heraufrückten, so konnten mit einigen Salven sämtliche Türken vernichtet werden.

Vor dem Haus stand Nassyr Aga.

„Effendi, wirst du noch einmal mit uns sprechen?" fragte er.

„Was habt ihr mir zu sagen?" – „Wir wollen einen Unterhändler zu Ali Bei senden, und weil der Miralai, dem Allah das Paradies schenken möge" – er deutete auf den noch immer qualmenden Scheiterhaufen – „den Unterhändler der Jesidi getötet hat, kann keiner von uns gehen. Willst du es tun?" – „Ich will. Was soll ich sagen?" – „Der Kaimmakam wird es dir befehlen. Er führt jetzt das Kommando und ist in jenem Haus. Komm herüber!" – „Befehlen? Euer Kaimmakam kann mir nichts befehlen. Was ich tue, das tue ich freiwillig. Der Kaimmakam mag kommen und mir sagen, was er sagen will. Dieses Haus steht ihm offen, aber nur ihm und höchstens noch einer zweiten Person. Wer sich sonst naht, den lasse ich niederschießen." – „Wer ist außer dir im Haus?" – „Mein Diener und ein Kawaß des Müteßarrif, ein Basch-

Bosuk." – „Wie heißt er?" – „Es ist der Buluk Emini Ifra." – „Ifra? Mit seinem Esel?" – „Ja", lachte ich.

„So bist du der Fremdling, der den arnautischen Offizieren die Bastonade erlassen hat und die Freundschaft des Pascha gewann?"

„Ich bin es." – „Dann warte ein wenig, Effendi! Der Kaimmakam wird gleich kommen."

Es währte wirklich nur kurze Zeit, so trat der Kaimmakam drüben aus dem Tempel und kam auf das Haus zu. Nur der Machredsch begleitete ihn.

„Halef, öffne ihnen und führe sie in die Stube. Die Tür schließt du wieder, und dann kehrst du hierher zurück. Sollte sich ein Unberufener dem Haus nähern, so schießt du auf ihn!"

Ich ging hinab. Die beiden Männer traten ein. Sie waren von hohem Rang; das durfte mich jedoch nicht kümmern. Ich empfing sie daher in gemessener Haltung und winkte ihnen nur, sich niederzulassen. Als sie dies getan hatten, fragte ich, ohne sie besonders willkommen zu heißen:

„Mein Diener hat euch eingelassen. Was wollt ihr mir sagen?"

„Wi· bitten dich, in unserem Auftrag zu Ali Bei zu gehen", begann der Machredsch.

„Werdet ihr mir und meinen Dienern sicheres Geleit geben?" – „Ja."

„Was soll ich ihm vortragen?" – „Daß er die Waffen strecken und zum Gehorsam gegen den Müteßarrif zurückkehren soll." – „Und dann?" fragte ich, neugierig, was noch kommen werde.

„Dann soll die Buße, die Schekib Halil Pascha über die Jesidi verhängt, so gnädig wie möglich sein." – „Du bist der Machredsch von Mossul, und dein Begleiter ist der Befehlshaber der Truppen, die hier stehen", erwiderte ich. „Er ist es, der mir seine Wünsche mitteilen soll, nicht aber du." – „Ich bin bei ihm als Beauftragter des Müteßarrif."

Der Mann mit dem Stößergesicht warf sich bei diesen Worten soviel wie möglich in die Brust.

„Hast du schriftliche Vollmacht?" fragte ich.

„Nein." – „So giltst du hier so wenig wie jeder andere." – „Der Kaimmakam wird es mir bezeugen!" – „Nur eine schriftliche Vollmacht kann dich ausweisen, sonst nichts. Geh und hole sie dir. Schekib Halil Pascha wird nur einen Mann von Kenntnissen erlauben, ihn zu vertreten." – „Willst du mich beleidigen?" – „Nein. Ich will nur feststellen, daß du kein Offizier bist, von militärischen Dingen nichts verstehst und hier also schweigst." – „Effendi!" rief er, wobei er mir einen wütenden Blick zuwarf.

„Soll ich dir die Wahrheit meiner Worte beweisen? Ihr seid so eingeschlossen, daß kein einziger von euch entkommen kann. Es bedarf nur einer halben Stunde, so seid ihr hilflos in die Erde hineingeschossen. Und bei einem solchen Stand der Dinge soll ich dem Bei sagen, daß er die Waffen strecken soll? Er würde mich für wahnsinnig halten. Der Miralai, dem Allah gnädig und barmherzig sein möge, hat fünfzehnhundert wackere Soldaten durch seine Unvorsichtigkeit ins Verderben geführt. Dem Kaimmakam fällt die ehrenvolle Aufgabe zu, sie diesem Verderben zu entreißen. Wenn ihm dies gelingt, so hat er wie ein guter Offizier und wie ein Held gehandelt. Mit hochtrabenden Worten aber, hinter denen Furcht und Heimtücke lauern, wird es ihm nicht gelingen. Ich will nur mit ihm reden. In militärischen Angelegenheiten soll nur ein Soldat bestimmen."

Ich hatte einen entschiedenen Widerwillen gegen diesen Menschen, aber es wäre mir nicht eingefallen, dem einen so kräftigen Ausdruck zu geben, wenn Kiamil Effendi anders aufgetreten wäre und ich nicht eine deutliche Ahnung gehabt hätte, daß er die meiste Schuld an den gegenwärtigen Verhältnissen trug.

Nun wandte ich mich an den Kaimmakam:

„Was soll ich dem Bei sagen, wenn er mich fragt, warum ihr Scheik Adi überfallen habt?" – „Weil wir uns zwei Mörder holen wollen, und weil die Jesidi den Charadsch[1] nicht regelmäßig bezahlen."

„Ali Bei wird sich über diese Gründe sehr wundern. Die Mörder müßt ihr bei euch selbst suchen, das wird er euch beweisen, und den Charadsch konntet ihr auf einem anderen Weg erlangen. Was soll ich ihm von deinen jetzigen Entschlüssen sagen?" – „Sag dem Anführer der Jesidi, daß er mir einen Mann senden mag, mit dem ich über die Bedingungen verhandeln kann, unter denen ich abziehe!" – „Und wenn er mich nach der Grundlage dieser Bedingungen fragt?" – „Ich verlange im Namen des Müteßarrif unsere Geschütze zurück, ich verlange für jeden unserer Toten oder Verwundeten ein Sühnegeld, ich verlange den verweigerten Charadsch, und ich verlange die Auszahlung einer Summe, die ich noch bestimmen werde, als Brandschatzung."

„Allah kerîm – Gott ist gnädig! Er hat dir einen Mund gegeben, der sehr gut zu fordern weiß. Du brauchst mir weiter nichts zu sagen; es ist genug, und das übrige magst du Ali Bei selbst mitteilen. Ich werde sofort zu ihm gehen und euch die Antwort entweder selbst bringen oder sie euch durch einen Boten wissen lassen." – „Sag ihm nur noch, daß er unsere Artilleristen freilassen und ihnen ihren Schreck vergüten muß!" – „Ich werde ihm auch dies noch mitteilen. Aber ich befürchte, daß der Bei von euch auch eine Vergütung der Überraschung verlangt, die ihr ihm bereitet habt. Jetzt sind wir fertig. Ich werde mich aufmachen, warne euch aber vorher noch in einer Beziehung. Wenn ihr in Scheik Adi Schaden anrichtet, wird Ali Bei gegen euch keine Schonung kennen."

Ich stand auf. Sie taten desgleichen und gingen.

Jetzt rief ich Halef und Ifra herab und befahl ihnen, die Tiere zu satteln. Das nahm nur kurze Zeit in Anspruch. Dann verließen wir das Haus und stiegen auf.

„Haltet hier! Ich komme gleich zurück."

Nach diesen Worten ritt ich zunächst ein Stück das Tal hinab, um die Wirkung der Geschütze in Augenschein zu nehmen. Sie war grauenhaft, doch wurde sie dadurch gemildert, daß die Jesidi die verwundeten Türken aufgehoben hatten, um ihnen möglichst Hilfe angedeihen zu lassen. Ich wandte mich ab, obwohl mir die Sieger von ihrer Verschanzung her erfreut zuriefen, nahm Halef und Ifra mit und ritt nun am Bach hin, um auf den Weg nach Baadri zu gelangen; denn da oben auf dieser Seite mußte ich den Bei vermuten.

[1] Eine Steuer für Nichtmohammedaner

Als ich an dem Tempel vorbeikam, stand der Kaimmakam mit seinem Stab davor. Er winkte mir, und ich ritt zu ihm hin.

„Sag dem Bei noch, daß er eine hohe Summe als Sühne für den Tod des Miralai bezahlen muß!"

„Ich glaube gern, daß sich der Machredsch von Mossul große Mühe gibt, immer neue Forderungen zu finden, und ich vermute, daß der Bei eine bedeutende Sühne für seinen ermordeten Unterhändler verlangen wird. Doch werde ich ihm deine Worte ausrichten."

Ich ritt weiter und kam an finsteren Gesichtern vorüber. Gar manche Hand zuckte zum Dolch, aber Nassyr Aga begleitete mich, bis ich in Sicherheit war. Dann nahm er kurz Abschied, denn die Zeit drängte.

„Effendi, werden wir uns wiedersehen?" fragte er.

„Allah weiß es." – „Du bist mein Retter. Ich werde dich nie vergessen und danke dir. Sollten wir uns einmal wiedersehen, so sage mir, ob ich dir dienen kann." – „Gott schütze dich! Vielleicht sehe ich dich einmal als Miralai. Dann möge deiner ein besseres Kismet warten als das des Omar Amed!"

Wir reichten einander die Hände und schieden. Auch ihn habe ich zu einer Zeit wiedergesehen, da ich am wenigsten an ihn dachte.

Nur wenige Schritte weiter oben trafen wir hinter einem Busch den ersten Jesidi, der sich so weit herangewagt hatte, um beim Wiederbeginn des Kampfes ein sicheres Ziel zu haben. Es war der Sohn Seleks, mein Dolmetscher.

„Effendi, du bist unversehrt?" rief Jussuf mir entgegen.

„Jawohl. Hast du das Buch Pir Kameks bei dir?" – „Nein. Ich habe es an einem Ort versteckt, wo es keinen Schaden leiden kann."

„Aber wenn du gefallen wärst, so wäre es verloren gewesen."

„Nein, Effendi, ich habe mehreren gesagt, wo es liegt, und sie hätten es dir mitgeteilt." – „Wo ist der Bei?" – „Oben auf der Klippe, von wo aus man das Tal am besten überblicken kann. Komm, ich werde dich führen!"

Jussuf schulterte das Gewehr und schritt voran. Wir erreichten die Höhe, und es war aufschlußreich, hier hinabzublicken auf die Verstecke, in denen die Jesidi standen, saßen, hockten und lagen, alle bereit, bei einem Zeichen ihres Anführers den Kampf nun im vollen Ernst zu beginnen. Hier kam man noch besser als unten zu der Überzeugung, daß die Türken verloren waren, wenn es ihnen nicht gelang, mit ihren Gegnern einig zu werden. Hier an dieser Stelle hatte ich mit Ali Bei gestanden, als wir die vermeintlichen Sterne beobachteten, und jetzt, nur wenige Stunden später, stand die kleine Sekte, die es gewagt hatte, den Kampf mit den Truppen des Großherrn aufzunehmen, bereits als Sieger da.

Wir ritten nun links weiter, bis wir zu einem Felsen gelangten, der sich ein wenig über den Rand des Tales hervorstreckte. Hier saß der Bei mit seinem Stab, der nur aus drei schlichten Jesidi bestand. Er kam mir erfreut entgegen.

„Ich danke dem Allgütigen, der dich gesund und unversehrt erhalten hat!" sagte er herzlich. „Ist dir Übles begegnet?" – „Nein, sonst hätte ich dir das Zeichen gegeben." – „Komm her!"

Ich stieg ab und folgte ihm auf den Felsen. Man konnte von hier aus alles deutlich sehen, das Heiligtum, das Haus des Bei, da unten die Batterie hinter der Verschanzung und die beiden Seitenwände des Tales.

„Erkennst du die weiße Stelle auf meinem Haus?" fragte Ali Bei.

„Ja. Es ist das Tuch." – „Wäre es verschwunden, so hätte ich ein Zeichen gegeben, und fünfhundert meiner Leute wären talab Sturm gelaufen, unter dem Schutz der Kanonen, die den Feind in Schach gehalten hätten." – „Ich danke dir, o Bei. Es ist mir nichts geschehen, als daß der Miralai einmal nach mir schoß, aber ohne zu treffen."

„Das soll er büßen!" – „Omar Amed hat es bereits gebüßt."

Ich erzählte alles, was ich gesehen hatte, und berichtete auch die Worte, in denen der Abschied Pir Kameks von mir enthalten war. Ali Bei hörte aufmerksam und in tiefer Bewegung zu. Als ich geendet hatte, sagte er nur: „Pir Kamek war ein Held!"

Dann versank der Bei in Sinnen, woraus er erst nach einer Weile wieder erwachte.

„Und was sagst du? Sie haben meinen Unterhändler getötet?"

„Sie haben ihn erschossen." – „Wer hat den Befehl dazu erteilt?"

„Jedenfalls der Miralai." – „Oh, lebte der Türke noch!" knirschte er. „Fast ahnte ich, daß dem Boten etwas widerfahren werde. Aber ich werde Hefi rächen; ich werde jetzt das Zeichen geben, da nun endlich Ernst gemacht werden soll!"

„Warte noch, denn ich muß vorher mit dir reden. Der Kaimmakam, der den Oberbefehl führt, hat mich zu dir gesandt."

Ich erzählte ihm nun wortgetreu meine Unterredung mit dem Oberstleutnant und dem Machredsch. Als ich Kiamil Effendi erwähnte, zog Ali Bei die Brauen finster zusammen, doch hörte er mich ruhig bis zu Ende an.

„Also der Machredsch ist dabei! Oh, nun weiß ich, wem wir das alles zu verdanken haben! Er ist der schlimmste Feind der Jesidi. Kiamil haßt sie, er ist ihr Vampir, ihr Blutsauger, und er hat auch jenem Mord die Wendung gegeben, die zur Handhabe geworden ist, durch diesen Überfall Geld von uns zu erpressen. Aber meine Gesandtschaft, die nach Stambul gegangen ist, wird auch zum Anadolu Kasi Askeri[1] gehen, um ihm einen Brief von mir zu überbringen, den mir Pir Kamek noch geschrieben hat. Beide kannten sich gut, und Kamek ist lange Zeit Gast des hohen Beamten gewesen. Der Heeresrichter weiß die Lüge von der Wahrheit zu unterscheiden und wird uns Hilfe bringen."

„Das wünsche ich dir von Herzen. Aber wen wirst du zum Kaimmakam senden? Ein einfacher Mann darf es nicht sein, sonst wird er überlistet." – „Wen ich senden werde, fragst du? Niemand werde ich senden, keinen Menschen. Ich selbst werde mit ihm sprechen. Ich bin das Haupt der Meinen, er ist der Anführer der Seinen, und wir beide haben zu entscheiden. Aber ich bin der Sieger, und er ist der Besiegte. Der Türke mag zu mir kommen!" –„So ist es recht."

„Ich werde den Offizier hier erwarten. Ich werde ihm freies Geleit geben. Aber wenn er in dreißig Minuten noch nicht zur Stelle ist, so

[1] Heeresrichter der asiatischen Türkei

lasse ich die Beschießung beginnen und halte nicht eher ein, als bis keiner der Feinde mehr lebt!“

Ali Bei trat zu seinen Adjutanten und sprach kurze Zeit mit ihnen. Darauf entfernten sich zwei der Leute. Der eine ergriff einen weißen Schal, legte seine Waffen ab und stieg links hinab, da, wo ich jetzt heraufgekommen war. Der andere aber schritt längs des Randes der Höhe hin und kletterte dann rechts hinab zum Punkt hin, wo die Geschütze standen.

Nun gab Ali Bei einigen Jesidi, die in der Nähe hielten, den Befehl, ein Zelt für uns zu richten. Stangen, Schnüre und Zeltbahnen lagen bereit. Während die Männer seinem Gebot Folge leisteten, bemerkte ich, daß sich unten die Verschanzung öffnete. Die Kanonen wurden durch die so entstandene Lücke gezogen und rückten längs des Bachs bis an die Linie der Jesidi vor, die auf der Talsohle festen Fuß gefaßt hatten. Dort gab es mehrere Felsblöcke, die mit einigen schnell umgehauenen Bäumen eine neue Verschanzung bildeten.

Es waren seit der Absendung des Boten noch nicht zwanzig Minuten vergangen, so nahte der Kaimmakam. Er war von drei Soldaten begleitet, und an seiner Seite ritt – der Machredsch. Das war eine Unklugheit. Ich sah es an dem finsteren Blick, mit dem Ali Bei Kiamil Effendi betrachtete.

Der Bei trat in das Zelt, das mittlerweile aufgerichtet worden war, und ließ sich auf den Teppich nieder. Ich empfing die Kommenden. Die drei Soldaten blieben vor dem Zelt, die beiden anderen aber traten ein.

„Selâm!“ grüßte der Kaimmakam.

Kiamil Effendi grüßte überhaupt nicht. Er als der Vorsteher eines großherrlichen Gerichtshofes erwartete, daß der Anführer der Teufelsanbeter ihn bewillkommen werde. Ali Bei aber nahm weder von ihm Notiz, noch beantwortete er den Gruß des Oberstleutnants. Er deutete nur auf den Teppich und meinte:

„Kaimmakam, otur – du darfst dich setzen!“

Der Angeredete nahm in würdevoller Weise Platz, und der Machredsch ließ sich an seiner Seite nieder.

„Du hast uns hierher gebeten“, begann der Offizier. „Warum bist du nicht zu uns gekommen?“ – „Du irrst!“ entgegnete Ali Bei ernst. „Ich habe dich nicht gebeten, sondern ich habe dir nur kundgetan, daß ich die Osmanlylar niederkartätschen lassen werde, wenn du nicht kommst. Ist das eine Bitte? Du fragst ferner, warum ich nicht zu dir gekommen bin. Wenn ich von Scheik Adi nach Mossul komme, werde ich dich aufsuchen und nicht verlangen, daß du dich zu mir bemühst. Nun bist du von Mossul nach Scheik Adi gekommen und wirst die Gesetze der Höflichkeit kennen, die dir gebieten, dich zu mir zu bemühen. Deine Frage veranlaßt mich übrigens, dir gleich die Stellung klarzumachen, von der aus wir gegenseitig zueinander sprechen werden. Du bist ein Untergebener, ein Beamter des Großherrn und des Müteßarrif, ein Offizier, der im günstigen Fall ein Regiment befehligt. Ich aber bin ein freier Fürst der Kurden und Oberfeldherr aller meiner Krieger. Glaube darum nicht, daß dein Rang höher sei als der meinige –“

„Ich bin nicht ein –" – „Schweig! Ich bin gewöhnt, daß man mich anhört und mich ausreden läßt. Merke dir das, Kaimmakam! Du bist ohne alles Recht und ohne vorherige Ankündigung in mein Gebiet eingebrochen wie ein Dieb, wie ein Räuber, mit bewaffneter Hand. Einen Räuber fange und töte ich. Da du aber ein Untergebener des Großherrn und des Müteßarrif bist, will ich vorher, ehe ich meine ganze Macht entwickle, in Güte mit dir reden. Daß du noch lebst, du und die Deinen, das habt ihr nur meiner Milde und Nachsicht zu verdanken. Nun sage, wer das Recht hat, zu erwarten, daß der andere zu ihm kommt, du oder ich!"

Der Kaimmakam machte ein erstauntes Gesicht, denn eine solche Begrüßung hatte er jedenfalls nicht erwartet. Er besann sich, was er sagen solle. Doch der Machredsch, über dessen Stößergesicht es wie flammender Grimm zuckte, ergriff das Wort: „Ali Bei, was wagst du! Du nennst uns Diebe und Mörder, uns, die wir als Vertreter des Padischah und des Müteßarrif hier sitzen! Nimm dich in acht, sonst wirst du es bereuen!"

Der Bei wandte sich in vollkommener Ruhe an den Offizier: „Oberstleutnant, wer ist dieser Verrückte?"

Der Gefragte machte eine erschrockene Gebärde.

„Wahre deine Zunge, Ali Bei! Kiamil Effendi ist der Machredsch von Mossul." – „Du scherzest! Ein Machredsch muß im Besitz seiner Sinne sein. Der Machredsch von Mossul hat den Müteßarrif zu dem Kriegszug gegen mich beredet. Er würde, wenn er nicht verrückt ist, es nie wagen, zu mir zu kommen; denn er muß wissen, was in diesem Fall seiner wartet." – „Ich scherze nicht. Er ist es wirklich." – „So habe ich recht gehört. Aber bedenke, daß ich nur dich zu mir gerufen habe!" – „Kiamil Effendi ist mit mir als Vertreter und Abgesandter des Müteßarrif gegangen." – „Das ist möglich, denn du sagst es. Aber kannst du es mir beweisen?" – „Ich sage und bezeuge es!" – „Das gilt hier nichts. Ich vertraue dir. Jeder andere dagegen, der in einer solchen oder in einer ähnlichen Angelegenheit zu mir kommt, muß beweisen können, daß er das Recht und den Auftrag hat, mit mir zu verhandeln. Sonst läuft er Gefahr, daß ich ihn behandle, wie ihr meinen ersten Boten behandelt habt." – „Ein Machredsch kann niemals in solche Gefahr kommen!"

„Ich werde dir das Gegenteil beweisen!"

Ali Bei klatschte in die Hände, und sogleich trat der Jesidi ein, der den Kaimmakam geholt hatte.

„Hast du dem Kaimmakam sicheres Geleit versprochen?" fragte ihn der Bei.

„Ja, o Bei."

„Wem noch?" – „Sonst keinem." – „Den drei Soldaten nicht, die draußen stehen?" – „Nein. Und dem Machredsch auch nicht."

„Die drei werden abgeführt; sie sind gefangen, und diesen Mann, der sich für den Machredsch von Mossul ausgibt, nimmst du auch mit! Er ist schuld an allem, auch an der Ermordung meines Unterhändlers."

„Ich erhebe Einspruch!" rief der Kaimmakam.

„Ich werde mich zu verteidigen und auch zu rächen wissen", drohte Kiamil und zog seinen Dolch aus dem Gürtel.

Im selben Augenblick aber hatte sich Ali Bei emporgeschnellt und schlug ihm die Faust mit solcher Gewalt ins Gesicht, daß der Getroffene rückwärts niederstürzte.

„Hundesohn, wagst du es, in meinem Zelt die Waffe gegen mich zu ziehen? Fort, hinaus mit ihm!" – „Halt!" gebot der Kaimmakam. „Wir sind gekommen, zu unterhandeln. Es darf uns nichts geschehen!"

„Auch mein Bote kam zu euch, um zu unterhandeln, und ihr habt ihn ermordet. Hinaus mit diesem Menschen!"

Der Jesidi faßte den Machredsch und schaffte ihn fort.

„So werde auch ich gehen!" drohte der Kaimmakam.

„So geh! Du wirst die Deinen unverletzt erreichen. Aber ehe du zu ihnen kommst, werden ihrer viele getötet sein. Kara Ben Nemsi Effendi, tritt hinaus auf den Felsen und erhebe die Rechte! Es ist das Zeichen, daß die Beschießung beginnen soll!" – „Bleib!" wandte sich der Kaimmakam schnell zu mir. „Ihr dürft nicht schießen." – „Warum nicht?" fragte Ali Bei. – „Das wäre Mord, denn wir können uns nicht wehren." – „Das wäre kein Mord, sondern Strafe und Vergeltung. Ihr wolltet uns überfallen, ohne daß wir eine Ahnung davon hatten. Ihr kamt mit Säbeln, Flinten und Kanonen, um uns niederzuhauen, niederzukartätschen. Nun aber, da sich eure Kanonen in unseren Händen befinden, da ihr von uns gebührend empfangen worden seid, sagt ihr, derjenige, der schießt, sei ein Mörder! Kaimmakam, laß dich nicht auslachen!" – „Du wirst den Machredsch freigeben!" – „Er ist Geisel für den gemordeten Unterhändler!" – „Du wirst Kiamel Effendi töten?" – „Vielleicht. Es kommt ganz darauf an, ob wir beide uns verständigen." – „Was verlangst du von mir?" – „Ich bin bereit, deine Zugeständnisse zu vernehmen." – „Zugeständnisse? Wir sind gekommen, um Forderungen zu erheben." – „Ich habe dich bereits ersucht, dich nicht auslachen zu lassen! Sag mir zunächst, aus welchem Grund ihr uns überfallen habt!" – „Es sind Mörder unter euch." – „Ich weiß, welchen Fall du meinst, aber ich sage dir, daß du falsch unterrichtet bist: nicht zwei von den Unserigen haben einen der Eurigen, sondern drei der Eurigen haben zwei der Unserigen ermordet. Ich habe bereits dafür gesorgt, euch dies beweisen zu können; denn der Kjaja[1] des Ortes, wo die Tat geschehen ist, wird in kurzer Zeit mit den Angehörigen der Ermordeten hier sein." – „Vielleicht ist das ein anderer Fall."

„Es ist der nämliche, aber der Machredsch hat ihn verdreht. Er wird es nicht wieder tun. Und wenn es so wäre, wie du sagst, so würde das immer noch kein Grund sein, mit bewaffneter Macht unser Gebiet zu überfallen." – „Wir haben noch einen zweiten Grund. Ihr habt den Charadsch nicht bezahlt." – „Wir haben ihn bezahlt. Was nennst du überhaupt Charadsch? Wir sind freie Kurden. Was wir zahlen, das zahlen wir freiwillig. Wir haben die Kopfsteuer erlegt, die jeder, der nicht Moslem ist, für seine Befreiung vom Militärdienst entrichten muß. Nun wollt ihr auch den Charadsch, und doch ist das nichts anderes als diese bereits entrichtete Kopfsteuer! Und wenn ihr in eurem Recht wäret, und wenn wir dem Müteßarrif eine Steuer schuldiggeblieben wären, ist das Veranlassung genug, uns zu überfallen? Muß der Müteßarrif da just

[1] Vorsteher

Scheik Adi überfallen, wo jetzt Tausende von Menschen sind, die nicht nach Mossul gehören und die ihm auf keinen Fall etwas schuldig sind? Kaimmakam, du und ich, wir beide wissen genau, was Schekib Halil Pascha eigentlich von uns will: Geld und Beute. Es ist ihm nicht gelungen, uns zu berauben, und so wollen wir nicht weiter über seine Gründe reden. Du bist weder ein Jurist noch ein Steuereinnehmer; du bist Offizier, und darum will ich mit dir nur das besprechen, was deine militärische Aufgabe betrifft. Du sollst reden, und ich werde hören!"

„Ich soll von dir den Charadsch und die Mörder verlangen, sonst muß ich auf Befehl des Müteßarrif Scheik Adi nun alle Ortschaften der Jesidi zerstören und einen jeden töten, der mir Widerstand leistet. So lautet der Befehl." – „Und du wirst ihn erfüllen?" – „Mit allen Kräften." – „Tu es!"

Ali Bei erhob sich, zum Zeichen, daß die Unterredung beendet sei. Der Kaimmakam machte eine Bewegung, ihn zurückzuhalten.

„Was wirst du beginnen, Bei?" – „Du willst die Dörfer der Jesidi zerstören und die Einwohner töten, und ich, das Oberhaupt der Jesidi, werde meine Untertanen zu beschützen wissen. Ihr seid ohne Kriegserklärung bei mir eingebrochen. Ihr verteidigt das mit Gründen, die Lügen sind. Ihr wollt sengen und brennen, rauben und morden. Ihr habt sogar meinen Unterhändler getötet, eine Tat, die gegen alles Völkerrecht ist. Daraus folgt, daß ich euch nicht als Krieger betrachten kann, sondern als Räuber behandeln muß. Räuber aber schießt man einfach über den Haufen. Wir sind fertig. Kehre zu den Deinen zurück. Jetzt stehst du noch unter meinem Schutz. Dann aber bist du vogelfrei."

Der Bei verließ das Zelt und hob den Arm. Die Artilleristen mochten längst auf dieses Zeichen gewartet haben — ein Kanonenschuß krachte und noch einer.

„Was tust du!" rief der Kaimmakam. „Du brichst den Waffenstillstand, noch während ich bei dir bin!" – „Haben wir einen Waffenstillstand abgeschlossen? Habe ich dir nicht gesagt, daß wir fertig sind! Hörst du? Das waren Kartätschen – und das Granaten, jene Geschosse, die für uns bestimmt waren. Nun aber treffen sie euch. Allah hat gerichtet; er schlägt den Sünder mit den eigenen Waffen. Du hörst das Schreien deiner Leute. Nun geh zu ihnen und befiehl ihnen, unsere Dörfer zu zerstören!"

Wirklich schien der dritte und vierte Schuß gewirkt zu haben. Das konnte man aus dem wilden Heulen schließen, das aus der Tiefe scholl.

„Halt ein, Ali Bei! Gib das Zeichen, das Feuer einzustellen, damit wir weiter verhandeln können!" – „Du kennst den Befehl des Müteßarrif, und ich kenne meine Pflicht. Wir sind fertig!" – „Der Müteßarrif hatte seine Befehle nicht mir, sondern dem Miralai gegeben, und nun ist es meine Pflicht, meine Leute nicht wehrlos niederschießen zu lassen. Ich muß sie zu retten suchen." – „Willst du diesen Gedanken festhalten, so bin ich bereit, die Verhandlungen wieder aufzunehmen."

„So komm herein!"

Ali Bei wand sein Turbantuch los und winkte damit hinunter, dann trat er wieder ins Zelt.

„Was verlangst du von mir?“ fragte der Kaimmakam.

Der Bei blickte nachdenklich zur Erde, dann antwortete er: „Nicht du bist es, dem ich zürne, und darum möchte ich dich schonen. Jedes endgültige Übereinkommen aber, das wir treffen könnten, würde dein Verderben sein, weil meine Bedingungen für euch mehr als ungünstig sind. Darum werde ich nur mit dem Müteßarrif selbst verhandeln, und du bist aller Verantwortung ledig.“ – „Ich danke dir, o Bei!“

Der Kaimmakam schien kein schlechter Mensch zu sein. Er war froh, daß die Angelegenheit eine solche Wendung nahm, und darum kam sein Dank sichtlich aus aufrichtigem Herzen.

„Aber eine Bedingung habe ich natürlich auch an dich“, fuhr Ali Bei fort. „Du betrachtest dich und deine Truppen als kriegsgefangen und bleibst mit ihnen in Scheik Adi, bis ich mich mit dem Müteßarrif geeinigt habe.“ – „Darauf gehe ich ein, denn ich kann es verantworten. Der Miralai ist an allem schuld; er ist zu unvorsichtig vorgegangen.“

„Du gibst also die Waffen ab?“ – „Das wäre schimpflich.“ – „Könnt ihr als Kriegsgefangene die Waffen behalten?“ – „Ich erkläre mich nur insoweit für kriegsgefangen, als ich in Scheik Adi bleibe und keinen Durchbruch versuche, bis ich weiß, wie der Müteßarrif über uns verfügen wird.“ – „Der Durchbruch würde dein Verderben sein; er würde euch aufreiben.“ – „Ali Bei, ich will ehrlich sein und zugeben, daß unsere Lage sehr schlimm ist. Aber weißt du, was tausend Männer vermögen, wenn sie zur Verzweiflung getrieben werden?“ – „Ich weiß es, doch es käme trotzdem keiner von euch davon.“ – „Aber es würde auch mancher von euch fallen. Und bedenke, daß dem Müteßarrif noch das Linien- und das Dragonerregiment zur Verfügung steht, dessen größter Teil in Mossul zurückgeblieben ist. Rechne dazu die Hilfe, die er aus Kerkuk und Diarbekr, aus Suleimanije und anderen Garnisonen erhalten kann! Rechne dazu die Artillerie, die ihm noch geblieben ist, und du wirst einsehen, daß du zwar jetzt Herr der Lage bist, es aber wohl nicht bleiben wirst.“ – „Soll ich auf einen Sieg und seine Ausnutzung verzichten, weil ich später vielleicht geschlagen werden kann? Der Müteßarrif mag mit seinen Regimentern kommen! Ich werde ihm sagen lassen, daß es euch das Leben kostet, wenn er mich nochmals angreift. Und wenn Schekib Halil Pascha weitere Hilfe zur Verfügung steht, so ist dies bei mir ebenso der Fall. Du weißt, daß es nur meines Aufrufes bedarf, um so manchen tapferen Stamm der Kurden zur Erhebung zu bringen. Doch ich liebe den Frieden und nicht den Krieg. Ich habe zwar heute Jesidi aus ganz Kurdistan und den angrenzenden Provinzen um mich versammelt und könnte die Fackel des Aufstandes unter sie schleudern, aber ich tue es nicht, sofern der Müteßarrif es mir ermöglicht, die Rechte der Meinen zu wahren. Ich will dir und deinen Truppen jetzt noch die Waffen lassen. Aber ich habe einem Verbündeten Gewehre versprochen, und die wird der Pascha auf alle Fälle liefern müssen.“ – „Wer ist dieser Verbündete?“

„Kein Jesidi verrät seinen Freund. Also du behältst deine Waffen, aber alle Munition lieferst du mir ab, und dafür verspreche ich dir, für den Unterhalt zu sorgen den du brauchst.“ – „Gebe ich dir die Munition, so ist es genau so, als ob du auch die Waffen hättest!“ – „Wohl, so sollst du auch die Munition behalten. Doch sage ich dir: wenn deine Leute Hunger bekommen und du mich um Lebensmittel bittest, so werde ich sie dir nur gegen Flinten, Pistolen, Degen und Messer verkaufen. Auf diese Weise seid ihr nicht kriegsgefangen, sondern wir schließen nur einen Waffenstillstand ab." – „So ist es, und darauf kann ich eingehen."

„Du siehst, daß ich sehr nachsichtig bin. Nun aber höre meine Bedingungen: Ihr bleibt im Tal von Scheik Adi. Ihr bleibt ohne alle Verbindung mit außen. Ihr enthaltet euch aller Feindseligkeiten gegen die Meinigen; ihr ehrt unsere Heiligtümer und unsere Wohnungen. Die Heiligtümer dürft ihr gar nicht betreten und die Wohnungen nur mit meiner Erlaubnis. Der Waffenstillstand dauert so lange, bis euch ein Befehl des Müteßarrif zugeht, und zwar wird euch dieser Befehl in meiner Gegenwart gegeben. Jeder Fluchtversuch, auch eines einzelnen, und jede Zuwiderhandlung gegen unsere Vereinbarung hebt den Waffenstillstand sofort auf. Ihr behaltet eure gegenwärtige Stellung und ich die meinige. Dagegen mache ich mich verbindlich, daß ich mich bis zur angegebenen Zeit aller Feindseligkeiten enthalte. Bist du einverstanden?"

Nach einem kurzen Bedenken und einigen unwesentlichen Hinzufügungen und Ausführungen nahm der Kaimmakam die Bedingungen an. Er verwandte sich sehr für den Machredsch und verlangte dessen Auslieferung, doch Ali Bei ging nicht darauf ein. Es wurde Papier herbeigeschafft, ich entwarf den Vertrag, und beide unterzeichneten: der eine durch die Unterschrift seines Namens und der andere mit seinem Parmak ischareti[1]. Dann kehrte der Offizier in das Tal zurück, wobei es ihm erlaubt wurde, seine drei Soldaten wieder mitzunehmen.

Nun wartete Pali auf die Befehle seines Vorgesetzten.

„Willst du mir einen Brief an den Müteßarrif schreiben?" fragte mich Ali Bei.

„Gern. Was willst du ihm mitteilen?" – „Die jetzige Lage seiner Truppen. Dann sollst du dem Pascha sagen, daß ich mit ihm zu verhandeln wünsche, daß ich ihn entweder hier erwarte oder in Dscherraije mit ihm zusammentreffen will. Schekib Halil darf eine Begleitung von höchstens fünfzig Mann mitbringen und muß sich aller Feindseligkeiten enthalten. Die Zusammenkunft findet übermorgen zu Mittag statt. Versäumt er, zu kommen, so töte ich den Machredsch und lasse seine Truppen ihre eigenen Kartätschen fühlen. Dies geschieht auch, sobald ich bemerke, daß der Pascha gesonnen ist, die Feindseligkeiten fortzusetzen. Kannst du das schreiben?" – „Ja." – „Ich werde Pali noch besondere Aufträge erteilen. Schreibe so schnell wie möglich, damit er bald aufbrechen kann!"

Einige Minuten später saß ich im Zelt und schrieb mit meinem Bleistift, nach morgenländischer Art das Papier auf dem Knie, von der Rechten zur Linken hinüber, den Brief an den Pascha, der beim Lesen sicher keine Ahnung hatte, daß das Schreiben von seinem Schützling verfaßt war. Und kaum eine halbe Stunde später jagte Pali im Galopp auf dem Weg nach Baadri hin.

[1] Fingerabdruck, ein statt der Namensunterschrift geltendes Zeichen

3. Pir Kameks Begräbnis

Das Fest der Jesidi hatte eine grobe Störung erfahren, aber das Bedauern darüber war nicht so groß wie die Freude, daß es gelungen war, das große Unglück abzuwenden, das den Pilgern in Scheik Adi gedroht hatte.

„Was wird nun aus dem Fest?“ fragte ich Ali Bei.

„Die Osmanlylar können noch mehrere Tage lang da unten verweilen, und solange dürften die Jesidi doch nicht warten wollen.“ – „Ich werde meinem Volk ein Fest geben, das größer ist, als sie erwartet haben“, erklärte er. „Weißt du noch den Weg zum Tal Idis?“ – „Ja.“ – „Du hast Zeit. Reite hin und hole Mir Scheik Khan mit den Scheiks und den Kawali herbei. Wir wollen sehen, ob sich die Überreste Pir Kameks finden lassen, und sie im Tal Idis beisetzen.“

Das war allerdings ein Gedanke, der bei den Jesidi zünden mußte. Ich nahm nur Halef mit. Den Buluk Emini ließ ich zurück.

Zwar hatte ich gesagt, daß mir der Weg zum Tal Idis bekannt sei, aber ich war ja nicht von Scheik Adi, sondern von Baadri aus dorthin gekommen. Jedenfalls glaubte der Bei, daß ich mit dem Sohn Seleks über Scheik Adi geritten sei, und ich klärte ihn nicht auf, weil es mir Vergnügen machte, zu sehen, ob ich das Tal finden werde, ohne den Weg zu kennen. In der Richtung konnte ich mich nicht irren, und die Spuren der Jesidi vom Tag vorher mußten mich führen. Ich ritt also am Rand des Tales hin, bis ich oberhalb des Heiligtums anlangte. Bis hierher kam ich an zahlreichen Jesidi vorüber, die den Abhang eng besetzt hielten. Dann wandte ich mich links in den Wald hinein. Einem geübten Auge war es selbst vom Pferd herab nicht schwer, die Spur zu erkennen. Wir folgten ihr bergan und langten bald an der Stelle an, wo ich mit meinem Dolmetscher hinabgestiegen war. Hier stand eine Wache, die den Auftrag hatte, jeden Unberufenen abzuweisen. Wir stiegen von den Pferden und ließen sie oben.

Als wir die Steilung hinunterkletterten, bot sich uns ein seltsamer, lebensvoller Anblick. Tausende von Frauen und Kindern hatten sich in den malerischsten Stellungen dort unten gelagert. Pferde grasten, Rinder weideten, Schafe und Ziegen kletterten an den Felsen herum. Aber kein Laut war zu hören, denn ein jeder redete leise, damit das Versteck ja nicht durch einen unvorsichtigen Laut verraten werde. Am Wasser saß Mir Scheik Khan mit seinen Priestern. Sie empfingen mich mit großer Freude; denn sie hatten bisher nur erfahren, daß der Angriff des Feindes mißlungen sei.

Einen ausführlichen Bericht hatten sie noch nicht erhalten.

„Ist das Heiligtum beschädigt?“

Das war die erste Frage, die der Mir an mich richtete.

„Das Heiligtum ist unversehrt und ebenso alle anderen Gebäude.“

„Wir hörten Schießen. Ist viel Blut geflossen?“ – „Nur das der Feinde.“ – „Und die Unsrigen?“ – „Ich habe nicht gehört, daß jemand während des Kampfes verletzt worden sei. Zwei allerdings sind tot, doch starben sie nicht im Streit.“ – „Wer ist es?“ – „Der Sarradsch[1] Hefi aus Baasoni und –“ – „Hefi aus Baasoni? Ein fleißiger und tapferer Mann. Nicht im Kampf? Wie starb er denn?“ – „Der Bei sandte ihn als Unterhändler zu den Türken, und sie erschossen ihn. Ich mußte zusehen, ohne ihn retten zu können.“

Die Priester neigten die Häupter, falteten die Hände und schwiegen. Nur Mir Scheik Khan sagte mit ernster, tiefer Stimme: „Hefi ist verwandelt. Esch Schems wird ihm hier nicht mehr leuchten, aber er wandelt unter den Strahlen einer höheren Sonne. Er ist bei Gott!“

Diese Art und Weise, die Nachricht vom Tod eines Menschen hinzunehmen, war ergreifend.

„Und wer ist der andere?“ fragte nun der Mir.

„Du wirst erschrecken!“ – „Ein Mann erschrickt nie vor dem Tod, denn der Tod ist der Freund des Menschen. Wer ist es?“ – „Pir Kamek.“

Alle zuckten wie unter einem plötzlichen Schmerz, aber keiner sagte ein Wort. Auch jetzt sprach Mir Scheik Khan zuerst wieder.

„Der Heilige ist verwandelt, Gott hat es gewollt! Erzähle uns seinen Tod!“

Ich berichtete so ausführlich, wie ich nur konnte. Alle hörten tief ergriffen zu, und dann bat der Mir: „Brüder, laßt uns seiner gedenken!“

Die Priester senkten die Köpfe. Beteten sie? Ich weiß es nicht, aber ich sah, daß die Augen mehrerer sich feuchteten und daß ihre Rührung wohl wahr und herzlich war.

Erst nach einer längeren Pause wich ihre Andacht, so daß ich wieder zu ihnen reden konnte.

„Nun sendet mich Ali Bei, um euch zu holen“, fuhr ich fort. „Er will versuchen, ob die Überreste des Heiligen noch zu finden sind, damit sie in diesem Fall heute noch begraben werden.“

„Ja, das ist eine wichtige Aufgabe, die wir lösen müssen. Die Gebeine Pir Kameks dürfen nicht da ruhen, wo die des Miralai liegen.“

„Ich befürchte, daß wir nicht Gebeine, sondern nur Asche finden werden!“ – „So laßt uns eilen!“

Wir brachen auf, nur die Fakire blieben zur Beaufsichtigung von Idis zurück. Als wir oberhalb Scheik Adi bei dem Zelt des Bei anlangten, sprach der Anführer mit einem Mann, den er an den Kaimmakam mit der Frage gesandt hatte, ob die Türken den Priestern der Jesidi erlauben würden, den Scheiterhaufen zu untersuchen. Der Offizier hatte bejahend geantwortet und nur die Bedingung ausgesprochen, daß die betreffenden Personen keine Waffen bei sich führen sollten.

Ali Bei konnte die Scheiks nicht begleiten, da er stets anderweit zur Verfügung sein mußte. Ich bat, mich anschließen zu dürfen, und

[1] Sattelmacher

das wurde mir gerne gestattet. Fast hätte man die Hauptsache vergessen: ein Gefäß, das die Asche des Heiligen aufnehmen sollte. Auf eine diesbezügliche Frage zeigte der Bei, daß er bereits an diesen Umstand gedacht hatte.

„Mir Scheik Khan, du weißt, daß der berühmte Töpfer Rassat in Baasoni meinem Vater Hussein Bei eine Urne machte, die einst seinen Staub aufnehmen soll. Diese Urne ist ein Meisterstück und wohl wert, die Überreste des Heiligen zu bergen. Sie steht in meinem Haus zu Baadri, und ich habe bereits Boten ausgesandt, sie herbeizuholen. Sie wird ankommen, noch ehe ihr am Scheiterhaufen eure Arbeit beendet habt."

Das genügte, und so setzten wir uns in Bewegung. Wir kamen bei der Batterie vorüber und langten an dem Ort an, wo der Heilige sich und seinen Feind der Rache geopfert hatte. Wir sahen da einen Aschehügel, aus dem die halbverbrannten Stummel starker Hölzer hervorragten. Davor lag die Leiche des erschossenen Unterhändlers.

Die Asche war erkaltet. Die umliegenden Häuser lieferten die nötigen Werkzeuge, und nun begann man vorsichtig die Aschendecke wegzuräumen. Das nahm lange Zeit in Anspruch, so daß inzwischen ein Jesidi mit einem Maultier anlangte, auf dessen Rücken die Urne befestigt war.

Als die Asche beinahe bis zum Boden herab fortgeräumt war, wurden zwei formlose Klumpen bloßgelegt, denen die Priester ihre ganze Aufmerksamkeit zuwandten. Sie schienen nicht ins reine kommen zu können, und Mir Scheik Khan winkte mich hinzu.

Wir hatten wirklich die Körper der beiden Toten vor uns. Sie waren halb verkohlt und von einer ziemlich starken Kruste umgeben, die, wie sich bei der näheren Untersuchung ergab, aus den unverbrennbaren Bestandteilen des Erdpechs und der daran klebenden Asche bestand.

„Es sind die Toten", meinte ich. „Ihr habt es diesem Erdpech zu verdanken, daß ihr euern Heiligen begraben könnt. Dieser hier ist der Heilige, und jener dort der Türke?" – „Woran erkennst du das? Kannst du es beweisen?" – „Gewiß. Pir Kamek hatte keine Waffen bei sich, der Miralai aber trug seinen Säbel, einen Dolch und zwei Pistolen. Seht ihr die krumm gezogenen Pistolenläufe und die Messerklinge an diesem Körper kleben? Die Schäfte und der Griff sind verbrannt. Und hier gerade unter ihm sieht die Säbelspitze aus der Asche heraus. Dieser ist also unbedingt der Miralai gewesen."

Alle ohne Ausnahme stimmten meiner Ansicht bei und machten sich daran, die Reste des Pir Kamek in die Urne zu bringen.

Während des ganzen Vorganges hatte der Kaimmakam mit mehreren seiner Offiziere in der Nähe gehalten. Ihm wurde die Leiche seines früheren Vorgesetzten überlassen, und dann kehrten wir wieder zur Höhe zurück. Dort bat Ali Bei den Mir um seine Befehle in Beziehung auf die Bestattungsfeierlichkeit.

„Wir müssen sie auf morgen verschieben", antwortete der Mir. „Pir Kamek war der Frömmste und der Weiseste unter den Jesidi; er soll würdig bestattet werden, und dazu ist es heute zu spät. Ich werde anordnen, daß man ihm im Tal Idis ein Grabmal errichte, und das kann erst morgen fertig sein."

„So wirst du Maurer und Zimmerleute brauchen?" – „Nein. Wir werden einen einfachen Bau aus Felsblöcken errichten, und jeder Mann, jedes Weib und auch jedes Kind soll einen Stein dazu herbeibringen, je nach Kräften, damit keiner der versammelten Pilger ausgeschlossen wird, dem Verwandelten das gebührende Denkmal zu stiften."

„Aber ich brauche die Krieger zur Bewachung der Türken!" wandte Ali Bei ein.

„Sie werden sich ablösen. So stehen dir immer genug Männer zu Gebote. Laß uns beraten, welche Gestalt wir dem Bau geben!"

Da ich hierbei unbeteiligt war, suchte ich meinen Dolmetscher auf, um mir die Aufzeichnungen des Verstorbenen geben zu lassen. Jussuf hatte sie im Inneren eines hohlen Thinarbaumes versteckt, und wir ließen uns in der Nähe nieder, wo ich meinen Sprachübungen ungestört obliegen konnte.

Darüber verging der Tag und der Abend kam heran. Auf den Höhen, die das Tal von Scheik Adi umgaben, leuchtete ein Wachtfeuer neben dem anderen auf. Es war den Türken unmöglich zu entkommen, selbst wenn der Kaimmakam gegen sein Versprechen die Nacht zu einem Durchbruch hätte benutzen wollen. Die Zeit der Dunkelheit verging ohne Störung, und am Morgen kehrte Pali zurück. Ich hatte im Zelt des Bei geschlafen und befand mich noch dort, als der Bote eintraf.

„Hast du den Müteßarrif getroffen?" fragte ihn Ali Bei.

„Ja, Herr, noch spät am Abend." – „Was sagte Schekib Halil Pascha?"

„Erst wütete er und wollte mich totpeitschen lassen. Hierauf ließ er viele Offiziere und seinen Diwan[1] kommen, mit denen er sich lange Zeit beraten hat. – Dann durfte ich zurückkehren." – „Bei dieser Beratung warst du nicht zugegen?" – „Nein." – „Welche Antwort hast du erhalten?" – „Einen Brief an dich."

Pali zog ein Schreiben vor, das mit dem großen Müteßarrif mühürü[2] verschlossen war. Ali Bei öffnete und betrachtete die Zeilen. In dem großen Schreiben lag ein kleiner, offener Brief. Er reichte mir beide Schriftstücke.

„Lies du, Effendi! Ich bin begierig zu erfahren, was der Müteßarrif beschlossen hat."

Die Zuschrift war von dem Schreiber des Statthalters verfaßt und vom Pascha unterzeichnet worden. Er versprach am anderen Morgen mit zehn Mann Begleitung in Dscherraije zu sein, und stellte die Bedingung, daß Ali Bei auch nur von einer so geringen Anzahl begleitet werde. Scheckib Halil erwartete, daß der Ausgleich friedlich sein werde, und bat, dem Kaimmakam den inliegenden schriftlichen Befehl zu übergeben. Dieser enthielt die allerdings friedliche Weisung, bis auf weiteres jede Feindseligkeit einzustellen, den Ort Scheik Adi zu schonen und die Jesidi als Freunde zu behandeln. Angeschlossen war dann die Bemerkung, diesen Befehl recht genau zu lesen.

Ali Bei atmete befriedigt auf. – Nach einer kleinen Pause machte er seinem vollen Herzen mit den Worten Luft:

[1] Versammlung der Räte [2] Statthaltersiegel

„Wir haben gewonnen und dem Müteßarrif eine nachhaltige Lehre erteilt. Merkst du das, Effendi? Der Kaimmakam soll diesen Brief erhalten, und morgen werde ich in Dscherraije sein."

„Wozu dem Kaimmakam diese Zuschrift geben?" – „Sie gehört ihm."

„Ist aber überflüssig, da er sich ja bereits verbindlich gemacht hat, das zu tun, was ihm hier geboten wird." – „Er wird es um so sicherer und treuer tun, wenn er sieht, daß es auch der Wille des Paschas ist."

„Ich muß dir gestehen, daß dieser schriftliche Befehl meinen Verdacht erweckt." – „Warum?" – „Weil er überflüssig ist. Und wie eigentümlich klingen die letzten Worte, der Kaimmakam möge den Befehl recht genau lesen!" – „Das soll uns von dem guten Willen des Müteßarrif überzeugen und den Kaimmakam zum pünktlichen Gehorsam ermuntern." – „Eine solche Pünktlichkeit ist selbstverständlich, und darum scheint mir der Befehl mehr als überflüssig." – „Dieser Brief gehört nicht mir. Der Pascha hat ihn meiner Ehrlichkeit anvertraut, und der Kaimmakam soll ihn erhalten."

Es war, als wolle das Schicksal diesem Vorsatz des Bei seine besondere Genehmigung erteilen, denn jetzt meldete ein eintretender Jesidi:

„Ali Bei, es kommt ein Reiter aus dem Tal herauf."

Wir gingen hinaus und erkannten nach einiger Zeit in dem Nahenden Kaimmakam, der ohne Begleitung heraufgeritten kam. Wir erwarteten ihn im Freien.

„Sabahlarinis hayrolßun – guten Morgen!" sagte er beim Absteigen erst zum Bei und dann auch zu mir.

„Marhaba – sei willkommen!" antwortete Ali Bei. „Welcher Wunsch führt dich zu mir?" – „Der Wunsch meiner Krieger, die kein Brot zu essen haben."

Das war ohne alle Einleitung gesprochen. Ali Bei lächelte leise.

„Ich mußte das erwarten. Aber hast du dir gemerkt, daß ich Brot nur gegen Waffen verkaufe?" – „So sagtest du. Aber du wirst dennoch Geld nehmen." – „Was der Bei der Jesidi sagt, das weiß er auch zu halten. Du brauchst Speise, und ich brauche Waffen und Munition. Wir tauschen, und so ist uns beiden geholfen." – „Du vergißt, daß ich die Waffen und Munition selbst brauche!" – „Und du vergißt, daß ich das Brot selbst brauche. Es sind viele tausend Jesidi bei mir versammelt; sie alle wollen essen und trinken. Und wozu brauchst du die Waffen? Sind wir nicht Freunde?" – „Doch nur bis zum Schluß des Waffenstillstands!" – „Wohl auch noch länger. Effendi, ich bitte dich, den Brief des Paschas vorzulesen!" – „Ist ein Brief von Schekib Halil Pascha angekommen?" fragte der Oberstleutnant schnell.

„Ja. Ich sandte einen Boten, der jetzt zurückgekommen ist. Lies Effendi!"

Ich las das Schreiben, das ich noch bei mir hatte, vor. Dabei glaubte ich in der Miene des Kaimmakam eine Enttäuschung zu bemerken.

„Also wird Friede zwischen uns werden!" meinte er.

„Ja", entgegnete der Bei. „Bis dahin wirst du dich freundlich verhalten, wie dir der Müteßarrif noch besonders gebietet." – „Besonders?"

„Er hat einen Brief beigelegt, den ich dir geben soll." – „Einen Brief?

Mir?“ rief der Offizier. „Wo ist er?“ — „Der Effendi hat ihn. Laß ihn dir geben!“

Schon stand ich im Begriff, ihm das Schreiben hinzureichen. Aber die Hast, womit er danach langte, machte mich stutzig.

„Erlaube, daß ich ihn dir vorlese!“

Ich las, aber nur bis zu der letzten Bemerkung, die meinen Verdacht erregt hatte. Da fragte er:

„Ist dies alles? Steht weiter nichts da?“ — „Noch zwei Zeilen. Höre sie!“

Ich las nun bis zum Ende und hielt dabei den Blick halb auf den Kaimmakam gerichtet. Nur eine Sekunde lang öffneten sich seine Augen weiter als gewöhnlich, aber ich wußte nun sicher, daß dieser Satz irgendeine uns unbekannte Bedeutung habe.

„Dieser Brief gehört mir. Zeig ihn her!“

Bei diesen Worten griff der Türke so schnell zu, daß ich kaum Zeit behielt, meine Hand mit dem Papier zurückzuziehen.

„Warum so eilig, Kaimmakam?“ fragte ich, ihn voll ansehend. „Haben diese Zeilen etwas so sehr Wichtiges zu bedeuten, daß du deine ganze Selbstbeherrschung verlierst?“ — „Gar nichts haben sie zu bedeuten. Aber dieses Schreiben ist doch mein!“ — „Der Müteßarrif hat es dem Bei gesandt, und auf ihn allein kommt es an, ob er es dir geben oder dich nur mit dem Inhalt bekannt machen will.“ — „Ali Bei hat dir bereits gesagt, daß ich den Brief erhalten soll!“

„Da dir dieses Papier so wichtig zu sein scheint, obwohl du seinen Inhalt bereits kennst, wird er mir erlauben, es zuvor einmal zu betrachten.“

Mein Verdacht hatte sich noch mehr befestigt. Anstatt behoben zu werden, war er bereits zu einer bestimmten Vermutung geworden. Ich hielt das Papier mit seiner Fläche senkrecht zwischen das Auge und die Sonne, konnte aber nichts Auffälliges bemerken. Ich befühlte und beroch es, ohne Erfolg. Nun hielt ich es waagrecht, so daß ich die darauffallenden Sonnenstrahlen mit dem Auge auffing, und da endlich zeigten sich mehrere, allerdings nur einem sehr scharfen Blick bemerkbare Stellen, die zwar mit der Farbe des Papiers beinahe verschwanden, aber dennoch die Gestalt von Schriftzeichen zu haben schienen.

„Du wirst das Papier nicht bekommen!“ sagte ich zum Kaimmakam.

„Warum nicht?“ — „Weil es eine geheime Schrift enthält, die ich untersuchen werde.“

Er verfärbte sich. — „Du irrst, Effendi!“ — „Ich sehe es genau!“ und um ihn zu prüfen, fügte ich hinzu: „Diese geheime Schrift wird zu lesen sein, wenn ich das Papier ins Wasser halte.“ — „Tu es!“ entgegnete er mit sichtbarer Genugtuung.

„Du hast dich durch die Ruhe deiner Worte verraten, Kaimmakam. Ich werde das Papier nun nicht ins Wasser, sondern über das Feuer halten.“

Ich hatte es getroffen. Das erkannte ich an dem nicht ganz unterdrückten Erschrecken, das sein Gesicht überflog.

„Du wirst den Brief dabei verbrennen und zerstören!“ mahnte er.

„Hab' keine Sorge! Ein Effendi aus dem Abendland weiß mit solchen Dingen recht gut umzugehen."

Der Bei war erstaunt.

„Glaubst du wirklich, daß dieser Brief eine verborgene Schrift enthält?" – „Laß ein Feuer anmachen, so werde ich es dir beweisen!"

Noch war Pali zugegen. Auf einen Wink Alis suchte er dürre Äste zusammen und steckte sie in Brand. Ich kauerte mich nieder und hielt das Papier vorsichtig über die Flammen. Da tat der Kaimmakam einen schnellen Sprung auf mich zu und suchte es mir zu entreißen. Ich hatte das erwartet, wich ebenso rasch zur Seite, und er fiel strauchelnd zu Boden. Sofort kniete Ali Bei auf ihm.

„Halt, Kaimmakam!" rief er. „Du bist falsch und treulos! Diesmal bist du zu mir gekommen, ohne dich vorher meines Schutzes zu versichern, und ich mache dich zu meinem Gefangenen!"

Der Offizier wehrte sich, so gut er es vermochte, aber wir waren drei gegen einen, und zudem kamen auch andere Jesidi, die in der Nähe waren, herbei. Er wurde entwaffnet, gebunden und ins Zelt geschafft.

Jetzt konnte ich meine Proben beenden. Die Flamme erhitzte das Papier beinahe bis zum Versengen, und nun kamen deutlich Wörter zum Vorschein, die am Rand der Zeilen standen.

„Ali Bei, siehst du, daß ich recht hatte?" – „Effendi, du bist ein Zauberer!" – „Nein. Ich weiß nur, wie man solche Schriften sichtbar machen kann." – „O Effendi, die Weisheit der Franken ist sehr groß!"

„Hat der Müteßarrif dieses Zauberkunststück nicht ebenso verstanden? Es gibt Tinten, die nach dem Schreiben verschwinden und nur durch ein besonderes Verfahren wieder sichtbar werden. Die Wissenschaft, die dieses Verfahren kennt, heißt Chemie oder Scheidekunst. Sie wird bei uns mehr gepflegt als bei euch, und darum sind wir euch auf diesem Gebiet voraus. Wir kennen viele Arten von geheimen Schriften, die sehr schwer zu entdecken sind; die euren aber sind so einfach, daß keine große Klugheit dazu gehört, ihre unsichtbaren Wörter sichtbar zu machen. Rate einmal, womit diese Worte geschrieben sind."

„Sag es!" – „Mit Harn." – „Unmöglich!" – „Doch. Wenn du mit dem Harn eines Tieres oder eines Menschen schreibst, so verschwindet die Schrift, sobald sie eingetrocknet ist. Hältst du das Papier dann über das Feuer, so werden die Züge schwarz, und du kannst sie lesen!"

„Wie lauten die betreffenden Worte?" – „Ich komme übermorgen, um zu siegen." – „Ist das wahr? Irrst du dich nicht?" – „Hier steht es deutlich." – „Wohlan, so gib mir diesen Brief!"

Der Bei ging in großer Erregung einigemal auf und ab, dann blieb er wieder vor mir stehen.

„Ist das Verrat oder nicht, Effendi?" – „Es ist Heimtücke!"

„Soll ich diesen Müteßarrif vernichten? Es liegt in meiner Hand!"

„Du wirst es dann mit dem Padischah zu tun bekommen!" – „Effendi, die Russen haben ein Sprichwort, das lautet: ‚Der Himmel ist hoch, und der Zar ist weit.' So ist es auch mit dem Padischah. Ich werde siegen!" – „Aber du wirst viel Blut vergießen. Sagtest du mir nicht kürzlich, daß du den Frieden liebst?" – „Ich liebe ihn, aber man soll ihn mir auch lassen! Diese Türken kamen, um uns die Freiheit, das

Eigentum und das Leben zu rauben. Ich habe sie dennoch geschont. Jetzt spinnt man neuen Verrat. Soll ich mich nicht wehren?" – „Du sollst dich wehren, aber nicht mit der Waffe." – „Womit sonst?"

„Mit diesem Brief. Tritt damit vor den Müteßarrif hin, und er wird geschlagen sein." – „Schekib Halil Pascha wird mir einen Hinterhalt legen und mich gefangennehmen, wenn ich morgen nach Dscherraije gehe!" – „Wer hindert dich, gleiches mit ihm zu tun? Er ist dir sicherer als du ihm, denn er hat keine Ahnung, daß du seine Absichten kennst."

Ali Bei sah eine ganze Weile nachdenklich vor sich nieder. Dann erklärte er:

„Ich werde mich mit Mir Scheik Khan besprechen. Willst du mit mir in das Tal Idis reiten?" – „Ich reite mit." – „Vorher aber will ich diese Menschen da unten unschädlich machen. Warte hier!"

Warum sollte ich den Bei nicht in das Zelt begleiten? Seine Hand lag am Dolch, und sein Auge blickte entschlossen. Wollte er mich hindern, eine rasche Tat zu verhüten? Ich stand wohl eine halbe Stunde allein, und während dieser Zeit hörte ich die Töne einer sehr erregten Unterhaltung. Endlich kam der Jesidi wieder. Er hatte ein Papier in der Hand und gab es mir.

„Lies! Ich will es hören, ob es eine Falschheit ist."

Es enthielt die kurze, gemessene Weisung an die befehlenden Offiziere, alle Waffen und auch die Munition sofort an jene Jesidi zu übergeben, deren Anführer diesen Befehl vorzeige.

„Es ist in Ordnung. Aber wie hast du das erlangt?" – „Ich hätte sonst den Kaimmakam und den Machredsch sofort erschießen lassen und die Kanonade begonnen. In einer Stunde wären wir mit den Türken fertig gewesen." – „Nun bleibt der Oberstleutnant gefangen?" – „Ja. Er wird mit dem Machredsch bewacht." – „Und wenn sich die Seinen nicht fügen?"

„So werde ich meine Drohung wahrmachen. Bleib hier, bis ich zurückkehre, und du wirst sehen, ob ich mich durchsetze."

Ali Bei erteilte noch einige Befehle und stieg dann zu der Batterie hinab. Binnen zehn Minuten waren alle Jesidi kampfbereit. Die Schützen lagen mit angelegten Gewehren in ihren Verstecken, und die Artilleristen standen zum Schluß fertig bei den Geschützen. Ihre Verschanzung öffnete sich, um gegen zweihundert Jesidi und wohl an die sechzig Maulesel durchzulassen. Die meisten dieser Tiere hatten wir mit den Kanonieren gefangen. Der Zug blieb in einiger Entfernung halten, während der Anführer vorschritt und den Platz aufsuchte, wo sich die Offiziere der Osmanen befanden.

Ich konnte von meinem Standpunkt aus alles beobachten. Es gab eine ziemlich lange Verhandlung. Dann traten die Soldaten in Trupps zusammen, die einer nach dem anderen bis in die Nähe der Maultiere vormarschierten, um dort die Waffen abzulegen. Das rollte nun allerdings nicht ganz glatt und ruhig ab, besonders da auch sämtliche Offiziere gezwungen waren, sich von Säbel und Pistole zu trennen. Aber es blieb bei fruchtlosem Widerspruch, da die Türken wußten, daß jeder tatsächliche Widerstand überwunden werden sollte.

Nach kaum einer Stunde kam Ali Bei zurück. Ihm folgten die mit den Waffen beladenen Maultiere, deren Treiber beauftragt waren, die kostbare Beute ins Tal Idis zu schaffen. Auch der Kaimmakam wurde von einigen Kriegern in Sicherheit gebracht. Man führte ihn dorthin, wo der Machredsch die Gesellschaft des Artilleriehauptmanns und seines Leutnants genoß.

Nun machten auch wir uns auf den Weg. Halef ritt mit. Ifra war nicht zu sehen. Jedenfalls hatte er aus Langeweile seinen Esel spazierengeritten. Auf dem Weg zum Tal Idis begegneten wir einer langen Reihe zurückkehrender Jesidi. Sie hatten ihren Beitrag zum Bau des Grabmales geleistet und sollten nun eine gleiche Anzahl ihrer Gefährten ablösen. Sie teilten uns mit, daß der Bau rasch fortschreite.

Als wir den Eingang des Tales erreichten, bot sich uns bewegtes Leben dar. In der Mitte waren Frauen versammelt, die auf großen, flachen Steinen Mehl aus Körnern bereiteten. Andere saßen an Gruben, die sie durch Feuer erhitzten, um Brot zu backen. Noch andere machten Fackeln oder richteten die Lampen und Laternen, die man vorgestern aus Scheik Adi mitgenommen hatte, zu der bevorstehenden Feier her. Am regsamsten ging es aber im oberen Teil des Tales zu, wo das Grabmal errichtet wurde. Es stellte eine ungeheure Felspyramide dar, deren Rückseite sich an die steile Felswand lehnte. Das Bauwerk bestand aus großen Blöcken, deren Aufbau jedenfalls bedeutenden Kraftaufwand gekostet hatte. In der Mitte der voraussichtlichen Höhe war ein hohler Raum gelassen, der die Gestalt einer zwölfstrahligen Sonne zeigte. Hier sollte die Urne untergebracht werden. Mehrere Hundert Männer arbeiteten daran, und noch mehr Frauen und Kinder waren beschäftigt, Steine herbeizuwälzen, oder sie hingen wie Eichhörnchen an den Vorsprüngen der Felswand, um von oben herab dem Bau förderlich zu sein.

Die Priester waren teils mit der Beaufsichtigung des Werkes beschäftigt, teils legten sie selbst mit Hand an. Mir Scheik Khan saß in der Nähe der Pyramide. Wir gingen zu ihm. Ali Bei erzählte ihm die heutigen Vorkommnisse und zeigte ihm auch die beiden Schreiben des Müteßarrif. Der Mir versank in tiefes Nachdenken. Endlich aber fragte er:

„Was wirst du tun, Ali Bei?“ – „Du bist der ältere und der weisere. Ich komme, um deinen Rat zu erbitten.“ – „Du sagst, ich sei der ältere. Das Alter liebt die Ruhe und den Frieden. Du sagst, ich sei der weisere. Die größte Weisheit ist der Gedanke an den Allmächtigen und Allgütigen. Er will nicht, daß der Mensch das Blut seines Bruders vergieße.“

„Sind die Türken unsere Brüder? Sie, die wie Räuber über uns herfallen?“ – „Sie sind unsere Brüder, obgleich sie nicht als Brüder an uns handeln. Tötest du einen Bruder, der dir übel will?“ – „Nein.“ – „Du sprichst mit ihm freundlich oder streng, aber du forderst nicht sein Leben. So sollst du auch mit dem Müteßarrif reden.“ – „Und wenn der Pascha nicht auf mich hört?“ – „Gott gab dem Menschen den Verstand, um zu denken, und ein Herz, um zu fühlen. Wer nicht die Rede eines anderen überdenkt, und wer nicht die Gefühle seines Bruders achtet, der hat Gott verlassen, und dann, erst dann darf Zorn und Strafe über ihn kommen.“ – „Ich werde nach deinen weisen Worten handeln, o Mir.“ – „So wiederhole ich meine Frage: Was wirst du tun?“ – „Ich werde mit zehn Männern nach Dscherraije gehen, mir aber genug Krieger folgen lassen, um den Müteßarrif nötigenfalls gefangenzunehmen. Vorher aber, bereits heute, werde ich Kundschafter nach Mossul, Kujundschik, Tell Keef, Baaweisa, Ras ul Aïn und Khorsabad senden, die mich rechtzeitig von den Plänen des Pascha benachrichtigen werden. Ich werde in Güte mit ihm reden, dann mit Strenge, wenn er nicht hört. Achtet Schekib Halil auch dann nicht auf mich, so lasse ich ihn seinen geheimen Brief sehen und gebe das Zeichen, ihn zu ergreifen. Während ich bei ihm bin, werden meine Männer Dscherraije umzingeln. Er kann mir nicht entgehen." – „Vielleicht wird der Pascha auch Kundschafter senden, um zu erfahren, wie du dich auf die Zusammenkunft mit ihm vorbereitest." – „Der Türke wird nichts erfahren, denn meine Leute werden bereits während der Nacht von hier abgehen, und zwar nicht auf der Straße über Baadri, sondern westlich bis fast nach Bosan hinüber. Sie werden bei Morgengrauen am Bach im Westen von Dscherraije sein."

Nun wurde die Verpflegung der in Scheik Adi eingeschlossenen Soldaten besprochen und dann das heutige Fest. Unterdessen wanderte ich von Gruppe zu Gruppe, um einen oder den anderen sprachlichen Fund zu tun. Da kam es hinter mir hergekeucht, und eine nach Atem schnappende Stimme rief: „Weiche aus, Sihdi!" – Ich wandte mich um. Es war mein Halef, der seine ganze Körperkraft anstrengte, ein mächtiges Felsstück vor sich herzurollen.

„Was bringst du hier?" fragte ich erstaunt. – „Meinen Beitrag zum Grabmal." – „Wird er angenommen? Du bist ja kein Jesidi!" – „Sehr gern! Ich habe gefragt." – „So hole ich auch einen Stein."

Nicht weit von unserem Standort lag ein ziemlich großer Felsbrocken Ich legte die Waffen und das Oberkleid ab und machte mich daran, ihn fortzuschaffen. Er wurde von den Scheiks mit Dank angenommen und, nachdem ich mit dem Dolch meinen Namen eingegraben hatte, mit Anwendung von Seilen emporgezogen, wo er seinen Platz über der Sonne bekam.

Mittlerweile hatte Ali Bei den Zweck seines Besuches erreicht. Er wollte wieder aufbrechen und fragte mich, ob ich ihn begleiten oder lieber hier bleiben wolle.

„Wie werde ich die Feierlichkeit am besten beobachten können?" – „Wenn du mit mir gehst", antwortete er. „Die Urne wird heute abend beim Glanz der Fackeln und Laternen von Scheik Adi in das Tal Idis übergeführt." – „Ich denke, sie ist bereits hier!" – „Nein. Sie steht am kühlen Wasser im Wald und wird erst in das Heiligtum gebracht." – „Trotz der Türken?" – „Sie können uns nicht hindern." – „So reite ich mit." – „Du hast bis zum Abend Zeit", fuhr der Bei hierauf fort. „Willst du mir einen Gefallen tun?" – „Gern, wenn es mir möglich ist." – „Du weißt, daß ich Hussein Aga, dem Anführer der Badinan, Gewehre versprochen habe. Wirst du den Ort finden, wo er seine Hütten hat?" – „Gewiß. Jedenfalls braucht man gar nicht bis dorthin zu reiten, da der Kurde den Paß und die Seitentäler besetzen wollte. Es wird übrigens an der Zeit sein, ihm einmal Nachricht zu geben." – „Willst du ihm seine Gewehre bringen? Er soll hundert haben und auch Munition dazu. Sechs Maultiere können das alles tragen. Wie viele

Männer brauchst du als Begleitung?" – „Gib mir zehn Krieger mit! Ich werde auch Mohammed Emin mitnehmen, der dort von der Höhe kommt."

Ich hatte vorhin gehört, daß der Scheik der Haddedihn auf die Jagd gegangen sei. In den letzten Tagen war ich kaum mit ihm zusammengetroffen. Er wollte sich so wenig zeigen, damit seine Anwesenheit nicht öffentlich zur Sprache komme, und er hatte wohl auch sein Vorurteil gegen die Teufelsanbeter nicht ganz überwunden. Darum war es ihm lieb, daß er mit mir gleich wieder aufbrechen konnte.

Es währte nur kurze Zeit, so waren die Maultiere beladen, und unser kleiner Zug setzte sich in Bewegung. Meine Vermutung bestätigte sich. Ich traf bald einige Badinankurden und wurde von ihnen zu ihrem Anführer geführt, der mich diesmal mit großer Ehrerbietung empfing. Ich mußte bei ihm bleiben, um ein Mahl einzunehmen, das uns sein Weib bereitete. Hussein Aga war mit den Gewehren sehr zufrieden und zeigte sich ganz besonders erfreut über den Säbel des Kaimmakam, den mir Ali Bei als Sondergeschenk für ihn mitgegeben hatte. Mohammed Emin fand an den Badinankurden ein solches Wohlgefallen, daß er sich entschloß, hier zurückzubleiben und auf mich zu warten, obgleich er nicht Kurdisch verstand. Ich versuchte nicht, ihm abzuraten, da seine Anwesenheit in Scheik Adi von den Türken doch noch bemerkt und dann der eigentliche Zweck unseres Rittes in die Berge gefährdet werden konnte. Ich kehrte also ohne ihn zurück.

Der Tag war so ziemlich vergangen, als ich wieder zu Ali Bei kam und ihm von den Badinan berichtete. Ich bemerkte, daß sich die Türken mehr zur Mitte des Tales zurückgezogen und das Heiligtum freigegeben hatten.

„Wann beginnt die Feier?" fragte ich den Bei.

„Sobald es dunkel geworden ist. Nimm deine Gewehre mit! Es wird dabei viel geschossen."

„Gib mir eins von den deinigen! Ich muß meine Patronen schonen, die ich hier nicht ersetzen kann."

Ich war wirklich neugierig auf diese Begräbnisfeierlichkeit, deren Zeuge ich werden sollte, und saß am Talrand, bis sich die Schatten der Nacht niedersenkten. Da leuchteten rundum die Wachtfeuer wieder auf, und zugleich wuchs über dem Heiligtum langsam eine Doppelpyramide von Lichtern empor, geradeso wie am ersten Abend, den ich in Scheik Adi zugebracht hatte. Die beiden Türen des Grabmales wurden mit Lampen behängt.

„Komm!" ermunterte mich Ali Bei, der mit einigen Bevorzugten zu Pferde stieg.

Ifra blieb zurück. Halef begleitete uns. Wir langten vor dem Heiligtum an, das strahlend erleuchtet war. Der Platz davor wurde von einer doppelten Reihe bewaffneter Jesidi eingeschlossen, um jedem Türken den Zutritt zu verwehren. Im Heiligtum selbst befand sich nur Mir Scheik Khan mit den Priestern. Anderen außer Ali Bei und mir war der Eintritt nicht gestattet. Im inneren Hof standen zwei eng nebeneinandergekoppelte Maultiere, die ein Gestell trugen, auf dem die Urne befestigt war. Um diese beiden Tiere hatten die Priester einen Kreis gebildet. Sie begannen bei unserem Erscheinen einen langsamen Gesang, in dem die Worte ‚Ich gab meine Seele hin' sehr oft wiederkehrten. Danach wurden die Maultiere mit Wasser aus dem heiligen Brunnen getränkt und erhielten eine Handvoll Körner, um anzudeuten, daß der, den sie trugen, eine weite Reise vor sich habe. Nun machte Mir Scheik Khan einige Zeichen mit der Hand, deren Bedeutung ich nicht verstand, und jetzt begann ein zweiter Gesang, leise und harmonisch. Er hatte vier Absätze, deren jeder mit den Worten: ‚Du liebst Gott, genieße Ruhe' begann. Leider verstand ich zu wenig Kurdisch, um das Ganze verstehen und merken zu können.

Als dieser Gesang beendet war, gab der Mir ein Zeichen. Er stellte sich an die Spitze, zwei Scheiks nahmen die Maultiere am Zügel, und ihnen folgten paarweise die anderen Scheiks und Kawali, denen sich Ali Bei mit mir anschloß. Der Zug setzte sich in Bewegung und wurde, als er aus dem Heiligtum trat, von einer Salve der Wachehaltenden empfangen.

Sofort krachten auf den Höhen Hunderte von Schüssen, und weitere Hunderte trugen die Botschaft, daß wir aufgebrochen seien, dem Tal Idis entgegen.

Wir zogen langsam zur Höhe empor. Die Jesidi hatten von Scheik Adi bis Idis ein Spalier gebildet, dessen Doppelglieder ungefähr dreißig Schritte auseinanderstanden. Jeder dieser Männer trug eine Fackel und eine Flinte, und jedes dieser Glieder schloß sich unter Abfeuern der Gewehre hinter uns an. So bildete sich ein Zug, der mit jedem Schuß länger wurde. Das Licht der Fackeln schmückte den dunklen Wald, der hier meist aus hohen Eichen bestand mit unbeschreiblichen Farben, und der Donner der Salven wurde von den Berghängen ununterbrochen zurückgeworfen.

Wahrhaft überwältigend aber wurde das Schauspiel, als wir endlich das Tal Idis erreichten. Es schien der mächtige Krater eines Vulkans zu sein, auf dessen Grund riesige Flammen loderten. Ein mehrtausendstimmiger Ruf hieß uns willkommen, und in einigen Sekunden hatten sich sämtliche Lichter zu beiden Seiten der Talsohle geordnet. Der große, weite Kessel war taghell erleuchtet. Das größte Licht aber verbreiteten zwei gigantische Feuer, deren Flammen, von riesigen Scheiterhaufen genährt, zu beiden Seiten der Felspyramide emporkletterten.

Wir zogen den Abhang hinunter, zwischen dem wallenden Meer von Fackeln hindurch, und hielten vor dem Grabmal. In der sonnenförmigen Aushöhlung standen zwei Priester, deren weiße Gewänder von dem dunklen Gestein lebhaft abstachen. Hoch oben hatten sich mehrere Männer aufgestellt; sie hielten die Seile, an denen die Urne emporgezogen werden sollte.

Sobald die Maultiere vor der Pyramide anlangten, verstummten die Schüsse; es trat tiefe Stille ein. Die Urne wurde abgeladen und an den Seilen befestigt. Ein anderes Seil, unten an die Urne gebunden, diente dazu, das zerbrechliche Gefäß von den Steinen abzuhalten. Mir Scheik Khan winkte, und die Seile wurden angezogen. Die Urne schwebte höher und höher und erreichte die Sonne. Die Priester griffen zu und zogen sie hinein. Das Gefäß wurde innen aufgestellt, und dann hängten sich die Priester selbst an die Seile, um herabgelassen zu werden.

Nun gab der Mir das Zeichen, daß er sprechen wolle. Er hielt eine kurze Rede. Seine langsam, deutlich und laut gesprochenen Worte klangen über das ganze Tal dahin, und obgleich ich die wenigsten verstand, fühlte ich mich doch tief ergriffen. Als er geendet hatte, begann der Chor der Priester einen freudigen Gesang, von dem ich nur den Kehrreim der einzelnen Absätze verstehen konnte: „Die Sonne geht auf." Bei dem letzten Ton erhoben die Anwesenden ihre Hände, und da krachte aus allen Gewehren eine Salve, wie ich noch keine gehört hatte.

Damit war die eigentliche Feierlichkeit beendet. Nun aber begann sich das Leben erst zu regen. Es gibt nichts, womit ich diese Nacht im Tal Idis vergleichen könnte, diese Nacht der Flammen und Fackeln zwischen himmelanstrebenden Felsen, diese Nacht der Fragen und Klagen unter den Verachteten und Geschmähten, diese Nacht unter den Bekennern einer Anbetungsform, deren Grundzug in der Sehnsucht nach dem Licht besteht.

Ich saß bei den Priestern bis lange nach Mitternacht. Dann erloschen die Fackeln, und die Feuer fielen zusammen. Nur die beiden Flammen am Denkmal brannten noch, als ich mich unter einem Baum in meinen Burnus wickelte, um die Ruhe zu suchen. Ich schloß die Augen, und es gelang mir endlich einzuschlafen.

4. Dojan

„Priester[1] Johann, von Gottes und unseres Herrn Jesu Christi Gnaden König der Könige, an Alexios Komnenos, Statthalter zu Konstantinopel, Gesundheit und glückliches Ende.

Unsere Majestät hat in Erfahrung gebracht, daß du von unserer Herrlichkeit gehört hast und daß dir über unsere Größe Mitteilungen gemacht worden sind. Was wir zu wünschen wissen, ist, ob du mit uns am wahren Glauben hängst und in allen Dingen an unseren Herrn Jesum Christus glaubst.

Wenn du zu wissen wünschest die Größe und Herrlichkeit unserer Macht und welchen Umfang unsere Länder haben, so wisse und glaube, ohne zu zweifeln, daß wir sind Priester Johann, der Diener Gottes, daß wir an Reichtum alles unter dem Himmel und an Tugend und Macht alle Könige der Erde übertreffen. Siebzig Könige sind uns zinspflichtig. Wir sind ein frommer Christ und beschützen und unterstützen mit Almosen jeden armen Christen, der sich in dem Bereich unserer Gnade befindet. Wir haben ein Gelübde getan, das Grab unseres Herrn, wie es sich für den Ruhm unserer Majestät gebührt, mit einer großen Armee zu besuchen und gegen die Feinde des Kreuzes Christi Krieg zu führen, sie zu demütigen und seinen heiligen Namen zu erhöhen.

Unsere Herrlichkeit regiert über die drei Indien, und unsere Besitzungen gehen über das äußerste Indien hinaus, wo der Körper des heiligen Apostels Thomas ruht; von dort aus über die Wildnis, die sich dem Aufgang der Sonne zu erstreckt, und geht rückwärts, nach Sonnenuntergang zu, bis Babylon, das verlassene, ja sogar bis zum Turm zu Babel.

Zweiundsiebenzig Provinzen gehorchen uns, von denen einige christliche Provinzen sind, und jede hat ihren eigenen König. Und alle ihre Könige sind uns zinspflichtig. In unseren Ländern werden Elefanten, Dromedare und Kamele gefunden, und fast alle Arten von Tieren, die es unter dem Himmel gibt. In unseren Ländern fließt Milch und Honig. In einem Teil unseres Staates kann kein Gift schaden, in einem anderen wachsen alle Arten von Pfeffer; ein anderer ist so dicht mit Hainen bewachsen, daß er einem Wald gleicht, und er ist in allen Teilen voller Schlangen. Dort ist auch ein Sandsee ohne Wasser. Drei Tagereisen von diesem See entfernt sind Gebirge, von denen Ströme von Steinen herabkommen. In der Nähe dieses Gebirges befindet sich eine Wüste zwischen unwirtbaren Hügeln. Unter diesen fließt ein unter-

[1] Gemeint ist Presbyter Johannes

irdischer Bach, zu dem kein Zugang ist, und dieser Bach fällt in einen größeren Fluß, in den Leute aus unseren Besitzungen hingehen und Edelsteine in Überfluß darin finden. Über diesen Fluß hinaus wohnen zehn Stämme Juden, die, obgleich sie behaupten, ihre eigenen Könige zu haben, dessenungeachtet unsere Diener und uns zinspflichtig sind.

In einer anderen unserer Provinzen, in der Nähe der heißen Zone, sind Würmer, die in unserer Sprache Salamander genannt werden. Diese Würmer können nur im Feuer leben und machen ein Gehäuse um sich herum, wie die Seidenwürmer. Dieses Gehäuse wird von unseren Palastdamen fleißig gesponnen, und es gibt die Stoffe zu unseren Kleidern. Es kann aber nur im hellen Feuer gewaschen werden.

Vor unserer Armee werden dreizehn große Kreuze von Gold und Edelsteinen hergetragen. Wenn wir aber ohne Staatsgefolge ausreiten, wird nur ein Kreuz, das nicht mit Figuren, Gold und Juwelen geziert ist, damit wir immer unseres Herrn Jesu Christi eingedenk seien, und eine mit Gold gefüllte Silbervase, damit alle Leute wissen, daß wir der König der Könige sind, vor uns hergetragen.

Alljährlich besuchen wir den Leib des heiligen Daniel in Babylon in der Wüste. Unser Palast ist von Ebenholz und von Schittimholz und kann vom Feuer nicht beschädigt werden. An jedem Ende seines Daches sind zwei goldene Äpfel, und in jedem Apfel zwei Karfunkel, damit das Gold bei Tag scheint und die Karfunkel in der Nacht leuchten. Die größeren Tore sind von mit Horn gemischtem Sardonyx, damit niemand mit Gift eintreten kann; die kleineren sind von Ebenholz. Die Fenster aber sind von Kristall. Die Tische sind von Gold und Amethyst, und die Säulen, die sie tragen, von Elfenbein. Das Zimmer, in dem wir schlafen, ist ein wundervolles Meisterstück aus Gold, Silber und jeder Art von Edelsteinen. In ihm brennt beständig Weihrauch. Unser Bett ist von Saphyr. Wir haben die schönsten Frauen. Täglich unterhalten wir dreißigtausend Menschen, außer den gelegentlichen Gästen. Und alle diese beziehen täglich Summen aus unserer Kämmerei zum Unterhalt ihrer Pferde und zu anderweitiger Verwendung. Während jedes Monats werden wir von sieben Königen (von jedem der Reihe nach), von fünfundsechzig Herzogen und von dreihundertfünfundsechzig Grafen bedient. In unserem Saal speisen täglich zu unserer Rechten zwölf Erzbischöfe und zu unserer Linken zwanzig Bischöfe, außerdem noch der Patriarch von Sankt Thomas, der Protopapas von Salmas und der Archiprotopapas von Ssa, in welcher Stadt der Thron unseres Ruhms und unser kaiserlicher Palast sich befinden. Äbte, der Zahl nach mit den Tagen des Jahres im Einklang, verwalten das geistliche Amt vor uns in unserer Kapelle. Unser Mundschenk ist ein Primas und König, unser Haushofmeister ist ein Erzbischof und ein König, unser Kammerherr ist ein Bischof und ein König, unser Marschall ist ein Archimandrit und ein König, und unser Küchenmeister ist ein Abt und ein König. Wir aber nehmen einen niedrigeren Rang und einen demütigeren Namen ein, auf daß wir unsere große Demut zeigen." –

So lautet im Auszug ein Brief, den der berühmte, aber sagenhafte Tatarenkönig Presbyter Johann an den griechischen Kaiser geschrieben haben soll. Er enthält neben verschiedenen belustigenden Merkwürdigkeiten, die ihren Grund in den falschen Anschauungen früherer Jahrhunderte haben, doch auch Tatsachen und Einzelheiten, die von Marco Polo, Sir John Mandeville und anderen Reisenden und Forschern bestätigt worden sind. Ich wurde lebhaft an ihn erinnert, als ich jetzt auf der östlichen Höhe von Scheik Adi hielt und einen Blick nach Morgen richtete, wo sich die Berge von Gara Surgh, Sibar, Haïr, Tura Ghara, Bas, Dschelu, Tkhuma, Karitha und Tijari erhoben.

In den Tälern, die zwischen diesen Höhen liegen, wohnen die letzten jener christlichen Sektierer, denen dieser Tatarenkönig angehört haben soll. Zu seiner Zeit waren sie mächtig und einflußreich. Die Sitze ihrer Metropolitanen waren weithin zerstreut, von den Küsten des Kaspischen Meeres bis zu den chinesischen Seen und von den nördlichsten Grenzen Skythiens bis zum äußersten südlichen Ende der indischen Halbinsel. Die christlichen Anklänge des Korans sind meist ihren Büchern und Lehren entnommen. Aber mit dem Fall der Kalifen brach auch ihre Macht zusammen, und zwar mit reißender Schnelligkeit; denn ihre innere, geistliche Verfassung entbehrte der göttlichen Reinheit, die die Kraft eines unbesiegbaren Widerstandes verleiht. Bereits unter der Regierung des Kassan, der ein Sohn des Arghun und ein Enkel des berühmten Eroberers von Bagdad, Hulagu Khan, war, begannen die Verfolgungen gegen sie. Dann aber brach der große Tamerlan unbarmherzig über sie herein. Mit unersättlicher Wut verfolgte er sie, zerstörte ihre Kirchen und brachte alle, denen es nicht gelang, in die unzugänglichen Berge Kurdistans zu entkommen, mit dem Schwert um. Die Urenkel dieser Entkommenen leben noch heute an Plätzen, die Festungen gleichen. Sie, die Überreste des einst so mächtigen assyrischen Volkes, sehen allzeit das Schwert der Türken und den Dolch der Kurden über sich schweben und haben in neuerer Zeit Grausamkeiten zu ertragen gehabt, bei deren Erzählung sich die Haare sträuben. Einen großen Teil der Schuld daran haben jedenfalls jene überseeischen Missionare, die sich politisch betätigten und dadurch das Mißtrauen der Landesoberhäupter erweckten. Damit und durch ähnliche Unvorsichtigkeiten haben sie sowohl ihrem Werk als auch ihren Anhängern gleich großen Schaden bereitet.

Auf meinem Ritt nach Amadije kam ich voraussichtlich auch in Ortschaften, die von diesen chaldäischen Christen bewohnt wurden; Grund genug, an jenen Brief zu denken, der ihre Vergangenheit am lebhaftesten beleuchtet. Einst Minister und Berater von Fürsten und Kalifen, sind sie jetzt, soweit sie nicht zur katholischen Kirche zurückgekehrt sind, so ohne alle innere und äußere Kraft, daß Männer, wie der berüchtigte Beder Khan Bei und sein Verbündeter Abd es Summit Bei die fürchterlichsten Metzeleien unter ihnen anrichten konnten, ohne den geringsten Widerstand zu finden. Und doch hätte das schwer zugängliche Gelände, das sie bewohnen, ihnen die erfolgreichste Verteidigung in die Hand gegeben.

Wie ungleich männlicher hatten sich dagegen die Jesidi verhalten!

Nach jener Flammennacht im Tal Idis war Ali Bei nach Dscherraije geritten, scheinbar nur von zehn Männern begleitet. Aber noch vor seinem Aufbruch hatte er eine hinreichende Anzahl von Kriegern in die Nähe von Bosan vorausgesandt.

Schekib Halil Pascha war wirklich mit einer gleich großen Begleitung eingetroffen, aber Ali Bei hatte durch seine Kundschafter erfahren, daß zwischen Sejid Khan und Ras ul Aîn eine beträchtliche Truppenmacht zusammengezogen worden sei, um noch gleichen Tages gegen Scheik Adi vorzugehen. Auf diese Kunde hin hatte Ali Bei den Müteßarrif einfach einschließen lassen und zum Gefangenen gemacht. Um seine Freiheit wieder zu erhalten, hatte sich der Statthalter gezwungen gesehen, alle hinterlistigen Pläne aufzugeben und auf die friedlichen Vorschläge des Bei einzugehen.

Die Folge davon war, daß das unterbrochene Fest der Jesidi wieder aufgenommen und mit einem Jubel begangen wurde, wie ihn Scheik Adi wohl noch nie gesehen hatte.

Nach Ablauf dieses Festes wollte ich nach Amadije aufbrechen, erfuhr aber, daß sich Mohammed Emin in den Bergen von Kaloni den Fuß vertreten hatte, und so war ich gezwungen, drei Wochen lang seine Wiederherstellung abzuwarten. Indes ging mir diese Zeit nicht ungenützt vorüber, da sie mir willkommene Gelegenheit bot, mich mit dem Kurdischen vertraut zu machen.

Endlich benachrichtigte mich der Scheik durch einen Boten, daß er zum Aufbruch bereit sei, und so hatte ich mich in aller Frühe aufgemacht, um ihn bei dem Anführer der Badinankurden abzuholen. Mein Abschied von den Jesidi war herzlich, und ich mußte versprechen, auf der Rückkehr noch einige Tage bei ihnen zu verweilen. Zwar hatte ich mir jede Begleitung verbeten, aber Ali Bei ließ es sich nicht nehmen, mich wenigstens zu den Badinan zu bringen, um auch Mohammed Emin Lebewohl sagen zu können.

Jetzt also hielten wir auf der östlichen Höhe von Scheik Adi und ließen die Ereignisse der letzten Wochen an uns vorüberfliegen. Was würden die nächsten Tage bringen? Je weiter noch Nordost hinauf, desto wilder werden die Bergvölker, die keinen Ackerbau kennen und nur von Raub und Viehzucht leben. Ali Bei mochte mir diese Gedanken von der Stirn ablesen.

„Effendi, du gehst beschwerliche und gefährliche Wege“, meinte er. „Wie weit hinauf willst du in die Berge?“ – „Zunächst nur bis nach Amadije.“ – „Du wirst noch weiter müssen.“ – „Warum?“ – „Dein Werk in Amadije mag gelingen oder nicht, so bleibt die Flucht dein Los. Man kennt den Weg, den der Sohn Mohammed Emins einschlagen muß, um zu seinen Haddedihn zu gelangen, und man wird ihm diesen Weg verlegen. Wie willst du dann reiten?“

„Ich werde mich nach den Umständen richten. Wir könnten nach Süden gehen und auf dem Sab el Ala[1] oder zu Pferd längs des Akra-Flusses entkommen. Wir könnten auch nach Norden gehen, über die Berge von Tijari und den Maranan-Dagh, und dann den Khabur und den Tigris überschreiten, um durch die Salzwüste zum Dschebel Sindschar zu kommen.“

„In diesen Fällen aber werden wir dich niemals wiedersehen!“

[1] Großer Sab

„Gott lenkt die Gedanken und Schritte des Menschen. Ihm sei alles anheimgestellt!“

Wir ritten weiter. Halef und Ifra folgten uns. Mein Rappe hatte sich weidlich ausruhen können. Er hatte früher nur Balahat-Datteln gefressen und sich jetzt an anderes Futter gewöhnen müssen, war mir aber doch fast ein wenig zu fleischig geworden und zeigte einen Überschuß an Kräften, so daß ich ihn derb zwischen die Schenkel nehmen mußte. Ich war übrigens halb neugierig und halb besorgt, wie Rih sich bewähren werde, wenn es galt, die Berge Kurdistans zu überwinden.

Bald langten wir bei den Badinan an und wurden von ihnen mit gastlicher Fröhlichkeit empfangen. Mohammed Emin war reisefertig, und nachdem wir noch ein Stündchen geplaudert, geschmaust und geraucht hatten, brachen wir auf. Ali Bei gab uns allen, und mir zuletzt, die Hand. Im Auge stand ihm eine Träne.

„Effendi, glaubst du, daß ich dich liebhabe?“ fragte er bewegt.

„Ich weiß es. Auch ich scheide in Wehmut von dir, den meine Seele liebgewonnen hat.“ – „Du gehst von hinnen, und ich bleibe. Aber meine Gedanken werden dich begleiten, meine Wünsche werden in den Spuren deiner Füße weilen. Du hast zwar schon von Mir Scheik Khan Abschied genommen, doch hat er mir seinen Segen mitgegeben, daß ich ihn im Augenblick des Scheidens auf dein Haupt legen soll. Gott sei mit dir und bleibe bei dir zu aller Zeit und auf allen Wegen. Sein Zorn treffe deine Feinde, und seine Gnade erleuchte deine Freunde! Du gehst großen Gefahren entgegen, und Mir Scheik Khan hat dir seinen Schutz versprochen. Er sendet dir diesen Melek Ta'us, damit er dir als Talisman diene. Ich weiß, du hältst diesen Vogel nicht für ein Götzenbild, sondern für ein Zeichen, an dem du als unser Freund erkannt wirst. Jeder Jesidi, dem du diesen Ta'us zeigst, wird für dich sein Gut und sein Leben opfern. Nimm diese Gabe, aber vertraue sie keinem anderen an, denn sie ist für dich allein bestimmt! Und nun lebe wohl, und vergiß nie jene, die dich lieben!“

Ali Bei umarmte mich, stieg dann schnell auf sein Pferd und ritt, ohne sich umzusehen, von dannen.

Es war ein großes Geschenk, das mir Scheik Khan gemacht hatte. Wieviel ist über das Vorhandensein eines Melek Ta'us gestritten worden! Und hier hatte ich dieses rätselhafte Zeichen in meiner Hand. Es war ein ganz ungewöhnliches Vertrauen, dessen mich der Mir würdigte, und es stand fest, daß ich mich der Figur nur im äußersten Notfall bedienen würde. Sie war aus Kupfer und stellte einen Vogel dar, der seine Schwingen zum Flug entfaltet. Auf dem unteren Teil zeigte sich das Kurmandschi-Wort ‚Hemscher‘, das ist Freund oder Genosse, eingegraben. Eine seidene Schnur diente dazu, den Anhänger am Hals zu tragen.

Die Badinan wollten uns eine Strecke weit das Geleit geben. Ich mußte es gestatten, machte aber die Bedingung, daß sie bei ihrem Dorf Kaloni umkehren sollten. Dieses Dorf liegt vier Stunden von Scheik Adi entfernt. Seine Häuser waren fast ausnahmslos aus Stein gebaut und hingen wie riesige Vogelnester zwischen den Weingärten hoch über dem Flußbett des Gomel. Sie erhielten ein sehr dauerhaftes Aussehen durch die riesigen Steinblöcke, die als Oberschwellen der Türen und als Ecken der Gebäude dienten.

Hier wurde Lebewohl gesagt, dann ritten wir zu vieren weiter.

Auf einem sehr steilen Weg, der unseren Tieren große Beschwerden bereitete, erreichten wir das kleine Dörfchen Bebosi, das auf dem Gipfel einer bedeutenden Höhe liegt. Es gibt hier eine katholische Kirche, denn die Einwohner gehören zu den Chaldäern, die Katholiken geworden sind. Wir wurden von ihnen freundlich aufgenommen und erhielten unentgeltlich Trank und Speise. Man wollte mir einen Führer mitgeben; da ich dies aber ablehnte, wurde mir der Weg zum nächsten Ort so genau beschrieben, daß wir ihn gar nicht verfehlen konnten.

Er führte uns zunächst längs der Höhe hin durch einen Wald von Zwergeichen und stieg dann in das Tal hinab, in dem Kheloki liegt. In diesem Ort machten wir kurz Halt, und ich nahm den Baschi Bosuk vor: „Buluk Emini, höre, was ich dir sage!“ – „Ich höre, o Effendi.“

„Der Müteßarrif von Mossul hat dir den Befehl gegeben, für alles zu sorgen, was ich brauchen werde. Du hast mir bisher noch keinen Nutzen gebracht. Von heute an wirst du deines Amtes walten.“

„Was soll ich tun, Effendi – mein Herr?“ – „Wir werden diese Nacht in Spinduri bleiben. Du reitest voraus und trägst Sorge, daß bei meiner Ankunft alles für mich bereit ist. Hast du mich verstanden?“

„Sehr wohl, Emir!“ antwortete er mit amtlicher Würde. „Ich werde eilen, und wenn du kommst, wird dich das ganze Dorf mit Jubel empfangen.“

Ifra stieß seinem Esel die Fersen in die Seiten und trollte von dannen.

Von Kheloki bis hinüber nach Spinduri ist es nicht weit. Trotzdem aber brach die Nacht bereits herein, als wir dieses große Kurdendorf erreichten. Es hat seinen Namen von der großen Anzahl von Pappeln, die dort vorkommen; denn Spidar, Spindar und auch Spandar heißt im Kurmandschi die Weißpappel. Wir fragten nach der Wohnung des Kjaja, erhielten aber statt einer Antwort nur grimmige Blicke.

Ich hatte meine Frage türkisch ausgesprochen. Jetzt wiederholte ich sie kurdisch, indem ich nach dem Malkoegund, was Dorfältester bedeutet, fragte. Das machte die Leute augenblicklich willfähriger. Wir wurden vor ein größeres Haus geführt, wo wir abstiegen und eintraten. In einem der Räume wurde ein lautes Gespräch geführt, das wir deutlich hören konnten. Ich blieb stehen und horchte.

„Wer bist du, du Hundesohn, du Feigling?“ rief eine zornige Stimme. „Ein Baschi Bosuk bist du, der auf einem Esel reitet. Das ist für dich eine Ehre, für den Esel aber eine Schande; denn er trägt einen Kerl, der dümmer ist als er. Und du kommst herbei, mich hier zu vertreiben?“

„Wer bist denn du, he?“ entgegnete die Stimme meines Ifra. „Du bist ein Arnaut, ein Gurgelabschneider, ein Spitzbube! Dein Maul sieht aus wie das Maul eines Frosches, deine Augen sind Krötenaugen. Deine Nase gleicht einer Gurke, und deine Stimme klingt wie das Schreien einer Wachtel! Ich bin ein Buluk Emini des Großherrn. Was aber bist denn du? Ein Kawaß, ein einfacher Kawaß, weiter nichts.“

„Kerl, ich drehe dir das Gesicht auf den Rücken, wenn du nicht schweigst! Was geht dich meine Nase an? Du hast ja gar keine! Du sagst, dein Gebieter sei ein großer Effendi, ein Emir, ein Scheik des Abendlandes? Man darf nur dich betrachten, dann weiß man, wer er ist! Und du kommst, mich hier fortzujagen?" – „Und wer ist denn dein Gebieter? Auch ein großer Effendi aus dem Abendland, sagst du? Ich aber sage dir, daß es im ganzen Abendland nur einen einzigen großen Effendi gibt, und das ist mein Herr. Merke dir das!" – „Hört", begann eine dritte Stimme ernst und ruhig, „ihr habt mir zwei Effendi angemeldet. Der eine hat eine Schrift vom Onßul[1] der Franken, die vom Müteßarrif unterzeichnet ist. Das gilt. Der andere aber steht im Schatten des Großherrn. Er hat Schriften vom Onßul, vom Großherrn, vom Müteßarrif und hat auch das Recht auf das Dischparassi. Das gilt noch mehr. Dieser Mann wird hier bei mir wohnen. Für den anderen aber werde ich eine Schlafstätte in einem anderen Haus bereiten lassen. Der eine wird alles umsonst erhalten, der andere aber wird alles bezahlen." – „Das leide ich nicht!" klang die Stimme des Arnauten. „Was dem einen geschieht, das wird dem anderen auch geschehen!"

„Höre, ich bin hier Malkoegund und Gebieter. Was ich sage, das gilt, und kein Fremder darf mir Vorschriften machen."

Jetzt öffnete ich die Tür und trat mit Mohammed Emin ein.

„Ivari'l kher – guten Abend!" grüßte ich. „Du bist der Herr von Spinduri?" – „Ich bin es", erwiderte der Dorfälteste.

Ich deutete auf den Buluk Emini.

„Dieser Mann ist mein Diener. Ich habe ihn zu dir gesandt, um mir deine Gastfreundschaft zu erbitten. Was hast du beschlossen?"

„Du bist der, der unter dem Schutz des Großherrn steht und das Anrecht auf das Dischparassi hat?" – „So ist es." – „Und dieser Mann ist dein Begleiter?" – „Mein Freund und Gefährte." – „Habt ihr viele Leute bei euch?" – „Diesen Buluk Emini und noch einen Diener."

„Ser sere men at – Ihr seid mir willkommen!" Er erhob sich von seinem Sitz. „Setzt euch nieder an mein Feuer und laßt es euch in meinem Haus gefallen! Ihr sollt ein Zimmer bekommen, wie es euer würdig ist. Wie hoch schätzt du dein Dischparassi?" – „Für uns beide und den Diener sei es dir geschenkt, aber diesem Baschi Bosuk wirst du fünf Piaster[2] geben. Er ist Soldat des Müteßarrif, und ich habe nicht das Recht, ihm das Seinige zu entziehen." – „Effendi, du bist nachsichtig und gütig. Ich danke dir. Es soll dir nichts mangeln an dem, was zu deinem Wohl gehört. Doch erlaube, daß ich mich eine kleine Weile mit diesem Kawassen entferne!"

Er meinte den Arnauten. Der Mann hatte uns finster zugehört. Jetzt schimpfte er: „Ich gehe nicht fort. Ich verlange das gleiche Recht für meinen Herrn." – „So bleib!" meinte nun der Malkoegund einfach. „Wenn aber dein Gebieter dann keine Wohnung findet, so ist es deine Schuld." – „Was sind diese beiden Männer, die sagen, daß sie unter dem Schutz des Großherrn stehen? Araber sind es, die in der Wüste rauben und stehlen und hier in den Bergen die Herren spielen –"

„Hadschi Halef!" rief ich laut.

Der Kleine trat ein.

„Halef, dieser Kawaß wagt es, uns zu schmähen. Wenn er noch

[1] Konsul [2] Eine Mark

ein einziges Wort sagt, das mir nicht gefällt, gebe ich ihn in deine Hand!"

Der Arnaut, der bis an die Zähne bewaffnet war, blickte mit offenbarer Verachtung auf Halef herab.

„Vor diesem Zwerg soll ich mich fürchten, ich, der ich –"

Er konnte nicht weitersprechen, denn er lag bereits am Boden, und mein kleiner Hadschi kniete auf ihm, in der Rechten den Dolch und die Linke um seinen Hals klammernd.

„Soll ich, Sihdi?" – „Es ist einstweilen genug. Aber sag ihm, daß er verloren ist, wenn er noch eine feindselige Miene macht!"

Halef ließ den Arnauten los, und der Mann erhob sich. Seine Augen blitzten in zorniger Tücke, aber er wagte doch nichts zu unternehmen.

„Komm!" gebot der Kawaß dem Dorfältesten.

„Du willst dir die Wohnung anweisen lassen?" fragte dieser.

„Ja, einstweilen. Wenn aber mein Herr kommt, werde ich ihn hersenden, und es wird sich entscheiden, wer in deinem Haus schläft. Er wird auch zwischen mir und diesem Diener der beiden Araber richten!"

Sie gingen miteinander fort. Während der Abwesenheit des Malkoegund leistete uns einer seiner Söhne Gesellschaft, und bald wurde uns gesagt, daß das Zimmer, in dem wir schlafen sollten, für uns bereit sei.

Wir wurden in ein Gemach geführt, in dem mittels Teppichen zwei weiche Lager bereitet waren. In der Mitte aber hatte man das Abendessen aufgetragen. Diese Schnelligkeit und der ganze Raum ließen vermuten, daß der Dorfälteste nicht zu den armen Bewohnern des Ortes zählte. Sein Sohn saß bei uns, nahm aber nicht am Mahl teil. Das war ein Höflichkeitsbeweis. Die Frau und eine Tochter des Vorstehers bedienten uns.

Zunächst wurde uns Scherbet gereicht. Wir tranken ihn aus hübschen Findschani ferfuri[1], hier in Kurdistan eine große Seltenheit. Dann erhielten wir Wal Kapamasi, Weizenbrot in Honig gebacken, wozu der dazu gebotene Findika[2] allerdings nicht recht passen wollte. Nun folgte ein junger Bisin[3] mit Reisklößen, die in seiner Brühe schwammen, dazu Bera asch[4], die ihrem Namen durchaus entsprachen. Zwei kleine Braten, die die Fortsetzung bildeten, kamen mir recht lecker vor. Sie wurden recht schön knusprig gebräunt; ich hielt sie für Tauben. Sie hatten freilich einen Geschmack, der mir etwas fremd erschien.

„Ist das Kewuk[5]?" fragte ich den jungen Mann.

„Nein. Es ist Bartschemik[6]", antwortete er.

Hm! Eine recht hübsche Überraschung! Jetzt trat der Vorsteher ein. Auf meine Einladung setzte er sich zu uns und nahm an dem Mahl teil, in dessen ganzem Verlauf auf einer blechernen Platte duftendes Harz brannte. Jetzt, da der Hausherr zugegen war, wurde die Hauptschüssel aufgetragen. Sie enthielt Kapameh, Hammelbraten in saurer Sahne gebacken, und dazu wurde Reis gegeben, der mit Zwiebeln abgesotten war. Als wir zur Genüge davon gekostet hatten, winkte der Vorsteher.

[1] Porzellanschalen [2] Salat aus zarten Pistazienblättern [3] Ziegenbraten [4] Wörtlich: Mühlsteine, ein hohes, festes Gebäck in der runden Form der Mühlsteine [5] Taube [6] Fledermaus

Man brachte eine zugedeckte Schüssel, die er mit wichtiger Miene in Empfang nahm.

„Rate, was das ist!“ bat er mich. „Das ist ein Gericht, das du sicher nicht kennst. Es ist nur in Kurdistan zu haben, wo es starke und mutige Männer gibt.“ – „Du machst mich neugierig.“ – „Wer das genießt, dessen Kräfte verdoppeln sich, und er fürchtet sich vor keinem Feind mehr. Riech einmal!“

Der Gastgeber öffnete den Deckel ein wenig und ließ mich den Duft prüfen.

„Diesen Braten gibt es nur in Kurdistan?“ fragte ich. – „Ja.“

„Du irrst; denn ich habe solches Fleisch bereits oft gegessen.“

„Wo?“ – „Bei anderen Völkern, besonders aber in einem Land, das Amerika genannt wird. Dort wächst das Tier viel größer und ist auch viel wilder und gefährlicher als bei euch.“ – „Du bist es, der sich irrt; denn nur hier in Kurdistan lebt dieses Tier.“ – „Ich bin noch nie in Kurdistan gewesen und erkenne dieses Fleisch doch bereits am Geruch. Also muß ich es auch schon in anderen Ländern gegessen haben.“

„Was für ein Tier ist es?“ – „Es ist Bär. Habe ich recht?“

„Ja, wirklich, du kennst es!“ rief der Kurde erstaunt.

„Ich kenne es noch besser, als du meinst. Ich habe noch nicht in diese Schüssel geblickt und behaupte, daß dieses Fleisch die Tatze vom Bären ist!“ – „Du hast es erraten! Nimm und iß!“

Nun ging es an das Erzählen von Jagdgeschichten. Der Bär ist in Kurdistan allerdings häufig anzutreffen, aber bei weitem nicht so gefährlich wie der Grizzly von Nordamerika. Zu den gedämpften Bärentatzen gab es ein dickes Mus von gedörrten Birnen und Pflaumen, dem ein gepanzertes Gericht folgte, nämlich gesottene Krebse, zu denen eine Zuspeise gereicht wurde, die mir fremd erschien. Ich erlaubte mir, mich zu erkundigen, und die Frau des Vorstehers gab mir bereitwillig Auskunft:

„Nimm Kürbisse und koche sie zu Brei!“ meinte sie. „Tu Zucker und Butter dazu, rühre klaren Käse und geschnittenen Knoblauch hinein und füge zerdrückte Maulbeeren und weichgequollene Kerne von Sonnenblumen hinzu, dann hast du diese Speise, der keine andere gleichkommt.“

Ich kostete diese unvergleichliche Mischung von Kürbis und Sonnenblume, Käse und Zucker, Butter, Maulbeeren und Knoblauch und fand, daß der Geschmack nicht so schlimm war wie die Mischung der Bestandteile. Den Schluß des Mahles bildeten getrocknete Äpfel und Weintrauben, zu denen ein Schluck Raki getrunken wurde. Dann kamen die Tabakspfeifen zu ihrem Recht.

Während wir den starken, rauhen und nur wenig fermentierten Tabak von Kelekowa in Brand steckten, ließ sich unten ein lautes Gespräch vernehmen. Der Vorsteher ging hinaus, um nach der Veranlassung des Lärms zu sehen, und da er den Eingang offen ließ, konnten wir jedes Wort vernehmen.

„Wer ist da?“ fragte der Malkoegund.

„Was will er?“ hörte ich eine andere Stimme in englischer Sprache fragen.

„Er fragt, wer da ist“, antwortete ein dritter, gleichfalls englisch.

„Was heißt türkisch: ich?“ – „Ben.“

„Well! Ben!!!“ rief es dann zum Wirt hinauf.

„Ben?“ fragte der. „Wie ist dein Name?“ – „Was will er?“ fragte die klappernde Stimme, die mir so bekannt war, daß ich vor Verwunderung über die Anwesenheit dieses Mannes aufgesprungen war.

„Er fragt, wie Ihr heißt.“ – „Sir David Lindsay!“ rief es herauf.

Im nächsten Augenblick stand ich unten im Flur. Ja, da lehnte er vor mir, beleuchtet vom Feuer des Herdes. Das war der hohe, graue Zylinderhut, der lange, dünne Kopf, der breite Mund, die unmögliche Nase, der bloße, dürre Hals, der breite Hemdkragen, der graukarierte Schlips, die graukarierte Weste, der graukarierte Rock, die graukarierte Hose, die graukarierten Gamaschen und die staubgrauen Stiefel. Und wahrhaftig, da in der Rechten trug er die berühmte Hacke, welche die edle Bestimmung hatte, Fowlingbulls und andere Altertümer auszugraben!

„Sir David!“ rief ich aus.

„Well! Ah, wer sein? Oh – ah – Ihr seid es?“

Er riß die Augen auf und den Mund noch mehr und staunte mich wie einen Menschen an, der vom Tod erstanden ist.

„Wie kommt Ihr nach Spinduri, Sir David?“ fragte ich, beinahe ebenso erstaunt wie er.

„Ich? Geritten! Well!“ – „Natürlich! Aber was sucht Ihr hier?“

„Ich? Oh! Hm! Euch und Fowlingbulls!“ – „Mich?“ – „Yes! Werde erzählen. Vorher aber zanken!“ – „Mit wem?“ – „Mit Mayor, mit Bürgermeister von Dorf. Schauderhafter Kerl!“ – „Warum?“

„Will nicht haben Englishman, will haben Araber! Miserabel! Wo ist Kerl, he?!“ – „Hier steht er“, antwortete ich, auf den ältesten zeigend, der unterdessen herbeigetreten war.

„Ihm zanken, schimpfen!“ gebot Lindsay dem Dolmetscher, der neben ihm stand. „Macht Quarrel, macht Scold, sehr laut, viel!“

„Erlaubt, Sir David, daß ich das übernehme“, meinte ich. „Die beiden Araber, über die Ihr Euch ärgert, werden Euch nicht im Weg sein. Sie sind Eure besten Freunde.“ – „Ah! Wo sind?“ – „Der eine bin ich, und der andere ist Mohammed Emin.“ – „Mo – ah! Emin – ah! Wo ist?“ – „Droben. Kommt mit hinauf!“ – „Well! Ah, ganz außerordentlich, unbegreiflich!“

Ich schob den Engländer ohne Umstände die schmale Stiege empor und wies sowohl den Dolmetscher als auch den Arnauten, die uns folgen wollten, zurück. Bei den kurdischen Frauen erregte das Erscheinen der langen graukarierten Gestalt ein gelindes Entsetzen. Sie zogen sich in die entfernteste Ecke zurück. Mohammed Emin aber, der sonst so ernsthafte Mann, lachte, als er den dunklen Krater erblickte, den der offene Mund des erstaunten Engländers bildete.

„Ah! Good day, Sir Mohammed! How do you do – wie befindet Ihr Euch?“ – „Maschallah! Wie kommt der Inglis hierher?“ fragte der Scheik.

„Wir werden es erfahren.“ – „Kennst du diesen Mann?“ fragte mich der Herr des Hauses

„Ich kenne ihn. Er ist der Fremde, der seinen Kawaß vorhin sandte, um bei dir zu bleiben. Er ist mein Freund. Hast du eine Wohnung für ihn besorgt?" – „Wenn er dein Freund ist, so soll er in meinem Hause bleiben", lautete die Antwort.

„Hast du Raum für so viele Leute?" – „Für Gäste, die willkommen sind, ist immer Raum vorhanden. Er mag Platz nehmen und ein Mahl genießen!" – „Setzt euch, Sir David", sagte ich also zu Lindsay, „und laßt uns wissen, was Euch auf den Gedanken gebracht hat, die Weidegründe der Haddedihn zu verlassen und nach Spinduri zu kommen!"

„Well! Aber erst Diener versorgen." – „Die mögen für sich selbst sorgen." – „Pferde." – „Die werden von den Dienern versorgt. Also, Sir David?" – „Hm! War tedious, fürchterlich langweilig!" – „Habt Ihr nicht gegraben?" – „Viel, sehr viel." – „Und etwas gefunden?"

„Nothing – nichts, gar nichts! Fürchterlich!" – „Weiter!"

„Sehnsucht, schreckliche Sehnsucht!" – „Wonach?" – „Hm! Nach Euch, Sir!"

Ich lachte.

„Also aus Sehnsucht nach mir!" – „Well, very well, yes! Fowlingbulls nicht finden, Ihr nicht da – ich fort." – „Aber, Sir David, wir hatten doch ausgemacht, daß Ihr bis zu unserer Rückkehr bleiben solltet!"

„Keine Geduld, nicht aushalten!" – „Es gab doch Unterhaltung genug." – „Mit Arabern? Pschaw! Mich nicht verstehen!" – „Ihr hattet ja einen Dolmetscher." – „Fort, weg, ausgerissen." – „Ah! Der Grieche, dieser Koletis ist entflohen? Er war doch verwundet." – „Loch im Bein, wieder zugewachsen. Halunke frühmorgens weg!" – „Dann konntet Ihr Euch allerdings nicht gut verständlich machen. Wie aber habt Ihr mich gefunden?" – „Wußte, daß Ihr nach Amadije wolltet. Ging nach Mossul. Konsul gab Paß, Gouverneur unterschrieb Paß, gab Dolmetscher mit, und Kawaß, ging nach Dehuk." – „Nach Dehuk? Warum diesen Umweg?" – „War Krieg mit Teufelsmännern; konnte nicht durch. Von Dehuk nach Duliah[1] und von Duliah von Mungaischi. Dann hierher. Well! Euch finden. Sehr gut, prachtvoll!" – „Und nun?" – „Zusammenbleiben, Abenteuer erleben, ausgraben! Fowlingbulls London schicken, yes!" – „Schön, Sir David! Aber wir haben jetzt andere Dinge zu tun. Ihr kennt doch den Grund, der uns nach Amadije führt!" – „Kenne ihn. Schöner Grund, tapferer Grund, Abenteuer! Master Amad el Ghandur holen. Werde mitholen!" – „Ich glaube, daß Ihr uns nicht viel Nutzen bringen würdet." – „Nicht! Warum?" – „Ihr versteht ja nur englisch." – „Habe Dolmetscher!" – „Wollt Ihr ihn mit in das Geheimnis ziehen? Oder habt Ihr zu ihm vielleicht bereits davon gesprochen?" – „Kein Wort!" – „Das ist gut, Sir David, sonst wären wir ungemein gefährdet. Ich muß Euch offen gestehen, daß ich Euch erst später wiedersehen wollte." – „Ihr? Mich? Well, ab! Habe geglaubt, daß Ihr Freund von mir! Das aber nicht, folglich ab! Reise nach – nach – nach –" – „Ins Pfefferland etwa? Nein, nein, so ist es nicht. Ihr wißt doch, daß Ihr mein Freund seid, und ebenso bin ich der Eurige. Aber ihr müßt einsehen, daß Ihr uns hier Schaden bringt." – „Schaden? Warum?" – „Ihr fallt zu sehr auf." – „Well,

[1] Daudije

nicht mehr auffallen. Was muß ich tun?" – „Hm, das ist eine recht unangenehme Sache! Zurückschicken kann ich Euch nicht. Hierlassen kann ich Euch auch nicht. Ich muß Euch mitnehmen; wahrhaftig, es geht nicht anders." – „Schön, sehr schön!" – „Aber Ihr müßt Euch nach uns richten." – „Well, werde tun." – „Ihr jagt Euren Dolmetscher und auch den Kawassen fort." – „Müssen fort, zum Teufel, yes!" – „Auch diese Kleidung muß fort." – „Die auch? Ah! Wohin?" – „Weg, ganz weg. Ihr müßt wie ein Türke oder wie ein Kurde gehen."

Lindsay sah mich mit einem unbeschreiblichen Blick an, etwa so, als wenn ich ihm zugemutet hätte, sich selbst aufzufressen. Seine Mundstellung wäre dazu wohl nicht ungeeignet gewesen.

„Wie ein Türke? Wie ein Kurde? Horribel, schauderhaft!" – „Es geht nicht anders." – „Was anziehen?" – „Türkische Pumphosen oder schwarzrote kurdische Beinkleider." – „Schwarzrot! Ah, schön, sehr gut! Schwarz und rot kariert!" – „Meinetwegen. Also kurdische Hosen. Dazu eine Weste und ein Hemd, das über die Hose herabreicht."

„Schwarzrot?" – „Ja." – „Kariert?" – „Meinetwegen. Es muß vom Hals bis auf die Knöchel fallen. Dann einen Rock oder Mantel darüber." – „Schwarzrot?" – „Natürlich." – „Kariert?" – „Meinetwegen. Sodann einen Turban von der riesigen Größe, wie ihn oft vornehme Kurden tragen." – „Schwarzrot?" – „Auch." – „Kariert?" – „Meinetwegen. Dann einen Gürtel, Strümpfe, Schuhe, Waffen – –" – „Schwarzrot?"

„Habe nichts dagegen." – „Und kariert?" – „Laßt Euch auch noch das Gesicht schwarzrot karieren!" – „Wo kaufen diese Sachen?"

„Da weiß ich selbst keinen Rat. Einen Basar finden wir ja erst in Amadije. Vielleicht aber gibt es auch hier einen Händler, denn Spinduri ist ein großes Dorf. Und Ihr habt ja viel Geld, nicht?" – „Viel, sehr viel, well. Werde alles bezahlen!" – „Will einmal fragen!"

Ich wandte mich an den Dorfvorsteher: „Gibt es hier einen Urubadschi[1]?" – „Nein." – „Oder weißt du einen Mann, der jetzt nach Amadije reiten und für diesen Fremden Kleider holen könnte?"

„Ja, aber der Basar wird erst morgen offen sein, und die Kleider können erst später eintreffen." – „Oder ist ein Mann hier, der uns ein Kleid bis Amadije leihen würde?" – „Du bist mein Gast. Ich habe ein neues Panbukah[2]. Das werde ich ihm leihen." – „Auch einen Turban?" – „Es gibt hier keinen, der zwei Turbane hätte. Aber eine Mütze kannst du erhalten." – „Was für eine Art?" – „Ich gebe dir eine Kulik[3], die ihm passen wird." – „Welche Farbe hat sie?" – „Sie ist rot und hat schwarze Bänder." – „So bitte ich dich, das alles für morgen früh zu besorgen. Du gibst uns einen Mann mit, den wir bezahlen. Wir werden ihm in Amadije den Anzug für dich zurückgeben. Aber ich wünsche, daß von dieser Sache nichts gesprochen wird."

„Wir werden beide schweigen, ich und mein Bote."

Jetzt kam das Nachtmahl für den Engländer. Er bekam einige Reste, die wir übriggelassen hatten und denen ein neues Ansehen gegeben worden war. Lindsay schien ehrlichen Hunger zu haben;

[1] Kleidermacher oder Kleiderhändler [2] Anzug aus Wollstoff [3] Eine Mütze aus Filz von Ziegenhaar

denn zwischen seinen langen, breiten, gelb glänzenden Zähnen verschwand der größte Teil dessen, was ihm vorgesetzt wurde. Mit innerlicher Genugtuung bemerkte ich, daß man ihm auch einen jener kleinen Braten reichte, die ich für Tauben gehalten hatte. Er ließ nur die Knöchelchen davon übrig. Später setzte man ihm unter anderem einen zierlich gearbeiteten Holzteller hin, der ein niedliches Gericht enthielt, das die Form eines Beefsteaks hatte und einen solchen Wohlgeruch verbreitete, daß ich selbst noch Appetit bekam, obgleich ich bereits reichlich gegessen hatte. Ich mußte wissen, was das war.

„Sidna – Herrin, was ist das für ein schönes Gericht?“ fragte ich die Frau, die den Engländer bediente.

„Es ist Tschekirge[1]“ antwortete sie.

„Wie wird es bereitet?“ – „Die Heuschrecken werden geröstet, klein gestoßen und in die Erde gelegt, bis sie anfangen zu riechen. Dann habe ich den Teig in Olivenöl gebraten.“

Auch nicht übel! Ich nahm mir vor, meinem guten Master Fowlingbull dieses Küchengeheimnis nicht lange vorzuenthalten. Während er noch aß, ging ich hinab, um nach den Pferden zu sehen. Sie waren wohl versorgt. Bei ihnen standen Halef, der Dolmetscher, der Bulik Emini und der Arnaut im heftigen Streit, der aber bei meinem Erscheinen sofort abgebrochen wurde.

„Warum zankt ihr euch, Halef?“ fragte ich.

Der Kleine deutete auf den Arnauten.

„Dieser Mensch schmäht dich, Sihdi. Er hat gedroht, dich und mich zu ermorden, weil ich ihn auf deinen Befehl niedergeworfen habe.“

„Laß ihn reden. Tun wird er wohl nichts.“

Da legte der erregte Arnaut die Hand an die Pistole und rief:

„Schweig! Oder willst du dich mit deinen Knechten heute noch in der Dschehenna treffen?“ – „Sei still. Ich glaube, du bist blind!“ erwiderte ich ihm albanisch. „Siehst du nicht die Gefahr, in die du dich begibst?“ – „Gefahr?“ fragte er ganz verdutzt.

„Diese Pistolen treffen nicht gut!“ antwortete ich, auf seine Waffen deutend.

„Warum?“ – „Weil ich es besser kann!“

Zu gleicher Zeit hielt ich ihm meinen Revolver entgegen. Ich hatte die Gewalttätigkeit dieser arnautischen Soldaten genugsam kennengelernt, um selbst einen so einfachen Fall nicht zu leicht zu nehmen. Der Arnaut achtet das Leben eines Menschen für nichts. Er schießt wegen eines Schluckes Wasser einen anderen ruhig nieder und beugt dann dafür mit gleicher Ruhe sein Haupt unter das Schwert des Henkers. Wir hatten diesen Kawassen beleidigt. Ein Schuß war ihm zuzutrauen. Dennoch nahm er die Hand von der Pistole und fragte verwundert: „Du sprichst unsere Sprache? Bist du einer der Unserigen?“ – „Nein. Ich bin ein Alamán und sage dir, daß die Leute aus Almanja es verstehen, mit deinesgleichen umzuspringen.“ – „Ein Alamán bist du nur? Kein Madschar, kein Russ', kein Ssrbin, kein Turtschin? – Fahre zum Teufel!“

Er hob blitzschnell die Pistole und drückte los. Hätte ich nicht das

[1] Heuschrecken

Auge fest auf die Mündung der Waffe gerichtet, so wäre mir die Kugel in den Kopf gegangen. So aber fuhr ich mit dem Kopf rasch zur Seite nieder, und die Kugel ging über mich hinweg. Ehe der Arnaut den zweiten Lauf abfeuern konnte, hatte ich ihn unterlaufen und preßte ihm die Arme an den Leib.

„Soll ich ihn erschießen, Sihdi?" fragte Halef.

„Nein. Bindet ihn!"

Um die Arme des Kawassen nach hinten zu bekommen, mußte ich sie einen Augenblick freigeben. Das benutzte er, riß sich los, und sprang davon. Im nächsten Augenblick war er verschwunden. Alle Anwesenden eilten ihm nach, aber sie kehrten bald wieder zurück, ohne ihn gesehen zu haben.

Der Schuß hatte auch die anderen herbeigelockt.

„Wer hat geschossen, Sir?" fragte Lindsay.

„Euer Kawaß. Auf mich!" – „Ah! Fürchterlich! Weshalb?"

„Aus Rache." – „Ist richtiger Arnaut. Hat getroffen?" – „Nein. Er ist entflohen." – „Well, laufen lassen! Kein Schade!"

Damit hatte der Engländer allerdings recht. Der Arnaut hatte mich nicht getroffen. Warum also blutdürstig sein? Zurück kam er sicherlich nicht wieder, und ein hinterlistiger Anschlag stand wohl auch nicht zu befürchten. Lindsay brauchte nun, da er mich gefunden hatte, weder ihn noch den Dolmetscher. Auch dieser wurde abgelohnt, und zwar mit der Weisung, er könne morgen früh Spinduri verlassen und nach Mossul zurückkehren.

Die übrige Zeit des Abends verbrachten wir mit den Kurden in lebhafter Unterhaltung, die mit einem Tanz schloß, der uns zu Ehren veranstaltet wurde. Man lud uns ein, in den Hof zu kommen. Dieser Hof bildete ein Viereck, das von einem niedrigen Dach eingeschlossen wurde, auf dem sämtliche anwesende Männer Platz nahmen. Hier lagen, hockten und kauerten sie in den malerischsten Stellungen, während sich gegen dreißig Frauen im Hofraum zum Tanz versammelt hatten.

Sie bildeten einen doppelten Kreis, in dessen Mitte ein Vortänzer stand, der einen Wurfspieß schwang. Das Orchester bestand aus einer Flöte, einer Art von Geige und zwei Tamburins. Der Vortänzer gab das Zeichen zum Beginn durch einen lauten Ruf. Seine Tanzkunst bestand aus den mannigfaltigsten Arm- und Beinbewegungen, die er immer auf der Stelle ausführte. Der Kreis der Frauen ahmte sie nach. Ich fand nicht, daß diesem einfachen Tanz irgendein Gedanke zugrunde lag. Dennoch gewährten diese Frauen mit ihren eckigen Turbanmützen, von denen lange, über den Rücken geschlungene Schleier herabwallten, bei der ungewissen Fackelbeleuchtung einen ganz hübschen Anblick.

Als dieser einfache Tanz beendet war, gaben die Männer ihre Zufriedenheit durch ein lautes Murmeln zu erkennen, ich aber zog ein Armband hervor und rief die Tochter des Vorstehers, die mich beim Essen bedient hatte und sich jetzt mit unter den Tänzerinnen befand, zu mir herauf. Das Armband bestand aus gelben Glasstücken und hatte täuschend das Aussehen jenes rauchigen, halbdurchsichtigen Bernsteins, der im Orient so beliebt, gesucht und teuer ist. Daheim hätte ich dieses Armband mit fünfzig bis sechzig Pfennig bezahlt. Hier richtete ich damit voraussichtlich eine große Freude an.

Das Mädchen kam herbei. Alle Männer hatten gehört, daß ich es zu mir bat, und wußten, daß es sich um eine Belobung handeln werde. Ich mußte der Höflichkeit meiner Erzieher Ehre zu machen suchen.

„Komm herbei, du lieblichste Tochter der Kurden von Missuri! Auf deinen Wangen glänzt das Licht Schefag[1], und dein Antlitz ist lieblich wie der Kelch Sumbul[2]. Deine langen Locken duften wie der Hauch Gulilik[3], und deine Stimme klingt wie der Gesang der Bulbuli[4]. Du bist das Kind der Gastfreundschaft, die Tochter eines Helden, und wirst die Braut eines weisen und tapferen Kriegers werden. Deine Hände und Füße haben mich erfreut wie der Tropfen, der den Durstigen labt. Nimm dieses Basihn[5] und denke meiner, wenn du dich damit schmückst!"

Sie errötete vor Freude und Verlegenheit und wußte nicht, was sie antworten sollte.

„As khorbane ta, Hodia – ich bin dein eigen[6], o Gebieter!" lispelte sie endlich.

Das ist ein gebräuchlicher Gruß der kurdischen Frauen und Mädchen einem vornehmen Mann gegenüber. Auch der Dorfälteste war so erfreut über die Auszeichnung seiner Tochter, daß er die landesübliche Zurückhaltung vergaß und sich das Geschenk reichen ließ, um es zu betrachten.

„O wie herrlich, wie kostbar!" rief er aus und ließ das Armband ringsum von Hand zu Hand gehen. „Das ist Bernstein, so guter, prächtiger Bernstein, wie ihn der Sultan nicht köstlicher an seiner Pfeife trägt! Meine Tochter, dein Vater kann dir keine solche Hochzeitsgabe schenken, wie sie dieser Effendi dir gegeben hat. Aus seinem Mund ertönt die Stimme der Weisheit, und von den Haaren seines Schnurrbarts träufelt die Güte. Frage ihn, ob er dir erlaubt, ihm so zu danken, wie eine Tochter ihrem Vater dankt!"

Das Mädchen errötete noch mehr als vorhin. Aber es fragte:

„Erlaubst du, o Herr?" – „Ich erlaube es."

Da bog sich die Kurdin zu mir, der ich auf dem Boden saß, nieder und küßte mich auf den Mund und auf die beiden Wangen. Dann eilte sie schnell davon.

Ich war über diese Art, Dankbarkeit zu beweisen, nicht erstaunt; denn ich wußte, daß es den Mädchen der Kurden erlaubt ist, Bekannte mit einem Kuß zu begrüßen. Einem Höherstehenden gegenüber würde eine solche Vertraulichkeit allerdings eine Keckheit sein, und daher hatte ich eigentlich meine Güte verdoppelt, indem ich den Kuß gestattete. Das sprach der Vorsteher auch sofort aus.

„Effendi, deine Gnade erleuchtet mein Haus, wie das Licht der Sonne die Erde erwärmt. Du hast meine Tochter ausgezeichnet. Erlaube, daß auch ich dir ein Andenken verehre, damit du Spinduri nicht vergißt!"

Er bog sich über den Rand des Daches vor und rief das Wort ‚Dojan'[7]

[1] der Morgenröte [2] der Hyazinthe [3] der Blume [4] Nachtigall [5] Armband [6] Eigentlich wörtlich: „Dein Opfer" [7] Falke

in den Hof hinab. Sogleich ertönte ein freudiges Gebell. Eine Tür wurde geöffnet, und ich merkte, daß man unten einem Hund Platz machte, damit er über die Treppe herauf zu uns kommen könne. Einen Augenblick später stand das Tier vor dem Malkoegund und liebkoste ihn. Es war einer jener kostbaren gelbgrauen, außergewöhnlich großen und starken Windhunde, die in Indien, Persien und Turkestan bis nach Sibirien hinein Slogi genannt werden. Bei den Kurden heißt diese seltene Rasse Tasi. Diese Tiere ereilen die flüchtigste Gazelle; sie holen oft selbst den wilden Esel und den windschnellen Dschiggetai ein und fürchten sich vor keinem Panther und vor keinem Bären. Ich muß gestehen, daß mich der Anblick des Tieres mit lebhafter Bewunderung erfüllte. Es war als Hund ebenso wertvoll wie mein Rappe als Pferd.

„Effendi", meinte der Dorfvorsteher, „die Hunde der Missurikurden sind berühmt weit über unsere Berge hinaus. Ich habe manchen Tasi erzogen, auf den ich stolz sein konnte. Keiner aber hat diesem hier geglichen. Er sei dein!" – „Malkoegund, diese Gabe ist so wertvoll, daß ich sie nicht annehmen kann", erwiderte ich ihm. – „Willst du mich beleidigen?" fragte der Kurde ernst.

„Nein, das will ich nicht", lenkte ich ein. „Ich wollte nur sagen, daß deine Güte größer ist als mein Geschenk. Ich nehme den Tasi an, aber gestatte mir auch, dir dieses Fläschchen zu geben!" – „Was ist es? Ein Wohlgeruch aus Persien?" – „Nein. Ich kaufte es beim Beith Allah in der heiligen Stadt Mekka. Es enthält Wasser vom Brunnen Sem Sem."

Ich reichte ihm die Flasche. Er war so erstaunt, daß er vergaß, zuzugreifen. Deshalb legte ich sie in seinen Schoß.

„O Effendi, was tust du!" rief er endlich entzückt. „Du bringst in mein Haus die herrlichste Gabe, die Allah der Erde verliehen hat. Ist es dein Ernst, daß du sie mir schenkst?" – „Nimm dies Fläschchen hin, ich gebe es dir gern!" – „Gesegnet sei deine Hand, und stets weile das Glück auf deinem Pfad! Kommt her, ihr Männer, und befühlt diese Flasche, damit die Güte des Effendi auch euch beglücke!"

Die Flasche ging von Hand zu Hand. Ich hatte mit ihr die größte Freude gestiftet, die es geben kann. Als sich das Entzücken des Dorfvorstehers einigermaßen gelegt hatte, wandte er sich wieder zu mir:

„Herr, dieser Hund ist nun dein. Spuck ihm dreimal ins Maul, und nimm ihn heute unter deinen Mantel, wenn du schlafen gehst, so wird er dich nie verlassen!"

Der Engländer hatte das alles mit angesehen, ohne den Vorgang recht zu verstehen: Er fragte mich: „Sem Sem verschenkt, Sir?" – „Ja." – „Well! Immer fort damit! Wasser ist Wasser!" – „Wißt Ihr, was ich dafür bekommen habe? Diesen Hund!" – „Wie? Was? Nicht möglich!" – „Warum nicht?" – „Zu kostbar. Ein Kenner. Dieser Hund ist fünfzig Pfund wert." – „Noch mehr. Und dennoch gehört er mir." – „Nur für die Flasche Wasser?" – „Ich hatte vorher der Tochter des Ortsvorstehers das Armband geschenkt." – „Schrecklicher Kerl! Riesiges Glück! Erst Pferd von Mohammed Emin, ohne zu bezahlen, und nun auch Windhund! Ich Pech dagegen. Nicht einen einzigen Fowlingbull gefunden. Schauderhaft!" Auch Mohammed bewunderte den Hund, und ich glaube gern, daß er ein klein wenig neidisch war. Ich muß gestehen, ich hatte Glück. Kurz bevor ich mich zur Ruhe begab, ging ich noch einmal zu den Pferden. Der Vorsteher traf mich dort.

„Effendi“, fragte er halblaut, „darf ich eine Frage aussprechen?“ – „Sprich!“ – „Du willst nach Amadije?“ – „Ja.“ – „Und noch weiter?“ – „Das weiß ich noch nicht.“ – „Es ist ein Geheimnis dabei?“ – „Wie kommst du darauf?“ – „Du hast einen Araber bei dir, der nicht vorsichtig ist. Er schlug den Ärmel seines Gewandes zurück, und dabei habe ich die Tätowierung seines Armes gesehen. Er ist ein Feind der Kurden und auch ein Feind des Müteßarrif: er ist ein Haddedihn. Habe ich richtig gesehen?“ – „Er ist ein Feind des Müteßarrif, aber kein Feind der Kurden“, antwortete ich.

Dieser Mann war ehrlich; ich konnte ihn nicht belügen. Es war jedenfalls besser, ihm zu vertrauen, als ihm eine Unwahrheit zu sagen, die er doch nicht geglaubt hätte.

„Die Araber sind stets Feinde der Kurden“, entgegnete der Malkoegund. „Aber er ist dein Freund und mein Gast. Ich werde ihn nicht verraten. Ich weiß, was er in Amadije will.“ – „Sprich weiter!“

„Es ist viele Tage her, da führten Soldaten des Müteßarrif einen gefangenen Araber hier durch. Sie stiegen bei mir ab. Er war der Sohn des Scheiks der Haddedihn und sollte in Amadije gefangengehalten werden. Er sah deinem Freund so ähnlich wie der Sohn dem Vater.“ – „Solche Ähnlichkeiten kommen vor.“ – „Schon gut. Ich will dir dein Geheimnis nicht rauben. Aber eins will ich dir sagen: Kommst du von Amadije zurück, so kehre bei mir ein, es mag am Tag sein oder mitten in der Nacht, im geheimen oder öffentlich. Du bist mir willkommen, auch wenn der junge Araber bei dir ist, von dem ich sprach.“

„Ich danke dir.“ – „Du sollst mir nicht danken. Du hast mir das Wasser des heiligen Sem Sem gegeben; ich werde dich in jeder Not und Gefahr beschützen. Wenn dich aber dein Weg in einer anderen Richtung führt, so mußt du mir eine Bitte erfüllen.“ – „Und die lautet?“

„Im Tal von Berwari liegt das Schloß Gumri. Dort wohnt Kadir Bei, der Sohn des berühmten Abd es Summit Bei. Eine meiner Töchter ist sein Weib. Grüße sie und ihn von mir. Ich werde dir ein Zeichen mitgeben, an dem sie erkennen, daß du mein Freund bist.“

„Ich werde die Grüße ausrichten.“ – „Sag ihnen jede Bitte, die du auf dem Herzen hast! Sie werden sie dir gern erfüllen, denn kein Kurde liebt die Türken und den Pascha von Mossul.“

Der Kurde trat ins Haus. Ich wußte, was der brave Mann bezweckte. Er erriet, was wir vorhatten, und wollte mir auf alle Fälle nützlich sein.

Ich ging nun schlafen und nahm den Windhund mit. Als wir am anderen Morgen erwachten, erfuhren wir, daß der Dolmetscher des Engländers Spinduri bereits verlassen habe. Er hatte den Weg nach Bebosi eingeschlagen.

Ich hatte mit Mohammed Emin in einem Gemach geschlafen, dem Engländer aber war ein anderer Raum angewiesen worden. Er trat jetzt zu uns herein und — wurde mit hellem Gelächter empfangen. Niemand kann sich den Anblick denken, den Lindsay bot. Vom Hals bis herab zu den Füßen war er völlig rot und schwarz, allerdings noch nicht kariert, und auf dem hohen, spitzen Kopf saß die kurdische Mütze, von der lange Bänder wie die Fangarme eines Polypen herabhingen.

„Good morning! Warum lachen?“ grüßte er ernst.

„Vor Freude über Euer Aussehen, Sir David.“ – „Well! Freut mich.“

„Was tragt Ihr denn da unterm Arm?“ – „Ist mein Hat-box, meine Hutschachtel.“ – „Ah!“ – „Habe den Hut eingewickelt, auch Gamaschen und Stiefel.“ – „Das konntet Ihr doch alles hier lassen.“ – „Hier? Warum?“ – „Wollt Ihr Euch mit diesen unnützen Kleinigkeiten schleppen?“ – „Unnütz? Kleinigkeiten? Schauderhaft! Brauche sie doch wieder!“ – „Aber wohl nicht gleich.“ – „Kehren wir hierher zurück? – „Das ist zweifelhaft.“ – „Also! Hat-box wird mitgenommen! Versteht sich.“

Das weite Gewand schlotterte Lindsay um den hageren Leib wie ein altes Tuch, das man einer Vogelscheuche umgehängt hat. Das störte ihn aber nicht. Er nahm würdevoll an meiner Seite Platz und meinte siegesbewußt: „Nun bin ich Kurde! Well!“ – „Ein echter und richtiger.“

„Famos, ausgezeichnet! Prachtvolles Abenteuer!“ – „Eins aber fehlt Euch noch: die Sprache.“ – „Werde lernen.“ – „Das geht nicht so schnell, und wenn Ihr uns nicht schaden wollt, so seid Ihr gezwungen, unter zwei Entschlüssen einen zu fassen.“ – „Welche Entschlüsse?“ – „Entweder Ihr geltet für stumm –“ – „Stumm? Abscheulich! Geht nicht!“ – „Ja, für stumm oder gar taubstumm.“ – „Sir, Ihr seid verrückt.“ – „Danke. Es bleibt aber doch dabei. Also, entweder Ihr geltet für stumm, oder Ihr habt ein Gelübde getan –“ – „Gelübde? Well! Schöner Gedanke! Welches Gelübde?“ – „Nicht zu sprechen.“

„Nicht zu reden? Kein Wort?“ – „Keins! Nämlich nur dann, wenn wir beobachtet werden. Sind wir aber unter uns, so könnt Ihr nach Herzenslust reden.“ – „Ist gut! Nicht übel! Werde Gelübde tun! Wann geht es an?“ – „Sofort, nachdem wir Spinduri verlassen haben.“

„Well! Einverstanden!“

Nach dem Morgenkaffee erhielten wir noch allerhand Vorräte eingepackt. Dann stiegen wir zu Pferd. Wir hatten von allen Mitgliedern des Hauses Abschied genommen, außer vom Hausherrn selbst, und sagten auch den anderen, die sich versammelt hatten, Lebewohl. Der Vorsteher hatte satteln lassen, um uns eine Strecke zu begleiten.

Hinter Spinduri gab es einen sehr beschwerlichen, kaum reitbaren Weg, der uns zu den Bergen des Kara Dagh emporführte. Es gehörte fast die Gewandtheit von Gemsen dazu, diesen Felspfad zu überwinden. Aber wir langten doch glücklich auf der Höhe an. Hier hielt der Vorsteher sein Pferd an, nahm aus der Satteltasche ein Paket und sagte:

„Nimm dies und gib es dem Mann meiner Tochter, wenn du nach Gumri kommen solltest! Ich habe ihr ein persisches Tuch und Kadir Bei für seine Medihn[1] einen Desgin[2] versprochen, wie ihn die Kurden von Pir Mam gebrauchen. Wenn du ihnen diese Sachen bringst, so wissen sie, daß du mein Freund und Bruder bist, und werden dich so aufnehmen, als ob ich es selber wäre.“

[1] Stute [2] Zügel, Zaum

Er deutete auf einen Reiter, der uns gefolgt war und bei Halef und Ifra hielt.

„Das ist der Mann, der mir den Anzug dieses Fremden wiederbringen wird. Ihm könntest du auch das Paket geben, wenn du merkst, daß dich dein Weg nicht nach Gumri führt. Und nun scheiden wir. Friede sei mit dir!“

Wir drückten einander die Rechte. Dann gab er auch den anderen die Hand und kehrte um. Ich hatte in ihm einen Mann kennengelernt, an den ich noch heute mit Achtung zurückdenke.

5. Trautes Heim

Wir ritten weiter. Der Weg ging bergab in das Tal von Amadije hinunter. Dieses Tal ist rings von Sandsteinfelsen umschlossen, und diese Felsen werden von vielen Schluchten durchschnitten, in denen rauschende Waldbäche strömen. Sie führen alle ihr Wasser dem Sab entgegen. Die Schluchten und Hänge sind mit kräftigen Eichenwaldungen bestanden; sie liefern bedeutende Galläpfelernten, mit denen die Bewohner einen einträglichen Handel treiben. In der Talebene liegen zahlreiche chaldäische Dörfer, die aber entweder öde und verlassen sind oder nur wenige Bewohner zählen, da sich die Chaldäer vor den Bedrückungen der Moslems und den Einfällen räuberischer Kurdenstämme in die Berge zurückziehen.

Durch diese Landschaft, deren Eichen mich heimatlich anmuteten, ritten wir unserem Ziel entgegen.

„Darf ich reden?“ fragte Lindsay leise.–„Ja. Wir sind ja unbelauscht.“

„Aber der Kurde hinter uns?“ – „Kommt nicht in Betracht.“

„Well. Dorf hieß Spinduri?“ – „Ja.“ – „Wie Euch gefallen?“

„Sehr! Und Euch, Sir David?“ – „Prächtig! Guter Wirt, gute Wirtin, feines Essen, schöner Tanz, prachtvoller Hund!“

Bei den letzten Worten blickte der Englishman auf das Windspiel, das neben meinem Pferd hertrabte. Ich war so vorsichtig gewesen, Dojan mittels einer Leine an meinen Steigbügel zu binden. Übrigens hatte der Hund bereits Freundschaft mit Rih geschlossen und schien genau zu wissen, daß ich sein Herr geworden war. Er blickte mit seinen großen, klugen Augen aufmerksam zu mir empor.

„Ja“, nickte ich. „Alles war schön, besonders das Essen.“

„Exzellent! Sogar Taube und Beefsteak!“ – „Hm! Glaubt Ihr wirklich an die Taube?“ – „Warum nicht?“ – „Weil es keine war.“

„Nicht? Keine Taube? War welche!“ – „Es war das Tier, das von den Zoologen den lateinischen Namen Vespertilio murinus oder myotis erhalten hat.“

„Bin kein Zoologe. Auch nicht Latein.“ – „Diese Taube heißt gewöhnlich Fledermaus.“ – „Fleder –“

Lindsay hielt inne. Seine Geschmacks- und Verdauungsnerven waren beim Klang dieses Wortes in eine solche Aufregung versetzt, daß sein Mund eine Höhlenöffnung bildete, in der man die schönste Entdeckungsreise vornehmen konnte. Sogar die lange Nase schien in Mitleidenschaft gezogen zu sein, denn ihre Spitze wurde merklich fahl und blaß.

„Ja, Fledermaus war es, Sir David! Fledermaus habt Ihr gegessen.“

Er hielt sein Pferd an und starrte ins Blaue. – Endlich hörte ich einen lauten Klapp. Der Mund war wieder zugefallen, und ich ahnte, daß seinem Besitzer nun auch das Vermögen zurückgekehrt sei, seine Gefühle in Worte zu fassen.

„–maus!!!!“

Mit dieser kleinen Silbe setzte der Engländer das vorhin begonnene „Fleder–“ fort. Dann langte er von seinem Pferd herüber und faßte mich am Arm.

„Sir, vergeßt die Achtung nicht, die man einem Gentleman schuldig ist!“ – „Habe ich sie Euch gegenüber vergessen?“ – „Sehr, sage ich! Wie könnt ihr behaupten, daß David Lindsay Fledermäuse ißt!“

„Fledermäuse? Ich habe nur von einer einzigen gesprochen.“

„Gleich! Eine oder mehrere, die Beleidigung bleibt sich gleich. Ihr werdet mir Genugtuung geben. Satisfaktion! Well!“ – „Die habt Ihr ja bereits!“ – „Ich habe? Ich hätte? Ah! Wie?“ – „Ich habe auch Fledermaus gegessen. Mohammed Emin ebenso.“ – „Auch? Ihr und er? Ah!“

„Ja. Auch ich hielt es für Taube. Als ich mich aber erkundigte, hörte ich, daß es Fledermaus sei.“ – „Fürchterlich! Oh! Bekomme Kolik, Cholera, Typhus, oh!“

Lindsay machte wirklich ein Choleragesicht. Ich mußte Erbarmen zeigen: „Fühlt Ihr Euch unwohl, Sir David?“ – „Sehr! Yes!“ – „Soll ich helfen?“ – „Schnell! Womit?“ – „Mit einem homöopathischen Mittel.“ – „Habt Ihr eins? Mir ist wirklich übel. Armselig! Welches Mittel? Her damit!“ – „Similia similibus.“ – „Wieder Zoologie? Latein?“

„Ja. Latein ist es: gleiches mit gleichem. Und zoologisch ist es auch, nämlich Heuschrecken.“ – „Was Heuschrecken?“ – „Ja, Heuschrecken.“

„Gegen das Übelsein? Soll ich essen?“ – „Ihr sollt sie nicht essen, sondern Ihr habt sie bereits gegessen.“ – „Habe bereits? Ich? Unmöglich! Wann?“ – „Gestern abend.“ – „Ah! Erklärung!“ – „Ihr sagtet vorhin, die Beefsteaks seien sehr gut gewesen.“ – „Sehr! Ungeheuer gut! Well!“

„Es waren keine Beefsteaks.“ – „Keine? Keine Beefsteaks! Bin Englishman! Waren welche!“ – „Waren keine? Ich habe gefragt; es waren in Olivenöl gebratene Heuschrecken! Wir Deutsche nennen diese Springer zuweilen auch Heupferde.“ – „Heu –“

Wieder blieb dem entsetzten Engländer wie vorhin das Wort auf halbem Weg stecken, aber diesmal gestattete er seinem Mund nicht, allzu offenherzig zu werden, sondern preßte die Lippen so fest zusammen, daß sie ihre Ausdehnung, anstatt in die Weite, in die Breite nahmen, bis es ihm bei nur einigem gutem Willen möglich gewesen wäre, mit jedem Mundwinkel ein Ohrläppchen abzukneifen. Und die Nase war über das Verschwinden der gewohnten Öffnung so bestürzt, daß sie ihre Spitze weit herunterbog, um nachzusehen, wie dem Verlust abzuhelfen sei. Dann näherten sich Lindsays Züge wieder ihrem früheren Zustand, und die Lippen ließen voneinander ab.

„–pferde!“

So ließ er die Fortsetzung seines unterbrochenen „Heu–“ vernehmen, und die Nasenspitze schnellte befriedigt in die Höhe.

„Ja, Heupferde habt Ihr gegessen.“ – „Ah! Schauderhaft! Habe sie ja aber gar nicht geschmeckt!“ – „Wißt Ihr so genau, wie sie schmecken?“

Sir David machte mit Armen und Beinen eine Bewegung, als wolle er sich auf dem Pferd um seine eigene Achse drehen.

„No, at no time, niemals!“ – „Ich versichere Euch, daß es Heuschrekken waren. Sie werden geröstet und zerrieben. Dann legt man sie in die Erde, bis sie anfangen zu riechen, und schmort sie in dem Öl der friedlichen Olive. Ich habe mir dieses Rezept von der Frau des Dorfältesten geben lassen, weiß also genau, was ich sage.“ – „Entsetzlich! Bekomme Magenkrampf!“ – „Seid Ihr mit meiner Satisfaktion zufrieden?“

„Habt auch Heupferd gegessen?“ – „Nein, weil ich keins vorgesetzt bekam.“ – „Nur ich?“ – „Nur Ihr; jedenfalls eine ehrenvolle Auszeichnung für Euch, Sir David!“ – „Habt Ihr gewußt?“ – „Erst nicht. Aber während Ihr aßt, fragte ich.“ – „Warum mir nicht gleich gesagt?“

„Weil Ihr sonst jedenfalls etwas getan hättet, wodurch die Leute beleidigt worden wären.“ – „Sir, will mir das verbitten! Yes! Hinterlist! Heimtücke! Schadenfreude! Werde mich mit Euch schlagen, boxen oder –“

Lindsay hielt inne, denn es fiel ein Schuß, und die Kugel riß mir einen Fetzen aus dem Turban.

„Herab und hinter die Pferde gestellt!“ rief ich.

Zugleich warf ich mich von meinem Rappen, und zwar keinen Augenblick zu früh, denn ein zweiter Knall ertönte, und die Kugel pfiff über mich hinweg. Mit einem schnellen Griff zog ich die Schnur, an die der Hund gebunden war, aus dem Halsband.

„Dojan – halte fest!“

Nur einen kurzen Laut stieß der Hund aus, als wolle er sagen, daß er mich verstanden habe, dann schoß er in das Gebüsch.

Wir befanden uns in einer Schlucht, deren Seiten von jungen Eichen dicht bewachsen waren. Selbst einzudringen war zu gefährlich, da wir uns der Waffe des unsichtbaren Schützen ausgesetzt hätten. Wir schützten uns durch die Körper unserer Pferde und horchten.

„Maschallah! Wer mag es sein?“ fragte Mohammed Emin.

„Der Arnaut“, antwortete ich.

Da hörten wir einen Schrei und gleich darauf ein lautes, rufendes Anschlagen des Hundes.

„Dojan hat den Täter“, meinte ich ruhig. „Ifra, geh hin und hole ihn!“

„Allah! Ich bleibe, Emir. Es könnten zehn oder gar hundert sein, und dann wäre ich verloren!“

„Und dein Esel wäre ein Waisenkind geworden, du Hasenfuß! Paß auf die Pferde auf! Kommt!“

Wir drangen in das Gestrüpp ein und brauchten nicht weit zu gehen. Ich hatte mich nicht geirrt; es war der Arnaut. Dojan lag auf ihm, und zwar in einer Stellung, die mich die Klugheit des Tieres bewundern ließ. Der Arnaut hatte nämlich seinen Dolch gezogen, um sich gegen den Angreifer zu verteidigen. Dem Hund oblag also eine mehrfache Aufgabe. Darum hatte er ihn niedergerissen und sich so auf den rechten Arm des Arnauten gelegt, daß der Mann ihn nicht bewegen konnte. Dabei hielt ihn Dojan mit den Zähnen am Hals, zwar leicht, aber doch so, daß der Überrumpelte bei der geringsten Bewegung verloren war.

Ich nahm dem Meuchler erst den Dolch aus der Hand und dann die eine Pistole aus dem Gürtel. Die andere lag abgeschossen am Boden. Er hatte sie beim Angriff des Hundes fallen lassen.

„Geri – zurück!"

Auf diesen Befehl ließ Dojan den Arnauten los. Der Mann erhob sich und griff sich unwillkürlich an den Hals. Ich fuhr ihn an: „Halunke, du mordest ja! Soll ich dich niederschlagen?" – „Sihdi, befiehl es, und ich hänge ihn auf!" erklärte Halef.

„Pah! Er hat keinen von uns getroffen. Laßt ihn laufen!"

„Effendi", meinte Mohammed, „er ist ein wildes Tier, das unschädlich gemacht werden muß!" – „Der Arnaut hat auf mich geschossen und wird keine Gelegenheit haben, es wieder zu tun. Pack dich, Schurke!"

Im Nu war der Halunke zwischen den Büschen verschwunden. Der Hund wollte ihm augenblicklich folgen, aber ich hielt ihn zurück.

„Sihdi, wir müssen ihm nach. Er ist ein Arnaut und bleibt uns gefährlich!" warnte Halef.

„Wo will er uns gefährlich sein? Etwa in Amadije? Dort darf er sich nicht sehen lassen, sonst lass' ich ihm den Prozeß machen."

Auch Mohammed und der Engländer erhoben heftigen Widerspruch, aber ich kehrte mich nicht daran, ging zu den Pferden zurück und stieg auf. Dojan folgte mir ungeheißen. Ich merkte, daß ich ihn nicht mehr anzubinden brauchte, und fand dies in der Folge auch bestätigt.

Gegen Mittag erreichten wir ein kleines Dorf, namens Bebadi. Es sah sehr ärmlich aus und hatte nestorianische Bewohner. Wir machten da eine kurze Rast und hatten Mühe, zu unseren Eßvorräten einen Schluck Scherbet zu erhalten.

Nun hatten wir den kegelförmigen Berg vor uns, auf dem Amadije liegt. Wir erreichten es bald. Zur Rechten und zur Linken des Weges, der uns emporführte, bemerkten wir Fruchtgärten, die eine leidliche Pflege zu genießen schienen. Der Ort selbst aber machte schon von außen keinen guten Eindruck auf uns. Wir ritten durch ein Tor, das jedenfalls einmal ganz verfallen und dann nur notdürftig ausgebessert worden war. Einige zerlumpte Arnauten standen da, um Sorge zu tragen, daß kein Feind die Stadt überfalle. Einer von ihnen ergriff mein Pferd und ein anderer das des Scheik beim Zügel.

„Halt! Wer seid ihr?" fragte er mich.

Ich deutete auf den Buluk Emini.

„Siehst du nicht, daß wir einen Soldaten des Großherrn bei uns haben? Er wird dir Antwort geben." – „Ich habe dich gefragt, nicht ihn!"

„Fort, auf die Seite!"

Bei diesen Worten nahm ich mein Pferd in die Höhe; es tat einen Sprung, und der Mann fiel zur Erde. Mohammed folgte meinem Beispiel, und wir ritten davon. Hinter uns aber hörten wir die Arnauten fluchen und den Baschi Bosuk mit ihnen streiten. Ein Mann begegnete uns, der einen langen Kaftan trug und ein altes Tuch um den Kopf geschlungen hatte.

„Wer bist du?" fragte ich ihn kurz.

„Herr, ich bin ein Jehudi[1]. Was befiehlst du?" – „Weißt du, wo der Müteßellim[2] wohnt?" – „Ja, Herr." – „Führe uns zu seinem Serai!"

[1] Jude [2] Kommandant

Wir wurden von dem Mann durch eine Reihe von Gassen und Basars geführt, die alle den Eindruck des Verfalls auf mich machten.

Diese wichtige Grenzfestung schien arg vernachlässigt zu sein. Es gab kein Leben in den Straßen und Läden. Nur wenige Menschen begegneten uns, und alle, die wir sahen, hatten ein krankhaftes, gedrücktes Aussehen und waren Zeugen für die bekannte Ungesundheit dieser Stadt.

Das Serai verdiente seinem Äußeren nach den Namen eines Palastes nicht im geringsten. Es glich einer ausgebesserten Ruine, vor deren Eingang nicht einmal eine Wache zu sehen war. Wir stiegen ab und übergaben Halef, dem Kurden und dem Buluk Emini, der uns wieder eingeholt hatte, unsere Pferde. Nachdem der Jude ein Trinkgeld erhalten hatte, wofür er sich überschwenglich bedankte, traten wir ein.

Erst nachdem wir einige Gänge durchwandert hatten, kam uns ein Mann entgegen, der bei unserem Anblick seinen langsamen Gang in einen schnellen Lauf verwandelte.

„Wer seid ihr? Was wollt ihr hier?“ fragte er zornig.

„Rede anders, sonst werde ich dir zeigen, was Höflichkeit ist! Wer bist du?“ – „Ich bin der Aufseher dieses Palastes.“ – „Ist der Müteßellim zu sprechen?“ – „Nein.“ – „Wo ist Ismaïl Bei?“ – „Ausgeritten.“

„Das heißt, er ist daheim und hält seinen Kef[1]!“ – „Willst du ihm gebieten, was er tun und lassen soll?“ – „Nein. Aber ich will dir gebieten, mir die Wahrheit zu sagen!“ – „Wer bist du, daß du so mit mir redest? Bist du ein Ungläubiger, daß du es wagst, mit einem Hund in den Palast des Kommandanten einzutreten?“

Neben mir stand Dojan und beobachtete uns, als warte er nur auf einen Wink, um sich auf den Türhüter zu stürzen.

„Stelle Wachen vor das Tor“, riet ich dem Türken, „dann wird niemand ohne Erlaubnis Zutritt nehmen. Wann kann ich mit dem Müteßellim sprechen?“ – „Zur Zeit der Abenddämmerung.“ – „Gut. So sag ihm, daß ich kommen werde!“ – „Und wenn er mich fragt, wer du bist?“

„So sagst du, ich sei ein Freund des Müteßarrif von Mossul.“

Der Mann wurde verlegen. Wir aber kehrten um und stiegen wieder zu Pferd, um uns eine Wohnung zu suchen. Ein Unterkommen war eigentlich leicht zu finden, denn wir bemerkten, daß viele Häuser leer standen; doch konnte es nicht meine Absicht sein, ohne weiteres von einem solchen Haus Besitz zu ergreifen.

Indem wir so, die Gebäude musternd, dahinritten, kam uns eine martialische Gestalt entgegen. Der Mann ging breitspurig wie ein osterländischer Zwölfspänner. Seine Samtjacke war ebenso wie seine Hose mit Goldstickereien bedeckt, und seine Waffen hatten einen beachtlichen Wert. Er blieb seitwärts von uns stehen, um meinen Rappen mit wichtiger Kennermiene zu betrachten. Ich hielt an und grüßte ihn.

„Selâm!“ – „Aleïkum!“ antwortete er mit einem stolzen Neigen seines Hauptes.

„Ich bin hier fremd und mag mit keinem Banabuk[2] reden. Erlaube, daß ich mich bei dir erkundige!“ sagte ich wenigstens ebenso stolz.

[1] Mittagsruhe, Siesta; Zustand des Wohlbefindens, der Beschaulichkeit [2] ein gewöhnlicher Mann

„Deine Rede sagt mir, daß du ein Effendi bist. Ich werde deine Fragen beantworten." – „Wer bist du?" – „Ich bin Selim Aga, der Befehlshaber der Albanier, die diese Festung verteidigen."

„Und ich bin Kara Ben Nemsi Effendi, ein Schützling des Padischah und ein Abgesandter des Müteßarrif von Mossul. Ich suche ein Haus in Amadije, in dem ich einige Tage wohnen kann. Kannst du mir eins empfehlen?"

Der Aga ließ sich zu einer Bewegung militärischer Ehrerbietung herab und meinte:

„Allah segne deine Hoheit! Du bist ein großer Herr, der im Palast des Müteßellim Aufnahme finden muß."

„Dort war ich bereits. Der Aufseher des Palastes hat mich fortgewiesen, und ich –" – „Allah verderbe diese Kreatur!" unterbrach er mich. „Ich werde gehen, um ihn in Stücke zu zerreißen!"

Selim rollte die Augen und fuchtelte mit beiden Armen. Das sah grimmig aus, war aber gewiß nicht ernst zu nehmen. Dieser Aga war offenbar ein gewöhnlicher Maulheld.

„Laß diesen Menschen!" wehrte ich also ab. „Er soll nicht die Ehre haben, Gäste bei sich zu sehen, die ihm viel Bakschisch bringen."

„Bakschisch?" fragte der Tapfere. „Du gibst viel Bakschisch?"

„Ich pflege damit nicht zu geizen." – „Oh, so weiß ich ein Haus, in dem du wohnen und rauchen kannst, wie der Schah-in-Schah von Persien. Soll ich dich hinführen?" – „Zeig es mir!"

Selim Aga machte kehrt und schritt voran. Wir folgten. So führte er uns durch einige leere Basargassen, bis wir vor einem kleinen offenen Platz standen.

Auf diesem Platz lungerten wohl an die zwanzig herrenlose Hunde herum, unter denen mehrere räudig waren. Bei dem Anblick meines Hundes erhoben sie ein wütendes Geheul, dem aber Dojan, stolz wie ein Pascha, keinerlei Aufmerksamkeit schenkte.

„Hier ist das Haus, das ich meine", sagte der Aga.

Er zeigte dabei auf ein Gebäude, das die eine Front des Platzes einnahm und gar kein übles Aussehen hatte. Es zeigte nach vorn heraus mehrere Pendscherler[1], die mit hölzernen Gitterstäben versehen waren. Um das platte Dach lief ein Schutzgeländer, gewiß ein großer Luxus hierzulande.

„Wer wohnt in diesem Haus?" fragte ich.

„Ich selbst, Effendi", entgegnete der Aga.

„Und wem gehört es?" – „Mir." – „Du hast es gekauft oder gemietet?"

„Keins von beiden. Es war Eigentum des berühmten Ismaïl Pascha und blieb dann herrenlos, bis ich es in Besitz nahm. Komm, ich werde dir alles zeigen!"

Dieser wackere Befehlshaber der Arnauten hatte jedenfalls großes Wohlgefallen an meinem Bakschisch gefunden. Doch war mir sein Anerbieten durchaus willkommen, da ihn seine Stellung vermutlich befähigte, mir allerlei wertvolle Auskünfte zu geben. Wir stiegen vor dem Haus ab und traten ein. Im Flur hockte ein altes Weib, das Zwiebeln schälte und dabei mit tränenden Augen die abgefallenen Schalen

[1] Fenster

kaute. Ihrem Aussehen nach war sie entweder die Urgroßmutter des Ewigen Juden oder die vom Tod gänzlich vergessene Tante Methusalems.

„Höre, meine liebe Mersinah, hier bringe ich dir Männer!“ redete er sie liebenswürdig an.

Die Alte konnte uns vor Tränen nicht sehen und wischte sich daher mit der Zwiebel, die sie gerade in der Hand hielt, die Augen aus, so daß sich das Wasser verdoppelte.

„Männer?“ fragte die Alte mit einer Stimme, die dumpf wie die Antwort eines Klopfgeistes aus dem zahnlosen Mund hervorklang.

„Ja, Männer, die in diesem Haus wohnen werden.“

Mersinah warf die Zwiebeln fort und sprang mit jugendlicher Schnelligkeit vom Boden auf.

„Wohnen? Hier in diesem Haus? Bist du toll, Selim Aga?“

„Nicht doch, meine liebe Mersinah. Du wirst die Wirtin dieser Männer sein und sie bedienen.“ – „Wirtin? Bedienen? Allah kerîm! Du bist wirklich verrückt geworden! Habe ich nicht bereits Tag und Nacht zu arbeiten, um nur mit dir allein fertig zu werden! Jag sie fort, fort auf der Stelle! Das befehle ich dir!“

Selim Aga wurde ein wenig verlegen. Das war ihm anzumerken. Die liebe Mersinah schien hier ein sehr kräftiges Zepter zu führen.

„Deine Arbeit soll nicht größer werden, meine Taube. Ich werde ihnen eine Dienerin halten.“ – „Eine Dienerin?“ fragte das alte Weib, und dabei klang ihre Stimme nicht mehr dumpf und hohl, sondern kreischend und überschnappend, als hätte sich der rosige Mund der Taube in einen Klarinettenschnabel verwandelt. „Eine Dienerin? Und wohl gar eine junge, hübsche, he?“ – „Das kommt auf diese Männer an, Mersinah.“

Sie stemmte die Arme in die Hüften, eine Bewegung, die dem Orient ebenso eigentümlich ist wie dem Abendland, und holte tief Atem. Dies war ein Zeichen, daß sie einen bedeutenden Luftvorrat brauchen werde, um ihre angestammte Herrschaft mit dem notwendigen Nachdruck zu verteidigen.

„Auf diese Männer? Auf mich kommt das an! Hier bin ich Herrin! Hier befehle ich allein! Hier werde ich bestimmen, was geschehen soll, und ich gebiete dir, diese Männer fortzujagen! Hörst du, Selim Aga? Fort, augenblicklich!“ – „Aber es sind ja gar keine Männer, meine einzige Mersinah!“

Mersinah, was im Deutschen ‚Myrte‘ bedeutet, wischte sich die Äuglein abermals aus und betrachtete uns sehr genau. Ich selbst war etwas erstaunt über die Behauptung des Aga. Was sollten wir denn eigentlich sein, wenn wir keine Männer waren? – „Nein“, erklärte er. „Es sind keine Männer, sondern große Effendis, die unter dem Schutz des Großherrn stehen.“ – „Was geht mich der Großherr an! Hier bin ich die Großherrin, die Sultanin Walidessi[1], und was ich sage, das –“

„Aber so höre doch! Sie werden ein sehr gutes Bakschisch geben!“

Bakschisch hat im Morgenland eine zauberhafte Wirkung. Es schien auch hier das erlösende Wort zu sein. Die ‚Myrte‘ ließ die Arme sinken,

[1] Mutter des Herrschers; die Erste Frau im großherrlichen Harem

versuchte ein einlenkendes Lächeln, das aber in ein Grinsen ausartete, und wandte sich an Lindsay: „Ein gutes Bakschisch? Ist das wahr?"

Der Gefragte winkte ab und deutete auf mich.

„Was ist mit diesem Mann?" fragte sie mich. „Ist er krank?"

„Nein", erwiderte ich. „Laß dir sagen, wer wir sind, o Seele dieses Hauses! Dieser Mann, den du jetzt fragtest, ist ein frommer Pilger aus Londonistan. Er gräbt mit seiner Hacke, die du hier siehst, in der Erde, um die Sprache der Verstorbenen zu belauschen, und hat ein Gelübde getan, für einige Zeit kein Wort zu reden." – „Ein Frommer? Ein Heiliger?" fragte sie erschrocken.

„Ja. Ich warne dich, ihn zu beleidigen! Der andere hier ist der Anführer eines großen Volkes weit im Süden, und ich bin einer der Krieger, die die Frauen verehren und Bakschisch geben. Du bist die Sultanin dieses Hauses. Erlaube uns, es zu besehen, ob wir für einige Tage da wohnen können!" – „Effendi, deine Rede duftet nach Rosen und Nelken. Dein Mund ist weiser und klüger als das Maul dieses armseligen Selim Aga, der stets vergißt, das Richtige zu sagen, und deine Hand ist wie die Hand Allahs, die Segen spendet. Hast du viele Diener bei dir?"

„Nein, denn unsere Arme sind stark genug, uns selbst zu beschützen. Wir haben nur drei Begleiter, einen Diener, einen Kawassen des Müteßarrif von Mossul und einen Kurden, der Amadije noch heute wieder verlassen wird." – „So seid ihr mir willkommen! Seht euch mein Haus und meinen Garten an, und wenn es euch bei mir gefällt, so wird mein Auge über euch wachen und leuchten!"

Mersinah wischte sich die ‚Wachenden' und ‚Leuchtenden' abermals aus und sammelte dann die Zwiebeln vom Boden auf, um uns den Weg frei zu machen. Der tapfere Aga der Arnauten schien mit diesem Ausgang sehr zufrieden zu sein. Er brachte uns zunächst in eine Stube, die ihm als Wohnung diente. Sie war geräumig und enthielt als einziges Möbel einen alten Teppich, der als Sofa, Bett, Stuhl und Tisch gebraucht wurde. An den Wänden hingen einige Waffen und Tabakspfeifen, und auf dem Boden stand eine Flasche, in deren Nähe einige leere Eierschalen herumlagen.

„Ich heiße euch willkommen, ihr Herren", meinte der Aga. „Laßt uns den Trunk der Freundschaft tun!"

Selim bückte sich, um die Flasche nebst den Schalen aufzuheben, und gab jedem von uns eine solche Schale in die Hand. Dann schenkte er ein. Es war Raki. Wir tranken aus den seltsamen Pokalen, er aber setzte gleich die Flasche an den Mund und nahm sie nicht eher wieder fort, als bis er die beruhigende Überzeugung hatte, daß das scharfe, schwefelsaure Getränk anderen keinen chemischen Schaden mehr tun könne. Dann sammelte der Hausherr die Schalen wieder ein, sog das heraus, was wir noch drin gelassen hatten, und legte sie behutsam auf den Boden nieder.

„Ben idschâd ettim – meine eigene Erfindung!" meinte er stolz. „Wundert ihr euch, daß ich keine Gläser habe?" – „Du wirst diese schöne Erfindung den Gläsern vorziehen", entgegnete ich.

„Ich ziehe sie vor, weil ich keine Gläser habe. Ich bin Aga der Albanier und soll als Sold monatlich dreihundertdreißig Piaster bekommen.

Aber ich warte bereits seit elf Monaten auf dieses Geld. Allah kerîm, Padischahyn kendissine lasym – Gott ist gnädig, und der Sultan braucht es selber!"

Da durfte ich mich allerdings nicht darüber wundern, daß das Wort Bakschisch für ihn eine nachhaltige Bedeutung hatte.

Selim Aga führte uns nun im Haus herum. Es war geräumig gebaut, aber bereits in Verfall geraten. Wir nahmen uns vier Zimmer, eins für jeden von uns und eins für Halef und Ifra. Der Preis war gering, fünf Piaster, also eine Mark die Woche für die Stube.

„Wollt ihr auch den Garten sehen?" fragte er dann.

„Gewiß. Ist er schön?" – „Sehr schön! So schön wie die Gärten des Paradieses! Du siehst da allerlei Bäume, Kräuter und Gräser, die ich gar nicht kenne. Bei Tag leuchtet über ihm die Sonne, und des Nachts glänzen die Augen der Sterne auf ihn herab."

„Regnet es auch auf ihn herab?" fragte ich belustigt.

„Wenn es regnet, erhält der Garten auch sein Teil. Ja, es ist zuweilen sogar Schnee auf ihn gefallen. Komm und sieh!"

Im Hof gab es einen Schuppen, den wir für die Pferde mieteten. Auch er kostete fünf Piaster. Der Garten maß ungefähr vierzig Schritt im Geviert, war also recht unbedeutend. Nur eine verkrüppelte Zypresse und ein wilder Apfelbaum wuchsen da. Die „allerlei Kräuter und Gräser" bestanden einfach aus wildem Keten[1], ausgewucherter Majdanos[2] und einigen Gänseblümchen. Das größte Wunder dieses Gartens aber war ein Beet, auf dem Ssoghan[3], Ssarmyßak[4], Kedilan[5], ein Stachelbeerstrauch, mehrere Bilsenkräuter und einige verblühte Veilchen in lieblicher Eintracht nebeneinander verhungerten.

„Güzel bir bagtsche – ein schöner Garten! Nicht wahr?" fragte der Aga, während er eine gewaltige Tabakwolke auspuffte.

„Tschok güzel – gewaltig schön!" entgegnete ich.

„Pek bereketti – sehr fruchtbar!" – „Ghajet bereketti – äußerst fruchtbar!" – „Birde tschok güzel nebatat – und viele schöne Pflanzen! Nicht?" – „Ssajißis – ohne Zahl!" – „Weißt du, wer hier gewandelt hat?" – „Wer?" – „Die schönste Rose von Kurdistan. Hast du niemals von Esma Khatun gehört, der keine andere an Schönheit gleichkam?" – „Sie war das Weib von Ismaïl Pascha, dem letzten Nachkommen der abbasidischen Kalifen?" – „Ja; du weißt es. Esma führte den Ehrentitel Khatun, wie alle Frauen dieser erlauchten Familie. Ismaïl Pascha wurde von dem Indsche Bairakdar Mohammed Pascha belagert. Dieser sprengte die Mauern des Schlosses, das dann im Sturm genommen wurde. Darauf ging Ismaïl mit Esma Khatun nach Bagdad in Gefangenschaft. Hier in diesem Garten hat sie gelebt und geduftet. Effendi, ich wollte, sie wäre noch hier!" – „Hat sie auch diese Petersilie und diesen Knoblauch gepflanzt?" – „Nein", antwortete Selim Aga ernsthaft. „Das hat Mersinah, meine Wirtschafterin, getan." – „So danke Allah, daß du an Stelle von Esma Khatun diese süße Mersinah bei dir hast!"

„Effendi, sie ist zuweilen sehr bitter." – „Darüber darfst du nicht murren, denn Allah teilt die Gaben verschieden aus. Und daß du dein Heim mit dieser ‚Myrte' teilen sollst, das stand wohl im Buch ver-

[1] Hanf [2] Petersilie [3] Zwiebeln [4] Knoblauch [5] Katzenkraut

zeichnet.“ – „So ist es! Aber sag mir, Effendi, ob du diesen Garten pachten willst!“ – „Wieviel verlangst du dafür?“ – „Du bezahlst mir zehn Piaster in der Woche. Dann dürft ihr alle in den Garten gehen und an die Esma Khatun denken, sooft ihr wollt!“

Ich zögerte mit der Antwort. Der Garten stieß an die Rückwand eines Gebäudes, in dem ich zwei Reihen kleiner Löcher bemerkte. Das sah mir recht gefängnismäßig aus. Ich mußte mich erkundigen:

„Diesen Garten werde ich kaum mieten.“ – „Warum nicht?“ – „Weil mich diese Mauer stört.“ – „Diese Mauer? Wieso, Effendi?“ – „Ich liebe es nicht, in der Nähe eines Gefängnisses zu sein.“

„Oh, die Leute, die da drinnen stecken, können dich nicht stören. Ihre Löcher sind so tief, daß sie diese kleinen Fenster gar nicht erreichen können.“

„Ist dies das einzige Gefängnis in Amadije?“ – „Ja. Das andere ist eingefallen. Mein Tschausch[1] hat die Aufsicht über die Gefangenen.“

„Und du glaubst, daß sie mich nicht stören werden?“

„Du wirst nichts von ihnen sehen und keinen Laut von ihnen hören.“

„So werde ich dir die zehn Piaster geben. Du hast also insgesamt für die Woche fünfunddreißig Piaster von uns zu bekommen. Ich werde dich für die erste Woche jetzt gleich bezahlen!“

Der Befehlshaber der Arnauten von Amadije schmunzelte bei diesem Anerbieten vor Vergnügen übers ganze Gesicht. Der Engländer bemerkte, daß ich in die Tasche griff, um zu bezahlen. Er winkte, zog seine Börse hervor und reichte sie mir. Nun, er konnte eine kleine Erleichterung seines Geldbeutels recht wohl verschmerzen. Darum nahm ich drei Mahbub-Zechinen[2] heraus und gab sie dem Aga.

„Hier nimm! Das übrige ist Bakschisch für dich.“

Das war mehr als das Doppelte von dem, was er erhalten sollte. Selim machte ein vergnügtes Gesicht und meinte respektvoll: „Effendi, der Koran sagt: ‚Wer doppelt gibt, dem wird es Allah hundertfach segnen.‘ Allah ist dein Schuldner. Er wird es dir reichlich vergelten.“

„Wir brauchen nun Teppiche und Pfeifen für unsere Zimmer. Wo kann man die geliehen bekommen?“ fragte ich ihn.

„Herr, wenn du noch zwei solche Goldstücke gibst, wirst du alles erhalten, was dein Herz begehrt.“ – „Hier hast du sie!“ – „Ich eile, um euch zu bringen, was ihr braucht.“

Wir verließen den Garten. Im Hof stand Mersinah, die Seele des Palastes. Ihre Hände waren jetzt von Ruß geschwärzt. Sie rührte mit dem Zeigefinger in einem Gefäß voll zerlassener Butter.

„Effendi, wirst du die Zimmer nehmen?“ erkundigte sie sich.

Bei dieser Frage mochte ihr einfallen, daß der Finger nicht in den Napf gehöre. Die Alte zog ihn also heraus und strich ihn behutsam an der herausgestreckten Zunge ab.

„Ich werde die Zimmer behalten, auch den Schuppen und den Garten.“ – „Der Effendi hat bereits alles bezahlt“, bemerkte der Aga nachdrücklich. – „Wieviel?“ fragte Mersinah. – „Fünfunddreißig Piaster für die erste Woche.“

Von dem Bakschisch sagte der Schalk nichts. Ob er wohl auch in

[1] Feldwebel [2] Eine Mahbub-Zechine ungefähr 4.75 Mark

dieser Beziehung unter dem Pantoffel stand? Ich nahm noch eine Mahbub-Zechine aus der Börse und gab sie der Alten.

„Hier nimm, du Perle der Gastfreundschaft! Das ist das erste Bakschisch für dich. Wenn wir mit dir zufrieden sind, wirst du mehr erhalten."

Mersinah griff eilig zu und steckte das Geld in ihren Gürtel.

„Danke, Effendi! Ich werde darüber wachen, daß du dich in meinem Haus wohl befindest. Ich sehe, daß du wirklich einer der tapferen Krieger bist, die die Frauen verehren und Bakschisch geben. Geht hinauf in eure Zimmer! Ich werde euch einen steifen Pirindsch machen, mit sehr viel zerlassener Butter darüber!"

Dabei fuhr die Alte selbstvergessen und ‚in der Gewohnheit holder Sitte' mit dem Finger wieder in den Napf und begann von neuem zu rühren. Ihr Anerbieten war leutselig, aber – brrr!

„Deine Güte ist groß", entgegnete ich, „aber wir haben leider keine Zeit, sie anzunehmen, da wir jetzt ausgehen müssen." – „Aber du willst doch, daß ich die Speisen für euch bereite, Effendi?" – „Du sagtest doch, daß du Tag und Nacht arbeiten mußt, um nur den Aga zu bedienen. Wir dürfen dich also nicht noch mehr belasten. Übrigens steht zu erwarten, daß wir oft zu Tisch geladen werden, und wenn dies nicht der Fall ist, werden wir unser Essen beim Aschdschi[1] holen lassen."

„Aber das Ehrenmahl darfst du mir nicht versagen!" – „Nun wohl, so siede uns einige Eier! Etwas anderes dürfen wir heute nicht essen."

Das war das einzige, was man füglicherweise aus den Händen der ‚Myrte' genießen konnte.

„Eier? Ja, die sollst du haben, Effendi", erklärte die Alte geschäftig. „Aber wenn ihr sie eßt, so schont die Schalen, denn Selim Aga gebraucht sie als Becher, und dieser Unvorsichtige zerbricht sie immer wieder."

Wir zogen uns auf kurze Zeit in unsere Räume zurück. Bald erschien der Aga mit den Decken, Teppichen und Pfeifen, die er sich bei den betreffenden Händlern ausgeliehen hatte. Sie waren neu und darum reinlich, so daß wir zufrieden sein konnten. Dann kam Mersinah mit dem Deckel einer alten Holzschachtel, der als Teller diente. Darauf lagen die Eier, unser Ehrenmahl. Daneben gewahrte ich einige halbverbrannte Teigfladen, und – auch der berühmte Butternapf stand dabei, umgeben von einigen Eierschalen, in denen sich schmutziges Salz, grob gestoßener Pfeffer und ein sehr zweifelhafter Kümmel befanden. Eierlöffel gab es natürlich nicht.

Diese üppige Empfangsgasterei wurde bald und glücklich überwunden und Mersinah ging mit ihrem kostbaren Geschirr in die Küche. Auch der Aga erhob sich.

„Weißt du, Effendi, wohin ich jetzt gehen werde?" fragte er.

„Ich werde es wohl hören." – „Zum Müteßellim. Er soll erfahren, was für ein vornehmer Mann du bist und wie dich der Aufseher seines Palastes behandelt hat."

Selim Aga vollendete sein dienstliches Äußeres dadurch, daß er sich die Reste der zerlassenen Butter, die er allein genossen hatte, aus dem Schnurrbart strich, und brach auf. Jetzt waren wir allein.

[1] Speisewirt

„Darf ich reden, Sir?“ fragte Lindsay.

„Ja, Sir David.“ – „Jetzt Kleider kaufen!“ – „Rot und schwarz karierte?“ – „Natürlich!“ – „So wollen wir zum Basar gehen.“

„Aber ich nicht reden! Ihr müßt kaufen, Sir. Hier Geld!“

„Kaufen wir nur Kleider?“ – „Was noch?“ – Einiges Geschirr. Wir brauchen es und können es später dem Aga oder der Haushälterin zum Geschenk machen. Sodann Tabak, Kaffee und ähnliche Dinge, die sich nicht gut entbehren lassen.“ – „Well. Bezahle alles!“ – „Wir werden uns zunächst Eurer Börse bedienen und dann miteinander abrechnen.“

„Pshaw! Bezahle alles! Abgemacht!“ – „Gehe ich mit?“ fragte Mohammed. – „Wie du willst. Nur denke ich, daß du besser tust, dich so wenig wie möglich sehen zu lassen. Schon in Spinduri hat man dich als einen Haddedihn erkannt, gar nicht gerechnet, daß du deinem Sohn sehr ähnlich siehst.“

Wir brannten unsere Tschibuks an und gingen. Der Hausflur war mit Rauch erfüllt, und in der Küche hustete die ‚Myrte‘. Als sie uns bemerkte, kam sie für einen Augenblick hervor.

„Wo sind unsere Leute?“ fragte ich sie.

„Bei den Pferden. Willst du gehen?“ – „Ja, zum Basar, um einiges einzukaufen. Laß dich nicht stören, du Hüterin der Küche! Dort läuft dir das Wasser über.“ – „Laß es laufen, Effendi! Das Essen wird dennoch fertig.“ – „Das Essen? Kochst du es in diesem großen Kessel?“ – „Ja.“

„So ist es jedenfalls nicht für dich und Selim Aga?“ – „Nein. Ich muß für die Gefangenen kochen.“ – „Ah! Die sich nebenan befinden?“ – „Ja.“

„Gibt es viele solche Unglückliche in dem Haus?“ – „Noch nicht zwanzig.“ – „Die sind alle aus Amadije?“ – „O nein. Es sind mehrere arnautische Soldaten, die sich vergangen haben, einige Chaldäer, einige Kurden, ein paar Einwohner von Amadije und auch ein Araber.“

„Ein Araber? Araber gibt es hier gar nicht.“ – „Er wurde von Mossul gebracht.“ – „Was bekommen die Leute zu essen?“ – „Brotfladen, die ich backe, und dann des Mittags oder des Nachmittags, ganz wie es mir paßt, dieses warme Essen.“ – „Worin besteht es?“ – „Mehl in Wasser gequirlt.“ – „Wer bringt es ihnen?“ – „Ich selbst. Der Tschausch öffnet mir die Türen der Zellen. Hast du schon einmal ein Gefängnis gesehen, Effendi?“ – „Nein.“ – „Wenn du es besichtigen willst, so darfst du es mir nur sagen. Ich nehme dich mit.“ – „Der Tschausch würde es mir nicht erlauben.“ – „Er erlaubt es mir, denn ich bin seine Herrin.“ – „Du?“

„Ja. Bin ich nicht die Herrin seines Aga?“ – „Das ist wahr. Ich werde mir einmal überlegen, ob es sich für die Würde eines Effendi schickt, ein Gefängnis zu besuchen und denen, die ihn führen, ein gutes Bakschisch zu geben.“ – „Es schickt sich, o Herr, es schickt sich bestimmt. Du wirst deine Gnade vielleicht auch über die Gefangenen leuchten lassen, daß sie mir einige Speisen und auch Tabak abkaufen können, was sie sonst nicht haben.“

Nichts konnte mir lieber sein als die Erfahrung, die ich hier machte. Aber ich war so vorsichtig, eingehendere Fragen jetzt noch zu vermeiden, da ich leicht hätte Verdacht erregen können. Halef, der Buluk Emini, und der Kurde aus Spinduri wurden gerufen, uns zu begleiten. Dann gingen wir.

6. Beim Herrn der Festung

Die Basare waren wie ausgestorben. Kaum daß wir eine Kaffeeschenke fanden, wo uns ein dünner Trank gereicht wurde. Dort erfuhren wir auch, was die Ursache der Leblosigkeit in Amadije war. Trotz der hohen und freien Berge ringsum ist diese Stadt nämlich überaus ungesund, so daß bei Anbruch der wärmeren Jahreszeit schleichende Fieber auftreten. Dann verlassen die Bewohner den Ort und begeben sich in die benachbarten Wälder, um dort in Sommerwohnungen zu leben, die Jailaks genannt werden.

Nachdem wir den dürftigen Trank überwunden und uns die Pfeifen neu gestopft hatten, begaben wir uns auf den Kleiderhandel. Der Kaffeewirt hatte uns einen Ort beschrieben, wo wir das Gesuchte finden konnten. Der Handel wurde im schweigsamen Beisein des Engländers und zu seiner sichtlichen Befriedigung abgeschlossen. Er erhielt ein vollständiges rot und schwarz kariertes Gewand für einen verhältnismäßig billigen Preis. Dann wurden auch die übrigen Einkäufe besorgt und die Diener damit nach Hause geschickt. Der Kurde erhielt als Geschenk einen perlengestickten und gefüllten Tabaksbeutel, den er mit stolzer Genugtuung sofort an seinem Gürtel befestigte, damit dieser Beweis seiner männlichen Würde jedermann in die Augen falle.

Nun begann ich mit dem Engländer allein einen Gang durch die Stadt, um sie einigermaßen kennenzulernen, und erhielt die Überzeugung, daß diese einst so wichtige Grenzfestung von einigen Hundert unternehmenden Kurden leicht überrumpelt werden könne. Die wenigen Soldaten, die wir trafen, sahen hungrig und fieberkrank aus, und die Verteidigungswerke befanden sich in einem Zustand, der ihnen alles Recht auf diesen Namen raubte.

Als wir heimkehrten, wartete der Aga bereits auf mich.

„Effendi, ich soll dich zum Müteßellim bringen“, empfing er mich.

„Bringen?“ fragte ich mit lächelnder Betonung.

„Nein, dich begleiten. Ich habe Ismaïl Bei alles erzählt und diesem Aufseher des Palastes die Fäuste unter die Nase gehalten. Allah beschützte ihn, sonst hätte ich ihn vielleicht gar getötet oder erwürgt.“

Dabei rollte er die Augen und bog die zehn Finger wie Zangen zusammen.

„Was sagt der Kommandant?“ – „Effendi, soll ich dir die Wahrheit gestehen?“ – „Ich erwarte das.“ – „Ismaïl Bei ist nicht über deinen Besuch erfreut.“ – „Ah! Warum nicht?“ – „Er liebt die Fremden nicht und empfängt überhaupt selten Besuche." – „Ist euer Müteßellim ein Einsiedler?" – „Nein. Aber er bekommt als Kommandant neben freier Wohnung monatlich sechstausendsiebenhundertachtzig Piaster, und es geht ihm wie uns allen: er hat seit elf Monaten nichts erhalten und weiß nicht, was er essen und trinken soll. Kann er sich da freuen, wenn er wichtige Besuche erhält?" – „Ich will ihn sehen und sprechen, aber nicht bei ihm essen." – „Das geht nicht. Der Müteßellim muß dich standesgemäß und würdig empfangen, und darum hat er die – die –"

Der Aga wurde verlegen.

„Was? Die – die –?" – „– die hiesigen Juden zu sich kommen lassen, um fünfhundert Piaster von ihnen zu leihen. Soviel braucht er, um zu kaufen, was er zu deinem Empfang nötig hat." – „Sie haben es ihm gegeben?" – „Allah. Sie hatten selbst nichts mehr, denn sie haben ihm bereits alles geben müssen. Nun hat er sich einen Hammel geborgt und noch allerlei dazu. Das ist schlimm, besonders für mich, Effendi."

„Warum für dich?" – „Weil ich ihm die fünfhundert Piaster leihen oder – oder –" – „Nun, oder –" – „– oder dich fragen muß, ob du – du –" – „Sprich doch weiter, Aga!" – „Ob du reich bist. O Effendi, ich hätte ja selbst auch keinen einzigen Para, wenn du mir heute nichts gegeben hättest! Und davon habe ich Mersinah fünfunddreißig Piaster aushändigen müssen!"

Zu meinem Empfang dem Müteßellim fünfhundert Piaster borgen, das heißt soviel wie schenken! Das waren ungefähr hundert Mark. Hm, ich war durch das Geld, das ich bei dem Tier von Abu Seïf gefunden hatte, nicht ganz mittellos, und für unseren Zweck konnte das Wohlwollen des Müteßellim von großem Vorteil sein. Fünfhundert Piaster konnte ich allenfalls geben, und ebensoviel rechnete ich auf Lindsay, der für ein Abenteuer gern diese für ihn geringfügige Summe opferte. Daher begab ich mich in die Stube des Engländers, während der Aga auf mich warten mußte.

David Lindsay war gerade mit dem Umkleiden beschäftigt. Sein langes Gesicht strahlte vor Vergnügen.

„Sir, wie sehe ich aus?" fragte er.

„Ganz Kurde!" – „Well, gut, sehr gut! Ausgezeichnet! Aber wie wickeln Turban?" – „Gebt das Zeug her!"

Lindsay hatte in seinem Leben noch kein Turbantuch in der Hand gehabt. Ich setzte ihm die Mütze auf und schlang das rotschwarze Zeug kunstvoll um sie herum. So brachte ich einen jener riesigen Turbane fertig, wie sie hierzulande von Würdenträgern und vornehmen Männern getragen werden.

„So, nun ist ein kurdischer Großkhan fertig!" – „Vortrefflich! Herrlich! Schönes Abenteuer! Amad el Ghandur befreien! Alles bezahlen, sehr gut bezahlen!" – „Ist das Euer Ernst, Sir David?" – „Warum nicht?"

„Ich weiß allerdings, daß Ihr sehr wohlhabend seid und das zur richtigen Zeit auch anzuwenden wißt –"

Der Engländer blickte mich schnell und forschend an und fragte dann: „Wollt Geld haben?"

„Ja", antwortete ich einfach.

„Well, sollt es bekommen! Für Euch?“ – „Nein. Ich hoffe, daß Ihr mich nicht von einer solchen Seite kennengelernt habt.“

„Ist richtig, Sir. Also für wen?“ – „Für den Müteßellim.“ – „Ah! Warum? Wozu?“ – „Dieser Mann ist arm. Er wartet seit elf Monaten auf sein Gehalt. Aus diesem Grund hat er die hiesige Bewohnerschaft so ziemlich ausgesaugt. Nun hat niemand mehr etwas, und kein Mensch kann ihm borgen. Deshalb bringt ihn mein Besuch in Verlegenheit. Er muß mich gastlich empfangen und besitzt nicht die nötigen Mittel dazu. Darum hat er sich einen Hammel und verschiedenes andere geborgt und läßt mich unter der Hand fragen, ob ich reich genug bin, ihm fünfhundert Piaster zu leihen. Das ist nun allerdings mehr als seltsam, und auf Zurückerstatten darf man nicht rechnen. Da es aber für uns sehr nötig ist, eine freundliche Gesinnung in ihm zu erwecken, so habe ich beschlossen –“ – „Gut! Soll eine Hundertpfundnote haben!“ – „Das ist zuviel, Sir David. Das wären ja nach dem jetzigen Kurs von Konstantinopel elftausend Piaster! Ich will ihm fünfhundert Piaster geben und ersuche Euch, die gleiche Summe hinzuzufügen. Ismaïl Bei kann damit zufrieden sein.“ – „Tausend Piaster? Zu wenig! Habe Araber-Scheiks seidenes Gewand geschenkt! Möchte ihn auch sehen. Wenn mit darf, dann alles bezahlen, Ihr nichts geben!“ – „Mir soll es recht sein.“ – „So sagt Aga, er soll uns machen lassen!“ – „Und was werden wir machen?“ – „Unterwegs ein Geschenk kaufen. Geld hineinstecken.“– „Aber nicht zuviel, Sir David!“ – „Wieviel? Fünftausend Piaster?“ – „Zweitausend ist mehr als genug.“

„Well, also zweitausend! Fertig!“

Ich kehrte zu Selim Aga zurück.

„Sage dem Kommandanten, daß ich mit einem meiner Begleiter kommen werde!“ – „Wann?“ – „In kurzem.“ – „Deinen Namen kennt er bereits. Welchen Namen soll ich ihm noch sagen?“ – „Hadschi Lindsay Bei.“ – „Hadschi Lindsay Bei. Gut! Und diese Piaster, Effendi?“

„Wir bitten um die Erlaubnis, dem Müteßellim ein Geschenk mitbringen zu dürfen.“ – „Dann muß er euch auch eins geben.“ – „Wir sind nicht arm. Wir haben alles, was wir brauchen, und werden uns am meisten freuen, wenn Ismaïl Bei uns seine Freundschaft schenkt. Sag ihm das!“

Selim ging getröstet und zufriedengestellt.

Bereits nach fünf Minuten saß ich mit dem Engländer zu Pferd. Ich hatte ihm eingeschärft, ja kein Wort zu sprechen. Halef und Ifra folgten uns. Den Kurden hatten wir mit dem geliehenen Gewand und vielen Grüßen nach Spinduri zurückgeschickt. Wir ritten durch die Basare, wo wir gesticktes Zeug zu einem Feierkleid und eine hübsche Börse kauften, in die der Engländer zwanzig goldene Medschidije zu je hundert Piaster legte. In solchen Dingen war Lindsay nie ein Knauser. Das hatte ich schon oft erfahren.

Nun ritten wir zum Palast des Kommandanten. Vor dem Gebäude standen etwa zweihundert Albanier in Parade, angeführt von zwei Mülasim unter dem Befehl unseres tapferen Selim Aga. Er zog den Sarras und kommandierte: „Syrada durun muntasam – steht genau!“

Die Soldaten gaben sich Mühe, diesem Verlangen nachzukommen, bildeten aber doch eine Art Schlangenlinie, die am Ende der Aufstellung in einen gebogenen Schwanz auslief.

„Tschalghy! Düdük tschalyn! – Musik! Pfeift!"

Drei Flöten begannen zu wimmern, und eine Trommel wagte einen Wirbel, der wie das Leiern einer Kaffeemühle klang.

„Daha sijade! Daha kuwwetli! – lauter, stärker!"

Der gute Aga rollte dabei die Augen, die Musikanten taten es ihm nach, und während dieses künstlerischen und schmeichelhaften Empfanges ritten wir vor den Eingang, um abzusteigen. Die beiden Leutnants kamen herbei und hielten uns die Steigbügel.

Nun gab ich dem Aga das Zeug und die Börse.

„Melde uns an, und überreiche dem Kommandanten dieses Geschenk!"

Selim Aga ging würdevoll voran, und wir folgten. Unter dem Tor stand der Aufseher des Palastes. Er empfing uns jetzt ganz anders als beim erstenmal. Er kreuzte die Arme über die Brust, verbeugte sich tief und murmelte: „Agamdan ßise ßelam ßöjlijejim – euer Diener küßt die Hand; mein Herr läßt sich euch empfehlen!"

Ich schritt an ihm vorüber, ohne ihm zu antworten, und auch Lindsay tat, als habe er ihn gar nicht bemerkt. Der Aufseher nahm trotz unserer Mißachtung doch den Vortritt und führte uns eine Treppe empor in einen Raum, der das Vorzimmer zu bilden schien. Dort saßen die Beamten des Kommandanten auf armseligen Teppichen. Sie erhoben sich bei unserem Eintritt und begrüßten uns ehrfurchtsvoll. An einer der Fensteröffnungen stand ein Kurde, den man sofort für einen freien Mann der Berge halten mußte. Er schaute mit finsterer, ungeduldiger Miene ins Freie hinaus. Einer der Beamten trat auf mich zu: „Du bist der Kara Ben Nemsi Effendi, den der Müteßellim erwartet?" – „Ich bin es." – „Und dieser Effendi ist Hadschi Lindsay Bei, der das Gelübde getan hat, nicht zu sprechen?" – „Ja." – „Ich bin der Basch Kjatib[1] des Kommandanten. Er läßt dich bitten, einige Augenblicke zu warten." – „Warum? Ich bin nicht gewohnt, zu warten, und er hat gewußt, daß ich komme." – „Ismaïl Bei hat eine sehr wichtige Abhaltung, die nicht lange währen wird."

Was für eine wichtige Abhaltung das war, konnte ich bald bemerken. Ein Diener kam eilfertig aus dem Zimmer des Müteßellim gestürzt und kehrte nach einiger Zeit mit zwei Büchsen zurück, auf denen die Deckel fehlten. Die größere enthielt Tabak und die kleinere gebrannte Kaffeebohnen. Der Kommandant hatte diese notwendigen Sachen erst nach Empfang unseres Geldes holen lassen. Noch vor der Rückkehr des Dieners trat Selim Aga aus dem Zimmer des Müteßellim.

„Effendi, gedulde dich noch einen Augenblick! Du wirst sofort eintreten können!"

Da wandte sich der am Fenster stehende Kurde zu ihm:

„Und wann werde ich endlich eintreten dürfen?" – „Du wirst noch heute vorgelassen." – „Noch heute? Ich bin eher dagewesen als dieser Effendi und sein Begleiter. Meine Sache ist notwendig, und ich muß noch heute wieder aufbrechen!"

[1] Oberschreiber

Selim Aga rollte mit den Augen

„Diese Effendis sind ein Emir und ein Bei, du aber bist nur ein Kurde. Du kommst erst nach ihnen.“ – „Ich habe gleiches Recht wie sie, denn ich bin der Abgesandte eines tapferen Mannes, der auch ein Bei ist!“

Das freimütige, furchtlose Wesen dieses Kurden gefiel mir, obgleich seine Beschwerde gegen mich gerichtet war. Den Aga aber schien sie heftig zu erzürnen; denn er begann seinen Augenwirbel von neuem und erklärte:

„Du kommst erst später dran, oder vielleicht auch gar nicht. Wenn dir das nicht gefällt, so kannst du gehen. Dir ist ja nicht einmal das Notwendigste bekannt, um vor einem großen, einflußreichen Mann erscheinen zu dürfen.“

Ah, der Kurde hatte also das ‚Notwendigste‘, nämlich das Bakschisch, vergessen. Er ließ sich aber nicht einschüchtern, sondern antwortete:

„Weißt du, was das Notwendigste für einen Berwari ist? Dieser Säbel ist es!“ Dabei schlug er an den Griff seiner Waffe. „Willst du eine Probe davon versuchen? Mich sendet der Bei von Gumri. Es ist eine Beleidigung für Kadir Bei, wenn ich immer wieder zurückgesetzt werde und warten muß, und er wird wissen, was er darauf erwidern soll. Ich gehe!“ – „Halt!“ rief ich.

Der Kurde war bereits an der Tür. Der Bei von Gumri, an den mich der Malkoegund von Spinduri gewiesen hatte? Das war eine vortreffliche Gelegenheit, mich vorteilhaft bei ihm anzumelden.

„Was willst du?“ fragte er barsch.

Ich schritt auf ihn zu.

„Dich will ich begrüßen, denn das ist ebenso, als ob Kadir Bei meinen Gruß hörte.“ – „Kennst du ihn?“ – „Ich habe ihn noch nicht gesehen, aber man hat mir von ihm erzählt. Er ist ein tapferer Krieger, dem meine Achtung gehört. Willst du mir eine Botschaft an ihn ausrichten?“ – „Ja, wenn ich es kann.“ – „Du kannst es. Vorher aber werde ich dir beweisen, daß ich Kadir Bei zu ehren weiß: Du sollst vor mir beim Müteßellim eintreten.“ – „Ist das dein Ernst?“ – „Mit einem tapferen Kurden scherzt man nicht.“ – „Hört ihr es?“ wandte er sich zu den anderen. „Dieser fremde Effendi weiß, was Höflichkeit ist. Aber ein Berwari kennt die Gebote der guten Sitte ebenso.“ Und zu mir gekehrt, fügte er hinzu: „Herr, ich danke dir; du hast mein Herz erfreut. Aber ich werde nun gern warten, bis du mit Ismaïl Bei gesprochen hast.“–„Ich nehme es an, denn ich weiß, daß du nicht lange zu warten brauchst. Doch sag mir, ob du nach deiner Unterredung mit dem Kommandanten noch Zeit hast, zu mir zu kommen?“ – „Ich werde kommen und dann etwas schneller reiten. Wo wohnst du?“ – „Bei Selim Aga, dem Obersten der Arnauten.“

Der Berwari trat mit einer zustimmenden Kopfbewegung zurück, denn der Diener öffnete soeben die Tür, um Lindsay und mich eintreten zu lassen.

Das Zimmer, in das wir gelangten, war mit einer alten, verschossenen Papiertapete beklebt und hatte an seiner Rückwand eine kaum fußhohe Erhöhung, die mit einem Teppich belegt war. Dort saß der Kommandant. Er war ein langer, hagerer Mann mit einem scharfen, wohl frühzeitig gealterten Gesicht. Sein Blick war verschleiert und nicht vertrauenerweckend. Ismaïl Bei erhob sich bei unserem Eintritt und bedeutete uns durch eine Handbewegung, zu beiden Seiten von ihm Platz zu nehmen. Mir fiel das nicht schwer, Lindsay aber hatte einige Mühe, sich mit gebogenen Beinen in jene Stellung zu bringen, die die Türken ‚Ruhen der Glieder' nennen. Wer sie nicht gewöhnt ist, dem schlafen die Beine ein, so daß man dann gezwungen ist, sich wieder zu erheben. Ich mußte also aus Rücksicht auf den Engländer dafür sorgen, daß die Unterhaltung nicht gar zu lange dauerte.

„Chosch geldin; ömrinis tschok ola – seid mir willkommen; euer Leben möge lang sein!" empfing uns der Kommandant.

„Ebenso wie das deinige", erwiderte ich. „Wir sind von fern hergekommen, um dir zu sagen, daß wir uns freuen, dein Gesicht zu sehen. Möge Segen in deinem Haus wohnen und jedes Werk gelingen, das du unternimmst!" – „Auch ich wünsche euch Heil und viel Erfolg in allem, was ihr tut! Wie heißt das Land, das deinen ersten Tag gesehen hat, Effendi?" – „Almanja." – „Hat es einen großen Sultan?" – „Es hat viele Padischah." – „Und viele Krieger?" – „Wenn die Padischah von Almanja ihre Krieger versammeln, so sind mehrere Millionen Augen auf sie gerichtet." – „Ich habe dieses Land noch nicht besucht, aber es muß groß und berühmt sein, da du unter dem Schutz des Großherrn stehst."

Das war natürlich ein Wink, mich auszuweisen. Ich tat es sogleich.

„Dein Wort ist richtig. Hier hast du ein Bujuruldu des Padischah!"

Ismaïl Bei nahm es, drückte es an die Stirn, Mund und Brust und las es.

„Hier lautet dein Name aber anders als Kara Ben Nemsi."

Ah, das war peinlich. Der Umstand, daß ich den mir von Halef gegebenen Namen beibehalten hatte, konnte uns schädlich werden. Doch faßte ich mich schnell und meinte:

„Willst du mir einmal den Namen vorlesen, der hier in dem Bujuruldu steht?"

Er versuchte es, aber es wollte ihm nicht gelingen. Und über den Namen des Heimatortes stolperte er vollends.

„Siehst du!" erklärte ich. „Kein Türke kann einen Namen aus Almanja richtig lesen und aussprechen; kein Mufti und kein Molla bringt es fertig, denn unsere Sprache ist sehr schwer und wird in einer anderen Schrift geschrieben. Ich bin Kara Ben Nemsi Effendi. Das wird dir auch dieser Brief beweisen, den mir der Müteßarrif von Mossul für dich mitgegeben hat."

Ich reichte ihm das Schreiben. Als der Bei es gelesen hatte, war er befriedigt und gab mit das Bujuruldu nach der gebräuchlichen Zeremonie zurück.

„Und dieser Effendi ist Hadschi Lindsay Bei?" fragte er dann.

„So ist sein Name." – „Aus welchem Land stammt er?" – „Aus Londonistan", antwortete ich, um das Wort England zu vermeiden.

„Er hat gelobt, nicht zu sprechen?" – „Hadschi Lindsay Bei spricht nicht." – „Und er kann zaubern?" – „Höre, o Müteßellim, von der Magie soll man nicht reden, wenigstens nicht zu jemand, den man noch nicht kennt.“ – „Wir werden uns kennenlernen, denn ich bin ein großer Freund der Magie. Glaubst du, daß man Geld machen kann?“

„Ja. Geld kann man machen.“ – „Und daß es einen Stein der Weisen gibt?“ – „Es gibt einen, aber er liegt nicht in der Erde, sondern im menschlichen Herzen vergraben und kann deshalb auch nicht mit Hilfe der Scheidekunst bereitet werden.“ – „Du sprichst sehr dunkel. Aber ich sehe, daß du ein Kenner der Magie bist. Es gibt eine weiße und eine schwarze. Kennst du alle beide?“

Ich konnte nicht anders, ich mußte lustig antworten:

„Oh, ich kenne auch alle anderen Arten.“ – „Es gibt noch andere? Welche?“ – „Eine blaue, eine grüne und gelbe, auch eine rote und graue. Hadschi Lindsay Bei war erst ein Anhänger der graukarierten, jetzt aber hat er die schwarzrote angenommen.“ – „Das sieht man an seinem Gewand. Selim Aga hat mir erzählt, daß er eine Hacke bei sich führt, mit der er in die Erde schlägt, um die Sprachen der Verstorbenen zu erforschen.“ – „So ist es. Aber laß uns heute darüber schweigen! Ich bin ein Krieger, kein Lehrer der Zauberkunst.“

Der brave Kommandant hatte alle Hilfsquellen des ausgesaugten Bezirks erschöpft und suchte nun sein Heil in der Magie. Es konnte mir nicht einfallen, ihn in seinem Aberglauben zu bestärken, aber ich hatte unter den gegenwärtigen Verhältnissen auch keine Veranlassung, ihm seine letzte Hoffnung auszureden. Oder hatte ihn nur die Hacke meines Master Fowlingbull auf den Gedanken gebracht, mit mir über die Magie zu verhandeln? Das war auch möglich. Übrigens machten meine letzten Worte wenigstens den Eindruck auf Ismaïl Bei, daß er in die Hände klatschte und Kaffee und Pfeifen bringen ließ.

„Ich hörte, daß der Müteßarrif einen Kampf mit den Jesidi gehabt hat?“ griff er einen anderen Gesprächsgegenstand auf.

Das war für mich nicht ungefährlich, aber ich wußte nicht, wie ich ihn hätte abweisen können. Es begann fast wie ein Verhör: ‚Ich hörte!‘ Er als der nächste Untergebene des Statthalters und als Kommandant von Amadije konnte die Sache nicht bloß gerüchtweise kennen. Ich trat also in seine eigenen Fußstapfen:

„Auch ich hörte davon.“ Und um einer Frage seinerseits zuvorzukommen, fügte ich hinzu: „Schekib Halil Pascha wird sie gezüchtigt haben, und nun kommen wohl die widerspenstigen Araber an die Reihe.“

Da horchte Ismaïl Bei auf und blickte mich forschend an.

„Woraus vermutest du das, Effendi?“ – „Weil er selbst mit mir davon sprach.“ – „Der Müteßarrif selbst?“ – „Ja.“ – „Wann?“ – „Als ich bei ihm war.“ – „Wie kam der Pascha dazu?“ erkundigte sich der Müteßellim, ohne eine Miene des Unglaubens ganz verbergen zu können.

„Jedenfalls weil Schekib Halil Pascha Vertrauen zu mir hatte und gewillt ist, mir in Beziehung auf diesen Kriegszug eine Aufgabe zu erteilen.“ – „Welche Aufgabe?“ – „Hast du einmal etwas von Politik und Diplomatie gehört, o Müteßellim?“ fragte ich dagegen.

Er lächelte verlegen.

„Wäre ich Kommandant von Amadije, wenn ich nicht Politiker und Diplomat wäre?“ – „Du hast recht. Aber warum zeigst du es mir nicht?“

„Bin ich undiplomatisch gewesen?“ – „Weil du mich nach meiner Aufgabe so geradezu fragst, daß ich staune. Ich darf davon nicht sprechen, und du hättest nur durch kluges Ausforschen etwas erfahren können."

„Warum dürftest du es mir nicht sagen? Der Müteßarrif hat kein Geheimnis vor mir." – „Hm! Du mußtest mich fragen, um etwas über diese Angelegenheit zu erfahren. Das ist der sicherste Beweis dafür, daß der Pascha gegen mich offenherziger ist als gegen dich. Wie nun, wenn ich gerade in einer Sache, die auf seinen Einfall in das Gebiet der Araber Bezug hat, nach Amadije gekommen wäre?" – „Das ist nicht möglich!"

„Das ist sehr wohl möglich. Ich will dir nur soviel anvertrauen, daß mich der Statthalter nach meiner Rückkehr von Amadije zu den Weideplätzen der Araber senden wird. Ich soll dort heimlich das Gelände studieren, damit ich ihm meine Vorschläge machen kann."

„Dann bist du allerdings ein besonderer Vertrauter von ihm."

„Vermutlich, o Müteßellim." – „Und hast Einfluß auf ihn!"

„Wenn das der Fall wäre, so dürfte ich es doch nicht behaupten Sonst könnte ich diesen Einfluß leicht verlieren."

„Effendi, du machst mich besorgt." – „Warum"?" – „Ich weiß, daß die Gnade des Müteßarrif nicht über mir leuchtet. Sag mir, ob du wirklich sein Freund und Vertrauter bist!"

Dieser Mann war nicht nur kein Diplomat, sondern ein Schwachkopf. Erst wollte er den Vertrauten des Statthalters spielen, dann gestand er, wie schlecht er in Mossul angeschrieben war.

„Schekib Halil Pascha hat mir mitgeteilt, was er anderen vielleicht nicht sagen würde", erwiderte ich, „sogar von seinem Zug gegen die Jesidi hat er mir vorher gesagt. Ob ich aber sein Freund bin, das ist eine Frage, deren Beantwortung du mir erlassen mußt." – „Ich werde dich auf die Probe stellen, ob du wirklich mehr weißt als andere!" – „Tu es!" sagte ich zuversichtlich, obgleich ich innerlich einige Besorgnis fühlte.

„Auf welchen Stamm der Araber hat es der Müteßarrif besonders abgesehen?" – „Auf die Haddedihn vom Volk der Schammar."

Jetzt nahm sein scharfes Gesicht einen lauernden Ausdruck an.

„Wie heißt der Scheik der Haddedihn?" – „Mohammed Emin. Kennst du ihn?" – „Nein. Aber ich hörte, der Müteßarrif soll ihn gefangengenommen haben. Er hat doch sicher davon zu dir gesprochen, da er dir sein Vertrauen schenkte und dich zu den Arabern senden will."

Der Müteßellim machte also wirklich eine Anstrengung, diplomatisch zu sein! Ich aber lachte ihm ins Gesicht.

„Ismaïl Bei, du stellst mich da sehr hart auf die Probe! Ist Amad el Ghandur so alt, daß du ihn mit Mohammed Emin, seinem Vater, verwechselst?" – „Wie kann ich sie verwechseln, da ich beide noch nie gesehen habe!" erklärte er. – Ich erhob mich.

„Laß uns das Gespräch beenden! Ich bin kein Knabe, den man narren kann. Aber wenn du den Gefangenen sehen willst, so geh in das Gefängnis hinab! Der Tschausch wird dir ihn zeigen. Ich sage dir nur: Halte geheim, wer er ist, und laß ihn ja nicht entkommen! Solange sich der zukünftige Scheik der Haddedihn in der Gewalt des Müteßarrif befindet, kann Schekib Halil Pascha den Arabern Bedingungen stellen. Jetzt erlaube, daß ich gehe!" – „Effendi, ich wollte dich nicht beleidigen. Bleib!“ – „Ich habe heute noch anderes zu tun.“ – „Du mußt bleiben, denn ich habe dir ein Mahl bereiten lassen.“ – „Ich kann in meiner Wohnung speisen und danke dir. Übrigens steht draußen ein Kurde, der notwendig mit dir sprechen muß. Er war eher da als ich, und darum wollte ich ihm den Vortritt lassen. Der Berwari war aber so höflich, dies abzulehnen.“ – „Er ist ein Bote des Bei von Gumri und mag warten!“ – „Müteßellim, erlaube, daß ich dich vor einem Fehlgriff warne! Du behandelst Kadir Bei wie einen Feind oder doch wie einen Mann, den man nicht zu achten oder zu fürchten braucht!“

Ich sah, daß Ismaïl Bei sich Mühe gab, eine zornige Aufwallung zu beherrschen. – „Willst du mir Lehren geben, Effendi, du, den ich gar nicht kenne?“ grollte er.

„Nein“, erwiderte ich gelassen. „Du bist älter als ich. Bereits, als wir von der Magie sprachen, habe ich dir bewiesen, daß ich dich für weiser halte, als daß ich dich belehren könnte. Aber einen Rat darf auch der Jüngere dem Älteren erteilen.“ – „Ich weiß selbst, wie man diese Kurden zu behandeln hat. Der Vater des Bei von Gumri war Abd es Summit Bei, der meinen Vorgängern und besonders dem armen Selim Sillahi so große Mühe machte.“ – „Soll sein Sohn euch die gleiche Mühe machen? Der Müteßarrif braucht seine Truppen gegen die Araber und einen Teil muß er stets gegen die Jesidi bereithalten. Was wird er sagen, wenn ich ihm mitteile, daß du die Kurden von Berwari so behandelst, daß auch hier ein Aufstand zu befürchten steht, sobald sie nur merken, daß der Statthalter augenblicklich nicht die Macht besitzt, ihn zu unterdrücken? Tu, was du willst, o Müteßellim. Ich werde dir weder eine Lehre noch einen Rat erteilen.“

Diese Beweisführung verblüffte den Bei. Das sah ich ihm an.

„Du meinst, daß ich den Kurden empfangen soll?“ – „Tu, was du willst! Ich wiederhole es.“ – „Wenn du mir versprichst, bei mir zu essen, werde ich ihn in deiner Gegenwart hereinkommen lassen.“

„Unter dieser Bedingung kann ich hierbleiben; ich gehe ja nur, damit er nicht meinetwegen noch länger warten muß.“

Der Müteßellim klatschte in die Hände, und aus einer Nebentür trat der Diener ein, der den Befehl erhielt, den Kurden hereinzurufen. Der Abgesandte des Bei von Gumri schritt in stolzer Haltung ins Zimmer und grüßte mit einem kurzen „Selâm“, ohne sich zu verneigen.

„Du bist ein Bote des Bei von Gumri?“ fragte der Kommandant.

„Ja.“ – „Was hat mir dein Herr zu sagen?“ – „Mein Herr? Ein freier Kurde hat keinen Herrn. Er ist mein Anführer im Kampf, nicht aber mein Gebieter. Dieses Wort kenne ich nicht.“ – „Ich habe dich nicht rufen lassen, um mich mit dir zu streiten. Was sollst du an mich ausrichten?“

Der Kurde mochte ahnen, daß er nur auf Grund meiner Vermittlung nicht länger warten mußte. Er warf mir einen verständnisvollen Blick zu und antwortete sehr ernst und langsam:

„Müteßellim, ich hatte etwas auszurichten. Da ich aber so lange warten mußte, habe ich es vergessen. Kadir Bei muß dir also einen anderen Boten senden, der seine Botschaft wohl nicht vergessen wird, wenn er nicht zu warten braucht!“

Das letzte Wort sprach der Berwari bereits unter der Tür; dann war er verschwunden. Der Kommandant machte ein verblüfftes Gesicht. So etwas hatte er nicht erwartet, während ich mir im stillen sagte, daß kein europäischer Diplomat korrekter hätte handeln können als dieser junge, einfache Kurde. Es zuckte mir förmlich in den Beinen, ihm nachzueilen, um ihm meine Achtung und Anerkennung auszusprechen. Auch der Müteßellim wollte ihm nach, aber in etwas anderer Absicht.

„Schurke!" rief er aufspringend. „Ich werde –"

Ismaïl Bei besann sich aber doch und blieb stehen. Ich stopfte mir gleichmütig meinen Tschibuk und brannte ihn an.

„Was sagst du dazu, Effendi?" fragte er.

„Daß ich es so kommen sah. Was wird der Bei von Gumri tun, und was wird der Müteßarrif sagen!" – „Du wirst es ihm erzählen?" – „Ich werde schweigen, aber der Pascha wird die Folgen sehen." – „Ich lasse diesen Kurden zurückrufen." – „Er wird nicht kommen." – „Ich will ihn ja nicht zur Rechenschaft ziehen." – „Er wird das nicht glauben. Es gibt nur einen einzigen, der ihn bewegen kann, zurückzukehren."

„Wer wäre das?" – „Ich. Ich bin sein Freund. Er wird vielleicht auf meine Stimme hören." – „Du bist sein Freund? Du kennst ihn?"

„Ich habe ihn in deinem Vorzimmer zum erstenmal gesehen. Aber ich sprach zu ihm wie zu einem Mann, der Bote eines Bei ist, und das hat ihn sicher zu meinem Freund gemacht." – „Du weißt aber nicht, wo er zu finden ist. Er wollte von Amadije fort. Sein Pferd stand unten."

„Der Berwari ist in meiner Wohnung. Ich habe ihn eingeladen."

„Du hast ihn eingeladen? Soll er bei dir essen?" – „Ich werde ihn als Gast empfangen. Die Hauptsache aber ist, daß ich ihm eine Botschaft an den Bei anzuvertrauen habe." – Der Müteßellim staunte immer mehr. – „Was für eine Botschaft?" fragte er.

„Ich denke, du bist Diplomat?" lächelte ich. „Frag den Müteßarrif!"

„Effendi, du sprichst in lauter Rätseln!" – „Deine Weisheit wird sie bald zu lösen wissen. Ich muß dir aufrichtig sagen, daß du einen Fehler begangen hast, und da du weder eine Lehre noch einen Rat von mir annehmen willst, so erlaube mir wenigstens, diesen Fehler wieder gutzumachen, indem ich dem Bei von Gumri eine sehr friedliche Botschaft sende!" – „Darf ich sie nicht wissen?" – „Ich will es dir im Vertrauen mitteilen, obwohl es ein diplomatisches Geheimnis ist: Ich soll Kadir Bei ein Geschenk übermitteln." – „Ein Geschenk? Von wem?"

„Das darf ich dir allerdings nicht sagen. Aber du kannst es vielleicht erraten, wenn ich dir gestehe, daß der betreffende Beamte und Gebieter, von dem es kommt, im Süden von Amadije wohnt und sehr wünscht, daß ihm der Bei von Gumri nicht feindlich gesinnt werde." – „Effendi, jetzt sehe ich, daß du wirklich der Vertraute des Müteßarrif von Mossul bist; denn von ihm kommt das Geschenk, du magst es nun sagen oder nicht!"

Der Mann war wirklich ein Schwachkopf und ganz unfähig für sein Amt. Ich erfuhr später, daß er der Günstling seines Vorgängers gewesen war, der selbst auch den Sprung vom Nufûs Emini in Sileh in Kleinasien zum Müteßellim von Amadije getan hatte. Mein Besuch bei diesem Kommandanten hatte eine unerwartete Wendung erhalten.

Der eigentümliche Gang unseres Gespräches veranlaßte mich dazu, ihn Dinge wissen oder wenigstens ahnen zu lassen, von denen er recht wohl auf die Absicht unserer Anwesenheit hätte schließen können. Aber er zog keinen Schluß daraus. Er hatte wohl kaum das Zeug, ein guter Dorfältester, viel weniger aber Müteßellim zu sein. Trotzdem dauerte er mich im geheimen, wenn ich an die Verlegenheit dachte, in die ihn das Gelingen unseres Vorhabens bringen mußte. Eine Möglichkeit, ihn dabei zu schonen, wäre mir willkommen gewesen. Aber es gab keine.

Die Fortsetzung unseres Gespräches wurde aufgeschoben, da man das Essen brachte. Es bestand aus einigen Stücken des geliehenen Hammels und einem mageren Pilav. Der Kommandant langte fleißig zu und vergaß dabei das Sprechen. Erst als er gesättigt war, fragte er:

„Du wirst den Kurden wirklich bei dir treffen?" – „Ja, denn ich glaube, daß er Wort hält." – „Und ihn wieder zu mir schicken?"

„Wenn du es haben willst, ja." – „Wird der Berwari auf dich warten?"

Das war ein leiser Fingerzeig, der seinen Grund nicht in einem Mangel an Gastfreundlichkeit, sondern in der Besorgnis hatte, der Bote könne die Geduld auch bei mir verlieren. Darum antwortete ich:

„Er will bald aufbrechen, und so wird es geraten sein, daß ich ihn nicht aufhalte. Erlaubst du, daß wir gehen?" – „Unter der Bedingung, daß du mir versprichst, heute abend abermals mein Gast zu sein."

„Das verspreche ich. Wann soll ich kommen?" – „Ich werde es dich durch Selim Aga wissen lassen. Überhaupt bist du mir willkommen, sooft du kommst."

Unser Gastmahl hatte also nicht lange Zeit in Anspruch genommen. Wir brachen auf und wurden vom Kommandanten bis hinunter vor das Tor begleitet. Dort warteten unsere beiden Begleiter mit den Pferden auf uns.

„Du hast einen Baschi Bosuk bei dir?" fragte Ismaïl Bei.

„Ja, als Kawassen. Der Müteßarrif bot mir ein großes Gefolge an, doch ich bin gewohnt, mich selbst zu beschützen."

Jetzt erblickte er den Rappen.

„Ein herrliches Pferd! Hast du es gekauft?" – „Es ist ein Geschenk."

„Ein Geschenk? Effendi, der es dir schenkte, war ein Fürst! Wer war es?" – „Auch das ist ein Geheimnis. Aber du wirst ihn vielleicht bald kennenlernen."

Wir stiegen auf, und sofort brüllte Selim Aga seiner Wachtparade, die auf uns gewartet hatte, den Befehl zu:

„Tüfenklerle nischan alyn – zielt mit den Gewehren!"

Die Soldaten legten an, aber nicht zwei von den Flinten bildeten eine Linie miteinander.

„Hepinis birden atesch edin – schießt alle zugleich los!"

O weh! Kaum die Hälfte der Mordgewehre hatte den Mut, einen Laut von sich zu geben. Der Aga rollte die Augen, die Träger der konfusen Schießhölzer rollten auch die Augen und bearbeiteten die Schlösser ihrer Gewehre. Aber erst nachdem wir bereits um die nächste Ecke gebogen waren, erklang hier und da ein leises Gekläff, das vermuten ließ, daß wieder einmal ein Pfropfen aus dem Lauf geschlingert worden sei.

7. Eine glückliche Kur

Als wir zu Hause anlangten, saß der Kurde in meinem Zimmer auf meinem Teppich und rauchte aus meiner Pfeife meinen Tabak. Das freute mich, denn es bewies mir, daß unsere Ansichten über Gastlichkeit die gleichen seien.

„Kheïr ati, hemscher – willkommen, Freund!" begrüßte ich ihn.

„Wie, du redest kurdisch?" fragte er erfreut.

„Ein wenig nur, aber wir wollen es versuchen."

Ich hatte Halef die Weisung gegeben, für den Gast und für mich bei irgendeinem Speisewirt etwas Eßbares aufzutreiben, und konnte mich so dem Boten des Bei von Gumri ruhig widmen. Ich steckte mir auch eine Pfeife an und ließ mich an seiner Seite nieder.

„Ich habe dich länger warten lassen, als ich wollte", begann ich. „Ich mußte mit dem Müteßellim essen." – „Effendi, ich habe gerne gewartet. Die schöne Jungfrau, die deine Wirtin ist, mußte mir eine Pfeife reichen, und dann habe ich mir von deinem Tabak genommen."

„Du bist ein Krieger des Bei von Gumri. Was mein ist, das ist auch dein. Auch muß ich dir für das Vergnügen danken, das du mir bereitet hast, als ich beim Kommandanten war. Du bist ein Jüngling, aber du hast als Mann gehandelt, als du ihm deine Antwort gabst."

Er lächelte und sagte:

„Ich hätte anders mit ihm gesprochen, wenn ich allein gewesen wäre."

„Strenger?" – „Nein, milder. Da aber ein Zeuge zugegen war, mußte ich die Ehre dessen wahren, der mich gesandt hat." – „Du hast deinen Zweck erreicht. Der Müteßellim wünscht, daß du zu ihm zurückkehrst, um deine Botschaft auszurichten." – „Ich werde ihm diesen Gefallen nicht tun." – „Auch mir nicht?"

Der Berwari blickte auf.

„Wünscht du es?" – „Ich bitte dich darum. Ich habe es Ismaïl Bei versprochen." – „Kennst du ihn? Bist du sein Freund?" – „Ich war heute zum erstenmal bei ihm." – „So will ich dir erzählen, was für ein Mann Ismaïl Bei ist. Eigentlich schildere ich dir diesen Mann am besten, wenn ich dir weiter nichts sage, als daß die Saljane[1] jetzt kaum zwanzigtausend Piaster für Amadije einbringt, und daß er nicht, wie es doch die Regel wäre, die Pacht der Steuern hat. Die hat man ihm genommen. Der Sultan hört selten eine Beschwerde an. Hier aber hat er hören müssen, denn es war zu himmelschreiend. Dieser Mann plünderte die Einwohner dermaßen, daß sie auch im Winter im Gebirge

[1] Die Vermögenssteuer

blieben und sich nicht in die Stadt zurückwagten. Nun ist der ganze Bezirk verarmt, und der Hunger ist hier ein steter Gast geworden. Der Müteßellim braucht immer Geld und borgt, und wer ihm da nicht zu Willen ist, der muß seine Rache fürchten. Übrigens ist er ein feiger Mensch, der nur gegen den Schwachen auftritt. Seine Soldaten hungern und frieren, weil sie weder Speise noch Kleidung erhalten. Ihre guten Gewehre hat er gegen schlechte umgetauscht, um den Gewinn für sich zu nehmen, und wenn für die wenigen Kanonen, die die Festung verteidigen sollen, das Pulver kommt, so verkauft er es an uns, um Geld zu erhalten."

Das war ja eine schlimme Wirtschaft! Nun brauchte ich mich über mancherlei, was mir hier unangenehm aufgefallen war, nicht zu wundern.

„Und wie steht der Müteßellim mit deinem Bei?" erkundigte ich mich.

„Nicht gut. Es kommen viele Kurden in die Stadt, um hier einzukaufen oder Lebensmittel zu verkaufen. Für sie hat Ismaïl Bei eine hohe Steuer eingeführt, die Kadir Bei nicht leiden will. Auch maßt er sich in vielen Fällen eine Gewalt über uns an, die ihm gar nicht zusteht. Zwei Berwari haben kürzlich in Amadije Blei und Pulver gekauft, und man verlangte ihnen am Tor eine Steuer dafür ab. Das war noch nie vorgekommen. Sie hatten nicht genug Geld zur Bezahlung der Steuer, die noch höher war, als der Preis der schon teuren Ware, und so wurden sie ins Gefängnis gesteckt. Kadir Bei forderte ihre Freiheit und gestand zu, daß man das Pulver und Blei beschlagnahmen möge. Aber der Müteßellim ging nicht darauf ein. Er verlangte die beschlagnahmte Ware, den Zoll, eine Strafsumme und dann auch noch Bezahlung der Untersuchungs- und Gefängniskosten, so daß aus zwanzig Piastern hundertundvierzig geworden sind. Ehe diese nicht bezahlt werden, gibt er die Leute nicht los und rechnet ihnen für den Tag zehn Piaster Verpflegungsgeld an." – „In dieser Angelegenheit wolltest du mit Ismaïl Bei reden?" – „Ja." – „Solltest du die Summe bezahlen?" – „Nein. Ich soll ihm sagen, daß wir jeden Mann aus Amadije, der unser Gebiet betritt, gefangennehmen und zurückhalten werden, bis die beiden Männer wieder bei uns sind." – „Also Zwangsmaßnahmen! Das würde keinen großen Erfolg haben, denn Ismaïl Bei ist es wohl gleich, ob ein Bewohner Amadijes euer Gefangener ist oder nicht. Und sodann müßt ihr bedenken, daß aus einem solchen Verfahren leicht ernste Zwistigkeiten entstehen können. Das beste ist es, du redest noch einmal mit dem Müteßellim. Ich werde dabei deinen Wünschen Nachdruck verleihen."

Hinter dieser Zusicherung versteckte sich allerdings auch ein kleiner Eigennutz. Es war leicht möglich, daß wir die Unterstützung des Bei von Gumri brauchten, und ihrer konnten wir uns am besten versichern, wenn wir seine eigenen Leute in Schutz nahmen.

„Du meinst also, daß ich noch einmal zum Müteßellim gehen soll?"

„Ja, geh zu ihm und sage ihm, wenn er die Gefangenen nicht heute noch freigäbe, würden sich die Berwari erheben." – „Effendi, das ist zuviel gesagt und auch zuviel gewagt!" – „Tu es dennoch! Ich rate es dir und habe meinen Grund dazu. Dann kommst du wieder zu mir, damit ich dir meine Botschaft an den Bei auftragen kann! Vorsichtshalber gebe ich dir einige Zeilen an den Müteßellim mit."

Ich schrieb auf ein Blatt meines Notizbuches folgende Worte in türkischer Sprache: „Erlaube mir, dir das Anliegen dieses Kurden ans Herz zu legen. Vermeide es, den Müteßarrif zu erzürnen!" Nachdem ich meinen Namen hinzugefügt hatte, verschloß ich die Zeilen und übergab sie dem Kurden, der sich eilig entfernte.

Ich handelte abenteuerlich, das ist wahr. Aber das Schicksal hatte mich nun einmal, sozusagen, an eine Kletterstange gestellt und mich bis über die Hälfte emporgeschoben. Sollte ich wieder herabrutschen und den Preis aufgeben, da es doch nur einer kurzen Anstrengung bedurfte, um vollends hinaufzukommen?

Da kam Halef zurück und brachte eine solche Ladung kalter Speisen und Früchte, als müsse er uns für eine Woche verpflegen.

„Sehr reichlich, Hadschi Halef Omar!" sagte ich.

„Allah akbar – Allah ist groß, Sihdi, aber mein Hunger ist noch größer. Weißt du, daß ich und Ifra seit heute morgen in Spinduri gar nichts gegessen haben?" – „So eßt! Aber trage vor allen Dingen hier auf, damit mein Gast nicht hungrig von mir geht."

In diesem Augenblick hörte ich unten die scheltende Stimme Mersinahs, in die sich die bittende Stimme eines Mannes mischte, und gleich darauf meldete Halef: „Sihdi, es ist ein Mann unten, den die Wirtin nicht herauflassen wollte." – „Wer ist es?" – „Einer der Bewohner von Amadije, dessen Tochter krank ist." – „Was hat das mit uns zu tun?"

„Verzeih, Sihdi! Als ich vorhin Brot kaufte, kam ein Mann gerannt, der mich beinahe umriß. Ich fragte ihn, was er so eilig laufe, und er sagte mir, daß er einen Hekim[1] suche, weil seine Tochter ganz plötzlich krank geworden sei und vielleicht sterben müsse. Da riet ich ihm, zu dir zu kommen, wenn er keinen Arzt finden könne, und nun ist er da." – „Das hast du dumm gemacht, Halef. Du weißt, daß ich kein Arzt bin." – „O Sihdi, du bist ein großer Gelehrter und kannst alles, auch einen Kranken gesund machen."

Was war da zu tun? Halef hatte wieder einmal Großes von mir berichtet, und ich mußte nun die Suppe auslöffeln.

„Die Wirtin ist klüger als du, Halef!" entschied ich. „Aber gehe und hole den Mann herauf!"

Er ging und schob danach einen Mann herein, dem der Schweiß auf der Stirn stand. Er war ein Kurde; das sah man an der Locke, die ihm unter dem etwas gelüpften Turban hervor über die Stirn herabfiel; doch trug er türkische Kleidung.

„Selâm!" grüßte er eilig. „O Herr, komm schnell, sonst stirbt meine Tochter. Sie redet bereits vom Himmel." – „Was fehlt ihr?"

„Schakara ist von einem bösen Geist besessen, der sie umbringen wird." – „Wer sagt das?" – „Der alte Hekim, den ich holte. Er hat ihr ein Amulett umgehängt, aber er meinte, es werde nicht helfen." – „Wie alt ist deine Tochter?" – „Sechzehn Jahre." – „Leidet sie an Krämpfen oder an Fallsucht?" – „Sie ist niemals krank gewesen bis auf den heutigen Tag."

[1] Arzt

„Was tut der böse Geist mit ihr?“ – „Er ist Schakara in den Mund gefahren, denn sie klagte, daß er ihr den Hals zerkratze. Dann machte er ihr die Augen größer, damit er herausgucken kann. Ihr Mund ist rot und auch ihr Gesicht, und nun liegt sie da und redet von den Schönheiten des Himmels, in den sie blicken kann.“

Hier war schleunige Hilfe nötig, denn es lag jedenfalls eine Vergiftung vor.

„Ich will sehen, ob ich dir helfen kann. Wohnst du weit von hier?“

„Nein.“

Wir eilten fort. Der Mann führte mich durch drei Gassen und dann in ein Haus, dessen Äußeres noch recht stattlich war. Der Besitzer konnte nicht zu den armen Leuten gehören. Wir durchschritten zwei Zimmer und traten dann in ein drittes. Auf einem niedrigen Polster lag hier ein Mädchen lang ausgestreckt auf dem Rücken. An ihrer Seite knieten einige weinende Frauen, und in der Nähe hockte ein alter Mann, der halblaute Gebete murmelte.

„Bist du der Hekim?“ fragte ich ihn. „Ja.“

„Was fehlt dieser Kranken?“ – „Der Teufel ist in sie gefahren, Effendi.“ – „Torheit! Wenn der Teufel in ihr steckte, würde sie nicht vom Himmel sprechen.“ – „Effendi, das verstehst du nicht. Er hat ihr das Essen und Trinken verboten und sie schwindlig gemacht.“ – „Laßt mich sehen!“

Ich schob die Weiber beiseite und kniete neben der Kranken nieder. Diese Schakara war ein sehr schönes Mädchen.

„Herr, errette meine Tochter vom Tod“, jammerte eine der Frauen, „und wir werden dir alles geben, was wir besitzen!“ – „Ja“, bestätigte der Mann, der mich geholt hatte. „Alles, alles sollst du haben, denn Schakara ist unser einziges Kind, unser Leben.“ – „Rette sie“, ertönte eine Stimme aus dem Hintergrund des Raumes, „so sollst du Reichtum besitzen und Gottes Liebling sein!“

Ich schaute zu der Sprecherin hin und erblickte eine alte Frau, an der mein Auge mit Bewunderung hängen blieb. Sie war gewiß hundert Jahre alt, doch ihre Gestalt stand gerade und hoch aufgerichtet. Ihre Augen hatten jugendlichen Glanz; ihre Züge waren seltsam schön und weich, und von ihrem Haupt hingen schwere weiße Haarzöpfe fast bis auf den Boden herab.

„Ja, rette Schakara, rette mein Urenkelkind!“ wiederholte die Greisin, wobei sie bittend die gefalteten Hände erhob, von denen ein Rosenkranz herabhing. „Ich werde niederknien und zur Mutter Gottes beten, daß es dir gelingen möge.“

Eine Katholikin! Hier unter den Kurden und Türken!

„Bete“, antwortete ich ergriffen. „Ich werde versuchen, ob hier ein Mensch noch helfen kann.“

Die Kranke lag mit offenen, heiteren Augen da, aber ihre Pupillen waren sehr erweitert. Ihr Gesicht war stark gerötet, Atem und Puls gingen schnell, und ihr Hals bewegte sich unter einem krampfhaften Würgen. Ich fragte gar nicht, wann die Krankheit ausgebrochen sei; ich war Laie, aber ich hatte die Überzeugung, daß die Kranke Gift genossen habe.

„Hat deine Tochter gebrochen?“ fragte ich den Mann.

„Nein.“ – „Hast du einen Spiegel?“ – „Einen kleinen, hier.“ – „Gib ihn her!“

Der alte Hekim lachte heiser:

„Der böse Geist soll sich im Glas besehen!“

Ich kümmerte mich nicht um ihn und ließ das Licht der bereits niedersteigenden Sonne so auf den Spiegel fallen, daß es auf das Gesicht des Mädchens zurückgeworfen wurde. Der blendende Strahl übte keine Wirkung auf die Iris der Kranken aus.

„Wann hat deine Tochter zum letztenmal gegessen?“ fragte ich.

„Das weiß ich nicht“, erklärte der Vater. „Sie war allein.“ – „Wo?“

„Hier.“ – „Es ist kein böser Geist in Schakara gefahren, sondern sie hat Gift gegessen oder getrunken!“ – „Allah, Allah! Ist das wahr, Effendi?“ – „Ja.“ – „Glaubt es nicht!“ mahnte der Hekim. „Der Teufel ist in ihr.“ – „Schweig, alter Narr! Habt ihr Zitronen hier?“

„Nein.“ – „Kaffee?“ – „Ja.“ – „Könnt ihr Galläpfel bekommen?“

„Es wachsen viele in unseren Wäldern. Wir haben welche im Haus.“

„Macht schnell einen sehr starken, heißen Kaffee und kocht Galläpfel in Wasser. Schickt auch um Zitronen!“ – „Ha, er will den Teufel mit Galläpfeln, Zitronen und Kaffee füttern!“ wunderte sich der Hekim, indem er vor Entsetzen die Hände zusammenschlug.

Ich steckte in Ermangelung von etwas anderem den Finger in den Mund der Kranken, um sie zum Erbrechen zu reizen, wobei ich den Finger durch den Griff meines Messers vor ihren Zähnen schützte. Nach einiger Mühe gelang der Versuch, wenn auch unter schmerzlichen Anstrengungen des Mädchens. Leider war die Entleerung des Magens nicht hinlänglich.

„Gibt es eine Edschsahâne[1] in der Nähe?“ fragte ich, da ein Brechmittel notwendig war.

„In dieser Gasse.“ – „Komm schnell, führe mich!“

Wir gingen. Der Vater blieb vor einem kleinen Laden stehen.

„Hier wohnt der Kräuterhändler“, sagte er.

Ich trat in den kleinen Laden und sah mich vor einem Chaos von allerlei nötigen und unnötigen Dingen: ranzige Pomaden, Pfeifenrohre, alte vertrocknete Pflaster und Talglichter, Rhabarber und brauner Zucker in einem Kasten, Kaffeebohnen neben Lindenblüten, Pfefferkörner und geschabte Kreide, Sennesblätter in einer Büchse, auf der „Honig“ stand; Drahtnägel, Ingwer und Kupfervitriol, Seife, Tabak und Salz, Brillen, Essig, Scharpie, Spießglanz, Tinte, Hanfsamen, Gallizenstein, Zwirn, Gummi, Baldrian, Knöpfe und Schnallen, Teer, eingemachte Walnüsse, Teufelsdreck und Feigen. Alles lag hier friedlich bei-, neben-, unter-, über- und durcheinander, und dabei saß ein schmutziges Männlein, das ganz so aussah, als habe es alle diese Dinge soeben innerlich und äußerlich an sich selbst probiert.

Ich konnte glücklicherweise ein Brechmittel bekommen und nahm noch ein Fläschchen Salmiakgeist mit. Das Brechmittel wirkte nach unserer Rückkehr zur Kranken recht befriedigend. Dann gab ich ihr starken Kaffee mit Zitronensaft und später Galläpfelaufguß. Hierauf

[1] Apotheke

schärfte ich ihren Verwandten ein, sie durch Schütteln, Bespritzen mit kaltem Wasser und Riechenlassen an dem Salmiakgeist möglichst am Einschlafen zu hindern, und versprach, baldigst wiederzukommen.

Diese Behandlung war nicht fachmännisch, aber ich verstand es nicht besser, und – sie hatte Erfolg. Nun konnte ich, da die augenblickliche Gefahr gebannt zu sein schien, auch an anderes denken. Ich blickte mich im Zimmer um und sah ein kleines Körbchen in der Ecke stehen, das noch halb mit Maulbeeren gefüllt war. Dazwischen lagen mehrere – Tollkirschen!

„Willst du den bösen Geist sehen, der in die Kranke gefahren ist?" fragte ich den Hekim.

„Einen Geist kann man nicht sehen. Und selbst wenn das möglich wäre, könntest du ihn mir nicht zeigen, da du nicht an ihn glaubst. Wenn das Mädchen nicht stirbt, so hat mein Amulett geholfen."

„Hast du nicht gesehen, daß ich es ihr sofort vom Hals nahm? Hier liegt es, ich werde es öffnen." – „Das darfst du nicht!" rief er, schnell zugreifend.

„Laß ab, Alter! Meine Hand ist kräftiger als die deinige. Warum darf ich es nicht öffnen?" – „Weil ein Zauber drinnen ist. Du würdest sofort von dem Geist besessen werden, der in dem Mädchen steckt!"

„Wollen sehen!"

Der Hekim wollte es verhindern, aber ich öffnete das viereckig zusammengenähte Stück Kalbleder und – fand darin eine tote Fliege.

„Laß dich nicht auslachen mit diesem unschuldigen Tierchen", lachte ich, während ich die Fliege zu Boden fallen ließ und zertrat. „Nun, wo ist dein Geist, der mich befallen soll?" – „Warte nur, er wird kommen!" – „Ich werde dir den Teufel zeigen, der diese Krankheit verschuldet hat: Schau her! Was ist das? Du bist ein Hekim und mußt diese Beeren kennen!"

Ich hielt ihm eine Tollkirsche entgegen, und er erschrak.

„Allah sei uns gnädig! Das ist ja die Ölüm kirassy[1]! Wer sie ißt, der muß sterben!" – „Nun, von diesen Früchten hat die Kranke gegessen. Das habe ich an ihren Augen gesehen. Wer von ihnen genießt, dessen Augen werden größer. Das merke dir! Und nun mach dich von hinnen, sonst zwinge ich dich, diese Todeskirschen zu verzehren, damit du siehst, ob dir eine Sinek[2] das Leben retten wird!"

Ich nahm die Früchte in die Hand und schritt auf ihn zu. Da nahm er eilig und ohne Abschied Reißaus.

Die Anwesenden erkannten, daß ich recht hatte. Auch ohne meine Worte sagte es ihnen die günstige Veränderung im Zustand der Kranken. Sie ergingen sich in ehrfurchtsvollen Dankesbezeigungen, denen ich nur dadurch ein Ende machen konnte, daß ich mich rasch entfernte. Ich hinterließ die Weisung, mich bei einer etwaigen Verschlimmerung sofort holen zu lassen.

Als ich in meiner Wohnung anlangte, traf ich Mersinah, die soeben mit wütender Gebärde und mit einem großen Löffel in der Hand aus der Küche geschossen kam. Hinter ihr her flog ein großer, nasser Hader, der so vortrefflich gezielt war, daß er ihre kleinen, wirren

[1] Todeskirsche [2] Fliege

Knackwurstzöpfe traf und sich liebevoll um ihr ehrwürdiges Haupt schlang. Zugleich ertönte aus dem Innern der Küche die Stimme Halefs:

„Warte, alter Drache!“ rief er. „Du sollst mir nicht noch einmal über meinen guten Kaffee kommen!“

Die Alte wickelte sich aus der feuchten Umarmung des Haders heraus und ballte ihn zusammen, jedenfalls um ihn in eine rückläufige Bewegung zu versetzen. Da erblickte sie mich.

„O Emir, wie gut, daß du kommst! Errette mich von diesem wütenden Menschen!“ – „Was gibt es denn, du Rose von Amadije?“

„Hadschi Halef sagte, er hätte in deiner Büchse meinen Kaffee gefunden und in meiner Tüte den deinigen.“ – „Und das ist wohl auch wahr?“ – „Wahr? Ich schwöre es dir bei Aïscha, der Mutter aller Heiligen, daß ich deine Büchse nicht angerührt habe!“ – „So, du Großmutter aller Lügnerinnen und Spitzbuben!“ ertönte es aus der Küche. „Du bist nicht über unseren Kaffee geraten, von dem mich zweihundert Dirhem[1] fünfundzwanzig Piaster kosten? Ich werde dem Sihdi beweisen, daß ich im Recht bin.“

Halef kam aus der Küche, in der Rechten die neugekaufte Kaffeebüchse und in der Linken eine große, offene Papiertüte.

„Sihdi, du kennst den Kaffee von Harima. Such einmal, wo er ist!“

Ich unterwarf die Büchse und auch die Tüte einer eingehenden Prüfung.

„Er ist in allen beiden, aber mit schlechteren Bohnen und gedörrten Schalen vermischt.“ – „Siehst du wohl, Sihdi! Ich habe guten Harima gekauft, und hier diese Mutter und Urgroßmutter aller Räuber und Spitzbuben kocht nur schlechten Kaffee, mit Schalen vermengt. Glaubst du nun, daß sie über meine Büchse geraten ist?“

„Effendi, du bist ein gewaltiger Krieger, ein großer Gelehrter und der weiseste aller Richter“, entgegnete die ‚Myrte‘ und schwenkte dem Hadschi ihren Hader unternehmend vor der Nase herum. „Du wirst diesen Vater eines Übeltäters und Sohn eines Verleumders streng bestrafen!“

„Bestrafen?“ rief Halef erstaunt. „Auch das noch!“ – „Ja“, entschied die Alte bestimmt, „denn er ist es, der über meine Tüte geraten ist. Er hat den Kaffee vermischt, um mir und meinem Haus in deinen Augen Schande zu bereiten!“ – „O du Ausbund aller neununddreißig Laster!“ zürnte Halef ergrimmt. „Du willst es wagen, mich zum Dieb zu machen? Wärst du nicht ein Weib, so würde ich dich –“ – „Halt, Halef, zanke nicht! Ich werde ein gerechtes Urteil sprechen. Mersinah, du behauptest, Hadschi Halef Omar habe die beiden Kaffeesorten untereinandergemengt?“ – „Ja, Effendi!“ – „So hat er das Seinige zu diesem schwierigen Rechtsfall beigetragen. Nun tu du auch das Deinige und lies die Sorten wieder auseinander! Ich werde bald nachsehen, ob es geschehen ist, und dann mein Endurteil sprechen.“

Mersinah öffnete den Mund, um mir mitzuteilen, daß sie gesonnen sei, Einspruch oder Nichtigkeitsbeschwerde zu erheben, doch Halef kam ihr zuvor: „Das muß aber schnell geschehen, denn wir brauchen den Kaffee notwendig.“ – „Warum?“ fragte ich.

[1] 1½ Pfund

„Du hast ja Gäste oben!" – „Wen?" – „Drei Kurden, die auf dich warten. Der Jüngling, der dich bereits besuchte, ist dabei."

„So hole einstweilen rasch anderen Kaffee!"

Ich stieg hastig die Treppe empor, denn die zwei anderen Kurden konnten doch wohl nur die beiden Gefangenen sein. Diese Vermutung bestätigte sich. Als ich eintrat, erhoben sie sich, und mein Bekannter sprach: „Hier ist der gütige Fremdling, der euch gerettet hat! O Effendi, der Müteßellim hat deine Worte gelesen und mir den Vater und Bruder zurückgegeben!"

„Die beiden sind dein Vater und dein Bruder?"

„Ja. Ich heiße Dohub, und dieser Mann ist mein Vater, der andere mein Bruder." – „Und wie ist es mit dem Zoll und der Strafe?"

„Der Müteßellim hat uns alles erlassen, aber das Pulver und das Blei erhielten wir nicht zurück. Effendi, sag uns, wie wir dir danken sollen?" – „Kennst du den Malkoegund von Spinduri?" – „Oh, sehr gut! Seine Tochter ist das Weib unseres Bei. Er kommt oft nach Gumri, um beide zu besuchen." – „Er ist mein Freund. Ich war bei ihm, und er bat mich, Kadir Bei zu grüßen, wenn ich durch Gumri reite."

„Komm, Herr, komm zu uns! Du sollst unser verehrter Gast sein!"

„Ich werde vielleicht kommen. Bis dahin dürften wohl noch einige Tage vergehen. Der Malkoegund hat mir ein Paket übergeben, das ich Kadir Bei überreichen sollte. Es darf nicht lange hier liegenbleiben, und darum bitte ich euch, es mit nach Gumri zu nehmen. Grüßt mir den Bei und sagt ihm, ich sei sein Freund und wünsche ihm alles Gute!"

Ich wandte mich an den älteren der beiden Befreiten, denen man die Entbehrungen anmerkte, denen sie während ihrer Gefangenschaft unterworfen gewesen waren.

„Wißt ihr, wer mit euch gefangen war?" – „Nein", antwortete er. „Ich stak in einem finsteren Loch, das nur wenig Licht enthielt, und ich konnte weder etwas hören noch etwas sehen."

Seinem Sohn war es ebenso ergangen.

„Ist der Tschausch, der euch bewachte, ein böser Mann?"

„Er hat nie mit uns gesprochen. Die einzige menschliche Stimme, die wir zu hören bekamen, war die des alten Weibes, das uns das Essen brachte." – „Wie sind die Wege von hier nach Gumri?" – „Du mußt zunächst in das Tal von Berwari hinab, und zwar auf einem Pfad, der so steil ist, daß man da nicht reiten kann, sondern die Pferde am Zügel führen muß. Das Tal ist reich mit Eichen bewachsen und enthält Dörfer, die teils von Kurden und teils von nestorianischen Chaldäern bewohnt werden. Auch durch die dürre Ebene wirst du kommen, die wir Newdatsch nennen und in der das kurdische Dorf Manglana liegt. Dann erreichst du den Weiler Hajis, in dem nur einige arme Familien wohnen. Du mußt über viele Gewässer hinweg, die alle dem Sab zufließen, und erblickst endlich Gumri schon von weitem, da es auf einem hohen Felsen erbaut ist, der ganz allein in der Ebene steht."

Nach diesen und anderen notwendigen Erkundigungen lud ich die Berwari zum Essen ein. Die beiden freigewordenen Gefangenen langten mit einem Heißhunger zu, der mich wohl erkennen ließ, wie besorgt Mersinah um das leibliche Wohl ihrer Pfleglinge war. Halef brachte auch Kaffee, ein Getränk, das die Kurden am schmerzlichsten vermißt hatten, ebenso wie den Tabak, den sie nachher rauchten.

Endlich brachen die Kurden auf, eben als Selim Aga eintrat, um mir zu sagen, der Müteßellim sei bereit, mich zu empfangen. Sie nahmen herzlich Abschied von mir und schärften mir nochmals ein, daß ich nach Gumri kommen möge. Dohub nahm das Paket des Dorfältesten mit, und ich war überzeugt, daß ich mir Freunde erworben hatte, auf die ich im Fall der Not wohl sicher rechnen konnte.

Ich besuchte nun zunächst meine Patientin und wurde in dem vorderen Zimmer von ihren Eltern mit Freude empfangen.

„Wie geht es eurer Tochter?“ fragte ich.

„Oh, viel, viel besser bereits, Herr“, erwiderte der Mann. „Deine Weisheit ist fast noch größer als unser Dank, denn Schakara kann bereits wieder vernünftig reden und hat uns auch gesagt, daß sie wirklich von den Kirschen des Todes gegessen hat. Und deine Güte ist noch größer, als wir ahnten; denn ich habe erfahren, daß du kein Arzt bist, der für Lohn zu den Kranken kommt, sondern ein großer Effendi, der ein Liebling des Großherrn und des Müteßarrif ist.“ – „Wer sagt das?“ – „Die ganze Stadt weiß es bereits. Selim Aga ist deines Lobes voll, der Müteßellim hat dich in Ehren empfangen und auf deinen Befehl sogar Gefangene freigelassen. Einer sagt es dem anderen, und so haben auch wir es erfahren.“ – „Bist du ein Sohn dieser Stadt? Ich sehe, daß du doch wohl eigentlich ein Kurde bist!“ – „Du hast richtig geraten, Effendi. Ich bin ein Kurde aus Lisan und nur für kurze Zeit nach Amadije gezogen, weil ich mich daheim nicht sicher fühlte.“

„Nicht sicher? Warum?“ – „Lisan gehört zum Gebiet von Tijari und wird meist von nestorianischen Christen bewohnt. Diese Menschen haben große Bedrückungen zu erleiden gehabt, so daß es seit kurzem unter ihnen gärt, als wollten sie sich einmal aufraffen und Rache nehmen. Weil ich nun Mohammedaner bin, habe ich mich in Sicherheit gebracht und kann hier mein Geschäft in Frieden betreiben, bis die Gefahr vorüber ist.“ – „Welches Geschäft hast du?“ – „Ich kaufe Galläpfel auf und versende sie an den Tigris, von wo aus sie dann weitergehen.“

„Du bist ein Moslem und doch ist die Greisin, die ich bei dir sah, eine Christin. Wie kommt das?“ – „Effendi, das ist eine Geschichte, die mich und mein Weib sehr betrübt. Der Ahne war ein berühmter Melik[1] und nahm die Lehre von Christus, dem Gekreuzigten an. Sein Weib, die Ahne, die du gesehen hast, tat dies auch. Aber sein Sohn war ein treuer Anhänger des Propheten und trennte sich vom Vater. Der Vater starb und später auch der Sohn, der die Würde eines Melik verloren hatte. Er war arm geworden um des Propheten willen, obwohl sein Vater einer der reichsten Fürsten des Landes war. Seine Kinder blieben auch arm, und als ich mein Weib heiratete, das seine Enkelin ist, hatte sie kaum ein Kleid. Aber wir liebten einander; und Allah segnete uns; wir wurden reich.“ – „Und die Ahne?“ – „Wir hatten sie nie gesehen, bis sie uns einst in Lisan aufsuchte. Die Greisin zählte fast schon hundert Jahre, glaubte nun bald sterben zu müssen, und wollte ihre Kindeskinder einmal sehen. Seit jener Zeit hat sie uns jährlich

[1] König, Fürst

zweimal besucht. Aber wir wissen nicht, woher sie kommt und wohin sie geht.“ – „Habt ihr die alte Frau nicht gefragt?“ – „Einmal nur, aber da antwortete sie nicht und verschwand ohne Abschied. Seitdem haben wir diese Frage nie wieder ausgesprochen. Sie ist jetzt bei der Kranken. Willst du Schakara sehen?“ – „Ja, kommt!“

Ich fand die Patientin bedeutend besser. Die Röte war verschwunden, der Puls ging matt, aber ruhiger, und sie vermochte, wenn auch mit einiger Anstrengung, schon wieder geläufiger zu sprechen. Die Pupille hatte sich verengt, aber die Schlingbeschwerden waren noch vorhanden. Sie blickte mir neugierig entgegen und hob die Hand, um mir zu danken.

Ich riet, mit dem Kaffee und dem Zitronensaft fortzufahren, und empfahl dabei ein heißes Fußbad. Dann wollte ich wieder gehen. Da erhob sich die Gestalt der Alten, die bisher am unteren Ende des Lagers gekauert hatte.

„Effendi“, sagte sie, „ich habe dich für einen Hekim gehalten. Verzeih, daß ich dir Lohn versprach!“ – „Mein Lohn ist die Freude, dir dein Urenkelkind erhalten zu dürfen.“ – „Gott hat deine Hand gesegnet, Effendi. Er ist mächtig in dem Schwachen und barmherzig in dem Starken. Wie lange wird die Kranke noch leidend sein?“ – „Einige Tage werden genügen, ihre gegenwärtige Schwäche zu überwinden.“

„Effendi, ich lebe, aber nicht in mir, sondern in diesem Kind. Ich bin vor langen, langen Jahren gestorben, aber ich stand wieder auf in der, die ich vor jedem Schaden des Leibes und der Seele bewahrt sehen möchte. Du hast nicht ihr allein, sondern auch mir das Leben erhalten, und du weißt nicht, wie gut das für viele ist. Du wirst wiederkommen?“

„Ja, morgen.“ – „So brauche ich dir heute weiter nichts zu sagen.“

Die Greisin wandte sich ab und setzte sich wieder an ihren früheren Platz. Sie sprach so dunkel und war selbst für ihre Verwandten ein Rätsel. Ich hätte mir Zeit genug wünschen mögen, dieses Rätsel zu lösen.

8. *Amad el Ghandur*

Als ich zum Kommandanten kam, waren alle seine Beamten und auch Offiziere der Besatzung bereits um ihn versammelt. Es gab also große Gesellschaft. Ich erhielt den Ehrenplatz an seiner Seite. Wir befanden uns in einem größeren Zimmer, das einem kleinen Saal glich. Hier wäre Raum genug zur freien Bewegung gewesen, aber ein jeder saß still an seinem Platz, rauchte seine Pfeife, trank seinen Kaffee und flüsterte leise mit seinem Nachbar. Wenn aber der Müteßellim ein lautes Wort sagte, so neigten alle lauschend die Häupter, wie vor einem mächtigen Herrscher.

Auch meine Unterredung mit Ismaïl Bei wurde leise geführt. Nach einigen Weitschweifigkeiten sagte er:

„Ich habe schon gehört, daß du heute ein Mädchen heiltest, das vom Teufel besessen war. Mein Hekim hat ihn hineinfahren sehen; er verlangte, daß ich dich fortschicken soll, weil du ein Gaukler bist."

„Dein Hekim ist ein Tor. Das Mädchen hatte eine giftige Frucht gegessen, und ich gab ihr ein Mittel, wodurch das Gift unwirksam gemacht wurde. Von dem Teufel oder einem Geist war keine Rede."

„So bist du ein Hekim?" – „Nein. Du weißt ja, wer und was ich bin. Aber im Westen von hier, weit über Stambul hinaus, da, wo ich geboren bin, hat jedermann mehr Kenntnisse von den Krankheiten und ihrer Behandlung, als dein Hekim, der den Teufel durch eine tote Fliege vertreiben wollte."

Der Müteßellim tat, als hätte er meine Antwort nicht gehört, und erkundigte sich weiter: „So kennst du alle Krankheiten?"

„Alle!" erklärte ich entschieden.

„Und kannst auch alle Tränke machen?" – „Alle!" – „Gibt es auch Tränke, die ein guter Moslem nicht trinken darf?" – „Ja. Die trunkenmachenden, deren Genuß der Prophet verboten hat, zum Beispiel Wein." – „Wein ist aber auch eine Medizin?" – „Ja, eine sehr wichtige sogar." – „Wann wird sie getrunken?" – „Bei gewissen Krankheiten des Blut- und Nervensystems sowie der Verdauung als Stärkungs- oder Anregungsmittel."

Wieder stockte die Unterhaltung. Die Anwesenden begannen wieder leise untereinander zu flüstern, und nach einer Weile wandte sich der Müteßellim wieder leise an mich: „Effendi, ich bin sehr krank!"

„Ist es möglich? Allah gebe dir deine Gesundheit zurück!"

„Er wird es vielleicht tun, denn ich bin ein guter Moslem und ein treuer, frommer Anhänger des Propheten." – „An welcher Krankheit leidest du?“ – „Ich habe bereits viele Ärzte gefragt. Sie sagen alle, daß ich an gewissen Krankheiten des Blut- und Nervensystems sowie der Verdauung leide.“

Ich konnte mich kaum beherrschen, Ismaïl Bei nicht ins Gesicht zu lachen. Darum also diese eigentümliche Einleitung, die sich um den Kern der Sache herum bewegt hatte.

„Haben dir deine Ärzte Mittel gegeben?“ forschte ich.

„Ja, aber diese Mittel haben nicht geholfen. Diese Männer waren nicht so klug und unterrichtet wie du. Meinst du nicht, daß ich der Anregung und der Stärke bedarf?“ – „Ich bin überzeugt davon.“

„Würdest du mir ein solches Mittel geben?“ – „Ich darf nicht. Der Prophet verbietet es.“ – „Der Prophet hat nicht gewollt, daß die wahren Gläubigen am System des Blutes und der Nerven zugrunde gehen sollen. Hast du den Koran aufmerksam gelesen?“ – „Sehr aufmerksam.“

„So sag mir, ob du darin eine einzige Arznei gefunden hast, die verboten wird!“ – „Keine! Aber ich habe die Sachen nicht, die ich zur Zubereitung brauche.“ – „Du weichst aus, denn du hast sie!“ – „Woher solltest du das wissen?“ – „Dein Diener hat heute solche Dinge gekauft.“

Ah, der Müteßellim ließ uns beobachten! Er wußte bereits, daß der kleine Hadschi für den Engländer Wein geholt hatte. Wir mußten vorsichtig sein, wenn unser Vorhaben nicht verraten werden sollte!

„Es gehört mehr dazu, als das, was mein Diener kaufte“, versicherte ich.

„Das wenige ist besser als gar nichts. Eben weil ich sehr schwach bin, darfst du nicht viele Dinge zusammenmischen. Willst du mir eine einfache Stärkung senden?“ – „Gut. Du sollst sie haben!“ – „Wieviel?“

„Eine Arzneiflasche voll.“ – „Effendi, das ist viel zu wenig. Ich bin Kommandant und ein langer Mann; der Trank wird alle sein, ehe er durch den ganzen Körper gekommen ist. Siehst du das ein?“

„Ich sehe es ein, darum werde ich dir eine große Flasche senden.“

„Eine? Nimmt ein Kranker nur einmal Arznei?“ – „Nun wohl, du sollst zwei haben.“ – „Laß mich täglich einmal nehmen, eine Woche lang!“ – „Müteßellim, ich fürchte, du wirst dann zu stark werden.“

„O Effendi, das hast du nicht zu befürchten.“ – „So wollen wir es mit einer Woche versuchen.“ – „Aber eine Bitte erfüllst du mir dabei.“

„Welche Bitte?“ – „Ein Müteßellim darf seine Untergebenen niemals wissen lassen, daß er ein krankes System der Nerven und der Verdauung hat.“ – „Das ist richtig.“ – „Also wirst du diese Arznei so gut einpacken, daß niemand sieht, was in den Flaschen enthalten ist.“

„Ich werde dir diesen Wunsch erfüllen.“ – „Hast du auch kranke Nerven, Effendi?“ – „Nein. Warum fragst du so?“ – „Weil du dir dieses Mittel auch kaufen ließest.“ – „Es war nicht für mich.“ – „Für wen sonst? Für den stummen Hadschi Lindsay Bei?“ – „Du sagtest vorhin, ein Müteßellim dürfe nicht wissen lassen, daß er ein krankes System habe. Es gibt auch andere Männer, die das nicht wissen lassen dürfen.“ – „Oder war es für den dritten Mann, der sich gar nicht sehen läßt? Er muß sehr krank sein, weil er nicht aus seiner Stube kommt.“

Das klang wie ein Verhör. Der Müteßellim wollte sich nach Mohammed Emin erkundigen.

„Ja, er ist krank", erwiderte ich.

„Woran leidet er?" – „An einer Krankheit des Herzens." – „Kannst du ihn heilen?" – „Ich hoffe es." – „Ich bedauere, daß du ihn wegen seiner Krankheit nicht mitbringen konntest. Er ist ein Freund von dir?"

„Ein sehr guter Freund." – „Wie lautet sein Name?" – „Den darf ich dir heute noch nicht nennen. Mein Freund will dir eine Überraschung bereiten." – „Ah!" meinte Ismaïl Bei neugierig. „Eine Überraschung? Wann?" – „Sobald seine Krankheit geheilt ist." – „Wie lange dauert das noch?" – „Hoffentlich nur einige Tage." – „Soll ich ihn nicht lieber besuchen, da er nicht zu mir kommen kann?"

„Dieser Besuch würde ihn zu sehr aufregen. Herzkrankheiten sind oft lebensgefährlich. Das wirst du wohl wissen." – „So muß ich warten."

Wieder versank der Bei in Schweigen. Dann begann er von neuem:

„Weißt du, daß du mir ein Rätsel bist?" – „Du mir auch." – „Warum?"

„Weil du mich rätselhaft findest. Sag mir, ob es bereits jemand gewagt hat, so klar und offen, so aufrichtig und ohne Furcht mit dir zu reden wie ich!" – „Das ist wahr, Effendi! Keiner! Ich wollte es auch keinem anderen raten. Du aber stehst im Schatten des Großherrn und bist mir vom Müteßarrif warm empfohlen worden. Da dulde ich es." – „Und bei all dieser Offenheit bin ich dir doch ein Rätsel?"

„Trotzdem." – „Ich will dir helfen, es zu lösen. Frage mich!" – „Ich möchte vor allen Dingen wissen, wie du in den Schutz des Großherrn gekommen bist, wie der Großherr über mich denkt und was er für Pläne hat mit dir und mir. Aber dazu ist heute keine Zeit. Wir werden davon morgen reden, wenn wir allein sind."

Das war mir lieb. Überhaupt hörte jetzt die Unterhaltung auf, da ein Meddâh[1] eingelassen wurde, den der Kommandant zur Unterhaltung seiner Gäste bestellt hatte. Die Pfeifen wurden von neuem gestopft und angebrannt, die Tassen wieder gefüllt, und dann lauschte man andächtig den Worten des Erzählers.

Er stellte sich in die Mitte des Raumes und berichtete mit singender Stimme die tausendmal gehörten Geschichten von Abu Ssabr, dem schiefmäuligen Schulmeister, dem Liebessklaven Ganem, von Nureddin Ali und Bedreddin Hassan. Dafür erhielt er zwei Piaster und konnte gehen.

Dann erhob sich der Müteßellim, zum Zeichen, daß die Gesellschaft beendet sei. Man sagte sich einige Höflichkeiten, verbeugte sich gegenseitig und war dann froh, dem Kommandanten, dem Kara Ben Nemsi Effendi, dem Tabak und Kaffee, und dem Meddâh glücklich entronnen zu sein. Ich hatte nachträglich das Vergnügen, von Selim Aga nach Hause begleitet zu werden.

„Effendi, erlaube, daß ich deinen Arm nehme!" bat er.

„Da hast du ihn." – „Ich weiß, daß ich das eigentlich nicht tun sollte, denn du bist ein weiser Mann und ein Liebling des Propheten. Aber ich habe dich lieb, und du mußt bedenken, daß ich ein tapferer Aga bin, der diese Festung nötigenfalls gegen fünfzigtausend Feinde verteidigen würde." – „Das weiß ich. Auch ich habe dich gern. Komm, laß uns gehen!" – „Wer ist das?"

[1] Märchenerzähler

Selim Aga deutete dabei auf eine Gestalt, die hinter einer Ecke gelehnt hatte, nun an uns vorüberstrich und schnell im Dunkel der Häuser verschwand. Ich erkannte den Mann. Es war der Arnaut, der uns angefallen hatte, doch zog ich es vor, ihn nicht zu erwähnen.

„Es war wohl einer deiner Arnauten“, meinte ich.

„Ja, aber ich habe dieses Gesicht noch nicht gesehen.“ – „Das Licht des Mondes täuscht.“

Damit war die Sache abgetan. Nach einer Pause begann Selim Aga wieder: „Weißt du, Effendi, was ich dir jetzt sagen will?“ – „Was?“

„Hm! Ich bin krank.“ – „Was fehlt dir?“ – „Ich leide am System der Nerven und des Blutes.“ – „Selim Aga, ich glaube, du hast gehorcht!“

„O nein, Effendi. Ich mußte euer Gespräch hören, da ich als der nächste neben dem Müteßellim saß.“ – „Jedoch so weit entfernt, daß du lauschen mußtest!“ – „Soll man nicht lauschen, wenn von einer Stärkung die Rede ist, die man selber notwendig braucht?“

„Du willst sie doch nicht etwa von mir verlangen!“ – „Wohl von dem alten Hekim? Der würde mir Fliegen geben.“ – „Willst du sie in einer Arzneiflasche oder in einer großen Flasche?“ – „Du willst sagen, in einigen großen Flaschen!“ – „Wann?“ – „Jetzt, wenn es dir gefällig ist.“ – „So laß uns eilen, daß wir heimkommen!“ – „O nein, Effendi, denn da ist mir Mersinah im Weg! Sie darf nicht wissen, daß ich ein krankes System habe.“ – „Aber sie sollte es doch wissen, da sie dir die Speisen bereitet.“ – „Mersinah würde die Medizin an meiner Stelle trinken. Ich weiß einen Ort, wo man diesen Trank in Ruhe und Sicherheit genießen kann.“ – „Wo?“ – „Effendi, ein solcher Ort ist allemal bei einem Juden oder bei einem Griechen; nie bei einem Rechtgläubigen. Hast du dies noch nicht bemerkt?“ – „Hm! Das stimmt. Aber man wird dich sehen, und dann erfährt die ganze Stadt, daß du dich nicht ganz auf dein System verlassen kannst.“ – „Nur wir beide werden einander sehen. Dieser Jude hat eine kleine Stube, in die nicht einmal der Mond hineinblicken kann.“ – „So komm! Nur laß uns vorsichtig sein, daß wir nicht beobachtet werden!“

Also wieder ein Angriff auf meinen Geldbeutel! Übrigens war es mir recht, den Aga als einen Moslem kennenzulernen, dem zwar der Wein, nicht aber die Arznei verboten ist, die aus dem Blut der Trauben gekeltert wird. Ein kleines Räuschchen des Aga konnte mir Vorteile bringen.

Nachdem wir einige enge, winklige Gäßchen durchschritten hatten, hielten wir vor einem kleinen, armseligen Häuschen, dessen Tür nur angelehnt war. Wir traten in den dunklen Flur, wo Selim Aga in die Hände klatschte. Sogleich erschien eine krumme Gestalt mit einem echt israelitischen Gesicht und leuchtete den Aga an.

„Ihr seid es, Hoheit? Gott Abrahams, bin ich erschrocken, als ich im Haus zwei Gestalten stehen sah, statt der Eurigen, die ich alle Tage gewohnt bin, zu empfangen mit Vergnügen und tiefer Untertänigkeit!“ – „Mach auf, Alter!“ – „Mach auf? Was? Die kleine oder die große Stube?“ – „Die kleine!“ – „Bin ich auch sicher, daß dieser Mann, der die Ehre hat, mit Euch in mein Haus zu kommen, nicht von Dingen redet, die aus Barmherzigkeit geschehen und doch nicht besprochen werden sollen, weil mich dann der mächtige Müteßellim bestrafen würde?" – „Du bist sicher. Öffne, oder ich mache mir selbst auf!"

Der Alte schob einige Bretter zur Seite, hinter denen eine Tür zum Vorschein kam. Sie führte in ein sehr kleines Gemach, dessen Boden mit einer zerrissenen Bastmatte belegt war. Einige Mooskissen bildeten die Sitzgelegenheiten.

„Soll ich die Lampe anbrennen?" – „Natürlich!" – „Was werden die Herren zu trinken begehren?" – „Wie immer!"

Jetzt brannten zwei Flammen, und der Wirt konnte mich, der ich bisher stets hinter Selim gestanden hatte, nun besser betrachten.

„Chatyr i Musa[1], das ist ein Emir und ein großer Held des Krieges! Ist doch behängt mit glänzenden Waffen und hat einen Byjyk[2] wie Jehoschuah, der Eroberer des Landes Kanaan. Da darf ich nicht den gewöhnlichen bringen, sondern muß ich in eine Ecke des Kellers gehen, wo da ein Trank vergraben liegt, den nicht ein jeder bekommt."

„Was für welcher ist es?" fragte ich.

„Es ist Wein von Türbedi Haidari, aus einem Land, das niemand kennt und wo Trauben wachsen, deren Beeren wie die Äpfel sind und deren Saft die Mauern einer ganzen Stadt umreißen kann."

„Bring eine Flasche!" befahl der Aga.

„Nein, bring zwei Krüge! Du mußt nämlich wissen, daß der Wein von Türbedi Haidari in großen Tonkrügen aufbewahrt und aus kleinen Krügen getrunken wird", sagte ich.

„Du kennst ihn?" fragte der Jude.

„Ich habe ihn oft getrunken." – „Wo liegt dieses Land?" – „Der Name, den du nanntest, ist der Name einer Stadt, die in Terbidschan in Persien liegt. Der Wein ist gut, und ich hoffe, daß du ihn zu behandeln verstanden hast. Was kostet er?" – „Du bist ein vornehmer Herr, darum sollst du ihn halb umsonst haben. Du wirst dreißig Piaster für den Krug bezahlen." – „Das ist halb umsonst? Bring die zwei Krüge, damit ich ihn koste! Dann werde ich dir sagen, wieviel ich gebe."

Der Alte ging. In einer Ecke lehnten einige Pfeifen neben einem Kästchen mit Tabak. Wir setzten uns und griffen zu den Pfeifen, die ohne Spitze waren. Ich zog mein Mundstück aus der Tasche und schraubte es an. Dann versuchte ich den Tabak. Es war ein guter Perser.

„Was ist drüben auf der anderen Seite des Hauses, Selim Aga?" fragte ich.

„Ein Spezereiladen und eine Kaffeestube. Hinten ist eine Opiumbude und eine Weinschenke für das Volk. Hier aber dürfen nur vornehme Herren eintreten", erklärte er mit selbstgefälliger Miene.

Ich kann sagen, daß ich mich auf diesen Wein freute. Er ist ein roter, dicker und ungemein starker Naturwein, von dem drei Schluck genügen, um einen Menschen, der noch nie Wein getrunken hat, in einen gelinden Rausch zu versetzen. Selim liebte das Getränk Noahs, aber ich war überzeugt, daß ihn der Krug bald überwältigen werde.

Da kam der Wirt mit zwei Krügen, von denen jeder vielleicht einen Liter faßte. Hm, armer Selim Aga! Ich versuchte einen Schluck. Der Wein hatte auf der Reise gelitten, ließ sich aber trinken.

[1] Um Mosis willen [2] Schnurrbart

„Nun, Hoheit, wie ist er?" fragte der Alte.
„Er ist so, daß ich dir für den Krug zwanzig Piaster geben werde."
„Herr, das ist viel zuwenig geboten! Für zwanzig Piaster werde ich meinen Wein wieder mitnehmen und dir einen anderen bringen."
„Dort, wo er wächst, gebe ich nach hiesigem Geld für diesen Krug vier Piaster. Du siehst, ich will gut bezahlen, aber wenn dir das nicht genügt, so nimm ihn wieder mit!"
Ich stand auf.
„Was soll ich bringen?" – „Keinen! Ich trinke nur diesen für zwanzig Piaster, den du mir auch für fünfzehn ließest. Bekomme ich ihn nicht, so gehe ich, und du magst ihn selbst trinken." – „So wird ihn die Hoheit des Selim Aga trinken." – „Er wird mit mir gehen." – „Gib neunundzwanzig!" – „Nein." – „Achtundzwanzig!" – „Gute Nacht, Alter!"
Ich öffnete die Tür.
„Komm her, Effendi! Du sollst ihn doch für zwanzig Piaster haben, weil es mir eine Ehre ist, dich in meinem Haus zu haben."
Der Handel war also abgeschlossen, und jedenfalls zur Zufriedenheit des Alten, der sich, nachdem ich ihm das Geld gegeben hatte, mit verstecktem Schmunzeln entfernte. Der Aga kostete ein wenig und tat dann einen tiefen Zug.
„Wallah, Billah, Tallah! Solchen Wein habe ich noch nicht bekommen. Glaubst du, daß er für ein krankes System gut ist, Effendi?"
„Sehr gut." – „Oh, wenn das die ‚Myrte' wüßte!" – „Hat sie auch ein krankes System?" – „Ein sehr durstiges, Effendi."
Selim tat einen zweiten und nachher einen dritten Zug.
„Das ist kein Wunder", meinte ich. „Sie hat sehr viel zu sorgen und zu arbeiten." – „Für mich nicht. Das weiß Allah." – „Aber für deine Gefangenen." – „Sie bringt ihnen täglich einmal Essen: Brot und Mehlwasser." – „Wieviel gibt dir der Müteßellim für jeden Gefangenen?"
„Dreißig Para täglich."
Also fünfzehn Pfennig ungefähr! Davon blieb sicherlich noch die Hälfte in den Händen Selims.
„Und was erhältst du für die Beaufsichtigung?" – „Zwei Piaster täglich, die ich aber noch niemals bekommen habe. Ist es da ein Wunder, daß ich diese schöne Arznei noch nicht kenne?"
Der Aga tat abermals einen Zug.
„Zwei Piaster? Das ist sehr wenig, zumal dir die Gefangenen vermutlich viel Mühe machen." – „Mühe? Gar keine! Was soll ich mir mit diesen Halunken für Mühe geben? Ich gehe täglich einmal ins Gefängnis, um nachzusehen, ob vielleicht einer gestorben ist. Das ist alles."
„Zu welcher Zeit tust du das?" – „Wann es mir paßt." – „Auch des Nachts?" – „Ja, wenn ich es am Tage vergessen habe und ausgegangen war. Wallahi, da fällt mir ein, daß ich heute noch nicht dortgewesen bin!" – „Meine Ankunft hat dich gestört." – „Das ist wahr, Effendi."
„So mußt du nachsehen?" – „Die Kerle sind es nicht wert, daß ich mich ihretwegen bemühe." – „Richtig! Aber du wirst dir dann auch nichts vergeben? Du bist doch ein Aga, bist Offizier. Deine Arnauten müssen Angst vor dir haben. Nicht?" – „Ja, das müssen sie. Bei Allah, das müssen sie!" beteuerte er.

„Auch der Tschausch, der im Gefängnis ist!“ – „Auch er. Natürlich! Dieser Kerl ist überhaupt widerspenstig. Er muß Angst haben!“

„So mußt du ihn gut beaufsichtigen, mußt ihn zuweilen überraschen, um zu sehen, ob er im Dienst pünktlich ist, sonst wird er dich niemals fürchten!“ – „Das werde ich. Ja, bei Allah, ich werde es!“ – „Wenn er sicher ist, daß du nicht kommst, so sitzt er vielleicht beim Kahwedschi[1] oder bei den Tänzerinnen und lacht dich aus.“ – „Das sollte er wagen! Ich werde ihn überraschen, morgen oder heute noch. Effendi, willst du ihn mit mir überraschen?“

Ich hütete mich wohl, einen Zweifel darüber merken zu lassen, ob ich überhaupt das Recht hätte, in dem Gefängnis Zutritt zu nehmen. Im Gegenteil, ich tat so, als erwiese ich dem Aga mit meiner Begleitung eine Ehre.

„Ist so ein Kerl es wert, daß er das Angesicht eines Effendi sieht?“ meinte ich.

„Du begleitest mich doch nicht um seinet-, sondern um meinetwillen.“ – „Dann muß mir aber auch die Ehre erwiesen werden, die einem Effendi gebührt.“ – „Das versteht sich! Es wird so sein, als begleitete mich der Müteßellim selbst. Du sollst das Gefängnis inspizieren.“ – „Gut. So gehe ich mit.“

Selim Aga hatte nur noch eine kleine Neige im Krug, und ich hatte mit ihm gleichen Schritt gehalten. Seine Augen waren kleiner geworden, und die Spitzen seines Schnurrbartes standen auf Krakeel.

„Wollen wir uns noch einen Krug kommen lassen?“ fragte ich ihn.

„Nein, Effendi, wenn es dir beliebt. Ich dürste danach, diesen Tschausch zu überraschen. Wir werden morgen wieder hierhergehen.“

Der Tschausch wurde wohl nur vorgeschoben, in Wirklichkeit aber mochte der gute Aga die Gefährlichkeit des Weins aus Türbedi Haidari bereits verspüren. Er legte die Pfeife fort und erhob sich ein wenig unsicher.

„Wie war der Tabak, Effendi?“ erkundigte er sich.

Ich ahnte den Grund dieser Frage und erwiderte deshalb:

„Schlecht. Er macht Kopfschmerzen und Schwindel.“ – „Bei Allah, du hast recht. Dieser Tabak schwächt das System des Blutes und der Nerven, während man es doch stärken wollte. Komm, laß uns gehen!“

Selim klatschte in die Hände. Das war das Zeichen für den Juden, daß wir aufbrachen. Dann traten wir ins Freie.

„Effendi, gib mir deinen Arm!“ bat der Aga. „Du weißt, ich liebe dich!“

Es war aber wohl weniger die Liebe, als vielmehr die Schwächung seines Systems, die ihn bewog, diese Bitte auszusprechen; denn als ihm die frische Abendluft entgegenwehte, verriet er sichtbar die Neigung, rechts und links zu verwechseln.

„Nicht wahr, Mohammed war ein gescheiter Kerl, Effendi?“ fragte der Aga so laut, daß ein eben Vorübergehender stehenblieb, um uns erstaunt in Augenschein zu nehmen.

„Warum?“ – „Weil der Prophet die Arzneien nicht verboten hat. Hätte er auch das noch getan, so müßte man aus den Trauben Tinte

[1] Kaffeewirt

machen. Weißt du, wo das Gefängnis liegt?" – „Hinter deinem Haus." – „Du hast immer recht, Effendi. Aber wo liegt unser Haus?"

Das war nun eine jener leichten Fragen, die sich doch sehr schwer beantworten lassen, wenn nicht die Antwort ebenso albern sein soll wie die Frage.

„Gerade vor dem Gefängnis, Aga."

Er blieb stehen oder versuchte vielmehr stillzustehen, und sah mich überrascht an.

„Effendi, du bist ein ebenso gescheiter Kerl wie der alte Mohammed. Nicht? Dieser Tabak ist mir so ins Gehirn gefahren, daß ich hier rechts das Gefängnis sehe und dort links ebenfalls. Welches ist das richtige?"

„Keins von beiden. Da rechts steht eine Eiche, und das da oben links, das ist eine Wolke." – „Eine Wolke? Allah! Erlaube, daß ich dich ein wenig fester halte!"

Der wackere Aga führte mich und zeigte dabei jenes eigenartige, unwillkürliche Bestreben, das man in einigen Gegenden Deutschlands eine Lerche schießen nennt. So kamen wir ziemlich schnell voran, und es gelang mir endlich, ihn vor das Gebäude zu bringen, das ich für das Gefängnis hielt, obgleich ich es von seiner vorderen Seite noch nicht gesehen hatte.

„Ist dies der Sindan[1]?" fragte ich ihn.

Selim Aga schob den Turban ins Genick und blickte sich nach allen Seiten um.

„Hm! Es sieht ihm ähnlich. Effendi, bemerkst du niemand in der Nähe, den man fragen kann? Ich habe dich so fest halten müssen, daß es mir vor den Augen flimmert, und das ist schlimm; denn die Häuser sprangen an mir vorbei wie eine galoppierende Karawane."

„Ich sehe keinen Menschen. Es muß das Gefängnis sein!"

„Wir wollen einmal probieren!"

Der Aga fuhr mit der Hand in seinen Gürtel und fingerte nach etwas, das er nicht finden konnte.

„Was suchst du?" – „Den Schlüssel zur Gefängnistür." – „Hast du ihn bei dir?" – „Stets! Lang du doch einmal her und sieh, ob du ihn findest!"

Ich suchte und fand den Schlüssel sofort. Man mußte ihn beim ersten Griff fühlen, denn er war so groß, daß man ihn mit einer Bärenkugel hätte laden können.

„Hier ist er. Soll ich öffnen?" – „Ja, komm! Aber ich denke mir, daß du das Loch nicht finden wirst, denn dein System hat sehr gelitten."

Der Schlüssel paßte, und bald knarrte die Tür in ihren Angeln.

„Gefunden!" meinte der Aga der Arnauten. „Diese Töne kenne ich genau. Laß uns eintreten!" – „Soll ich die Tür wieder zuschließen?"

„Natürlich! In einem Gefängnis muß man vorsichtig sein."

„Rufe den Schließer!" – „Den Tschausch? Wozu?" – „Er soll uns leuchten." – „Fällt mir nicht ein. Wir wollen den Schurken doch überraschen." – „Dann mußt du leiser sprechen!"

Selim wollte vorwärts, stolperte aber so, daß er gefallen wäre, wenn ich ihn nicht mit beiden Händen gehalten hätte.

„Was war das? Effendi, wir sind in ein fremdes Haus geraten."

[1] Gefängnis

„Wo ist der Raum, in dem sich der Tschausch aufhält? Liegt er zu ebener Erde?“ – „Nein, eine Treppe hoch.“ – „Und wo führt die Treppe hinauf, hinten oder vorn?“ – „Hm! Wo war es nur? Ich glaube, vorn. Man muß von der Tür aus noch sechs bis acht Schritte gehen.“

„Rechts oder links?“ – „Ja, wie stehe ich denn? Hüben oder drüben? O Effendi, du kannst die Arznei nicht gut vertragen; denn du hast mich so schief gestellt, daß dieser Hausflur nicht geradeaus läuft, sondern von unten hinauf.“ – „So komm her! Hinter dir ist die Tür. Hier ist rechts, und da ist links. An welcher Seite nun geht die Treppe empor?“

„Hier links.“

Wir schritten vorsichtig weiter, und mein tastender Fuß stieß wirklich bald an die unterste Stufe einer Treppe.

„Das sind die Stufen, Aga!“ – „Ja, das sind sie. Falle nicht, Effendi! Du warst noch nie in diesem Haus. Ich werde dich sorgfältig geleiten.“

Selim hing sich schwer an mich, so daß ich ihn die mir unbekannte Treppe förmlich emportragen mußte.

„Jetzt sind wir oben. Wo ist die Stube des Tschausch?“ – „Rede leiser! Ich höre schon. Rechts die erste Tür ist es.“

Er zog mich fort, aber geradeaus statt rechts. Ich schwenkte ihn also herum und fühlte nach einigen Schritten die Tür, die ich tastend untersuchte.

„Ich fühle zwei Riegel, aber kein Schloß.“ – „Es gibt keins.“ – „Die Riegel sind vorgeschoben.“ – „Dann sind wir am Ende doch in ein falsches Haus geraten!“ – „Ich werde öffnen.“ – „Ja, tu es, damit ich erfahre, woran ich bin!“

Ich schob den schweren Riegel zurück. Die Tür ging nach außen auf. Wir traten ein.

„Gibt es ein Licht in der Stube des Tschausch?“ – „Ja. Die Lampe steht mit einem Feuerzeug links in einem Mauerloch.“

Ich lehnte den Angetrunkenen an die Wand und suchte. Das Loch nebst Lampe und Feuerzeug wurde entdeckt, und bald hatte ich Licht.

Der Raum war eng und klein. Eine Binsenmatte lag auf der Diele. Sie diente als Möbel für alles. Ein zerbrochener Napf, ein Paar zerrissene Schuhe, ein Pantoffel, ein leerer Wasserkrug und eine Peitsche standen und lagen am Boden herum.

„Nicht da! Wo steckt dieser Mensch?“ fragte der Aga.

„Er wird bei den Arnauten sein, die auch hier wachen müssen.“

Der Aga nahm die Lampe und wankte voran, stieß aber an den Türpfosten.

„Schiebe mich nicht, Effendi! Komm, halte du die Lampe! Ich will dich lieber führen, sonst könntest du mich die Treppe hinabwerfen. Ich liebe dich und bin dein Freund, dein bester Freund; darum rate ich dir, nie wieder diese persische Arznei zu trinken. Sie macht dich ganz gewalttätig.“

Ich mußte allerdings einige Gewalt anwenden, um den Bezechten unbeschädigt hinabzubringen. Als wir vor der bezeichneten Tür anlangten, war auch sie verschlossen, und als wir sie öffneten, fanden wir auch diesen Raum leer. Er glich mehr einem Stall als einer Wohnung von Menschen und ließ Trauriges über die Zellen der Gefangenen ahnen.

„Auch fort! Effendi, du hattest recht. Diese Schurken sind fortgelaufen, statt zu wachen. Aber sie sollen mich fürchten lernen. Ich lasse ihnen die Bastonade geben. Ja, ich lasse sie sogar aufhängen!"

Selim Aga versuchte, die Augen zu rollen, aber er brachte es nicht fertig; der Wein wirkte je länger, desto kräftiger; sie fielen ihm fast zu.

„Was tun wir nun, Effendi?" – „Ich an deiner Stelle würde warten, um die Arnauten zu empfangen, wie sie es verdient haben."

„Freilich werde ich das tun." – „Aber wo warten wir? Hier oder oben?"

„Hier. Ich steige nicht erst wieder hinauf. Du wirst mir zu schwer, Effendi. Sieh, wie du wankst! Setz dich nieder!" – „Ich denke, wir wollen die Gefängniszellen inspizieren?" – „Ja, das wollen wir", sagte er gähnend. „Aber diese Menschen sind es nicht wert. Es sind lauter Spitzbuben, Diebe und Räuber, Kurden und auch ein Araber, der Schlimmste von allen." – „Wo steckt dieser Kerl?" – „Hier, nebenan, weil er am schärfsten bewacht werden soll. So setz dich doch!"

Ich ließ mich neben Selim nieder, obgleich der Boden nur aus hartgestampftem Lehm bestand und recht unsauber war. Der Aga gähnte abermals.

„Bist du müde?" fragte er mich.

„Ein wenig." – „Darum gähnst du so. Schlafe, bis sie kommen! Ich werde dich wecken. Wallahi, du bist ganz schwach und hinfällig geworden! Aber ich werde es mir so bequem wie möglich machen."

Selim Aga streckte sich, stemmte den Ellenbogen auf und legte den Kopf in die Hand. Eine lautlose Stille trat ein, und nach einer kleinen Weile sank der Kopf vollends nieder – der Herr des Gefängnisses schlief.

Wie oft hatte ich gelesen, daß ein Gefangener durch einen Rausch seiner Wächter befreit worden sei, und mich über diesen verbrauchten Schriftstellertrick geärgert! Und jetzt befand ich mich selbst infolge eines Rausches des obersten Hüters im Besitz aller Gefangenen. Sollte ich Amad el Ghandur Tür und Tor öffnen? Das wäre wohl unklug gewesen. Wir waren nicht darauf vorbereitet, augenblicklich die Stadt zu verlassen. Am Stadttor standen die Wachen, die sicher Verdacht geschöpft hätten. Auf den armen Aga wäre die ganze Schuld gefallen, und ich mußte offen als der Täter bezeichnet werden, was mir große Gefahr bringen oder wenigstens später viele Ungelegenheiten bereiten konnte. Es war jedenfalls besser, den Gefangenen so verschwinden zu lassen, daß sein Entkommen unaufgeklärt blieb. Ich beschloß also, heute mit dem Haddedihn nur zu sprechen, und die Flucht erst später zu bewerkstelligen.

Der Aga lag am Boden und schnarchte laut bei offenstehendem Mund. Ich rüttelte ihn erst sanft und dann stärker am Arm. Er erwachte nicht. Nun ergriff ich die Lampe und verließ die Stube, deren Tür ich leise zumachte. Auch einen Riegel schob ich vor, um auf keinen Fall überrascht zu werden. Ich hatte bereits vorhin achtgegeben und bemerkt, daß alle Türen ohne Schlösser und nur mit zwei Riegeln versehen waren. Einen Schlüssel zur Zelle brauchte ich also nicht.

Es war mir doch ein wenig seltsam zumute, als ich allein draußen im Gang stand, dessen Finsternis von dem kleinen Licht der Lampe kaum durchdrungen wurde. Aber ich war auf alles gefaßt. Wäre ein zwingender Umstand eingetreten, so hätte ich alles gewagt, um nicht ohne den Gefangenen fortzukommen. Ich schob den Riegel zurück, öffnete und ließ die Tür weit offenstehen, um jeden Laut vernehmen zu können, nachdem ich eingetreten war.

Ja, es war ein Loch, das ich da erblickte! Ganz jäh fiel der Fußboden hart hinter der Tür etwa einen Meter hinab. Die Zelle hatte ungefähr eine Länge von vier und eine Breite von zwei Schritten und zeigte weder Tünche noch Holz- oder Lehmboden. Oben, dicht unter der Decke war eines jener Löcher angebracht, die ich am Tag von außen bemerkt hatte. Außer einem Napf mit Wasser, wie man ihn einem Hund vorsetzt, sah ich nichts als den Gefangenen in dieser Höhle.

Er hatte auf der feuchten, dumpfen Erde gelegen, war aber bei meinem Erscheinen aufgestanden. Hohläugig und abgemagert, glich er einem Halbtoten, doch seine Haltung war stolz, und sein Auge blitzte zornig, als er mich fragte:

„Was willst du? Darf man nicht einmal schlafen?“ — „Sprich leise! Ich gehöre nicht zu deinen Wächtern. Wie ist dein Name?“ — „Warum fragst du?“ — „Sprich noch leiser! Man darf uns nicht hören. Wie heißt du?“ — „Das wirst du wissen!“ erwiderte er, aber doch mit gedämpfter Stimme.

„Ich vermute es, aber ich will aus deinem Mund wissen, wer du bist.“

„Man nennt mich Amad el Ghandur.“ — „So bist du der, den ich suche. Versprich mir, ganz ruhig zu sein, was ich dir auch sagen werde!“

„Ich verspreche es.“ — „Mohammed Emin, dein Vater, ist in der Nähe.“

„Allah akb – –!“ – „Schweig! Dein Ruf kann uns verraten!“ – „Wer bist du?“ – „Ein Freund deines Vaters. Ich kam als Gast zu den Haddedihn und habe an der Seite deines Vaters gegen eure Feinde gekämpft. Da hörte ich, daß du gefangen seist, und wir haben uns aufgemacht, dich zu befreien.“ – „Allah sei gelobt! Aber ich kann es nicht glauben.“

„Glaub es doch! Sieh, dieses Fenster geht in einen Hof. Dieser Hof stößt an einen Garten, der zu dem Haus gehört, in dem wir wohnen.“

„Wie viele Männer seid ihr?“ – „Nur vier. Dein Vater, ich, noch ein Freund und mein Diener.“ – „Wer bist du, und wer ist dieser Freund?“

„Laß das nur für später, denn jetzt müssen wir eilen!“ – „Fort?“

„Nein. Wir sind noch nicht vorbereitet, und ich kam hierher, ohne es vorher geahnt zu haben. Kannst du lesen?“ – „Ja.“ – „Aber es fehlt dir das Licht dazu.“ – „Zur Mittagszeit ist es hell genug.“ – „So höre! Ich könnte dich gleich jetzt mitnehmen, aber das wäre zu gefährlich. Doch ich versichere dir, daß es nur noch ganz kurze Zeit dauern wird, bis du frei bist. Noch weiß ich nicht, was wir beschließen werden. Aber wenn du einen Stein durchs Fenster fallen hörst, so hebe ihn auf. Es wird ein Papier daran befestigt sein, das dir sagt, was du tun sollst.“

„Herr, du gibst mir das Leben zurück; denn beinahe wäre ich verzweifelt! Wie habt ihr erfahren, daß man mich nach Amadije geschleppt hat?“ – „Ein Jesidi sagte es mir, den du am Wasser getroffen hast.“

„Das stimmt!“ bestätigte er schnell. „Oh, nun sehe ich, daß du die Wahrheit redest! Ich werde warten. Grüße einstweilen den Vater von mir!“ – „Ich werde es noch heute tun. Hast du Hunger?“ – „Sehr!“

„Könntest du Brot, Licht und Feuerzeug verstecken?“ – „Ja. Ich grabe mit den Händen ein Loch in die Erde.“ – „Hier hast du meinen Dolch dazu. Es ist für alle Fälle gut, wenn du eine Waffe hast. Aber sie ist mir kostbar. Laß sie nicht entdeckt werden!“

Amad el Ghandur griff hastig zu und drückte den Dolch an die Lippen.

„Herr, Allah mag dir das in deiner Todesstunde vergelten! Nun habe ich eine Waffe. Ich werde frei sein, auch wenn ihr nicht kommen könnt!“

„Wir werden kommen. Unternimm nichts Vorschnelles! Das könnte dich und deinen Vater in große Gefahr bringen.“ – „Ich werde eine ganze Woche warten. Seid ihr dann noch nicht gekommen, so handle ich selbst.“ – „Gut! Wenn es geht, werde ich dir noch diese Nacht Speise, Licht und Feuerzeug durch das Fenster bringen. Vielleicht können wir auch miteinander sprechen. Wenn es ohne Gefahr geschehen kann, sollst du sogar die Stimme deines Vaters hören. Jetzt lebe wohl! Ich muß gehen.“ – „Herr, reich mir deine Hand!“

Ich hielt sie ihm entgegen. Er drückte sie mit beiden Händen, daß es mich schmerzte.

„Allah segne diese Hand, solange sie sich bewegt, und wenn sie sich zum Todesschlaf gefaltet hat, so möge dein Geist zu den Freuden des Paradieses eingehen! Jetzt geh, damit dir nichts widerfährt!“

Ich verschloß das Gefängnis und schlich leise zum Aga zurück. Er schlief und schnarchte noch immer, und ich setzte mich neben ihn. So saß ich wohl eine Stunde lang, bis ich Schritte vernahm, die vor der Haustür anhielten. Schnell zog ich die bisher offene Tür zu und rüttelte den Aga munter. Das war keine leichte Arbeit, besonders da es schnell gehen mußte. Ich stellte ihn einfach aufrecht hin. Er starrte mich verwundert an.

„Du, Effendi? Wo sind wir?“ – „Im Gefängnis. Raff dich zusammen!“

Selim Aga schaute sie verdutzt um.

„Im Gefängnis? Ah! Wie kommen wir hierher?“ – „Denke an den Juden und an die Arznei! Denke auch an den Tschausch, den wir überraschen wollen!“ – „Den – Maschallah, jetzt weiß ich es! Ich habe geschlafen. Wo ist er? Ist er noch nicht da?“ – „Sprich leiser! Hörst du? Deine Leute stehen noch unter der Tür und reden miteinander. Reib dir den Schlaf aus dem Gesicht!“

Der gute Aga sah sehr jämmerlich aus. Aber er hatte wenigstens die Besinnung wiedergefunden und vermochte ohne Schwanken aufrecht zu stehen. Und jetzt, als die Haustür verschlossen wurde, nahm er die Lampe in die Hand, stieß unsere Tür auf und trat in den Gang hinaus. Ich folgte ihm. Die Übeltäter blieben erschrocken stehen, während er auf sie zuschritt.

„Wo kommt ihr her, ihr Hundesöhne?“ fuhr der Aga sie an.

Seine Stimme klang wie Donner in dem langen, schmalen Raum.

„Vom Kahwedschi“, erwiderte der Tschausch nach einigem Zögern.

„Vom Kahwedschi? Während ihr hier wachen sollt? Wer hat euch die Erlaubnis erteilt, fortzugehen?“ – „Niemand!“

Die Leute dauerten mich. Ihre Nachlässigkeit war mir von so großem Vorteil gewesen. Trotz des kleinen Flämmchens sah ich, wie schrecklich der Aga seine Augen rollen ließ. Die Spitzen seines Bartes bebten, und seine Hand ballte sich vor Wut. Aber er mochte bemerken, daß er denn doch nicht ganz fest auf den Füßen stand, und daher besann er sich eines Besseren.

„Morgen erhaltet ihr eure Strafe!"

Der Befehlshaber der Arnauten setzte die Lampe auf eine der Treppenstufen und wandte sich an mich:

„Oder meinst du vielleicht, Effendi, daß ich gleich jetzt das Urteil fälle? Willst du, daß ich den einen durch die anderen auspeitschen lasse?" – „Verschiebe die Aburteilung auf morgen, Aga. Die Leute können ihr nicht entgehen." – „Ich tu deinen Willen. Komm!"

Selim Aga öffnete die Tür und verschloß sie von draußen wieder.

Wir gingen nach Hause, wo uns die ‚Myrte' erwartete.

„Warst du solange beim Müteßellim?" fragte sie argwöhnisch.

„Mersinah", antwortete der Aga, „ich sage dir, daß wir eingeladen wurden, bis zum frühen Morgen zu bleiben. Aber ich wußte dich allein daheim und habe darum die Gastfreundlichkeit des Kommandanten ausgeschlagen. Ich will nicht haben, daß dir die Russen den Kopf abschneiden. Es gibt Krieg!"

Sie schlug erschrocken die Hände zusammen.

„Krieg? Zwischen wem denn?" – „Zwischen den Türken, Russen, Persern, Arabern und Kurden. Die Russen stehen bereits mit hunderttausend Mann und dreitausend Kanonen vier Stunden von hier in Seraru." – „O Allah! Ich sterbe! Ich bin bereits tot! Mußt du auch mitkämpfen?" – „Ja. Aber laß keinen Menschen etwas davon wissen! Der Krieg ist jetzt noch Staatsgeheimnis, und die Leute von Amadije sollen es erst erfahren, wenn die Russen morgen die Stadt umzingelt haben."

Die Frau taumelte und setzte sich ganz entkräftet auf den ersten besten Topf, der in der Nähe stand.

„Schon morgen? Morgen sind die Feinde wirklich schon da?" – „Ja."

„Und sie werden schießen?" – „Und ob!" – „Selim Aga, du darfst nicht mit in den Krieg. Du sollst nicht erschossen werden." – „Gut! Das ist mir lieb, denn dann kann ich schlafen gehen. Gute Nacht, Effendi! Gute Nacht, meine liebe Mersinah!"

Der Aga trat ab. Die Blume des Hauses blickte ihm etwas verwundert nach. Dann erkundigte sie sich:

„Effendi, ist es wahr, daß die Russen kommen?" – „Das ist noch ein wenig ungewiß. Ich glaube, daß der Aga die ganze Sache etwas zu ernst genommen hat." – „Oh, du träufelst Balsam in mein wundes Herz. Ist es nicht möglich, sie von Amadije abzuhalten?" – „Wir wollen uns das überlegen. Hast du die Kaffeesorten auseinandergelesen?" – „Ja, o Herr. Es war eine schlimme Arbeit. Aber dieser böse Hadschi Halef Omar ließ mir keine Ruhe, bis ich fertig war. Willst du es sehen?" – „Zeige her!"

Mersinah brachte die Büchse und die Tüte herbei, und ich überzeugte mich, daß sie sich allerdings große Mühe gegeben hatte.

„Und wie wird dein Urteil lauten, o Effendi?" – „Es lautet gut für dich. Da deine zarten Hände diese Bohnen so oft berühren mußten, soll der Kaffee dein Eigentum sein. Auch das Geschirr, das ich heute einkaufte, gehört dir. Die Gläser aber schenke ich dem wackeren Selim Aga." – „O Effendi, du bist ein gerechter und weiser Richter. Du hast mehr Güte, als ich Töpfe hatte, und dieser duftende Kaffee ist ein Beweis deiner Herrlichkeit. Allah mag das Herz der Russen lenken, daß sie nicht kommen und dich nicht erschießen. Denkst du, daß ich heute noch ruhig schlafen kann?" – „Das kannst du. Ich versichere es dir."

„Ich danke dir, denn die Ruhe ist noch das einzige, woran ein geplagtes Weib sich freuen kann." – „Schläfst du hier unten, Mersinah?"

„Ja." – „Aber nicht in der Küche, sondern nach vorn hinaus?"

„Effendi, eine Frau gehört doch in die Küche und schläft auch in der Küche."

Hm! Das war unangenehm. Übrigens kam mir der dumme Witz des Aga sehr ungelegen. Die ‚Myrthe' schlief heute gewiß nicht gleich ein. Ich stieg hinauf, ging aber, anstatt in mein Zimmer, in das des Haddedihn. Er hatte sich bereits schlafen gelegt, erwachte jedoch sofort. Ich erzählte ihm mein Abenteuer im Gefängnis, und er war voll Staunen und Freude.

Dann packten wir Eßwaren nebst Licht und Feuerzeug ein und schlichen leise in eine leere Stube, die an der Hofseite des Hauses lag. Sie hatte nur ein Fenster, das heißt, eine viereckige Öffnung, die durch einen Laden verschlossen war. Der Laden war nur angelehnt, und als ich hinausblickte, sah ich das platte Dach, das diese Seite des kleinen Hofes umschirmte, nur anderthalb Meter unter mir. Wir stiegen hinaus und vom Dach in den Hof hinab. Die Hoftür war verschlossen. Wir waren also ungestört und gingen in den Garten, in dem einst die schöne Esma Khatun geduftet hatte. Nun trennte uns von dem Gefängnis nur eine Mauer, deren oberen Rand wir mit der Hand erreichen konnten.

„Warte", bat ich Mohammed Emin. „Ich will der Sicherheit wegen erst sehen, ob wir auch wirklich unbeobachtet sind."

Ich schwang mich leise hinauf und drüben wieder hinab. Aus dem ersten kleinen Fensterloch rechts im Erdgeschoß fiel ein fahler Lichtschein. Dort war die Stube, in der Selim geschlafen hatte. Und dort saßen wohl jetzt die Arnauten, die vor Angst nicht schlafen konnten. Das nächste, also das zweite Fenster, gehörte zu dem Raum, in dem Amad el Ghandur auf uns wartete.

Ich durchsuchte den schmalen Hofraum, ohne auf etwas Verdachterregendes zu stoßen, und fand auch die Tür verschlossen, die aus dem Gefängnis in den Hof führte. Nun kehrte ich zu der Stelle der Mauer zurück, hinter der Mohammed Emin stand.

„Alles sicher. Kannst du herüber?" – „Ja", flüsterte der Haddedihn.

„Aber leise!"

Der Scheik kam. Wir huschten über den Hof hinüber und standen nun unter dem Fensterchen, das beinahe mit der Hand zu erreichen war.

„Bück dich, Scheik, stütz dich gegen die Wand und stemme die Hände auf die Knie!" sagte ich.

Er tat es, und ich stieg auf seinen Rücken, der jetzt beinahe eine waagrechte Fläche bildete. Ich stand mit dem Gesicht gerade vor dem Fensterloch des Kerkers.

„Amad el Ghandur!" flüsterte ich hinein und hielt dann schnell das Ohr hin.

„Herr, bist du es?" klang es hohl von unten herauf.

„Ja.“ – „Ist mein Vater auch da?“ – „Er ist hier. Er wird dir Speise und Licht an einer Schnur herablassen und dann mit dir sprechen. Warte! Dein Vater wird gleich oben sein.“

Ich stieg vom Rücken des Arabers herab.

„War ich schwer?“ – „Lang ist es nicht auszuhalten, denn die Stellung ist zu unbequem“, lautete die Antwort.

„So werden wir es jetzt anders machen, da du jedenfalls nicht nur einen Augenblick mit deinem Sohn reden willst: du kniest auf meine Schultern. Dann kann ich aufrecht stehen und es solange aushalten, wie es dir beliebt.“ – „Hat Amad dich gehört?“ – „Ja. Er fragte nach dir. Ich habe eine Schnur, an der du das Paket hinablassen kannst.“

Die Schnur wurde befestigt. Ich bildete mit auf dem Rücken gefalteten Händen einen Tritt, auf den Mohammed Emin den Fuß setzen konnte, und er stieg auf. Nachdem ich meine Hände an seine Knie gelegt hatte, so daß er nicht abrutschen konnte, kniete er auf meinen Schultern so sicher wie zur ebenen Erde. Er ließ das Päckchen hinab, und nun begann ein leises, aber desto eifrigeres Zwiegespräch, von dem ich nur den von Mohammed Emin gesprochenen Teil vernehmen konnte. Dazwischen hinein fragte mich der Scheik zuweilen, ob er mir nicht zu schwer werde. Er war ein langer, starker Mann, und deshalb war es mir schon recht, als er nach ungefähr fünf Minuten zu Boden sprang.

„Effendi, mein Sohn muß heraus! Ich kann es nicht erwarten“, sagte er.

„Vor allen Dingen wollen wir gehen. Steig einstweilen voran! Ich will dafür sorgen, daß man am Tag keine Fußspur findet.“

Mohammed Emin ging voran, und ich folgte ihm bald. In kurzer Zeit waren wir auf dem Weg, den wir gekommen waren, wieder im Zimmer des Scheiks angelangt. Er wollte nun sogleich einen Plan zur Befreiung seines Sohnes mit mir beraten. Ich aber empfahl ihm, darüber zu schlafen, und schlich in mein Zimmer

9. *Klugheit nützt auch Mißgeschick*

Am anderen Morgen besuchte ich zunächst das erkrankte Mädchen. Schakara hatte nichts mehr zu befürchten. Die Mutter war allein bei ihr, wenigstens bekam ich weiter niemand zu sehen. Sodann unternahm ich einen Gang durch und um die Stadt, um eine Stelle in der Mauer ausfindig zu machen, wo man ins Freie gelangen konnte, ohne das Tor passieren zu müssen. Es gab eine, aber sie war nur für Fußgänger benutzbar.

Als ich wieder nach Hause kam, hatte sich Selim Aga erst vom Lager erhoben.

„Effendi, jetzt ist es Tag", meinte er.

„Schon lange", antwortete ich.

„Ich meine, daß man nun besser als gestern über unsere Sache reden kann." – „Unsere Sache?" – „Du warst doch dabei. Soll ich Anzeige machen oder nicht? Was meinst du, Effendi?" – „Ich an deiner Stelle würde es unterlassen." – „Warum?" – „Weil es besser ist, es wird gar nicht davon gesprochen, daß du während der Nacht im Gefängnis gewesen bist. Deine Leute haben jedenfalls bemerkt, daß dein Gang nicht ganz sicher war, und sie könnten das bei ihrer Vernehmung erwähnen."

„Das ist wahr. Als ich vorhin erwachte, sah mein Anzug sehr schlimm aus, und ich habe lange reiben müssen, um den Schmutz wegzubringen. Ein Wunder, daß es Mersinah nicht gesehen hat. Also du meinst, ich soll die Anzeige unterlassen?" – „Ja. Du kannst den Leuten einen Verweis geben, und deine Gnade wird sie blenden wie ein Sonnenstrahl."

„Ja, Effendi, ich werde ihnen zunächst eine fürchterliche Rede halten!"

Seine Augen rollten wie die Flügel eines Ventilators. Dann standen sie plötzlich still, und sein Gesicht nahm einen sanftmütigen Ausdruck an.

„Und dann werde ich sie begnadigen wie ein Padischah, der das Leben und das Eigentum von Millionen Menschen verschenken kann."

Hierauf wollte er gehen, blieb aber unter der Tür stehen, denn draußen war ein Reiter abgestiegen. Ich hörte eine bekannte Stimme fragen:

„Selâm! Bist du vielleicht Selim Aga, der Befehlshaber der Albanier?"

„Ja, der bin ich. Was willst du?" – „Wohnt bei dir Kara Ben Nemsi Effendi mit zwei Gefährten, einem Diener und einem Baschi Bosuk?"

„Hier steht er."

Selim trat zur Seite, so daß der Mann mich sehen konnte. Es war Selek, der Jesidi aus Baadri.

„Effendi", rief er voll Freude, „laß dich begrüßen!"

Wir reichten einander die Hände. Dabei sah ich, daß er ein Pferd Ali Beis ritt, das dampfte. Selek war jedenfalls sehr rasch geritten. Also war zu vermuten, daß er mir eine wichtige Botschaft überbrachte.

„Führ dein Pferd in den Hof und komm dann zu uns herauf!“ wies ich ihn an.

Als wir in meiner Stube allein waren, griff der Bote in den Gürtel und zog einen Brief hervor.

„Wie hast du meine Wohnung gefunden?“ – „Ich fragte gleich am Tor nach dir.“ – „Und woher weißt du, daß zwei Gefährten bei mir sind? Als ich bei euch war, hatte ich nur einen.“ – „Ich erfuhr es in Spinduri.“

Ich öffnete den Brief. Ali Bei schrieb einige gute Nachrichten, die die Jesidi betrafen, und eine schlimme, die sich auf mich bezog.

„Was? Einen solchen Erfolg hat die Gesandtschaft Ali Beis gehabt?“ fragte ich. „Der Anadolu Kasi Askeri[1] ist mit ihr nach Mossul gekommen?“ – „Ja, Herr. Er liebt unseren Mir Scheik Khan und hat eine strenge Untersuchung gehalten. Der Müteßarrif wird abgesetzt. An seine Stelle kommt ein anderer.“ – „Und der Machredsch von Mossul ist entflohen?“ – „So ist es. Kiamil Effendi war an der ganzen Mißwirtschaft des Müteßarrif schuld. Es haben sich schlimme Dinge herausgestellt. Seit elf Monaten hat kein Unterstatthalter die nötigen Gelder und kein Befehlshaber und kein Soldat seinen Sold erhalten. Die Demütigung der Araber, die die Hohe Pforte anbefohlen hatte, unterblieb, weil der Müteßarrif alle dazu erforderlichen Summen einsteckte. Und noch vieles andere. Die Polizisten, die den Machredsch gefangennehmen wollten, sind zu spät gekommen. Er war schon fort. Darum haben alle Beis und Kjajas der Umgegend den Befehl erhalten, ihn festzunehmen, sobald er sich sehen läßt. Der Anadolu Kasi Askeri vermutet, daß Kiamil nach Bagdad geflohen ist, weil er ein Freund des dortigen Wali[2] gewesen ist.“ – „Das ist wohl eine falsche Vermutung. Der Flüchtling ist sicher in die Berge geflohen, wo er schwerer zu ergreifen ist, und wird lieber nach Persien als nach Bagdad gehen. Das Reisegeld kann er unterwegs leicht erhalten. Er ist der Oberrichter sämtlicher Untergerichtshöfe, deren Gelder ihm zu Gebote stehen.“ – „Du hast recht, Effendi. Noch gestern abend haben wir erfahren, daß Kiamil Effendi am Morgen des vorigen Tages in Elkosch und am Abend bereits in Mungaischi gewesen ist. Es scheint, daß er nach Amadije will, aber auf einem Umweg, weil er die Ortschaften der Jesidi meidet, die er überfallen hat.“

„Ali Bei vermutet mit Recht, daß mir sein Eintreffen hier große Schwierigkeiten bereiten kann. Der Machredsch wird mir sehr hinderlich sein, und ich kann leider nicht beweisen, daß er selbst ein Flüchtling ist.“ – „O Effendi, Ali Bei ist klug. Als er von der Flucht des Machredsch hörte, befahl er mir, sein bestes Pferd zu satteln und die ganze Nacht zu reiten, um noch vor dem Richter hier einzutreffen, falls dieser wirklich die Absicht haben sollte, nach Amadije zu kommen. Und als ich Baadri verließ, gab er mir zwei Schreiben mit, die er aus Mossul erhalten hat. Hier sind sie. Du sollst sehen, ob du sie brauchen kannst.“

Ich öffnete die Schriftstücke und las. Das eine war der Brief des Anadolu Kasi Askeri an den Mir Scheik Khan, worin diesem die Ab-

[1] Heeresrichter der asiatischen Türkei [2] Statthalter

setzung des Müteßarrif und des Machredsch mitgeteilt wurde. Der andere enthielt die amtliche Weisung an Ali Bei, Kiamil Effendi festzunehmen und nach Mossul zu schaffen, sobald er sich auf dessen Gebiet sehen lasse. Beide waren mit der Unterschrift und dem großen Siegel des Heeresrichters versehen.

„Diese Papiere sind mir allerdings sehr wertvoll", erklärte ich. „Wie lang kann ich sie behalten?" – „Sie sind dein." – „Also vorgestern abend war der Machredsch in Mungaischi?" – „Ja." – „So könnte er heute hier ankommen, und ich brauche die Briefe nur für diesen Tag. Kannst du so lang warten?" – „Ich warte so lang, wie du befiehlst, Effendi!"

„So gehe jetzt zwei Türen weiter. Dort wirst du Bekannte treffen, nämlich Hadschi Halef und Ifra."

Die Nachricht, daß der Machredsch nach Amadije kommen könnte, hatte mich zunächst mit Besorgnis erfüllt. Sobald ich aber im Besitz der beiden Schriftstücke war, schwand diese Besorgnis, und ich konnte seinem Kommen mit Ruhe entgegensehen. Ja, ich glaubte bereits, die Kunde von der Absetzung des Müteßarrif könne eine Freilassung des gefangenen Haddedihn zur Folge haben. Aber ich kam von dem Gedanken ab, als ich las, daß die Feindseligkeiten gegen die Araber nicht als Privatsache des Müteßarrif, sondern auf Befehl der Pforte vorbereitet wurden.

Am Nachmittag trat die ‚Myrte' in meine Stube.

„Effendi, willst du mit ins Gefängnis?"

Das kam mir erwünscht, aber ich mußte doch erst mit Mohammed Emin reden. Darum sagte ich: „Ich habe jetzt keine Zeit."

„Du hast es mir aber doch versprochen und auch gesagt, daß du den Gefangenen erlauben willst, einiges von mir zu kaufen."

Der Rose von Amadije schien sehr viel an dem Gewinn zu liegen, den ihr dieser kleine Handel jedenfalls einbrachte.

„Ich würde mein Wort halten. Aber ich habe leider erst in einer Viertelstunde Zeit." – „So warte ich, Effendi. Aber wir können doch nicht mitsammen gehen." – „Ist Selim Aga dabei?" – „Nein. Er hat jetzt Dienst beim Müteßellim." – „So sag dem Tschausch, er soll mir öffnen. Dann kannst du bereits jetzt gehen, und ich werde nachkommen."

Mersinah verschwand mit heiterer Miene. Dabei schien sie es gar nicht der Mühe wert zu halten, daran zu denken, ob mir der Tschausch den Zutritt erlauben werde, da ich doch weder ein Recht dazu hatte, noch die Erlaubnis seines Vorgesetzten nachweisen konnte. Inzwischen ging ich zu Mohammed Emin und setzte ihn von meinem bevorstehenden Besuch im Gefängnis in Kenntnis. Ich empfahl ihm, zur Flucht bereit zu sein und zunächst durch Halef heimlich einen türkischen Anzug für seinen Sohn kaufen zu lassen. Dann brach ich auf. Als ich das Gefängnis erblickte, sah ich die Tür offen. Der Tschausch stand davor.

„Selâm!" grüßte ich kurz und würdevoll.

„Akschamlarynys hayrolßun – dein Abend sei gesegnet!" erwiderte er. „Allah segne deinen Eintritt in dieses Haus, Effendi! Ich muß dir danken."

Ich trat ein, und er verschloß die Tür wieder.

„Dank?" fragte ich nachlässig. „Wofür?" – „Selim Aga war hier. Er war sehr zornig und wollte uns peitschen lassen. Endlich sagte er, wir sollten Gnade finden, weil du für uns gebeten hast. Komm, folge mir!"

Wir stiegen die Treppe empor, auf der ich gestern mit dem Aga so viel Mühe gehabt hatte. Auf dem Gang stand Mersinah mit einem Blechkessel, der eine Mehlbrühe enthielt, die aussah, als bestände sie aus dem Spülwasser ihrer Küche und Schlafstätte, und dabei lag das Brot, das ihre zarten Hände gebacken hatten. Es war einst auch Mehlwasser gewesen, hatte aber durch Feuer und anhaftende Kohlereste eine feste Gestalt bekommen. Neben ihr standen die Arnauten, mit leeren Gefäßen in den Händen, die von einem Scherbenhaufen aufgelesen zu sein schienen.

„Effendi, befiehlst du, daß wir beginnen sollen?" fragte die ‚Myrte'.

„Ja."

Sofort wurde die erste Tür geöffnet. Der Raum, in den ich blickte, war auch ein Loch, doch lag der Boden mit dem Gang in gleicher Höhe. Ein Türke steckte darin. Er erhob sich nicht und würdigte uns keines Blickes.

„Gib ihm zwei Portionen, denn er ist ein Osmanly!" befahl der Tschausch.

Der Mann erhielt zwei Schöpflöffel voll Brühe und ein Stück Brot dazu. In der nächsten Zelle lag wieder ein Türke, der die gleiche Portion erhielt. Der Insasse des dritten Loches war ein Kurde.

„Dieser Hundesohn erhält nur einen Löffel, denn er ist ein Mann aus Balan[1]."

Das war ja eine allerliebste Einrichtung! Ich hätte den Kerl ohrfeigen mögen. Er führte diesen Grundsatz während der ganzen Speiseverteilung durch. Als die oberen Gefangenen versorgt waren, stiegen wir hinab in den unteren Gang.

„Wer befindet sich hier?" fragte ich.

„Die Schlimmsten. Ein Araber, ein Jude und zwei Kurden vom Stamm Bulamuh. Sprichst du Kurdisch, Effendi?" – „Ja." – „Du magst wohl nicht mit diesen Gefangenen sprechen?" – „Nein; denn sie sind es nicht wert." – „Das ist wahr. Aber wir können nicht Kurdisch und auch nicht Arabisch, und diese Hundesöhne haben doch stets etwas zu sagen." – „So werde ich einmal mit ihnen reden."

Das war es ja, was ich gern wollte; nur hatte ich nicht geglaubt, daß ich den Wächtern damit einen Gefallen erweisen werde.

Die Zelle des einen Kurden wurde geöffnet. Er hatte sich ganz vorn aufgestellt. Der arme Teufel hatte jedenfalls Hunger; denn als er seinen Löffel Brühe erhielt, bat er, man möge ihm doch ein größeres Stück Brot geben als gewöhnlich.

„Was will er?" fragte der Tschausch.

„Etwas mehr Brot. Gib es ihm!" – „Er soll es haben, weil du für ihn bittest."

Nun kamen wir zu dem Juden. Ich schwieg, weil der Mann Türkisch reden konnte. Er brachte eine Menge Klagen vor, die offenbar begründet waren. Aber er wurde nicht angehört.

Der zweite Kurde war ein alter Mann. Er bat nur, vor den Richter

[1] Ein Dorf der Kasichan-Kurden

geführt zu werden. Der Tschausch versprach es ihm und lachte dabei. – Jetzt endlich wurde die letzte Zelle geöffnet. Amad el Ghandur hockte in einer Ecke und schien sich nicht rühren zu wollen, aber als er mich erblickte, erhob er sich.

„Ist das der Araber?“ fragte ich.

„Ja.“ – „Spricht er nicht Türkisch?“ – „Er redet gar nicht. Deshalb erhält er auch kein warmes Essen.“ – „Soll ich einmal mit ihm reden?“ – „Versuche es!“

Ich trat näher und sagte: „Sprich nicht mit mir!“

Amad blieb infolgedessen still.

„Siehst du, daß er nicht antwortet!“ meinte der Tschausch zornig. „Sage ihm, daß du ein großer Gelehrter bist. Dann wird er wohl reden!“

Nun wußte ich genau, daß die Wächter wirklich nicht Arabisch verstanden. Und wenn auch, die Mundart der Haddedihn war ihnen sicherlich fremdklingend.

„Halte dich heute abend bereit!“ sagte ich zu Amad el Ghandur. „Vielleicht ist es mir heute möglich, wiederzukommen.“

Der Haddedihn stand stolz und aufrecht da, ohne eine Miene zu verziehen.

„Er redet auch jetzt noch nicht!“ rief der Unteroffizier. „Nun soll er heute auch kein Brot bekommen, da er nicht einmal dem Effendi antwortet.“

Die Besichtigung der Löcher war beendet. Nun führte man mich weiter in dem Gebäude herum. Ich ließ es geschehen, obgleich es keinen Zweck hatte. Endlich waren wir fertig, und Mersinah sah mir fragend ins Gesicht.

„Kannst du den Gefangenen Kaffee kochen?“ erkundigte ich mich bei ihr.

„Ja.“ – „Und ihnen Brot dazu geben, ein großes Stück?“ – „Ja.“

„Wieviel kostet das?“ – „Dreißig Piaster, Effendi.“

Also zwei Taler ungefähr. Die Gefangenen erhielten wohl kaum für eine Mark davon. Ich zog das Geld heraus und gab es ihr.

„Hier. Aber ich wünsche, daß alle davon erhalten.“ – „Sie sollen alle haben, Effendi.“

Ich gab der Alten und dem Tschausch je fünfzehn und den Arnauten je zehn Piaster, ein Trinkgeld, wie sie es wohl nicht erwartet hatten. Daher erschöpften sie sich in überschwenglichen Danksagungen, und als ich das Haus verließ, machten sie ihre Verbeugungen selbst dann noch, als ich bereits die Gasse erreicht hatte und sie nur noch meinen Rücken sehen konnten.

Daheim suchte ich Mohammed Emin auf. Ich traf Halef bei ihm, der den Anzug gebracht hatte. Das war unbemerkt geschehen, weil weder der Aga noch Mersinah zu Hause waren.

Ich schilderte dem Scheik meinen Besuch bei seinem Sohn.

„Also heute abend!“ meinte er erfreut.

„Wenn es möglich ist“, fügte ich hinzu.

„Aber wie willst du das machen?“ – „Ich werde, wenn sich nichts Besseres bietet, von dem Aga den Schlüssel zu erhalten suchen und –“

„Er wird ihn dir nicht geben!“ – „Ich nehme ihn mir. Dann warte ich, bis die Wächter schlafen, und öffne Amad die Zelle." – „Das ist zu gefährlich, Effendi! Sie werden dich hören." – „Die Leute haben während der letzten Nacht nicht geschlafen und werden infolgedessen müde sein. Sodann gab ich ihnen ein Bakschisch, das sie sicher nach und nach in Raki anlegen. Das wird ihre Schläfrigkeit fördern. Übrigens habe ich genau aufgepaßt und bemerkt, daß sich das Schloß der Haustür lautlos öffnen läßt. Wenn ich einigermaßen vorsichtig bin, wird es gelingen." – „Und wenn man dich erwischt?" – „So habe ich doch keine Sorge. Den Wächtern gegenüber gibt es eine Ausrede, und träfen sie mich mit dem Gefangenen, nun, dann müßte eben schnell gehandelt werden." – „Wohin wirst du Amad bringen?" – „Er wird sofort die Stadt verlassen." – „Mit wem?" – „Mit Halef. Ich reite jetzt mit dem Hadschi aus, um in der Umgebung der Stadt einen Ort zu suchen, der ein Versteck bietet. Halef wird sich den Weg merken und deinen Sohn hinführen." – „Aber die Wachen am Tor!" – „Sie werden die beiden gar nicht zu sehen bekommen. Ich kenne eine Stelle, wo man über die Mauer kommen kann." – „Wir sollten gleich selbst mitgehen!"

„Nicht doch! Wir bleiben wenigstens noch einen Tag, damit kein Verdacht auf uns fällt." – „Aber Amad wird sich unterdessen in großer Gefahr befinden, denn man wird ihn in der ganzen Umgegend suchen."

„Auch dafür ist gesorgt. Unfern des einen Tores bildet der Felsen von Amadije einen Abgrund, in den wohl nur wenige Männer hinabzusteigen wagen. Dorthin schaffen wir einige Fetzen seines alten Gewandes, das wir vorher zerreißen. Man wird das finden und dann annehmen, dein Sohn sei bei seiner nächtlichen Flucht in die Schlucht gestürzt." – „Wo kleidet sich Amad um?" – „Hier. Und der Bart muß ihm sofort abrasiert werden." – „So soll ich ihn sehen? O Rafîk, welche Freude!" – „Ich stelle aber die Bedingung, daß ihr euch still verhaltet."

„Das werden wir tun. Aber unsere Wirtin wird Amad kommen sehen; denn sie ist stets in der offenen Küche." – „Da greifst du ein. Halef wird dich benachrichtigen, wenn Amad kommt. Dann gehst du hinunter und beschäftigst die Alte. Das ist nicht schwer, und unterdessen bringt ihn der Hadschi in deine Stube, die du verschließt, bis ich heimkomme."

Ich hörte jetzt, daß Halef die Pferde heranschaffte, und ging. Draußen fand ich die Tür des Engländers offen. Er winkte mich hinein und fragte: „Darf ich reden, Sir?" – „Ja." – „Höre Pferde. Ausreiten? Wohin?" – „Vor die Stadt." – „Well, werde mitreiten!" – „Ich beabsichtige einen Ritt in den Wald, Ihr würdet dabei gezwungen sein, ein wenig mit durch die Büsche zu kriechen." – „Werde kriechen!"

Lindsay war schnell fertig. Sein Pferd wurde auch gesattelt, und bald ritten wir zum Tor hinaus, das nach Manglana und Mia führte. Es war so, wie mir der Kurde Dohub erzählt hatte. Der Pfad war so steil, daß wir die Pferde führen mußten. Am Tor hatte man uns übrigens nicht angehalten, da dort Arnauten die Wache hatten, die mich von gestern kannten.

Unten im Tal wären wir rechts an die Jailaks der Einwohner von Amadije gekommen, die sich in die Berge zurückgezogen hatten. Darum wandten wir uns nach links, gerade in den Wald hinein. Er war hier so licht, daß er uns nicht am Reiten hinderte, und nach einer Viertelstunde erreichten wir eine Blöße, wo wir abstiegen, um uns auf dem Boden auszustrecken.

„Warum hierherführen?“ fragte Lindsay.

„Ich suche ein Versteck für Amad el Ghandur.“ – „Ah! Bald frei?“

Ich teilte ihm meinen Plan mit.

„Prächtig!“ meinte er. „Schöne Gefahr dabei! Erwischen! Boxen! Schießen! Well, werde mitbefreien!“ – „Ihr könnt mir nichts nützen!“ lächelte ich.

„Nicht? Warum? Schlage jeden nieder, der uns entgegentritt. Yes!“

„Na, wollen erst sehen! Hier links oben liegt die Stelle, wo man über die Mauer kommt. In der hiesigen Gegend aber müssen wir uns ein Versteck suchen. Wollt Ihr mitsuchen?“ – „Sehr!“ – „So teilen wir uns. Ihr geht geradeaus, und ich gehe mehr seitlich. Wer einen guten Ort gefunden hat, der schießt einen Revolver ab und wartet, bis der andere kommt.“

Halef blieb bei den Pferden zurück, und wir gingen los. Der Wald wurde dichter, aber ich suchte lange Zeit, ohne eine geeignete Stelle zu finden. Da hörte ich einen Schuß mir zur Linken. Ich schritt der Richtung entgegen, woher der Knall gekommen war, und hörte bald einen zweiten Schuß ganz in meiner Nähe. Der Engländer stand bei einem Gestrüpp, aus dem vier riesige Eichen emporragten. Er war barfuß und hatte sein Obergewand abgelegt. Auch der rotkarierte Riesenturban lag am Boden.

„Habe zweimal geschossen. Konntet mich verfehlen, weil der Schall im Wald täuscht. Versteck gefunden?“ – „Nein.“ – „Habe eins.“ – „Wo?“

„Ratet! Werdet nicht erraten!“ – „Wollen sehen.“

Da Lindsay barfuß und halb entkleidet war, hatte er wohl eine Kletterpartie gemacht, und das Versteck mußte demnach auf einer der Eichen zu suchen sein. Aber diese Bäume waren so stark, daß man sie unmöglich ersteigen konnte. Doch neben der einen ragte der schlanke Stamm einer Pinie auf und verflocht die doldenartige Krone mit den breitgreifenden Zweigen der Eiche. Ziemlich hoch oben lehnte sich der Stamm an einen starken Eichenast, so daß er von der Pinie aus leicht zu erreichen war, und oberhalb der Stelle, wo er am Stamm saß, sah ich ein Loch in der Eiche.

„Ich habe es, Sir David“, meinte ich.

„Wo?“ – „Dort oben. Der Stamm ist hohl!“ – „Well, gefunden! War bereits oben.“ – „Ihr klettert wohl gut?“ – „Wie Eichhörnchen! Yes!“ – „Aber jedenfalls ist der ganze Baum hohl!“ – „Sehr!“ – „Und wer da oben hineinkriecht, der fällt innen herab und kann unten nicht heraus.“ – „Yes! Kann gar nicht heraus.“ – „Dann ist es mit dem Versteck nichts!“ – „Versteck ist gut. Nur dafür sorgen, daß nicht herunterfällt.“ – „Auf welche Weise?“ – „Ah, ihr wißt nicht? Hm, David Lindsay gescheiter Kerl! Schönes Abenteuer! Prächtig! Möchte bezahlen, gut bezahlen! Knüppel abschneiden und in die Höhlung klemmen, quer hinein. Viel Moos hier. Das drauflegen. Dann kann nicht herunterfallen. Versteck fertig! Schönes Landhaus! Prachtvolle Villa!“

„Da habt Ihr recht. Wie groß ist dort der Durchmesser der Höhlung?“

„Vier Fuß ungefähr. Weiter hinab noch mehr. Könnt Ihr klettern?"

„Ja. Werde mir die Gelegenheit einmal ansehen." – „Nicht ledig hinauf. Gleich Knüppel mitnehmen!" – „Das ist allerdings praktischer. Hier stehen genug eichene Stangen, Sir David." – „Aber wie hinaufbringen? Klettern und auch tragen? Geht nicht!" – „Ich habe meinen Lasso mit. Der hat mich auf allen meinen Reisen begleitet, denn so ein Riemen ist eine der nützlichsten Sachen." – „Well, so schneiden wir!"

„Aber immer vorsichtig sein, Sir David! Zunächst wollen wir uns überzeugen, ob wir allein sind. Unsere englische Unterhaltung kann hier kein Mensch verstehen. Aber ehe wir handeln, müssen wir uns sichern." – „So sucht! Werde einstweilen Stangen machen."

Ich ging den Umkreis ab und überzeugte mich, daß wir unbeachtet waren. Dann half ich dem Engländer, der ganz erpicht darauf war, da oben eine Villa zu bauen. Wir schnitten ein Dutzend etwa fünfviertel Meter langer Stämmchen aus den Büschen, aber so, daß wir dabei jede Spur vermieden, und dann wand ich den Gürtelschal von der Hüfte, unter dem ich den Lasso um den Leib geschlungen trug. Bis zum ersten Ast der Pinie reichte er. Während der Engländer die Stämmchen zusammenlegte und mit dem einen Ende des achtfach zusammengeflochtenen, unzerreißbaren Riemens umwand, nahm ich das andere Ende zwischen die Zähne und kletterte empor. Die hindernden Kleidungsstücke hatte ich abgelegt. Auf dem ersten Ast angekommen, zog ich das Bündel in die Höhe. Lindsay kam nachgeklettert, und so brachten wir die ‚Knüppel' bis vor die Öffnung, wo sie angebunden wurden. Ich untersuchte die Höhlung. Sie hatte die angegebene Weite, wurde nach unten immer breiter und reichte bis zur Erde hinab.

Nun begannen wir, die Stämmchen einzuklemmen, um aus ihnen einen Fußboden zu bilden. Das mußte sehr sorgfältig geschehen, damit Amad el Ghandur ja nicht durchbrechen konnte. Mit Hilfe der Messer brachten wir es nach einiger Anstrengung fertig. Der Boden war fest und sicher.

„Nun Moos, Streu und Laub mit dem Lasso herauf!"

Wir kletterten wieder hinab und hatten bald gesammelt, was wir brauchten. Es wurde in meinen Haïk und in das Oberkleid Lindsays geschlungen, und nach zweimaligem Auf- und Niederklettern war die Höhlung in ein Versteck umgewandelt, in dem es sich weich und sicher liegen ließ.

„Wacker gearbeitet", meinte der Engländer, während er sich den Schweiß von der Stirn wischte. „Amad wird gut wohnen. Nun noch Essen und Trinken, Pfeife und Tabak, so ist die Behausung fertig!"

Wir kehrten jetzt zu Halef zurück, der bereits Sorge um uns hatte, weil wir so lange fortgeblieben waren.

„Sir David, jetzt bleibt ihr bei den Pferden zurück, denn ich muß nun auch unserem Halef das Versteck zeigen!" sagte ich.

„Well! Doch bald wiederkommen! Yes!" – „Kannst du klettern?" fragte ich Halef, als wir bei den Eichen angekommen waren.

„Ja, Sihdi. Ich habe ja von mancher Palme die Datteln herabgeholt. Warum fragst du?"

„Das ist ein ganz anderes Klettern. Hier gibt es einen glatten Stamm, der keine Stütze bietet, und auch kein Klettertuch, wie man es beim Ernten der Datteln gebraucht. Siehst du das Loch an dem Stamm der Eiche, dort über dem Ast?" – „Ja, Sihdi." – „Klettere einmal hinauf und sieh es dir an! Du mußt hier an der Pinie empor und dann den Eichenast entlang."

Halef versuchte es, und siehe da, es ging recht leidlich. „Sihdi, das ist ja ein Köschk[1]", meinte der Kleine, als er unten wieder anlangte. „Den habt ihr wohl jetzt gebaut?" – „Ja. Weißt du, wo Amadije liegt?"

„Hier links hinauf." – „So höre, was ich dir sage! Ich glaube, heute abend Amad el Ghandur aus dem Gefängnis holen zu können. Er muß noch während der Nacht aus der Stadt gebracht werden, und das sollst du tun." – „Sihdi, die Wachen werden uns sehen!" – „Nein. Es gibt eine Stelle, wo die Mauer so beschädigt ist, daß ihr leicht unbemerkt ins Freie gelangen könnt. Ich werde dir die Stelle bei unserer Rückkehr zeigen. Nun aber handelt es sich darum, daß ihr trotz der Nacht hier diesen Platz nicht verfehlt, denn das Loch da oben soll dem Befreiten als Versteck dienen, bis wir ihn von hier abholen. Darum gehst du hier links hinauf, um den Weg, den ihr heute abend nehmen müßt, richtig kennenzulernen, und kehrst dann zu uns zurück. Präg dir das Gelände gut ein. Wenn Amad sich in Sicherheit befindet, mußt du ungesehen wieder in unsere Wohnung gelangen; denn niemand darf wissen, daß einer von uns die Stadt verlassen hat." – „Sihdi, ich danke dir, daß du mir erlaubst, wieder einmal selbst etwas zu tun; denn seit langer Zeit habe ich nur zusehen müssen."

Halef ging, und ich kehrte zu Lindsay zurück, der lang ausgestreckt im Moos lag und in den Himmel blickte.

„Prachtvoll ist Kurdistan! Fehlt nur an Ruinen!" sagte er.

„Ruinen gibt es hier genug, wenn auch keine tausendjährigen wie am Tigris. Vielleicht sind wir gezwungen, Gegenden aufzusuchen, in denen Ihr Euch von dem Vorhandensein von Ruinen überzeugen könnt. Aus den Tälern Kurdistans ist der Qualm brennender Dörfer und der Geruch von Strömen vergossenen Blutes zum Himmel gestiegen. Wir befinden uns in einem Land, in dem Leben, Freiheit und Eigentum mehr gefährdet sind als anderswo. Hoffen wir, daß wir uns nicht aus eigener Erfahrung davon überzeugen müssen!" – „Will mich aber davon überzeugen, Sir! Will Abenteuer haben! Möchte kämpfen, boxen, schießen! Werde bezahlen." – „Dazu gibt es vielleicht auch ohne Bezahlung Gelegenheit, Sir David; denn gleich hinter Amadije hört das Gebiet der Türken auf, und es beginnen kurdische Länder, die der Pforte nur dem Namen nach unterworfen oder tributpflichtig sind. Dort gewähren uns unsere Pässe nicht die geringste Sicherheit. Ja, es kann leicht der Fall sein, daß wir gerade deshalb feindselig behandelt werden, weil wir die Empfehlung der Türken und der Konsuln besitzen."

„Dann nicht vorzeigen!" – „Allerdings. Diese gewalttätigen Horden macht man sich am besten geneigt, wenn man sich ihrer Gastfreundschaft mit Vertrauen überläßt. Ein Araber kann noch Hintergedanken haben, wenn er einen Fremden in sein Zelt aufnimmt, ein Kurde aber nicht. Und sollte dies einmal der Fall sein, und sollte es keine andere

[1] Kiosk, Gartenhaus

Möglichkeit der Rettung geben, so begibt man sich in den Schutz der Frauen. Dann ist man geborgen." – „Well, werde mich von Frauen beschützen lassen! Prachtvoll! Sehr guter Gedanke!"

Nach etwa einer halben Stunde kehrte Halef zurück. Er versicherte, das Versteck nun selbst bei Nacht finden zu können, sobald es ihm nur erst gelungen sei, aus der Stadt zu kommen. Der Zweck unseres Spazierrittes war somit erreicht, und wir kehrten nach Amadije zurück. Dort richtete ich es so ein, daß wir an der beschädigten Mauerstelle vorüberkamen.

„Das ist der Ort, den ich meine, Halef. Wenn du nachher ausgehst, magst du diese Bresche einmal genau untersuchen, aber so, daß es nicht auffällt." – „Das werde ich schleunigst tun müssen, Sihdi", antwortete er, „denn es wird bald Abend werden."

Der Tag war, als wir unsere Wohnung erreichten, allerdings schon weit vorgeschritten. Ich bekam keine Zeit, mich von dem Ritt auszuruhen, denn Selim Aga empfing mich an der Tür: „Hamdulillah – Allah sei gepriesen, daß du endlich kommst!" meinte er. „Ich habe mit Schmerzen auf dich gewartet." – „Warum?" – „Der Müteßellim sendet mich, um dich zu ihm zu bringen." – „Was soll ich dort?" – „Du sollst mit einem Effendi reden, der vorhin ankam." – „Wer ist es?"

„Ismaïl Bei hat mir verboten, es dir zu sagen." – „Pah! Der Müteßellim kann mir nichts verheimlichen. Ich wußte längst, daß dieser Effendi kommt." – „Du wußtest es? Aber es ist ja ein Geheimnis."

„Ich werde dir beweisen, daß ich dieses große Geheimnis kenne. Es ist der Machredsch von Mossul." – „Wahrhaftig, du weißt es!" rief er erstaunt. „Aber Kiamil Effendi ist nicht allein beim Müteßellim."

„Wer ist noch da?" – „Ein Arnaut."

Ah, ich ahnte, welcher Arnaut es war, und sagte daher: „Das weiß ich auch. Kennst du den Mann?" – „Nein." – „Er hat keine Waffen bei sich." – „Allah akbar, das ist richtig! Effendi, du weißt alles."

„Wenigstens siehst du, daß der Müteßellim nicht der Mann ist, mich zu überraschen." – „Aber, Effendi, sie müssen bös von dir gesprochen haben!" – „Warum?" – „Ich muß darüber schweigen. Du weißt, daß ich dich liebe, aber der Dienst erfordert, daß ich gehorche."

„So sage ich dir, daß ich dir noch heute Befehle geben werde, denen du ebenso gehorchen wirst, als ob du sie von dem Kommandanten erhieltest! Seit wann ist der Machredsch hier?" – „Seit fast zwei Stunden." – „Und so lange Zeit wartest du bereits auf mich?"

„Nein. Kiamil Effendi kam allein, ohne alles Gefolge. Ich war gerade bei Ismaïl Bei, als er eintrat. Er sagte, er komme heimlich, weil er in einer sehr wichtigen Sache reise, von der niemand eine Ahnung haben dürfe. Sie unterhielten sich weiter, und da erwähnte der Kommandant auch dich und deine Gefährten. Der Machredsch mußte dich kennen, denn er wurde sogleich aufmerksam, und der Müteßellim mußte dich ihm beschreiben. ‚Er ist's!' rief Kiamil Effendi dann und bat Ismaïl Bei, mich hinauszuschicken. Nachher wurde ich gerufen und erhielt den Befehl, dich zu holen und –" – „Nun, und –" – „– und, Effendi, es ist gewiß wahr, daß ich dich liebhabe, und darum will ich es dir sagen. Aber, wirst du mich auch nicht verraten?" – „Nein. Ich verspreche es dir."

„Ich mußte mehrere Arnauten mitnehmen, um den Platz zu besetzen, damit sich deine Gefährten nicht entfernen können. Und auch für dich stehen im Palast einige meiner Arnauten bereit. Ich soll dich festnehmen und ins Gefängnis schaffen." – „Ah, das ist ja reizend, Selim Aga! So ist wohl bereits eines deiner Löcher für mich in Bereitschaft gesetzt worden?" – „Ja. Du kommst neben den Araber, und ich mußte einige Strohdecken hineintun lassen; denn der Müteßellim sagte, du seist ein Effendi und solltest feiner behandelt werden als die anderen Spitzbuben." – „Für diese Rücksicht bin ich ihm wirklich großen Dank schuldig. Sollen meine Gefährten auch eingesperrt werden?" – „Ja, aber ich habe über sie noch keine weiteren Befehle." – „Was sagt Mersinah dazu?" – „Ich habe es ihr erzählt. Sie sitzt in der Küche und weint sich die Augen aus." – „Die Gute! Aber du sprachst von einem Arnauten?"

„Ja. Er war da, noch ehe der Machredsch kam, und hat mit dem Müteßellim lange Zeit gesprochen. Dann wurde ich gerufen und gefragt." – „Wonach?" – „Ob Hadschi Lindsay Bei auch in der Wohnung kein Wort rede." – „Und hast du geantwortet?" – „Ich sagte die Wahrheit. Ich habe den Bei noch keine Silbe reden hören." – „So komm. Wir wollen gehen!" – „Effendi, ich soll dich bringen, das ist wahr. Aber ich habe dich lieb. Willst du nicht lieber entfliehen?"

Dieser brave Aga war wirklich mein Freund.

„Nein, ich fliehe nicht, Selim Aga; denn ich habe keine Veranlassung, mich vor dem Müteßellim oder dem Machredsch zu fürchten. Aber ich werde dich bitten, außer mir noch einen mitzunehmen." – „Wen?"

„Den Boten, der zu mir gekommen ist." – „Ich will ihn rufen; er ist im Hof."

Ich trat unterdessen in die Küche. Dort kauerte Mersinah am Boden und machte ein so trübseliges Gesicht, daß ich mich wirklich gerührt fühlte.

„Oh, da bist du, Effendi!" rief sie aufspringend. „Eile, eile! Ich habe dem Aga befohlen, dich entfliehen zu lassen." – „Ich danke dir dafür, Mersinah. Doch ich werde bleiben." – „Der Machredsch und der Müteßellim werden dich aber einsperren, Effendi." – „Das wollen wir abwarten." – „Wenn sie es tun, Effendi, so weine ich mich zu Tode und werde dir die besten Suppen kochen, die es gibt. Du sollst nicht hungern." – „Du wirst für mich nichts kochen müssen, denn man wird mich nicht einstecken. Das versichere ich dir." – „O Effendi, du gibst mir das Leben wieder! Aber sie könnten es doch tun, und dann nehmen sie dir alles ab. Magst du mir nicht dein Geld zurücklassen und auch die anderen Sachen, die dir wertvoll sind? Ich werde dir alles aufbewahren und kein Wort davon sagen." – „Das glaube ich dir, du Schutz und Engel dieses Hauses. Aber eine solche Vorsicht ist nicht nötig."

„So tu, was dir gefällt! Gehe jetzt, und Allah sei bei dir mit seinem Propheten, der dich beschützen möge!"

Wir gingen. Als ich über den Platz schritt, bemerkte ich hinter den Türen einiger Häuser die Arnauten, von denen Selim gesprochen hatte. Es war also jedenfalls sehr ernstlich gemeint. Auch vor dem Palast, im Flur und auf der Treppe, sogar im Vorzimmer standen Soldaten. Ich wäre beinahe doch besorgt geworden.

Der Kommandant war nicht allein in seinem Zimmer. Die zwei Leutnants saßen am Eingang, und Selim Aga zog sich nicht wieder zurück, sondern ließ sich nieder.

„Akschamlarynys hairolßun!“grüßte ich so unbefangen wie möglich, obwohl ich mich in der Falle befand.

„Hairolßun!“ antwortete Ismaïl Bei zurückhaltend und zeigte dabei auf einen Teppich, der seitwärts in seiner Nähe lag.

Ich tat, als hätte ich diesen Wink nicht gesehen oder nicht verstanden, und ließ mich an seiner Seite nieder, wo ich ja schon früher gesessen hatte.

„Ich sandte nach dir“, begann er, „aber du kamst nicht. Wo bist du gewesen, Effendi?“ – „Ich ritt vor der Stadt spazieren.“ – „Was wolltest du da?“ – „Mein Pferd ausreiten. Du weißt, ein edles Roß muß bewegt werden.“ – „Wer war dabei?“ – „Hadschi Lindsay Bei.“ – „Der das Gelübde zu schweigen nicht sehr streng hält.“ – „So?“ – „Dieser Bei redet.“ – „So?“ – „Auch mit dir.“ – „So?“ – „Ich weiß das gewiß.“

„So?“

Dieses wiederholte „So?“ brachte den guten Mann in Verlegenheit.

„Du mußt es doch auch wissen!“ meinte er.

„Wer hat dir gesagt, daß der Bei spricht?“ – „Einer, der ihn gehört hat.“ – „Und wer ist es?“ – „Ein Arnaut, der heute hier ankam, um euch anzuklagen.“ – „Allah, Allah! Also auf die Anklage eines schurkischen Arnauten hin sendest du zu mir, um mich wie einen ebensolchen Schurken zu behandeln! Müteßellim, Allah segne deine Weisheit, damit sie dir nicht abhanden komme.“ – „Effendi, bitte Gott um Weisheit für dich selbst, denn du wirst sie brauchen können!“ – „Das klingt fast wie eine Drohung.“ – „Und dein Wort klang wie eine Beleidigung.“

„Nachdem du mich beleidigt hast. Laß dir etwas sagen, Müteßellim. Hier in dieser Drehpistole sind sechs Schüsse und in dieser anderen ebenso viele. Rede, was du mit mir zu reden hast, aber bedenke, daß ein Effendi aus Almanja kein Arnaut ist! Wenn mein Gefährte sein Gelübde nicht hält, was geht es einen Arnauten an? Wo ist dieser Mann?“ – „Er steht in meinem Dienst.“ – „Seit wann?“ – „Seit langer Zeit schon.“ – „Müteßellim, du sprichst die Unwahrheit! Dieser Arnaut stand gestern noch nicht in deinem Dienst. Er ist ein Mann, von dem ich dir noch mehr erzählen werde. Wenn Hadschi Lindsay Bei spricht, so muß er das mit seinem Gewissen abmachen. Einen anderen geht dies gar nichts an!“ – „Du hättest recht, wenn ich von ihm nur das wüßte.“

„Was gibt es noch?“ – Er ist der Freund eines Mannes, der mir sehr verdächtig ist.“ – „Wer ist dieser Mann?“ – „Du selbst bist es.“

Ich tat sehr erstaunt.

„Ich? Allah kerîm – Gott ist gnädig! Er wird auch dir barmherzig sein.“ – „Du hast zu mir vom Müteßarrif gesprochen und gesagt, Schekib Halil Pascha sei dein Freund.“ – „Ich sagte die Wahrheit.“

„Es ist nicht wahr!“ – „Was? Du zeihst mich der Lüge? So kann meines Bleibens hier nicht länger sein. Ich werde dir Gelegenheit geben, diese Beleidigung zu vertreten.“

Ich erhob mich und tat, als wollte ich das Selamlük verlassen.

„Halt!“ rief der Kommandant. „Du bleibst!“

Ich drehte mich zu ihm um.

„Und wenn ich nicht bleibe?" – „So zwinge ich dich! Du bist mein Gefangener!"

Die beiden Leutnants erhoben sich. Auch Selim Aga stand auf, aber sehr langsam und ungern, wie ich bemerkte.

„Dein Gefangener? Was fällt dir ein? Selâm!"

Ich wandte mich wieder zur Tür.

„Greift ihn!" gebot er.

Die beiden Leutnants packten mich, einer hüben und der andere drüben. Ich blieb stehen und lachte erst dem rechts und dann dem links ins Gesicht. Hierauf flogen sie, einer hinter dem anderen, durch das Zimmer und stürzten vor dem Müteßellim zur Erde.

„Da hast du sie, Müteßellim!" rief ich. „Ich sage dir, daß ich gehe, wann es mir beliebt, und keiner deiner Arnauten soll mich halten! Aber ich werde bleiben, denn ich muß noch mit dir sprechen. Das tue ich aber nur, um dir zu beweisen, daß ich keine Furcht kenne. Frage also weiter, was du zu fragen hast!"

Dem guten Mann war ein solcher Widerstand noch nicht vorgekommen. Er war gewöhnt, daß sich jeder vor ihm beugte, und so schien er jetzt nicht recht zu wissen, was er tun solle.

„Ich sagte", begann Ismaïl Bei endlich wieder, „daß du kein Freund des Müteßarrif bist." – „Du hast doch seinen Brief gelesen." – „Aber du hast in Scheik Adi gegen ihn gekämpft!" – „Beweise es!" – „Ich habe einen Zeugen." – „Laß ihn kommen!" – „Ich werde dir diesen Wunsch erfüllen."

Auf einen Wink des Müteßellim verließ Selim Aga das Zimmer. Nach einigen Augenblicken kehrte er mit – dem Machredsch von Mossul zurück. Kiamil Effendi würdigte mich keines Blickes, schritt an mir vorüber zum Kommandanten, ließ sich an seiner Seite nieder, wo ich vorher gesessen hatte, und griff zum Schlauch der Wasserpfeife, die dort stand.

„Ist dies der Mann, von dem du erzählst?" fragte ihn Ismaïl Bei.

Kiamil Effendi warf einen halben, verächtlichen Blick auf mich und erklärte: „Er ist es." – „Siehst du?" wandte sich der Kommandant an mich. „Der Machredsch von Mossul, den du ja kennen wirst, ist Zeuge, daß du gegen den Müteßarrif gekämpft hast." – „Er ist ein Lügner!"

Da erhob der Richter die Augen voll zu mir.

„Wurm!" zischte er.

„Du wirst diesen Wurm noch kennenlernen!" antwortete ich ruhig. „Ich wiederhole es: Du bist ein Lügner, denn du hast nicht gesehen, daß ich gegen die Truppen des Pascha die Waffen gebraucht habe!"

„So sahen es andere." – „Aber du nicht! Und der Kommandant sagte noch, daß du selbst es gesehen haben willst. Nenne deine Zeugen!"

„Die Topdschiler[1] haben es erzählt." – „So haben auch sie gelogen. Ich habe nicht mit ihnen gekämpft. Es ist kein Tropfen Blut geflossen. Sie haben sich ohne Gegenwehr ergeben. Und dann, als ihr in Scheik Adi eingeschlossen wurdet, habe ich Ali Bei zur Güte und Nachsicht gemahnt, so daß ihr es nur mir zu verdanken habt, daß ihr nicht samt

[1] Kanoniere

und sonders niedergeschossen wurdet. Willst du daraus den Beweis ziehen, ich sei ein Feind des Müteßarrif?" – „Du hast die Geschütze überfallen und weggenommen!" – „Das gestehe ich gern ein." – „Und du wirst dich dafür in Mossul verantworten." – „Oh!" – „Ja. Der Müteßellim wird dich gefangennehmen und nach Mossul schicken, dich und alle, die bei dir sind. Es gibt nur ein einziges Mittel, dich und sie zu retten."

„Welches Mittel?"

Kiamil Effendi gab einen Wink zur Tür hin, und die drei Offiziere traten ab.

„Du bist ein Effendi aus Franghistan", begann nun der Machredsch. „Ich weiß, daß du unter dem Schutz ihrer Konsuln stehst, daß wir dich also nicht töten dürfen. Aber du hast ein Verbrechen begangen, auf dem die Todesstrafe steht. Wir müssen dich über Mossul nach Stambul senden, wo du dann gewiß bestraft wirst."

Er machte eine Pause. Es schien ihm nicht leicht zu werden, jetzt die richtige Wendung zu finden.

„Weiter!" mahnte ich.

„Nun bist du aber ein Schützling des Müteßarrif gewesen. Auch der Müteßellim hat dich freundlich aufgenommen, und so wollen diese beiden nicht, daß dir ein so trauriges Los bereitet wird." – „Allah lohne es ihnen in ihrer letzten Stunde!" – „Ja. Darum ist es möglich, daß wir von einer Verfolgung dieser Sache absehen, wenn –" – „Nun, wenn?"

„Wenn du uns sagst, wieviel das Leben eines Effendi aus Almanja wert ist." – „Es ist gar nichts wert." – „Nichts? Du scherzest!"

„Ich rede im Ernst. Gar nichts ist es wert." – „Inwiefern?" – „Weil Allah auch einen Effendi jede Minute zu sich fordern kann." – „Du hast recht. Das Leben steht in Allahs Hand. Aber es ist ein Gut, das man beschützen und erhalten soll!" – „Du scheinst kein guter Moslem zu sein. Sonst wüßtest du, daß die Wege des Menschen im Buch verzeichnet stehen." – „Dennoch kann der Mensch sein Leben wegwerfen, wenn er diesem Buch nicht gehorcht. Willst du das tun?" – „Also gut, Machredsch. Wie hoch würdest du dein eigenes Leben schätzen?" – „Wenigstens zehntausend Piaster." – „So ist das Leben eines Alamán zehntausendmal mehr wert, nämlich hundert Millionen Piaster. Wie kommt es, daß ein Türke so tief im Preis steht?"

Kiamil Effendi blickte mich verwundert an.

„Bist du so reich?" – „Ja, da ich ein so teures Leben besitze."

„So meine ich, daß du hier in Amadije dein Leben auf zwanzigtausend Piaster schätzen wirst." – „Gewiß!" – „Und das deines Freundes Lindsay Bei ebenso hoch." – „Einverstanden." – „Und zehntausend für den dritten." – „Ist nicht zuviel." – „Und dein Diener?" – „Er ist ein tapferer und treuer Mann, der ebensoviel wert ist wie jeder andere."

„So meinst du, daß auch er zehntausend kostet?" – „Ja."

„Hast du die Gesamtsumme berechnet?" – „Sechzigtausend Piaster. Nicht?" – „Ja. Habt ihr soviel Geld bei euch?" – „Wir sind sehr reich."

„Wann wollt ihr bezahlen?" – „Gar nicht!"

Es war wirklich spaßig zu sehen, mit welchen Gesichtern die beiden Männer erst mich und dann einander anblickten. Dann fragte der

Machredsch: „Wie meinst du das, Effendi?“ – „Ich meine, daß ich aus einem Land stamme, in dem Gerechtigkeit herrscht. Dort ist vor dem Richter der Bettler ebensoviel wert wie der König. Und wenn einer ihrer Anführer sündigt, so wird er vom Gesetz bestraft. Keiner kann sein Leben erkaufen, denn es gibt keinen Richter, der ein Schurke ist. Ihr aber schachert mit der Gerechtigkeit. Ich kann mein Leben nicht bezahlen, wenn ich verdient habe, daß es mir genommen wird.“

„So wirst du es verlieren!“ – „Das glaube ich nicht. Ein Alamán wird niemals Handel mit seinem Leben treiben, aber er weiß es zu verteidigen.“ – „Effendi, die Verteidigung ist dir unmöglich.“ – „Warum?“

„Deine Schuld ist erwiesen und du hast sie auch bereits eingestanden.“

„Das ist nicht wahr. Ich habe keine Schuld eingestanden, sondern ich habe nur zugegeben, daß ich euch die Kanonen fortgenommen habe. Das ist eine Tat, die keine Strafe verdient.“ – „Das meinst du nur. Du weigerst dich also, auf unseren Gütevorschlag einzugehen?“

„Ich verzichte darauf.“ – „So müssen wir dich festnehmen.“ – „Versucht es!“

Auch Ismaïl Bei richtete eine wohlgemeinte Vorstellung an mich. Da ich aber nicht darauf hörte, klatschte er in die Hände, und die drei Offiziere erschienen wieder.

„Führt ihn ab!“ gebot er ihnen. „Ich hoffe, Effendi, daß du dich nicht weigern wirst, mit ihnen zu gehen. Draußen stehen genug Leute, um jeden Widerstand zu überwinden. Du sollst es während deiner Haft hier gut haben und –“ – „Schweig, Müteßellim!“ unterbrach ich ihn. „Ich möchte den Mann hier sehen, der das Zeug hätte, mich zu überwältigen. Euch fünf tue ich in drei Sekunden ab, und deine fieberkranken Arnauten reißen vor meinem Blick aus. Darauf kannst du dich verlassen. Daß ich es gut haben würde als Gefangener, versteht sich von selbst. Das gebietet euch ja euer eigener Vorteil. Nach Mossul werde ich nicht geschickt, denn das kann dem Machredsch nichts nützen. Er will bloß, daß ich mich loskaufe, denn er braucht Geld, um über die Grenze zu kommen.“ – „Über die Grenze?“ fragte der Müteßellim. „Wie soll ich deine Worte verstehen?“ – „Frage ihn selbst!“

Ismaïl Bei blickte den Machredsch an, der sich plötzlich verfärbte.

„Was meint der Franke?“ fragte Ismaïl Bei den Richter.

„Ich verstehe ihn nicht“, erwiderte Kiamil Effendi.

„Er versteht mich nur zu gut“, entgegnete ich. „Müteßellim, du hast mich beleidigt. Du willst mich gefangennehmen. Du hast mir einen Antrag gemacht, der sehr schwere Folgen für dich hätte, wenn ich davon sprechen wollte. Ihr beide habt mich bedroht, aber jetzt werde ich die Waffe in die Hand nehmen, nachdem ich gesehen habe, wie weit ihr zu gehen wagt. Weißt du, wer dieser Mann ist?“ – „Der Machredsch von Mossul.“ – „Du irrst. Er ist nicht mehr Machredsch von Mossul, denn er ist abgesetzt.“ – „Abgesetzt?“ rief der Kommandant.

„Lügner!“ schrie dagegen der Machredsch. „Ich erwürge dich.“

„Abgesetzt?“ rief der Kommandant noch einmal, halb erschrocken und halb fragend.

„Ja. Selim Aga, ich sagte dir vorhin, daß ich dir heute einen Befehl geben werde, dem du Gehorsam leisten wirst. Jetzt sollst du ihn hören:

Nimm den Mann dort gefangen und stecke ihn in das Loch, in das ich kommen sollte! Er wird dann nach Mossul geschafft."

Der gute Aga der Arnauten staunte erst mich an und dann die beiden anderen. Aber er rührte keinen Fuß, um meinen Worten nachzukommen.

„Der Franke ist wahnsinnig", meinte der Machredsch und erhob sich.

„Du selbst mußt es sein, da du es wagst, nach Amadije zu kommen. Warum bist du nicht den geraden Weg, sondern über Mungaischi geritten? Du siehst, daß ich alles weiß. Hier, Müteßellim, hast du den Beweis, daß ich das Recht habe, seine Gefangennahme zu verlangen!" Ich übergab ihm das Schreiben, das an Ali Bei gerichtet war. Er blickte zunächst auf die Unterschrift.

„Vom Anadolu Kasi Askeri?" – „Ja. Er ist in Mossul und verlangt die Auslieferung dieses Mannes. Lies!" – „Es ist wahr!" staunte Ismaïl Bei. „Aber was tut der Müteßarrif?" – „Er ist auch abgesetzt. Lies auch dieses andere Schreiben!"

Ich übergab es ihm, und er las es.

„Allah kerîm! Es gehen große Dinge vor!" – „Allerdings. Der Müteßarrif ist abgesetzt, der Machredsch ebenso. Willst auch du abgesetzt sein?" – „Effendi, du bist ein geheimer Abgesandter des Anadolu Kasi Askeri oder gar des Padischah!" – „Wer ich bin, das kommt hier nicht in Betracht. Aber du siehst, daß ich alles weiß, und ich erwarte, daß du deine Pflicht erfüllst." – „Ich werde sie tun, Effendi! Machredsch, ich kann nicht anders. Hier steht es geschrieben. Ich muß dich gefangennehmen." – „Tu es!" drohte Kiamil.

Ein Dolch blitzte in seiner Hand, und im Nu war er durch das Zimmer gesprungen, auch an mir vorüber, und zur Tür hinaus. Wir eilten ihm nach und kamen gerade recht, um zu sehen, daß der Richter draußen zu Boden gerissen wurde. Selek, der mich begleitet hatte, war es, der auf ihm kniete und ihm den Dolch zu entringen versuchte. Ein Entkommen war nun unmöglich. Kiamil wurde entwaffnet und wieder in das Selamlük zurückgebracht.

„Wer ist dieser Mann?" fragte der Kommandant, auf Selek deutend.

„Er ist der Bote, den mir Ali Bei von Baadri gesandt hat. Er kehrt wieder dorthin zurück, und du magst ihm erlauben, den Transport zu begleiten. Dann sind wir sicher, daß der Machredsch nicht entkommt. Aber ich werde dir noch einen Gefangenen übergeben."–„Wen, Effendi?"

„Laß den Arnauten rufen, der mich angeklagt hat!" – „Holt ihn!" gebot er.

Einer der Leutnants ging und brachte den Mann, der eine Wendung der Dinge zu seinen Ungunsten nicht vermutete.

„Frage ihn", sagte ich, „wo er seine Waffen hat!" – „Wo hast du sie?"

„Sie wurden mir im Schlafe genommen." – „Er lügt, Müteßellim! Dieser Mann war meinem Gefährten Lindsay Bei vom Müteßarrif mitgegeben worden. Er hat auf mich geschossen und entfloh. Dann lauerte er uns unterwegs auf und gab aus dem Dickicht eines Waldes noch zwei Kugeln auf mich ab, die aber nicht trafen. Mein Hund hielt ihn fest, doch ich ließ Gnade walten, vergab dem Menschen und ließ ihn entkommen. Wir nahmen ihm dabei die Waffen ab, die mein Kawaß noch besitzt. Soll ich Zeugen dieser Vorgänge kommen lassen?"

„Herr, ich glaube dir. Nehmt diesen Hundesohn gefangen und schafft ihn in das sicherste Loch des Gefängnisses!" – „Soll ich den Machredsch gleich mitnehmen?" fragte Selim Aga den Kommandanten. – „Ja."

„Müteßellim, laß ihn zuvor binden", erwiderte ich. „Er hat einen Fluchtversuch gemacht und wird ihn wiederholen." – „Fesselt ihn!"

Alle beide wurden abgeführt. Ich blieb mit Ismaïl Bei allein zurück. Der Müteßellim war von diesem Ereignis so angegriffen, daß er sich müde auf den Teppich fallen ließ.

„Wer hätte das gedacht!" seufzte er.

„Du allerdings nicht, o Müteßellim!" – „Effendi, verzeih mir! Ich wußte von diesen Dingen nichts." – „Gewiß hat der Arnaut den Machredsch vorher getroffen und sich mit ihm verständigt, sonst hätte er es nicht gewagt, gegen uns aufzutreten, da wir doch Grund hatten, ihn bestrafen zu lassen." – „Dieser Arnaut soll auf keinen Menschen wieder schießen! Erlaube, daß ich dir eine Pfeife reiche!"

Ismaïl Bei ließ noch ein Nargileh kommen und setzte es mit eigener Hand in Brand. Dann meinte er beinahe unterwürfig: „Glaubst du, daß es mein Ernst war, Effendi?" – „Was?" – „Daß ich Geld von dir nehmen wollte?" – „Ja." – „Effendi, du irrst! Ich fügte mich in den Willen des Machredsch und hätte dir meinen Teil zurückgegeben."

„Aber entfliehen hätte ich dürfen?" – „Ja. Du siehst, daß ich dein Bestes wollte!" – „Das durftest du nicht, wenn die Anklage gegen mich begründet war." – „Wirst du weiter daran denken?" – „Nein, wenn du dafür sorgst, daß ich es vergessen kann." – „Du sollst nicht wieder daran denken, Effendi. Du sollst ee vergessen, wie du bereits ein anderes vergessen hast." – „Was?" – „Die Arznei." – „Ja, Müteßellim, die habe ich allerdings vergessen. Aber du sollst sie noch heute erhalten. Das verspreche ich dir!"

Da kam einer der Diener herein.

„O Müteßellim, es ist ein Basch Tschausch[1] draußen", meldete er.

„Was will der Basch Tschausch?" – „Er kommt aus Mossul und sagt, seine Botschaft sei wichtig." – „Schick ihn herein!"

Der Oberfeldwebel trat ein und übergab dem Kommandanten ein mit einem großen Siegel versehenes Schreiben. Es war das Siegel des Anadolu Kasi Askeri. Ismaïl Bei erbrach es und las. Dann gab er dem Mann den Bescheid, morgen früh die Antwort abzuholen.

„Effendi, weißt du, was es ist?" fragte er mich dann, als der Soldat fort war.

„Das Schreiben des Oberrichters von Anatolien?" – „Ja. Er schreibt mir von der Absetzung des Müteßarrif und des Machredsch. Diesen soll ich, sobald er sich hier erblicken läßt, sofort nach Mossul senden. Ich werde ihn morgen diesem Basch Tschausch mitgeben. Soll ich in meinem Schreiben etwas von dir erwähnen?" – „Nein. Ich werde selbst schreiben. Aber sende eine genügende Bedeckung mit!" – „Daran soll es nicht fehlen, besonders da noch ein anderer wichtiger Gefangener mitgehen soll."

Ich erschrak.

„Welcher?" – „Der Araber. Der Anadolu Kasi Askeri befiehlt es

[1] Oberfeldwebel

mir und sagt, der Sohn des Scheiks Mohammed Emin solle als Geisel nach Stambul gesandt werden." – „Wann geht der Transport ab?"

„Am Vormittag. Ich werde jetzt gleich das Schreiben beginnen."

„So darf ich dich nicht länger stören." – „O Effendi, deine Gegenwart ist mir lieber als alles." – „Aber deine Zeit ist kostbar. Ich darf sie dir nicht rauben." – „Morgen früh aber kommst du?" – „Vielleicht."

„Du sollst beim Abgang des Transports zugegen sein, um zu sehen, daß meine Sorge an alles denkt!" – „So werde ich kommen. Selâm!"

„Allah sei dein Beschützer!"

10. Der „Trank des Paradieses"

Als ich heimkam, tönte mir ein heller Ruf entgegen:

„Hamdulillah, Effendi, du lebst und bist frei!"

Es war die ‚Myrte'. Sie nahm mich bei den Händen und atmete tief auf.

„Du bist ein großer Held. Deine Diener und der fremde Bote haben es gesagt. Wenn sie dich verhaftet hätten, so hättest du den ganzen Palast erschlagen und vielleicht gar Selim Aga auch." – „Ihn nicht, aber die anderen alle. Darauf kannst du dich verlassen!" antwortete ich belustigt.

„Ja. Du bist wie Kelad, der Starke. Dein Bart steht rechts und links wie der Bart eines Panthers, und deine Arme sind wie die Beine eines Elefanten!"

Das war natürlich bildlich gemeint. Aber trotzdem, welch ein Attentat auf den dunkelblonden Schmuck meines Gesichts und auf das liebliche Gleichmaß meiner unentbehrlichsten Gliedmaßen! Ich mußte ebenso höflich sein: „Dein Mund spricht wie der Vers eines Dichters, Mersinah, und deine Lippen strömen über wie ein Topf mit süßem Honig. Deine Rede tut wohl wie das Pflaster auf eine Beule, und deiner Stimme Klang kann keiner vergessen, der ihn einmal hörte. Hier, nimm fünf Piaster, um dir Kuhl und Henna zu kaufen für die Ränder deines Augenlides und die rosigen Nägel deiner Hand. Mein Herz will sich freuen über dich, damit meine Seele jung werde und mein Auge sich ergötze an der Anmut deines Ganges." – „Effendi", rief sie, „du bist tapferer als Ali, weiser als Abu Bekr, stärker als Simsa[1] und schöner als Husseïn, der Armadener! Befiehl, was ich dir braten soll! Oder willst du gekocht und gebacken haben? Ich tue für dich alles, was du verlangst, denn mit dir ist die Freude über mein Haus gekommen und Segen über die Schwelle meiner Tür." – „Deine Güte rührt mich, Mersinah. Ich kann sie nicht vergelten. Aber ich habe weder Hunger noch Durst, wenn ich den Glanz deiner Augen, die Farbe deiner Wangen und das liebliche Bild deiner Hände erblicke. War Selim Aga da?" – „Ja. Er hat mir alles erzählt. Deine Feinde sind vernichtet. Geh hinauf und tröste die Deinen, die in großer Sorge sind!"

Ich ging hinauf.

„Endlich zurück?" meinte der Engländer. „Große Sorge! Wollten kommen und Euch holen. Glück, daß Ihr da seid!" – „Du warst in Gefahr?" fragte Mohammed Emin.

[1] Simson

„Sie ist vorüber. Weißt du, daß der Müteßarrif abgesetzt ist?"

„Der von Mossul?" – „Ja, und der Machredsch auch." – „Also darum ist Selek da?" – „Ja. Hat er dir nichts erzählt, als wir am Nachmittag ausgeritten waren?" – „Nein. Er ist schweigsam. Aber dann kann doch Amad el Ghandur frei werden, denn nur der Müteßarrif hat ihn gefangengehalten!" – „Ich hoffte es auch, aber es steht schlimmer. Der Großherr billigt das Vorgehen gegen euch, und der Heeresrichter von Anatolien hat befohlen, daß dein Sohn als Geisel nach Stambul gebracht werden soll." – „Allah kerîm! Wann soll er fort?"

„Morgen vormittag." – „Wir überfallen unterwegs seine Begleitung."

„Solange wir noch Hoffnung haben, ihn durch List frei zu bekommen, möchte ich kein Menschenleben in Gefahr bringen." – „Aber wir haben nur noch eine Nacht Zeit." – „Diese Zeit ist lang genug."

Dann wandte ich mich an den Engländer:

„Sir David, ich brauche Wein für den Müteßellim." – „Wäre Wein wert, dieser Kerl. Mag Wasser trinken. Kaffee, Lindenblüten, Baldrian und Buttermilch." – „Er hat mich um Wein gebeten." – „Schlingel! Darf doch keinen trinken! Ist Mohammedaner!" – „Die Moslem trinken ihn ebenso gern wie wir. Ich möchte uns sein Wohlwollen erhalten, solange wir es brauchen." – „Schön! Soll Wein haben! Wieviel?" – „Ein Dutzend Flaschen. Ich gebe die Hälfte und Ihr die andere." – „Pshaw! Kaufe nicht halb. Hier Geld!"

Lindsay reichte mir die Börse hin, ohne darauf zu achten, wieviel ich ihr entnahm.

„Wie ist's?" fragte er. „Retten wir Amad?" – „Ja, heute!" – „Wie?"

„Ich gehe abends mit Selim Aga Wein trinken und suche –"

„Trinkt auch Wein?" unterbrach er mich.

„Leidenschaftlich." – „Schöner Moslem! Verdient Prügel!"

„Gerade diese Geschmacksrichtung aber gibt uns Vorteile. Selim wird einen Rausch bekommen, und dann nehme ich ihm unbemerkt den Gefängnisschlüssel weg. Ich lasse den Araber hinaus zu seinem Vater, wo er sich umkleidet. Dann führt ihn Halef in die Villa, die Ihr für ihn gebaut habt." – „Well! Sehr schön! Was tue ich dabei?"

„Zunächst aufpassen. Wenn ich den Befreiten bringe, so gebe ich da drüben an der Ecke ein Zeichen. Ich werde wie ein Rabe krächzen, der aus dem Schlaf gestört worden ist. Dann eilt Halef hinunter, um die Tür zu öffnen und die Wirtin in der Küche abzulenken. Ihr geht mit Mohammed Emin an die Treppe und empfangt Amad el Ghandur, um ihn hinaufzuführen. Er zieht sich um, und ihr wartet, bis ich nach Hause komme." – „Ihr geht wieder fort?" – „Ja. Ich muß zu Selim Aga, um keinen Verdacht zu erregen und ihm den Schlüssel wieder zuzustecken." – „Schwere Sache für Euch! Wenn Ihr nun ertappt werdet?"

„Ich habe eine Faust und, wenn das zuwenig sein sollte, auch Waffen. Jetzt aber laßt uns zu Abend essen."

Während des Mahles wurde auch Mohammed Emin genau unterrichtet. Halef brachte den Wein und mußte ihn gut verpacken.

„Den trägst du jetzt zum Müteßellim", wies ich ihn an.

„Will er ihn trinken, Sihdi?" fragte er erstaunt.

„Er soll ihn verwenden, wozu er ihn braucht. Du gibst das Paket keinem anderen Menschen als ihm selbst und sagst, daß ich hier die Medizin sende. Und höre! Wenn ich dann mit Selim Aga fortgehe, so gehst du heimlich nach und merkst dir das Haus genau, das wir besuchen! Und sollte ich irgendwie gebraucht werden, so kommst du, um mich zu holen." – „Wo werde ich dich in dem Haus finden?"

„Du gehst im Flur von der Tür aus ungefähr acht Schritt geradeaus und klopfst dann ein paarmal rechts an einer Tür, dahinter bin ich zu finden. Sollte der Wirt dich sehen, so sagst du, daß du den fremden Effendi suchst, der aus dem Krug trinkt. Verstehst du?"

Halef verschwand mit seinem Paket.

Mohammed Emin befand sich in einer unbeschreiblichen Aufregung. Ich hatte ihn selbst damals, als es im Tal der Stufen galt, seine Feinde gefangenzunehmen, nicht so gesehen. Er hatte alle seine Waffen angetan und auch die Flinte neu geladen. Ich konnte nicht darüber lächeln. Ein Vaterherz ist eine heilige Sache. Ich hatte auch einen Vater daheim, der oft für mich Sorgen und Entbehrungen getragen hatte, und konnte das wohl begreifen.

Endlich kam Selim Aga vom Müteßellim zurück. Er verzehrte sein Abendbrot, und dann gingen wir heimlich zum Juden. Selim Aga hatte die Wirkung des starken Weines zur Genüge kennengelernt und nahm sich daher sehr in acht. Er trank nur in kleinen Schlückchen und sehr langsam.

Wir mochten bereits dreiviertel Stunden beim Wein sitzen, und noch immer zeigte der Trank keine andere Wirkung, als daß der Aga stiller und träumerischer wurde und sich sinnend in seine Ecke lehnte. Schon stand ich im Begriff, ihn zum Austrinken zu nötigen und zwei neue Krüge bringen zu lassen, als es draußen an die Tür pochte.

„Wer ist das?" fragte der Aga erschreckt.

„Das muß Hadschi Halef sein." – „Weiß er, wo wir sind?" – „Ja."

„Effendi, was hast du getan?" – „Sei ruhig! Er weiß nicht, was wir tun." – „Laß ihn nicht herein!"

Wie gut, daß ich Halef eingeweiht hatte! Daß er kam, um mich zu holen, war ein Beweis dafür, daß etwas Besonderes vorgefallen sei. Ich öffnete und trat hinaus auf den Flur.

„Halef!" – „Sihdi, bist du es?" – „Ja. Was ist's?" – „Der Müteßellim ist gekommen." – „Das ist schlimm. Das kann uns alle Pläne verderben. Geh! Wir kommen gleich nach. Aber bleib stets an der Tür meines Zimmers, damit ich dich sofort habe, wenn ich dich brauche!"

Ich trat wieder in den kleinen Raum zurück.

„Selim Aga, es war dein Glück, daß ich dem Hadschi sagte, wo wir sind. Der Müteßellim ist bei dir und wartet auf dich." „Aman – um Himmels willen! Komm schnell, Effendi! Was will er?" – „Halef wußte es nicht." – „Es muß wichtig sein. Eile!"

Wir ließen den Wein stehen und schritten schnell unserer Wohnung zu.

Als wir heimkamen, saß der Kommandant auf meinem Platz in meiner Stube, ließ sich von der roten Papierlaterne magisch beleuchten und sog an meinem Nargileh. Er war, als er mich erblickte, so höflich, sich zu erheben.

„O Müteßellim. Du hier in meiner Wohnung? Allah segne deinen Eintritt!"

Im stillen hatte ich allerdings einen ganz anderen Wunsch.

„Effendi, verzeih, daß ich zu dir heraufstieg! Die Wirtin dieses Hauses, der Allah ein Gesicht gegeben hat wie keiner zweiten, wies mich herauf. Ich wollte mit Selim Aga reden." – „So erlaube, daß ich mich wieder entferne!"

Jetzt war Ismaïl Bei gezwungen, mich zum Hierbleiben aufzufordern, wenn er nicht ganz und gar gegen die gute Sitte verstoßen wollte.

„Bleib, Effendi", sagte er darum, „und setze dich! Auch Selim Aga mag sich setzen; denn was ich von ihm verlange, das darfst du wissen."

Jetzt mußten die Reservepfeifen her. Während des Anzündens beobachtete ich den Kommandanten scharf. Das Licht der Laterne ließ mich sein Gesicht nicht genau erkennen, aber seine Stimme schien mir den Klang zu besitzen, der verrät, daß die Zunge ihre gewöhnliche Leichtigkeit zu verlieren beginnt.

„Was meinst du, Effendi? Ist der Machredsch ein wichtiger Gefangener?" begann Ismaïl Bei.

„Ich meine es." – „Ich auch. Darum macht mir der Gedanke, daß es ihm vielleicht gelingen könnte, zu entkommen, schwere Sorge."

„Kiamil ist doch sicher eingeschlossen." – „Ja. Aber das ist nicht genug für mich. Selim Aga, ich werde diese Nacht nicht schlafen und zwei- oder dreimal ins Gefängnis gehen, um mich zu überzeugen, daß er wirklich in seinem Loch ist." – „O Müteßellim, ich werde das an deiner Stelle tun." – „Dann siehst du ihn wohl, aber ich nicht, und ich kann dennoch nicht schlafen. Ich werde selbst gehen. Gib mir den Schlüssel!"

„Weißt du, o Bei, daß du mich damit kränkst?" – „Ich will dich nicht kränken, sondern ich will mich beruhigen. Der Anadolu Kasi Askeri ist ein strenger Mann. Ich würde die seidene Schnur bekommen, wenn ich den Gefangenen entkommen ließe."

Damit war ja die Ausführung unseres Planes unmöglich gemacht! Gab es keine Hilfe? Ich war schnell entschlossen. Entweder Wein oder Gewalt! Während der Aga seinem Vorgesetzten noch Vorhaltungen machte, erhob ich mich und trat hinaus auf den Flur, wo Halef stand.

„Bring vom allerbesten Tabak! Und hier hast du Geld. Geh in das Haus, wo du mich geholt hast, und verlang vom Wirt solchen Wein von Türbedi Haidari, wie ich vorhin getrunken habe." – „Wieviel soll ich bringen?" – „Ein Gefäß, in das zehn Krüge gehen. Man wird dir ein solches Gefäß borgen." – „Soll ich das Getränk des Teufels ins Zimmer bringen?" – „Nein. Ich hole es aus deiner Stube. Aber der Baschi Bosuk darf nichts wissen. Gib ihm dieses Bakschisch. Er mag ausgehen und so lange bleiben, wie es ihm beliebt. Ifra kann zur Wache gehen, um sich dem Basch Tschausch zu zeigen, mit dem er morgen reisen wird. So werden wir ihn los."

Als ich wieder eintrat, reichte der Aga dem Kommandanten soeben den Schlüssel hin. Der Müteßellim steckte ihn in seinen Gürtel und sagte zu mir: „Weißt du, daß der Machredsch widersetzlich gewesen ist?"

„Ja Er hat erst den Aga bestechen wollen und ihm dann gar nach dem Leben getrachtet, wie ich hörte.“ – „Kiamil wird es büßen!“ – „Und“, fügte Selim Aga bei, „als ich ihn aufforderte, seine Taschen zu leeren, tat er es nicht.“ – „Was hatte er darin?“ – „Viel Geld!“

„Effendi, wem gehört dieses Geld?“ fragte mich der Kommandant lauernd.

„Du mußt es in Empfang nehmen.“ – „Das ist richtig. Laß uns gehen!“

„Müteßellim, du willst mich schon verlassen?“ fragte ich. „Willst du mich beleidigen?“ – „Ich bin dein Besuch, aber nicht dein Gast!“

„Ich habe nicht gewußt, daß du kommst. Erlaube mir, dir eine Pfeife zu stopfen, wie man sie hier selten raucht.“

Soeben traf Halef ein und brachte den Tabak. Es war Lindsays Sorte. Ismaïl Bei fand sie sicher gut. Übrigens war ich fest entschlossen, ihn ohne meinen Willen nicht fortzulassen. Doch es kam glücklicherweise nicht zum Äußersten, denn er nahm die Pfeife an. Aber im Laufe der ferneren Unterhaltung merkte ich, daß seine Augen erwartungsvoll an der Tür hingen. Er wollte Kaffee haben. Deshalb erkundigte ich mich:

„Hast du die Medizin erhalten, o Bei?“ – „Ja. Ich danke dir, Effendi.“

„Hast du schon gekostet?“ – „Ein wenig.“ – „Wie war sie?“

„Sehr gut. Aber ich habe gehört, daß es auch ganz süße Medizin gibt.“

Der gute Aga wußte genau, wovon die Rede war. Er schmunzelte lüstern und blickte mich mit verführerisch blinzelnden Augen an.

„Ja, es gibt ganz süße“, bestätigte ich.

„Aber solche Medizin ist selten?“ – „Nein.“ – „Und heilsam?“

„Sehr. Sie gleicht der Milch, die in den Bächen des Paradieses fließt.“

„Aber in Amadije gibt es keine?“ – „Ich kann welche bereiten, überall, auch in Amadije.“ – „Und wie lang dauert es, bis sie fertig ist?“

„Zehn Minuten. Willst du so lange warten, so sollst du den Trank des Paradieses schmecken, der Mohammed von den Huri gereicht wird.“

„Ich warte.“

Seine Augen leuchteten vergnügt, noch vergnügter aber die Augen des würdigen Selim Aga. Ich verließ das Zimmer und benutzte die Frist, um zu Mohammed Emin zu gehen.

„Effendi, nun ist es aus!“ empfing mich der Scheik.

„Nein, sondern nun geht es an!“ – „Aber du erhältst jetzt den Schlüssel nicht.“ – „Vielleicht brauche ich ihn gar nicht. Warte nur geduldig.“

Auch Lindsay kam geschlichen.

„Von meinem Tabak geholt! Wer raucht ihn?“ – „Der Kommandant.“

„Sehr gut! Trinkt meinen Wein, raucht meinen Tabak! Ausgezeichnet!“ – „Warum sollte er nicht?“ – „Mag zu Haus bleiben! Flucht nicht stören!“ – „Vielleicht fördert er sie. Ich habe um Wein geschickt.“

„Wieder?“ – „Ja. Um persischen. Reißt einen Elefanten nieder. Süß wie Honig und stark wie ein Löwe!“ – „Well! Trinke auch persischen Wein!“ – „Habe dafür gesorgt, daß für Euch auch da ist. Ich werde die beiden Leute lustig machen, und dann werden wir sehen, was zu tun ist.“

Nun ging ich in die Küche und ließ Feuer anzünden. Ehe es ordentlich brannte, kam Halef zurück. Er brachte ein großes Gefäß des gefährlichen Trankes. Ich setzte einen Topf voll davon über das Feuer und empfahl ihn der Fürsorge Mersinahs. Dann kehrte ich zu dem Engländer zurück.

„Hier ist Perser! Aber gebt Gläser her! Sie sind bei Euch."

Als ich in meine Stube trat, blickten mir die beiden Türken erwartungsvoll entgegen.

„Hier bringe ich die Medizin, o Müteßellim. Koste sie zunächst, da sie kalt ist. Dann sollst du auch sehen, wie sie das Herz begeistert, wenn man sie heiß genießt." – „Sage mir vorher genau, Effendi, ob es Wein ist oder Medizin!" – „Dieser Trank ist die beste Medizin, die ich kenne. Trinke sie und sage mir, ob sie nicht deine Seele erfreut!"

Ismaïl Bei kostete und kostete abermals. Über seine scharfen, aber matten Züge legte sich ein Schein der Verklärung.

„Hast du selbst diesen Trunk erfunden?" – „Nein, sondern Allah gibt ihn denen, die er am liebsten hat." – „So meinst du, daß er uns liebt?"

„Gewiß." – „Von dir weiß ich es, daß du ein Liebling Allahs bist. Hast du noch mehr von diesem Trank?" – „Hier! Trinke aus!"

Ich schenkte wieder ein.

Seine Augen funkelten noch vergnügter als vorher.

„Effendi, was ist Lâdikîje, Dschebeli[1] und Tabak von Schiras gegen diese Arznei! Sie ist besser als der feinste Kaffee. Willst du mir das Rezept geben, wie es bereitet wird?" – „Erinnere mich daran, so werde ich es aufschreiben, noch ehe ich Amadije verlasse. Aber hier steht der Krug. Trinkt! Ich muß hinab zur Küche, um die andere Arznei zu bereiten."

Ich ging mit Vorbedacht sehr leise die Treppe hinab und öffnete unhörbar die Küchentür ein wenig. Richtig! Da stand die ‚Myrte' vor meinem Topf und schöpfte mit einer kleinen türkischen Kaffeetasse den bereits ziemlich heißen Wein unaufhaltsam zwischen ihre weit geöffneten Lippen, die nach jeder Tasse mit einem schmatzenden Laut zusammenklappten.

„Mersinah, verbrenne dir deine Zunge nicht!"

Sie fuhr erschrocken herum und ließ die Tasse fallen.

„O Sihdi, es war ein Örümdschek[2] in den Topf gelaufen, und den wollte ich wieder herausfischen." – „Und diese Spinne hast du dir in den Mund gegossen?" – „Nein, Effendi, sondern nur das wenige, was an der Spinne hängengeblieben war." – „Gib mir den kleinen Topf von da unten herauf!" – „Hier, Emir!" – „Fülle ihn dir mit diesem Trank!"

„Was ist es, Emir?" – „Es ist die Arznei, die ein persischer Hekim erfunden hat, um das Alter wieder jung zu machen. Wer genug davon trinkt, dem ist die Seligkeit gegeben, und wer davon trinkt, ohne aufzuhören, der hat das ewige Leben!"

Die Alte dankte mir in blühenden Ausdrücken, und ich trug das übrige hinauf. Die beiden Zecher waren trotz ihres Rangunterschiedes nahe zusammengerückt und schienen sich angenehm unterhalten zu haben.

[1] Lâdikîje wird in Europa „Lattakia" genannt. Der gleichfalls aus Syrien stammende „Dschebeli" führt seinen Namen nach dem Ort Dschebeli. Diese Tabake werden auch „Abu Riha — Vater des Wohlgeruchs" genannt und im Rauch harziger Hölzer getrocknet [2] Spinne, Kreuzspinne

„Weißt du, Effendi, worüber wir streiten?“ fragte mich der Kommandant. „Wir stritten, wessen System am meisten gelitten hat, das seinige oder das meinige. Wer hat recht?“ – „Das will ich euch sagen: Wem die Arznei die größte Hilfe bringt, dessen System hat am meisten gelitten.“ – „Deine Weisheit ist zu groß, als daß wir sie begreifen könnten. Was hast du in diesem Topf?“ – „Das ist Itschkilerin itschkißi[1], denn ihm kommt kein anderer gleich.“ – „Und du willst, daß wir ihn kosten?“

„Wenn du wünschst, schenke ich dir davon ein.“

„Gib mir!“

„Mir auch, Effendi!“ bat der Aga.

Beide hatten bereits das, was man einen ‚Käfer‘ zu nennen pflegt, ja, es schien bereits ein stattlicher Hirschkäfer zu sein, der alle Anlagen zeigte, sich langsam in einen regelrechten Affen zu verwandeln. Es war nur heißer Wein, ohne alles Gewürz, den meine Gäste jetzt kosteten, aber er brachte sie dem ‚Seid umschlungen Millionen!‘ sehr nahe. Sie tranken bereits nur noch aus einem Glas, und der Müteßellim wischte sogar seinem Aga einmal den Bart ab, als sich einige Tropfen der herrlichen Arznei verlaufen hatten. Die Unterhaltung der beiden war die zweier Personen, die ‚im edlen Kampfe voller Humpen‘ noch Laien sind: närrisch und kauderwelsch. Selbst ich, der ich nur tat, als tränke ich, wurde dabei in Mitleidenschaft gezogen; denn der Müteßellim umarmte mich ein über das andere Mal, und der Aga hielt traulich seinen Arm um meinen Nacken geschlungen.

Da erhob sich Selim Aga einmal, um eine neue Kerze für die Laterne zu holen. Er kam auch ganz glücklich in die Höhe, dann aber streckte er die Arme zuckend aus und trillerte unsicher mit den Knien wie einer, der zum erstenmal Schlittschuh läuft.

„Was ist dir, Aga?“ fragte der Kommandant.

„O Bei, ich bekomme das Baldyr tschekilmeß[2]. Ich glaube, ich muß mich wieder setzen.“ – „Setz dich! Ich werde dir helfen!“ – „Kennst du ein Mittel gegen den Krampf?“ – „Ein sehr gutes. Setz dich!“

Selim Aga nahm wieder Platz. Sein Kommandant richtete sich ein wenig auf und erkundigte sich mit liebevoller Herablassung: „In welcher Wade hast du den Krampf?“ – „In der rechten.“ – „Gib mir das Bein!“

Der Aga streckte es hin, und sein Vorgesetzter begann, daran mit allen Kräften zu zerren und zu ziehen.

„O wach, wach — o wehe, Herr! Ich glaube, daß es doch in der linken ist!“ – „So gib die her!“

Selim reichte ihm sein anderes Bein hin, und der Helfer in der Not zog aus Leibeskräften. Es war komisch-rührend zu sehen, wie dieser hochgestellte Beamte, der gewohnt war, sich auch im allerkleinsten bedienen zu lassen, seinem Untergebenen mit so brüderlicher Bereitwilligkeit die Wade zog und klopfte.

„Gut! Ich glaube, es ist nun weg!“ meinte der Aga.

„So steh auf und versuch es!“

Selim erhob sich und gab sich diesmal Mühe. Er stand kerzengerade.

[1] Der Trank aller Tränke [2] Wadenkrampf

Aber das Gehen! Ich sah es ihm an, daß es ihm war, wie einem flüggen Vogel, der sich zum erstenmal der unsicheren Luft anvertrauen will.

„Geh einmal!“ gebot der Müteßellim. „Komm, ich werde dich stützen!“

Ismaïl Bei wollte sich mit der gewohnten Schnelligkeit aufrichten, verlor aber das Gleichgewicht und kam sehr schnell in seine vorige Stellung zurück. Doch er wußte sich zu helfen. Er legte seine Hand auf meine Schulter und stand auf. Dann machte er die Beine breit, um eine festere Stellung zu bekommen, und starrte verwundert auf die Lampe.

„Effendi, deine Lampe fällt herab!“ – „Ich glaube, sie hängt fest.“

„Sie fällt, und das Papier brennt an. Ich sehe schon die Flammen zucken.“ – „Ich sehe nichts.“ – „Maschallah! Ich sehe sie fallen, und dennoch bleibt sie oben. Wackle nicht so, Selim Aga, sonst wirst du umstürzen!“ – „Ich wackle nicht, Effendi.“ – „Ich sehe es doch genau.“

„Du selbst wackelst, o Bei!“ – „Ich? Aga, mir wird es doch sehr bange um dein System. Deine Nerven schieben sich hin und her, und der Magen ist dir in die Beine gesunken. Du schüttelst die Arme und schlingerst mit dem Kopf, als wolltest du schwimmen. O Selim Aga, diese Medizin war zu stark für dich. Sie wird dich zu Boden werfen!“

„O Herr, du irrst. Was du mir sagst, das ist mit dir der Fall. Ich sehe deine Füße tanzen und deine Arme hüpfen. Dein Kopf dreht sich rundum. Du bist sehr krank. Allah möge dir Hilfe senden, daß das System deines Blutes nicht ganz und gar zugrunde gehe!“

Das war dem Müteßellim denn doch zuviel. Er machte eine Faust und drohte:

„Selim Aga, nimm dich in acht! Wer da sagt, mein System sei nicht in Ordnung, den lasse ich peitschen oder einstecken! Wallahi! Habe ich den Schlüssel eingesteckt?“

Er fuhr in seinen Gürtel und fand das Gesuchte.

„Selim Aga, mach dich auf und begleite mich! Ich werde jetzt das Gefängnis untersuchen. Effendi, deine Medizin ist wirklich wie die Milch des Paradieses. Aber sie hat deinen Körper gänzlich durcheinander gebracht. Du willst immer mit dem Kopf nach unten. Erlaubst du, daß wir gehen?“ – „Wenn es dein Wille ist, den Gefangenen aufzusuchen, so darf ich dich in der Erfüllung deiner Pflicht nicht hindern.“

„So gehen wir. Wir danken dir für das Gute, das du uns heute schmekken ließest. Wirst du bald wieder Medizin bereiten?“ – „Sobald du es wünschst.“ – „Die heiße ist noch besser als die kalte, aber sie geht dem Menschen durch Mark und Bein und schiebt ihm die Knochen durcheinander. Allah behüte dich und gebe dir eine gute Ruhe!“

Ismaïl Bei trat auf den Aga zu und nahm ihn beim Arm. Beide gingen, und ich folgte ihnen. An der Treppe blieben sie stehen.

„Selim Aga, steig du zuerst hinunter!“ – „O Bei, diese Ehre gebührt doch dir.“

„Ich bin nicht stolz. Das weißt du ja.“

Der Aga setzte, während er sich mit den Händen anhielt, einen Fuß um den anderen vorsichtig auf die Stufen. Der Müteßellim folgte ihm. Es wollte bei ihm nicht recht sicher gehen, zumal ihm die Treppe unbekannt war.

„Effendi, bist du noch da?“ fragte er.
„Ja.“ – „Weißt du, daß es Sitte ist, seine Gäste bis vor die Tür zu begleiten?“
„Ich weiß es.“
„Aber du begleitest mich ja nicht!“
„So erlaube, daß ich es tue!“
Ich nahm ihn beim Arm und stützte ihn. Nun ging es besser. Unten vor der Tür blieb Ismaïl Bei stehen, um tief Atem zu holen.
„Effendi, dieser Machredsch ist eigentlich auch dein Gefangener“, meinte er.
„Wenn man es recht betrachtet, ja.“ – „So mußt du dich auch überzeugen, ob Kiamil noch da ist.“ – „Ich werde euch begleiten.“
„Recht so! Komm, gib mir deinen Arm!“ – „Du hast zwei Arme, Effendi“, meinte der Aga. „Gib mir den anderen!“
Die beiden Männer hingen schwer an mir, aber ihr Rausch befand sich doch noch immer in dem Stadium, in dem man noch leidlich Herr seiner selbst ist. Ihr Gang war unsicher, doch kamen wir rasch vorwärts. Die Gassen lagen finster und öde da. Kein Mensch begegnete uns.
„Deine Arnauten werden erschrecken, wenn ich komme“, sagte der Müteßellim zum Aga.
„Und ich mit dir!“ brüstete sich Selim.
„Und ich mit euch!“ vervollständigte ich.
„Ist der Araber noch da?“ – „Glaubst du, o Bei, ich lasse solche Leute ausreißen?“ fragte Selim Aga beleidigt.
„Ich werde auch zu ihm sehen. Hat er auch Geld gehabt?“
„Nein.“ – „Wieviel, denkst du, wird der Machredsch bei sich haben?“
„Ich weiß es nicht.“ – „Er muß es hergeben. Aber, Selim, deine Arnauten sollten dann eigentlich nicht dabei sein.“ – „So gebiete ich ihnen fortzugehen.“ – „Und wenn sie lauschen?“ – „Ich riegle sie ein.“
„Gut. Aber wenn wir fort sind, werden deine Leute mit dem Gefangenen reden.“ – „Sie bleiben eingeriegelt.“ – „So ist es richtig. Dieses Geld gehört in die Kasse des Müteßellim, der dem Aga der Arnauten ein sehr gutes Bakschisch gibt.“ – „Wieviel, o Bei?“ – „Das kann ich jetzt noch nicht wissen, denn ich muß erst sehen, wieviel der Machredsch bei sich führt.“
Wir kamen beim Gefängnis an.
„Schließ auf, Selim Aga!“ – „O Müteßellim, du selbst hast doch die Schlüssel!“ – „Ja, richtig!“
Ismaïl Bei langte in den Gürtel und zog den Schlüssel hervor, um zu öffnen. Er versuchte und versuchte, fand aber das Schlüsselloch nicht.
Damit hatte ich gerechnet.
„Erlaube, daß ich dir öffne!“ sagte ich höflich.
Ich nahm den Schlüssel aus seiner Hand, machte auf, zog ihn wieder ab, trat in den Flur und steckte den Schlüssel von innen wieder in das Schloß.
„Tretet ein! Ich werde wieder abschließen.“
Sie kamen herein. Ich tat, als wolle ich zuschließen, drehte aber den Schlüssel schnell wieder zurück und versuchte scheinbar, ob auch wirklich fest zugeschlossen sei.

„Es ist zu. Hier hast du deinen Schlüssel, Müteßellim!"
Ismaïl Bei nahm ihn. Da kamen aus der hinteren Zelle und auch von oben die Arnauten herbei, mit Lampen in den Händen.
„Ist alles in Ordnung?" fragte der Müteßellim mit Würde.
„Ja, o Herr." – „Ist keiner entwischt?"
„Nein, o Müteßellim."
„Aber der Machredsch?" – „Auch nicht", antwortete der Tschausch bei diesem geistreichen Verhör.
„Das ist euer Glück, ihr Hundesöhne. Ich hätte euch sonst totpeitschen lassen. Packt euch hinauf in eure Stube! Selim Aga, schließe sie ein!" – „Effendi, willst du es nicht tun?" fragte der Anführer der Arnauten.
„Gern."
Der Aga nahm eine der Lampen, und ich führte die Leute hinauf.
„Warum werden wir eingeschlossen, Effendi?" fragte der Tschausch.
„Die Gefangenen werden verhört."
Ich wies sie in ihre Stube und schob die Riegel vor, dann stieg ich wieder die Treppe hinab. Da der Kommandant und sein Aga bereits nach hinten gingen, lag die Außentür im Dunkeln. Ich huschte hin und öffnete sie, so daß sie nur angelehnt blieb. Dann eilte ich den beiden nach.
„Wo liegt er?" hörte ich den Müteßellim fragen
„Hier."
„Und wo liegt der Haddedihn?" fragte ich, um dem Öffnen der anderen Tür zuvorzukommen; denn ich mußte darauf sehen, daß bei dem Araber zuerst aufgemacht wurde.
„Hier hinter der zweiten Tür." – „So mach auf!"
Ismaïl Bei schien mit meinem Verlangen einverstanden zu sein. Er gab einen Wink, und Selim machte auf.
Der Gefangene hatte unser lautes Kommen gehört und stand aufrecht in seinem Loch. Der Müteßellim trat näher.
„Du bist Amad el Ghandur, der Sohn von Mohammed Emin?"
Er erhielt keine Antwort.
„Kannst du nicht reden?"
Es folgte wieder Schweigen.
„Hundesohn, man wird dir den Mund zu öffnen wissen! Morgen wirst du fortgeschafft!"
Amad erwiderte keine Silbe, hielt aber das Auge auf mich gerichtet, um sich keine meiner Mienen entgehen zu lassen. Ich gab ihm durch ein schnelles Hochziehen und Sinkenlassen der Brauen zu verstehen, daß er aufmerken solle. Dann schob Selim die Riegel wieder vor.
Jetzt wurde die andere Tür geöffnet. Kiamil Effendi stand an die Mauer gelehnt. Sein Blick war erwartungsvoll auf uns gerichtet.
„Machredsch, wie gefällt es dir?" fragte der Kommandant ein wenig ironisch, wohl infolge des Weines.
„Wollte Allah, du wärst an meiner Stelle!"
„Das wird der Prophet verhüten! Es steht schlimm um dich."
„Ich fürchte mich nicht."
„Du hast den Aga hier ermorden wollen."

„Er ist es wert!“ – „Hast ihn bestechen wollen.“ – „Er ist die Dummheit selbst!“ – „Hast ihn gleich bezahlen wollen.“ – „Der Kerl verdient gehängt zu werden!“ – „Vielleicht wären deine Wünsche zu erfüllen“, meinte der Kommandant mit schlauer Miene. Infolge des Weingenusses und in der Erwartung reicher Beute strahlte sein Gesicht.

„Wie?“ zuckte der Machredsch auf. „Sprichst du im Ernst? Du willst mit mir handeln?“ – „Ja.“ – „Wieviel wollt ihr haben?“ – „Wieviel hast du bei dir?“ – „Müteßellim, ich brauche Reisegeld!“ – „Wir werden so billig sein, es dir zu lassen.“ – „Gut, so wollen wir verhandeln. Aber nicht in diesem Loch!“ – „Wo sonst?“ – „In einem Raum, der für Menschen, nicht aber für Ratten ist.“ – „So komm herauf!“ – „Gebt mir die Hand!“ – „Selim Aga, hilf ihm“, meinte der Kommandant, der seinem Gleichgewicht nicht zu trauen schien.

Dem Aga aber kam das gleiche Bedenken, denn er gab mir einen freundschaftlichen Stoß und ermahnte mich:

„Effendi, tu du es!“

Ich streckte also, um die Sache nicht zu verzögern, meinen Arm aus, faßte den Machredsch bei der Hand und zog ihn heraus.

„Wohin soll er?“ fragte ich.

„In die Wächterstube“, entschied der Kommandant.

„Soll ich diese Tür offenlassen oder“ – „Lehne sie nur an!“

Ich machte mir mit der Tür zu schaffen, um die drei erst in die Stube eintreten zu lassen, aber das glückte nicht. Der Kommandant wartete auf mich. Ich mußte also auf etwas anderes sinnen.

Voran trat der Machredsch ein, hinter ihm der Kommandant mit der Lampe, dann der Aga und endlich ich. Als sie in der Stube waren und ich noch an der Schwelle stand, genügte ein schneller Stoß an dem Aga vorüber. Ich traf den Ellenbogen des Kommandanten und warf ihm die Lampe aus der Hand.

„Aga, was hast du?“ rief der Müteßellim.

„Ich war es nicht, o Bei.“ – „Du hast mich gestoßen. Nun ist es finster. Schaff eine andere Lampe herbei!“ – „Ich werde sie von den Arnauten holen“, meinte ich, huschte heraus, verschloß die Tür und schob leise die Riegel der Nachbarzelle zurück.

„Komm schnell herauf.“

Amad stieg mit meiner Hilfe heraus, und ich schob die Riegel wieder vor.

„Sprich nicht! Es ist jetzt höchste Eile geboten“, flüsterte ich.

Ich führte den Haddedihn rasch an die Außentür des Gefängnisses, trat mit ihm ins Freie und zog die Tür wieder an. Die frische Luft trieb den Araber fast zurück. Er war sehr schwach. Ich nahm ihn wieder bei der Hand. Hastig ging es fort, um zwei Ecken herum. Bei der dritten hielten wir an. Seine Lungen arbeiteten schwer.

„Fasse dich! Dort ist meine Wohnung, und dort ist auch dein Vater.“

Ich stieß das verabredete Krächzen aus, und sofort erblickte ich einen Lichtschein, an dem ich erkannte, daß die Haustür aufgestoßen worden war.

Wir eilten über den Platz hinüber. Unter der Tür stand Halef.

„Schnell hinein!“

Nun eilte ich zurück. Ich erreichte das Gefängnis kaum zwei Minuten, nachdem wir es verlassen hatten, machte die Tür zu und sprang die dunkle, mir nun hinreichend bekannte Treppe hinauf, um mir von den Arnauten eine Lampe geben zu lassen. In einigen Sekunden war ich wieder unten.

„Du warst lange fort, Effendi!" bemerkte der Müteßellim.

„Die Wächter wollten wissen, warum sie eingeschlossen sind."

„Hättest du ihnen eine Ohrfeige statt einer Antwort gegeben! Warum hast du uns eingeriegelt?" – „Weil ein Gefangener bei euch war."

„Du bist vorsichtig, Effendi! Du hast recht getan. Setz die Lampe her und laß uns beginnen!"

Mir war es klar, daß Ismaïl Bei nicht beabsichtigte, den Gefangenen gegen Geld freizugeben. Er wollte das Geld nur durch eine List an sich bringen, weil er den offenen Raub scheute. Aber diese List war eine Treulosigkeit, die mich anwiderte.

„Nun sag, wieviel Geld du bei dir hast!" begann der Kommandant.

„Sag mir lieber, wieviel ihr von mir verlangt!" – „Ich kann erst dann eine Summe nennen, wenn ich weiß, ob du sie auch bezahlen kannst."

„Versuch es einmal!" – „Gibst du dreitausend Piaster?" – „Das ist zuviel", meinte Kiamil Effendi zurückhaltend. – „So gibst du viertausend." – „Bei! Du steigst ja in die Höhe!" – „Machredsch, du steigst ja abwärts. Ein Müteßellim braucht nicht mit sich feilschen zu lassen. Sagst du nicht ja, so gehe ich noch höher." – „Ich habe es nicht. Zweitausend könnte ich dir geben." – „Deine Hand ist verschlossen, aber du wirst sie schließlich gern öffnen. Jetzt verlange ich fünftausend."

„Nun wohl, ich will dreitausend geben!" – „Fünf habe ich gesagt!"

Die Augen des Machredsch hafteten wütend auf dem Kommandanten, und die Angst um sein Geld stand ihm deutlich auf der Stirn geschrieben. Aber die Sorge um seine Freiheit war noch größer.

„Versprichst du mir, mich loszulassen, wenn ich dich bezahle?"

„Ich verspreche es dir." – „Schwöre es beim Bart des Propheten!"

„Ich schwöre es."

Diese Worte sprach Ismaïl Bei unbedenklich aus!

„So zähle!" sagte der Machredsch.

Kiamil Effendi langte in die Tasche seiner weiten Beinkleider und zog ein Paket hervor, das in ein seidenes Tuch geschlagen war. Er öffnete es und begann, die Summe auf dem Boden aufzuzählen, wobei der Aga leuchtete.

„Ist es richtig?" fragte der Richter, als er fertig war. Der Müteßellim zählte nach und meinte dann:

„Es sind Kaime[1] mit dem Zahlwert von fünftausend Piaster. Aber du wirst wissen, daß dieses Geld nicht den vollen Wert hat. Das Pfund Sterling kostet, mit Kaime bezahlt, jetzt einhundertvierzig statt einhundertzehn Piaster. Du mußt also noch zweitausend Piaster drauflegen!" – „Bedenke, daß die Kaime sechs Prozent Zinsen tragen!"

„Früher war das der Fall, aber auch nur bei einem Teil dieses Geldes, und der Großherr zahlte auch dafür keine Zinsen. Lege zweitausend dazu."

[1] eine Art Staatspapiere

„Ismaïl Bei, du bist ungerecht." – „Gut! Geh in dein Loch!"
Kiamil Effendi stand der Schweiß auf der Stirn.
„Aber zweitausend macht es ja gar nicht, nur dreizehnhundertunddreiundsechzig." – „Das bleibt sich gleich. Was ich sage, das habe ich gesagt. Du gibst noch zweitausend!" – „Müteßellim, du bist grausam wie ein Tiger." – „Und dich wird der Geiz noch töten."
Mit verhaltenem Grimm zählte der Machredsch von neuem auf.
„Hier, nimm!" sagte er endlich, tief Atem holend.
Ismaïl Bei zählte wieder nach, schob die Scheine zusammen und steckte sie ein.
„Es stimmt!" meinte er. „Danke dem Propheten, daß er dein Herz zur Einsicht bekehrt hat. Sonst hätte ich noch mehr gefordert."
„Nun aber laß mich gehen!" forderte Kiamil Effendi, sein Tuch wieder um die übriggebliebenen Scheine schlagend.
Der Kommandant sah ihn mit gut gespielter Verwunderung an.
„Gehen lassen? Ja! Aber erst dann, wenn du bezahlt hast!" – „Ich habe es doch getan!" – „Wieso? Mich hast du bezahlt, aber noch nicht diesen Aga der Arnauten!" – „Ne münaßibet!" rief der Gefangene zornig. „Du hast doch nur fünftausend Piaster verlangt!" – „Allah hat deinen Verstand verdunkelt. Warum fragtest du nicht, für wen die fünftausend Piaster sein sollten? Sie waren nur für mich. Selim Aga hat seinen Teil noch nicht erhalten." – „Wieviel?" – „Ebensoviel wie ich." – „Ismaïl Bei, der Satan redet aus dir!" – „Bezahle, so wird er schweigen!"
„Ich bezahle nicht!" – „So kehrst du in dein Loch zurück!" – „O Mohammed, o ihr Kalifen, ihr habt seinen Schwur gehört! Der Scheïtan ist bereits in ihm. Er wird ihn umbringen!" – „Das Öl dieser Lampe geht zur Neige. Wirst du bezahlen oder nicht?" – „Ich gebe Selim Aga tausend." – „Fünftausend! Handle nicht, sonst steige ich höher!"
„Ich habe sie nicht." – „Du hast sie. Ich habe es gesehen, daß es langen wird." – „So gebe ich –" – „Soll ich etwa sechstausend fordern?"
„Du bist ein Tyrann, ja du bist der Teufel selbst!" – „Machredsch, wir sind fertig miteinander."
Der Müteßellim erhob sich langsam und vorsichtig.
„Halt!" rief der Gefangene. „Ich werde bezahlen!"
Die Freiheit stand ihm schließlich doch noch höher als das Geld. Er begann von neuem aufzuzählen, während der Kommandant sich wieder setzte. Das Paket langte wirklich. Aber es blieben dem Gepeinigten nur noch einige Scheine übrig.
„Hier liegt es", meinte er, „und Allah verdamme den, der es nimmt!"
„Du hast recht gesagt, Machredsch", antwortete sein früherer Verbündeter und jetziger Gegner ruhig. „Der Aga der Arnauten wird das Geld nicht nehmen." – „Warum nicht?" – „Es sind nur fünftausend. Du hast vergessen, die zweitausend draufzulegen."
Kiamil Effendi machte eine Bewegung, als wolle er sich auf den Kommandanten stürzen. Aber er besann sich noch.
„Ich habe nichts mehr als die drei Papiere." – „So schließe ich dich wieder ein. Vielleicht besinnst du dich dann, daß du noch mehr Geld bei dir hast. Komm!"
Der Machredsch machte eine Miene, als wollte er ersticken, dann

langte er abermals in die Tasche und zog einen Beutel hervor, den er so hielt, daß nur er selbst hineinblicken konnte.

„So will ich versuchen, ob ich es noch zusammenbringe“, seufzte er. „Dein Herz ist von Stein und deine Seele hat sich in einen Felsen verwandelt. Ich habe hier nur kleine Silberstücke mit einigen goldenen Medschidije darunter. Diese Goldstücke sollst du erhalten, wenn sie reichen.“

Kiamil legte die drei Scheine hin und dann sehr langsam ein Goldstück nach dem anderen hinzu.

„Hier! Nun bin ich arm, denn ich habe höchstens noch vierzig Piaster bei mir, und die muß ich behalten, wenn ich nicht verhungern will!“

Ich ahnte, daß der Machredsch auch den letzten Heller werde geben müssen. Es war, als hätte der Anblick des Geldes den Müteßellim ernüchtert. Auch an Selim Aga war nicht mehr viel vom Rausch zu bemerken. Er langte hastig zu, um die Summe an sich zu nehmen.

„Halt!“ wehrte ihm sein Kommandant. „Ich werde dieses Geld einstweilen aufbewahren.“

Er schob es zusammen und steckte es ein.

„Jetzt endlich bin ich frei!“ sagte der Machredsch.

Ismaïl Bei hob verwundert den Kopf.

„Frei?“ fragte er. „Hast du denn bezahlt?“ – „Sind dir deine Sinne abhanden gekommen?“ brauste der Machredsch auf. „Du hast das Geld eingesteckt!“ – „Das meinige und das dieses Selim Aga. Ja! Aber dieser Effendi hat noch nichts erhalten.“ – „Er soll auch nichts bekommen.“ – „Wer sagt dir das? Kara Ben Nemsi Effendi ist hier und muß also auch bezahlt werden.“ – „Aber der Franke hat ja über mich nicht das mindeste zu gebieten!“ – „Hat er dich nicht gefangennehmen lassen? Du hast das Fieber, Machredsch, sonst würdest du erkennen, daß er eigentlich noch mehr bekommen muß als wir beiden anderen zusammen.“ – „Der Fremde hat nichts zu erhalten!“ schrie der Gepeinigte wütend. „Er bekommt auch nichts, denn ich habe nichts mehr, und ich würde ihm keinen Piaster, keine Para geben, selbst wenn ich Millionen bei mir trüge!“ – „Du hast noch Geld.“ – „Vierzig Piaster, wie ich dir schon sagte.“ – „O Machredsch, du dauerst mich! Glaubst du, daß ich den Klang des Goldes von dem des Silbers nicht unterscheiden kann? Dein Beutel ist noch voll goldener Medschidije zu hundert und zu fünfzig Piaster, und sein Bauch ist so umfangreich, daß du mehr zusammenbringst, als du brauchst, um den Effendi zu bezahlen. Du hast dich sehr gut mit Reisegeld versehen.“ – „Du irrst.“ – „Zeig mir den Beutel her!“

„Er gehört mir!“

„So behalte ihn, aber bezahle!“

Kiamil Effendi wand sich wie ein Wurm unter den unnachsichtigen Forderungen des Geldgierigen. Es war ein widerwärtiger Auftritt, der ein deutliches Licht auf die damaligen Zustände in jenen Provinzen warf, die dem Padischah am fernsten lagen.

„Ich kann nicht!“ erklärte der Richter entschieden.

„So folge uns in dein Loch!“

„Ich gehe nicht. Ich habe dich bezahlt.“

„Wir werden dich zu zwingen wissen." – „So gib mir mein Geld wieder heraus!" – „Es gehört mir. Bedenke, daß ich dich verhaftet habe und verpflichtet bin, dir alles abzunehmen, was du bei dir trägst!" – „Ich würde auch diese Summe bezahlen, wenn ich sie hätte."

„Du hast sie. Und wenn dein Beutel zu wenig enthält, so habe ich eine schöne Uhr bei dir gesehen, und an deinen Fingern glänzen Ringe, die viel mehr wert sind, als das, was ich noch verlange."

„Es bleibt dabei, ich kann nicht! Fünfhundert Piaster will ich diesem Mann geben, der mein ärgster Feind ist."

Kiamil Effendi blitzte mich mit Augen an, in denen der grimmigste Haß zu lesen war.

„So hast du dein letztes Gebot getan?" fragte der Kommandant.

„Ja." – „Dann vorwärts! Folge uns!"

Ismaïl Bei stand entschlossen auf, ebenso Selim Aga.

Ich stand an der Tür und trat zur Seite, um dem Müteßellim den Vortritt zu lassen. Aus seinem Gürtel blinkte der Schlüssel hervor. Die Augen des Gefangenen leuchteten auf. Er tat einen Sprung, riß den Schlüssel heraus, warf den Kommandanten auf den Aga, daß beide taumelnd an mich flogen und ich fast niedergerissen wurde, sprang zur Tür hinaus und eilte den finsteren Gang hinauf. Die Lampe war umgestürzt, und Finsternis umgab uns.

„Ihm nach!" rief der Kommandant.

Kiamil Effendi wäre gerettet gewesen, wenn er die Geistesgegenwart gehabt hätte, die Tür der Wachstube hinter sich zuzuwerfen und den Riegel vorzuschieben. Zeit dazu hätte er gehabt, denn die beiden Männer verwirrten sich ineinander, so daß ich, um schnell hinauszukommen, sie fassen und von der Tür zurückschleudern mußte.

Schon hörte ich den Schlüssel im Schloß klirren. Der Umstand, daß die Haustür von mir bereits geöffnet war, wurde dem Machredsch verderblich. Er wandte die Kraft der Verzweiflung an, um aufzuschließen, dachte jedoch nicht daran, einfach aufzuklinken. So aber konnte der Riegel gar nicht nachgeben. Jetzt war ich dort und faßte den Flüchtling. Er hatte sich gegen mich gewandt und in meinen Gürtel gelangt. Ich fühlte es und griff nieder. Dem Richter war es gelungen, mein Messer zu ergreifen, denn die Schneide strich mir über die Außenfläche der Hand hinweg. Es war so dunkel, daß ich seine Bewegungen nicht sehen konnte. Ich griff also, indem ich Kiamil mit der Rechten festhielt, mit der Linken zu seiner rechten Achsel und fuhr von dort an seinem Arm entlang, um sein Handgelenk zu fassen. Dies geschah zur rechten Zeit, denn er hatte bereits den Arm erhoben, um zuzustoßen.

Mittlerweile waren die beiden anderen schreiend bei uns angekommen. Der Kommandant packte mich an.

„Laß los, Müteßellim, ich bin es!"

„Hast du ihn fest, Kara Ben Nemsi?"

„Ja. Schließ die Tür schnell zu, und brenn Licht an! Er kann uns nicht entkommen."

„Kannst du den Richter allein halten, Effendi?" fragte Selim Aga.

„Ja." – „So werde ich Licht holen."

Ismaïl Bei verschloß die Tür, getraute sich aber nicht, uns nahe zu kommen. Ich hatte den Gefangenen an die gegenüberliegende Wand gebracht, konnte ihn aber nicht zu Boden drücken, weil ich die Hand nicht frei bekam, die mich vor dem Messer schützte. Ich hielt ihn jedoch fest, bis nach langer Zeit der Aga mit Licht erschien. Er hatte erst oben bei dem Tschausch Öl holen müssen. Nun stellte Selim die Lampe auf eine Treppenstufe und kam herbei.

„Nimm Kiamil Effendi das Messer!“ bat ich.

Selim Aga entriß es ihm und nun hatte ich freie Hand. Ich faßte den Machredsch bei der Brust. Er griff nach mir, aber augenblicklich bückte ich mich, und während seine Hände in die Luft langten, faßte ich ihn am linken Unterbein und riß es hoch, so daß er das Gleichgewicht verlor und zu Boden stürzte.

„Bindet ihn mit seinem Gürtel!“ sagte ich.

Kiamil lag still und ließ es ruhig geschehen. Nach der gewaltigen Anstrengung war das Gefühl einer Ohnmacht über ihn gekommen.

„Halte ihm die Beine!“ gebot der Müteßellim seinem Aga.

Hierauf leerte Ismaïl Bei vor allen Dingen die Taschen des Gefangenen. Dann zog er ihm auch die Ringe ab und steckte alles zu sich. Jetzt packte der Aga den Gefangenen bei einem Bein, schleifte ihn bis vor seine Zelle und ließ ihn hinabgleiten. Dann wurde die Tür zugeriegelt. Nun mußte Selim hinauf, um die Wächter freizulassen und ihnen die größte Wachsamkeit einzuschärfen.

„Nimm ihnen die Schlüssel zum Tor ab!“ rief ihm der Kommandant zu. „Dann kann niemand öffnen, auch sie nicht.“

Selim tat es, und so verließen wir endlich das Gefängnis.

Draußen blieb der Müteßellim stehen. Er war jetzt völlig ernüchtert und sagte:

„Aga, ich werde nun das Verzeichnis von allem anfertigen, was der Machredsch bei sich hatte; denn ich muß alles mit ihm nach Mossul senden. Du wirst es unterzeichnen, damit ich dann beweisen kann, daß ich die Wahrheit geschrieben habe, falls Kiamil Effendi behaupten sollte, er habe noch mehr gehabt!“ – „Wann soll ich kommen?“ fragte Selim. – „Zur gewöhnlichen Zeit.“ – „Und den Schlüssel behältst du?“

„Ja. Vielleicht gehe ich des Nachts noch einmal hierher. Gute Nacht, Effendi! Du warst mir heute von großem Nutzen und wirst mir sagen, wie ich dir meine Dankbarkeit erweisen kann.“

Ismaïl Bei ging, und wir wandten uns unserer Wohnung zu.

„Effendi!“ meinte der Aga der Arnauten unterwegs bedenklich. „Ich hatte siebentausend Piaster vor mir liegen!“ – „Laß sie dir geben!“

„Ich? Geben lassen? Weißt du, wie es morgen sein wird? Der Müteßellim wird ein Verzeichnis aufstellen, worin steht, daß der Machredsch tausend Piaster bei sich gehabt hat, und ich werde es unterschreiben. Das übrige, auch die Uhr und die Ringe, behält er zurück, und ich werde dafür ganze hundert Piaster erhalten.“

„Und wirst dich auch darüber freuen?“

„Zu Tode ärgern werde ich mich.“

„Das Verzeichnis erhält der Basch Tschausch?“

„Ja.“

„So wirst du mehr erhalten.“

„Wer sollte es mir geben?"
„Der Müteßellim oder ich."
„Ich weiß, daß du ein gutes Herz hast. O Effendi, wenn du nur wenigstens noch einen Rest von deiner Arznei übrig hättest!"
„Ich habe noch davon. Ich werde dir einen Krug voll bringen."
Wir fanden die Tür nicht verschlossen. In der Küche lag die ‚Myrte' auf einigen alten Fetzen, die ihr des Tages als Hadern und des Nachts als Lager dienten, und schlief den Schlaf des Gerechten.
„Mersinah!" rief ihr Aga.
Die Alte hörte nicht.
„Laß sie schlafen!" riet ich. „Ich werde dir die Arznei bringen, und dann magst du dich zur Ruhe begeben, die du so nötig brauchst."
„Allah weiß es, daß ich sie verdient habe."
Ich fand oben alle Beteiligten in der Stube des Scheiks der Haddedihn versammelt. Sie brachten mir einen so lauten Schwall von Worten entgegen, daß ich Ruhe gebieten mußte. Ich befriedigte zunächst den Aga, dann kehrte ich zu den Gefährten zurück.
Amad el Ghandur hatte die neue Kleidung angelegt und war von seinem Vater rasiert und gereinigt worden. Nun bot er einen ganz anderen Anblick als vorher in der Zelle. Die Ähnlichkeit mit Mohammed Emin war unverkennbar. Er hatte sich erhoben und trat mir entgegen.
„Effendi, ich bin ein Araber und kein schwatzhafter Grieche. Ich habe gehört, was du an meinem Stamm und an mir getan hast. Mein Leben gehört von nun an dir, ebenso alles, was ich habe!"
Das war einfach gesprochen, aber es kam aus einem vollen Herzen.
„Noch bist du nicht in Sicherheit. Hadschi Halef wird dich in ein Versteck bringen", antwortete ich.
„Ich bin bereit. Wir warteten nur auf dich."
„Kannst du klettern?"
„Ja. Ich werde das Versteck erreichen, obwohl ich schwach geworden bin." – „Hier hast du meinen Lasso. Wenn dir die Kräfte fehlen, so mag Hadschi Halef Omar vorانklettern und dich ziehen. Hast du Waffen?"
„Dort liegen sie. Der Vater hat sie mir gekauft. Hier hast du deinen Dolch zurück. Ich danke dir."
„Und Nahrung?"
„Es ist alles eingepackt."
„So geht! Wir werden dich bald abholen."
Der Sohn des Scheiks verließ mit Halef vorsichtig das Haus, und bald schlich auch ich mich fort, seine alten Kleider im Arm. Ich gelangte unbemerkt in die Nähe des Abgrunds, riß den Haïk in Fetzen und hängte sie an die Felsenkanten und Zweige des Gestrüpps, das dort stand.
Zu Hause wurde ich von dem Engländer in seine Stube geführt. Er machte ein zorniges Gesicht.
„Hereinkommen und setzen, Sir!" sagte er unwirsch. „Schlechte Wirtschaft! Miserabel hier!"
„Warum?"
„Sitze bei diesen Arabern und verstehe kein Wort. Mein Wein wird alle, mein Tabak wird alle, und ich werde auch alle. Yes!"
„Ich stehe Euch ja zu Diensten, um alles zu erzählen."

Ich mußte ihm seinen Willen tun, obgleich ich mich nach Ruhe sehnte. Doch hätte ich immerhin erst Halefs Rückkehr abwarten müssen. Der Kleine ließ sehr lange auf sich warten, und als er kam, begann bereits der Tag zu grauen.

„Wie ist's?“ erkundigte sich Lindsay. „Glücklich angekommen in Villa?“ – „Mit einiger Mühe!“ erwiderte Halef, dem ich die Frage übersetzte.

„Well! Halef hat sich seine Kleider zerrissen. Hier, Halef, Bakschisch!“

Der Hadschi verstand die englischen Worte nicht, wohl aber das letzte Wort des Satzes. Er streckte die Hand aus und erhielt ein Hundertpiasterstück.

„Neuen Mantel kaufen. Sagt es ihm, Sir!“

11. Hinter Gefängnismauern

Endlich war dieser schlimme Abend vorüber, und ich konnte mich, wenigstens für einige Stunden, zur Ruhe legen, die ich in einem tiefen, traumlosen Schlaf genoß. Ich erwachte nicht von selbst, sondern es weckte mich eine laute, hastige Stimme: „Effendi! Wach auf! Schnell!"

Ich blickte von meinem Lager auf. Selim Aga stand vor mir, ohne Oberkleid und Turban. Die Scheitellocke hing ihm schreckensmatt ins Gesicht, der Schnurrbart sträubte sich voll Entsetzen zu ihr empor, und die vom Wein noch trüben Augen versuchten ein Rollen, das recht unglücklich ausfiel.

„Was gibt es?" fragte ich ruhig.

„Erhebe dich! Es ist etwas Entsetzliches geschehen!"

Erst nach und nach brachte ich aus ihm heraus, daß der Müteßellim die Flucht des jungen Arabers entdeckt habe und nun in fürchterlicher Wut sei. Der geängstigte Aga bat mich inständig, mit ihm ins Gefängnis zu gehen und den Bei zu beschwichtigen.

In kurzer Zeit waren wir auf dem Weg. Unter der Gefängnistür wartete der Müteßellim auf den Aga. Ismaïl Bei dachte gar nicht daran, mich zu begrüßen, sondern faßte Selim beim Arm und zog ihn in den Gang hinein, wo die zitternden Wächter standen.

„Unglücklicher, was hast du getan!" brüllte der Müteßellim seinen Aga an.

„Ich, o Bei? Nichts, gar nichts habe ich getan!" – „Das ist ja eben dein Verbrechen, daß du nichts, gar nichts getan hast! Du hast nicht aufgepaßt!" – „Wo sollte ich aufpassen, o Ismaïl Bei?" – „Hier im Gefängnis natürlich!" – „Ich konnte gar nicht herein."

Der Kommandant starrte ihn an. Dieser Gedanke schien ihm noch gar nicht gekommen zu sein.

„Ich hatte doch keinen Schlüssel!" fügte der Aga hinzu.

„Keinen Schlüssel –! Ja, Selim Aga, das ist wahr, und das ist auch dein Glück, sonst wäre dir Übles widerfahren. Komm her und sieh einmal in das Loch hinab!"

Wir schritten den Gang entlang. Die Tür zur Zelle des jungen Arabers war geöffnet, und in dem Loch war nichts zu sehen.

„Fort!" meinte der Aga der Arnauten.

„Ja, fort!" zürnte Ismaïl Bei.

„Wer hat ihm aufgemacht?" – „Nun wer? Sag es, Selim Aga!"

„Ich nicht, o Müteßellim." – „Ich auch nicht. Nur die Wächter waren da."

Selim Aga drehte sich zu seinen Arnauten um.
„Kommt her, ihr Hundesöhne!“
Sie traten zögernd näher.
„Ihr habt hier geöffnet?“
Der Tschausch wagte es, zu antworten:
„Aga, es hat keiner von uns einen Riegel berührt. Wir müssen die Türen erst am Nachmittag öffnen, wenn das Essen ausgegeben wird, und so ist nicht eine einzige geöffnet worden.“ – „So war ich der erste, der diese Tür hier aufgeriegelt hat?“ fragte Ismaïl Bei.
„Ja, o Herr!“ – „Und als ich öffnete, war das Loch leer. Der Gefangene ist entflohen. Aber wie hat er herausgekonnt? Gestern abend war er noch da; jetzt ist er fort. Inzwischen seid nur ihr dagewesen. Einer von euch muß ihn doch herausgelassen haben!“ – „Ich schwöre bei Allah, daß wir diese Tür nicht angerührt haben!“ versicherte der Tschausch.
„O Müteßellim“, nahm ich jetzt das Wort, „diese Leute hatten keinen Torschlüssel. Wenn einer von ihnen den Gefangenen aus der Zelle herausgelassen hätte, so müßte er noch im Haus sein.“
„Du hast recht. Ich habe beide Schlüssel“, meinte er. „Wir werden alles durchsuchen.“ – „Und schicke auch auf die Wache, um festzustellen, ob jemand dort etwas über den Verbleib des Flüchtlings weiß!“
„Ja“, gebot Ismaïl Bei einem der Arnauten, „lauf eilig zur Wache und überbringe meinen Befehl, daß die ganze Stadt durchsucht werden soll!“
Hierauf begann eine sorgfältige Untersuchung des Gefängnisses, was wohl eine Stunde dauerte. Aber es wurde keine Spur von dem Entflohenen entdeckt. Eben wollten wir das Gefängnis verlassen, als zwei Arnauten mit einigen Kleiderfetzen erschienen.
„Wir fanden diese Stücke draußen über dem Abgrund“, meldete der eine.
Der Aga nahm das Zeug in die Hand und prüfte es.
„O Bei, das ist von dem Überkleid des Gefangenen“, sagte er zum Müteßellim. „Ich kenne es genau.“ – „Bist du dessen sicher?“
„So sicher wie meines Bartes.“ – „So ist er doch aus diesem Haus entkommen!“
„Aber wohl in den Abgrund gestürzt“, fügte ich hinzu.
„Laßt uns nachsehen!“ gebot Ismaïl Bei.
Wir verließen das Gefängnis und kamen an den Ort, wo ich das Gewand Amad el Ghandurs zerrissen und verteilt hatte. Ich wunderte mich jetzt, daß ich dabei während der nächtlichen Dunkelheit nicht in den Abgrund gestürzt war. Der Müteßellim besah sich aufmerksam das Gelände und sagte dann:
„Amad el Ghandur ist hinuntergestürzt und sicher tot. Von da unten ist kein Entkommen. Aber wie und wann ist er entwischt?“
Diese Frage blieb natürlich unbeantwortet, so sehr sich der Kommandant während einiger Stunden auch Mühe gab, dem Geheimnis auf die Spur zu kommen. Er wütete und tobte gegen einen jeden, der ihm nahe kam, und so war es kein Wunder, wenn ich seine Nähe mied. Die Zeit wurde mir trotzdem nicht lang, denn ich hatte genug zu tun. Zunächst

wurde ein Pferd für Amad el Ghandur gekauft, und dann ging ich zu meiner Patientin, die ich einige Zeit vernachlässigt hatte.

Vor der Tür des Hauses stand ein gesatteltes Maultier; es war dem Sattel nach für ein weibliches Wesen bestimmt. Im Vordergemach stand der Vater, der mich mit Freuden bewillkommnete.

Ich fand Schakara aufrecht sitzend. Ihre Wangen waren bereits wieder leicht gerötet und ihre Augen klar und hell. An ihrem Lager standen die Mutter und die Urahne. Die Greisin trug Reisekleider. Sie hatte über ihr weißes Gewand einen schwarzen, mantelähnlichen Umhang geschlagen, und auf ihrem Kopf war ein schwarzer Schleier befestigt, der über den Rücken hinabhing. Das Mädchen reichte mir die Hand.

„Ich danke dir, Effendi, denn nun ist es sicher, daß ich nicht sterben werde!" – „Ja, sie wird leben", sagte die Alte. „Du bist das Werkzeug Gottes gewesen, mir ein Leben zu erhalten, das mir teurer ist als alles auf Erden. Geld darf ich dir nicht anbieten, denn du hast alles, was du brauchst. Also sag mir, wie ich dir danken soll, Effendi!"

„Danke Gott anstatt mir, dann kommt dein Dank an die rechte Stelle; denn er ist es gewesen, der dein Urenkelkind gerettet hat!"

„Ich werde es tun und auch für dich beten, Effendim – mein Herr. Das Gebet eines Weibes, das bereits nicht mehr der Erde angehört, wird Gott erhören. Wie lange bleibst du in Amadije?"

„Nicht mehr lange." – „Und wohin gehst du?" – „Das soll niemand wissen, denn es wird vielleicht Gründe geben, es zu verschweigen. Euch aber kann ich sagen, daß ich gen Sonnenaufgang reiten werde."

„So gehst du in die Gegend, wohin auch ich abreise, Effendi. Mein Tier wartet bereits vor dem Haus. Vielleicht sehen wir uns niemals wieder. Dann nimm den Segen einer alten Frau, die dir nichts Besseres geben kann! Aber ein Geheimnis will ich dir verraten, denn es kann dir vielleicht von Nutzen sein. Über die Gegend im Osten von hier brechen böse Tage herein, und es ist möglich, daß du einen dieser Tage erlebst. Kommst du in Not und Gefahr an einem Ort, der zwischen Aschita und Gundukta, dem östlichsten Dorf von Tkhuma, liegt, und es kann dir niemand helfen, so sag dem ersten, der dir begegnet, daß dich der Ruh 'i kulyan[1] beschützen wird. Hört er dich nicht, so frag weiter, bis du einen findest, der dir Auskunft gibt." – „Der Ruh 'i kulyan? Wer führt diesen sonderbaren Namen?" fragte ich die Alte.

„Das wird dir niemand sagen können." – „Aber du sprichst von ihm und kannst mir wohl Auskunft geben?" – „Der Ruh 'i kulyan ist ein Wesen, das niemand kennt. Er ist bald hier, bald dort, überall wo ein Bittender ist, der es verdient, daß seine Bitte erfüllt wird. In vielen Dörfern gibt es einen bestimmten Ort, wo man in gewissen Zeiten mit ihm reden kann. Dahin gehen die Hilfesuchenden um Mitternacht und sagen ihm, was sie bedrückt. Der Ruh 'i kulyan gibt dann Rat und Trost, aber er weiß auch zu drohen und zu strafen, und mancher Mächtige tut, was der Geist von ihm begehrt. Nie wird vor einem Fremden von ihm gesprochen; denn nur die Guten und die Freunde dürfen wissen, wo er zu finden ist." – „So wird mir dein Geheimnis keinen Nutzen

[1] kurdisch: Geist der Höhle

bringen." – „Warum?" – „Man wird mir nicht sagen, wo der Geist zu finden ist, obgleich man sieht, daß ich seinen Namen kenne."

„So sag nur, daß ich dir von ihm erzählt habe! Dann wird man dir den Ort nennen, wo er zu finden ist. Mein Name ist im ganzen Land von Tijari bekannt, und die Guten wissen, daß sie meinen Freunden vertrauen dürfen." – „Wie lautet dein Name?" – „Marah Durimeh heiße ich."

Das war eine geheimnisvolle Mitteilung, die aber so abenteuerlich klang, daß ich wenig Wert auf sie legte. Ich verabschiedete mich und ging nach Hause. Dort merkte ich, daß es in der Küche ungewöhnlich laut herging. Es mußte der ‚Myrte' etwas widerfahren sein, was ihren Unmut erweckte. Unter den gegenwärtigen Umständen konnte das kleinste Ereignis für mich Wert besitzen, und so trat ich ein. Mersinah hielt ihrem tapferen Aga eine Strafpredigt. Sie stand mit drohend erhobenen Armen vor ihm, und er hielt die Augen niedergeschlagen wie ein Knabe, der von seinem Erzieher einen Verweis erhält. Beide sahen mich eintreten, und sofort bemächtigte sich die ‚Myrte' meiner.

„Sieh dir einmal diesen Selim Aga an!"

Die Alte deutete mit gebieterischer Miene auf den armen Sünder, und ich machte mit meinem Kopf eine Viertelwendung nach rechts, um ihn pflichtschuldigst in Augenschein zu nehmen.

„Ist dieser Mann ein Aga der Arnauten?" fragte sie nun.

„Ja."

Ich gab diese Antwort im Ton meiner festesten Überzeugung, aber gerade dieser Ton brachte sie wieder in Wut.

„Was? Auch du hältst ihn für einen Befehlshaber tapferer Krieger? Ich werde dir sagen, was er ist: ein Aga der Feiglinge ist er!"

Selim schlug die Augen auf und versuchte, einen verweisenden Blick zustande zu bringen. Es gelang ihm leidlich.

„Erzürne mich nicht, Mersinah, denn du weißt, daß ich dann schrecklich bin!" sagte er dabei.

„Worüber seid ihr so ergrimmt?" wagte ich zu fragen.

„Über diese fünfzig Piaster!" antwortete die ‚Myrte' und deutete mit verächtlicher Miene auf den Fußboden.

Ich blickte nieder und sah zwei silberne Zwanzigpiasterstücke und ein Zehnpiasterstück am Boden liegen.

„Was ist's mit diesem Geld?" – „Es ist vom Müteßellim."

Jetzt begann ich das übrige zu ahnen und fragte: „Wofür?"

„Für die Gefangennahme des Machredsch. Effendi, du weißt ungefähr, wieviel Geld dieser Mann bei sich hatte?" – „Ich schätze ungefähr vierundzwanzigtausend Piaster." – „So hat mir Selim doch die Wahrheit gesagt. Dieses viele Geld hat der Kommandant dem Machredsch abgenommen, und dem Aga hat er davon fünfzig Piaster gegeben!"

Bei diesen Worten bildete Mersinahs Gesicht ein empörtes Ausrufezeichen. Sie schob die Silberstücke mit dem Fuß fort und fragte mich:

„Und weißt du, was dieser Aga der Arnauten getan hat? Er hat das Geld genommen und ist davongegangen, ohne ein einziges Wort zu sagen. Frage ihn, ob ich dich belüge!" – „Was sollte ich tun?" entschuldigte sich Selim.

„Ismaïl Bei das Geld in den Bart werfen! Ich hätte es ganz sicherlich getan. Glaubst du das, Effendi?" – „Ich glaube es!"

Mit dieser Versicherung sagte ich die Wahrheit. Sie beehrte mich mit einem dankbaren Blick und fragte mich dann:

„Soll er es ihm wiedergeben?" – „Nein." – „Nicht?"

Statt einer Antwort wandte ich mich an den Aga:

„Hast du das Verzeichnis, das der Kommandant nach Mossul schicken muß, unterschrieben?" – „Ja." – „Wieviel hat er angegeben?"

„Vierhundert Piaster in Gold und einundachtzig Piaster in Silber."

„Weiter nichts? Die Uhr und die Ringe?" – „Auch nicht." – „Ismaïl Bei ist dein Vorgesetzter, und du darfst ihn dir nicht zum Feind machen. Darum ist es richtig, daß du das Geld ruhig genommen hast. Weißt du noch, was ich dir versprochen habe?" – „Ich weiß es." – „Ich werde mein Wort halten und mit dem Kommandanten sprechen. Tausend Piaster wenigstens sollst du erhalten." – „Ist das wahr, Effendi?" fuhr Mersinah auf.

„Ja. Das Geld gehört weder dem Müteßellim noch dem Aga der Arnauten. Aber es kommt auf alle Fälle in Hände, die kein Recht daran haben, und so soll Selim nicht so schmählich betrogen werden."

„Er sollte doch siebentausend erhalten?" – „Die bekommt er nicht. Das wurde nur als Vorwand gesagt. Selim, ist der Basch Tschausch schon fort?" – „Nein, Effendi." – „Er sollte doch am Vormittag abreisen." – „Der Müteßellim muß ja einen neuen Bericht schreiben, weil er in dem alten sagte, er werde den Araber mitschicken. Vielleicht soll der Basch Tschausch warten, bis wir den Entflohenen wiederhaben."

„Dazu ist wohl keine Hoffnung vorhanden, weil er in den Abgrund gestürzt ist." – „Und wenn wir uns getäuscht hätten?" – „Wieso?"

„Der Müteßellim scheint jetzt zu glauben, daß der Araber noch lebt."

„Hat Ismaïl Bei dir nähere Mitteilung darüber gemacht?"

„Nein. Aber ich hörte es aus verschiedenen Äußerungen, die er tat."

„So wünsche ich ihm, daß er sich nicht irrt."

Ich begab mich in mein Zimmer. Sollte ein unbeachteter Umstand den Verdacht des Kommandanten erregt haben? Möglich war es. Aber dann war es auch geraten, sich auf alles gefaßt zu machen. Doch ehe ich meinen Gefährten eine Mitteilung machte, ging ich im Geist noch einmal alles Geschehene durch. Ich konnte nichts finden, und noch war ich mit mir nicht im klaren, als der Aga die Treppe emporkam und bei mir eintrat.

„Effendi, es ist ein Bote des Müteßellim da. Er läßt uns sagen, daß wir nochmals ins Gefängnis kommen sollen." – „Ismaïl Bei ist bereits dort?" – „Ja." – „Erwarte mich unten! Ich komme sogleich."

War es in Frieden oder bedeutete es Feindschaft, daß der Bei mich kommen ließ? Ich beschloß, mich auf alles vorzubereiten. Die beiden Revolver waren geladen. Ich steckte sie ein und ging dann zu Halef. Der Hadschi war allein in seiner Stube.

„Wo ist der Buluk Emini?"

„Der Basch Tschausch hat Ifra geholt."

Das war nichts Besonderes, fiel mir aber doch auf, weil ich einmal Verdacht geschöpft hatte.

„Wie lange ist das her?“ – „Gleich als du fortgingst, um das Pferd zu kaufen.“ – „Komm mit hinüber zum Scheik der Haddedihn!“

Mohammed Emin lag rauchend auf seinem Teppich.

„Effendi“, empfing er mich, „Allah hat mir nicht die Geduld verliehen, lange auf ein Ding zu warten, nach dem ich mich sehne. Was tun wir noch in dieser Stadt?“ – „Vielleicht verlassen wir sie in kurzer Zeit. Es hat fast den Anschein, als seien wir verraten.“

Jetzt erhob sich der Scheik langsam und in der Art eines Mannes, der zwar überrascht wird, sich aber stark genug fühlt, diese Überraschung zu verbergen und ihren Folgen zu begegnen.

„Woraus schließt du das, Effendi?“ – „Ich ahne es einstweilen nur. Ismaïl Bei hat zu mir geschickt; ich soll in das Gefängnis kommen, wo er mich erwartet. Ich werde gehen, aber die Vorsicht nicht vergessen. Komme ich in einer Stunde nicht zurück, so ist mir etwas widerfahren.“ – „Dann suche ich dich!“ rief Halef.

„Du wirst nicht zu mir können, denn ich werde mich vielleicht im Gefängnis befinden, und zwar als Gefangener. Ihr könnt dann wählen: entweder ihr flieht oder ihr sucht mich frei zu machen.“ – „Wir werden dich nicht verlassen!“ versicherte Mohammed Emin ruhig.

Wie er jetzt stolz und aufrecht vor mir stand, mit seinem langen, weißen Bart, der bis auf den Gürtel herabwallte, bot er ganz das Bild eines kühnen, aber besonnenen Mannes.

„Ich danke dir. Sollte man mich gefangennehmen, so steht doch soviel fest, daß es nur nach einem heißen Kampf geschieht. Binden aber lasse ich mich auf keinen Fall, und dann wird es wohl möglich sein, euch die Zelle zu bezeichnen, in der ich mich befinde.“ – „Wie willst du das tun, Sihdi?“ fragte Halef.

„Ich werde versuchen, an der Mauer in die Höhe zu kommen, und euch das Zeichen mit einem meiner Kleidungsstücke zu geben, das ich so weit im Fensterloch vorschiebe, daß ihr es sehen könnt. Dann ist es euch vielleicht möglich, mir durch den Aga oder durch Mersinah eine Botschaft zu senden. Lange bin ich keinesfalls gefangen. Auf alle Fälle aber haltet ihr eure Pferde gesattelt. Überlegt euch die Sache selbst weiter. Ich habe keine Zeit, denn der Müteßellim wartet, und ich muß noch zum Engländer.“

Auch Lindsay saß auf seinem Teppich und rauchte.

„Schön, daß Ihr kommt, Sir!“ begrüßte er mich. „Wollen fort!“

„Warum?“ – „Ist nicht geheuer hier.“ – „Sprecht deutlicher!“

Er erhob sich, trat in die Nähe der Fensteröffnung und deutete auf das Dach des gegenüberliegenden Hauses.

„Seht dort!“

Ich blickte hinüber und erkannte auf dem Dach die Gestalt eines Arnauten, der dort auf dem Bauch lag und unsere Wohnung beobachtete.

„Werde auch auf das Dach steigen“, sagte Lindsay ruhig, „und dem Mann dort eine Kugel geben!“

„Ich gehe jetzt in das Gefängnis, wo mich der Müteßellim erwartet“, erklärte ich. „Wenn ich in einer Stunde nicht zurück bin, so ist mir etwas geschehen, und ich sitze fest. In diesem Fall stecke ich irgendein Kleidungsstück aus dem Loch heraus, in dem ich hocke. Ihr könnt es von den Fenstern oder vom Dach aus sehen." – „Sehr schön. Sollen David Lindsay kennenlernen!" – „Verständigt Euch mit Halef! Er spricht schon einige Brocken Englisch." – „Werden Gesten machen. Yes!"

Ich ging. Über mich wachten drei Männer, auf die ich mich verlassen konnte. Übrigens war ganz Amadije nicht danach angetan, mir Furcht einzuflößen.

Selim Aga stand bereits unter der Haustür. Die beiden Besprechungen hatten ihm zu lange gedauert, und er suchte das Versäumte durch einen schnellen Schritt wieder einzuholen. Wie bereits heute morgen, wartete der Kommandant auch jetzt wieder unter der Gefängnistür. Er trat zurück, als er uns erblickte. Unterwegs hatte ich scharf gespäht, aber keinen Menschen gesehen, der mich beaufsichtigen sollte. Die Gassen, durch die wir kamen, waren leer, und auch in der Nähe des Gefängnisses ließ sich niemand blicken. Ismaïl Bei begrüßte mich sehr höflich, aber mein Mißtrauen entdeckte leicht, daß sich hinter dieser Höflichkeit eine Arglist barg.

„Effendi", begann er, als er die Tür hinter uns verschlossen hatte, „wir haben den Körper des Entflohenen nicht gefunden." – „Hast du in der Schlucht suchen lassen?" – „Ja. Es sind Leute an Stricken hinabgelassen worden. Der Gefangene ist nicht dort hinab." – „Aber seine Kleider lagen dort." – „Vielleicht hat der Araber sie dort nur abgelegt."

„Dann hätte er doch ein anderes Gewand haben müssen!" – „Vielleicht hat er das auch gehabt. Es ist gestern hier ein vollständiger Anzug gekauft worden."

Ismaïl Bei blickte mich bei diesen Worten forschend an. Jedenfalls meinte er, ich werde mich durch eine Miene verraten. Aber er hatte sich im Gegenteil durch diese Bemerkung bloßgestellt, denn nun wußte ich genau, was ich von ihm zu erwarten hatte.

„Für ihn?" fragte ich ungläubig lächelnd.

„Ich vermute es. Ja, man hat sogar ein Reitpferd gekauft!"

„Auch für Amad el Ghandur?" – „Ich denke es. Und dieses Pferd befindet sich noch in der Stadt." – „Er will also offen und frei zum Tor hinausreiten? O Müteßellim, ich glaube, dein System ist noch nicht in Ordnung gekommen. Ich werde dir noch einmal Medizin senden müssen!" – „Ich werde nie wieder solche Medizin trinken", antwortete Ismaïl Bei einigermaßen verlegen. „Ich habe die Überzeugung, daß der Araber zwar hier aus dem Gefängnis entkommen ist, sich aber noch in der Stadt befindet." – „Und weißt du auch, wie er entkommen ist?"

„Nein. Aber davon bin ich überzeugt, daß weder Selim Aga noch die Wächter Schuld daran tragen." – „Und wo soll sich Amad el Ghandur versteckt halten?" – „Das werde ich schon entdecken, und dabei sollst du mir helfen, Effendi." – „Ich? Gern, wenn ich es vermag."

Ich hatte bei meinem Eintritt einen raschen Blick zur Treppe emporgeworfen und oben mehr Arnauten stehen sehen, als vorher hier gewesen waren. Man hatte also wohl die Absicht, mich hier festzuhalten. In dieser Überzeugung bestärkten mich die unvorsichtigen Reden des Kommandanten. Ein Blick in das offene Gesicht des Aga ergab, daß er von dem Vorhaben des Müteßellim sicher keine Kenntnis hatte. Also stand auch er im Verdacht, und daraus schloß ich, daß man den Entsprungenen in seiner und in meiner Wohnung vermutete.

„Ich habe gehört", begann Ismaïl Bei abermals, „daß du ein Kenner aller Spuren bist." – „Wer hat dir das gesagt?" – „Dein Baschi Bosuk, dem es dein Diener Halef erzählte."

Also er hatte den Buluk Emini verhört. Darum war Ifra vom Basch Tschausch geholt worden! Der Kommandant fuhr fort:

„Und darum bitte ich dich, dir das Gefängnis anzusehen." – „Das habe ich doch bereits getan." – „Aber nicht so genau, wie es geschehen muß, wenn man Spuren entdecken will. Da ist oft eine Kleinigkeit, die man erst gar nicht beachtet hat, von großer Bedeutung." – „Das ist richtig. Also das ganze Haus soll ich durchsuchen?" – „Ja. Aber du wirst wohl mit dem Loch beginnen müssen, in dem der Araber gesteckt hat, denn dort hat auch seine Flucht begonnen."

O du schlauer Fuchs! Hinter mir hörte ich es auf den Treppenstufen knistern. Die Arnauten kamen leise herab.

„Das ist richtig", bemerkte ich scheinbar ahnungslos. „Laß die Tür zu der Zelle öffnen!" – „Mach auf, Selim Aga!" gebot Ismaïl Bei.

Der Aga schob den Riegel zurück und legte die Tür ganz bis an die Wand herum.

Ich trat näher, aber so vorsichtig, daß mich kein Stoß von hinten hinabwerfen konnte, und ich blickte aufmerksam hinein.

„Ich sehe nichts, was mir auffallen könnte, o Müteßellim." – „Von hier aus kannst du auch nichts sehen. Du wirst wohl hinabsteigen müssen, Effendi." – „Wenn du es für nötig hältst, werde ich es tun", erwiderte ich anscheinend unbefangen.

Ich trat zur Seite, faßte die Tür, hob sie aus den Angeln und legte sie quer vor der Türöffnung auf den Boden nieder, so daß ich sie von dem Loch aus stets im Auge behalten konnte. Das hatte der Kommandant nicht erwartet. Es machte ihm einen dicken Strich durch seine Rechnung.

„Was tust du da?" fragte er enttäuscht und ärgerlich.

„Ich habe die Tür ausgehoben, wie du siehst", erwiderte ich.

„Warum?" – „Wenn man Spuren entdecken will, muß man sehr vorsichtig sein und alles im Auge haben." – „Aber das Abnehmen der Tür ist doch nicht notwendig. Du erhältst dadurch nicht mehr Licht in dem Loch als vorher." – „Richtig. Aber weißt du, welche Spuren die sichersten sind?" – „Welche?" – „Jene, die man im Gesicht eines Menschen findet. Und diese" – dabei klopfte ich Ismaïl Bei vertraulich auf die Schulter – „weiß ein Effendi aus Almanja ganz sicher zu finden und zu lesen."

„Wie meinst du das?" fragte der Türke betroffen.

„Ich meine, daß ich dich wieder einmal als einen großen Diplomaten erkenne. Du verstehst deine Absichten ausgezeichnet geheimzuhalten. Und darum werde ich dir auch deinen Willen tun und hinunterspringen." – „Was für Absichten meinst du?" – „Deine Weisheit hat dich auf den Gedanken geführt, daß es ein Gefangener am besten erraten könne, wie es einem anderen Gefangenen möglich gewesen sein kann, zu entkommen. Allah sei Dank, daß er so kluge Männer geschaffen hat!"

Ich sprang in das Loch hinunter und bückte mich, um zu tun, als suche ich am Boden. Dabei sah ich unter dem Arm hinweg und bemerkte einen Wink, den der Müteßellim dem Aga gab. Beide wollten die schwere Tür aufnehmen und wieder in die Angeln bringen. Ich drehte mich um.

„Ismaïl Bei, laß die Tür liegen!" – „Sie soll dahin, wo sie gehört."

„So gehe ich auch wieder dahin, wohin ich gehöre!"

Ich machte Anstalt, mich emporzuschwingen, was nicht so leicht zu bewerkstelligen war, weil das Loch bedeutend tiefer lag.

„Halt, du bleibst!" gebot mir Ismaïl Bei und gab zugleich einen Wink, worauf mehrere bewaffnete Arnauten herbeitraten. „Du bist mein Gefangener!"

Der brave Selim erschrak. Er starrte zuerst seinen Vorgesetzten und dann mich fassungslos an.

„Dein Gefangener?" fragte ich. „Du scherzt!" – „Es ist mein Ernst!"

„So bist du über Nacht verrückt geworden. Denkst du, daß du der Mann bist, der mich gefangennehmen kann?" – „Du bist schon gefangen und wirst nicht eher wieder freikommen, als bis ich den Entflohenen entdeckt habe." – „Müteßellim, ich glaube nicht, daß du ihn entdecken wirst." – „Warum nicht?" – „Dazu gehört ein Mann, der Mut und Klugheit besitzt, und mit diesen beiden Eigenschaften hat dich Allah in seiner Weisheit verschont." – „Du willst mich verhöhnen? Sieh zu, wie weit du mit deiner eigenen Klugheit kommst! Legt die Tür an und schiebt die Riegel vor!"

Jetzt zog ich einen meiner Revolver.

„Laßt die Tür liegen, das rate ich euch!"

Die Arnauten zögerten verlegen.

„Greift zu, ihr Hundesöhne!" gebot der Müteßellim drohend.

„Laßt euch nicht erschießen, ihr Leute!" mahnte ich. – „Wage es, zu schießen!" rief der Bei wütend.

„Wagen? O Müteßellim, das ist gar kein Wagnis. Mit diesen Leuten werde ich ganz gut auskommen, und du bist der erste, den meine Kugel trifft!"

Die Wirkung war erstaunlich. Der Held vom Amadije verschwand sofort von der Türöffnung. Aber seine Stimme ertönte:

„Schließt ihn ein, ihr Schurken!" – „Tut es nicht, ihr Männer, denn ich werde den, der diese Tür zu schließen wagt, in die Dschehenna schicken!" – „So schießt ihr wieder!" erklang es von der Seite her.

„Müteßellim, vergiß nicht, wer ich bin! Eine Verletzung meiner Person würde dir den Kopf kosten." – „Wollt ihr wohl gehorchen, ihr Unreinen? Oder soll ich es sein, der euch erschießt? Selim Aga, greif zu!"

Der Befehlshaber der Arnauten war dem Beispiel seines Vorgesetzten gefolgt und hatte sich in sicherer Entfernung an die Mauer gedrückt. Er befand sich in großer Verlegenheit, aus der ich ihn retten mußte.

Ich richtete die Mündung der Waffe auf ihn und bekam so die Türöffnung frei. Nach einer schnellen Kraftanstrengung stand ich oben vor Ismaïl Bei, dem ich den Revolver unter die Nase hielt.

„Müteßellim, ich habe da unten keine Spur gefunden!" – „La ilâha illa 'llah! Effendi, tu die Waffe weg!"

Daß der Bei selbst ein solches Schießeisen, mit dem er sich wehren konnte, im Gürtel trug, schien ihm gar nicht einzufallen.

„Sie verschwindet erst dann, wenn die Wächter verschwunden sind. Selim Aga, schaff sie fort!“

Diesem Befehl leistete der Aga augenblicklich Folge:

„Packt euch und laßt euch nicht wieder sehen!“ gebot er.

Die Arnauten stiegen schleunigst die Treppe empor.

„So, jetzt stecke ich die Waffe ein. Und nun zu dir, Müteßellim! In welche Schande hast du dich gebracht! Deine List ist nicht gelungen, deine Gewalt hat nichts genützt, und nun stehst du da wie ein Mißkin günahkjar[1], der um Gnade bitten muß. Warum wolltest du mich einschließen lassen?“ – „Weil ich bei dir haussuchen muß.“ – „Darf ich nicht dabei sein?“ – „Du hättest dich gewehrt.“ – „Ah, du hast also Furcht vor mir? Das höre ich gern. Und du meinst, die anderen hätten sich nicht gewehrt?“ – „Du bist der Schlimmste, sie aber hätten wir nicht gefürchtet.“ – „Müteßellim, du irrst. Ich bin der Gutmütigste von ihnen allen. Mein Hadschi Halef Omar ist ein Held, der Hadschi Lindsay Bei ist ein Wüterich, und der dritte, den du noch nicht gesehen hast, übertrifft beide noch. Du wärst nicht lebend von ihnen weggekommen. Wie lange aber, glaubst du, hätte ich mich hier in diesem Loch befunden?“

„So lange, wie es mir beliebte!“ – „Meinst du? Ich hätte die Riegel oder die Angeln aus der Tür geschossen und wäre in zwei Minuten da gestanden, wo ich jetzt stehe. Und bereits beim ersten Schuß hätten meine Leute gewußt, daß ich in Gefahr war. Sie wären herbeigeeilt, um mir zu helfen.“ – „Sie hätten nicht hereingekonnt.“ – „Eine Büchsenkugel öffnet dein altes Torschloß ohne Mühe. Komm her, ich will dir etwas zeigen!“

Dabei drehte ich Ismaïl Bei mit dem Gesicht der Zelle zu und deutete auf das Fensterloch, durch das man ein Stück des Himmels und ein Stück Dach von Selim Agas Haus erblicken konnte. Jetzt sah man in dem Rahmen des Loches eine Gestalt, die ein schwarz und rot kariertes Gewand trug, eine Büchse in der Hand hielt und aufmerksam zum Gefängnis herüberblickte.

„Kennst du diesen Mann?“ fragte ich.

„Hadschi Lindsay Bei!“ – „Ja, er ist's. Er steht auf dem Dach meiner Wohnung und wartet auf das Zeichen, das wir verabredet haben. Müteßellim, dein Leben hängt an einem Haar. Was hast du gegen mich?“

„Du hast den Entflohenen befreit!“ – „Wer sagt das?“ – „Ich habe Zeugen.“ – „Mußt du mich da gefangennehmen, mich, einen Effendi, der das Bujuruldu des Großherrn besitzt und dir schon viele Beweise dafür gegeben hat, daß er keinen Menschen fürchtet?“ – „Ja, du fürchtest niemand, und eben darum wollte ich dich hier sicher haben, ehe ich deine Wohnung durchsuchte.“ – „Du kannst sie in meiner Gegenwart durchsuchen.“ – „Nun tue ich es nicht. Ich werde meine Leute senden.“

Ah, er fürchtete jetzt den ‚Helden‘, den ‚Wüterich‘ und den, der diese beiden noch übertraf!

„Auch das werde ich gestatten, wenn es ohne Aufsehen geschieht. Deine Männer können jeden Winkel durchstöbern. Ich habe nichts dagegen. Du siehst also, daß du mich nicht einzusperren brauchtest, Müteßellim!“ – „Das wußte ich nicht!“ – „Dein größter Fehler aber war“,

[1] armer Sünder

belehrte ich Ismaïl Bei, „daß du glaubtest, ich sei mit Blindheit geschlagen und werde mich ruhig einsperren lassen. Tu das nicht wieder, denn ich sage dir: dein Leben hing an einem Haar." – „Aber, Effendi, wenn wir den Gefangenen bei dir entdecken, so werde ich dich doch gefangennehmen müssen!" – „Dann werde ich mich nicht weigern."

„Und ich kann dich jetzt nicht nach Hause gehen lassen. Ich muß sicher sein, daß du nicht den Befehl gibst, den Gefangenen zu verstecken." – „Gut. Aber ich sage dir, daß meine Gefährten dann die Wohnung nicht durchsuchen lassen. Sie werden im Gegenteil einen jeden niederschießen, der sie zu betreten wagt." – „So schreibe ihnen, daß sie meine Leute eintreten lassen sollen!" – „Das will ich tun. Selim Aga kann den Brief gleich hintragen." – „Nein. Der nicht! Er könnte mit euch im Bunde sein und deine Gefährten warnen." – „Oh, der Aga der Arnauten ist dir treu und weiß nichts über den Verbleib des Gefangenen. Nicht wahr, Selim Aga?" – „O Müteßellim", meinte der Aga zu seinem Vorgesetzten, „ich schwöre dir, daß ich nicht das geringste weiß und daß auch der Effendi unschuldig ist." – „Das zweite kannst du nicht beschwören, das erste aber möchte ich glauben um deinetwillen. Effendi, du gehst mit zu mir, wo wir weiter über diese Sache reden werden. Ich werde dich deinen Anklägern gegenüberstellen." – „Das verlange ich auch." – „Einen kannst du gleich jetzt hören." – „Wer ist es?" – „Der Arnaut, der um deinetwillen dort im Loch steckt. Ich durchsuchte heute noch einmal die Zellen und fragte jeden Gefangenen, ob er heute nacht etwas gemerkt habe. Ich kam auch zu ihm und hörte von ihm etwas, was dir sehr schädlich ist!" – „Mag sein. Er will sich rächen. Aber willst du nicht lieber erst einen Boten in meine Wohnung senden? Dieser Mann soll Hadschi Halef Omar holen. Halef kann sich dann überzeugen, daß ich selbst die Erlaubnis gebe, die Wohnung zu durchsuchen." – „Du wirst nur in meiner Gegenwart mit Hadschi Halef Omar sprechen?" – „Ja." – „So werde ich ihn holen lassen."

Ismaïl Bei rief einen Arnauten und gab ihm den entsprechenden Befehl. Hierauf mußte Selim Aga den Kerker öffnen, in dem der frühere Kawaß des Engländers eingeschlossen war.

„Steh auf", gebot ihm der Müteßellim kurz, „und wiederhole, was du mir heute sagtest!" – „Lindsay Bei ist Engländer. Er nahm mich und einen Dolmetscher von Mossul mit, und diesem hat er erzählt, daß er einen Mann suche, der ausgezogen ist, einen Gefangenen zu befreien."

Also hatte Master Fowlingbull doch geplaudert!

„Hat er den Namen dieses Mannes genannt?" fragte ich den Arnauten.

„Nein." – „Hat Lindsay Bei dem Dolmetscher den Namen des Gefangenen gesagt, der befreit werden soll?" – „Nein." – „Auch nicht den Ort, wo dieser Gefangene steckt?" – „Nein." – „Ismaïl Bei, hat dieser Arnaut noch mehr zu sagen?" – „Das ist alles." – „Nein, das ist gar nichts. Selim Aga, schließ wieder zu! O Müteßellim, du bist wirklich ein so großer Diplomat, daß ich in Stambul deine Verdienste bestimmt rühmen werde! Man wird sich dann sicher beeilen, dir eine noch viel höhere Stellung zu geben. Vielleicht macht dich der Padischah gar zum Statthalter von Bagdad. Hadschi Lindsay Bei sucht einen Mann. Hat er gesagt, daß ich dieser Mann sei? Dieser Mann will einen Gefangenen befreien. Hat er gesagt, daß es dein Gefangener sein soll? Wird ein Engländer sein Vaterland, das beinahe tausend Kameltagereisen von hier entfernt ist, verlassen, um einen Araber aus der Gefangenschaft zu befreien?"

„Aber du, du bist ein Freund von Amad el Ghandur?"

„Ich sage dir, daß ich ihn noch nie gesehen hatte, bevor ich ihn hier in dem Loch erblickte! Hadschi Lindsay Bei versteht nicht Türkisch und nicht Arabisch, und sein Dolmetscher konnte nicht gut englisch sprechen. Wer weiß, was dieser Mann gehört und verstanden hat. Vielleicht hat der Engländer ihm irgendeine Geschichte erzählt." – „Aber Lindsay Bei redet doch nicht!" – „Damals sprach er noch. Er hat sein Gelübde erst später getan." – „So komm, du sollst auch den anderen Zeugen hören! – Doch horch! Man klopft an der Tür. Es wird dein Diener sein."

Er öffnete den Hauseingang. Der Arnaut brachte Halef. Ich sagte ihm, daß ich mit der Haussuchung einverstanden sei, und fügte hinzu:

„Ich will dem Müteßellim beweisen, daß ich sein Freund bin. Die Leute sollen überall hingelassen werden. Nun geh!" – „Wohin gehst du jetzt?" – „Zu Ismaïl Bei." – „Wann kommst du wieder?" – „Ich weiß es noch nicht." – „Sihdi, in einer Stunde kann viel getan und gesprochen werden. Bist du bis dahin noch nicht zurück, so werden wir kommen und dich holen!"

Halef ging. Ismaïl Bei machte ein bedenkliches Gesicht. Das mannhafte Wesen meines kleinen Halef hatte Eindruck auf ihn gemacht.

Hierauf begaben wir uns in die Wohnung des Müteßellim. Im Vorzimmer seines Selamlük befanden sich mehrere Beamte und Diener. Er winkte einem der Beamten, der mit uns eintrat. Wir setzten uns, aber eine Pfeife erhielt ich nicht.

„Das ist der Mann!" meinte der Bei, wobei er auf den Beamten zeigte.

„Was für ein Mann?" – „Der dich in der Gasse, die zum Gefängnis führt, gesehen hat. Ibrahim, erzähle!"

Der Beamte sah, daß ich mich auf freiem Fuß befand. Er warf einen unsicheren Blick auf mich und berichtete:

„Ich kam vom Palast, o Bei. Es war spät, als ich meine Haustür öffnete. Eben wollte ich sie wieder schließen, da hörte ich hastige Schritte. Es waren zwei Männer, die sehr schnell gingen. Der eine zog den anderen mit sich fort, und dieser andere hatte keinen Atem. An der Ecke verschwanden sie und gleich darauf hörte ich einen Raben krächzen."

„Hast du die beiden Männer erkannt?" – „Nur diesen Effendi. Es war zwar finster, aber ich erkannte ihn an seiner Gestalt." – „Wie war die Gestalt des anderen?" – „Kleiner." – „Haben sie dich gesehen?"

„Nein, denn ich stand hinter der Tür." – „Gut. Du kannst gehen!"

Der Mann trat ab.

„Nun, Effendi, was sagst du?" fragte der Müteßellim.

„Ich war den ganzen Abend bei dir." – „Aber einige Minuten bist du fort gewesen, nämlich als du die Lampe holtest. Da hast du den Gefangenen fortgeschafft und hattest dabei solche Eile, weil wir auf dich warteten."

Ich lachte.

„O Müteßellim, wann endlich wirst du einmal ein guter Diplomat werden! Ich sehe, daß dein System wirklich einer Stärkung bedarf. Erlaube mir einige Fragen. Wer hatte den Schlüssel zur Außentür des Gefängnisses?" – „Ich." – „Konnte ich also hinaus, selbst wenn ich gewollt hätte?" – „Nein", erwiderte der Türke zögernd.

„Und mit wem bin ich nach Hause gegangen?" – „Mit Selim Aga."

„Ist dieser Aga der Arnauten länger oder kürzer als ich?"

„Kürzer." – „Und nun, Selim Aga, frage ich dich: Sind wir langsam gegangen oder mit schnellen Schritten?" – „Schnell", antwortete der Aga.

„Haben wir uns geführt oder nicht?" – „Wir führten uns."

„Müteßellim, kann ein Rabe, der im Turm ein wenig krächzt, in Beziehung zu dem Entflohenen stehen?" – „Effendi, das klärt sich ja alles wunderbar!" staunte er.

„Ja, das ist alles so einfach und natürlich, daß ich über die Verworrenheit deiner Gedanken erschrecke! Ich werde ernstlich besorgt um dich. Du hattest den Schlüssel, und niemand konnte aus dem Gefängnis heraus. Das mußtest du wissen. Ich bin mit dem Aga nach Hause gegangen, und zwar durch die Gasse, in der jener Ibrahim wohnt. Das wußtest du auch. Und auf eine Erzählung hin, die nur geeignet ist, mich zu rechtfertigen, willst du mich verurteilen? Ich war dein Freund. Ich gab dir Geschenke. Ich führte den Machredsch, dessen Festnahme dir Ehre und Beförderung in Aussicht stellt, in deine Hände. Ich gab dir Arznei, um deine Seele zu erfreuen, und das alles dankst du mir dadurch, daß du mich ins Gefängnis stecken willst. Geh! Ich werde irre an dir! Und was ebenso schlimm ist: du wirfst dein Mißtrauen sogar auf den Aga der Arnauten, dessen Treue du kennst und der für dich kämpfen würde, selbst wenn er dabei das Leben verlieren müßte!"

Da richtete sich Selim Aga um einige Zentimeter höher auf.

„Ja, das ist wahr!" beteuerte er, während er an seinen Säbel schlug und die Augen rollen ließ. „Mein Leben gehört dir, o Bei. Ich gebe es für dich hin!"

Das war zuviel der Beweise. Ismaïl Bei bat:

„Verzeih, Effendi! Du bist gerechtfertigt, und ich werde in deiner Wohnung nicht nachsuchen lassen."

„Du wirst suchen lassen. Ich verlange es nun selbst." – „Es ist unnötig geworden." – „Ich bestehe aber auf meinem Verlangen."

Der Müteßellim erhob sich und ging hinaus.

„Effendi, ich danke dir, daß du mich von seinem Verdacht gereinigt hast!" sagte Selim Aga.

„Du wirst gleich hören, daß ich noch mehr für dich tue."

Als Ismaïl Bei wieder eintrat, machte er ein sehr verdrießliches Gesicht und begann: „Draußen steht der Basch Tschausch, der nach Mossul gehen soll –" – „Der meinen Baschi Bosuk holte", unterbrach ich ihn, „damit du ihn über mich verhören konntest? Hast du wohl ein Wort von ihm erfahren, das mich verdächtigt?"

„Nein, Ifra war deines Lobes voll. Aber sag mir, was ich dem Anadolu Kasi Askeri über den entsprungenen Gefangenen schreiben soll!"

„Schreibe die Wahrheit!" – „Das wird mir großen Schaden machen, Effendi. Denkst du nicht, daß ich schreiben könnte, er sei gestorben?"

„Das ist deine Sache." – „Würdest du mich verraten?" – „Ich habe keinen Grund dazu, solange du mein Freund bist." – „Ich werde es tun."

„Aber wenn es dir nun gelingt, ihn wieder zu ergreifen? Oder wenn er glücklich seine Heimat erreicht?" – „So hat sich der abgesetzte Müteßarrif geirrt und mir einen Mann geschickt, den er zwar für Amad el Ghandur hielt, der es aber nicht war. Und wenn ich ihn wieder ergreife – Effendi, es wird wohl das beste sein, daß ich ihn gar nicht suchen lasse!"

Das war auch eine Art, sich aus der Not zu helfen. Mir jedoch kam sie willkommen.

„Aber der Basch Tschausch weiß doch, daß der Araber entflohen ist", wandte ich vorsichtig ein.

„Das ist ein anderer Araber gewesen", meinte der Müteßellim, „ein Abu Salman, der mir den Zoll verweigerte."

„Gut", sagte ich. „Aber dann eile, damit du die Sorge um den Machredsch los wirst. Wenn es auch ihm gelingen sollte, zu entkommen, bist du verloren." – „In einer Stunde soll der Schub abgehen."

„Hast du schon das Verzeichnis der Sachen fertig, die Kiamil Effendi bei sich hatte?" – „Es ist fertig und von mir und Selim Aga unterzeichnet." – „Du hast eine Unterschrift vergessen, o Müteßellim, die meinige."

„O Effendi, die ist nicht nötig." – „Aber wünschenswert."

„Aus welchem Grund?" – „Man könnte mich in Mossul oder Stambul über diese Sache fragen, wenn etwas nicht stimmen sollte. Deshalb wird es besser sein, ich unterzeichne mit. Dann ist alles in Ordnung. Auch dir muß es willkommen sein, einen Zeugen mehr zu haben; denn ich traue es Kiamil Effendi zu, daß er dich verleumdet, um sich an dir zu rächen."

Ismaïl Bei befand sich augenscheinlich in großer Verlegenheit.

„Das Verzeichnis ist bereits verschlossen und versiegelt", meinte er.

„Zeig es mir einmal."

Der Bei erhob sich wieder und ging in die Nebenstube.

„Effendi", flüsterte der Aga ängstlich, „verrate nicht, daß ich dir alles gesagt habe." – „Sei ohne Sorge!"

Der Müteßellim kehrte zurück und hielt ein versiegeltes Schreiben in der Hand. Er reichte es mir ohne Bedenken.

Ich nahm es, um mich zu überzeugen, daß es auch das rechte war. Dabei drückte ich die langen Seiten so zusammen, daß sich eine Röhre bildete, in deren Inneres ich blicken konnte. Da der Brief ohne Umschlag war, sah ich zwar aus einzelnen Wörtern, daß Ismaïl Bei mich nicht getäuscht hatte, doch befanden sich die Ziffern, die ich suchte, nicht an einer Stelle, die ich lesen konnte. Gleichwohl aber tat ich, als ob ich sie sähe, und las laut und langsam: „Vierhundert Piaster in Gold – einundachtzig Piaster in Silber! – Müteßellim, du wirst dieses Schreiben wieder öffnen müssen. Du hast dich sehr verschrieben!"

„Effendi, diese Angelegenheit ist nicht deine Sache!" – „So war es auch wohl nur die deinige, als ich dir beistehen mußte, Kiamil Effendi festzuhalten und ihm sein Geld abzunehmen?"

„Ja“, antwortete der Türke harmlos.

„Gut! Aber du versprachst mir fünftausend Piaster, auf die noch zweitausend zu legen sind, weil das Papiergeld keinen vollen Wert besitzt. Wo ist diese Summe?“ – „Du sagst, du seist mein Freund, und willst mich dennoch peinigen.“ – „Du sagst, du seist mein Freund, und willst mich dennoch hintergehen.“ – „Ich muß das Geld nach Mossul senden.“ – „Ja, alles Geld des Machredsch samt der Uhr und den Ringen. Tust du das, so habe ich nichts zu fordern. Tust du es aber nicht, so verlange ich meinen Teil.“ – „Du hast ja gar nichts zu bekommen“, widersprach der geldgierige Kommandant.

„Du auch nicht und Selim Aga auch nicht. Hat er etwas erhalten?“

„Siebentausend Piaster in Papier“, antwortete Ismaïl Bei schnell, um dem Geprellten jeden Einwurf abzuschneiden. Selim Aga schnitt dabei ein Gesicht, daß ich beinahe in lautes Lachen ausgebrochen wäre.

„Nun also“, sagte ich, „warum willst du mir dann meinen Teil vorenthalten?“ – „Du bist ein Fremdling und keiner meiner Beamten.“

„Du sollst recht behalten. Aber dann trete ich meinen Teil an die Kasse des Padischah ab. Sage also dem Basch Tschausch, daß er in meine Wohnung kommen soll, ehe er abreist! Ich werde ihm meinen Bericht an den Anadolu Kasi Askeri mitgeben. – Lebe wohl, Müteßellim, und erlaube, daß ich dich heute abend besuche.“

Ich schritt zur Tür, hatte sie aber noch nicht erreicht, als er rief: „Wieviel Geld wirst du angeben?“ – „Die runde Summe von fünfundzwanzigtausend Piastern, eine Uhr und vier Brillantringe.“

„Wieviel willst du davon haben?“ – „Meinen vollen Teil. Siebentausend Piaster in Papier oder fünftausend in Gold oder Silber.“ – „Effendi, es war wirklich nicht soviel Gold!“ – „Ich kann den Klang des Goldes sehr gut von dem des Silbers unterscheiden, und der Beutel hatte einen sehr dicken Bauch“, wiederholte ich seine eigenen Worte.

„Du bist reich, Effendi, und wirst mit fünfhundert Piastern zufrieden sein!“ – „Zweitausend in Gold, das ist mein letztes Wort!“

„Allah kerîm, ich kann es nicht.“ – „Lebe wohl!“

Wieder schritt ich zur Tür. Ismaïl Bei wartete, bis ich sie geöffnet hatte, dann rief er mich zurück. Ich ging jedoch weiter und war bereits auf der Straße, als mir eilige Schritte folgten. Es war Selim Aga, der mich zurückholte.

Als ich wieder in das Selamlük trat, war der Kommandant nicht da, bald aber kam er aus dem Nebenzimmer. Sein Blick war finster und feindselig, und seine Stimme klang heiser, als er mich fragte: „Also zweitausend willst du?“ – „In Gold!“

Ismaïl setzte sich nieder und zählte mir zwanzig Hundertpiasterstücke auf den Teppich.

Ich bückte mich, nahm das Gold auf und steckte es ein. Er wartete einige Augenblicke, dann fragte er mit finsterer Stirn: „Und du bedankst dich nicht!“ – „Ich? Ich erwarte im Gegenteil deinen Dank, weil ich dir dreitausend Piaster geschenkt habe.“ – „Du bist bezahlt und hast mir nichts geschenkt. Wann reist du ab?“ – „Ich weiß es noch nicht.“

„Ich rate dir, noch heute die Stadt zu verlassen!“ – „Warum?“

„Du hast dein Gold, nun geh! Aber komme ja nie wieder!“

„Müteßellim, beherrsche dich, sonst lege ich dir die Piaster wieder her und schreibe einen Bericht. Wenn es mir beliebt, zu bleiben, so bleibe ich, und wenn ich zu dir komme, wirst du mich höflich empfangen. Aber um dir deine Sorgen vom Herzen zu nehmen, will ich dir sagen, daß ich noch heute abreise. Vorher jedoch werde ich kommen, um von dir Abschied zu nehmen, und dann hoffe ich, daß wir in Frieden scheiden."

Jetzt verließ ich den Gebieter von Amadije endgültig und kehrte zu den Gefährten zurück. Ehe ich das Haus erreichte, begegnete mir ein Trupp Arnauten, der scheu zur Seite trat und mich vorüberließ. Unter der Tür stand Mersinah und blickte ihm nach. Ihr Gesicht glühte vor Zorn.

„Effendi, ist schon einmal so etwas geschehen?" rief sie mir entgegen. „Der Müteßelim hat bei seinem Aga der Arnauten haussuchen lassen. Und weißt du auch, was oder wen man hier suchte?" – „Nun?"

„Den entflohenen Araber! Einen Flüchtling bei dem Aufseher des Gefängnisses zu suchen! Aber dieser Selim Aga soll mir nur nach Hause kommen, so werde ich ihm sagen, was ich an seiner Stelle getan hätte."

„Zanke nicht mit ihm! Er hat Leid genug zu tragen." – „Worüber?"

„Daß ich mit meinen Gefährten abreise." – „Abreisen?"

Die Alte machte ein ganz unbeschreiblich erschrockenes Gesicht.

„Ja. Ich habe mich mit dem Müteßellim gezankt und mag nicht länger an einem Ort bleiben, wo er gebietet." – „Allah, Wallah, Tallah! Effendi, bleib hier! Ich werde diesen Menschen zwingen, dir mit Ehrerbietung zu begegnen!"

Das war ein Versprechen, dessen Ausführung beizuwohnen wohl spannend gewesen wäre. Ich hielt es aber leider für unmöglich und ließ Mersinah unten stehen, wo ihre Stimme fortgrollte wie ferner Donner. Droben stand Ifra vor der Treppe. Er hatte meine Stimme gehört und auf mich gewartet.

„Effendi, ich will Abschied von dir nehmen." – „Komm herein! Ich will dich bezahlen." – „O Effendi, ich bin schon bezahlt." – „Von wem?"

„Von dem Bei mit dem langen Gesicht." – „Wieviel hat der dir gegeben?" – „Das!"

Er fuhr mit freudeglänzenden Augen in den Gürtel und holte eine Handvoll großer Silberstücke hervor, die er mir zeigte.

„So komm nur! Wenn es so ist, hat der Bei dich bezahlt, und ich werde nun den Esel bezahlen." – „Allah kerîm, den verkaufe ich nicht!" rief der Dicke erschrocken.

„Ich meine nur, daß ich ihm seinen Lohn auszahlen will."

„Maschallah, da komme ich!"

Ifra ging mit in meine Stube, die leer war. Hier stellte ich ihm ein Zeugnis aus und gab ihm noch einiges Geld, worüber er vor Freuden fast außer sich geriet.

„Effendi, ich habe noch niemals einen so guten Herrn gehabt wie dich. Ich wollte, du wärst mein Hauptmann oder mein Major oder Oberst. Dann würde ich dich in der Schlacht beschützen und um mich schlagen wie damals, als ich meine Nase verlor. Das war nämlich in der großen Schlacht bei –" – „Laß gut sein, Ifra! Ich bin von deiner Tapferkeit überzeugt. Du bist heute beim Müteßellim gewesen?" – „Der Basch Tschausch holte mich zu ihm, und ich mußte auf viele Fragen Antwort geben." – „Auf welche?" – „Ob ein Gefangener bei uns sei. Ob du bei den Jesidi viele Türken ermordet hast. Ob du vielleicht ein Minister aus Stambul bist, und noch vieles andere, was ich mir gar nicht gemerkt habe." – „Ich weiß Bescheid. Und nun merke auf, Ifra! Euer Weg führt euch durch Spinduri. Sag dem Dorfältesten dort, daß ich heute nach Gumri aufbreche und daß ich Kadir Bei das Geschenk bereits übersandt habe. Und in Baadri gehst du zu Ali Bei, um das zu vervollständigen, was ihm Selek erzählen wird." – „Selek geht auch mit? – „Ja. Wo ist er?"

„Bei seinem Pferd." – „Sag Selek, daß er satteln kann! Ich werde ihm einen Brief mitgeben. Und nun lebe wohl, Ifra! Allah behüte dich und deinen Esel! Mögest du nie vergessen, daß ein Stein an seinen Schwanz gehört!"

Die drei Gefährten saßen kampfgerüstet in der Stube des Engländers beisammen. Halef umarmte mich beinahe vor Freude, und der Engländer reichte mir froh die Hand.

„Gefahr gehabt, Sir?" fragte er.

„Ich steckte bereits im gleichen Loch, aus dem ich heute nacht Amad el Ghandur geholt habe." – „Ah! Prächtiges Abenteuer! Gefangener gewesen! Wie lange Zeit?" – „Zwei Minuten." – „Selbst wieder frei gemacht?" – „Selbst! Soll ich Euch die Geschichte erzählen?"

„Versteht sich! Well! Yes! Schönes Land hier, sehr schön! Alle Tage besseres Abenteuer!"

Ich erzählte ihm in englischer Sprache und fügte dann bei: „In einer Stunde sind wir fort."

Des Engländers Gesicht nahm die Form eines Fragezeichens an.

„Nach Gumri", fügte ich hinzu.

„Oh, war schön hier, sehr schön! Unterhaltsam!" – „Noch gestern hieltet Ihr es nicht für schön, Sir David!" – „War Ärger. Hatte nichts zu tun. Ist aber trotzdem schön gewesen, sehr schön! Romantisch! Yes! Wie ist es in Gumri?" – „Noch viel romantischer." – „Well! So gehen wir hin!"

Lindsay erhob sich sofort, um zu seinem Pferd zu sehen, und nun hatte ich Zeit, auch den beiden anderen meine letzten Erlebnisse mitzuteilen. Keiner war über unsere Abreise so erfreut wie Mohammed Emin, dessen Herzenswunsch es war, baldigst mit seinem Sohn zusammenzukommen. Auch er erhob sich eilig, um sich zur Abreise fertigzumachen. Nun begab ich mich in meine Stube, um einen Brief an Ali Bei zu schreiben. Ich meldete ihm in gedrängten Worten alles und sagte ihm Dank für die beiden Schreiben, die mir so große Dienste geleistet hatten. Diese Schreiben nebst dem Brief übergab ich Selek, der dann Amadije sogleich verließ. Er schloß sich dem Transport nicht an, sondern zog es als Jesidi vor, nicht mit den Türken, sondern allein zu reisen.

Da hallten die eiligen Schritte zweier Personen auf der Treppe. Selim Aga trat mit Mersinah ein.

„Effendi, ist es wirklich dein Ernst, daß du Amadije verlassen willst?" fragte er mich.

„Du hast es ja beim Müteßellim gehört.“ – „Sie satteln schon!“ schluchzte Mersinah, die sich die Tränen aus den Augen wischen wollte, mit der Hand aber leider nur bis an die ebenso betrübte Nase kam.

„Wohin geht ihr?“ fragte der Aga.

„Das braucht der Müteßellim nicht zu erfahren, Selim Aga. Wir reiten nach Gumri.“ – „Dahin kommt ihr heute nicht.“ – „So bleiben wir unterwegs über Nacht.“ – „Herr“, bat Mersinah, „bleib wenigstens diese Nacht noch hier bei uns! Ich will auch meinen besten Pilav bereiten.“ – „Es ist beschlossen: wir reiten.“ – „Du fürchtest dich doch nicht vor dem Müteßellim?“ – „Ismaïl Bei selbst weiß am besten, daß ich ihn nicht fürchte!“ – „Und ich auch, Effendi“, fiel der Aga ein. „Hast du ihm doch zweitausend Piaster abgezwungen!“

Die ‚Myrte‘ machte große Augen.

„Maschallah, soviel Geld!“ – „Und zwar in Gold!“ fügte Selim hinzu.

„Wem gehört dieses viele Geld?“ – „Dem Effendi natürlich. Hättest du doch auch für mich ein Wort gesprochen!“ – „Hast du das nicht getan, Effendi?“ erkundigte sich Mersinah. „Du hattest es uns doch versprochen!“ – „Ich habe Wort gehalten.“ – „Wirklich? Effendi, wann hast du mit dem Müteßellim darüber geredet?“ – „Als Selim Aga dabei war.“ – „Effendi, ich habe nichts gehört!“ beteuerte Selim.

„Doch!“ lächelte ich. „Der Müteßellim bot mir fünfhundert Piaster statt der fünftausend, die ich verlangte.“ – „Das war für dich, Effendi!“

„Selim Aga, du hast gesagt, du liebst mich und seist mein Freund, und dennoch glaubst du, daß ich mein Wort so schlecht halte? Ich mußte so tun, als ob es für mich wäre!“ – „So tun –?“

Der Aga starrte mich versteinert an.

„So tun?“ rief Mersinah. Aber ihr kam das Verständnis schneller. „Warum mußtest du so tun? Rede weiter, Effendi!“ – „Das habe ich deinem Aga bereits erklärt –“ – „Effendi“, rief sie, „erkläre diesem Aga der Arnauten nichts mehr, denn er wird es nie verstehen! Sag es lieber mir!“ – „Wenn ich für den Aga Geld gefordert hätte, so wäre der Müteßellim sein Feind geworden –“ – „Das ist richtig, Effendi“, fiel die Alte eilig ein. „Ja, es wäre noch schlimmer gekommen, denn nach deiner Abreise hätten wir das Geld wieder hergeben müssen.“ – „So dachte ich auch, und daher tat ich, als fordere ich das Geld für mich.“ – „Und es war gar nicht für dich? Oh, sag es schnell!“

Die ‚Myrte‘ zitterte vor Begierde.

„Nein. Für den Aga“, antwortete ich ihr.

„Maschallah! Und wieviel soll er erhalten?“ – „Alles.“ – „Sahi-mı – wirklich? Wann, wann?“ – „Jetzt gleich.“ – „Hamdulillah – Preis sei Allah! Er macht uns reich durch dich! Aber nun mußt du uns das Geld auch geben!“ – „Hier ist es. Komm her, Selim Aga!“

Ich zählte ihm die volle Summe in die Hand. Er wollte die Hand schnell schließen, tat es aber doch zu spät, denn die ‚Myrte‘ hatte ihm mit einem geschickten Griff sämtliche Hundertpiasterstücke weggestrichen.

„Mersinah!“ donnerte er.

„Selim Aga!“ blitzte sie.

„Das Geld ist mein!“ grollte er.

„Es bleibt auch dein!“ beteuerte sie.
„Ich kann es selbst aufheben“, murmelte er.
„Bei mir ist es sicherer“, redete sie ihm zu.
„Gib mir nur etwas davon!“ bat er.
„Laß es mir nur!“ schmeichelte sie.
„So gib mir wenigstens die gestrigen fünfzig Piaster!“ – „Die sollst du haben, Selim Aga!“ – „Alle?“ – „Alle, aber dreiundzwanzig sind bereits weg davon.“ – „Dreiundzwanzig sind bereits fort? Wo sind sie?“
„Fort! Für Mehl und Wasser für die Gefangenen.“ – „Für Wasser? Das kostet doch nichts!“ – „Für die Gefangenen ist nichts umsonst. Das merke dir, Selim Aga! Aber, Effendi, nun hast du ja nichts!“
Jetzt, da die ‚Myrte‘ das Geld in den Händen hatte, wurde sie auch rücksichtsvoll gegen mich.
„Ich mag es nicht. Dieses Geld gehörte weder dem Machredsch, denn er hat es jedenfalls nicht auf rechtliche Weise erworben, noch dem Müteßellim oder deinem Aga. Aber es wäre auf alle Fälle nicht in die Hände der rechtmäßigen Besitzer zurückgelangt. Nur aus diesem Grund habe ich Ismaïl Bei gezwungen, einen Teil davon wieder herauszugeben. Wenn es schon in falsche Hände kommt, so ist es besser, ihr habt einen Teil davon, als daß der Müteßellim alles behält.“ – „Effendi, du bist ein treuer Anhänger des Propheten. Allah segne dich dafür!“ beteuerte die ‚Myrte‘.
„Höre, Mersinah!“ wehrte ich ab. „Wenn ich ein Anhänger des Propheten wäre, so hättet ihr wahrscheinlich nichts erhalten, sondern ich hätte alles in meine eigene Tasche getan. Ich bin kein Moslem.“
„Kein Moslem?“ rief sie erstaunt. „O Effendi, das macht nichts. Im Gegenteil! Es gibt auch Andersgläubige, die sehr gute Menschen sind. Das sehe ich an dir, und das weiß ich auch von der alten Marah Durimeh!“ – „Ah! Kennst du die alte Frau?“ – „Sie ist in ganz Amadije bekannt. Marah Durimeh kommt sehr selten hierher, aber wenn sie kommt, so teilt sie Freude aus an alle Leute, die ihr begegnen. Sie ist ein Segen für viele. Aber da fällt mir ja ein, daß ich zu ihr muß!“ – „Marah Durimeh ist nicht mehr da.“ – „Ich muß aber doch hin.“ – „Warum?“
„Ich muß sagen, daß du abreist.“ – „Wer hat das bestellt?“ – „Der Vater des Mädchens, das du gesund gemacht hast.“ – „Mersinah, du bleibst! Ich befehle es dir!“
Mein Rufen half nichts. Die Alte war bereits die Treppe hinab, und als ich ans Fenster trat, sah ich sie über den Platz eilen.
„Laß sie, Effendi!“ sagte Selim Aga. „Mersinah hat es versprochen. Oh, warum hast du mir das viele Geld in ihrer Gegenwart gegeben! Nun bekomme ich keinen Para davon!“ – „Verwendet sie es für sich?“
„Nein, aber Mersinah ist geizig, Effendi. Was sie nicht für uns und für die Gefangenen braucht, das versteckt sie, daß ich es nicht finden kann. Meine Wirtschafterin ist stolz darauf, daß ich einmal viel Geld haben werde, wenn sie stirbt. Aber das ist nicht gut, da ich jetzt darunter leiden muß. Ich rauche den schlechtesten Tabak, und wenn ich einmal zum Juden gehe, so darf ich von seinen Medizinen nur die billigsten trinken.“
Betrübt ging der wackere Aga der Arnauten von dannen, und ich

folgte ihm hinab in den Hof, wo die Pferde gesattelt wurden. Dann machte ich mit dem Engländer noch einen Gang in die Stadt, um einige Einkäufe zu besorgen. Als wir zurückkehrten, waren bereits alle vor dem Eingang des Hauses versammelt. Bei ihnen stand ein Mann, in dem ich schon von weitem den Vater meiner Patientin erkannte.

„Effendim - mein Herr, ich höre, daß du abreisen willst“, begann er, mir einige Schritte entgegentretend. „Darum bin ich gekommen, um Abschied von dir zu nehmen. Meine Tochter wird bald ganz gesund sein. Schakara, mein Weib und ich, wir werden zu Allah beten, daß er dich beschütze. Und damit du auch an uns denken mögest, habe ich ein kleines Jadigar[1] mitgebracht.“ – „Wenn es Ufak-tefek[2] ist, werde ich es nehmen, sonst nicht.“ – „Es ist so klein und arm, daß ich mich scheue, es dir selbst zu geben. Erlaube mir, daß ich es deinem Diener aushändige! Welcher ist es?“ – „Dort bei dem Rappen steht Hadschi Halef.“

Der Mann nahm unter seinem weiten Oberkleid ein ledernes, mit Perlen gesticktes Futteral hervor und reichte es Halef hin. Dann sah ich, daß er dem Kleinen noch etwas gab. Ich dankte ihm, und wir schieden.

Jetzt kam das Schlimmste: der Abschied von Selim Aga und besonders von der ‚Myrte‘. Der Aga ging von Pferd zu Pferd und nestelte an Riemen und Schnallen herum, die doch in Ordnung waren. Dabei rollte er die Augen so fürchterlich, wie ich es selbst bei ihm noch niemals gesehen hatte. Die Spitzen seines Schnurrbarts gingen auf und nieder wie Waagebalken, und hier und da fuhr er sich mit der Hand an den Hals, als ob es ihn dort würge. Endlich reichte er Halef die Hand zum Abschied. Er fing von unten an.

„Lebe wohl! Hadschi Halef Omar! Allah sei bei dir immerdar!“

Selim hörte gar nicht auf das, was ihm der kleine Hadschi antwortete, sondern sprang zu dem Pferd Mohammeds, um eine Fliege totzuschlagen, die am Hals des Rosses saß. Dann fuhr er mit einem energischen Ruck herum und hielt dem Scheik die Hand entgegen: „Allah sei mit dir und allen den Deinen! Kehre bei uns ein, wenn dich dein Weg wieder nach Amadije führt!“

Da bemerkte Selim Aga plötzlich, daß der Sattelgurt des Engländers ein wenig zu weit nach hinten lag. Er eilte dorthin, kroch unter das Pferd und schob und zerrte, als habe er eine schwere Last zu bewältigen. Endlich war er fertig und streckte nun dem Reiter die Rechte hin:

„O Bei, dein Weg sei –“ – „Well!“ unterbrach ihn Lindsay. „Hier!“

Ein Trinkgeld fiel in die Hand des Aga, und es war, wie ich den Engländer kannte, gewiß sehr reichlich. Diese Güte machte den gerührten Anführer der Arnauten noch verwirrter. Er begann also von neuem: „O Bei, dein Weg sei wie der Weg –“ – „Well!“ brummte Lindsay gutmütig und eine zweite Auflage des Bakschisch folgte. Der Geber hielt die zum Abschied hingestreckte Hand für eine Forderung.

„O Bei“, begann der Aga mit erhöhter Stimme, „dein Weg sei wie der Weg der Gerechten, und –“ – „Well!“ ertönte es zum drittenmal.

Aber der Aga zog seine Hand plötzlich zurück und nahm die Gelegen-

[1] Andenken [2] eine Kleinigkeit

heit, daß ich eben zu Pferd steigen wollte, wahr, um mir den Steigbügel zu halten. Jetzt zog es über sein Gesicht wie Sonnenblick und Wolkenschatten über ein wogendes Feld, dann öffnete er den Mund, aber da stürzte ihm plötzlich die so lange zurückgehaltene Flut aus den Augen. Das Wort, das er sagen wollte, wurde zu einem unverständlichen Laut. Er reichte mir die Hand. Ich nahm und drückte sie, selbst tief gerührt, dann zog er sich eilig in den Flur zurück.

Das hatte Mersinah abgewartet. Sie trat hervor wie die Sonne aus der Morgenröte. Sie wollte eben bei Halef beginnen, da drängte ich mein Pferd heran und sagte: „Halef, reite mit den anderen einstweilen in das Tal hinab! Ich muß noch einmal zum Müteßellim und werde schnell nachkommen." Dann wandte ich mich an Mersinah. „Hier, nimm meine Hand! Ich danke dir für alles. Lebe wohl, stirb nie und denke oft an mich, sooft du die liebliche Speise deiner Gefangenen kochst!"

„Lebe wohl, Effendi! Du bist der großmütigste –"

Mehr hörte ich nicht. Ich ritt schnell, gefolgt von meinem Hund, zum Palast des Kommandanten, ließ das Pferd vor dem Tor stehen und trat ein. Dojan folgte mir; ich wollte das so. Im Vorzimmer waren einige Personen, die ich bereits dort gesehen hatte. Sie fuhren erschrocken empor, als sie den Hund erblickten. Das hatte noch niemand gewagt.

„Wo ist der Müteßellim?" fragte ich.

„Im Selamlük", antwortete einer.

„Ist er allein?" – „Der Aufseher des Palastes ist bei ihm."

Ich ließ mich nicht erst anmelden, sondern trat ein. Der Hund war an meiner Seite. Der Aufseher des Palastes machte eine Gebärde des Entsetzens, und der Müteßellim erhob sich augenblicklich.

„Effendi, was tust du?" rief er.

„Ich komme, um Abschied von dir zu nehmen." – „Mit einem Hund?"

„Er ist besser als mancher Mensch. Du sagtest mir, ich solle nicht wiederkommen, und ich komme mit dem Hund. Das ist die Antwort eines Effendi aus Almanja. Selâm!"

Ich verließ Ismaïl Bei ebenso schnell, wie ich gekommen war und ging hinab. Unten aber, im Freien, nahm ich mir Zeit. Doch es kam niemand, um mich zur Rede zu stellen. Ich stieg auf und ritt davon. Die Gefährten waren eben erst zum Tor hinaus, als ich sie einholte; denn Mersinahs Abschiedsworte an sie hatten einige Zeit in Anspruch genommen.

„Was noch gemacht beim Müteßellim?" fragte Lindsay.

Ich erzählte es ihm.

„Ausgezeichnet! Hm! Köstlicher Einfall. Würde gut bezahlen, wenn Ihr ein anderer wäret! Yes!"

Er brummte und lachte noch lange vor sich hin.

Nach einiger Zeit mußten wir absteigen, um die Pferde den steilen Weg hinabzuführen. Desto schneller aber ging es unten weiter, bis wir die Stelle erreichten, wo wir früher links abgeschwenkt waren. Hier mußte Halef zurückbleiben und sich verstecken, um uns zu benachrichtigen, falls wir beobachtet würden. Wir erreichten die kleine Lichtung, bei der wir die Pferde anbanden, und drangen dann zu Fuß in das Dickicht ein.

„Hier!“ meinte der Engländer, als wir bei den Eichen anlangten. „Prachtvolle Villa da oben! Well! Raucht Tabak!“

Wirklich sah man ein Tabakwölkchen nach dem anderen oben aus der ‚Villa Amad‘ hervorkräuseln. Der Araber lag in der Tiefe des Loches und bemerkte unsere Gegenwart nicht eher, als bis er durch einen lauten Ruf aufmerksam gemacht wurde. Jetzt steckte er den Kopf hervor und erkannte uns. Die frische, kräftige Waldluft und die nahrhaften Speisen hatten ihn wenigstens so weit gekräftigt, daß er ohne Hilfe herabklettern konnte. Ich erhielt dabei auch meinen Lasso wieder, den er gestern oben behalten hatte.

Nun verweilten wir keinen Augenblick länger, kehrten um und bestiegen die Pferde, da es uns darauf ankam, noch heute eine gute Strecke Weges zwischen uns und Amadije zu legen. Halef meldete, daß sich nichts Verdächtiges gezeigt habe, und so bogen wir rechts in den Weg ein, der zu den Sommerwohnungen der Bewohner von Amadije führte.

Wir ritten in einem Tal empor, dessen Sohle ein breiter Bergbach bewässerte. Die Hänge waren mit schönem Laubwald bewachsen. Weiter oben teilte sich der Bach in viele Arme. Das Tal wurde breiter und bot den nötigen Raum für eine Menge von Zelten und Hütten, die in malerischer Unordnung im Tal und an den Abhängen standen. Das waren die Jalaiks oder Sommerwohnungen.

Der Platz dazu war außerordentlich gut gewählt. Grüne Wald- und Fruchtbäume beschatteten die Zelte und Hütten, und dichtes Rankengewächs bildete an den Abhängen einen reichen Teppich. Dieser gesunde Ort bot einen freundlichen Gegensatz zu der ungesunden Luft in der Festung Amadije.

Während die anderen schnell weiterritten, um Späherblicken baldigst zu entgehen, stieg ich mit dem Engländer vor der Wohnung eines Geldwechslers ab, da sich Lindsay einen Vorrat von landläufigen Münzen einwechseln wollte.

Die Höhe erreichten wir nach einer halben Stunde, obgleich die Strecke zwei englische Meilen beträgt, und nun hatten wir das Tal von Berwari vor uns liegen, wo wir vor jeder Verfolgung von seiten der Türken in Sicherheit waren.

In der Ferne blauten die Tijariberge, von denen uns besonders der Kegel von Aschita in die Augen fiel. Seine Spitze glänzte weiß, denn er war mit Schnee bedeckt, während wir noch vor ganz kurzer Zeit auf den Weidegründen der Haddedihn den reichen Blumenstaub mit den Beinen unserer Pferde aufgewühlt hatten

Rechts davon stieg hinter den wasserreichen Tälern des Sab das Bergland von Tkhuma empor, und im Süden sahen wir die Höhen des Tura Ghara, des Dschebel Haïr und des Landes der Sebari-Kurden. Von Tijari und Tkhuma hatte die alte Marah Durimeh gesprochen. Ich mußte unwillkürlich an ihr Geheimnis denken, an den ‚Geist der Höhle‘, der dort zwischen jenen Bergen hauste. Ob wir ihm wohl begegnen würden?

12. Der Blutrache verfallen

Von der Höhe hinter Amadije führte der Pfad bergab zur Ebene Newdascht. Als wir sie erreichten, gaben wir den Pferden die Sporen, so daß wir über den dürren Boden, der diese Ebene kennzeichnet, schnell wie die Vögel dahinflogen.

Wir kamen in das Dorf Manglana, von dem Dohub, der Kurde, gesprochen hatte. Es wird von lauter Kurden bewohnt, die mit den chaldäischen Christen der Umgebung in steter Feindschaft leben. Wir hielten nur an, um uns nach dem Weg zu erkundigen, und dann ging es wieder weiter. Hierauf kamen wir durch verfallene Ortschaften, bei deren Untergang die Feuersbrunst der Hütten das Blut der Bewohner aufgeleckt hatte. Die Trümmer lagen zerstreut. Die Tiere des Waldes hatten die Knochen, die wir hier und da liegen sahen, abgenagt. Mich schauderte.

In der Ferne, rechts oder links, sahen wir zuweilen Rauch aufsteigen, es zeigte sich uns die unbeworfene Mauer eines Hauses, ein einzelner Reiter tauchte vor uns auf, bemerkte uns und schwenkte rasch zur Seite ab. Wir befanden uns auf keinem friedlichen Boden, und der Mann sah, daß wir ihm an Zahl überlegen waren. Genauso geht es den Vögeln des Waldes, die bei jedem Flügelschlag eines Feindes gewärtig sein müssen und dann ihr einziges Heil in der Verborgenheit eines Verstecks finden.

Der Abend dunkelte herein, und vor uns auf der Ebene sahen wir vielleicht dreißig Häuser zerstreut liegen, es war das kleine Dorf Tiah, wo wir zu übernachten dachten. Wie der Empfang sein würde, das wußten wir allerdings noch nicht.

Man hatte uns von weitem erblickt, und einige Männer waren zu Pferd gestiegen, um uns entweder als Feinde zurückzuweisen oder als Freunde zu empfangen. Eine Strecke von ungefähr zweitausend Schritten vor dem Dorf hielten sie an, um uns zu erwarten.

„Bleibt ein wenig zurück!“ sagte ich und ritt voran.

Ich merkte, wie die Kurden bei dem Anblick meines Rappen einander ansahen, und so stolz mich diese Bewunderung machte, so bedenklich mußte sie mir auch sein. Ein gutes Pferd, schöne Waffen und Geld: wer eines von diesen drei Dingen besitzt, der ist bei diesen räuberischen Völkerschaften stets in Gefahr, seinen Besitz zu verlieren und das Leben dazu.

Einer von ihnen ritt einige Schritte vor.

„Ivari'l kher – guten Abend!“ grüßte ich ihn.

Nachdem er gedankt hatte, ließ er seinen Blick von meinem Turban bis zu den Hufen meines Rih herabgleiten und begann ein Verhör.

„Woher kommst du?" – „Von Amadije." – „Wohin willst du?"

„Nach Kala Gumri." – „Was bist du? Ein Türke oder Araber?"

„Weder – noch! Ich bin –" – „Schweig!" gebot er mir. „Ich frage dich, und du antwortest! Du redest Kurdisch, aber ein Kurde bist du nicht. Bist du ein Grieche oder ein Russe oder ein Perser?"

Ich verneinte, und jetzt war er mit seinen Kenntnissen zu Ende. Dieser Mann empfing mich wie ein russischer Grenzaufseher! Ich durfte nicht sagen, welchem Volk ich angehörte, sondern er wollte so scharfsinnig sein, es zu erraten. Da ihm das nicht gelungen war, gab er vor Ärger seinem Pferd mit der Faust einen Schlag über das Auge, daß es vor Schmerz laut aufwieherte.

„Was bist du denn?" fragte er endlich.

„Ein Alamán", erwiderte ich mit Stolz.

„Ein Alamán?" wiederholte er. „Die Almanlar kenne ich. Ihr Stamm wohnt an den Ufern des Urmia-Sees und hat elende Hütten von Schilf."

Diese Worte waren sehr verächtlich gesprochen.

„Du irrst", entgegnete ich „Wir wohnen nicht am Ufer des Urmia-Sees und hausen auch nicht in elenden Schilfhütten."

„Schweig! Ich kenne die Almanlar, und wenn du nicht weißt, wo sie wohnen, so gehörst du nicht zu ihnen. Wer ist der Kurde dort?" – Dabei deutete er auf den Engländer.

„Er ist kein Kurde; er trägt nur kurdische Kleidung."

„Wenn er nur kurdische Kleidung trägt, so ist er auch kein Kurde!"

„Das habe ich bereits gesagt."

„Und wenn er kein Kurde ist, so darf er auch keine kurdischen Kleider tragen. Das verbieten wir ihm. Was ist er?"

„Ein Inglo", antwortete ich kurz.

„Ein Inglo? Ich kenne die Ingli. Sie wohnen jenseits des Berges Ararat, sind Karawanenräuber und fressen Gumgumuku gaurana[1]."

„Du irrst wieder. Die Ingli wohnen nicht am Ararat, sie sind keine Räuber und fressen auch keine Eidechsen."

„Schweig! Ich war im Lande der Ingli und habe selbst mit ihnen Gumgumuku gaurana und sogar Gumgumuku felana gefressen. Wenn er keine frißt, so ist er kein Inglo. Wer sind die drei anderen Reiter?"

„Es sind Araber." – „Von welchem Stamm?" – „Sie gehören zum Stamm der Schammar."

Ich sagte die Wahrheit, weil ich mich auf die Feindschaft zwischen den Türken und den Schammar verließ. Ein Feind der Türken mußte ein Freund der Kurden sein. Zwar wußte ich, daß die nördlichen Stämme der Schammar zuweilen auch mit den südlichen Stämmen der Kurden in Feindschaft leben, doch nur infolge der räuberischen Streifereien der Kurden, die selbst auch wieder mit anderen Kurdenstämmen im Zustand der Blutrache und des ewigen Streites leben. Hier aber befanden wir uns in der Mitte Kurdistans, wo sicher noch kein feindlicher Araber aufgetreten war, und daher gab ich meine Antwort in der festen Überzeugung, daß sie uns keinen Schaden bringen werde.

[1] Eidechsen

„Ich kenne die Schammar", hob der Kurde von neuem an. „Sie wohnen an der Mündung des Frat[1], trinken das Wasser des Meeres und haben böse Augen. Sie heiraten ihre eigenen Mütter und machen Rollen[2] aus dem Fleisch der Schweine."

„Du irrst abermals. Die Schammar wohnen nicht am Meer und essen niemals Schweinefleisch."

„Schweig! Ich selbst bin bei ihnen gewesen und habe das alles gesehen. Wenn diese Leute nicht am Meer wohnen und keine Rollen aus Schweinefleisch fressen, so sind sie keine Schammar. Auch leben die Schammar in Blutfehde mit den Sebari-Kurden und mit den Bewohnern von Pir Hasan, und darum sind sie unsere Feinde. Was wollt ihr hier?"

„Wir wollen fragen, ob ihr eine Hütte habt, in der wir heute nacht ruhen können." – „Wir haben keine Hütten. Wir sind Berwari-Kurden und haben Häuser. Ihr sollt ein Haus haben, wenn ihr uns beweist, daß ihr nicht unsere Feinde seid."

„Wie sollen wir das beweisen?"

„Indem ihr uns eure Pferde und eure Waffen übergebt."

O du alter Lügner und Eidechsenfresser! Du hältst die Leute, die Würste machen, für recht dicke Dummköpfe! Das dachte ich. Laut aber sagte ich: „Ein Mann trennt sich nie von seinem Pferd und von seinen Waffen!" – „Dann dürft ihr nicht bei uns bleiben", erklärte der Berwari barsch.

„So ziehen wir weiter", erwiderte ich und ritt zu meinen Gefährten zurück. Auch die Kurden schlossen nun einen Kreis um ihren Anführer.

„Was sagte er?" fragte mich der Engländer.

„Der Kurde will unsere Waffen und Pferde haben, wenn wir hierbleiben wollen." – „Mag sie sich holen!" knurrte Lindsay.

„Um Gottes willen, Sir David, heute keinen Schuß! Die Kurden halten die Blutrache noch strenger als die Araber. Wenn sie uns feindselig behandeln und wir verwunden oder töten einen von ihnen, so sind wir verloren; denn sie sind mehr als fünfmal so stark wie wir." – „Was aber tun?" fragte der Englishman.

„Zunächst unseren Weg fortsetzen und, wenn sie uns daran hindern sollten, verhandeln."

Ich sagte das alles auch den übrigen, uns sie gaben mir recht, obgleich kein Feigling unter uns war. Diese Kurden gehörten sicher nicht alle zum Dorf, das keine solche Anzahl erwachsener Krieger haben konnte; sie waren jedenfalls aus irgendeinem Grund hier zusammengekommen, und es schien, daß sie sich in sehr kriegerischer Stimmung befanden. Sie lösten jetzt den Kreis auf und bildeten nun einen scheinbar ungeordneten Haufen, der sich nicht von der Stelle bewegte und unseren Entschluß abzuwarten schien.

„Man will uns den Weg versperren", meinte Mohammed Emin.

„Es scheint so", stimmte ich ihm bei. „Gebraucht also die Waffen nicht, solange wir uns nicht wirklich in Lebensgefahr befinden!"

„Reiten wir einen weiten Bogen um das Dorf herum", schlug mein Halef vor.

„Das müssen wir auch. Kommt!"

[1] Euphrat [2] Würste

Wir schwenkten ab, sogleich aber setzten sich die Kurden auch in Bewegung, und der Anführer kam wieder auf mich zugeritten.

„Wo willst du hin?“ fragte er.

„Nach Gumri“, erklärte ich mit Nachdruck.

Meine Antwort mochte dem Kurdenanführer nicht nach Wunsch sein, und er entgegnete:

„Das ist zu weit, und die Nacht bricht herein. Ihr werdet Gumri nicht erreichen.“ – „Wir werden andere Dörfer finden oder im Freien schlafen.“

„Dann werden euch die wilden Tiere anfallen, und ihr habt schlechte Waffen!“

Das war jedenfalls nur auf den Busch geklopft. Vielleicht war es gut für uns, wenn ich ihn vom Gegenteil überzeugte, obwohl dies auch das Gelüst, unsere Waffen zu besitzen, in gefährlicher Weise erregen konnte. Darum sagte ich: „Wir haben sehr gute Waffen!“ – „Das glaube ich nicht“, lautete seine Antwort.

„Oh, wir haben Waffen, von denen eine einzige genügt, um euch alle zu töten.“

Der Berwari lachte und meinte dann: „Du hast ein sehr großes Maul. Zeige mir einmal eine solche Waffe!“

Ich nahm einen meiner Revolver heraus und fragte den Kurden: „Siehst du dieses kleine Ding?“ – Dann rief ich Halef herbei und befahl ihm: „Brich einen Ast von jenem Strauch, entferne die Blätter bis auf sechs und halte ihn empor. Ich will danach schießen.“

Der Kleine tat es, und da die anderen Kurden merkten, um was es sich handelte, kamen sie näher heran. Ich nahm mein Pferd auf die weiteste Entfernung zurück und zielte. Die sechs Schüsse wurden schnell hintereinander abgegeben, und dann reichte Halef dem Kurden den Zweig hin.

„Katera Chodeh[1]“, rief der Mann, „alle sechs Blätter sind getroffen!“

„Das ist nicht schwer“, prahlte ich. „Das kann bei uns jedes Kind. Aber das Wunder besteht darin, daß man mit diesem kleinen Ding so schnell und immerfort schießen kann, ohne zu laden.“

Der Berwari gab seinen Leuten den Zweig, und während sie ihn betrachteten, nahm ich sechs Patronen heraus und lud den Revolver hinter dem Hals des Pferdes, ohne daß sie es bemerkten.

„Was für Waffen hast du noch?“ fragte der Kurde nun.

„Siehst du jenen Tu[2]? Paß auf!“

Ich stieg ab und legte den Henry-Stutzen an. Einer, zwei, drei, fünf, acht, elf Schüsse krachten. Die Kurden ließen bei jedem neuen Schuß einen Ausruf des Staunens hören, und nun setzte ich das Gewehr wieder ab.

„Geht hin und seht euch den Baum an!“

Alle eilten hin, und die meisten sprangen, um gut sehen zu können, vom Pferd. Ich erhielt somit Zeit zu neuem Laden. Dieses Kunststück hatte mich einst bei den Komantschen in Achtung gesetzt, und auch jetzt erwartete ich eine ähnliche Wirkung mit Zuversicht. Da kam der Anführer wieder auf mich zu und rief:

„Chodih[3], alle elf Kugeln stecken im Baum, eine unter der anderen!“

[1] um Gottes willen [2] Maulbeerbaum [3] Herr, Gebieter

Daß er mich jetzt mit ‚Herr' anredete, schien ein gutes Zeichen zu sein.

„Du kennst nun einige von unseren Waffen“, sagte ich, „und du wirst mir glauben, daß wir uns vor euren wilden Tieren nicht fürchten.“

„Zeig uns die anderen Waffen auch!“ – „Dazu habe ich keine Zeit. Die Sonne ist verschwunden, und wir müssen weiter.“ – „Warte noch ein wenig!“

Er ritt wieder zu seinen Leuten und verhandelte mit ihnen. Dann kehrte er zu uns zurück und erklärte: „Ihr dürft bei uns bleiben!“

„Wir geben aber weder unsere Waffen noch unsere Pferde ab“, erwiderte ich.

„Das sollt ihr auch nicht. Ihr seid fünf Männer, und fünf von den Unsrigen haben sich erboten, je einen von euch bei sich aufzunehmen. Du wirst bei mir wohnen.“

Hm, ich mußte vorsichtig sein. Warum gaben die Leute auf einmal nach? Warum ließen sie uns nicht weiterreiten?

„Wir werden weiterreiten“, erklärte ich ihm, „weil wir uns trennen sollen. Wir sind Gefährten und werden nur da bleiben, wo wir beisammen wohnen können.“ – „So warte noch ein wenig!“

Wieder verhandelte er. Es dauerte etwas länger als vorher, und es schien mir, als wollte man uns mit Absicht hinhalten, bis es zu dunkel zum Weiterreiten geworden sei. Endlich kam der Berwari wieder mit der Erklärung: „Chodih, du sollst deinen Willen haben. Wir überlassen euch ein Haus, in dem ihr gemeinsam schlafen könnt.“ – „Haben dort auch unsere Pferde Platz?“ – „Ja. Es ist ein Hof an dem Haus, wo sie stehen können.“ – „Werden wir es allein bewohnen?“ – „Es soll niemand darin bleiben dürfen. Sieh, da reitet schon einer fort, um diesen Befehl zu überbringen. Wollt ihr die Speisen geschenkt erhalten, oder werdet ihr sie bezahlen?“ – „Wir möchten eure Gäste sein. Versprichst du mir das?“ – „Ich verspreche es.“ – „Du bist wohl der Malkoegund dieses Dorfes?“ – „Ja.“ – „So reiche mir deine Hände und sag, daß ich dein Hemscher[1] bin!“

Er tat es, wenn auch mit einigem Widerstreben. Jetzt fühlte ich mich leidlich sicher und winkte den Gefährten, heranzukommen. Wir wurden von den Kurden in die Mitte genommen, und so galoppierten wir in das Dorf hinein, wo vor einem verhältnismäßig ansehnlichen Haus haltgemacht wurde.

„Das ist euer Haus für diese Nacht“, erklärte der Malkoegund. „Tretet ein!“

Ich besah mir das Gebäude, ehe ich abstieg, von außen. Es hatte nur das Erdgeschoß und auf dem platten Dach eine Art kleinen Schuppen, in dem Heu aufbewahrt zu werden schien. Der an das Gebäude stoßende Hofraum war von einer breiten Mauer umgeben, die über zwei Meter hoch war und von einem schmalen Buschwerk überragt wurde, das sich an der hinteren Seite der Mauer hinzog. In diesen Hof konnte man nur durch das Haus gelangen.

„Wir sind zufrieden mit dieser Wohnung“, erklärte ich und fügte die Frage hinzu: „Woher nehmen wir das Futter für unsere Pferde?“

[1] Freund, Genosse

„Ich werde es euch senden“, lautete die Antwort.

„Da oben liegt Futter“, sagte ich und wies auf den Schuppen.

Der Malkoegund sah sichtlich verlegen empor und meinte dann: „Das ist nicht gut; es würde euren Tieren schaden.“ – „Und wer besorgt uns die Speisen?“ – „Ich selbst werde sie bringen nebst Licht. Wenn ihr etwas wünscht, so sagt es mir. Ich wohne in jenem Haus.“

Dabei zeigte er auf ein Gebäude, das ziemlich in der Nähe stand. Wir stiegen ab und führten unsere Pferde in den Hof. Dann besahen wir uns das Innere des Hauses. Es bestand nur aus einem einzigen Gemach, das aber durch ein dünnes Flechtwerk von Weiden in zwei ungleich große Räume geteilt war. Jeder Raum hatte zwei Löcher, die als Fenster dienten und mit einer Matte verhängt werden konnten. Diese Löcher waren ziemlich hoch, aber so schmal, daß man kaum den Kopf hindurchstecken konnte. Die Diele bestand aus gestampftem Lehm und war an der hinteren Seite eines jeden Gemaches mit einem Binsenteppich belegt. Eine weitere Ausstattung gab es nicht.

Die Türen konnten beide mit einem starken Sperrbalken fest verschlossen werden. Hier war uns also wenigstens Sicherheit geboten. Im Hof lag altes Holzwerk nebst etlichen Gerätschaften, deren Zweck ich nicht erraten konnte.

Wir waren allein, denn auch der Malkoegund war draußen geblieben, und nun hielten wir großen Rat.

„Glaubst du, daß wir hier sicher sind?“ fragte mich der Scheik.

„Ich bin im Zweifel darüber. Der Malkoegund hat mir alles versprochen und wird es auch halten. Wir sind seine Gäste und die Gäste des ganzen Dorfes. Aber es waren viele da, die nicht zu dem Dorf gehörten.“

„Diese Leute können uns nichts tun“, erwiderte Mohammed Emin. „Wenn sie einen von uns töteten, wären sie der Blutrache des ganzen Dorfes verfallen, dessen Gäste wir sind.“ – „Und wenn sie uns nicht töten, sondern nur bestehlen wollen?“ – „Was können die Berwari uns nehmen?“ – „Die Pferde, vielleicht die Waffen, vielleicht noch mehr.“

Der ernste Scheik streichelte lächelnd seinen Bart und sagte: „Wir würden uns wehren.“ – „Und dabei der Blutrache verfallen“, ergänzte ich.

„Warten wir es ab!“ meinte er.

Da trat auch der Engländer ein, der draußen im Hof herumgestöbert hatte. Seine Nase lag auf der rechten und sein Mund auf der linken Seite des Gesichts, ein sicheres Zeichen, daß ihm etwas Verdächtiges aufgefallen war.

„Hm!“ räusperte er sich. „Habe etwas gesehen! Yes!“ – „Wo? Was?“

„Pst! Nicht in die Höhe sehen! War im Hof. Schmutziger Platz das. Sah die Büsche an der Mauer und stieg hinauf. Schöner Überfall von draußen herein! Würde prächtig gehen. Blickte auch hinauf zum Dach und erspähte ein Bein. Well! Eines Mannes Bein. Es guckte einen Augenblick lang aus der Hütte heraus, wo Futter ist.“ – „Habt Ihr auch recht gesehen, Sir David?“ – „Sehr recht! Yes!“

Jetzt erst fiel es mir ein, daß ich weder eine Treppe noch eine Leiter gesehen hatte, die zum Dach führte. Wir traten also hinaus in den Hof, um zu suchen. Es fand sich nichts. Auch im Inneren des Gebäudes war nicht zu entdecken, ob man hier auf das Dach gelangen könne, und doch wurde es Zeit, nachzusehen; denn die Nacht war schon nahe.

Droben über der Hintertür ragte ein Dachbalken etwas aus der Mauer hervor, zwar nicht viel, aber es genügte. Ich nahm den Lasso, knüpfte ihn vierfach zusammen, bildete auf diese Weise eine einzige große Schlinge und warf sie empor. Sie hing so am Balken, daß ich sie unten fassen konnte. Nun zog ich mich an der Schlinge empor, trat in sie hinein und gelangte auf diese Weise auf das Dach. Hierauf ging ich auf den Schuppen zu, der bis zum Eingang mit Futter gefüllt war. Ich langte hinein, fühlte aber nichts Verdächtiges. Als ich jedoch so weit hineinkroch, daß meine Arme bis ganz hinten langen konnten, faßte ich den Kopf eines Menschen, der sich in die äußerste Ecke verkrochen hatte.

„Wer bist du?“ fragte ich.

„U-ah!“ erklang es gähnend.

Der Mann wollte mich glauben machen, er habe geschlafen.

„Komm heraus!“ befahl ich ihm.

„U-ah!“ machte er noch einmal. Dann schob er meine Hand von sich ab und kam langsam hervorgekrochen. Es war noch so viel Licht, um deutlich zu sehen, daß der Mann nicht einen Augenblick geschlafen hatte. Er gaffte mich an und tat erstaunt.

„Ein Fremder! Wer bist du?“ fragte mich der Kurde.

„Sag nur du zuerst, wer du bist!“ – „Dieses Haus ist mein!“ antwortete er.

„So! Das ist mir lieb, und du kannst mir sagen, wie du heraufgekommen bist.“ – „Auf der Leiter.“ – „Wo ist eine?“ – „Im Hof.“ – „Da ist sie nicht.“

Jetzt erst blickte ich mich auf dem Dach näher um und gewahrte die Leiter längs des Dachrandes liegen.

„Kerl, bist du verschlafen, denn du hast ganz vergessen, daß du die Leiter hinter dir heraufgezogen hast. Hier liegt sie!“

Der Hausherr schaute sich verdutzt um und sagte dann: „Hier? Ja. Ich habe geschlafen!“ – „Nun wach aber auf! Komm mit hinab!“ – Mit diesen Worten schob ich die Leiter hinunter, und der Mann stieg mir voran und verließ hierauf das Haus, ohne ein Wort zu sagen. Erst tat er, als sei er überrascht von der Gegenwart eines fremden Menschen, und nun lief er gemächlich zum Malkoegund hinüber, ohne mich weiter über mein Recht, hier in seinem Haus zu sein, zu fragen.

„Wer war der Kerl?“ erkundigte sich der Engländer.

„Der Besitzer dieses Hauses.“ – „Was will er da oben?“ – „Er tat, als habe er geschlafen.“ – „Nicht geschlafen! Kenne den Burschen. War jener, der fortritt. Ihr konntet das nicht bemerken, weil Ihr mit dem Schießen zu tun hattet. Yes!“ – „So ist es sicher, daß man eine feindselige Absicht hegt.“ – „Denke es auch. Aber welche?“ – „Unser Leben wollen sie nicht, aber unser Eigentum.“ – „Kerl wird hinaufgestiegen sein, um zu sehen, wann wir schlafen. Dann gibt er Zeichen, andere kommen, holen Pferde und alles.“

Gleicher Ansicht waren auch die anderen Gefährten. Es war jetzt in den beiden Stuben völlig dunkel, so daß man nicht erkennen konnte, ob man vom Dach aus auch in das Innere des Hauses gelangen könne; doch schien mir dies wahrscheinlich. Schon stand ich im Begriff, aus Mangel an irgendeiner Beleuchtung ein Stück Holz anzubrennen, als draußen am Eingang geklopft wurde. Ich ging hinaus und öffnete. Der Malkoegund war es mit noch zwei Männern, die Essen, Wasser und zwei Kerzen brachten. Die Kerzen waren roh aus ungereinigtem Wachs bereitet und konnten nur wenig Helligkeit verbreiten. Ich zündete eine davon an.

Noch hatte keiner der drei Männer ein anderes Wort gesprochen, als die Namen der Gegenstände, die sie auf den Lehmboden legten. Nun aber fragte ich den Dorfvorsteher:

„Ich fand einen Mann auf dem Dach. War es wirklich der Besitzer dieses Hauses?“ – „Ja“, erwiderte er einsilbig.

„Was wollte der Berwari oben?“ – „Er schlief.“ – „Warum zog der Mann die Leiter hoch?“ – „Er wollte nicht gestört sein.“ – „Du sagtest doch, daß wir allein hier wohnen sollen.“ – „Er lag bereits oben. Das wußte ich nicht, und er wußte wieder nicht, daß Gäste da sind.“

„Er hat es gewußt.“ – „Woher?“ fragte der Malkoegund barsch.

„Er war mit draußen vor dem Dorf, als wir uns trafen.“ – „Schweig! Er war daheim.“

Dieser Mann verfiel wieder in seinen befehlshaberischen Ton. Ich ließ mich aber nicht einschüchtern und begann von neuem zu fragen:

„Wo sind die Männer, die nicht in dein Dorf gehören?“ – „Sie sind nicht mehr da.“ – „Sage ihnen, daß sie nicht wiederkommen sollen!“

„Warum?“ – „Das magst du erraten.“ – „Schweig! Ich rate nicht.“

Dann ging er wieder fort, und die beiden anderen folgten ihm.

Das Abendessen war sehr einfach: getrocknete Maulbeeren, Brot, in Asche gerösteter Kürbis und Wasser. Glücklicherweise aber hatten wir einigen Vorrat bei uns, brauchten also nicht zu hungern. Während Halef das Essen auftrug, ließ ich den jungen Haddedihn mit der angezündeten zweiten Kerze hinaus in den Flur gehen. Die Tür führte nämlich gleich neben der Hausecke in den Flur, der von der einen Außenmauer und der Zimmerwand gebildet wurde. Als Amad el Ghandur mit dem Licht draußen stand, stieg ich auf das Dach und untersuchte dort den Fußboden. Dabei bemerkte ich über dem Flur, den das Licht der Kerze erhellte, einen dünnen Spalt, der ein regelmäßiges Viereck bildete. Ich fuhr mit dem Messer hinein und – hob einen viereckigen Deckel empor. Das Geheimnis war entdeckt.

Nach weiterem Suchen fand ich obendrein über den beiden Wohnräumen einige schadhafte Stellen, die es ermöglichten, hinabzusehen und nicht nur alles da unten zu überblicken, sondern auch jedes Gespräch der unten Befindlichen zu belauschen.

Jetzt stieg ich wieder hinab, faßte kurz entschlossen meinen Rappen am Zügel und führte ihn in die Stube.

„Hallo!“ rief der Engländer. „Was ist los?“ – „Holt Euer Pferd auch herein, denn auf die Tiere war es wohl abgesehen. Da draußen über dem Flur ist ein Loch, durch das man hinabsteigen kann, um die Haustür von innen zu öffnen. Die Kurden hätten gewartet, bis wir schliefen, und wären dann mit unseren Pferden davongegangen.“ – „Ist sehr richtig! Werden das tun! Yes!“

Auch die anderen waren einverstanden. Die Fenster wurden verhängt und die Pferde in das hintere Gemach gebracht. Dann zog ich die Leiter in den Flur und schaffte Dojan auf das Dach hinauf. Nun mochten die Kurden immerhin über die Mauer in den Hof steigen; sie fanden ihn leer und mußten wieder abziehen. Vielleicht irrte ich mich auch, und sie hegten gar keine diebischen Absichten. Dann war es um so besser.

Jetzt konnten wir endlich auch über unsere weiteren Pläne sprechen. In Amadije war das nicht geschehen, weil uns jeder Augenblick etwas Neues bringen konnte, und unterwegs waren wir nur bedacht gewesen, schnell vorwärts zu kommen. Es handelte sich vor allem um den Weg, der uns zum Tigris zurückführen sollte.

„Der kürzeste Pfad geht durch das Gebiet der Jesidi“, meinte Mohammed Emin.

„Den dürfen wir nicht nehmen“, antwortete Amad el Ghandur. „Man hat mich da gesehen und würde mich erkennen.“ – „Er ist auch in anderer Beziehung nicht sicher“, fügte ich hinzu, „besonders, da wir nicht wissen, wie der Müteßellim seinen Bericht abgefaßt hat. Direkt nach Süden können wir nicht.“ – „So bleiben uns zwei Wege“, erklärte Mohammed Emin. „Der eine geht durch das Gebiet der Tijari und dann westlich nach Buhtan, und der andere führt uns den Sab hinunter.“

„Beide sind gefährlich“, erwiderte ich, „weniger für den entflohenen Gefangenen als vielmehr im allgemeinen. Gleichwohl bin ich für den Weg am Sab abwärts, wenn er uns auch ins Gebiet der Abu Salman bringt.“

Dieser Ansicht stimmten die anderen bei, und dem Engländer war alles recht. Es wurde daher beschlossen, über Gumri nach Lisan zu reiten, von da an dem Sab zu folgen, bis er seine große Wendung in das Land der Schirwan- und Sebari-Kurden macht, und diesen Bogen durch einen Ritt quer über die Berge von Tura Ghara und Haïr abzuschneiden. Dann mußten wir an die Ufer des Akra gelangen, der uns wieder an den Sab brachte.

Nachdem wir hierüber einig geworden, legten wir uns zur Ruhe. Ich schlief sehr fest und erwachte durch einen Stoß, den ich von dem neben mir liegenden Engländer erhielt.

„Sir!“ flüsterte er. „Schritte draußen! Schleicht jemand!“

Ich horchte gespannt, aber die Pferde waren nicht ruhig und so konnte man sich nicht auf das Gehör verlassen.

„Es wird nichts zu bedeuten haben“, meinte ich. „Wir sind doch nicht in der offenen Wildnis, wo jedes Geräusch, von einem Menschen verursacht, das Nahen einer Gefahr verkündet. Man wird im Dorf wohl noch nicht schlafen gegangen sein.“ – „Mögen es tun! Sich auf die Nasen legen! Well! Gute Nacht!“

Er drehte sich auf die andere Seite. Nach einiger Zeit aber horchte er wieder auf. Auch ich hatte jetzt deutlich ein Geräusch vom Hof her vernommen.

„Sind im Hof“, raunte Lindsay mir zu.

„Es scheint so. Merkt Ihr, was für einen guten Hund ich habe? Dojan hat verstanden, daß er nur auf das Dach aufpassen muß, und darum gibt er jetzt noch keinen Laut.“ – „Edle Rasse! Will die Kerle nicht verscheuchen, sondern fangen!“

Jetzt dauerte es lange, bis wir wieder einzuschlafen vermochten. Vielleicht eine halbe Stunde später vernahm ich an der Vorderseite des Hauses leise Schritte. Ich stieß Lindsay an.

„Höre es schon“, meinte er. „Was haben die Leute vor?“ – „Die Kurden werden glauben, daß wir die Pferde in den Flur gezogen haben, und legen nun von außen eine Leiter an, um auf das Dach und so hinunter zu den Tieren zu gelangen. Wenn ihnen das glückte, so brauchten sie nur die vordere Türe zu öffnen, um mit unseren Pferden davonzugehen.“

„Soll ihnen nicht gelingen!“

Kaum hatte er das gesagt, so erscholl über uns der laute Schrei einer menschlichen Stimme und das kurze, kräftige Anschlagen des Hundes.

„Hat ihn!“ jubelte Lindsay.

„Pst, leise!“ mahnte ich.

Auch die anderen waren aufgewacht und lauschten.

„Werde nachsehen“, meinte der Engländer.

Er erhob sich und schlich hinaus. Es dauerte wohl fünf Minuten, bis er zurückkam.

„Sehr schön! Yes! Ausgezeichnet! War oben. Da liegt ein Kerl und über ihm der Hund. Der Dieb wagt nicht, zu reden oder sich zu rühren. Unten auf der Gasse viele Kurden. Sprechen auch nicht.“ – „Solange Dojan nicht lauter wird, sind wir in Sicherheit. Aber wenn sie mehrere Leitern anlegen, müssen wir hinauf.“

Wir lauschten wieder eine lange Zeit. Da erscholl ein fürchterlicher Schrei – es war ein Todesschrei, daran war gar nicht zu zweifeln – und sofort ein zweiter und gleich darauf wieder das laute, Sieg verkündende Bellen des Hundes.

Jetzt konnte es gefährlich werden. Wir erhoben uns. Ich rief Halef zu mir; denn seiner war ich am sichersten. Wir traten leise hinaus in den Flur und stiegen die Leiter empor auf das Dach. Ein menschlicher Körper lag dort. Ich untersuchte ihn. Der Hund hatte ihm das Genick zermalmt. Wo sich Dojan jetzt befand, verriet mir ein leiser Ton, mit dem er mich bewillkommnete. Vielleicht fünf Schritte von dem Toten lag ein zweiter Körper, und auf ihm der Hund. Eine einzige Bewegung mußte dem Menschen den sicheren Tod bringen.

Wenn ich die Augen anstrengte, sah ich unten viele Leute stehen. Es war kein Zweifel, daß sich das ganze Dorf beteiligt hatte, den Pferdediebstahl oder auch noch etwas anderes auszuführen. Der erste, der das Dach erstiegen hatte, war von Dojan niedergerissen worden, und sein Schrei hatte die anderen zur Vorsicht gemahnt. Als aber der zweite heraufgekommen war, hatte sich der Hund nicht anders zu helfen gewußt, als daß er den ersten erbiß, um den zweiten packen zu können.

Was sollten wir tun?

Ich stieg hinab und ließ Halef als Wächter oben. Eine kurze Beratung ergab, daß wir uns völlig schweigsam verhalten wollten, um am Morgen tun zu können, als hätten wir gar nichts gehört. Gefährlich war unsere

Lage im höchsten Grad, obgleich wir uns selbst gegen einen noch zahlreicheren Feind recht gut verteidigen konnten. Aber wir hätten dann das ganze Land vor uns in Aufruhr gebracht, während es uns doch nicht möglich war, wieder umzukehren.

Da schlug man laut an den Eingang des Hauses. Die Kurden hatten Beratung gehalten, und wir sollten nun das Ergebnis erfahren. Wir zündeten eine der Kerzen wieder an und traten mit unseren Waffen hinaus in den Flur.

„Wer ist da?“ erkundigte ich mich.

„Chodih, öffne!“ antwortete der Malkoegund. Ich erkannte ihn an der Stimme.

„Was willst du?“ fragte ich. – „Ich muß dir etwas Wichtiges sagen.“

„Das kannst du auch so sagen.“ – „Ich muß drin bei euch sein.“

„So komm herein!“

Ich fragte ihn gar nicht erst, ob er allein sei; denn es sollte keinem zweiten gelingen, einzutreten. Die Gefährten legten ihre Gewehre an, ich zog den Balken weg und stellte mich so hinter die Tür, daß sie sich nur halb öffnete und nur einem einzelnen Mann den Eintritt freigab. Als der Dorfälteste die Waffen auf sich gerichtet sah, blieb er in der Türöffnung stehen.

„Chodih! Ihr wollt auf mich schießen?“ – „Nein. Wir halten uns nur für alles bereit. Es könnte doch auch ein anderer, ein Feind sein.“

Er kam vollends herein, und ich schob den Balken wieder vor.

„Was willst du, daß du uns in unserer Ruhe störst?“ begann ich nun.

„Ich will euch warnen“, antwortete er.

„Warnen? Wovor?“ – „Vor einer großen Gefahr. Ihr seid meine Gäste und daher ist es meine Pflicht, euch aufmerksam zu machen.“

Sein Blick forschte ringsum und fiel auf die Leiter und auf die geöffnete Dachluke.

„Wo habt Ihr eure Pferde?“ fragte er.

„Drin in der Stube.“ – „In der Stube? Chodih, die ist doch nur für Menschen!“ – „Ein gutes Pferd ist oft mehr wert als ein schlechter Mensch.“ – „Der Besitzer dieses Hauses wird zornig sein, denn die Hufe der Tiere werden ihm seine Diele zerstampfen.“ – „Wir werden ihn entschädigen.“ – „Warum habt ihr die Leiter hereingenommen?“

„Sie gehört herein, da es keine Treppe hinauf gibt.“ – „Habt ihr geschlafen?“

Ich bejahte, und er fragte weiter:

„Habt ihr Geräusche gehört?“ – „Wir hörten draußen vor dem Haus Leute gehen, aber das können wir ihnen nicht verbieten. Doch wir hörten auch Leute in den Hof steigen, und das war uns nicht lieb. Der Hof ist unser. Wären unsere Pferde noch draußen gewesen, so hätten wir auf die Eindringlinge geschossen, da wir sie für Diebe hätten halten müssen.“ – „Pferde können nicht über die Mauer fortgeschafft werden, und du hast im Hof wohl auch den Hund, den ich heute bei dir gesehen habe.“

Das war eine Wendung, auf die ich nicht einging.

„Das wissen auch wir, daß man die Pferde nicht über die Mauer bringt. Aber man konnte sie hier durch den Flur führen.“ – „Man kann ja nicht herein!" – „Laß deine Gedanken etwas weiter reichen, Malkoegund! Wenn man auf das Dach und von da in den Flur heruntersteigt, so kann man die Hoftür und auch die Vordertür öffnen und alle Pferde entführen, zumal wenn man die Stubentür hier mit dem Riegel verschließt. Wir wären dann drin gesteckt, ohne uns wehren zu können."

„Wer sollte auf das Dach steigen!" – „Oh, es hatte sich bereits ein Mann da oben versteckt und die Leiter emporgezogen. Das erweckte natürlich unseren Verdacht, und so haben wir die Pferde zu uns hereingenommen. Und wenn nun auch hundert Diebe auf das Dach steigen wollten, sie würden wohl hinauf, aber nicht in das Innere des Hauses kommen, und am Morgen würden ihre Leichen auf dem Dach liegen."

„Würdet ihr sie töten?" – „Nein, wir würden ruhig schlafen; denn wir wissen, daß wir uns auf meinen Hund, der oben ist, verlassen können."

„Aber ein Hund gehört doch nicht auf das Dach!" – „Ein Hund gehört überall dahin, wo es gilt, wachsam zu sein, und ich will dir sagen, daß die Hunde der Almanlar des Nachts gern auf den Dächern spazierengehen. Aber du wolltest uns warnen! Wovor? Du hast uns die Gefahr noch nicht genannt." – „Es wurde vorhin einem Bewohner des Dorfes seine Leiter gestohlen, und als er sie suchte, fand er sie an eurem Haus lehnen. Es standen einige fremde Leute dabei, die aber schnell entflohen. Da dachten wir, daß es Diebe seien, die in euer Haus eindringen wollten, und daher bin ich gekommen, um es euch zu sagen." – „Ich danke dir. Aber du kannst ruhig sein und wieder gehen, und auch wir werden uns wieder niederlegen; denn der Hund wird keinen Dieb ins Haus kommen lassen." – „Aber wenn er nun einen Menschen tötet!"

„Einen einzelnen tötet er nicht. Er reißt ihn nieder und hält ihn fest, bis ich komme. Wenn freilich ein zweiter so unvorsichtig wäre, nachzusteigen, so wird er den ersten allerdings töten, um den zweiten packen zu können." – „Chodih, so ist bereits ein Unglück geschehen!" – „Inwiefern denn?" – „Es ist bereits ein zweiter Mann hinaufgestiegen!"

„Das weißt du gewiß? Also bist du dabeigewesen, als die Diebe uns überfallen wollten! O Malkoegund, was muß ich von dir und von eurer Gastfreundschaft denken!" – „Ich war nicht dabei, sondern man hat es mir gesagt." – „So ist jener dabeigewesen, der es dir sagte." – „Nein, er hat es auch nur gehört." – „Das bleibt sich gleich. Wer es zuerst gesagt hat, gehört zu den Dieben. Und was gehen mich diese Leute an! Ich habe keinem Menschen erlaubt, auf mein Dach zu steigen, und wer es dennoch tut, der mag auch zusehen, wie er ohne mich wieder herunterkommt. Gute Nacht, Malkoegund!" – „So willst du nicht nachsehen?"

„Ich habe keine Lust dazu." – „Laß wenigstens mich hinauf!"

„Ich erlaube es dir, denn du bist kein Dieb und kommst erst zu mir, um mich zu fragen. Aber hüte dich vor dem Hund! Wenn er dich bemerkt, wird er dich fassen und vorher den anderen totbeißen, falls schon einer oben ist." – „Ich habe Waffen!" meinte der Kurde trotzig.

„Mein Hund ist schneller als du, und töten darfst du ihn ja nicht; denn du müßtest ein reicher Mann sein, um ihn mir bezahlen zu können."

„Chodih, geh mit hinauf! Ich bin der Malkoegund, und meine Pflicht gebietet mir, nachzusehen." – „Wenn du deines Amtes zu walten hast, werde ich dir den Gefallen tun. Komm mit hinauf!" – Ich stieg voran, und er folgte. Droben sah der Berwari sich um und bemerkte den Toten. Unten standen noch ebensoviel Leute, wie ich vorhin gesehen hatte.

„Chodih, hier liegt einer!“ rief der Dorfälteste erschrocken.

Ich trat hinzu. Er bückte sich und befühlte den Mann.

„Sere men[1], er ist tot! O Herr, was hat dein Hund getan!“ – „Seine Pflicht. Klag nicht über ihn, sondern lobe ihn! Dieser Mann hat wohl den Besitzer dieses Hauses überfallen wollen und nicht geahnt, daß heute Leute hier wohnen, die sich von keinem Dieb oder Mörder überfallen lassen.“ – „Aber wo ist der Hund?“ fragte er. Ich wies auf die Stelle, und er rief aus:

„O Chodih, es liegt einer unter ihm! Ruf den Hund weg!“ – „Ich werde mich hüten. Aber sag diesem Mann, daß er sich nicht rühren und ja kein Wort sprechen soll, sonst ist er verloren.“ – „Du kannst den Mann doch nicht während der ganzen Nacht hier liegenlassen!“ – „Die Leiche werde ich dir übergeben, dieser Lebende aber bleibt mein.“ – „Warum soll er hier bleiben?“ – „Wenn noch jemand es wagt, dieses Haus oder diesen Hof zu betreten, so wird der da von dem Hund zerrissen. Dieser Mann bleibt als Geisel hier.“ – „Und ich verlange ihn!“ sagte der Malkoegund barsch.

„Und ich behalte ihn!“ lautete meine Antwort.

„Ich bin der Dorfvorsteher und gebiete es dir!“ – „Laß das Gebieten bleiben! Willst du die Leiche mitnehmen oder nicht?“ – „Ich nehme beide, den Toten und den Lebendigen!“ – „Ich will nicht grausam sein, sondern dir versprechen, daß dieser Mann nicht in seiner unbequemen Lage bleiben soll. Ich werde ihn herunter in die Stube nehmen. Aber jeder Angriff gegen uns würde seinen Tod zur Folge haben.“

Der Berwari legte seine Hand auf meinen Arm und sagte ernst:

„Schon dieser eine hier, den der Hund erbissen hat, fordert euren Tod. Oder kennst du die Blutrache nicht?“ – „Was redest du von Blutrache? Ein Hund hat einen Dieb erbissen. Das ist kein Fall, der die Blutrache herausfordert.“ – „Er fordert sie, denn Blut ist geflossen, und euer Tier hat es vergossen.“ – „Und wenn es so wäre, so geht es dich nichts an. Du hast selbst zu mir gesagt, daß diese Diebe Fremdlinge sind.“ – „Es geht mich sehr viel an, denn das Blut ist in meinem Dorf geflossen, und die Anverwandten des Toten werden die Rechenschaft auch von mir und von allen meinen Leuten fordern. Gib beide heraus!“

„Nur den Toten!“ – „Schweig!“ rief er nun laut, während wir bisher ziemlich leise gesprochen hatten. „Ich befehle es dir abermals. Und wenn du nicht gehorchst, so werde ich mir Gehorsam zu verschaffen wissen!“ – „Wie willst du das machen?“ – „Die Leiter liegt noch am Haus. Ich laß meine Leute heraufkommen. Sie werden dich wohl zwingen!“ – „Du vergißt dabei die Hauptsache: Unten befinden sich vier Männer, die sich vor keinem Menschen fürchten, und hier oben bin ich mit meinem Hund.“ – „Auch ich bin oben.“ – „Du würdest sofort unten sein. Paß auf!“

Ehe er es vermuten konnte, faßte ich ihn unter dem rechten Arm und beim linken Oberschenkel und hob ihn empor.

[1] bei meinem Haupt

„Chodih!“ brüllte er.
Ich ließ ihn wieder nieder.
„Was hätte mich daran gehindert, dich hinabzuwerfen? Nun geh und sag deinen Männern, was du hier gehört und gesehen hast!“
„Du gibst diesen Mann nicht heraus?“ – „Einstweilen noch nicht!“
„So behalte auch den Toten! Du wirst ihn bezahlen müssen!“
Er stieg nicht wieder in das Innere des Hauses, sondern kletterte gleich an der Leiter hinab, die an der Außenseite lehnte.
„Und sag deinen Leuten“, rief ich ihm noch nach, „daß sie fortgehen und diese Leiter mitnehmen sollen! Ich wünsche, dieses Haus freizuhaben, und werde jedem, der davor stehenbleibt, eine Kugel senden!“
Er hatte die Erde erreicht und sprach leise mit seinen Leuten. Ebenso leise wurde ihm geantwortet. Ich konnte kein Wort verstehen. Aber nach einiger Zeit wurde die Leiter weggenommen, und die Versammlung zerstreute sich.
Erst jetzt rief ich Dojan zu mir. Er ließ von dem Mann ab, trat aber nur einen Schritt von ihm weg.
„Steh auf!“ gebot ich dem Kurden.
Der Befreite erhob sich schwerfällig und holte tief Atem. Er war sehr schmächtig von Gestalt, und seine Stimme hatte einen jugendlichen Klang, als er rief: „Chodeh[1]!“
Er sprach nur dies eine Wort aus, aber es prägte sich darin die ganze Fülle der ausgestandenen Todesangst aus.
„Hast du Waffen bei dir?“ fragte ich.
„Nur diesen Dolch.“
Ich trat zur Sicherheit einen Schritt zurück.
„Leg ihn zu Boden und geh zwei Schritt von der Stelle weg!“
Er tat es, und ich hob den Dolch auf und steckte ihn ein.
„Jetzt komm mit hinunter!“
Dojan blieb oben und wir stiegen hinab, wo die anderen auf mich warteten. Ich erzählte ihnen nun, was sich oben zugetragen hatte. Der Engländer betrachtete sich den Gefangenen, der höchstens im Anfang der Zwanzigerjahre stehen konnte, und sagte dann:
„Sir, dieser Kerl sieht sehr ähnlich! Dem Alten! Yes!“
Jetzt fand ich das auch; vorher hatte ich es nicht bemerkt.
„Wahrhaftig! Sollte es sein Sohn sein?“ – „Sicher! Fragt den Schlingel!“
Verhielt es sich so, dann war die Sorge des Malkoegund um diesen Menschen allerdings sehr begründet. Aber dann lag auch ein ganz grober Bruch der Gastfreundschaft vor.
„Wer bist du?“ fragte ich den Gefangenen.
„Ein Kurde“, wich er aus.
„Aus welchem Ort?“ – „Aus Mia.“ – „Du lügst!“ – „Chodih, ich sage die Wahrheit.“ – „Du bist aus diesem Dorf.“
Der Berwari zögerte nur einen Augenblick, aber es war genug, um mir zu verraten, daß ich recht hatte.
„Ich bin aus Mia“, wiederholte er dann.
„Was tust du hier so weit von deiner Heimat?“ – „Ich bin als Bote

[1] o Gott

des Malkoegund von Mia hier." – „Mir scheint, du kennst den Malkoegund von Mia nicht so gut wie den hiesigen; denn du bist dessen Sohn!"

Jetzt erschrak der Jüngling, obgleich er sich Mühe gab, dies nicht merken zu lassen.

„Wer hat dir diese Lüge gesagt?" fragte er.

„Ich lasse mich nicht belügen – weder von dir noch von anderen. Ich werde bereits in der Früh wissen, wer du bist, und dann gibt es keine Gnade, falls du mich betrogen hast."

Der Jüngling blickte verlegen vor sich nieder. Ich mußte ihm zu Hilfe kommen: „Wie du dich verhältst, so wirst du behandelt. Sprichst du aufrichtig, so will ich dir verzeihen, weil du zu jung bist, um die Tragweite deiner Handlungsweise zu ermessen. Verharrst du aber in deiner Verstocktheit, so gibt es keine andere Gesellschaft für dich als meinen Hund!" – „Chodih, du wirst es doch erfahren", gestand er nun. „Ich bin der Sohn des Malkoegund." – „Was suchtet ihr in diesem Haus?" fuhr ich in dem Verhör fort.

„Die Pferde!" – „Wie wolltet ihr sie fortbringen?" – „Wir hätten euch eingeriegelt und die beiden Türen geöffnet. Dann waren die Pferde unser."

Dieses Geständnis war nicht etwa beschämend für ihn, denn bei den Kurden gilt der Pferdediebstahl ebenso wie der räuberische Überfall für eine ritterliche Tat.

„Wer ist der Tote, der oben liegt?" – „Der Besitzer dieses Hauses."

„Sehr klug! Er mußte vorangehen, weil er die Schliche am besten kannte. Aber warum bist gerade du ihm gefolgt? Es waren doch noch andere und stärkere Männer vorhanden." – „Der Hengst, den du rittest, Chodih, sollte meinem Vater gehören, und ich mußte dafür sorgen, daß kein anderer ihn beim Zügel ergriff; denn wer ein Pferd zuerst ergreift, hat das Recht darauf." – „Also dein Vater hat selbst den Diebstahl befohlen? Dein Vater, der mir die Gastfreundschaft zusagte?"

„Er hat sie dir zugesagt, aber ihr seid dennoch nicht unsere Gäste."

„Warum nicht?" fragte ich verwundert.

„Ihr wohnt allein in diesem Haus. Wo habt ihr den Wirt, dessen Gast ihr seid? Hättet ihr verlangt, daß der Besitzer dieser Wohnung im Haus bleiben solle, so wärt ihr unsere Gäste gewesen."

Hier bekam ich eine Lehre, die mir später nützlich sein konnte.

„Aber dein Vater hat mir ja Sicherheit versprochen und gelobt."

„Er braucht sein Versprechen nicht zu halten, da ihr nicht unsere Gäste seid."

„Mein Hund hat den Hausbesitzer getötet. Ist das bei euch ein Grund zur Blutrache?"

Der junge Berwari bejahte, und ich forschte weiter:

„Wer ist der Rächer?" – „Der Tote hat einen Sohn hier." – „Ich bin mit dir zufrieden. Du kannst heimgehen!" – „Chodih", rief er freudig erstaunt, „ist das dein Ernst?" – „Ja. Ich habe dir gesagt, daß du so behandelt werden sollst, wie du dich verhältst. Du bist aufrichtig gewesen, und so sollst du deine Freiheit haben. Sag deinem Vater, daß wir friedliche Leute sind, die keinem Menschen nach dem Leben trachten, aber sich auch, wenn man sie beleidigt oder gar angreift, gehörig zu verteidigen wissen. Daß der Wirt gestorben ist, tut mir leid, aber er selbst trägt die Schuld daran, und ich werde den Bluträcher nicht fürchten." – „Du könntest ihm den Preis bezahlen. Ich will mit ihm reden." – „Ich bezahle nichts. Hätte der Mann uns nicht berauben wollen, so wäre ihm nichts Übles geschehen." – „Aber Chodih, man wird euch töten, einen wie den anderen, sobald nur der Tag angebrochen ist!" – „Obschon ich dir die Freiheit und das Leben geschenkt habe?"

„Ja, dennoch! Du bist gut gegen mich, und darum will ich dich warnen. Man will eure Pferde, eure Waffen und auch euer Geld haben, und darum wird man euch nicht erlauben, das Dorf zu verlassen, bis ihr das alles hergegeben habt. Außerdem wird der Rächer noch dein Blut verlangen."

„Man wird weder unser Geld noch unsere Waffen und Pferde erhalten, und mein Leben steht in der Hand Gottes, nicht in der eines Kurden. Ihr habt unsere Waffen gesehen, als ich auf einen Baum und einen Zweig schoß. Ihr werdet ihre volle Wirkung kennenlernen, wenn wir auf Menschen zielen." – „Chodih, eure Waffen werden uns nichts tun; denn wir werden uns in die beiden Häuser hier gegenüber legen und können euch durch die Fenster abschießen, ohne daß ihr uns zu sehen bekommt."

„Also eine Belagerung!" bemerkte ich. „Sie wird nicht lange dauern."

„Das wissen wir. Ihr habt nichts zu essen und zu trinken und müßt doch endlich geben, was wir verlangen", meinte der junge Kurde.

„Das fragt sich sehr. Sag deinem Vater, daß wir Freunde des Bei von Gumri sind." – „Darauf wird er nicht hören. Ein Pferd ist mehr wert als die Freundschaft eines Bei." – „So sind wir fertig. Du kannst gehen. Hier ist dein Dolch!" – „Chodih, wir werden euch die Pferde und alles andere nehmen, aber wir werden euch als wackere und gute Männer ehren."

Das konnte mir in dieser Lage nur ein Kurde sagen. Ich ließ ihn zur Tür hinaus, während sich hinter mir laute Stimmen erhoben.

„Sir", rief Lindsay, „ihr laßt ihn frei?" – „Weil es besser für uns ist."

„So erzählt doch! Was sagte er? Muß alles wissen! Yes!"

Ich berichtete mein Gespräch mit dem Kurden. Die Nachricht, daß der Malkoegund es sei, dem wir den Überfall zu verdanken hatten, rief eine Flut der kräftigsten Ausdrücke hervor.

„Und du hast diesen Jüngling freigelassen, Effendi!" sagte Mohammed Emin vorwurfsvoll. „Warum denn?"

„Zunächst aus Teilnahme für ihn, sodann aber auch aus Berechnung. Behalten wir ihn hier, so ist er uns hinderlich und wir müssen ihn füttern, während wir selber Mangel haben. Nun aber ist er voll von Dankbarkeit gegen uns und wird eher zur Sühne als zum Streit raten. Wir wissen nicht, was geschieht, und werden nur dann sicher und unbehindert handeln können, wenn wir allein sind."

Diese Ansicht erhielt die Zustimmung aller. Vom Schlaf war nun ohnehin keine Rede mehr, und so beschlossen wir, auf unserer Hut zu sein.

Da stieß mich Halef am Arm und sagte:

„Sihdi, nun hast du noch Zeit, an das Geschenk zu denken, das mir der Mann in Amadije für dich gegeben hat."

Ja, richtig, daran hatte ich gar nicht mehr gedacht.

„Bring es her!“ forderte ich ihn auf.

Ich öffnete das Paket und konnte einen Ruf der Bewunderung nicht unterdrücken. Die Umhüllung barg einen schönen, sauber gearbeiteten Kasten. Aber was war er im Vergleich zu seinem Inhalt! Ein persisches Käljûn[1] zum Tabakrauchen beim Reiten befand sich darin. Es war eine teure Pfeife, um deren Besitz mich sogar der Engländer beneidete. Schade, daß ich sie nicht gleich anrauchen konnte, da wir nur einige Schluck Wasser hatten!

„Gab er dir auch etwas?“ fragte ich Halef.

„Ja, Sihdi. Fünf goldene Medschidije. Sihdi, es ist doch manchmal gut, daß Allah auch tolle Kirschen wachsen läßt, wie du jene Beere nennst.“

Als der Tag zu grauen begann, begaben wir uns auf das Dach, von wo aus wir den größten Teil des Dorfes überblicken konnten. Wir sahen nur in der Ferne einige Männer stehen, die unser Haus zu beobachten schienen. In der Nähe aber zeigte sich niemand. Nach kurzer Zeit jedoch tat sich die Tür eines der gegenüberliegenden Häuser auf, und es traten zwei Männer heraus, die zu uns herüberkamen. Auf halbem Weg blieben sie stehen.

„Werdet ihr schießen?“ fragte der eine.

„Nein. Ihr habt uns noch nichts getan“, entgegnete ich.

„Wir sind ohne Waffen. Dürfen wir den Toten holen?“ – „Kommt herauf!“

Halef stieg hinab, um die Tür zu öffnen, und die beiden Kurden kletterten auf das Dach.

„Seid ihr verwandt mit dem Toten?“ redete ich sie an.

„Nein. Wenn wir Verwandte von ihm wären, kämen wir nicht zu dir herauf.“ – „Warum nicht?“ – „Wir könnten ihn besser rächen, wenn du uns nicht kennst.“

Wieder eine Lehre, die mir bewies, daß der Mensch nie auslernt.

„Gut!“ sagte ich. „Schafft den Toten fort!“ – „Wir müssen dir zuvor eine Botschaft des Malkoegund ausrichten. Er übermittelt dir seinen Dank dafür, daß du ihm den Sohn geschickt hast, der doch in deinen Händen war.“ – „Ist das alles?“ – „Sodann fordert er von euch die Pferde, die Waffen und alles Geld, das ihr bei euch habt. Dann sollt ihr in Frieden abziehen dürfen. Eure Kleider hat er nicht verlangt, weil du seinen Sohn geschont hast.“ – „Sagt ihm, daß er nichts bekommen wird!“ – „Du wirst es dir anders überlegen, Chodih. Aber wir haben dir auch noch eine andere Botschaft zu bringen.“ – „Von wem?“

„Von dem Sohn des Toten.“ – „Was läßt er mir sagen?“ – „Du sollst ihm dein Leben geben.“ – „Ich will es ihm geben.“ – „Herr, ist das wahr?“ fragte der Mann erstaunt.

„Ja. Sag ihm, er soll nur zu mir kommen und es sich holen!“

„Chodih, du scherzt in einer ernsten Sache. Wir haben den Auftrag, dein Leben oder den Blutpreis zu fordern.“ – „Wieviel verlangt der Rächer?“ – „Vier solche Gewehre, wie du hast, mit denen man immerfort schießen kann, und fünf solche kleine Pistolen, aus der du sechs Schüsse tatest. Dazu drei Pferde und zwei Maultiere.“

[1] Wasserpfeife

„Ich habe diese Sachen nicht." – „So schickst du um sie und bleibst solange hier, bis sie kommen." – „Ich gebe nichts." – „Dann wirst du sterben müssen. Siehst du den Gewehrlauf dort aus dem Fenster ragen? Das ist seine Büchse. Von dem Augenblick an, da ich dem Sohn des Toten deine Ablehnung bringe, wird er auf dich schießen." – „Er mag es tun." – „So wird der Kampf beginnen!"

Die beiden Berwari hoben ihren Toten auf und trugen ihn die Leiter hinab und zum Haus hinaus. Wir verriegelten hinter ihnen die Tür. Hierauf mußte ich den Gefährten die Forderung der beiden Abgesandten verdolmetschen. Die Araber waren sehr ernst. Sie kannten die Tücken und Grausamkeiten der Blutrache. Lindsay aber machte ein vergnügtes Gesicht.

„Herrlich! Belagerung! Bresche schießen! Sturm laufen! Well! Werden es aber nicht tun, Sir!" – „Die Berwari werden es tun, Sir David. Sie werden auf uns schießen, sobald wir uns sehen lassen, denn –"

Als Bestätigung meiner Worte fiel ein Schuß, noch einer, drei, vier – und dazu hörten wir Dojan auf dem Dach laut bellen. Ich stieg rasch die Leiter empor und steckte den Kopf vorsichtig aus der Dachluke hinaus. Da bot sich mir ein spaßhafter Anblick. Man schoß aus den beiden Häusern drüben auf den Hund. Dojan bemerkte das und bellte die an ihm vorüberfliegenden Kugeln an. Ich rief ihn zu mir, nahm ihn auf die Arme und trug ihn hinab.

Bevor ich noch die Dachluke schließen konnte, erscholl drüben ein lauter Schrei. Ein weiterer Schuß krachte, und die Kugel pfiff über meinen Kopf hinweg. Das war sicher des Toten Sohn gewesen, der mir durch seinen Ruf andeuten wollte, daß die Kugel aus dem Gewehr des Bluträchers kam. Es war also wirklich ernst geworden.

„Sihdi", meinte Halef, als ich unten bei den Gefährten erschien, „schießen wir nicht auch?" – „Jetzt noch nicht." – „Warum jetzt nicht? Wir schießen besser als die Berwari, und wenn wir auf ihre Fenster zielen, werden sie sich sehr in acht nehmen müssen." – „Das weiß ich. Aber wir wollen zunächst sehen, ob wir ihnen nicht entrinnen können, ohne einen von ihnen zu töten. Es ist genug an dem Erbissenen." – „Wie wollen wir entrinnen? Sobald wir mit den Pferden vor der Tür erscheinen, werden wir Feuer bekommen." – „Gewiß. Aber diese Leute möchten die Pferde haben und werden sie also nicht treffen wollen. Wenn wir uns hinter die Tiere verstecken, so schießen sie vielleicht nicht." – „O Sihdi, ehe die Kurden uns mit den Pferden entkommen lassen, werden sie die Tiere lieber töten."

Das war allerdings wahr. Ich sann und sann, um ein Mittel zu finden, uns ohne Blutvergießen aus dieser schlimmen Lage zu befreien, doch vergeblich! Da meldete sich der Engländer.

„Worüber nachdenken, Sir?"

Ich sagte es ihm.

„Warum sollen wir nicht schießen, wenn sie schießen? Dann sind einige kurdische Diebe weniger! Könnten übrigens fortkommen ohne einen Schuß. – Hm! Geht aber nicht." – „Warum nicht?" – „Würde aussehen wie Flucht!" – „Das kann uns gleichgültig sein. Ihr wißt, daß ich mich gewiß nicht zu etwas entschließen werde, was uns als Feigheit ausgelegt werden könnte. Also sagt mir Euren Plan!" – „Müssen erst wissen, ob wir auch von hinten belagert werden." – „Da gibt es keine Gebäude."

„Aber vom Feld aus! Könnten ja ein Loch in die Mauer machen!"

„Ah, wahrhaftig! Das ist kein übler Gedanke." – „Well! Sehr gut! Ausgezeichnet! Yes!" – „Aber die Werkzeuge fehlen uns." – „Habe doch meine Hacke."

Allerdings hatte er sein ‚Häcklein' stets am Sattel hängen. Das Ding aber taugte wohl, um das Loch für eine Pflanze in ein Gartenbeet zu machen, nicht aber, um eine Mauer einzureißen.

„Diese Hacke ist zu schwach, Sir David. Vielleicht ist im Hof ein Werkzeug zu finden. Kommt mit hinaus!"

Ich teilte den anderen das Nötige mit, und sie begleiteten uns. Vom Hof aus stieg ich auf die Mauer und sah, daß man dieser Seite des Hauses gar keine Beachtung schenkte; denn nirgends war ein Mensch zu sehen. Die Kurden nahmen jedenfalls an, daß wir der Pferde wegen das Haus nur durch den vorderen Eingang verlassen könnten, und daß sie infolgedessen nur ihn belagern brauchten, um uns in der Falle zu halten.

„Hier!" hörte ich Lindsay rufen. „Hier ist etwas, Sir!"

Das Ding, das er triumphierend in die Höhe hob, glich einem an der Spitze mit Eisen beschlagenen Hebebaum und war wohl geeignet, ein Stück alter Mauer einzureißen.

„Das geht", nickte ich. „Nun müssen wir dafür sorgen, daß wir ungestört arbeiten können und bei den Schützen da drüben keinen Verdacht erwecken. Halef mag die Pferde in den Hof schaffen. Amad el Ghandur legt sich auf das Dach, um Wache zu halten, damit niemand bemerkt, was wir hier tun. Lindsay und ich werfen die Mauer um, und Mohammed Emin mag zuweilen durch das Fenster einen Schuß abgeben, damit die Kurden denken, daß wir alle uns in der Stube befinden. Gelingt es uns, auf diese Weise hinauszukommen, so brauchen wir darum noch immer nicht ehrlos die Flucht zu ergreifen, sondern wir reiten stolz an den Belagerern vorüber. Sie werden vor Erstaunen sicher das Schießen vergessen."

Diese Arbeitsteilung bewährte sich vortrefflich. Halef beschäftigte sich mit den Pferden. Der Scheik der Haddedihn hielt in aller Gemütsruhe seine Schießübungen, und der Engländer bohrte verbissen an der Mauer herum. Es galt dabei, das Zerstören der Mauer nicht oben, wo es sehr leicht gewesen wäre, zu beginnen; denn das hätte uns vorzeitig verraten können. Wir mußten von unten arbeiten, damit man unsere Absicht erst dann bemerkte, wenn einige kräftige Stöße genügten, das Werk zu vollenden.

Endlich hatten wir den ersten, großen Stein heraus, und nun folgten die anderen bald nach. Als wir fast fertig waren, wurden die beiden Haddedihn gerufen. Ein jeder stellte sich an sein Pferd. Lindsay ergriff den Hebebaum zum letzten Stoß.

„Jetzt alles umrennen! Yes!"

Er nahm einen Anlauf, stürmte vorwärts und prallte mit solcher Wucht an die Mauer, daß sie niederstürzte; aber die letzten Steine prasselten auch zu Boden. Nun wurde in dem Schutt noch ein wenig Bahn gemacht, dann stiegen wir auf. Ein tüchtiger Satz brachte uns über das Geröll hinweg und durch die Bresche hinaus ins Freie. Die Not war zu Ende, noch ehe sie recht begonnen hatte, und wir verließen unsere Herberge, ohne die Rechnung berichtigen zu müssen.

„Wohin jetzt?“ fragte Lindsay.

„Im Trab um die Ecke des Hauses herum und dann im Schritt durch das Dorf. Reitet Ihr voran!“

Der Englishman tat es. Ihm folgten die drei Araber, und ich machte den Schluß. Wir kamen zwischen unserer verlassenen Wohnung und den beiden Häusern, aus denen man auf uns geschossen hatte, hindurch, und meine Voraussetzung traf wirklich ein: es fiel kein einziger Schuß auf uns. Aber wir waren noch nicht weit gekommen, so erhoben sich hinter uns laute Rufe. Jetzt gaben wir den Pferden die Sporen und jagten zum Dorf hinaus.

Hier sahen wir, daß sämtliche Pferde der Berwarı auf der Weide waren. Sie grasten in beträchtlicher Entfernung von dem Dorf, so daß wir hoffentlich einen guten Vorsprung gewannen, ehe sie von ihren Reitern bestiegen werden konnten.

Der Weg ging durch ebenes, aber wohlbewässertes Land, das uns Gelegenheit gab, die Schnelligkeit unserer Pferde voll zu entfalten, nur nicht in bezug auf meinen Rappen, der verlangend in die Zügel knirschte und gezügelt wurde, weil die anderen sonst weit zurückgeblieben wären.

Endlich bemerkten wir hinter uns eine breite Linie von Reitern, die uns verfolgten.

Mohammed Emin warf einen besorgten Blick auf das Pferd, das sein Sohn ritt, und sagte: „Wenn wir dieses Pferd nicht hätten, würde man uns wohl nicht einholen.“

Er hatte recht. Es war das beste Pferd, das in Amadije überhaupt zu bekommen gewesen war, und dennoch hatte es einen harten Gang und eine so mühsame Atmung, daß es bei einem langen, schnellen Ritt sicherlich bald zusammengebrochen wäre.

„Sihdi“, fragte Halef, „du willst keinen Kurden töten?“ – „Solange es zu vermeiden ist, nein.“ – „Aber auf ihre Pferde können wir doch schießen!“ – „Es wird uns nichts anderes übrigbleiben.“

Halef nahm seine lange, arabische Flinte von der Schulter und sah das Schloß nach. Auf fünfhundert Schritt Entfernung hatte er mit diesem Gewehr sein Ziel noch nie verfehlt, und meine Büchse trug noch weiter.

Die Verfolger kamen uns immer näher. Ihr lautes Geschrei klang bedrohlich: sie machten Ernst. Einer ritt allen voran. Sie näherten sich auf etwa fünfhundert Schritt. Er aber jagte näher, hielt sein Roß an, zielte und schoß. Dieser Mann besaß eine gute Büchse. Wir sahen ganz in unserer Nähe von einem Stein, den die Kugel getroffen hatte, einige Splitter abfliegen. Der Schütze war ein junger Kurde, vielleicht der Bluträcher.

„Well!“ meinte der Engländer und wandte sein Pferd. „Geh herunter, Boy!“

Er legte an und drückte ab. Das Pferd des Kurden tat einen Satz, taumelte und brach zusammen.

„Kann nach Hause gehen! Yes!“

Diesem kaltblütigen, sicheren Schuß folgte ein lautes Geschrei der Kurden. Sie hielten an und sprachen miteinander, folgten uns aber bald wieder. In kurzer Zeit erreichten wir einen breiten Bach, über den es keine Brücke gab. Er war reißend und tief, so daß wir eine Stelle suchen mußten, wo sich der Übergang am besten bewerkstelligen ließ. Das gab uns natürlich Blößen. Die Kurden hielten. Einige aber ritten etwas vor, saßen ab und stellten sich hinter ihre Pferde. Wir sahen, daß sie die Läufe ihrer Gewehre über den Rücken der Tiere legten.

Schnell waren auch wir aus den Sätteln und taten desgleichen. Einen Augenblick nach ihren Schüssen – nur ich schoß noch nicht – krachten auch die unserigen, die zeigten, daß wir die besseren Schießeisen besaßen. Von unseren vier Schüssen erreichten drei ihr Ziel, während nur eine einzige Kurdenkugel das Pferd des Engländers am Schwanz gestreift hatte. Lindsay schüttelte den Kopf.

„Haben schlechte Begriffe!“ meinte er. „Wollen ein Pferd von hinten erschießen.“ – „Sucht eine Furt!“ rief ich nun. „Halef und ich werden die Kerle einstweilen in Schach halten!“

Die Besitzer der getroffenen Pferde waren eilig zu den Ihrigen zurückgekehrt. Zwei aber hielten noch stand. Ich sah, daß sie wieder luden.

„Sihdi, schieß jetzt nicht!“ bat Halef. „Laß mir die Ehre!“ – „Gut so!“

Er legte an. Gleichzeitig mit ihren Schüssen feuerte er auch. Der kleine Hadschi hatte gut getroffen. Eines der Pferde brach zusammen – Halef hatte es wohl durch den Kopf geschossen. Das andere sprang erschreckt in langen Sätzen über die Ebene dahin. Von den Kugeln der beiden Kurden aber hatten wir nichts gespürt.

„Wenn das so fortgeht, Sihdi“, lachte Halef, „so haben sie bald keine Pferde mehr und tragen das Sattelzeug selbst nach Hause. Siehst du, wie sie zu den anderen zurücklaufen? Zeig denen doch, daß sie sich zu nahe herangewagt haben.“ – „Eine Warnung sollen die Berwari allerdings haben.“

Unsere Verfolger hielten wieder beisammen, einige Schritte vor ihnen der Malkoegund, der eifrig mit ihnen sprach. Sie hatten wohl noch kein Gewehr gesehen, dessen Kugel eine solche Strecke zu durchfliegen vermochte, und wähnten sich völlig sicher. Sie sahen daher erstaunt auf mich, als ich hinter meinem Pferd hervortrat und die Büchse anlegte. Einen Knall – und im nächsten Augenblick lag der Malkoegund am Boden; sein Pferd wälzte sich über ihm. Ich zielte etwas weiter nach rechts und traf auch das nächste Pferd. Die Kurden jagten nun mit einem lauten Geschrei weit zurück, und die pferdelosen Reiter sprangen unter Verwünschungen hinter ihnen drein. Diese Leute hatten von gestern her zuviel Achtung vor unseren Waffen.

Jetzt ließen sie uns Muße, eine Furt zu suchen, die wir auch bald fanden. Wir gingen über den Bach und ritten dann so schnell weiter, wie das Pferd Amads laufen konnte.

13. Der Bei von Gumri

Das Tal von Berwari wird durch viele Flüßchen bewässert, die vom Gebirge herabströmen und sich mit einem Arm des Khabur vereinigen, der in den Tigris mündet. Die Wasserläufe sind mit Gebüsch umsäumt, und die zwischen ihnen liegenden Ebenen sind von zahlreichen Eichen, Pappeln und anderen Laubbäumen bestanden. Bewohnt wird das Tal teils von Berwari-Kurden, teils von nestorianischen Christen; doch sind deren Dörfer meist verlassen

Wir hatten die Verfolger aus dem Gesicht verloren und kamen an einige Dörfer, die wir aber in weitem Bogen umritten, da wir nicht wissen konnten, wie man uns dort begegnen werde. Einige einzelne Männer, die im Freien beschäftigt waren, bemerkten uns aber doch. Wir ritten rasch weiter.

Leider kannten wir den Weg nicht genau, den wir einschlagen mußten. Ich wußte nur, daß Gumri im Norden lag. Das war alles. Die vielen Wasserläufe, die wir überquerten, hielten uns auf und nötigten uns zu manchem Umweg. Endlich gelangten wir an ein Dorf, das nur aus einigen Häusern bestand. Es war nicht gut zu umreiten, weil es auf der einen Seite an ein tiefes Wildwasser und auf der anderen Seite an ein dichtes Gehölz stieß. Das Dorf schien verödet zu sein, und wir ritten unbesorgt darauf los.

Schon waren wir an dem ersten Haus vorbei, da krachten Schüsse. Sie kamen aus den Fensteröffnungen der Häuser.

„Zounds – Sapperment!" rief der Engländer und griff sich an den Oberarm.

Eine Kugel hatte ihn getroffen. Ich selbst lag am Boden, und Rih galoppierte davon. Ich stand auf, eilte ihm nach und kam glücklich zum Dorf hinaus, obgleich auch aus den anderen Häusern mehrere Schüsse fielen. Eine Blutspur zeigte mir, daß mein Rappe verwundet worden war. Ohne mich umzublicken, rannte ich vorwärts und fand das Pferd am Rand jenes Gehölzes, wo es stehengeblieben war. Die Kugel hatte es hart hinter dem Genick am oberen Hals gestreift und eine zwar nicht gefährliche, aber doch schmerzhafte Wunde gerissen. Ich war noch mit der Untersuchung der Wunde beschäftigt, als mich die Gefährten einholten. Sie hatten einige Kugeln unnütz verschossen und waren mir dann gefolgt, ohne weiteren Schaden zu erleiden. Der Engländer blutete am Oberarm.

„Ist's gefährlich, Sir?" fragte ich ihn.

„Nein. Ging nur ins Fleisch. Wißt ihr, wer es war? Der Malkoegund!"

„Nicht möglich!" – „Schoß vom Dach herab. Habe ihn deutlich gesehen." – „So haben die Berwari von Tiah uns überholt und uns den Weg verlegt. Ein Glück, daß sie nicht alle auf den Dächern standen. Wir wären sonst verloren gewesen. Aus den Fensterspalten kann man auf Vorüberreitende keinen sicheren Schuß abgeben. Doch vorwärts jetzt!" – „Vorwärts?" fragte Lindsay. „Ich denke, wir müssen ihnen vorher unseren Dank abstatten." – „Damit würden wir uns nur in neue Gefahr begeben. Übrigens ist es notwendig, Euch zu verbinden, und das muß doch nicht hier in unmittelbarer Nähe des Feindes geschehen!" – „Well! So kommt!"

Der kleine Hadschi Halef Omar war damit nicht einverstanden. Doch ich widersprach auch ihm. Es war vor allem wichtig, daß wir Gumri bald erreichten, wo wir uns voraussichtlich in Sicherheit befanden.

Wir setzten also unseren Ritt fort und bemerkten nach einiger Zeit, daß die Kurden uns wieder folgten. Sie hielten sich jedoch immer weit von uns entfernt. Später verloren wir sie an einer Wegkrümmung aus dem Auge und erblickten sie dann wieder vor uns. Sie hatten uns umritten, um uns entweder abermals den Weg zu verlegen oder um uns in Gumri zuvorzukommen. Wir erkannten bald, daß das zweite beabsichtigt sein müsse; denn vor uns stiegen nun, allerdings noch in weiter Entfernung, die Umrisse des Felsens empor, auf dem Kala Gumri liegt. Dieses Gumri ist eigentlich nur ein schwaches, aus Lehm erbautes Fort, mit dem wenige Geschütze leicht fertig werden könnten. Es wird aber von den Kurden für eine starke Festung gehalten.

Wir hatten uns dem Ort bis auf eine Entfernung von vielleicht einer englischen Meile genähert, als uns plötzlich ein wildes Geschrei umtobte und aus den nahen Büschen hundert kurdische Krieger hervorsprangen und auf uns eindrangen. Lindsay riß die Büchse empor.

„Um Gottes Willen, Sir David, nicht schießen!" rief ich ihm zu und schlug den Lauf seines Gewehrs nieder.

„Warum?" fragte er. „Fürchtet Ihr Euch, Sir?"

Ich hatte keine Zeit zur Antwort. Die Kurden waren schon zwischen uns und drängten uns auseinander. Ein junger Mensch trat in meinen Steigbügel, schwang sich empor und holte mit dem Dolch zum Stoß aus. Ich riß ihm die Waffe aus der Hand und schleuderte ihn hinab. Dann packte ich einen anderen beim Arm.

„Du bist mein Beschützer!" rief ich ihm zu.

„Nicht doch! Du bist bewaffnet!" antwortete er.

„Ich vertraue dir meine Waffen an. Hier nimm sie!"

Er nahm meine Waffen an und legte dann die Hand auf mich.

„Dieser Mann ist mein auf den ganzen Tag", erklärte er laut.

„Und die anderen auch", fügte ich hinzu.

„Sie haben nicht um Schutz gebeten", wehrte er ab.

„Ich tue es an ihrer Stelle. Sie reden eure Sprache nicht."

„So mögen sie ihre Waffen ablegen, dann will ich ihr Châl-amm[1] sein."

Die Entwaffnung ging sehr schnell vor sich, obgleich keiner der Ge-

[1] Châl = Onkel von mütterlicher, Amm = Onkel von väterlicher Seite. Die Zusammenziehung dieser beiden Wörter bedeutet Beschützer.

führten mit meinem Verfahren zufrieden war. Abgesehen von dem einen, der den Dolch gegen mich gezückt hatte, schien es, als trachteten die Kurden jetzt weniger nach unserem Leben als vielmehr danach, uns in ihre Gewalt zu bekommen. Jener eine aber musterte mich mit so grimmigen Blicken, daß ich in ihm den Bluträcher vermuten mußte, und das bestätigte sich auch bald; denn als wir uns in Bewegung setzten, zog er den Dolch und warf sich auf meinen Hund. Doch Dojan war schneller als der Mann. Er fuhr zurück, um dem Stoß auszuweichen, und faßte dann den Feind dicht über dem Griff des Dolches am Handgelenk. Wir hörten zwischen den gewaltigen Zähnen des Tieres die Knochen knirschen. Der Kurde stieß einen Schrei aus und ließ den Dolch fallen. Sofort riß ihn der Hund zu Boden und packte ihn an der Kehle. Einige Dutzend Gewehrläufe richteten sich auf das mutige Tier.

„Katera Chodeh – um Gottes willen!“ rief ich. „Die Gewehre weg, sonst erwürgt er ihn.“

Eine Kugel, die den Hund nicht augenblicklich tötete, wäre der Tod des Kurden gewesen. Die Gegner sahen das ein, und da keiner von ihnen seines Schusses ganz sicher sein mochte, senkten sie die Gewehre.

„Ruf den Hund weg!“ gebot mir einer.

„Diese Bestie war es, die meinen Nachbar tötete!“ rief eine andere Stimme. Es war die des Malkoegund, der hinter einem Strauch hervortrat. Er hatte die weise Vorsicht gebraucht, sich bis jetzt in gehöriger Entfernung zu halten.

„Du hast recht“, erwiderte ich. „Und er wird auch diesen Mann töten, wenn ich es ihm gebiete.“ – „Ruf ihn weg!“ wiederholte der vorherige Sprecher.

„Sag mir zuvor, ob dieser Mann da der Rächer ist!“ – „Er ist es, der den Heïf[1] hat.“ – „So will ich euch zeigen, daß ich ihn nicht fürchte. – Dojan, geri – zurück!“

Der Hund ließ von dem Kurden ab. Der Bursche erhob sich. Der Schmerz seiner Wunde war so groß, daß er ihn kaum verwinden konnte. Noch größer war seine Wut. Er trat hart zu mir heran und schüttelte drohend das verwundete Glied.

„Dein Hund hat mir die Kraft meines Armes genommen“, knirschte er. „Aber glaube ja nicht, daß ich nun die Rache einem anderen überlasse! Es heïfi cho-e desti cho-e bigerim tera – ich werde mit eigener Hand an dir Rache nehmen!“ – „Du redest wie ein Bak[2], vor dessen Quaken sich niemand fürchtet!“ entgegnete ich. „Gib deinen Arm her, daß ich ihn untersuche und verbinde!“ – „Du bist ein Arzt? Ich mag von dir kein Derman haben, und wenn ich sterben müßte. Aber du wirst Derman[3] von mir erhalten, und zwar so viel, daß du genug daran haben sollst, das verspreche ich dir.“ – „Ich höre, daß dich bereits das Ta[4] ergriffen hat, sonst würdest du deine Hand zu retten suchen.“

„Die Deka[5] von Gumri wird mir helfen. Sie ist ein besserer Arzt als du!“ erwiderte er verächtlich. „Du und dieser Tasi, ihr seid zwei Hunde und sollt auch wie Hunde sterben!“

Der Bluträcher wickelte die Hand in einen Zipfel seines Gewandes

[1] Rache [2] Frosch [3] Derman heißt im Kurmandschi Schießpulver; Derman oder Dereman heißt aber auch Medizin, Heilmittel [4] Wundfieber [5] Hebamme

und hob den Dolch auf. Wir wurden in die Mitte genommen, und der Zug setzte sich in Bewegung. Keiner der Kurden hatte ein Pferd bei sich. Sie liefen neben uns her. Ich war ein wenig besorgt um uns, Angst aber empfand ich nicht.

Schweigend schritten die Kurden voran, augenscheinlich nur darauf bedacht, uns nicht entfliehen zu lassen. Auch mein kleiner Halef und die beiden Araber sprachen kein Wort. Lindsay aber konnte seinen Ärger nicht ganz verwinden.

„Schöne Suppe, Sir, die Ihr uns eingebrockt habt!" brummte er. „Hätten die Kerle alle erschießen sollen!" – „Das hätten wir nicht fertiggebracht, Sir David. Sie kamen zu schnell über uns."

„Yes. Und nun sind sie um uns herum und wir mitten drin. Die Waffen abgegeben! Fatale Geschichte! Schauderhaft! Werde mit Euch wieder einmal nach Kurdistan gehen." – „Nehmt doch Vernunft an!" wies ich ihn zurecht. „Wollt Ihr denn nicht bedenken, daß es geradezu Wahnsinn wäre, wenn fünf Männer sich einbildeten, mit zweihundert, die ihnen bereits bis auf den Frack gerückt sind, fertig zu werden?" – „Wir hatten bessere Waffen als sie!" murmelte der Englishman.

„Konnten wir sie in solcher Nähe gebrauchen? Und hätten wir uns diese Kurden damit vom Leib gehalten, so wäre jedenfalls viel Blut geflossen. Das unsrige auch mit. Und dann die Blutrache! Wo denkt Ihr hin!"

Da bemerkten wir einen Reiter, der uns im Galopp entgegenkam. Als er sich so weit genähert hatte, daß seine Gesichtszüge zu sehen waren, erkannte ich in ihm Dohub, den Kurden, dessen Verwandte in Amadije gefangen gewesen waren. Unser Trupp hielt bei seinem Erscheinen an. Er drängte sich ungestüm bis zu mir hindurch.

„Chodih, du kommst! Aber du bist gefangen?" – „Wie du siehst!"

„Verzeih! Ich war fort von Gumri, und als ich jetzt heimkehrte, erfuhr ich, daß man fünf fremde Männer fangen wolle. Ich dachte gleich an dich und bin herbeigeeilt, um zu sehen, ob meine Vermutung richtig war. Chodih, as kolame ta – Herr, ich bin dein Diener. Sag, wie ich dir helfen soll!" – „Ich danke dir. Aber ich bedarf deiner Hilfe nicht, denn dieser Mann ist bereits unser Beschützer." – „Für welche Zeit?" – „Für einen Tag." – „So erlaube mir, daß ich es für alle Tage bin, solange ich lebe!"

„Wird man es dir gestatten?" – „Ja. Du bist unser aller Freund, denn du wirst der Mivan[1] des Bei sein. Er hat auf dich gewartet und freut sich, dich und die Deinen willkommen zu heißen." – „Ich werde nicht zu ihm gehen können." – „Warum nicht?" – „Kann sich ein Effendi ohne Waffen blicken lassen?" – „Ich sah bereits, daß man sie euch abgenommen hat." Und er wandte sich zu unserer Begleitung mit den Worten: „Gebt die Waffen zurück!"

Dagegen erhob der verwundete Kurde Einspruch:

„Sie sind Gefangene und dürfen keine Waffen tragen!"

„Sie sind frei, denn sie sind die Gäste des Bei!" lautete die Gegenrede.

„Kadir Bei selbst hat uns befohlen, sie gefangenzunehmen und zu entwaffnen!" – „Er hat nicht gewußt, daß es die Männer sind, die er erwartet." – „Sie haben mir den Vater gemordet. Und sieh dir diese

[1] Gast

Hand an. Ihr Hund hat sie mir zerbissen." – „So mach das mit ihnen ab, sobald sie nicht mehr Gäste des Bei sind! Komm, Chodih, nimm deine Waffen und laß dich führen!"

Wir erhielten alles zurück, was wir abgegeben hatten. Dann trennten wir uns von den anderen und ritten rasch nach Gumri hinauf.

„Nun, Sir David", fragte ich Lindsay, „was denkt Ihr jetzt von meinem Verhalten?" – „Habe von Eurem Gerede nichts verstanden."

„Aber die Waffen habt Ihr doch bereits zurück." – „Well! Und was weiter?" – „Wir werden die Gäste des Bei von Gumri sein."

„Will Euch Genugtuung geben, Sir: ich war im Irrtum."

Jetzt war alle Besorgnis verschwunden, und mit erleichtertem Herzen ritt ich durch das enge Tor des Ortes ein. Dennoch konnte ich mich eines Grauens nicht erwehren bei dem Anblick der Residenz des berüchtigten Abd es Summit Bei, der in Verbindung mit Beder Khan Bei und Nur Ullah Bei die christlichen Bewohner von Tijari zu Tausenden hingemordet hatte. Der Ort sah sehr kriegerisch aus. Die engen Gassen waren von bewaffneten Kurden so belebt, daß die Mehrzahl dieser Leute wohl nicht zu den Bewohnern von Gumri gehören konnte. In dieser Beziehung machte die kleine Berwari-Festung einen anderen Eindruck, als das öde, leblose Amadije.

Da schritt, die lange Schilflanze in der Hand, der Kurde von Serdescht uns entgegen. Er machte den Eindruck eines armen Schluckers gegenüber den Balani und Schadi, die ich hier nicht vermutet hätte. Ein Kurde vom Buhtangebirge plauderte mit einem Omerigan, der aus der Gegend von Diarbekr herbeigekommen war. Dann begegneten uns zwei Angehörige des Amadi-manan-Stammes, zwischen denen ein Dilmamikam-Kurde aus Esi schritt. Da gab es Krieger vom Stamme der Bulanyk, der Hadir-sohr, der Hasananluh, der Karatschiur und Karutschibaschi. Sogar Leute aus Kasichan, Semsat, Kurduk und Kendali waren zu sehen.

„Wie kommen diese Fremden nach Gumri?" fragte ich Dohub.

„Es sind meist Bluträcher, die hier zusammentreffen, um sich auszugleichen, und Boten aus vielen Gegenden, in denen man einen Aufstand der Christen befürchtet." – „Hegt ihr hier ähnliche Befürchtungen?"

„Ja, Effendi. Die Christen in den Tijaribergen heulen wie die Hunde, die man angekettet hat. Sie wollen gern los sein, aber ihr Bellen hilft ihnen nichts. Wir haben vernommen, daß sie in das Tal von Berwari einfallen wollen. Ja, sie haben bereits einige Männer unseres Stammes getötet. Doch dieses Blut wird bald über sie kommen. Ich war heute in Mia, wo morgen eine Bärenjagd abgehalten werden soll, und fand das ganze untere Dorf verlassen." – „Es gibt wohl zwei Dörfer, die Mia heißen?" – „Ja. Sie gehören unserem Bei. Das obere Dorf wird nur von Moslemin und das untere nur von christlichen Nestorianern bewohnt. Diese Nestorianer sind plötzlich verschwunden." – „Warum?"

„Man weiß es nicht. Aber, Chodih, hier ist die Wohnung des Bei. Steig ab mit den Deinen und erlaube, daß ich dem Bei deine Ankunft melde!"

Wir hielten vor einem langen unscheinbaren Gebäude, dessen Ausdehnung allein verriet, daß es die Wohnung eines Anführers sei. Auf einen Wink Dohubs kamen einige Kurden herbei, um unsere Pferde in Empfang zu nehmen und in den Stall zu führen. Er selbst aber kehrte bereits nach wenigen Augenblicken zurück und führte uns zum Bei Wir fanden den Herrscher von Gumri in einem großen Empfangsraum, bis zu dessen Tür er uns entgegenkam. Bei ihm waren einige Dutzend Kurden, die sich bei unserem Eintritt erhoben. Kadir Bei war ein Mann Ende der Zwanzigerjahre, hoch und breit gewachsen. Sein edles Gesicht zeigte rein kaukasischen Schnitt und wurde von einem starken, schwarzen Vollbart eingerahmt. Sein Turban war wohl einen halben Meter im Durchmesser. An seinem Hals hingen an einer silbernen Kette verschiedene Talismane und Amulette. Seine Jacke war ebenso wie seine Hose mit reicher Stickerei versehen, und in seinem Gürtel funkelte neben einem Dolch und zwei mit Silber ausgelegten Pistolen ein wunderschön damaszierter Schjur[1] ohne Scheide. Der Bei machte nicht den Eindruck eines halbwilden Anführers von Räubern und Pferdedieben. Seine Züge waren bei aller Männlichkeit doch weich und sanft, und seine Stimme klang freundlich und angenehm, als er uns begrüßte:

„Sei mir willkommen, Effendi! Du bist mein Bruder, und deine Gefährten sind meine Freunde."

Auf einen Wink wurden beinahe sämtliche Kissen, die sich in dem Raum befanden, zusammengetragen, um uns als Sitze zu dienen. Wir nahmen Platz, während die anderen stehenblieben.

„Ich habe gehört, daß ich mit dir in kurdischer Sprache reden kann?" fragte er.

„Diese Sprache ist mir nur wenig geläufig, und meine Freunde verstehen sie gar nicht", entgegnete ich.

„So werde ich türkisch oder arabisch mit dir sprechen." – „Bediene dich der Sprache, die deine Leute hier verstehen", sagte ich höflich.

„O Effendi, ihr seid meine Gäste, und darum wollen wir so sprechen, daß deine Freunde mitreden können. Welche Sprache reden sie am liebsten?" – „Die arabische. Aber, o Bei, sag vorher deinen Leuten, daß sie sich setzen sollen! Sie sind freie Kurden, die sich nur zum Gruß erheben brauchen." – „Chunkjâr[2]!" rief er, „ich sehe, daß du ein Mann bist, der die Kurden kennt und ehrt. Ich werde ihnen erlauben, sich niederzulassen."

Er gab seinen Besuchern ein Zeichen, und die Blicke, die sie einander beim Niedersetzen zuwarfen, sagten mir, daß sie meine Höflichkeit anerkannten. Ich hatte es hier jedenfalls mit einem besonders gebildeten Anführer zu tun, denn im Inneren von Kurdistan ist ein Mann, der neben einigen Mundarten seiner Muttersprache auch das Türkische und Arabische versteht, eine Seltenheit. Es ließ sich erwarten, daß sich der Bei auch noch des Persischen zu bedienen verstand, und im Verlauf meines leider nur sehr kurzen Beisammenseins mit ihm erfuhr ich, daß ich mit dieser Vermutung das Richtige getroffen hatte.

Es wurden Pfeifen gebracht, zu denen man uns einen lieblich schmekkenden Reisbranntwein reichte, dem die Kurden mit Eifer zusprachen.

„Was denkst du von den Kurden von Berwari?" fragte mich der Bei.

[1] Säbel, Schwert [2] Herrscher, Höflichkeitssteigerung von Chodih, Herr

Diese Frage sollte wohl ohne alle Verfänglichkeit nur als Einleitung dienen.

„Wenn alle so sind wie du, dann werde ich von ihnen nur Gutes erzählen können.“ – „Ich weiß, was du mir sagen willst. Du hast bisher nur Übles von ihnen erfahren“, bemerkte er.

„O nein! Habe ich nicht an Dohub und seinen beiden Verwandten Freunde gefunden?“ – „Du hast dir ihre Freundschaft und auch die meinige reichlich verdient. Wir aber haben dich mit Undank belohnt. Willst du mir verzeihen? Ich wußte nicht, daß du es warst.“

„Verzeih auch du mir! Einer von deinen Leuten hat bei den Zwistigkeiten sein Leben eingebüßt. Aber wir tragen keine Schuld daran.“

„Erzähle mir, wie es zugegangen ist!“

Ich gab ihm einen ausführlichen Bericht und fragte ihn dann, ob hier ein Grund zur Blutrache vorliege.

„Nach der Sitte dieses Landes muß der Sohn allerdings den Tod seines Vaters rächen, wenn er sich nicht die Verachtung aller zuziehen will. Du bist mein Gast, und solange du dich bei mir und in meinem Land befindest, bist du sicher. Aber er wird dir später folgen auf Schritt und Tritt, auch wenn du bis an das Ende der Welt gehen wolltest.“ – „Ich fürchte ihn nicht.“ – „Du magst stark genug sein, um ihn im Kampf zu überwinden; dann aber würden neue Rächer entstehen. Und kannst du dich gegen eine Kugel wehren, die aus dem Hinterhalt abgeschossen wird? Willst du nicht lieber den Preis bezahlen?“

„Nein!“ erklärte ich mit Nachdruck.

„Allah gab dir den Mut, einen Rächer zu verachten. Ich werde dafür sorgen, daß dich dieser Mut nicht ins Verderben bringt. – Du warst bei dem Vater meines Weibes in Spinduri?“ – „Ich war sein Gast und wurde sein Freund.“ – „Ich weiß es. Sonst hätte er dir nicht das Geschenk für mich anvertraut. Allah hat Wohlgefallen an dir, er läßt dich überall Freunde finden.“ – „Allah gibt Gutes und Böses. Er erfreut die Seinen und betrübt sie auch zuweilen, um sie zu prüfen. In Amadije zum Beispiel habe ich auch Feinde gefunden.“ – „Wer war dein Feind? Der Müteßellim?“ – „Ismaïl Bei war mir weder Freund noch Feind; er fürchtete mich. Aber es kam ein Mann zu ihm, der mich haßte und die Schuld daran trug, daß ich sogar verhaftet werden sollte.“ – „Wer war es?“ – „Der Machredsch von Mossul.“ – „Kiamil Effendi?“ fragte Kadir Bei aufmerksam. „Er ist ein Feind der Kurden. Er ist überhaupt ein Feind aller Menschen. Was wollte er in Amadije?“ – „Der Richter war auf der Flucht nach Persien; denn der Anadolu Kasi Askeri war gekommen, um ihn und den Müteßarrif von Mossul abzusetzen.“

Diese Kunde erregte lebhafte Überraschung bei Kadir Bei. Er teilte die Neuigkeit sofort den Seinen mit, von denen sie mit gleichem Erstaunen aufgenommen wurde. Ich mußte alles ausführlich erzählen.

„So wird der Müteßellim wohl auch abgesetzt?“ fragte der Bei.

„Das kann man nicht wissen. Er war gewissermaßen der Kerkermeister des Müteßarrif, der einen jeden, der aus Mossul verschwinden sollte, nach Amadije sandte.“ – „Doch wohl nur Verbrecher?“

„Nein. Auch Unschuldige. Hast du nicht von Amad el Ghandur, dem Sohn des Scheiks der Haddedihn, gehört?“ – „Ist auch er gefangengenommen und nach Amadije geschickt worden?" – „Ja. Er ahnte nichts von der Hinterlist des Müteßarrif." – „Wäre ich ein Haddedihn, so zöge ich nach Amadije, um den Sohn meines Scheiks zu befreien."

„Kadir Bei, das ist eine schwierige Sache!" – „Und doch würde ich es tun. List ist oft eine bessere Waffe als Gewalt." – „So wisse, daß es Männer gibt, die den Mut aufbrachten, nach Amadije zu gehen und den Sohn des Scheiks durch List zu befreien." – „Chodih, du berichtest mir ein Wunder!" rief der Bei. „Aber ich glaube es, weil du es sagst. Werden diese Helden unangefochten die Weideplätze der Haddedihn erreichen?" – „Das wissen nur zwei: Allah und du." – „Ich? Wie meinst du das?" – „Ich habe gehört, daß sie sich nicht nach Westen, sondern in das Land der Berwari wenden werden, um den Sab zu erreichen und auf ihm hinabzufahren." – „Effendi, das ist ein gewagtes Abenteuer. Die Helden sollten mir willkommen sein, wenn sie zu mir kämen. Wann ist die Flucht gelungen?" – „In der Nacht vor gestern." – „Woher weißt du das so genau? Hast du sie gesehen?" – „Auch du siehst sie, denn sie sitzen an deiner Seite. Dieser Mann ist Mohammed Emin, der Scheik der Haddedihn, und dieser ist Amad el Ghandur, sein Sohn."

Kadir Bei sprang auf und fragte:

„Wer ist dieser dritte?" – „Mein Diener und Freund Hadschi Halef Omar, auch ein Haddedihn." – „Und dieser da?" – „Mein Gefährte, ein Mann aus dem Abendland. Wir haben uns zusammengetan und den Gefangenen aus Amadije geholt."

Jetzt entstand ein tolles Redegewirr von kurdischen Erklärungen, türkischen Ausrufen und arabischen Begrüßungen. Es kam alles zur Sprache, was die Kurden von den Haddedihn gehört hatten, auch der Kampf im Tal der Stufen. Ich mußte dabei den Dolmetscher machen, gestehe aber gern, daß mir bei dieser Arbeit der Schweiß auf der Stirn stand. Meine Kenntnis des Kurdischen war gering, und das Arabische wurde ebenso wie das Türkische von den Kurden so gesprochen, daß ich die Bedeutung der Worte und der Wortverbindungen mehr erraten mußte, als verstand. Das gab Veranlassung zu zahlreichen Verwechslungen und Verdrehungen, über die mitunter lebhaft gelacht wurde.

Am Schluß dieser angeregten Unterhaltung gab uns der Bei die Versicherung, daß er alles tun werde, um unser Fortkommen zu ermöglichen. Er versprach uns die zu mehreren Flößen notwendigen Häute, einige sichere Führer, die den Wasserlauf des Khabur und des oberen Sab el Ala[1] genau kannten, und auch Empfehlungen an die Schirwan- und Sebari-Kurden, durch deren Gebiet wir auf dieser Fahrt kommen mußten. Von einem Ritt über das Tura-Ghara-Gebirge zum Akrafluß wollte Kadir Bei nichts wissen, da uns in dieser Richtung sein Schutz mehr Schaden als Nutzen bringen werde.

„Dort gibt es", fügte er hinzu, „sehr viele christliche Nestorianer, auch Teufelsanbeter und kleine Kurdenstämme, mit denen die Berwari in Feindschaft leben. Diese Leute sind durchwegs sehr kriegerisch, und die Gebirge sind so wild und unzugänglich, daß ihr nie den Sab erreichen würdet. Nun aber ruht euch aus und erlaubt mir, hier meines Amtes zu walten, bevor wir das Mahl einnehmen. Ich habe heute viel zu verhan-

[1] Großer Sab

deln, da ich morgen nicht in Gumri sein werde." – „Du willst nach Mia gehen?" fragte ich.

„Ja. Wer hat dir das gesagt?" – „Ich habe von Dohub gehört, daß du dort einen Bären jagen willst." – „Einen? Es sind zwei ganze Familien, die den Herden dort viel Abbruch tun. Du mußt nämlich wissen, daß es im Lande der Kurden zahlreiche Bären gibt, und" – fügte er mit Stolz hinzu – „die Nichtkurden dieses Landes sagen, daß es zwei große Plagen für sie gebe, von denen die eine ebenso schlimm sei wie die andere: die Kurden und die Bären." – „Wirst du uns erlauben, mitzugehen?" – „Ja, wenn du es wünscht. Ihr sollt zusehen, ohne dabei in Gefahr zu kommen." – „Wir wollen nicht zusehen, sondern mitkämpfen." – „Effendi, der Bär ist ein gefährliches Tier." – „Du irrst. Der Bär, der die kurdischen Schluchten und Wälder bewohnt, ist ein ziemlich unschädliches Wild. Es gibt Länder, in denen die Bären doppelt so groß und stark sind wie hier." – „Ich habe davon gehört. Es soll ein Land geben, wo man nur Eis und Wasser findet. Dort haben die Bären ein weißes Fell und werden Dubb el bûs[1] genannt. Hast du solche weiße Bären gesehen?" – „Ja. Doch diese weißen Bären meine ich nicht. Es gibt nämlich noch ein Land mit fürchterlich großen Bären, die ein graues Fell besitzen. Das sind die stärksten und gefährlichsten. Ein solcher Bär ist gegen einen kurdischen wie ein Pferd gegenüber einem Hund, vor dem man sich hütet, ohne ihn zu fürchten."

„Und so einen Bären hast du auch gesehen?" fragte der Bei verwundert.

„Ich habe mit ihm gekämpft." – „Und bist Sieger geblieben, denn du lebst noch! Gut! Ihr sollt auch mit unseren Bären kämpfen."

Kadir Bei führte uns jetzt in eine Stube, in deren Mitte ein niedriges Sufra[2] stand, um das fünf Kissen gelegt waren. Nachdem er uns verlassen hatte, erschien eine Frau, und hinter ihr kamen einige Dienerinnen, die ein kleines Vorgericht auftrugen, für den Fall, daß wir zu großen Hunger hätten, um bis zum eigentlichen Mahl warten zu können. Es bestand aus einem Zicklein, das zuerst gebraten und dann in Sahne gebacken war. Dazu gab es getrocknete Weintrauben, eingelegte Maulbeeren und einen Salat von Pflanzenblättern, die ich nicht kannte. Es schien eine Nesselart zu sein.

„Ser sere men at – ihr seid mir willkommen!" grüßte die Frau. „Wie habt ihr meinen Vater verlassen, den Vorsteher von Spinduri?"

„Wir haben ihn bei gutem Wohlsein verlassen, und auch die anderen hat Allah erhalten", antwortete ich.

„Nehmt und eßt einstweilen und habt die Güte, mir von daheim zu erzählen. Es ist eine lange Zeit, daß ich nichts von dort gehört habe."

Ich erfüllte ihr den Wunsch so ausführlich wie möglich. Sie war glücklich, mit mir über ihre Heimat plaudern zu können, und ließ sogar Dojan aus dem Stall holen, um ihm mit den Resten des Zickleins eine Freude zu machen.

Als wir ihrer Dienste nicht mehr bedurften, verließ uns die Frau, und wir machten es uns auf den an die Wand geschobenen Kissen so bequem wie möglich. In diesem süßen Nichtstun wurden wir durch den Eintritt

[1] wörtlich: Bär des Eises [2] Tisch

eines Mannes gestört, den wir nicht erwartet hätten. Es war der verwundete Bluträcher. Er trug den Arm in einer Binde.

„Was willst du?“ fragte ich ihn.

„Ein Bakschisch, Effendi!“ – „Ein Bakschisch? Wofür?“ – „Daß ich dich nicht töten werde.“ – „Ich höre, daß dich das Fieber noch nicht verlassen hat. Wenn einer von uns beiden aus dem Grund, den du angibst, ein Bakschisch verdient hat, so bin ich es. Ich habe dir nicht bloß versprochen, dich nicht zu töten, sondern dir bereits das Leben erhalten, als du dich unter den Zähnen meines Hundes befandest. Was aber hast du für mich getan? Auf mich geschossen und gestochen hast du. Und dafür verlangst du ein Bakschisch? Geh schnell fort, damit du nicht hörst, daß wir über dich lachen!“

„Chodih, nicht dafür, daß ich auf dich geschossen und gestochen habe, verlange ich ein Bakschisch, sondern dafür, daß ich den Blutpreis angenommen habe.“ – „Den Blutpreis? Von wem?“ – „Vom Bei. Er hat ihn bezahlt.“ – „Wieviel hat er gegeben?“ – „Ein Pferd, eine Luntenflinte und fünfzig Schafe.“ – „Also bedeutend weniger, als du von mir verlangtest.“ – „Er ist mein Anführer. Ich mußte auf ihn hören. Aber weil es so wenig ist, darum sollst du mir ein Bakschisch geben.“

„Wäre ich ein freier, stolzer Kurde, ich würde nicht um ein Bakschisch betteln. Geh und schäme dich! Du bekommst nichts.“

„Und wird unser Malkoegund auch nichts erhalten?“

„Hat er dir geboten, mich darüber zu fragen?“

„Ja.“

„So sage ihm, daß er auch keinen Anspruch auf ein Bakschisch hat. Im übrigen habe ich ihm bereits das Leben seines Sohnes geschenkt, und das ist mehr als jede andere Gabe.“

Der Kurde ging. Er hatte den Blutpreis erhalten, aber sein Gesicht sah ganz so aus, als müsse ich mich hüten, ihm einmal anderswo zu begegnen.

„Was wollte der Kerl?“ fragte Lindsay.

„Kadir Bei hat ihm an unserer Stelle den Blutpreis bezahlt, und nun –“

„Wie? Der Bei?“

„Aus Gastlichkeit!“

„Nobel! Sehr nobel! Yes! Wieviel?“

„Ein Pferd, eine Luntenflinte und fünfzig Schafe.“

„Wieviel ist das an Geld?“

„Nicht mehr als fünf Pfund oder hundert Mark.“

„Werde es ihm wiedergeben.“

„Das wäre eine große Beleidigung, Sir David. Wir müssen das durch ein Geschenk auszugleichen suchen.“

„Gut! Schön! Was geben wir?“ – „Darüber wollen wir uns den Kopf jetzt noch nicht zerbrechen.“

Als der Bei seine Amtsgeschäfte erledigt hatte, kam er, um uns hinab in den Hof zu führen, wo das Mahl eingenommen werden sollte. Dazu waren wohl an die vierzig Personen geladen, und außerdem kamen noch viele andere, um sich nach morgenländischer Sitte einfach selbst zu Gast zu bitten.

Gegen Ende des Mahles stellte sich heraus, daß die Speisen nicht für alle langten, und so erhielten die ‚Trollgäste' ein lebendes Schaf, das sie sich sogleich selbst zubereiteten. Der eine machte ein Loch in die Erde, andere holten Steine und Holz zur Feuerung herbei. Einer, den die Wahl getroffen hatte, ergriff das Schaf, schnitt ihm die Kehle durch und hängte es mit den zusammengebundenen Vorderbeinen an einem Balkenpflock auf. Die Eingeweide wurden nicht herausgenommen, sondern der Kurde nahm einen Mund voll Wasser, hielt die Lippen an den After des Tieres und blies Wasser hinein. Er fuhr in dieser seltsamen Beschäftigung so lange fort, bis die Eingeweide vollständig aufgebläht und aufwärts ausgespült waren. Dann wurden die Gedärme in soviel Stücke zerschnitten, wie Männer von dem Schaf essen sollten. Auch das Fleisch des Schafes wurde in ebensoviel Teile zerlegt. Nun wickelte ein jeder sein Stück Darm um sein Fleisch und legte das Paket in das mit den Steinen ausgekleidete Loch, über dem ein Feuer angemacht wurde. Schon nach kurzer Zeit ward das Feuer weggenommen, und die halb garen Fleischstücke gingen zwischen den Zähnen der Kurden ihrer nützlichen Bestimmung entgegen.

Nach dem Essen zeigte uns Kadir Bei seinen Stall. Es befanden sich über zwanzig Pferde darin, doch war unter ihnen nur ein Schimmel, der eine besondere Beachtung verdiente. Dann gab es Kampfspiele und Lieder, zu denen ein zweisaitiges Tambur[1] die Begleitung wimmerte, und endlich wurden von einem Mann Märchen und Geschichten erzählt: Baka ki mir – vom sterbenden Frosch; Gur bu schevan – der Wolf als Hirt; Schyeri kal – der alte Löwe; Ruvi u bisin – der Fuchs und die Ziege.

Die Versammlung hörte diesen Vorträgen mit größter Aufmerksamkeit zu, mir aber war es lieb, als sie zu Ende waren und wir uns zur Ruhe begeben konnten. Zu diesem Zweck führte uns der Bei in eine große Stube, an deren Wänden rundum Diwane standen, die uns als Lager dienen sollten. Da in diesem Raum nichts Merkwürdiges zu sehen war, wunderte ich mich über die gespannten Blicke, mit denen Kadir Bei uns beobachtete. Es waren ganz die Blicke eines Menschen, der erwartet, daß man bei ihm eine außerordentliche Entdeckung machen und bewundern soll. Endlich erkannte ich aus der so oft wiederkehrenden Richtung seiner Blicke den Gegenstand, den er meinte und sofort brach ich in das größtmögliche Erstaunen aus: „Was ist das! O Bei, mit welch großem Reichtum hat Allah dich gesegnet! Deine Schätze sind größer als die des Bei von Rewandus oder des Beherrschers von Dschulamerg!“ – „Was meinst du, Effendi?“ fragte er mit einer gewissen Heuchelei.

„Ich meine das kostbare Dscham[2], womit du deinen Palast geschmückt hast.“ – „Ja, es ist sehr selten und teuer“, meinte er mit stolzer Bescheidenheit.

„Von wem hast du es?“

„Ich kaufte es von einem Jehudi[3], der es aus Mossul brachte, um es dem Schah von Persien zu verehren.“

Es wäre unhöflich gewesen, nach dem Preis zu fragen. Der Kaufmann

[1] Gitarre [2] Fensterglas [3] Juden

hatte offenbar das Märchen vom persischen Schah erfunden und den Bei jedenfalls tüchtig geprellt. Das Glas war nämlich ein kleines Stück einer zerbrochenen Fensterscheibe und hatte kaum die Größe von zwei Männerhänden. Es war als der größte Schmuck des Zimmers an das geölte Papier des Fensters geklebt worden und ließ den Raum nun allerdings über alle Nebenbuhlerschaft erhaben erscheinen. Der Bei wünschte uns eine gute Nacht in dem Bewußtsein, mit diesem Fenster einen gewaltigen Eindruck auf uns gemacht zu haben.

Wir waren müde und sehnten uns nach Ruhe, die wir nun in vollkommener Sicherheit genießen konnten.

14. Bärenhetze

Am anderen Morgen weckte uns Kadir Bei in eigener Person mit folgenden Worten: „Erhebt euch, wenn ihr wirklich mit nach Mia wollt, wir werden bald aufbrechen."

Da wir nach Landessitte in unseren Kleidern geschlafen hatten, so konnten wir ihm fast augenblicklich folgen. Wir erhielten Kaffee und kalte Bratenstücke, und dann setzte man sich zu Pferd. Der Weg nach Mia führte durch mehrere kurdische Dörfer, die von gut bewässerten Gärten umgeben waren. Kurz vor dem Dorf Mia stieg das Gelände bedeutend an, und wir mußten einen Paß überschreiten, an dem wir von einigen Männern erwartet wurden. Das schien dem Bei aufzufallen, denn er fragte sie, warum sie nicht in Mia geblieben seien.

„O Bei, es ist seit gestern vieles geschehen, was wir dir berichten müssen", gab einer von ihnen Bescheid. „Daß die Nestorianer das untere Dorf verlassen haben, wird dir Dohub schon gesagt haben. Heute in der Nacht nun ist einer von ihnen im oberen Dorf gewesen und hat einem Mann, dem er Dank schuldet, dringend geraten, schnell aus Mia fortzugehen, wenn er sein Leben retten wolle." – „Und da fürchtet ihr euch?" fragte der Bei.

„Nein, denn wir sind stark und tapfer genug, es mit diesen Giaurs aufzunehmen. Aber wir haben in der Frühe erfahren, daß die Christen bereits rechtgläubige Einwohner von Sawitha, Mijanisch, Murghi und Lisan getötet haben, und in der Nähe von Seraru sind einige Häuser weggebrannt worden. Wir ritten dir entgegen, damit du diese Kunde sobald wie möglich empfangen solltest."

„So kommt! Wir wollen sehen, was davon zu glauben ist."

Wir ritten möglichst rasch die Höhe hinunter und kamen bald an die Stelle, wo sich die Wege zum oberen und unteren Dorf teilten. Wir schlugen die erste Richtung ein, da der Bei im oberen Dorf ein Haus besaß. Er wurde dort von einer Schar Kurden erwartet, die mit langen Lanzen und vielen langen Wurfspießen bewaffnet waren. Es war die Jagdgesellschaft.

Wir stiegen ab, und der Aufseher des Hauses brachte uns Erfrischungen herbei. Während wir uns labten, hielt der Bei draußen vor dem Haus ein Verhör bezüglich der Unruhen der Nestorianer. Das Ergebnis schien befriedigend zu sein, denn als er bei uns eintrat, lächelte er wie ein Mann, der unnötigerweise belästigt worden ist.

„Ist Gefahr vorhanden?" fragte ich ihn.

„Gar nicht. Die Christen haben uns verlassen, um hinfort keine

Geldstrafen mehr bezahlen zu müssen, und drüben bei Seraru ist ein altes Haus weggebrannt. Nun reden diese Memmen von Aufstand und Blutvergießen, während die Giaurs doch froh sind, wenn wir sie ungeschoren lassen. Kommt! Ich habe Befehl zum Aufbruch gegeben. Wir reiten auf Seraru zu. Dabei haben wir sogleich Gelegenheit, zu erfahren, daß die Männer von Mia zu ängstlich gewesen sind."

„Werden wir uns teilen?" fragte ich nun.

„Warum?" erwiderte er einigermaßen erstaunt.

„Du sprachst von zwei Bärenfamilien." – „Wir werden beisammenbleiben und erst die eine und dann die andere Familie vernichten."

„Ist es weit von hier?" – „Meine Männer haben die Spuren verfolgt. Sie sagten mir, daß wir nur eine halbe Stunde reiten müßten. Willst du wirklich mit uns gegen die Bären kämpfen?"

Ich bejahte, und er sagte dann: „So will ich dir einige Wurfspieße geben." – „Wozu?" – „Weißt du nicht, daß keine Kugel einen Bären tötet? Er stirbt erst dann, wenn viele Spieße in seinem Leib stecken."

Das brachte mir keinen guten Begriff von den Kurden und ihren Waffen bei. Entweder waren die Jäger feig oder die Waffen schlecht.

„Du magst deine Spieße immerhin behalten!" erwiderte ich. „Eine Kugel reicht völlig hin, um einen Bären zu töten." – „Tu, was du willst", meinte Kadir Bei überlegen, „aber bleibe stets in meiner Nähe, damit ich dich im Notfall beschützen kann!" – „Allah erhalte dich, so wie du mich erhalten willst!"

Wir ritten zum Dorf hinaus. Der ganze Reitertrupp hatte das Aussehen, als zögen wir auf die Gazellenjagd aus, so wenig gediegen erschien mir alles. Es ging erst in das Tal hinab und dann drüben wieder empor über die Berge, durch Schluchten und Wälder, bis wir endlich in einem Buchenwald hielten, wo es viel Unterholz gab.

„Wo ist das Lager der Tiere?" fragte ich den Bei.

Kadir deutete nur so vor sich hin, ohne einen bestimmten Punkt anzugeben.

„Man hat die Spuren gefunden?" – „Ja, auf der anderen Seite."

„Ah! Du läßt das Lager umstellen?" – „Ja, die Tiere werden uns zugetrieben. Du sollst zu meiner Rechten bleiben, und dieser Bei aus dem Abendland, der auch keinen Wurfspieß haben will, zu meiner Linken, damit ich euch beschützen kann." – „Sind die Bären alle im Lager?" fragte ich wieder.

„Wo sollen sie sonst sein? Sie gehen nur des Nachts auf Raub aus."

Es war eine seltsame Anordnung, die jetzt getroffen wurde. Wir waren nämlich alle zu Pferd und bildeten einen Halbkreis, dessen einzelne Glieder beim Beginn des Treibens etwa vierzig Schritt Abstand voneinander habe sollten.

„Dürfen wir schießen, wenn der Bär kommt?" fragte ich ungeduldig.

„Ihr könnt es tun. Aber ihr werdet ihn nicht töten. Dann jedoch flieht sofort!" – „Und was tust du?" – „Wenn der Bär kommt, so wirft ihm der nächste den Dscherid[1] in den Leib und flieht so schnell, wie das Pferd laufen kann. Der Bär setzt ihm nach, und der nächste Jäger verfolgt den Bären. Er wirft ihm auch seinen Dscherid in den Leib und

[1] Wurfspieß

flieht. Nun wendet sich der Bär, und so geht es fort. Wer seinen Spieß geworfen hat, wendet sich rasch zur Flucht, und der Bär wird von den anderen in Atem gehalten. Er bekommt dabei so viele Spieße in den Leib, daß er sich endlich verbluten muß."

Ich übersetzte das dem Engländer.

„Feige Jagd!" schimpfte er. „Schade um den Pelz! Wollen wir einen Handel machen, Sir?" – „Wieso Handel?" – „Will Euch den Bären abkaufen." – „Wenn es mir gelingt, ihn zu erlegen?" – „Pshaw – pah! Wenn er noch lebendig ist." – „Das wäre seltsam!" – „Meinetwegen! Wieviel wollt Ihr haben?" – „Ich kann den Bären doch gar nicht verkaufen, wenn ich ihn noch gar nicht habe." – „Sollt ihn eben gar nicht haben! Wenn er hier herauskommt, so werdet Ihr ihn mir wegschießen. Aber ich selbst will ihn schießen, und darum werde ich ihn Euch abkaufen." – „Wieviel gebt Ihr?" – „Fünfzig Pfund, Sir, ist's genug?" – „Mehr als genug. Aber ich wollte nur sehen, wieviel Ihr bietet. Ich verkaufe ihn nämlich nicht."

Lindsay machte ein grimmiges Gesicht.

„Warum nicht, Sir? Bin ich nicht Euer Freund?" – „Ich schenke ihn Euch. Seht, wie Ihr damit fertig werdet!"

Der Englishman zog vor Freude den Mund so in die Breite, daß es schien, als ginge unter der Riesennase ein Bewässerungsgraben von einem Ohr zum anderen.

„Sollt die fünfzig Pfund dennoch haben, Sir!" sagte er.

„Nehme sie nicht." – „So werden wir auf andere Weise quitt! Yes!"

„Ich stehe bereits weit höher in Eurer Schuld. Aber eine Bedingung muß ich stellen. Ich bin neugierig, die Art und Weise kennenzulernen, wie diese Kurden den Bären jagen, und darum wünsche ich nicht, daß Ihr sofort schießt. Laßt ihm erst einige Speere geben! Nicht?"

„Werde Euch den Gefallen tun." – „Aber nehmt Euch in acht! Schießt das Tier ins Auge oder gerade ins Herz, sobald es sich aufrichtet! Die hiesigen Bären sind zwar nicht schlimm, aber man kann doch immerhin Gefahr laufen." – „Hm! Wollt Ihr mir einen Gefallen tun?"

„Recht gern, wenn ich kann, Sir David." – „Tretet mir für diese Weile Eure Büchse ab! Sie ist viel besser als die meinige. Tauscht Ihr mit mir so lange?" – „Wenn Ihr mir versprecht, daß sie dem Bären nicht zwischen die Tatzen kommen soll!" – „Werde sie in meinen eigenen Tatzen behalten." – „So nehmt!"

Wir tauschten die Gewehre. Lindsay war ein guter Schütze, aber ich war doch neugierig, wie er sich einem Bären gegenüber verhalten werde.

Die Schar der Kurden löste sich auf. Die Hälfte ritt mit den Hunden fort, um als Treiber zu dienen, und wir anderen blieben zurück, um den bezeichneten Halbkreis zu bilden. Halef und die beiden Araber hatten Wurfspieße angenommen und wurden in die Jägerkette eingereiht. Ich aber mußte mit dem Engländer beim Bei bleiben. Meinen Hund hatte ich nicht zum Treiben hergegeben; er war an meiner Seite.

„Eure Hunde holen den Bären nicht, sondern sie treiben ihn?" fragte ich den Bei.

„Sie können ihn nicht holen oder stellen, denn er flieht vor ihnen."

„So ist er feig." – „Du wirst ihn kennenlernen."

Es dauerte eine geraume Weile, bis wir an dem Lärmen merkten, daß sich die Treiber in Bewegung gesetzt hatten. Dann erscholl lautes Bellen und Halla-Rufen. Das Bellen näherte sich schnell, das Rufen etwas langsamer. Nach einigen Minuten verkündete uns ein lautes Geheul, daß einer der Hunde verwundet worden sei.

„Paß auf, Effendi!" warnte der Bei. „Jetzt wird der Bär kommen."

Er hatte richtig vermutet. Es knackte in dem nahen Unterholz, und ein schwarzer Bär erschien. Es war kein Riese. Ein guter Schuß mußte ihn töten. Bei unserem Anblick blieb er stehen, um sich gemächlich zu überlegen, was unter so mißlichen Umständen zu tun sei. Ein halblautes Brummen verriet seinen Verdruß, und seine Äuglein blitzten mißmutig zu uns herüber. Der Bei ließ ihm keine Zeit. Da, wo wir hielten, standen die Bäume lichter, so daß man sich zu Pferd genügend bewegen konnte. Kadir Bei ritt auf das Tier zu, schwang einen seiner Spieße und warf ihn dem Bären in den Pelz, wo er steckenblieb. Dann aber riß er sein aus Furcht vor dem Bären zitterndes Pferd herum.

„Flieh, Effendi!" rief er mir noch zu, dann sauste er zwischen mir und dem Engländer hindurch.

Der Bär stieß ein lautes schmerzliches Brummen aus, suchte den Spieß von sich abzuschütteln, und da ihm das nicht gelang, rannte er dem Bei nach. Sofort jagten die beiden nächsten Nachbarn von uns hinter dem Tier her und warfen bereits von weitem ihre Spieße, von denen nur einer traf, ohne aber steckenzubleiben. Sofort wandte sich der Bär nach den Jägern um. Der Bei merkte das, kehrte um, ritt wieder auf den Bären zu und warf den zweiten Spieß, der noch tiefer eindrang als der erste. Jetzt wurde das Tier wütend, erhob sich und versuchte den Schaft abzubrechen, während die beiden anderen Reiter von neuem auf das gehetzte Wild eindrangen.

„Soll ich jetzt, Sir?" rief mir Lindsay zu.

„Ja, macht der Qual ein Ende!" – „So haltet mein Pferd!"

Er ritt, da wir dem Bären ausgewichen und dabei auseinandergekommen waren, wieder auf mich zu, stieg ab und übergab mir das Pferd. Schon wollte er sich abwenden, da prasselten die Zweige wieder, und es erschien ein zweiter Bär. Es war die Bärin, die nur langsam zwischen den Büschen hervortrat, weil ein schutzbedürftiges Junges bei ihr war. Sie war größer als das Männchen, und ihr zorniges Brummen klang drohend. Es war ein nicht ungefährlicher Augenblick: dort der Bär, hier die Bärin, und wir zwischen ihnen. Aber die Kaltblütigkeit meines Master Fowlingbull kam nicht aus der Fassung.

„Die Bärin, Sir?" fragte er mich.

„Gewiß!" – „Well! Werde höflich sein. Die Dame hat den Vorzug."

Lindsay nickte vergnügt, schob sich den Turban aus der Stirn und schritt mit angelegter Büchse auf die Bärin zu. Das Tier sah den Feind kommen, zog das Junge zwischen seine Hinterbeine und erhob sich, um den Nahenden mit den Vorderpranken zu empfangen. Lindsay trat bis auf drei Schritte an die Bärin heran, hielt ihr die Mündung des Gewehrs so ruhig, als schieße er auf ein Bild, vor den Kopf und drückte ab.

„Zurück!" warnte ich ihn.

Der Ruf war überflüssig, denn Lindsay war sofort auf die Seite gesprungen und hielt das Gewehr für den zweiten Schuß bereit. Der aber war nicht nötig. Die Bärin schlug die Tatzen in die Luft, drehte sich langsam und zitternd herum und stürzte zu Boden.

„Ist sie tot?“ fragte der Englishman.

„Ja, aber wartet noch, ehe Ihr sie berührt.“ – „Well! Wo ist der andere?“

„Da drüben!“ – „Bleibt hier! Werde ihm die zweite Kugel geben.“

„Reicht mir die Büchse her! Ich will zuvor den leeren Lauf laden.“

„Dauert mir zu lang!“

Lindsay schritt dem Platz zu, wo sich der verwundete Bär noch mit seinen Verfolgern abmühte. Eben wollte der Bei dem Tier einen neuen Spieß geben, als er den Engländer sah und erschrocken innehielt. Kadir Bei glaubte ihn verloren. Lindsay aber blieb ruhig stehen, als er sah, daß der Bär auf ihn losrannte. Der Engländer ließ ihn herankommen, wartete, bis er sich zur tödlichen Umarmung aufrichtete und drückte los. Der zweite Schuß hatte den gleichen Erfolg wie der erste: das Tier war tot!

Jetzt erhob sich ein lauter Jubel, der nur von dem Geheul der Hunde übertönt wurde, die mit Mühe von den toten Bären abzuhalten waren. Der Engländer aber kehrte gleichmütig zu seinem Pferd zurück und übergab mir die Büchse.

„Jetzt könnt Ihr wieder laden, Sir. Yes!“ – „Da, nehmt Euer Pferd!“

„Wie habe ich meine Sache gemacht?“ – „Sehr gut!“ – „Well! Freut mich! Ist schön in Kurdistan, wunderschön!“

Die Kurden kamen aus dem Erstaunen nicht heraus. Es war ihnen unerhört, daß ein Fußgänger mit nur einem Gewehr mit zwei Bären fertig zu werden vermochte. Allerdings hatte sich Lindsay wirklich musterhaft benommen. Ein Rätsel dagegen war es mir, daß die Bärenfamilie sich beisammen befand, obwohl das Junge bereits ziemlich erwachsen war. Die Kurden hatten große Mühe, es zu überwältigen und zu binden, da es der Bei lebendig in Gumri haben wollte.

Nun wurde das Lager der Tiere aufgesucht. Es befand sich im dichtesten Gestrüpp, und die vorhandenen Spuren zeigten, daß die Familie nur aus den Alten und diesem einen Jungen bestanden hatte. Einer der Hunde war tot und zwei waren verwundet. Wir konnten mit dieser Jagd zufrieden sein.

„Chodih“, sagte der Bei zu mir, „dieser Bei aus dem Abendland ist ein sehr tapferer Mann. Jetzt wundere ich mich nicht mehr, daß euch die Berwari gestern nicht überwältigen konnten, bis sie euch schließlich überraschten.“ – „Auch da hätten sie uns nicht überwältigt, aber ich gebot den Gefährten, sich nicht zu wehren. Ich wollte nicht abermals die Blutrache herausfordern.“ – „Wie ist es möglich, alle beide Bären ins Auge zu treffen?“ – „Ich habe einen Jäger gekannt, der jedes Wild und jeden Feind ins Auge traf. Es war ein guter Schütze und hatte ein sehr gutes Gewehr, das niemals versagte. – Doch nun genug davon! Wo ist der zweite Jagdplatz?“ – „Nach Osten zu, näher nach Seraru hinüber. Wir wollen aufbrechen.“

Es wurden einige Männer mit den erbeuteten Tieren zurückgelassen.

Wir anderen ritten weiter. Wir verließen den Wald und kamen in eine Schlucht. Hier floß ein Bach, dem wir folgten. Der Bei ritt mit den beiden Haddedihn an der Spitze des Zuges. Halef befand sich im dichtesten Haufen der Kurden, mit denen er sich durch Gebärden zu unterhalten suchte, und ich ritt mit dem Engländer hinterher. Wir waren in ein Gespräch vertieft und merkten nicht, daß wir allmählich so weit zurückblieben, daß wir die Kurden nicht mehr sehen konnten. Da fiel vor uns ein Schuß.

„Was ist das?" fragte der Engländer. „Sind wir schon bei den Bären, Sir?" – „Wohl nicht." – „Wer schießt dann da vorn?" – „Werden es sehen. Kommt!"

Jetzt krachte eine ganze Salve, als sei der Schuß vorher nur ein Signal gewesen. Wir setzten unsere Pferde in Galopp. Mein Rappe flog wie ein Pfeil über den schwierigen Boden, blieb aber unvermutet mit dem Huf an einer Schlingwurzel hängen. Ich hatte sie gesehen und wollte Rih emporreißen, aber es war bereits zu spät. Er überschlug sich, und ich wurde weit aus dem Sattel geschleudert. Das war in zwei Tagen der zweite Sturz. Doch ich fiel jetzt nicht so glücklich wie gestern. Ich mußte mit dem Kopf aufgeschlagen sein, oder ich hatte mir den Büchsenkolben an die Schläfe gestoßen – kurzum, ich blieb völlig besinnungslos liegen.

Als ich wieder zu mir kam, fühlte ich eine Erschütterung, die mir den ganzen Körper schmerzen machte. Ich öffnete die Augen und sah mich zwischen zwei Pferden hängen. Man hatte Stangen an die Sättel befestigt und mich daraufgebunden. Vor und hinter mir ritten etwa dreißig kriegerische Gestalten, von denen mehrere verwundet zu sein schienen, und unter ihnen befand sich – Lindsay, aber gefesselt. Der Anführer der Schar, hatte meinen Rih am Zügel und trug auch meine Waffen. Mir hatte man nur Hemd und Hose gelassen, während Lindsay außer diesen beiden notwendigen Kleidungsstücken auch noch seinen schönen Turban behalten hatte. Wir waren ausgeraubt und gefangen.

Da wendete einer der Reiter den Kopf und sah, daß ich die Augen geöffnet hatte.

„Halt!" rief er. „Er lebt!"

Sofort stockte der Zug. Alle hielten an und bildeten einen Kreis um mich. Der Anführer drängte sein Pferd heran und fragte mich: „Kannst du reden?"

Schweigen konnte zu nichts führen. Ich antwortete daher mit einem Ja.

„Du bist Kadir Bei?" begann er das Verhör.

„Nein." – „Lüge nicht!" – „Ich rede die Wahrheit." – „Wer bist du sonst?" – „Ein Fremder aus dem Abendland."

Er lachte höhnisch.

„Hört ihr's? Er ist ein Fremder aus dem Abendland, geht mit den Leuten von Gumri und Mia auf die Bärenjagd und spricht die Sprache dieses Landes!" – „Ich war Gast des Bei, und daß ich eure Sprache nicht geläufig spreche, das müßt ihr hören. Seid ihr Nestorianer?"

„So nennen uns die Moslems." – „Auch ich bin ein Christ. Ich stamme aus dem Abendland." – „Du?" Er lachte wieder. „Du trägst die Kleidung der Wüstenbewohner. Du willst uns betrügen." – „Ich sage die

Wahrheit.“ – „Das glaube ich dir nicht. Und wenn du ein Christ wärst, so gehörst du zu jenen, die ihre Priester senden, um die Kurden, Türken und Perser gegen uns aufzuhetzen, und das ist noch schlimmer, als wenn du ein Anhänger des falschen Propheten wärst. Deine Leute haben einige von uns schwer verwundet. Du wirst diese Schuld mit deinem Blut bezahlen.“ – „Ihr wollt Christen sein und dürstet nach Blut? Was haben wir beide euch getan? Wir wissen nicht einmal, ob ihr den Bei angefallen habt, oder ob ihr von ihm angefallen worden seid.“ – „Kadir Bei wurde von uns erwartet, denn wir wußten, daß er in die Schlucht auf die Jagd kommen würde. Aber er ist uns mit all den Seinen entkommen, wenn du selbst nicht der Bei bist.“ – „Wohin führt ihr uns?“ – „Das wirst du erfahren, wenn wir dort sind.“ – „So befreit mich wenigstens aus dieser Lage und laßt mich auf einem Pferd sitzen.“ – „Das ist auch uns lieber. Aber wir werden dich anbinden müssen, damit du uns nicht entkommen kannst.“ – „Tut es immerhin!“ – „Wer ist dein Gefährte? Er hat zwei Männer von uns verwundet und ein Pferd erschossen und redet in einer Sprache, die wir nicht verstehen.“ – „Er ist ein Engländer.“ – „Ein Engländer? Er trug kurdische Kleidung!“ – „Weil sie hier die bequemste ist.“

„Ist er ein Missionar?“ – „Nein.“ – „Was will er hier?“ – „Wir reisen in Kurdistan, um zu sehen, was es hier für Menschen, Tiere und Pflanzen, für Städte und Dörfer gibt.“ – „Das ist sehr schlimm für euch, denn ihr seid Spione. Was habt ihr euch um dieses Land zu kümmern! Wir kommen auch nicht in das eurige, um eure Menschen, Städte und Dörfer auszukundschaften. – Setzt ihn auf das Pferd und bindet ihn mit dem Mann zusammen, der ein Engländer sein soll! Auch ihre beiden Tiere koppelt aneinander!“

Diesem Befehl wurde Folge geleistet. Die Leute führten so viel Stricke und Riemen bei sich, daß sie sicher auf einen viel größeren Fang ausgegangen waren, als sie mit uns gemacht hatten. Es wurden Stricke zwischen Lindsay und mir herüber- und hinübergezogen, so daß die Flucht eines einzelnen von uns nicht möglich war. Der Engländer ließ diese Veranstaltungen mit einem unbeschreiblichen Blick über sich ergehen. Dann wandte er sich mir mit einem Gesicht zu, an dem alle bitteren Gefühle der Welt herumzerrten. Der fest zusammengekniffene Mund bildete einen Halbkreis, dessen Enden das Kinn abknüpfen wollten, und die Nase hing farblos nieder wie eine eingeschneite steif gefrorene Trauerflagge.

„Nun, Sir David?“ fragte ich.

Er nickte langsam zwei- oder dreimal und sagte dann: „Yes!“

Mehr brauchte er nicht zu sagen, denn in seinem Ton lag eine ganze Welt voll Ausrufezeichen.

„Wir sind gefangen“, hob ich an.

„Yes!“ – „Und halb nackt.“ – „Yes!“ – „Wie ist das gekommen?“

„Yes!“ – „Geht zum Kuckuck mit Eurem Yes! Ich habe gefragt, wie es gekommen ist, daß wir gefangen werden konnten.“ – „Wie heißt Schelm oder Spitzbube auf Kurdisch?“ – „Schelm heißt Heilebas, und Spitzbube Herambas.“ – „So fragt diese Heile- und Herambas, wie es ihnen gelungen ist, uns wegzufischen!“

Der Anführer mußte die kurdischen Ausdrücke vernommen haben. Er drehte sich um und fragte: „Was habt ihr zu reden?“ – „Ich lasse mir von meinem Gefährten erzählen, wie wir in eure Hände geraten sind“, erwiderte ich.

„So redet kurdisch, damit wir es auch hören!“ – „Er versteht das Kurdische nicht.“ – „So redet nicht etwa Dinge, die wir nicht erlauben können!“

Der Nestorianer drehte sich wieder um, wohl in der Überzeugung, uns einen strengen Verweis erteilt zu haben. Ich war jedoch froh, daß er uns das Sprechen nicht überhaupt verboten hatte. Ein Kurde hätte das sicherlich getan. Auch waren unsere Fesseln keineswegs beschwerlich. Unsere Füße waren so zusammengebunden, daß der Strick unter dem Bauch des Pferdes hinweglief, und von meinem linken Arm und Bein führte je eine Leine zu den entsprechenden rechten Gliedmaßen des Engländers. Außerdem waren unsere Pferde zusammengekoppelt. Die Hände aber hatten wir frei – man ließ uns die Zügel führen. Unsere jetzigen Herren hätten bei den Indianern viel lernen können.

„Also, erzählt, Sir David!“ bat ich Lindsay.

„Well! Ihr schlugt einen Purzelbaum, geradeso wie gestern. Scheint überhaupt seit neuester Zeit in dieser Kunst etwas zu leisten! Ich ritt hinter Euch. Versteht Ihr?“ – „Verstehe sehr gut. Fahrt fort!“

„Mein Pferd stürzte über Euren Rappen, und ich – hm! Yes!“

„Aha! Ihr schlugt auch einen Purzelbaum?“ – „Well! Aber der meinige gelang besser als der Eurige.“ – „Vielleicht habt Ihr in dieser Kunst eine größere Übung als ich.“ – „Sir, was heißt Schnabel auf Kurdisch?“ – „Nekul.“ – „Schön! Gebt also auf Euren Nekul besser acht!“

„Danke für die Warnung, Sir David! Eure Ausdrucksweise scheint sich, seit Ihr Euch mit dem Kurdischen beschäftigt, sehr verfeinert zu haben. Nicht?“ – „Ist auch kein Wunder bei diesem Ärger. Also ich ging zu Boden und konnte nur langsam wieder auf. Mußte sich etwas in mir verbogen haben. Die Büchse war weit fortgeschleudert und der Gürtel aufgegangen. Alle Waffen lagen auf der Erde. Da kamen diese Herambas und machten sich über mich her.“ – „Ihr wehrtet Euch?“

„Natürlich! Konnte aber nur das Messer und eine der Pistolen erwischen. Darum gelang es ihnen, mich zu entwaffnen und zu binden.“

„Wo blieb der Bei mit seinen Leuten?“ – „Habe keinen von ihnen zu sehen bekommen, hörte aber weiter vor uns noch schießen.“

„Sie werden zwischen zwei Abteilungen der Nestorianer geraten sein.“

„Wahrscheinlich. Als man mit mir fertig war, machte man sich an Euch. Dachte schon, Ihr wäret tot. Man hat Beispiele, daß selbst ein guter Reiter einmal den Hals bricht. Nicht, Sir?“ – „Möglich!“

„Ihr wurdet zwischen die zwei Mähren gebunden. Dann ging es fort.“ – „Hat man Euch verhört?“ – „Sehr! Habe auch geantwortet. Und wie! Yes!“ – „Wir müssen zunächst aufpassen, in welcher Richtung wir verschleppt werden. Wo liegt die Schlucht, in der uns das Unglück geschah?“ – „Grad hinter uns.“ – „Dort steht die Sonne. Wir reiten also Ostsüdost. Gefällt es Euch noch so in Kurdistan wie vorhin, als Ihr die Bären getroffen hattet?“ – „Hm! Elendes Land zuweilen! Wer sind diese Leute?“ – „Es sind Nestorianer.“ – „Vortreffliche christliche Sekte! Nicht, Sir?“ – „Sie sind von den Kurden oft so unmenschlich grausam behandelt worden, daß man sich nicht wundern darf, wenn sie einmal Vergeltung üben.“ – „Konnten aber damit warten bis zu einer anderen Zeit! Was nun tun?“ – „Nichts, wenigstens jetzt.“

„Nicht fliehen?“ – „In dem Zustand, in dem wir uns befinden?“

„Hm! War ein schöner Anzug! Wunderschön! Nun ist er fort. In Gumri werden wir andere Kleider erhalten.“ – „Das wäre das wenigste. Wie steht es mit Eurem Geld?“ fragte ich.

„Fort! Und das Eurige?“ – „Fort! Es war übrigens nicht sehr viel“, lautete meine Antwort.

„Schöne Wirtschaft, Sir! Was glaubt Ihr, was werden sie mit uns tun?“ – „In Lebensgefahr befinden wir uns nicht. Die Leute werden uns früher oder später freilassen. Aber ob wir unser Eigentum zurückerhalten, das ist sehr zu bezweifeln.“ – „Laßt Ihr Eure Waffen im Stich?“ – „Nie, und müßte ich sie einzeln in Kurdistan wieder zusammensuchen!“ – „Well, suche mit!“

Wir ritten durch ein breites Tal zwischen zwei Höhenzügen, die sich von Nordost nach Südost erstreckten. Dann ging es links zwischen den Bergen empor, bis wir auf eine Hochebene gelangten, von wo aus man im Osten die Häuser einiger Ortschaften und einen Fluß erblickte, in den sich mehrere Bäche ergossen.

Hier oben wurde unter Eichen haltgemacht. Die Reiter stiegen von den Pferden. Auch wir durften absitzen, wurden aber miteinander an den Stamm eines Baumes gebunden. Ein jeder holte hervor, was er an Eßwaren bei sich hatte, und wir erhielten die Erlaubnis, zuzusehen. Lindsay räusperte sich verdrießlich und knurrte:

„Wißt Ihr, worauf ich mich gefreut hatte, Sir?“ – „Nun, auf was?“

„Auf Bärenschinken und Bärentatzen.“ – „Dieses Gelüste laßt Euch nur vergehen! Habt Ihr Hunger?“ – „Nein, ich bin satt vor Ärger. Schaut den Kerl an. Kann sich mit den Revolvern nicht zurechtfinden!“

Die Leute konnten jetzt mit Ruhe alles betrachten, was sie uns abgenommen hatten. Wir sahen unser Eigentum durch alle Hände wandern, und nächst dem Geld, das aber sorgfältig wieder aufgehoben wurde, erregten besonders unsere Waffen die Aufmerksamkeit der neuen Inhaber. Der Anführer hielt meine beiden Revolver in der Hand. Er konnte über sie nicht klug werden, drehte sie hin und her und wandte sich schließlich an mich mit den Worten: „Das sind Waffen zum Schießen?“ – „Ja.“ – „Wie macht man es?“ – „Das kann man nicht sagen, sondern man muß es zeigen.“ – „Zeig es uns!“

Dem Mann kam es nicht in den Sinn, daran zu denken, daß das kleine Ding ihm gefährlich werden könne.

„Du würdest es nicht begreifen“, sagte ich.

„Warum nicht?“ – „Weil du zuvor den Bau und die Behandlung des leichten Gewehrs begriffen haben müßtest.“

Es war der Henrystutzen, den ich meinte. Er war ebenso wie die Revolver mit einer Sicherung versehen, die der Mann nicht zu handhaben verstand.

„So erkläre es mir!“ sagte er.

„Ich habe dir bereits gesagt, daß man das zeigen muß!" – „Hier hast du das Gewehr!"
Er reichte mir den Stutzen, und sobald ich ihn in meiner Hand fühlte, war es mir, als brauchte ich nichts mehr zu befürchten.
„Gib mir ein Messer, damit ich den Hahn öffnen kann!" sagte ich nun.
Der Anführer der Nestorianer gab mir ein Messer, und ich nahm es, schob die Sicherung mit der Messerspitze zurück, ogleich ich das mit dem leisesten Druck meines Fingers hätte tun können, und behielt das Messer noch in der Hand.
„Sag mir, was ich treffen soll?" fragte ich hierauf.
Er blickte sich um und meinte dann: „Bist du ein guter Schütze?"
„Ja." – „So schieße mir einen jener Galläpfel herab!" – „Ich werde dir fünf herunterschießen und doch nur einmal laden." – „Das ist unmöglich." – „Es ist möglich. Soll ich laden?" – „Lade!" – „So mußt du mir den Beutel geben, der an meinem Gürtel hing. Du hast ihn da an deinem eigenen Gürtel befestigt."
Das Gewehr war geladen, aber es war mir um meine Patronen zu tun.
„Was sind das für kleine Dinge in dem Beutel?" fragte er.
„Das werde ich dir zeigen. Wer so ein Ding hat, braucht weder Pulver noch Kugel, um schießen zu können." – „Ich sehe, daß du kein Kurde bist; denn du hast Sachen, die es in diesem Land noch nie gegeben hat. Bist du wirklich ein Christ?" – „Gewiß." – „Sag mir das Vaterunser!" – „Ich spreche nicht gut kurdisch. Du wirst mir verzeihen, wenn ich einige kleine Fehler mache."
Ich gab mir Mühe, die Aufgabe zu lösen. Er fiel zwar hier und da verbessernd ein, weil ich die Worte ‚Versuchung' und ‚erlösen' nicht kannte, meinte aber dann doch befriedigt: „Du bist wirklich kein Moslem, denn ein Moslem würde das Gebet der Christen niemals sagen. Du wirst das Gewehr nicht mißbrauchen, und darum will ich dir den Beutel geben."
Seine Gefährten schienen sein Verfahren nicht unvorsichtig zu finden. Sie gehörten alle einer Volksgruppe an, die durch die Gewalt ihrer Unterdrücker lange Zeit wehrlos gemacht worden war. Darum verstanden sie den Wert der Waffen in den Händen eines entschlossenen Mannes kaum zu schätzen. Und übrigens waren wohl auch alle neugierig auf meine Unterweisung.
Ich nahm eine der Patronen heraus und tat, als müsse ich laden. Dann zielte ich und gab den Zweig an, von dem fünf Galläpfel verschwinden sollten. Ich drückte fünfmal los, und die Äpfel waren fort. Das Erstaunen der Nestorianer war grenzenlos.
„Wievielmal kannst du mit diesem Gewehr schießen?" fragte mich der Anführer.
„Sovielmal ich will." – „Und hier mit diesen kleinen Gewehren?"
„Auch sehr oft. Soll ich sie dir erklären?" – „Tue es!" – „Zeig sie einmal her!"
Ich legte den Stutzen neben mich und langte nach den Revolvern. Lindsay beobachtete jede meiner Bewegungen mit Spannung.
„Ich habe euch gesagt, daß ich ein Abendländer bin. Wir sind friedfertige Menschen, aber wenn wir angegriffen werden, kann uns keiner

besiegen; denn wir haben wunderbare Waffen. Ihr seid über dreißig tapfere Krieger. Aber wenn wir zwei nicht an diesen Baum gebunden wären und euch töten wollten, so würden wir mit diesen drei Gewehren in drei Minuten damit fertig sein. Glaubst du das?" – „Wir haben auch Waffen!" meinte der Nestorianer mit einem leisen Anflug von Besorgnis.

„Ihr würdet sie nicht gebrauchen können, denn der erste, der zu seinem Gewehr, seiner Lanze oder seinem Messer griffe, wäre auch der erste, der sterben müßte. Versuchtet ihr aber keine Gegenwehr, so würden wir euch nichts zuleide tun, sondern in Frieden mit euch reden."

„Das alles könnt ihr nicht, denn ihr seid an den Baum gebunden."

„Du hast recht. Aber wenn wir wollten, würden wir bald frei sein", erwiderte ich in ruhig erklärendem Ton. „Dieser Strick geht nur um unseren Leib und um den Baum. Ich würde meinem Gefährten diese beiden kleinen Gewehre geben, so wie ich jetzt tue. Dann nähme ich dein Messer. Sieh, ein einziger Schnitt zertrennt den Strick, und wir sind frei."

So wie ich sprach, hatte ich es auch getan. Ich stand aufrecht am Baum mit dem Stutzen, Lindsay neben mir mit den Revolvern. Er nickte mir mit seinem breitesten Lächeln zu, gespannt auf alles, was ich tat, da er meine Worte nicht verstehen konnte.

„Du bist ein kluger Mann", sagte der Anführer, „aber diesen Strick brauchtest du uns nicht zu verderben. Setz dich wieder, und erkläre uns nun auch die beiden kleinen Gewehre!" – „Ich habe dir bereits zweimal gesagt, daß man das nicht erklären, sondern zeigen muß. Und zeigen werde ich es euch, wenn ihr nicht das tut, was ich von euch verlange."

Jetzt endlich begann ihm klar zu werden, daß ich Ernst machte. Er stand auf, und auch die anderen erhoben sich, zu ihren Waffen greifend. „Was verlangst du?" fragte er drohend.

„Höre mich ruhig an! Wir sind Krieger, denen man Achtung schuldig ist, selbst wenn sie in Gefangenschaft geraten. Ihr aber habt uns beraubt und gefesselt, als wären wir Diebe und Räuber. Wir verlangen, daß ihr uns alles zurückgebt, was ihr uns genommen habt!"

„Das werden wir nicht tun!" – „So werde ich deinen Wunsch erfüllen und dir den Gebrauch unserer Waffen zeigen. Merke wohl auf: der erste, der auf uns schießen oder nach uns stechen will, wird auch der erste sein, der sterben muß! Es ist besser, wir sprechen in Frieden miteinander, als daß wir euch töten!" – „Ihr werdet auch fallen!"

„Aber die meisten von euch vorher!" – „Wir müssen euch binden, denn wir müssen euch zu unserem Melik bringen." – „Ihr bringt uns nicht zu eurem Melik, wenn ihr uns fesseln wollt; denn wir werden uns wehren. Aber wenn ihr uns alles wiedergebt, was uns gehört, so werden wir euch freiwillig folgen; denn wir können dann wie Krieger vor ihm erscheinen."

Diese guten Leute waren gar nicht blutgierig und hatten eine große Angst vor unseren Waffen. Sie blickten einander an, flüsterten leise, und endlich fragte der Anführer: „Was verlangst du zurück?"

„Alle Kleider." – „Die sollst du haben." – „Das Geld und alles, was in unseren Taschen war." – „Das müssen wir behalten, um es dem Melik zu geben." – „Und die Waffen." – „Auch sie müssen wir behalten, sonst gebraucht ihr sie gegen uns." – „Und endlich verlangen wir unsere Pferde." – „Du verlangst das Unmögliche!" – „Nun gut. So habt ihr allein die Schuld, wenn wir uns selbst nehmen, was uns gehört. Du bist der Anführer und hast unser Eigentum eingesteckt. Ich muß dich töten, um es wieder zu bekommen."

Ich hob den Stutzen. Lindsay hielt seine beiden Läufe vor.

„Halt, schieß nicht!" gebot der Mann. „Folgst du uns wirklich, wenn wir euch alles geben?" – „Ja", erwiderte ich.

„Schwör es uns!" – „Ich sage es. Das gilt wie ein Schwur."

„Und wirst auch deine Waffen nicht gebrauchen?" – „Nein, es sei denn in Notwehr." – „So sollst du alles haben."

Er sprach wieder leise mit den Seinen und schien ihnen zu erklären, daß ihnen unser Eigentum ja sicher bleibe. Endlich wurde uns alles hingelegt, so daß wir nicht den geringsten Gegenstand vermißten. Wir zogen unsere Kleider an, und während dieser Beschäftigung forderte mich Lindsay auf, ihm das Ergebnis meiner Verhandlung mitzuteilen. Als ich seiner Aufforderung nachgekommen war, legte sich sein Gesicht in bedenkliche Falten.

„Was habt Ihr getan, Sir! Hatten unsere Freiheit so schön in den Händen!" – „Glaubt Ihr? Es hätte auf alle Fälle einen Kampf gegeben."

„Hätten sie alle erschossen!" – „Fünf oder zehn, dann aber wäre es aus mit uns gewesen. Außerdem durfte ich das Vertrauen des Anführers nicht schmählich mißbrauchen. Seid froh, daß wir unsere Sachen wieder haben. Das weitere wird sich dann auch noch finden!" – „Wohin führen sie uns?" – „Das werden wir erst noch erfahren. Übrigens könnt Ihr versichert sein, Sir David, daß uns unsere Freunde nicht im Stich lassen. Von Halef weiß ich genau, daß er alles in Bewegung setzen wird, um uns nützlich zu sein." – „Glaub es auch. Braver Kerl!"

Als wir alles an uns genommen hatten, stiegen wir auf und setzten unseren Ritt fort. Es hätte mich jetzt nur einen Schenkeldruck gekostet, um wieder frei zu sein. Aber ich hatte mein Wort gegeben, und das mußte ich halten. Ich ritt an der Seite des Anführers, der seine besorgten Blicke nicht von uns wendete.

„Ich frage dich abermals, wohin du uns führst", begann ich nun.

„Das wird der Melik entscheiden." – „Wo befindet er sich?" – „Wir werden am Abhang des Gebirges auf ihn warten." – „Welcher Melik ist es?" – „Der von Lisan." – „So ist er jetzt in Lisan und wird später kommen?" – „Er ist dem Bei von Gumri nachgejagt." – „Ah! Und warum habt ihr euch von ihm getrennt?" – „Er bedurfte unserer Hilfe nicht, weil er sah, daß der Bei so wenig Leute bei sich hatte, und als wir umkehrten, trafen wir auf euch."

Nun war das Rätsel gelöst. Der Feind war so zahlreich gewesen, daß es unseren Freunden nicht möglich geworden war, sich zu uns durchzuschlagen. Unser Weg führte uns bald wieder bergab, und wir sahen das Tal des Sab in einer Länge von vielen Stunden vor uns liegen. Nach Verlauf von vielleicht zwei Stunden gelangten wir an einen einsamen Weiler, der nur aus vier Gebäuden bestand, von denen drei aus Lehm aufgeführt waren, während das vierte starke Steinmauern besaß. Es hatte ein Stockwerk über dem Erdgeschoß. Dahinter dehnte sich ein ziemlich großer Garten.

„Hier bleiben wir", meinte der Anführer. – „Wem gehört dieses Haus?" – „Dem Bruder des Melik. Ich werde dich zu ihm führen."

Wir hielten vor dem Gebäude an, und eben als ich am Absteigen war, vernahmen wir ein lautes, heulendes Schnaufen. Wir drehten uns um und sahen einen Hund, der in gewaltigen Sätzen den Abhang herabgesprungen kam. Es war mein Dojan, den ich kurz vor dem Überfall der Obhut Halefs übergeben hatte. Die Schnur, an der ihn Halef geführt hatte, war zerrissen, und sein Instinkt hatte das brave Tier auf meine Spur geführt. Der Hund sprang laut jaulend an mir empor, und ich hatte alle Mühe, ihn zur Ruhe zu bringen. Ich gab ihm den Zügel meines Pferdes zwischen die Zähne und war nun sicher, daß mir niemand den Rappen unbemerkt entführen könne. Dann wurden wir in das Haus gewiesen. Der Anführer stieg mit uns eine Treppe empor und bedeutete uns, in einem Zimmerchen auf ihn zu warten. Es dauerte eine Weile, bis er zurückkehrte.

„Ihr sollt kommen", meinte er. „Aber legt vorher die Waffen ab."

„Warum diese Zumutung?" – „Der Bruder des Melik ist ein Priester."

„Bei dem du selbst deine Waffen getragen hast!" – „Ich bin sein Freund."

„Ah! Er fürchtet sich vor uns?" – „So ist es." – „Er kann ruhig sein. Wenn er es ehrlich meint, wird er bei uns nicht in Gefahr sein."

Der Mann führte uns in ein Gemach, in dem sich der Besitzer des Hauses befand. Er war ein schwacher, ältlicher Mann, dessen blatternarbiges Gesicht keinen angenehmen Eindruck auf mich machte. Er winkte, und der Anführer entfernte sich.

„Wer seid ihr?" fragte er, ohne uns zu begrüßen.

„Wer bist du?" fragte ich ebenso kurz wie er.

Er runzelte die Stirn.

„Ich bin der Bruder des Melik von Lisan." – „Und wir sind Gefangene des Melik von Lisan." – „Dein Benehmen ist nicht so, als ob du ein Gefangener seist." – „Weil ich es freiwillig bin und genau weiß, daß ich es nicht lange bleiben werde." – „Freiwillig? Man hat dich doch nicht mit deiner Einwilligung gefangengenommen!" – „Nein. Aber wir haben uns frei gemacht und sind euren Männern aus freiem Willen gefolgt, um nicht gezwungen zu sein, ihnen das Leben zu nehmen. Ist dir das nicht erzählt worden?" – „Ich glaube es nicht." – „Das wirst du glauben lernen." – „Du bist beim Bei von Gumri gewesen!" fuhr er fort. „Wie kommst du zu ihm?" – „Ich hatte ihm Grüße von Verwandten auszurichten." – „So bist du nicht ein Vasall von ihm?" – „Nein. Ich bin ein Fremdling in diesem Land." – „Ein Christ, wie ich hörte?"

„Du hast die Wahrheit gehört." – „Aber ein Christ, der an die falsche Lehre glaubt!" – „Ich bin überzeugt, daß sie die wahre ist."

„Du bist kein Missionar?" – „Nein. Bist du ein Priester?" fragte ich dagegen.

„Ich wollte einst einer werden", entgegnete er.

„Wann wird der Melik hier ankommen?" – „Noch heute. Die Stunde aber ist unbestimmt." – „Ich soll bis dahin in deinem Hause bleiben?"

Er bejahte, und ich forschte weiter: „Als was?“

„Als das, was du bist, als Gefangener.“ – „Und wer wird mich festhalten?“ – „Meine Leute und dein Wort.“ – „Deine Leute können mich nicht halten, und mein Versprechen habe ich bereits erfüllt. Ich sagte, daß ich ihnen folgen werde. Das habe ich getan.“

Der Nestorianer schien zu überlegen.

„Du magst recht haben, sollst also nicht mein Gefangener, sondern mein Gast sein.“

Er klatschte in die Hände. Ein altes Weib erschien.

„Bring Pfeifen, Kaffee und Matten!“ gebot er ihr.

Die Matten wurden zuerst gebracht, und wir mußten zu beiden Seiten des Mannes Platz nehmen, der ein Priester genannt wurde, weil er einst gewillt gewesen war, einer zu werden. Er wurde jetzt freundlicher, und als die Pfeifen mit dem Tabak gebracht wurden, hatte er sogar die Herablassung, sie uns selbst anzubrennen. Ich erkundigte mich bei ihm nach den Verhältnissen der nestorianischen Chaldäer und erfuhr Dinge, daß sich einem die Haare sträuben konnten.

Die Krieger hatten sich um das Haus gelagert. Es waren, wie ich erfuhr, arme, einfache Bauern, also unangesehene Leute nach den Begriffen der Nomaden und Krieger. Sie kannten den Gebrauch der Waffen nicht, und einige unbedachte Andeutungen unseres Wirtes brachten mich zu der Überzeugung, daß im Ernstfall von zehn ihrer Luntenflinten kaum fünf losgegangen wären.

„Nun aber werdet ihr ermüdet sein“, meinte er, als auch der Kaffee eingenommen war. „Erlaubt, daß ich euch ein Zimmer anweise!“

Er erhob sich und öffnete eine Tür. Anscheinend aus Höflichkeit trat er zur Seite, um uns zuerst hineinzulassen. Kaum aber hatten wir die Schwelle überschritten, so warf er die Tür zu und schob draußen den Riegel vor.

„Ah! Was ist das?“ fragte Lindsay.

„Heimtücke. Was weiter?“ – „Habt Euch übertölpeln lassen!“

„Nein. Ich ahnte so etwas.“ – „Warum tratet Ihr ein, wenn Ihr es ahntet?“ – „Weil ich mich ausruhen wollte. Mir tun die Glieder noch weh vom Sturz.“ – „Das konnten wir anderswo tun und nicht hier als Gefangene!“ – „Wir sind nicht gefangen. Seht Euch diese Tür an, die ich mir bereits während der Unterhaltung betrachtet habe. Einige Fußtritte oder ein guter Kolbenstoß reichen hin, sie zu zertrümmern.“

„Wollen das sofort tun!“ – „Wir befinden uns in keiner Gefahr.“

„Wollt Ihr warten, bis noch mehr Leute kommen? Jetzt fällt es uns nicht schwer, aufzusitzen und fortzureiten.“ – „Mich reizt dieses Abenteuer. Wir haben jetzt die beste Gelegenheit, die Verhältnisse dieser christlichen Sektierer kennenzulernen.“ – „Bin nicht sehr neugierig darauf. Die Freiheit ist mir lieber!“

Da hörte ich meinen Hund zornig knurren und dann in jener bestimmten Weise anschlagen, die mir sagte, daß er sich gegen einen Angreifer wehren müsse. Die einzige Fensteröffnung, die es in dem Raum gab, war so klein, daß man den Kopf nicht hindurchstecken konnte, und befand sich außerdem auf der anderen Seite. Ich konnte also nicht sehen, was es gab. Da hörte ich ein kurzes Bellen und bald darauf einen Schrei.

Unter diesen Umständen war hier oben meines Bleibens nicht.
„Kommt, Sir David!"
Ich stemmte mich mit den Schultern gegen die Tür – sie gab nur wenig nach.
„Nehmt den Kolben!" meinte Lindsay, während er zugleich seine eigene Büchse ergriff.
Einige Schläge genügten, die Tür zu zertrümmern. In dem Raum, wo wir vorhin gesessen hatten, standen vier Männer, die jedenfalls die Aufgabe hatten, uns zu bewachen; denn sie traten uns mit erhobenen Gewehren entgegen, hatten aber gar nicht das Aussehen, als wollten sie Ernst machen.
„Halt! Bleibt hier!" meinte der eine freundlich.
„Tut es einstweilen an unserer Stelle!"
Damit schob ich ihn beiseite und eilte hinab, wo die Anwesenden einen weiten Kreis um unsere Pferde geschlossen hatten. Bei den Tieren lag der gastfreundliche Wirt an der Erde und der Hund auf ihm.
„Fort, Sir?" fragte Lindsay. – „Ja."
Im nächsten Augenblick saßen wir auf.
„Halt! Wir schießen!" riefen mehrere Stimmen.
Es richteten sich allerdings einige Gewehre gegen uns, aber wir achteten nicht darauf.
„Dojan, geri!"
Der Hund sprang auf. Ich nahm die Büchse in die Hand und wirbelte sie um den Kopf. Lindsay tat desgleichen, und unsere Pferde schnellten durch den Kreis hindurch. Zwei einzelne Schüsse fielen hinter uns: sie schadeten uns nicht. Aber sämtliche Nestorianer stiegen unter lautem Geschrei zu Pferd, um uns zu verfolgen. Das Abenteuer hatte seit dem Augenblick unserer Gefangennahme einen beinahe komischen Verlauf genommen. Es bildete einen überzeugenden Beleg dafür, daß Tyrannei imstande ist, ein Volk zu entnerven. Was wären wir zwei gegen diese Übermacht gewesen, wenn die Nestorianer noch einiges Mark besessen hätten!

15. Menschenjagd

Wir achteten nicht weiter auf unsere Verfolger und ritten so schnell wie möglich den Weg zurück, den wir gekommen waren. Als wir die Höhe erreicht hatten, waren die Nestorianer weit hinter uns geblieben.

„Vor denen sind wir sicher!" meinte Lindsay.

„Aber vor den anderen nicht." – „Warum nicht?" – „Sie können uns begegnen." – „So weichen wir ihnen aus. "– „Das ist nicht an jeder Stelle möglich." – „So schlagen wir uns durch. Well!" – „Sir David, das würde uns wohl schwerlich gelingen. Ich habe nämlich die Ahnung, daß unsere Wärter in der Schar des Melik nur der überflüssige, mutlose und schlecht bewaffnete Troß gewesen sind, den er zurückgeschickt hat, um nicht behindert zu sein. An uns haben sie sich gewagt, da wir nur zu zweien und obendrein zunächst wehrlos waren." – „Lasse mich aber nicht wieder fangen! Yes!"

„Ich habe auch nicht Lust dazu, aber der Mensch kann nicht wissen, was ihm begegnet."

Wir kamen schnell über die Hochebene zurück, auf der wir vorher Rast gehalten hatten. An ihrem diesseitigen Rand hielten wir an, und ich zog das Fernrohr aus der Satteltasche, um die unter uns liegenden Täler und Abhänge zu betrachten. Ich konnte nichts Besorgniserregendes bemerken, und so setzten wir unseren Weg talabwärts fort. Endlich gelangten wir nach langem Ritt auch an die Stelle, wo wir gefangengenommen worden waren. Lindsay wollte nach rechts abbiegen, weil dort Mia und unser Jagdplatz lag, aber ich hielt zaudernd an.

„Wollen wir nicht lieber einmal hier links hinab, Sir David?" fragte ich. „Dort sind die Unsrigen überfallen worden. Es ist beinahe notwendig, sich den Kampfplatz anzusehen." – „Wir werden alle in Mia oder Gumri treffen", entgegnete er.

„Gumri liegt links. Kommt!" – „Ihr werdet Euch in neue Gefahr begeben, Sir!" warnte Lindsay.

Ich schwenkte ohne weitere Antwort links ab, und er folgte mir ein wenig verdrossen.

Hier sah ich die Wurzel, über die mein Pferd gestrauchelt war, und etwa achthundert Schritt weiter abwärts fanden wir ein getötetes Pferd, dem man Sattel und Zaum abgenommen hatte. Der spärliche Graswuchs und das niedrige Gestrüpp waren völlig zertreten. Auch das mit Blut bespritzte Gestein zeigte, daß hier ein Kampf stattgefunden hatte. Die Spuren des Kampfes führten talabwärts: die Kurden waren geflohen und die Nestorianer ihnen gefolgt. Das regte den Engländer auf. Er dachte nicht mehr an seine vorherige Warnung und setzte sein Pferd in Trab.

„Kommt, Sir! Müssen sehen, wie es gegangen ist!" rief er mir zu.

„Vorsichtig!" warnte jetzt ich. „Das Tal ist breit und offen. Wenn der Feind jetzt zurückkehrt, wird er uns bemerken. Dann ist es aus mit uns." – „Geht mich nichts an. Müssen den Unsrigen helfen." – „Sie werden uns jetzt nicht mehr brauchen."

Lindsay aber ließ sich nicht halten, und ich war gezwungen, ihm auf dem offenen Gelände zu folgen, obwohl ich mich lieber unter den Schutz der Bäume zurückgezogen hätte.

Weit unten machte das Tal eine Krümmung. Die innere Ecke dieser Krümmung stieß beinahe an das Ufer des Baches und hinderte uns, weiter zu sehen. Unweit davon lag ein nackter Leichnam. Es war ein Kurde; das sah man an dem Haarbüschel. Wir bogen um die Ecke. Kaum aber hatten unsere Tiere hundert Schritte gemacht, da raschelte es in den Bäumen und Sträuchern der Talwand, und wir sahen uns augenblicklich von einer Menge bewaffneter Gestalten umringt. Zwei von ihnen hielten die Zügel meines Pferdes, und mehrere faßten mich an den Beinen und am Arm, um mich an der Gegenwehr zu hindern. So ging es auch dem Engländer, der in einem solchen Knäuel von Feinden steckte, daß sein Pferd sich kaum zu bewegen vermochte. Er wurde angerufen, konnte aber nichts verstehen und deutete auf mich.

„Wer seid ihr?" fragte mich einer.

„Wir sind Freunde der Nestorianer. Was wollt ihr von uns?"

„Wir sind keine Nestorianer. So nennen uns nur unsere Feinde und Bedrücker. Wir sind Chaldäer. Aber ihr seid Kurden!"

„Wir beide sind weder Kurden noch Türken noch Araber. Wir tragen nur die Tracht dieses Landes. Wir sind Fremde." – „Woher seid ihr?"

„Ich bin ein Alamán, und mein Gefährte ist ein Inglis." – „Die Almanlar kenne ich nicht, aber die Inglis sind böse Menschen. Ich werde euch zum Melik führen, der über euch urteilen mag." – „Wo ist er?"

„Weiter unten. Wir sind die Vorhut und sahen euch kommen."

„Wir werden euch folgen. Laßt mich los!" – „Steig ab!" – „Erlaube, daß ich sitzenbleibe! Ich habe einen Fall getan und kann nicht gut gehen." – „So mögt ihr reiten, und wir werden eure Pferde führen. Aber sobald ihr versucht, zu fliehen oder eure Waffen zu gebrauchen, werdet ihr erschossen!"

Das klang recht bestimmt und kriegerisch. Diese Männer machten einen ganz anderen Eindruck als jene, die uns vorher gefangen hatten. Wir wurden talabwärts geführt. Mein Hund schritt, die Augen immer auf mich gerichtet, neben mir her. Er hatte keinen der Feinde angegriffen, weil ich mich ruhig verhalten hatte.

Ein kleines Nebenwasser floß von rechts her in den Bach. Es kam aus einem Seitental, das bei seiner Mündung in das Haupttal eine ziemlich breite Einbuchtung bildete. Hier lagerten wohl sechshundert Krieger in vielen Gruppen beieinander, während ihre Pferde in der Umgebung weideten. Unser Erscheinen erregte Aufsehen, aber niemand rief uns an.

Wir wurden zu einer der größten Gruppen geführt, in deren Mitte ein kräftig gebauter Mann saß, der unseren Begleiter anrief:

„Ihr bringt sie? Recht so! Kehrt wieder auf euren Posten zurück!"

Man hatte ihm also unser Kommen bereits gemeldet, als wir im Begriff waren, seinen Leuten ahnungslos in die Hände zu laufen. Der Melik hatte einige Ähnlichkeit mit seinem Bruder. Meine Augen wanderten rasch von ihm weg auf eine andere Gruppe. Dort saßen der Bei von Gumri, Amad el Ghandur und Halef nebst mehreren Kurden unbewaffnet und rings von Wächtern umgeben. Doch keiner von ihnen war gebunden. Sie hatten die Geistesgegenwart, sich bei unserem Anblick ruhig zu verhalten.

Der Melik winkte uns, abzusteigen.

„Kommt näher!" gebot er.

Ich trat in den Kreis und setzte mich kurzerhand neben ihm nieder. Auch der Engländer tat so. Der Anführer blickte uns überrascht an, sagte aber nichts über unser dreistes Benehmen.

„Habt ihr euch gewehrt?" fragte er.

„Nein", entgegnete ich kurz.

„Ihr tragt doch Waffen!" – „Warum sollen wir die Chaldäer töten, da wir ihre Freunde sind? Sie sind Christen wie wir."

Er horchte auf und fragte dann:

„Ihr seid Christen? – Aus welcher Stadt?" – „Die Städte, aus denen wir stammen, kennst du nicht. Sie liegen weit von hier im Abendland, wohin noch kein Kurde gekommen ist." – „So seid ihr Franken? Vielleicht aus Inglistan?" – „Mein Gefährte stammt aus Inglistan. Ich aber bin ein Alamán." – „Ich habe noch keinen Alamán gesehen. Wohnen sie mit den Inglis in einem Land?" – „Nein. Es liegt ein Meer zwischen ihnen." – „Wenn ihr Franken seid, warum kommt ihr in unser Land?"

„Wir wollen sehen, ob wir mit euch Handel treiben können."

„Welche Waren habt ihr mitgebracht?" – „Wir haben noch nichts mitgebracht. Wir wollen erst feststellen, was ihr braucht, und es dann unseren Kaufleuten erzählen." – „Warum tragt ihr so viele Waffen, da ihr doch nur des Handels wegen zu uns kommt?" – „Die Waffe ist das Recht des freien Mannes. Wer ohne Waffen reist, wird für einen Knecht gehalten." – „So sagt euren Kaufleuten, daß sie uns Waffen senden sollen; denn hier gibt es viele Männer, die frei werden wollen. Ihr müßt sehr mutige Männer sein, daß ihr euch in so fremde Länder wagt. Habt ihr jemand, der euch hier beschützt?" – „Ja. Ich habe ein Bujuruldu des Großherrn bei mir." – „Zeig es her!"

Ich reichte ihm den Paß, und ich sah, daß er lesen konnte. Dieser Melik war also ein unterrichteter Mann. Er gab mir das Schreiben wieder.

„Du stehst unter einem Schutz, der dir hier nichts nützt. Aber ich sehe, daß ihr keine gewöhnlichen Krieger seid, und das ist gut für euch. Warum redest du allein? Warum spricht nicht auch dein Gefährte?"

„Er versteht nur die Sprache seiner Heimat." – „Was tut ihr hier in dieser entlegenen Gegend?" – „Wir sahen die Spuren des Kampfes und folgten ihnen." – „Wo habt ihr die letzte Nacht geschlafen?"

„In Gumri", erklärte ich ohne Zögern.

Er hob den Kopf mit einem überraschten, scharfen Blick.

„Das wagst du mir zu sagen?" – „Ja, denn es ist die Wahrheit."

„So bist du ein Freund des Bei. Wie kam es, daß du nicht an seiner

Seite kämpftest?" – „Ich war zurückgeblieben und konnte ihn in der Gefahr nicht mehr erreichen, denn deine Leute kamen zwischen ihn und uns." – „Sie griffen euch an?" – „Das taten sie." – „Ihr habt euch gewehrt?" – „Wenig. Wir beide waren in dem Augenblick, als sie kamen, mit unseren Pferden gestürzt. Ich lag ohne Besinnung, und mein Gefährte hatte die Waffen verloren. Es wurde ein Pferd getötet und zwei Männer sind verwundet." – „Was geschah dann?" – „Wir wurden ausgezogen bis auf die Unterkleider, auf die Pferde gebunden und zu deinem Bruder geführt." – „Und jetzt seid ihr wieder hier! Wie ist das gekommen?"

Ich erzählte ihm alles genau vom ersten Augenblick unserer Gefangenschaft an bis zur gegenwärtigen Minute. Seine Augen wurden immer größer, und zuletzt brach er in einen Ausruf des Erstaunens aus:

„Katera Aïsa – um Jesu willen! Das alles sagst du mir? Entweder du bist ein großer Held oder ein leichtsinniger Mann, oder du suchst den Tod!" – „Es ist keines von diesen dreien der Fall. Ich sagte dir alles, weil ein Mann nicht lügen soll und weil mir dein Gesicht gefällt. Du bist kein Räuber und kein Tyrann, vor dem man zittern muß, sondern ein redlicher Fürst der Deinen, der die Wahrheit liebt und sie auch hören will." – „Chodih, du hast recht, und daß du handelst, wie du getan hast, das ist dein Glück. Hättest du die Unwahrheit gesprochen, so wärst du verloren gewesen." – „Woher hättest du gewußt, daß ich die Unwahrheit rede?" erkundigte ich mich.

„Ich kenne dich. Bist du nicht der Mann, der mit den Haddedihn gegen ihre Feinde kämpfte?" – „Ich bin es." – „Bist du nicht der Mann, der mit den Jesidi gegen den Müteßarrif von Mossul kämpfte?"

„Du sagst die Wahrheit." – „Bist du nicht der Mann, der Amad el Ghandur aus dem Gefängnis von Amadije befreite?" – „Das tat ich."

„Und der auch die Befreiung zweier Kurden von Gumri bei dem Müteßellim erzwang?" – „Es ist so."

Ich staunte immer mehr. Woher hatte dieser nestorianische Anführer die Kenntnis über meine Person?

„Woher weißt du das alles, Melik?" fragte ich jetzt.

„Hast du nicht ein Mädchen in Amadije gesund gemacht, das giftige Beeren gegessen hatte?" – „Ja. Auch das weißt du?" – „Ihre Urgroßmutter heißt Marah Durimeh?" – „Das ist ihr Name. Kennst du sie?"

„Sie war bei mir und hat mir von dir erzählt, was sie mit den Ihrigen von deinem Diener erfahren hat, der sich dort unter den Gefangenen befindet. Sie wußte, daß du vielleicht in unsere Gegend kommen würdest, und hat mich gebeten, dann dein Freund zu sein." – „Wie kannst du wissen, daß gerade ich dieser Mann bin?" – „Hast du nicht gestern in Gumri von euch erzählt? Wir haben einen Freund dort, der uns alles berichtet. Darum wußten wir auch von der heutigen Jagd und daß du dabei sein würdest. Und darum sandte ich auch, als ich im Hinterhalt lag und bemerkte, daß du zurückgeblieben warst, eine Abteilung der Meinigen, die dich gefangennehmen und fortführen sollten, damit dir im Kampf kein Leid geschehe."

Das klang so abenteuerlich, daß es kaum zu glauben war. Und nun konnte ich auch das Verhalten der Männer, die uns gefangengenommen hatten, begreifen, obgleich sie mit der Wegnahme unserer Kleidungsstücke zu weit gegangen waren.

„Was wirst du nun tun?“ fragte ich den Melik.

„Ich werde dich nach Lisan mitnehmen, damit du mein Gast bist.“

„Und meine Freunde?“ – „Dein Diener und Amad el Ghandur werden frei sein.“ – „Und der Bei?“ – „Er ist mein Gefangener. Unsere Versammlung wird über ihn beschließen.“ – „Werdet ihr Kadir Bei töten?“

„Das ist möglich.“ – „So kann ich nicht mit dir gehen. Ich bin der Gast des Bei. Sein Schicksal ist auch das meinige.“ – „Marah Durimeh hat mir gesagt, daß du ein tapferer Krieger bist. Aber bedenke, daß die Tapferkeit oft ins Verderben führt, wenn sie nicht auch besonnen ist. Dein Gefährte hat nicht verstanden, was wir sprechen. Rede mit ihm und frag ihn, was du beschließen sollst!“

Ich wandte mich an den Engländer:

„Sir David, wir haben einen Empfang gefunden, wie ich ihn mir nicht träumen lassen konnte.“ – „So! Schlimm?“ – „Nein, freundlich. Der Melik kennt uns. Die alte Frau, deren Urenkelkind ich in Amadije heilte, hat ihm von uns erzählt. Wir sollen als seine Gäste mit nach Lisan gehen.“ – „Well! Sehr gut! Vortrefflich!“ – „Aber dann handeln wir undankbar an dem Bei von Gumri, denn er bleibt gefangen und wird vielleicht getötet.“

„Hm! Unangenehm! Ist ein guter Kerl.“

„Freilich! Vielleicht wäre es möglich, mit Kadir Bei von hier zu entkommen.“ – „Wieso?“ – „Die Gefangenen sind nicht gefesselt. Jeder von ihnen braucht nur ein Pferd. Wenn sie schnell aufspringen, sich auf die Gäule werfen, die in ihrer Nähe grasen, und augenblicklich fortreiten, so könnte ich ihnen vielleicht den Rückzug decken, da ich Grund habe, zu glauben, daß die Nestorianer nicht auf mich schießen werden.“

„Hm! Schöner Streich! Ausgezeichnet!“ – „Müßte aber schnell geschehen. Seid Ihr dabei?“ – „Yes! Wird spannend!“ – „Aber wir schießen nicht, Sir David!“ – „Warum nicht?“ – „Das wäre undankbar gegen den Melik.“ – „Aber dann werden sie uns fangen.“ – „Ich glaube nicht. Mein Pferd ist gut, das Eurige auch, und wenn die anderen Klepper schlecht sind, so entweicht man in die Büsche. Also seid Ihr bereit?“ – „O yes!“

„So paßt auf!“

Ich drehte mich wieder zu dem Melik um.

„Was habt ihr beschlossen?“ fragte er.

„Wir bleiben Kadir Bei treu.“ – „So lehnt ihr meine Freundschaft ab?“

„Nein. Aber du wirst uns erlauben, unsere Pflicht zu tun. Wir werden jetzt gehen, doch ich sage dir aufrichtig, daß wir alles aufbieten werden, um ihn zu befreien.“

Er lächelte und sagte:

„Und wenn ihr geht und alle seine Krieger ruft, so werden sie dennoch zu spät kommen, weil wir dann bereits fort sind. Aber ihr werdet gar nicht gehen, denn wenn ihr ihm helfen wollt, muß ich euch zurückhalten.“

Ich hatte mich erhoben und Lindsay stand bereits an seinem Pferd.

„Zurückhalten?“ fragte ich, aber nur um Zeit zu gewinnen; denn ich hatte Halef durch eine leise Kopfbewegung einen Wink gegeben und dabei auf die in der Nähe grasenden Tiere und zum Ausgang des Tales gedeutet. „Ich denke, ich soll nicht dein Gefangener sein?"

„Du zwingst mich, obgleich du dir sagen könntest, daß alle deine Bemühungen erfolglos sein werden."

Ich sah, daß Halef mich verstanden hatte; er flüsterte mit den anderen, die ihm zuwinkten, und schaute nun erwartungsvoll zu mir herüber.

„Melik, ich will dir etwas sagen", meinte ich, während ich zu ihm trat und ihm die Hand auf die Schulter legte, denn ich merkte, daß der entscheidende Augenblick gekommen war. „Blick einmal hier das Tal hinauf!"

Er drehte sich um, so daß er den Gefangenen den Rücken zuwandte, und fragte: „Warum?" – „Während du auf diese Seite blickst", erwiderte ich, „wird sich hinter deinem Rücken das begeben, was du für unmöglich hältst." – „Was meinst du?" fragte er verwundert. Ich antwortete ihm nicht sogleich.

Wirklich waren in diesem Augenblick die Gefangenen auf- und zu den Pferden gesprungen. Sie hatten die Tiere bestiegen, noch ehe der erste Warnungsruf erscholl. Auch der Engländer saß auf und folgte ihnen so, daß er einige Männer, die sich zur Verfolgung erhoben hatten, über den Haufen ritt.

„Deine Gefangenen entfliehen", sagte ich jetzt gemächlich.

Es war eine plumpe List gewesen, die ich anwandte, um seine Augen und auch die der Umsitzenden in der entscheidenden Sekunde von den Gefangenen abzulenken. Aber sie war gelungen. Er fuhr herum.

„Ihnen nach!" rief er und sprang zu seinem Pferd. Es war ein kurdischer Falbenhengst von ausgezeichneter Bauart. Mit diesem Tier wären die Flüchtlinge bald eingeholt gewesen. Ich mußte das verhindern, sprang ihm nach und zog den Dolch. Eben wollte er zum Zügel greifen, als ich das Tier in den Oberschenkel des rechten Hinterbeines stach und ihm einen derben Schlag versetzte. Es schlug wiehernd mit allen vieren aus und sprang davon.

„Verräter!" rief der Melik und sprang auf mich ein.

Ich schleuderte ihn zurück, war mit einigen Sprüngen bei meinem Rappen, schwang mich hinauf und sauste davon.

Die Flüchtlinge wußten, daß aufwärts im Tal ein Vortrupp stand und hatten sich deshalb rechts abwärts gewandt. Ich eilte an den vordersten Verfolgern vorüber, bis ein Zwischenraum zwischen mir und ihnen lag. Dann hielt ich an und legte das Gewehr an.

„Haltet an! Ich schieße!"

Sie hörten nicht. Ich drückte also zweimal ab und schoß die beiden ersten Pferde nieder. Die anderen Reiter stutzten und blieben halten. Aber die hinter ihnen drängten nach, und so gab ich noch drei Schüsse ab. Der dadurch verursachte Aufenthalt hatte den Flüchtlingen Zeit gegeben, uns aus dem Gesicht zu kommen. Jetzt erschien der Melik auf seinem Falben, den er sich wieder eingefangen hatte. Er überblickte die Lage und riß seine Pistole heraus.

„Schießt ihn nieder!" rief er zornig und ritt auf mich zu.

Jetzt wandte ich mein Pferd und floh. Es kam alles auf die Schnelligkeit des Rappen an. Ich legte ihm die Hand zwischen die Ohren. „Rih – –!“

Da bog er sich lang und flog dahin wie von einer Sehne geschnellt. Seine lange Mähne wehte mir wie eine Fahne um das Knie. In einer Minute konnte mich der Melik mit keinem Gewehr mehr erreichen. Ich gelangte zur ersten Krümmung des Tales, als eben die Meinigen hinter der zweiten verschwanden. Da kam mir ein Gedanke. Ich machte mich so leicht wie möglich im Sattel, und der Hengst schoß dahin, daß sogar der Windhund weit dahinterblieb. In drei Minuten hatte ich die Gefährten erreicht, die ihre Pferde auf das äußerste anstrengten.

„Reitet schneller!“ rief ich. „Nur kurze Zeit noch schneller! Ich werde den Melik irreführen.“

„Wieso?“ fragte der Bei.

„Habe keine Zeit, es zu erklären. Heute abend treffen wir uns in Gumri.“

Ich zügelte mein Pferd, während sie fortgaloppierten. Bald waren sie hinter einer neuen Krümmung verschwunden. Ich ritt zu der vorigen Wegbiegung zurück und sah die Verfolger weit talauf, den Melik allen voran. Nun rechnete ich mir den Augenblick, da sie meinen jetzigen Standort erreichen mußten, ungefähr aus und kehrte langsam wieder um, setzte Rih in Trab und dann abermals in Galopp. Dojan stieß wieder zu mir, und bald erschienen auch die Verfolger, die natürlich glaubten, ich hätte die Gefährten noch nicht erreicht, werde aber den Weg einschlagen, den sie genommen hatten.

Wieder kam ein kleines Wasser aus einem Seitental hervor, und ich bog in dieses Tal ein. Es war sehr steinig und hatte wenig Pflanzenwuchs. Ich mußte hier langsamer reiten und erkannte bald, daß der Melik mir folgte. Jedenfalls ritten die Seinen ihm nach. Meine Gefährten waren also gerettet.

Nun aber machte ich bald eine unangenehme Entdeckung. Der Falbe des Melik war nämlich noch ein besserer Bergsteiger als mein Rih. Ich mußte den Rappen immer mehr anstrengen, und dennoch verkleinerte sich der Abstand zwischen dem Verfolger und mir ständig. Am beschwerlichsten war der obere Teil der Schlucht, wo es eine Steigung zu überwinden gab, bedeckt von losem Gestein, das unter den Hufen des Pferdes nachgab. Ich streichelte und liebkoste das Tier. Rih schnaufte und tat sein möglichstes – endlich waren wir oben. Da aber krachte hinter mir auch schon der Schuß des Melik. Glücklicherweise traf er nicht.

Jetzt galt es vor allen Dingen, das Gelände zu überblicken. Ich sah ringsum nichts als unbewaldete, kahle Höhen, zwischen denen es keinen Pfad zu geben schien. Am gangbarsten war wohl eine Bergwand mir zur Rechten. Auf sie lenkte ich zu. Die Kuppe, auf der ich mich befand, war eine Strecke lang beinahe eben. Darum gewann ich wieder etwas Vorsprung.

Dann ging es bergab, wo sich mir eine natürliche Felsbahn zeigte, die einem Weg glich. Hier kam ich rasch vorwärts.

Über mir ertönte ein lauter Schrei. Der Melik hatte ihn ausgestoßen. War es ein Ruf des Ärgers darüber, mich entkommen zu sehen? Fast klang es aber wie ein Warnruf. Ich ritt vorwärts und sah, daß mir der Melik vorsichtig folgte. Die Geländeverhältnisse wurden immer schwieriger. Zu meiner Rechten stieg der Fels steil an, und zu meiner Linken fiel er beinahe lotrecht zur Tiefe ab, und dabei wurde der Pfad immer schmaler. Rih scheute nicht und schritt vorsichtig und langsam weiter, obgleich der Pfad nur stellenweise einen Meter breit war, im Durchschnitt aber schmaler. Als ich eine Krümmung vor mir sah, hoffte ich, der Felspfad werde sich dahinter wieder gangbarer zeigen. Dort aber blieb das Pferd stehen, ohne daß ich es anzuhalten brauchte, wir blickten, Roß und Reiter, in eine gähnende Tiefe hinab.

Ich befand mich in einer schauderhaften Lage. Vorwärts konnte ich nicht, umwenden auch nicht, und da hinten sah ich den Melik an der Felskante lehnen. Vielleicht hatte er diese Gegend gekannt, denn er war abgestiegen und mir zu Fuß gefolgt. Hinter ihm gewahrte ich mehrere seiner Leute.

Eine Rettungsmöglichkeit gab es für mich: Ich konnte hinter meinem Pferd herabrutschen und umkehren. Aber dann war mein Rih verloren. Darum beschloß ich, alles zu wagen. Ich redete ihm freundlich zu und ließ ihn rückwärts gehen. Er gehorchte und tastete sich vorsichtig aber schnaubend und zitternd zurück. Wenn ihn nur ein kleiner Schwindel überfiel, so waren wir verloren. Doch der beruhigende und ermutigende Ton meiner Stimme schien ihm doppelten Scharfsinn zu verleihen. Wenn es auch langsam ging, so kamen wir doch Schritt um Schritt weiter, und endlich an eine Stelle, wo der Pfad mehr als doppelt so breit war wie bisher.

Hier ließ ich das Pferd ausruhen. Der Melik hob sein Gewehr.

„Bleib dort, sonst schieße ich!“ rief er mir zu.

Sollte ich es zum Schuß kommen lassen? Wenn Rih erschrak, konnte er mit mir in die Tiefe springen. Daher beschloß ich, selbst zu schießen; denn wenn der Rappe die Vorbereitung dazu spürte, erschrak er wahrscheinlich nicht.

Übrigens war die Entfernung zwischen dem Melik und mir so bedeutend, daß ich seine Kugel nicht zu fürchten brauchte. Erreichte sie uns dennoch, so brauchte sie nur das Pferd zu ritzen, um es scheu zu machen. Ich drehte mich also im Sattel um, legte die Büchse an und rief: „Geh fort, sonst bin ich es, der schießt!“

Er lachte und erwiderte:

„Du machst wohl auch nur Spaß. So weither trifft niemand.“

„Ich werde dir ein Loch in den Turban schießen!“

Hierauf schwenkte ich die Büchse in der Luft und ließ den Hahn laut knacken, um den Rappen vorzubereiten. Dann zielte ich, drückte ab und wandte mich sofort wieder um. Diese Vorsicht war unnötig, denn Rih stand still. Hinter mir aber erscholl ein Ruf, und als ich mich wieder umdrehte, war der Melik verschwunden. Schon fürchtete ich, ihn erschossen zu haben. Aber ich bemerkte bald, daß er sich nur in sichere Entfernung zurückgezogen hatte.

Ich lud den abgeschossenen Lauf wieder und ließ dann das Pferd abermals rückwärts gehen. Der Hund verhielt sich während dieser Zeit gänzlich still. Er blieb stets in gebührender Entfernung von dem Pferd.

Es war, als wüßte Dojan, daß er Rih durch keinen Laut und keine Bewegung stören dürfe.

Jetzt dauerte es lange, bis wir wieder eine Raststelle erreichten. Sie war vielleicht fünf Meter lang und über einen Meter breit. Sollte ich es wagen? Es war wohl besser, alles auf einen Augenblick zu setzen, als uns noch stundenlang zu quälen. Ich drängte den Rappen hart an den Felsen, damit er rückwärts die Platte überblicken konnte. Dann – gnädiger Gott hilf! – gab ich dem Tier die Schenkel, zog es empor und riß es herum.

Einen Augenblick lang schwebten seine Vorderhufe über der Tiefe, dann faßten sie festen Fuß. Die gefährliche Wendung war geglückt. Aber Rih zitterte am ganzen Leib, und es dauerte einige Zeit, bis ich ihn weitergehen lassen konnte.

Nun aber war uns geholfen – Gott sei Dank! Wir brachten den gefährlichen Pfad schnell hinter uns. Dann jedoch sah ich mich gezwungen, anzuhalten. In geringer Entfernung von mir stand der Melik mit vielleicht zwanzig Kriegern. Alle hatten die Gewehre angelegt.

„Halt!“ gebot er mir. „Sobald du eine Waffe ergreifst, schieße ich!“

Hier wäre Widerstand Frevel gewesen.

„Was willst du?“ fragte ich.

„Steig ab!“ lautete seine Antwort. Ich tat es.

„Leg deine Waffen ab!“ gebot er weiter.

„Das tue ich nicht.“ – „So schießen wir dich nieder!“ – „Schießt!“

Sie taten es doch nicht, sondern besprachen sich leise. Dann sagte der Melik:

„Effendi, du hast mein Leben geschont, ich möchte dich deshalb nicht töten. Willst du uns freiwillig folgen?“ – „Wohin?“ – „Nach Lisan.“

„Ja, aber nur dann, wenn du mir läßt, was ich besitze.“

„Du sollst alles behalten.“ – „Du schwörst es mir?“ – „Ich schwöre!“

Ich ritt nun auf die Chaldäer zu, nahm aber den Revolver in die Hand, um jeder Hinterlist begegnen zu können. Doch der Melik hieß mich willkommen und sagte: „Effendi, war das nicht entsetzlich?“

„Ja, in der Tat.“ – „Und du hast den Mut nicht verloren?“ – „Dann wäre ich verloren gewesen. Gott hat mich beschützt.“ – „Ich bin dein Freund.“ – „Und ich der deinige.“ – „Dennoch mußt du mein Gefangener sein, denn du hast als Feind an mir gehandelt.“

„Gewiß. Aber nur, um einem anderen nicht die Treue zu brechen. Und diesem anderen war ich schon vorher verpflichtet. Und nun sag, was wirst du in Lisan mit mir tun? Mich einsperren?“ – „Ja. Wenn du mir aber versprichst, nicht zu entfliehen, so kannst du als Gast bei mir wohnen.“ – „Ich kann jetzt noch nichts versprechen. Erlaube, daß ich es mir noch überlege!“ – „Du hast Zeit dazu.“ – „Wo sind deine anderen Krieger?“

Er lächelte überlegen und erwiderte:

„Chodih, deine Gedanken waren klug, aber ich habe sie dennoch erraten. Glaubst du, daß ich denken konnte, der Bei von Gumri werde zu Pferd in diese Berge fliehen, die er ebenso gut kennt wie ich? Er weiß, daß er hier nicht durchkommen kann.“ – „Was hat das mit mir zu tun?“

„Du wolltest mich irreleiten. Ich folgte dir, weil ich des Bei sicher bin und zugleich auch dich wiederhaben wollte. Diese wenigen Männer kamen mit mir, die anderen haben sich geteilt und werden die Flüchtlinge bald wieder in ihre Gewalt bekommen." – „Meine Gefährten werden sich wehren!" warf ich ein.

„Deine Freunde haben keine Waffen." – „Sie werden zu Fuß durch den Wald entkommen." – „Kadir Bei ist zu stolz, ein Pferd im Stich zu lassen, das noch laufen kann! Du hast dich umsonst in Gefahr begeben und umsonst unsere Tiere getötet und verwundet. Komm!"

Wir ritten den Weg wieder zurück, den wir gekommen waren. Da, wo ich aus dem Haupttal in die Seitenschlucht eingelenkt war, hielten einige Reiter.

„Wie ging es?" fragte der Melik.

„Wir haben nicht alle wieder." – „Wen habt ihr?" – „Den Bei, den Haddedihn, den Diener dieses Chodih und noch zwei Kurden."

„Das ist genug. Haben sie sich gewehrt?" – „Nein. Es hätte ihnen auch nichts geholfen, denn sie wurden umzingelt. Aber einige Kurden entschlüpften in die Büsche." – „Wir haben Kadir Bei, und das genügt."

Nun kehrten wir dorthin zurück, wo ich die Gefangenen zuerst getroffen hatte. Wunderbar war es mir, daß man den Engländer nicht erwischt hatte. Wie war er entkommen, und wohin hatte er sich gewendet? Er verstand kein Kurdisch. Was mußte da aus ihm werden!

Als wir den Lagerplatz erreichten, saßen die Gefangenen bereits wieder an ihrem vorigen Platz, waren aber jetzt gebunden.

„Willst du zu ihnen oder zu mir?" fragte mich der Melik.

„Zunächst zu ihnen." – „Dann mußt du deine Waffen vorher ablegen.

„So bitte ich dich, die Gefangenen und mich bei dir sein zu lassen. In diesem Fall verspreche ich dir, keinen Gebrauch von meinen Waffen zu machen und auch nicht zu fliehen, bis wir nach Lisan kommen."

„Aber du wirst den anderen zur Flucht verhelfen!"

„Nein. Ich hafte auch für sie, stelle jedoch die Bedingung, daß sie ihr Eigentum behalten und nicht gefesselt werden." – „So sei es!"

Wir nahmen beieinander Platz, die meisten von uns wohl, das gestehe ich, mit einem Gefühl der Beschämung; denn wir hatten uns alle wieder einfangen lassen. Da aber erscholl ein Ruf des Erstaunens: es erschien ein Reiter, den man wohl nicht erwartet hatte – Lindsay.

Er blickte sich um, sah uns und kam auf uns zugeritten.

„Ah, Sir! Auch wieder da?" fragte er.

„Ja. Good day, Sir David!" – „Wart ja über alle Berge. Wie kommt Ihr wieder hierher?" – „Wenigstens nicht so freiwillig wie Ihr."

„Freiwillig? Mußte ja!" – „Warum?" – „Hm! Schauderhafte Lage! Weiß nur, was Schelm und Spitzbube im Kurdischen heißt, und soll ganz allein durch dieses Land reiten? Sah, daß alles wieder gefangen wurde, und bin langsam hinterhergeritten." – „Wo habt Ihr gesteckt, als man die anderen erwischte?" – „War ein wenig vorangekommen, weil mein Pferd besser laufen konnte als die anderen. Aber wohin wart Ihr verschwunden?" – „Sir David, ich habe heute eine der gefährlichsten Stunden meines Lebens gehabt. Das könnt Ihr mir glauben. Steigt ab! Ich werde es Euch erzählen."

Er gab sein Pferd frei und setzte sich zu uns. Ich schilderte ihm meinen Ritt über den Felspfad.

„Sir“, meinte er, als ich fertig war, „das ist heute ein sehr schlimmer Tag. Well! Habe keine Lust, gleich wieder auf die Bärenjagd zu gehen. Yes!“

Auch zwischen mir und dem Bei nebst Halef und Amad el Ghandur gab es viel zu erzählen. Kadir Bei hoffte, daß Mohammed Emin, den wir aus den Augen verloren hatten, nach Gumri geeilt sei, um Hilfe zu holen, und freute sich bereits darauf, daß die Nestorianer noch hier im Lager überfallen würden. Aber seine Erwartungen erfüllten sich nicht.

Es wurde bald, nachdem wir von unseren Besiegern einen einfachen Imbiß erhalten hatten, aufgebrochen. Man nahm uns in die Mitte, und der Zug setzte sich in Bewegung und ritt die Wege, die ich mit dem Engländer bereits zweimal zurückgelegt hatte. Durch die Beerdigung der liegengebliebenen Kurden trat eine Verzögerung ein, dann aber ging es so schnell vorwärts, daß wir noch vor Einbruch der Nacht den Weiler erreichten, in dem der Bruder des Melik wohnte.

Dort wurden wir nicht eben freundlich empfangen. Die Nestorianer, denen wir entkommen waren, hatten sich nach einer kurzen, erfolglosen Verfolgung in dieses Haus zurückbegeben. Der sogenannte Priester stand an der Tür, um den Melik zu begrüßen.

„Hast du den großen Helden wieder gefangen, der so tapfer ist, daß er am liebsten flüchtet?“ höhnte er. „Er ist rückwärts gelaufen wie ein Krebs, der nur unreines Fleisch verzehrt. Binde ihm die Hände und Füße, damit er nicht nochmals entwischen kann!“

Das durfte ich mir nicht bieten lassen. Nahm ich eine solche Beleidigung ruhig hin, so war es um die Achtung geschehen, die wir so notwendig brauchten. Darum gab ich Halef die Zügel meines Pferdes und trat hart an den Sprecher heran:

„Schweig! Wie kann ein Lügner und Verräter es wagen, ehrliche Leute zu beschimpfen!“ – „Was wagst du!“ schrie er mich an. „Einen Verräter nennst du mich? Sag dieses Wort noch einmal, so schlag ich dich zu Boden!“

Ich antwortete kühl:

„Versuch doch, ob du das fertigbringst! Ich habe dich einen Lügner und Verräter genannt, und das bist du auch. Du nanntest uns deine Gäste, um uns sicher zu machen, und sperrtest uns dann ein, um mein Pferd zu stehlen. Du bist nicht nur ein Lügner und Verräter, sondern auch ein Dieb, der seine Gäste betrügt.“

Da hob der Chaldäer die Faust. Aber noch ehe er zuschlagen konnte, lag er am Boden, ohne daß ich ihn angerührt hatte. Mein Hund war jeder seiner Bewegungen mit den Blicken gefolgt und hatte ihn niedergerissen. Dojan stand über ihm und legte seine Zähne so fühlbar an die Gurgel des Mannes, daß der Bedrohte weder einen Laut noch eine Bewegung wagte.

„Ruf den Hund zurück, sonst steche ich ihn nieder!“ befahl mir der Melik.

„Versuch es!“ entgegnete ich. „Ehe du das Messer ziehst, ist dein Bruder zerrissen, und du liegst an seiner Stelle an der Erde. Dieser Hund ist ein Tasi reinster Rasse. Siehst du, daß er dich bereits im Auge hat?" – „Ich gebiete dir, ihn wegzurufen!" – „Gebieten? Pah! Ich habe dir gesagt, daß wir dir nach Lisan folgen wollen, ohne Gebrauch von unseren Waffen zu machen. Aber ich habe dir nicht erlaubt, dich als unseren Herrn und Gebieter zu betrachten. Dein Bruder hat bereits einmal unter diesem tapferen Hund gelegen, und ich gab ihm die Freiheit wieder. Jetzt werde ich das nicht eher wieder tun, als bis ich die Überzeugung habe, daß er fortan Frieden hält." – „Mein Bruder wird es tun."

„Gibst du mir dein Wort darauf?"

„Ich gebe es!"

„Gut. Ich warne dich, es zu brechen!"

Auf ein Wort von mir ließ Dojan von dem Chaldäer ab. Der Mann erhob sich, um sich eiligst zurückzuziehen. Aber ehe er unter der Tür verschwand, hob er die geballe Rechte drohend gegen mich. Ich hatte einen schlimmen Feind an ihm bekommen.

Auch auf den Melik schien der unangenehme Vorgang einen für uns ungünstigen Eindruck hervorgebracht zu haben. Seine Miene war strenger und sein Auge finsterer geworden als vorher.

„Tretet ein!" gebot er, auf die Haustür deutend.

„Erlaube, daß wir im Freien bleiben!" widersprach ich.

„Ihr werdet im Haus sicherer und auch besser schlafen!" antwortete er sehr entschieden.

„Wenn es dir auf unsere Sicherheit ankommt, so glaube mir, daß wir hier besser aufgehoben sind als unter diesem Dach, unter dem ich bereits einmal verraten wurde." – „Es wird nicht wieder geschehen. Komm!"

Der Melik nahm mich beim Arm. Aber ich zog den Arm zurück und trat zur Seite.

„Wir bleiben hier!" erklärte ich bestimmt. „Wir sind nicht gewohnt, uns von unseren Pferden zu trennen. Hier wächst Gras genug für sie zum Futter und für unser Lager." – „Ganz wie du willst", entgegnete er. „Aber ich sage dir, daß ich euch scharf bewachen lassen werde."

„Tue es!" – „Sollte einer von euch zu entfliehen suchen, so lasse ich ihn erschießen." – „Tu auch das!" – „Du siehst, daß ich dir deinen Willen lasse. Aber einer muß mir doch ins Haus folgen: Kadir Bei." – „Warum er?" – „Ihr seid eigentlich nicht meine Gefangenen. Er aber ist es." – „Kadir Bei wird dennoch bei mir bleiben, denn ich gebe dir mein Wort, daß er nicht entfliehen wird. Und dieses Wort ist sicherer als die Mauern, zwischen denen du ihn einschließen willst."

„Du bürgst für ihn?" – „Mit meinem Leben!" – „Nun wohl, so geschehe, wie du willst. Aber ich sage dir, daß ich dein Leben wirklich von dir fordern werde, wenn er sich entfernt! Ich werde dir Matten schicken zum Lager, Holz zum Feuer und Speise und Trank für dich und die anderen. Such dir eine Stelle, die dir passend erscheint!"

Unweit des Gebäudes gab es weichen Rasen, auf dem wir uns niederließen. Die Pferde wurden nach Wildwestart ‚angehobbelt', so daß sie zwar grasen, sich aber nicht weit entfernen konnten, und wir machten uns ein Feuer, um das wir auf den Matten einen Kreis schlossen. Bald erhielten wir auch ein frisch geschlachtetes Schaf mit der

Weisung, es uns selbst zu braten. Das geschah, indem wir es an einem starken Ast befestigten, den wir als Bratspieß gebrauchten.

An eine Flucht war nicht zu denken, denn die Schar der Nestorianer hatte sich an vielen Feuern um uns her gelagert. Sie brieten sich ihre Hammel und Lämmer ebenso wie wir und waren voll Jubel über den Sieg, den sie heute errungen hatten.

„Wie ist Euch zumute, Sir?“ fragte mich Lindsay, der zu meiner Linken saß.

„Wie einem, der Hunger hat, Sir David.“ – „Well! Habt recht!“

Er wandte sich von mir ab und Halef zu, der jetzt den Braten von der Glut nahm, um ihn zu zerlegen. Lindsay war zu hungrig, um das erwarten zu können. Er zog sein Messer, schnitt sich schleunigst ein riesiges Stück ab und öffnete den Mund so weit wie möglich, um den Bissen seiner Bestimmung zuzuführen.

In diesem Augenblick schaute ich auf das Haus. Es war von den zahlreichen Feuern ziemlich hell erleuchtet, und so war es mir möglich, einen menschlichen Kopf zu erkennen, der über dem Dachrand sichtbar wurde. Dem Kopf folgte ein Hals, diesem zwei Schultern, und dann gewahrte ich den langen Lauf einer Flinte, die sich auf unser Feuer richtete. Im Nu hatte ich meine Büchse angelegt: droben blitzte ein Schuß, und fast zu gleicher Zeit krachte unten auch der meinige. Droben erscholl ein Schrei, und unten wurde ein zweiter ausgestoßen. Dieser letzte Schrei kam zwischen den Lippen des Engländers hervor, dem die Kugel des heimtückischen Schützen das Messer samt dem Bissen vor dem Mund aus der Hand gerissen hatte.

„Zounds!“ rief er. „Wer war der Halunke?“

Das war alles so schnell geschehen, daß niemand den Schuß auf dem Dach hatte aufblitzen sehen. Einer der nahe lagernden Nestorianer, der wohl den Rang eines Unteranführers bekleidete, trat herbei.

„Warum schießt du, Chodih?“ fragte er.

„Weil ich mich verteidigen muß.“ – „Wer greift dich an? Ich sehe ja keinen Feind.“ – „Aber ich habe ihn gesehen“, entgegnete ich. „Er lag dort oben auf dem Dach und schoß auf uns.“ – „Du irrst, Chodih!“ – „Ich irre nicht. Es wird der Bruder des Melik sein, und weil er sich nicht warnen läßt, habe ich ihn bestraft.“ – „Du hast ihn erschossen?“ fragte der Mann erschrocken.

„Nein. Ich zielte auf seinen rechten Ellbogen und bin sicher, ihn dort getroffen zu haben.“ – „Herr, das ist schlimm für dich. Ich werde sofort nachsehen.“

Sämtliche Nestorianer hatten sich von ihren Plätzen erhoben und zu den Waffen gegriffen. Dies taten auch wir. Nur Lindsay saß noch am Boden. Sein Mund klappte in allen geometrischen Figuren auf und zu, und seine Nase war von einer solchen Bestürzung ergriffen, daß sie matt und hoffnungslos herniederhing.

„Wacht auf, Sir David!“ mahnte ich ihn.

Er holte tief Atem, nahm sein Gewehr und stand langsam auf.

„Bald hätte mich der Schlag gerührt“, gestand er aufrichtig.

„Eines Schusses wegen? Pah!“ – „Oh, nicht dieses Schusses wegen!“

„Weshalb sonst?“ – „Des Hiebes wegen, den ich erhalten habe. Mein

Messer ist weg, und dieses Stück Fleisch vom Schaf flog mir ins Gesicht mit einer Gewalt, als hätte ich eine Ohrfeige erhalten. Da, seht meine Wange, und hier liegt das Fleisch im Gras!" – „Sihdi, kommt es zum Kampf?" fragte Halef und lockerte seine Pistolen im Gürtel.

„Ich glaube es nicht." – „Und wenn auch! Wir fürchten uns nicht."

Der kleine, wackere Kerl warf einen verächtlichen Blick auf die Chaldäer, die allerdings noch keine feindseligen Bewegungen machten, sondern ruhig abwarteten, welche Botschaft der Unteranführer bringen werde.

Er kam sehr bald zurück, und zwar in Begleitung des Melik, der mit drohender Miene zu unserem Feuer trat.

„Wer hat hier geschossen?" erkundigte er sich.

Ich meldete mich: „Weil auf mich geschossen wurde." – „Es ist nicht wahr! Nur dein Hund sollte erschossen werden." – „Wer hat das befohlen? Etwa du selbst?" – „Nein. Ich wußte nichts davon. Aber, Chodih, nun seid ihr alle verloren. Du hast eines Hundes wegen auf meinen Bruder geschossen!" – „Ich habe das Recht, einen jeden niederzuschießen, der meinen Hund töten will, und von diesem Recht werde ich auch ferner Gebrauch machen. Das merke dir. Wie aber will dein Bruder beweisen, daß er nicht mich, sondern meinen Hund töten wollte?" – „Er sagt es." – „So ist er ein sehr schlechter Schütze, denn er hat nicht den Hund, sondern beinahe diesen Bei aus Inglistan getroffen." – „Mein Bruder hat wirklich nur den Hund gemeint. Es gibt keinen Menschen, der des Abends seiner Kugel sicher ist." – „Das ist keine Entschuldigung für eine so heimtückische Tat. Die Kugel ist vier Schritt an dem Tier vorübergegangen. Eine Handbreit höher, so wäre dieser Bei eine Leiche gewesen. Übrigens gibt es Leute, die auch des Nachts sicher schießen. Das werde ich dir beweisen. Ich habe auf den rechten Ellbogen deines Bruders gezielt, und sicher habe ich ihm das Armgelenk zerschmettert, obgleich ich weniger Zeit zum Zielen hatte als er."

Der Melik bestätigte grimmig meine Worte.

„Du hast ihm den Arm genommen; du wirst's mit deinem Leben bezahlen!" – „Höre, Melik, sei froh, daß ich nicht auf den Kopf zielte, der viel leichter als der Arm zu treffen war! Ich dürste nicht nach Menschenblut, denn ich bin ein Christ. Aber wer es wagt, mich und die Meinen anzugreifen, der wird uns und unsere Waffen kennenlernen." – „Wir fürchten sie nicht, denn wir sind euch überlegen." – „Solange mein Wort uns bindet, sonst aber nicht." – „Ihr werdet uns sofort eure Gewehre geben, damit ihr nicht noch mehr Schaden damit anrichtet." – „Und was wird dann geschehen?"

„Ich will über die anderen zu Gericht sitzen. Dich aber werde ich meinem Bruder überlassen. Du hast sein Blut vergossen. Also gehört das deinige nun ihm." – „Sind die Chaldani[1] Christen oder Heiden?"

„Das geht dich nichts an! Gib deine Waffen ab!"

Seine ganze Schar hatte einen weiten Kreis um uns geschlossen, und es war jedes Wort zu hören, das zwischen uns beiden gewechselt wurde. Bei seinem letzten Befehl griff er nach meiner Büchse.

[1] so nennen sich die Nestorianer Kurdistans am liebsten.

Ich warf David Lindsay einige englische und den anderen einige arabische Worte zu. Dann fuhr ich gegen den Melik fort:

„So betrachtest du uns von jetzt an als Gefangene?“

Als er bejahte, erwiderte ich:

„Du Unvorsichtiger! Glaubst du wirklich, daß wir euch fürchten? Wer die Hand gegen einen Effendi aus dem Abendland erhebt, der gefährdet sich selbst. Wisse, nicht ich bin dein Gefangener, sondern du bist der meinige!“

Bei diesen Worten faßte ich den Melik mit der Linken beim Genick und drückte ihm den Hals so fest zusammen, daß ihm sofort die Arme schlaff herabhingen, und zugleich bildeten die Gefährten mit auswärts gerichteten schußfertigen Waffen einen Kreis um mich. Das geschah so schnell und unerwartet, daß die Nestorianer sprachlos auf uns starrten. Ich benutzte diese kurze Pause und rief ihnen zu:

„Seht ihr den Melik hier in meiner Gewalt? Es bedarf nur noch eines einzigen Druckes, so ist er eine Leiche, und dann wird die Hälfte von euch durch unsere verzauberten Kugeln sterben. Kehrt ihr aber ruhig an eure Feuer zurück, so lasse ich ihm das Leben und werde mit ihm und euch in Güte verhandeln. Merkt auf! Ich zähle bis drei. Steht dann noch ein einziger an seiner jetzigen Stelle, so ist der Melik verloren! – Je, du, seh – eins, zwei, drei –“

Ich hatte das letzte Wort noch nicht gesprochen, so saßen die Chaldäer alle an den Feuern auf ihren früheren Plätzen. Das Leben ihres Anführers hatte demnach einen großen Wert für sie. Wären Kurden an ihrer Stelle gewesen, so wäre mir das gefährliche Wagestück sicher nicht so gelungen. Nun aber ließ ich den Melik los. Er fiel mit matten Gliedern und krampfhaft verzerrtem Gesicht zu Boden, und es dauerte einige Zeit, bis er wieder zu Atem kam. Er hatte das Haus verlassen, ohne eine Waffe mitzunehmen. Nun stand ich vor ihm und richtete den Revolver auf sein Herz.

„Wag es nicht, dich zu erheben!“ gebot ich ihm. „Sobald du es ohne meine Erlaubnis tust, wird dich meine Kugel treffen.“ – „Chodih, du hast mich belogen“, stöhnte der Melik, mit beiden Händen seinen Hals untersuchend.

„Ich weiß nichts von einer Lüge“, entgegnete ich ihm.

„Du hast mir versprochen, deine Waffen nicht zu gebrauchen!“

„Das ist wahr. Aber ich habe dabei vorausgesetzt, daß wir nicht feindlich behandelt würden.“ – „Du hast mir auch versprochen, daß du nicht fliehen willst!“ – „Wer hat dir gesagt, daß wir fliehen wollen? Verhaltet euch gegen uns als Freunde, so wird es uns bei euch ganz gut gefallen.“

„Du selbst hast ja die Feindseligkeiten begonnen!“ – „Melik, du nennst mich einen Lügner und sagst doch soeben selbst eine Lüge. Ihr habt uns und die Kurden von Gumri überfallen. Und als wir im Frieden hier am Feuer lagen, hat dein Bruder auf uns geschossen. Wer hat also die Feindseligkeit begonnen, wir oder ihr?“ – „Es galt nur deinem Hund!“ – „Deine Gedanken sind sehr kurz, Melik. Mein Hund sollte getötet werden, damit er nicht mehr imstande sei, uns zu schützen. Wer ihm ein Haar krümmt, oder wer nur einen Zipfel unseres Gewandes beschädigt, der wird von uns behandelt, wie der Vorsichtige einen tollen Hund behandelt, den man, um sich zu retten, töten muß. Das Leben deines Bruders war in meiner Hand. Ich habe ihm nur eine Kugel in den Arm gegeben, damit er sein Gewehr nicht wieder meuchlings erheben kann. Auch dein Leben gehörte mir, und ich habe es dir gelassen. Was wirst du über uns beschließen?"

„Nichts anderes, als was ich dir bereits sagte. Oder weißt du nicht, was die Blutrache bedeutet?"

„Habe ich deinen Bruder getötet?"

„Sein Blut ist geflossen!"

„Er selbst trägt die Schuld daran. Was geht überhaupt dich seine Rache an?" – „Ich bin sein Bruder und Erbe!" – „Jetzt lebt er noch und kann sich selbst rächen. Oder ist er ein Kind, daß du schon vor seinem Tod für ihn handeln mußt? Du nennst dich einen Christen und sprichst von Blutrache! Weißt du nicht, daß Christus allen Menschen, vor allem aber uns und euch, die wir uns Christen nennen, geboten hat: Liebet eure Feinde; segnet die, die euch fluchen, tut wohl denen, die euch hassen und bittet für die, die euch beleidigen und verfolgen; dann seid ihr Kinder eures Vaters im Himmel!"

„Ich weiß, daß er diese Worte gesagt hat."

„Warum gehorchst du ihnen aber nicht? Warum redest du von Blutrache? Soll ich, wenn ich in meine Heimat zurückkehre, erzählen, daß ihr Chaldäer Heiden seid?"

„Du wirst nicht zurückkehren!"

„Ich werde zurückkehren, und du am allerwenigsten wirst mich halten können. Sieh dieses Holz, das ich ins Feuer werfe! Ehe es verbrannt ist, bist du eine Leiche, oder du hast mir versprochen, uns als deine Gäste zu behandeln, deren Verletzung die größte Schande deines Hauses und deines Stammes sein würde."

„Du würdest mich töten?"

„Ich würde sofort aufbrechen und dich als Geisel mit mir nehmen. Ich müßte dich aber töten, wenn man mich am Weggehen hinderte."

„Dann bist du auch kein wahrer Christ!" – „Mein Glaube gebietet mir nicht, mich feig und unnütz abschlachten zu lassen, sondern er erlaubt mir, das Leben zu verteidigen, das mir Gott gegeben hat, um meinen Mitmenschen nützlich zu sein. Wer mich daran hindern will, gegen den werde ich mich verteidigen, soweit es meine Kraft gestattet. Und daß diese Kraft nicht die eines Kindes ist, das hast du wohl erfahren."

„Chodih, du bist ein gefährlicher Mensch!"

„Du irrst. Ich bin ein friedfertiger Mensch, aber ein gefährlicher Feind. Blick in das Feuer! Das Holz ist beinahe verbrannt."

„Gib mir Zeit, mit meinem Bruder zu sprechen!"

„Nicht einen Augenblick!"

„Er verlangt dein Leben."

„Dein Bruder mag es sich holen!"

„Ich kann dich nicht freigeben."

„Warum nicht?"

„Weil du gesagt hast, daß du den Bei nicht verlassen willst."

„Dieses Wort werde ich halten."

„Und Kadir Bei darf ich nicht entlassen. Er ist der Feind der Chaldani, und die Berwari werden sicher kommen, um uns anzugreifen."

„Hättet ihr sie ihres Weges ziehen lassen! Ich erinnere dich zum letztenmal, daß dieses Holz bereits in Asche zerfällt."

„Nun wohl, Herr, ich muß dir gehorchen, denn du bist imstande, deine Drohung wahr zu machen. Ihr sollt meine Gäste sein!"

„Auch der Bei?"

„Auch er. Aber ihr müßt mir dafür versprechen, Lisan nicht ohne meine Erlaubnis zu verlassen!"

„Ich verspreche es."

„Für dich und alle anderen?"

„Ja. Doch stelle ich einige Bedingungen."

„Welche?"

„Wir dürfen alles behalten, was uns gehört?"

„Zugestanden!"

„Und sobald man sich feindselig gegen uns verhält, bin ich meines Versprechens ledig?"

„So sei es!"

„Nun bin ich zufrieden. Reich uns deine Hand, und dann magst du zu dem Verwundeten zurückkehren. Soll ich ihn verbinden?"

„Nein, Herr. Dein Anblick würde ihn nur reizen, und es wird wohl noch andere Hilfe geben. Ich zürne dir, denn du hast mich besiegt. Ich fürchte mich vor dir, aber ich habe dich dennoch lieb. Eßt euer Lamm, und schlaft dann in Frieden! Es wird euch niemand ein Leid tun."

Er ging ins Haus zurück. Dieser Mann war mir nicht mehr gefährlich. Und auch den Mienen der anderen sah man es an, daß unser Verhalten Eindruck auf sie gemacht hatte. Dem Mutigen gehört die Welt, und Kurdistan gehört ja auch zur Welt.

Jetzt konnten wir ohne Besorgnis dem Spießbraten zusprechen, und während des Essens mußte ich den Gefährten meine Verhandlung mit dem Melik verdolmetschen. Lindsay schüttelte bedenklich den Kopf. Die vereinbarten Friedensbedingungen gefielen ihm nicht.

„Habt doch eine Dummheit begangen, Sir", meinte er. „Konntet den Kerl ein bißchen fester drücken. Mit den anderen wären wir dann schon fertig geworden."

„Seid nicht unverständig, Sir David! Es sind zu viele gegen uns."

„Wir schlagen uns durch, yes!"

„Einer oder zwei von uns kämen vielleicht durch, die anderen aber wären verloren."

„Pshaw! Seid ihr feig geworden?"

„Ich glaube nicht. Wenigstens rührt mich nicht gleich der Schlag, wenn mir ein Fleischbissen hart vor dem Mund abhanden kommt."

„Danke für diese Erinnerung! Werden also dort in Lisan bleiben? Was für ein Nest? Stadt oder Dorf?"

„Residenz mit achtmal hunderttausend Einwohnern, Pferdebahn, Theater, Viktoria-Salon und Skating-Ring."

„Zounds! Hol Euch der Kuckuck, wenn Ihr keine besseren Witze fertigbringt!" – „Nun, es liegt sehr schön an den Ufern des Sab. Aber da es wiederholt von Kurden zerstört wurde, wird man es nicht gerade mit London oder Kopenhagen vergleichen können."

„Zerstört? Vieles zugrunde gegangen?"

„Jedenfalls."

„Herrlich! Werde nachgraben. Fowlingbulls finden. Nach London schicken. Yes!"

„Habe nichts dagegen, Sir David."

„Werdet mithelfen. Auch diese Nestorianer. Bezahle gut, sehr gut! Well!"

„Verrechnet Euch nicht."

„Inwiefern? Gibt es keine Fowlingbulls dort?"

„Gewiß nicht."

„Warum schleppt Ihr mich dann so unnütz in diesem verwünschten Land Kurdistan herum!"

„Tu ich das wirklich? Oder seid Ihr mir nicht von den Haddedihn ganz gegen meinen Willen nachgeritten?" – „Yes! Habt recht. War zu einsam dort. Wollte ein Abenteuer haben." – „Nun, das habt Ihr ja gehabt, und auch noch einige dazu. Also gebt Euch zufrieden und schimpft nicht, sonst lasse ich Euch hier sitzen, und Ihr geht so zugrunde, daß man Euch später als Fowlingbull auffinden und nach London senden wird."

„Fie! Schlechter Witz! Sehr schlechter! Habe genug. Mag keinen mehr hören."

Der Englishman wandte sich ab und gab dem Bei von Gumri Gelegenheit, einige Bemerkungen zu machen. Kadir Bei hatte sich bisher schweigsam verhalten. Jetzt sagte er mir aufrichtig:

„Chodih, die Bedingungen, auf die du eingegangen bist, gefallen mir nicht."

„Warum nicht."

„Sie sind zu gefährlich für mich."

„Es war nicht möglich, bessere zu erhalten. Hätten wir dich deinem Schicksal überlassen wollen, so befänden wir übrigen uns wohler, du aber wärst Gefangener."

„Das weiß ich, Effendi, und darum danke ich dir. Du hast dich als treuer Freund erwiesen. Aber ich werde doch nichts als ein Gefangener sein."

„Du wirst Lisan nicht verlassen dürfen. Das ist alles."

„Das ist schon genug. Wo wird Mohammed Emin jetzt sein?"

„Ich hoffe, daß er nach Gumri geeilt ist."

„Was wird er dort tun?"

„Der Scheik wird deine Krieger herbeiholen, um dich und uns zu befreien."

„Das wollte ich von dir hören. Es wird also einen harten Kampf geben, und du glaubst dennoch, daß uns der Melik als Gäste behandeln wird?"

„Ja, ich glaube es."

„Euch, aber nicht mich!"

„So bricht er sein Wort und wir können dann nach unserem Belieben handeln." – „Auch mußt du bedenken, daß es gegen die Ehre ist, wenn ich untätig in Lisan sitze, während die Meinen ihr Blut für mich vergießen. Hättest du doch den Melik getötet! Diese Nestorianer waren so erschrocken, daß wir entkommen wären, ohne eine einzige Kugel von ihnen zu erhalten." – „Das ist Ansichtssache", erwiderte ich mit Nachdruck. „Wir wollen darüber nicht streiten. Jedenfalls habe ich dem Melik mein Wort gegeben, und ich werde es halten, solange er an das seinige denkt."

Mit diesem Bescheid mußte sich der Bei zufrieden geben. Unser einfaches Mahl war verzehrt, und so legten wir uns zum Schlaf auf die Matten, nachdem wir zuvor die Reihenfolge der Wachen bestimmt hatten. Ich traute dem Melik durchaus, wenigstens für heute, aber Vorsicht war keinesfalls überflüssig, und so mußte stets einer von uns die Augen offenhalten.

16. Bei den Nestorianern

Die Nacht verging ohne Störung, und am Morgen erhielten wir abermals ein Lamm, das wie das am Abend zubereitet wurde. Dann kam der Melik, um uns zum Aufbruch aufzufordern. Schon während der Nacht waren einige Gruppen der Chaldäer aufgebrochen, und so war unsere Begleitung nicht so zahlreich wie am vorigen Tag.

Wir ritten vom Abhang des Gebirges in das hier sehr breite Tal des Sab hinab. Bebaute Felder gab es nicht. Höchstens fand man in der Nähe eines einsamen Weilers ein wenig Gerste. Der Boden ist hier außerordentlich fruchtbar, aber die ewige Unsicherheit benimmt den Bewohnern die Lust, eine Ernte für ihre Feinde heranzuziehen.

Dagegen kamen wir an prächtigen Eichen- und Walnußwäldern vorüber, die hier in einer Kraft und Frische gediehen, wie sie sonst nicht häufig anzutreffen ist.

Wir hatten eine Vor- und eine Nachhut und wurden von dem Haupttrupp bewacht. Mir zur Rechten ritt Kadir Bei und zur Linken der Melik. Dieser sprach nur wenig. Er hielt sich bei uns jedenfalls nur des Beis wegen auf, der für ihn ein kostbarer Fang war, so daß er ihn nicht aus dem Auge lassen wollte.

Höchstens eine halbe Stunde hatten wir noch bis Lisan zu reiten, als uns ein Mann entgegenkam, dessen Gestalt sofort auffallen mußte. Er war derb und massig gebaut, und auch sein Pferd gehörte zu den stärksten, die ich in diesen Ländern gesehen hatte. Bekleidet war er nur mit weiten Kattunhosen und einer Jacke aus dem gleichen Stoff. Ein Tuch bedeckte anstatt des Turbans oder der Mütze seinen Kopf, und als Waffe diente ihm eine alte Büchse, die nicht morgenländischen Ursprungs war. Hinter ihm ritten in ehrerbietiger Entfernung zwei Männer, die im dienstlichen Verhältnis zu ihm zu stehen schienen.

Er ließ die Vorhut an sich vorüber und hielt dann bei dem Melik an. „Sabbah'l kher – guten Morgen!“ grüßte er mit volltönender Baßstimme. – „Sabbah'l kher!“ antwortete ihm der Melik.

„Deine Boten“, fuhr der Ankömmling fort, „sagten mir, daß ihr einen großen Sieg errungen habt.“ – „Katera Chodeh – Gott sei Dank, es ist so!“

„Wo sind deine Gefangenen?“

Der Melik deutete auf uns, und der andere musterte uns mit finsteren Blicken. Dann fragte er:

„Welcher ist der Bei von Gumri?“ – „Dieser.“ – „So!“ sagte der Riese gedehnt. „Also dieser Mann ist der Sohn des Würgers unserer Leute, der sich Abd es Summit Bei nannte? Ein Glück, daß du ihn gefangen hast! Er wird die Sünden seines Vaters büßen müssen."

Kadir Bei hörte diese Worte, ohne sie einer Entgegnung zu würdigen. Ich aber hielt es nicht für geraten, diesem Riesen eine falsche Vorstellung von uns zu lassen. Darum wandte ich mich nun an den Anführer mit der Frage:

„Melik, wer ist dieser Bekannte von dir?" – „Es ist der Raïs[1] von Schurd." – „Und wie heißt er?" – „Nedschir Bei."

Das Kurmandschi-Wort Nedschir bedeutet: ‚tapferer Jäger', und da sich der Riese zugleich den für einen Chaldäer ungewöhnlichen Titel ‚Bei' zugelegt hatte, war leicht zu erraten, daß er einen bedeutenden Einfluß besitzen müsse. Dennoch sagte ich ihm:

„Nedschir Bei, der Melik hat dir die Wahrheit nicht vollständig gesagt. Wir sind –" – „Hund!" unterbrach er mich drohend. „Wer redet mit dir? Schweig, bis du gefragt wirst!"

Ich lächelte ihn freundlich an, zog aber mein Messer recht auffällig aus dem Gürtel.

„Wer gibt dir die Erlaubnis, die Gäste des Melik Hunde zu nennen?" fragte ich ihn.

„Gäste?" sagte er verächtlich. „Hat euch der Melik nicht soeben seine Gefangenen genannt?" – „Eben darum wollte ich dir erklären, daß er dir die Wahrheit nicht vollständig mitgeteilt hat. Frag ihn, ob wir seine Gäste oder seine Gefangenen sind!" – „Seid, was ihr wollt! Gefangen hat er euch doch. Und steck dein Messer in den Gürtel, sonst schlag ich dich vom Pferd!" – „Nedschir Bei", erwiderte ich, „du bist ein spaßhafter Mann. Ich aber bin sehr ernst gestimmt. Sei in Zukunft höflicher gegen uns, sonst wird es sich zeigen, wer den anderen vom Pferd schlägt!"

„Hund und abermals Hund! Da hast du es!"

Bei diesen Worten hob der Bei die Faust und versuchte, sein Pferd an das meinige zu drängen. Aber der Melik hielt ihn beim Arm fest und rief:

„Beim heiligen Jesujabos, halt ein, sonst bist du verloren!"

„Ich?" rief der Riese verdutzt. „Warum?" – „Dieser fremde Krieger ist kein Kurde, sondern ein Effendi aus dem Abendland. Er hat die Kraft des Bären, und er trägt Waffen bei sich, denen niemand widerstehen kann. Er ist mein Gast. Sei fortan freundlich mit ihm und den Seinigen!"

Der Raïs schüttelte den Kopf.

„Ich fürchte keinen Kurden und keinen Abendländer. Weil er dein Gast ist, will ich ihm verzeihen. Aber er mag sich vor mir in acht nehmen, sonst erfährt er, wer der Stärkere ist: er oder ich. Laß uns weiterreiten! Ich kam nur, um dir Willkommen zu sagen."

Dieser Mann war mir an Körperstärke sicher weit überlegen, aber es war nur eine rohe, ungeschulte Kraft, die mir nicht bange machen konnte, Daher erwiderte ich zwar kein Wort auf seine ‚Verzeihung', fühlte aber auch nicht etwa eine übermäßige Achtung vor ihm. Dabei hatte ich eine Ahnung, als sollte ich mit ihm doch noch auf irgendeine Weise zusammengeraten.

[1] Oberhaupt

Wir setzten den unterbrochenen Ritt fort und gelangten bald an den Ort unserer Bestimmung.

Die dürftigen Häuser und Hütten, aus denen Lisan besteht, liegen zu beiden Seiten des Sab, der hier sehr reißend ist. In seinem Bett sind zahlreiche Felsblöcke zerstreut, die das Flößen und Schwimmen überaus erschweren. Die Brücke, die ihn überspannt, ist aus rohem Flechtwerk gefertigt und wird nur durch große, schwere Steine auf eigenen Pfeilern festgehalten. Dieses Flechtwerk gibt bei jedem Schritt nach, so daß Rih nur ängstlich die Brücke überquerte. Doch kamen wir alle wohlbehalten am linken Ufer an.

Bereits drüben auf der anderen Seite war unser Zug von Frauen und Kindern mit Jubelgeschrei empfangen worden. Die wenigen Häuser, die ich erblickte, reichten jedenfalls als Wohnort so vieler nicht aus, und so vermutete ich, daß unter den Anwesenden auch zahlreiche Bewohner benachbarter Orte zu finden seien.

Das Haus des Melik, wo wir absteigen wollten, lag auf dem linken Ufer des Sab. Es war nach kurdischer Art, aber halb ins Wasser des Flusses hineingebaut, wo der kühlende und stärkere Luftzug die Mücken verscheuchte, die in diesen Gegenden eine Plage sind. Das obere Stockwerk des Gebäudes hatte keine Mauern. Es bestand einfach aus dem Dach, das an den vier Ecken von je einem Backsteinpfeiler getragen wurde. Dieser luftige Raum bildete das Staatsgemach, in das uns der Melik führte, nachdem wir abgestiegen waren und ich mein Pferd Halef übergeben hatte. Es lag da eine Menge zierlich geflochtener Matten, auf denen wir es uns leidlich bequem machen konnten.

Der Melik hatte jetzt nicht viel Zeit für uns übrig. Wir waren uns selbst überlassen. Bald aber trat eine Frau ein, die einen großen, aus Bast geflochtenen Teller trug, der mit allerlei Früchten und Eßwaren belegt war. Ihr folgten zwei Mädchen im Alter von ungefähr zehn und dreizehn Jahren. Sie hatten ähnliche, aber kleinere Teller in den Händen.

Alle drei grüßten bescheiden und stellten die Speisen vor uns nieder. Die Kinder entfernten sich, die Frau aber blieb noch stehen und musterte uns mit verlegener Miene.

„Hast du einen Wunsch?“ fragte ich sie.

„Ja, Chodih“, antwortete sie. „Ich möchte wissen, wer von euch der Effendi aus dem Abendland ist.“ – „Da werde wohl ich gemeint sein“, lautete meine Antwort.

„Bist du es, der in Amadije ein vergiftetes Mädchen gesund gemacht hat?“

Ich bejahte, und sie sagte darauf:

„Herr, die Mutter meines Mannes wünscht sehnlich, einmal dein Gesicht zu sehen und mit dir zu sprechen.“

„Wo befindet sie sich? Ich werde zu ihr gehen.“

„O nein, Chodih. Du bist ein Effendi, wir aber sind nur Frauen. Erlaube, daß sie zu dir kommt!“

„Ich erlaube es.“

„Aber die Mutter ist alt und schwach und kann nicht lange stehen –“

„Sie wird sich setzen.“

„Weißt du, daß sich die Frau in unserem Land in Gegenwart solcher Herren nicht setzen darf?"

„Ich weiß es, aber ich werde es ihr dennoch gestatten."

Die Frau ging. Nach einiger Zeit kam sie wieder herauf und führte eine Greisin am Arm, deren Gestalt vom Alter gebeugt war. Ihr Gesicht hatte tiefe Runzeln, aber ihre Augen blickten noch mit jugendlicher Schärfe umher.

„Gesegnet sei euer Eingang in das Haus meines Sohnes!" grüßte sie. „Welcher ist der Effendi, den ich suche?" – „Ich bin es. Komm und laß dich nieder!"

Die Greisin hob abwehrend die Hand, als ich auf die Matte deutete, die in meiner Nähe lag.

„Nein, Chodih, es ziemt mir nicht, in deiner Nähe zu sitzen. Erlaube, daß ich mich in einer Ecke niederlasse!" – „Nein, das erlaube ich nicht", erwiderte ich. „Ich bin der Sohn eines Volkes, bei dem die Frauen und Mütter geachtet werden. Du bist eine Christin. Sagt uns nicht unsere Religion, daß wir vor Gott alle gleich sind, ob arm oder reich, vornehm oder niedrig. Auch ich bin ein Christ. Ich bin dein Bruder und du meine Schwester. Zudem bist du noch viel älter als ich. Daher gebührt dir der Platz an meiner rechten Seite. Komm und laß dich nieder!"

„Nur dann, wenn du es befiehlst."

„Ich befehle es!"

„So gehorche ich, o Herr."

Sie ließ sich zu mir führen und setzte sich an meiner Seite nieder. Dann verließ ihre Schwiegertochter das Gemach. Die Alte blickte mir lange forschend ins Gesicht. Endlich sagte sie:

„Chodih, du bist wirklich so, wie du mir beschrieben wurdest. – Kennst du Menschen, bei deren Eintritt sich der Raum zu verfinstern scheint?"

„Ich habe viele solche Leute kennengelernt."

„Kennst du auch solche Menschen, die das Licht der Sonne mitzubringen scheinen? Wohin sie kommen, da wird es warm und hell. Gott hat ihnen die größte Gnade gegeben: ein freundliches Herz und ein fröhliches Gesicht."

„Auch solche kenne ich. Aber es gibt ihrer wenig."

„Du hast recht, und du selbst gehörst zu ihnen."

„Du willst mir eine Höflichkeit sagen."

„Nein, Effendi, ich bin ein altes Weib, das keinem schmeichelt. Ich habe gehört, daß du ein großer Krieger bist. Doch ich glaube, daß du deine besten Siege durch dein Wesen erringst. Alle, mit denen du zusammentriffst, werden dich liebgewinnen."

„Oh, ich habe sehr viele Feinde!"

„Dann sind es böse Menschen. Ich habe dich noch nie gesehen, aber ich habe viel an dich gedacht, und meine Liebe hat dir gehört, noch ehe dich mein Auge erblickte."

„Wie ist das möglich?"

„Meine Freundin Marah Durimeh erzählte mir von dir."

„Marah Durimeh?" rief ich überrascht. „Du kennst sie?"

„Ich kenne sie."

„Wo wohnt sie? Wo ist sie zu finden?"

„Ich weiß es nicht."

„Aber wenn sie deine Freundin ist, mußt du doch wissen, wo sie sich aufhält."

„Marah Durimeh ist bald hier, bald dort. Sie gleicht dem Vogel, der bald auf diesem, bald auf jenem Zweig wohnt."

„Kommt die Greisin oft zu dir?"

„Sie kommt nicht wie die Sonne, regelmäßig zur bestimmten Stunde, sondern sie kommt wie der erquickende Regen, bald hier, bald dort, bald spät, bald früh."

„Wann erwartest du wieder deine Freundin?"

„Marah Durimeh kann noch heute in Lisan sein. Sie kann aber auch erst nach Monden kommen. Vielleicht erscheint sie auch niemals wieder, denn auf ihrem Rücken lasten noch viel mehr Jahre als auf dem meinigen."

Das klang alles so geheimnisvoll, daß mir das Rätsel Marah Durimeh nur noch bedeutsamer wurde.

„So hat sie dich besucht, als sie von Amadije kam?" fragte ich.

„Ja. Marah Durimeh hat mir von dir erzählt. Sie sagte, du würdest vielleicht nach Lisan kommen, und bat mich, für dich zu sorgen, als ob du mein eigener Sohn seiest. Darf ich das?"

„Gern. Nur mußt du auch meine Gefährten in deine Fürsorge einschließen."

„Ich werde tun, was in meinen Kräften steht. Ich bin die Mutter des Melik, und sein Ohr hört gern auf meine Stimme. Aber es ist einer unter euch, dem meine Fürbitte nicht viel helfen wird."

„Wen meinst du?"

„Den Bei von Gumri. Welcher ist es?"

„Der Mann dort auf der vierten Matte. Er hört und versteht jedes deiner Worte. Die anderen aber reden die Sprache deines Landes nicht."

„Kadir Bei mag ruhig verstehen, was ich sage", antwortete sie. „Hast du gehört von dem, was unser Land gelitten hat?"

„Man hat mir vieles erzählt."

„Hast du gehört von Beder Khan Bei, von Zeinel Bei, von Nur Ullah Bei und von Abd es Summit Bei, den vier Mördern der Christen? Sie fielen von allen Seiten über uns her, diese kurdischen Ungeheuer. Sie zerstörten unsere Häuser, verbrannten unsere Gärten, vernichteten unsere Ernten, entweihten unsere Gotteshäuser, mordeten unsere Männer und Jünglinge, zerfleischten unsere Knaben und Mädchen und hetzten unsere Frauen und Jungfrauen, bis sie sterbend niederstürzten, noch in den letzten Atemzügen von den Ungeheuern bedroht. Die Wasser des Sab waren von dem Blut der unschuldigen Opfer gefärbt, und die Höhen und Täler des Landes waren von den Feuersbrünsten erleuchtet, die unsere Dörfer und Flecken verzehrten. Ein einziger, fürchterlicher Schrei tönte durch das ganze Land. Es war der Todesschrei von vielen tausend Christen.

Der Müteßarrif von Mossul hörte diesen Schrei, aber er sandte keine Hilfe, weil er den Raub mit den Räubern teilen wollte." – „Ich weiß es.

Es muß gräßlich gewesen sein.“ – „Gräßlich? O Chodih, dieses Wort sagt viel zu wenig. Ich könnte dir Dinge erzählen, bei denen dir das Herz brechen müßte. Siehst du die Brücke, auf der du über den Berdisabi[1] gekommen bist? Über diese Brücke wurden unsere Jungfrauen geschleppt, um nach Tkhuma und Bas entführt zu werden. Sie aber sprangen ins Wasser hinab, um lieber zu sterben. Keine einzige blieb zurück. Siehst du den Berg mit seiner Felsenmauer dort zur Rechten? Dort hinauf hatten sich Leute von Lisan gerettet, weil sie sich dort sicher glaubten, denn der Berg konnte nicht erstürmt werden. Aber sie hatten nur wenig Speise und Wasser bei sich. Um nicht zu verhungern, mußten sie sich Beder Khan Bei ergeben. Er versprach ihnen mit seinem heiligsten Eid die Freiheit und das Leben; nur die Waffen sollten sie abliefern. Das geschah. Er aber brach seinen Schwur und ließ sie mit Säbel und Messer ermorden. Und als den Kurden von dieser blutigen Arbeit die Arme weh taten, da machten sie es sich leichter: sie stürzten die Christen von der hohen Felswand hinab: Greise, Männer, Frauen und Kinder. Von mehr als tausend Chaldani entkam nur ein einziger, um zu berichten, was da oben geschehen war. Soll ich dir noch mehr erzählen, Chodih?“

„Halt ein!“ wehrte ich schaudernd ab.

„Und nun sitzt der Sohn eines dieser Ungeheuer hier im Haus des Melik von Lisan. Glaubst du, daß er bei den Chaldani doch Gnade finden wird?“

Wie mußte es bei diesen Worten dem Bei von Gumri zumute sein! Er zuckte mit keiner Wimper; er war zu stolz, um sich zu verteidigen. Ich aber antwortete: „Er wird Gnade finden!“ – „Glaubst du das wirklich?“ – „Ja. Kadir Bei trägt nicht die Schuld an dem, was andere taten. Der Melik hat ihm Gastfreundschaft versprochen, und ich selbst werde Lisan erst dann verlassen, wenn er sich in Sicherheit befindet.“

Die Alte senkte nachdenklich den ergrauten Kopf. Dann fragte sie: „So ist er dein Freund?“

„Ja. Ich bin sein Gast.“

„Chodih, das ist schlimm für dich.“

„Warum? Denkst du, daß der Melik sein Wort brechen wird?“

„Mein Sohn bricht es nie“, erwiderte sie stolz. „Aber der Bei wird bis an seinen Tod hier gefangen bleiben, und da du ihn nicht verlassen willst, wirst auch du deine Heimat niemals wiedersehen.“

„Das steht in Gottes Hand. Weißt du, was der Melik über uns beschlossen hat? Sind wir nur auf dieses Haus beschränkt?“

„Du allein nicht, aber die anderen sämtlich.“

„So darf ich frei umhergehen?“

„Ja, wenn du dir einen Begleiter gefallen läßt. Du sollst nicht nur Gastfreundschaft, wie deine Begleiter, sondern Gastfreiheit erhalten.“

„So werde ich jetzt einmal mit dem Melik sprechen. Darf ich dich begleiten?“ – „O Herr, dein Herz ist voller Güte. Ja, führe mich, damit ich sagen kann, daß mir zum erstenmal eine solche Ehre widerfahren ist!“

Die Greisin erhob sich mit mir und hängte sich an meinen Arm. Wir

[1] Der obere Sab

verließen das luftige Gemach und stiegen die Treppe hinab, die in das untere Geschoß führte. Hier trennte sich die Frau von mir, und ich trat hinaus auf den freien Platz vor dem Haus, wo viele Chaldäer versammelt waren. Nedschir Bei stand bei ihnen. Als er mich erblickte, kam er auf mich zu.

„Wen suchst du hier?" fragte er mich grob.

„Den Melik", antwortete ich ruhig.

„Er hat keine Zeit für dich. Geh wieder hinauf!" – „Ich bin gewöhnt, zu tun, was mir beliebt. Befiehl deinen Knechten, nicht aber einem freien Mann, dem du nichts zu gebieten hast!"

Da trat der Riese näher an mich heran und streckte seine mächtigen Glieder. In seinen Augen funkelte ein Licht, das mir sagte, daß der erwartete Zusammenstoß jetzt geschehen werde. So viel stand sicher: wenn ich ihn nicht gleich auf der Stelle unschädlich machte, war es um mich geschehen.

„Wirst du gehorchen?" drohte er.

„Knabe, mach dich nicht lächerlich!" entgegnete ich lachend.

„Knabe?" brüllte er. „Hier nimm den Lohn!"

Nedschir Bei schlug nach meinem Kopf. Ich fing den Hieb mit dem linken Arm auf und ließ dann meine rechte Faust mit solcher Gewalt an seine Schläfe sausen, daß ich glaubte, sämtliche Finger seien mir zerbrochen. Nedschir Bei brach lautlos zusammen und lag steif wie ein Klotz.

Die Umstehenden wichen scheu zurück. Nur einer rief:

„Er hat ihn erschlagen!"

„Ich habe den Raïs betäubt", erklärte ich. „Werft ihn ins Wasser, so wird er die Besinnung bald wiederfinden."

„Chodih, was hast du getan?" erscholl es hinter mir.

Ich wandte mich um und erblickte den Melik, der soeben aus der Tür getreten war.

„Ich?" fragte ich. „Hast du diesen Mann nicht vor mir gewarnt? Er schlug dennoch nach mir. Sag ihm, er soll es nicht wieder tun, sonst werden seine Töchter weinen, seine Söhne klagen und seine Freunde trauern!" – „Ist er nicht tot?"

„Nein. Beim nächsten Mal aber wird er tot sein."

„Effendi, du bereitest deinen Feinden Ärger und deinen Freunden Sorge. Wie soll ich dich schützen, wenn du dich dauernd nach Kampf sehnst?"

„Sag das dem Raïs, denn es ist sehr wahrscheinlich, daß du zu schwach bist, ihn vor meinem Arm zu beschützen. Erlaubst du ihm, mich zu beleidigen, so gib nicht mir die Schuld, wenn ich ihn Anstand lehre."

„Effendi, geh fort. Er kommt jetzt wieder zu sich."

„Soll ich vor einem Mann fliehen, den ich niedergeschlagen habe?"

„Nedschir wird dich töten!"

„Pah! Ich werde keine Hand zu rühren brauchen. Paß auf!"

Meine Gefährten hatten von ihrer offenen Wohnung aus den Vorgang mit angesehen. Ich winkte ihnen mit einer Geste, und sie wußten, was ich von ihnen begehrte.

Man hatte den Kopf des Raïs mit Wasser gewaschen. Jetzt richtete er sich langsam auf. Auf einen Faustkampf durfte ich es jetzt nicht noch einmal ankommen lassen, denn sowohl mein Arm, mit dem ich seinen Hieb aufgefangen hatte, als auch meine rechte Hand waren in wenigen Augenblicken beträchtlich angeschwollen. Ich mußte froh sein, daß mir dieser Riese nicht den Arm zerschmettert hatte. – Jetzt erblickte er mich, und mit einem heiseren Wutschrei stürzte er auf mich zu. Der Melik suchte ihn zu halten. Auch einige andere griffen zu, aber er war stärker als sie und rang sich los. Da wandte ich das Gesicht zum Haus hin und rief ihm zu: „Nedschir Bei, blick da hinauf!"

Er folgte der Richtung meiner Augen, sah die Gewehre aller meiner Gefährten auf sich gerichtet und hatte doch genug Besinnung, um diese Sprache zu verstehen. Er blieb stehen und hob die Faust.

„Du begegnest mir wieder!" drohte er.

Ich wandte mich ab, und er ging davon.

„Chodih", meinte der vor Anstrengung noch keuchende Melik, „du befandest dich in einer großen Gefahr!"

„Sie war sehr klein", erwiderte ich. „Ein einziger Blick hinauf zu meinen Leuten hat diesen Mann unschädlich gemacht."

„Hüte dich vor ihm!"

„Ich bin dein Gast. Sorge dafür, daß er mich nicht wieder beleidigt!"

„Man sagte mir, daß du mich suchst?"

„Ja. Ich wollte dich fragen, ob ich in Lisan frei umhergehen kann."

„Du kannst es."

„Aber du wirst mir einen Begleiter geben?"

„Nur zu deiner Sicherheit."

„Ich verstehe dich und füge mich drein. Wer wird mein Aufseher sein?"

„Nicht Aufseher, sondern Beschützer, Chodih. Ich gebe einen Karuja an deine Seite."

Also einen Vorleser, einen Geistlichen! Das war mir recht.

„Wo ist er?" fragte ich.

„Hier im Haus wohnt er bei mir. Ich werde ihn dir senden."

Der Melik trat in das Innere des Gebäudes, und bald kam ein Mann heraus, der in den mittleren Jahren stand. Er trug zwar die gewöhnliche Kleidung dieser Gegend, aber in seinem Wesen hatte er etwas an sich, was auf seinen Beruf schließen ließ. Er grüßte mich höflich.

„Du sollst mich begleiten!" sagte ich.

„Ja, Effendi. Der Melik will es so." – „Ich möchte mir vor allen Dingen Lisan ansehen. Willst du mich führen?" – „Chodih, ich weiß nicht, ob ich darf. Wir erwarten jeden Augenblick die Nachricht vom Eintreffen der Berwari, die kommen werden, um euch und euren Bei zu befreien."

„Ich habe versprochen, Lisan nicht ohne Willen des Melik zu verlassen. Ist dir das genug?"

„Nun, ich will dir trauen, obgleich ich verantwortlich bin für alles, was du in meiner Gegenwart unternimmst. Was willst du zunächst sehen?"

„Ich möchte den Berg besteigen, von dem Beder Khan Bei die Chaldani herabstürzen ließ."

„Es ist sehr schwer emporzukommen. Kannst du gut klettern?"

„Sei ohne Sorge!"

„So komm und folge mir!"

Während wir gingen, beschloß ich, den Karuja nach seinen Religionsverhältnissen zu fragen. Ich war mit ihnen so wenig vertraut, daß mir eine Aufklärung nur lieb sein konnte. Er kam mir mit einer Frage recht glücklich entgegen:

„Bist du ein Moslem, Chodih?"

„Hat dir der Melik nicht gesagt, daß ich Christ bin?"

„Nein. Aber ein Chaldani bist du nicht. Gehörst du zu dem Glauben, den die Missionare aus Inglistan predigen?"

Ich verneinte, und er sagte:

„Das freut mich, Effendi. Ich mag von ihrem Glauben nichts wissen, weil ich von ihnen selbst nichts wissen mag." – „Bist du mit einem von ihnen zusammengetroffen?" fragte ich.

„Mit mehreren schon. Aber ich habe den Staub von meinen Füßen geschüttelt und bin wieder fortgegangen. Kennst du die Lehren unseres Glaubens?"

„Nicht genau."

„Du möchtest sie wohl auch nicht kennenlernen?"

„O doch, sehr gern! Habt ihr ein Glaubensbekenntnis?"

„Jawohl, und ein jeder Chaldani muß es täglich zweimal beten."

„Bitte sag es mir!"

„Wir glauben an einen einzigen Gott, den allmächtigen Schöpfer und Vater aller sichtbaren und unsichtbaren Dinge. Wir glauben an den Herrn Jesus Christus, den Sohn Gottes, der da der einzig geborene Sohn seines Vaters ist vor aller Welt, der nicht geschaffen wurde, sondern der da ist der wahre Sohn des wahren Gottes; der da ist vom gleichen Wesen mit dem Vater, durch dessen Hände die Welt gemacht und alle Dinge geschaffen wurden; der für uns Menschen und unsere Seligkeit vom Himmel herabgestiegen ist, durch den Heiligen Geist Fleisch ward und Mensch wurde, empfangen und geboren von der Jungfrau Maria; der da litt und gekreuzigt wurde zur Zeit des Pontius Pilatus, und starb und wurde begraben; der da am dritten Tag wieder auferstand, wie in der Schrift verkündigt war, und fuhr gen Himmel, um zu sitzen zur Rechten seines Vaters und wiederzukommen, um zu richten die Lebendigen und die Toten. Und wir glauben an einen Heiligen Geist, den Geist der Wahrheit, der ausging von dem Vater, dem Geist, der erleuchtet. Und an eine heilige, allgemeine Kirche. Wir anerkennen zur Erlassung der Sünden eine heilige Taufe und eine Auferstehung des Leibes und ein ewiges Leben!"

Nach einer Pause fragte ich: „Haltet ihr auch die Fasten?"

„Sehr streng", entgegnete der Karaju. „Wir dürfen während hundertzweiundfünfzig Tagen keine Nahrung aus dem Tierreich, auch keinen Fisch essen, und der Patriarch unserer Kirche genießt überhaupt nur Nahrung aus dem Pflanzenreich."

„Wie viele Sakramente habt ihr?"

Er wollte mir eben antworten, aber unsere Unterhaltung wurde von zwei Reitern unterbrochen, die auf uns zugesprengt kamen.

„Was gibt es?" fragte der Karaju.

„Die Kurden kommen", lautete die Antwort.

„Wo sind sie?"

„Sie haben bereits die Berge überschritten und kommen in das Tal herab."

„Wieviel sind es?"

„Viele Hunderte."

Dann ritten sie weiter. Der Karaju blieb stehen.

„Chodih, laß uns umkehren! Ich habe es dem Melik versprochen, falls die Berwari kommen sollten. Du wirst nicht wollen, daß ich mein Wort breche."

„Du mußt es halten. Komm!"

Als wir den Platz vor dem Haus des Melik erreichten, herrschte dort große Aufregung. Aber ein planvolles Handeln gab es nicht. Der Melik stand mit einigen Unteranführern beisammen. Auch der Raïs war bei ihnen.

Ich wollte still vorübergehen und ins Haus treten, aber der Melik rief mir zu: „Chodih, komm her zu uns!" – „Was soll er hier?" zürnte der riesige Raïs. „Er ist ein Fremder, ein Feind. Er gehört nicht zu uns!"

„Schweig!" gebot ihm der Melik. Dann wandte er sich an mich. „Effendi, ich weiß, was du im Tal Deradsch und bei den Jesidi geleistet hast. Willst du uns einen Rat geben!"

Diese Frage kam mir sehr willkommen, aber ich erwiderte:

„Dazu wird es bereits zu spät sein. Du hättest schon gestern handeln sollen."

„Wie meinst du das?"

„Es ist leichter, einer Gefahr vorzubeugen, als sie zu bekämpfen, wenn sie schon eingetreten ist. Hättest du die Berwari nicht angegriffen, so brauchtest du dich heute nicht gegen sie zu verteidigen."

„Das will ich nicht hören."

„Aber ich mußte es dir sagen. Wußtest du, daß die Kurden heute kommen würden?"

„Wir haben es alle gewußt."

„Warum hast du dann nicht die jenseitigen Pässe besetzt? Du hättest auf diese Weise feste Stellungen erhalten, die gar nicht einzunehmen waren. Nun aber haben die Berwari das Gebirge bereits hinter sich und sind dir überlegen."

„Wir werden kämpfen!"

„Hier?"

„Nein, in der Ebene von Lisan."

„Dort also willst du die Gegner empfangen?" fragte ich verwundert.

„Ja", bestätigte er zögernd.

„Und du stehst noch hier mit deinen Leuten?"

„Wir müssen ja erst unser Hab und Gut und die Unsrigen retten, ehe wir fortkönnen!"

„O Melik, was seid ihr Chaldani für große Krieger! Seit gestern wußtet ihr, daß die Kurden kommen würden, und habt nichts getan, um euch zu sichern. Ihr wollt mit ihnen kämpfen und sprecht doch davon, die Euren und euer Eigentum zu bergen. Bevor ihr damit fertig seid, ist der Feind bereits in Lisan. Gestern habt ihr die Kurden überrascht, und darum wurden sie besiegt. Heute aber greifen sie selbst euch an und werden euch verderben!"

„Effendi, das mögen wir nicht hören!"

„So werdet ihr es erfahren. Leb wohl, und tu, was du willst!"

Ich machte Miene, ins Haus zu treten, er aber hielt mich am Arm zurück.

„Chodih, rate uns!"

„Ich kann euch nicht raten. Ihr habt mich vorher auch nicht um Rat gefragt."

„Wir werden dir dankbar sein."

„Das ist nicht notwendig. Ihr sollt nur vernünftig sein. Wie kann ich euch beistehen, die Männer zu besiegen, die kommen, um mich und meine Gefährten zu befreien?"

„Ihr seid ja nur meine Gäste, nicht aber meine Gefangenen!"

„Auch der Bei von Gumri?"

„Effendi, dräng mich nicht!"

„Nun wohl, ich will großzügiger sein, als ihr es verdient. Eilt dem Feind entgegen und verlegt ihm an passender Stelle den Weg! Die Kurden werden nicht angreifen, sondern einen Boten senden, der sich zuvor nach uns erkundigen soll. Diesen Boten bringt hierher, dann will ich euch meinen Rat erteilen."

„Geh lieber mit, Chodih!"

„Das werde ich gern tun, wenn ihr mir erlaubt, meinen Diener Halef mitzunehmen."

„Ich erlaube es", sagte der Melik.

„Aber ich erlaube es nicht", entgegnete der Raïs.

Es entspann sich jetzt ein kurzer, aber heftiger Streit, in dem schließlich der Melik die Oberhand behielt, da die anderen alle auf seiner Seite standen. Der Raïs warf mir einen wütenden Blick zu, sprang auf sein Pferd und ritt davon.

„Wo willst du hin?" rief ihm der Melik nach.

„Das geht dich nichts an!" scholl es zurück.

„Eilt ihm nach und beschwichtigt ihn!" bat der Melik die anderen, während ich Halef zurief, mein Pferd und das seinige bereitzumachen.

Dann stieg ich in unseren Raum hinauf, um die Gefährten zu unterrichten.

„Was ist los?" fragte der Engländer.

„Die Kurden von Gumri kommen, um uns zu befreien", erklärte ich.

„Sehr gut! Yes! Brave Kerle! Meine Büchse her! Werde mit dreinschlagen. Well."

„Halt, Sir David! Fürs erste werdet Ihr noch ein wenig hierbleiben und meine Rückkehr abwarten."

„Warum? Wo wollt Ihr hin?"

„Hinaus, um zu unterhandeln und die Sache vielleicht im guten beilegen zu helfen."

„Pshaw! Sie werden Euch erschießen! Yes!"

„Das ist sehr unwahrscheinlich."

„Darf ich nicht mit?"

„Nein. Nur Halef."

„So geht! Aber wenn Ihr nicht wiederkommt, schlage ich ganz Lisan in Grund und Boden. Well!"

Auch die anderen fügten sich. Nur der Bei von Gumri machte eine Bedingung: „Chodih, du wirst keine Entscheidung ohne meinen Willen treffen?"

„Nein. Ich werde vorher entweder selbst kommen oder dich holen lassen."

Damit nahm ich meine Waffen, stieg hinab und sprang in den Sattel. Der Platz vor dem Haus war leer geworden. Nur der Melik wartete auf mich, und einige Bewaffnete waren geblieben, um die gefangenen ‚Gäste' zu bewachen.

Wir mußten die gebrechliche Brücke wieder überqueren. Drüben auf der anderen Seite des Sab ging es wirr zu. Landesverteidiger zu Fuß und zu Roß ritten und liefen bunt durcheinander. Der eine hatte eine alte Flinte, der andere eine Keule. Ein jeder wollte befehlen, aber keiner gehorchen. Dazu hörte man dauernd eine andere Neuigkeit über die Kurden. Zuletzt kam gar die Kunde, der Raïs von Schurd sei mit seinen Leute abgezogen, weil sich der Melik mit ihm überworfen habe.

„Effendi, was tu ich?" fragte der Melik in nicht geringer Sorge.

„Suche zu erfahren, wo sich die Kurden befinden!"

„Das habe ich bereits getan, aber jeder bringt mir eine andere Kunde. Und sieh meine Leute an! Wie soll ich mit ihnen zum Kampf ziehen?"

Der Mann dauerte mich. Es war zu erkennen, daß er sich auf seine Leute nicht verlassen konnte. Der so lange auf ihnen lastende Druck hatte sie entmannt. Zu einem Überfall hatten sie gestern den Mut gehabt. Heute aber, da es nun galt, die Folgen zu tragen, mangelte es ihnen an der nötigen Tatkraft. Es war keine Spur von militärischer Zucht zu bemerken. Die Nestorianer glichen einer Herde von Schafen, die planlos den Wölfen entgegenrennen.

Auch der Melik selbst machte nicht den Eindruck eines Mannes, der die jetzt so nötige Willenskraft und Widerstandsfähigkeit besaß. Es war mehr als Sorge, es war fast Angst, was sich auf seinem Gesicht spiegelte, und vielleicht wäre es von Nutzen für ihn gewesen, wenn sich Nedschir Bei noch an seiner Seite befunden hätte. Es war mir klar, daß die Chaldäer gegen die Berwari-Kurden den kürzeren ziehen würden. Daher antwortete ich auf die Frage des Melik: „Willst du meinen Rat hören?" – „Sag ihn mir!" – „Die Kurden sind euch überlegen. Es gibt nur zwei Wege, die du jetzt einschlagen kannst. Du ziehst dich mit den Deinen schleunigst auf das andere Ufer des Sab zurück und verteidigst den Übergang. Dadurch gewinnst du Zeit, Verstärkungen heranzuholen."

„Dann aber muß ich den Kurden alles opfern, was am rechten Ufer liegt."

„Sie werden das ohnehin nehmen."

„Welches ist der zweite Weg?"

„Du unterhandelst mit ihnen."

„Durch wen?"
„Durch mich."
„Durch dich? Chodih, willst du mir entfliehen?"
„Fällt mir nicht ein, denn ich habe dir mein Wort gegeben."
„Werden sich die Berwari auf Unterhandlungen einlassen, nachdem wir sie gestern überfallen haben?"
„Ist nicht ihr Anführer dein Gefangener? Das gibt dir eine gewisse Macht über sie."
„Gewiß. Aber du bist ihr Gastfreund. Du wirst so mit ihnen verhandeln, daß sie den Nutzen und wir den Schaden haben."
„Ich bin auch dein Gastfreund. Ich werde so mit ihnen reden, daß beide Teile zufrieden sein können."
„Dann habe ich ein anderes Bedenken. Sie werden dich festhalten und werden dich nicht wieder zu mir zurückkehren lassen."
„Ich laß mich nicht halten. Sieh mein Pferd an! Ist es nicht zehnmal mehr wert als das deinige?"
„Fünfzigmal, nein, hundertmal mehr, Herr!"
„Glaubst du, daß ein Krieger so ein Tier im Stich läßt?"
„Niemals!"
„Nun wohl! Wir wollen einstweilen tauschen! Ich lasse dir meinen Rapphengst als Pfand zurück, daß ich wiederkomme."
„Ist das dein Ernst?"
„Mein Wort darauf! Vertraust du mir nun?"
„Ich glaube und vertraue dir. Willst du deinen Diener auch mitnehmen?"
„Nein, er wird bei dir bleiben, denn du kennst mein Pferd nicht genau. Es muß jemand bei dir sein, der den Hengst richtig zu behandeln versteht."
„Hat das Tier ein Geheimnis?" – „Ja."
„Dann duldet der Rappe gewiß auch keinen im Sattel, der das Geheimnis nicht kennt. Dein Diener mag das Pferd betreuen, und du nimmst das seinige, während er bei mir zurückbleibt."
Das war es ja eben, was ich wünschte. Mein Pferd war in den Händen des kleinen Hadschi Halef Omar jedenfalls besser aufgehoben als in denen des Melik, und so erklärte ich: „Ich füge mich in deinen Willen. Erlaube, daß ich sofort die Tiere wechsle!"
„Sogleich, Effendi?"
„Ja. Wir haben keine Zeit zu verlieren."
„Wirst du die Kurden auch finden?"
„Sie werden schon dafür sorgen, daß ich sie finde: Aber könnten wir nicht meine beiden Vorschläge vereinigen? Wenn deine Leute mit den Berwari ins Handgemenge kommen, ehe man mich angehört hat, so ist alles verloren. Geh mit ihnen über den Fluß zurück, so habe ich mehr Aussicht auf Erfolg!"
„Aber wir geben uns da in ihre Hände!"
„Nein, ihr entkommt ihnen und gewinnt Zeit. Wie wollen sie euch angreifen, wenn ihr die Brücke besetzt?"
„Du hast recht, Effendi. Ich werde sofort das Nötige veranlassen und meine Leute zurücknehmen."

Während ich vom Pferd sprang und Halefs Tier bestieg, setzte der Melik eine Muschel an den Mund, die wie ein Horn an seiner Hüfte gehangen hatte. Der dumpfe aber kräftige Ton war weithin vernehmbar. Die Chaldani kamen von allen Seiten zurückgeeilt, denn diese Richtung behagte ihnen weit mehr als die eines gefährlichen Angriffs auf die wohlbewaffneten Kurden. Ich hingegen ritt vorwärts, nachdem ich Halef einige Verhaltungsmaßnahmen erteilt hatte, und war bald allein, da auch Dojan zurückgeblieben war.

17. Krieg oder Friede?

Meine Aufgabe erschien mir nicht schwierig. Von den Kurden hatte ich wohl nichts zu befürchten, und da sie Rücksicht auf das gefährdete Leben ihres Bei nehmen mußten, ließ sich erwarten, daß ein Vergleich zustande kommen werde.

So ritt ich langsam vorwärts und horchte auf jedes Geräusch. Ich gelangte auf den Rücken einer niedrigen Bodenwelle, wo Baum und Busch weniger dicht standen, und erblickte von hier aus einen Krähenschwarm, der weiter unten über dem Wald schwebte, sich zuweilen auf die Zweige niederlassen wollte, aber immer wieder aufflog. Es war gewiß, daß diese Vögel aufgestört wurden, und ich wußte nun, wohin ich mich wenden mußte. Ich ritt den Hügel hinab, war aber noch gar nicht weit gekommen, als ein Schuß fiel, der jedenfalls mir gelten sollte. Die Kugel traf aber nicht. Im Nu schnellte ich mich vom Pferd und stellte mich hinter das Tier. Ich hatte den Blitz des Pulvers gesehen und wußte, wo der ungeschickte Schütze stand.

„Kur'o[1], tu dein Kirbit[2] zur Seite!" rief ich. „Du triffst ja eher dich als mich!"

„Flieh, sonst bist du des Todes!" klang es mir entgegen. – „Eh be vïa kenjam – darüber muß ich lachen! Welcher Mann schießt seine Freunde tot?"

„Du bist nicht unser Freund. Du bist ein Naßara!"

„Das wird sich finden. Du gehörst zu den Vorposten der Kurden?"

„Wer sagt dir das?"

„Ich weiß es. Bring mich zu eurem Anführer!"

„Was willst du dort?"

„Mein Gastfreund, der Bei von Gumri, sendet mich zu ihm."

„Wo ist Kadir Bei?" – „In Lisan gefangen."

Während dieser Verhandlung bemerkte ich recht wohl, daß noch mehrere Gestalten herbeikamen, die aber hinter den Bäumen verborgen bleiben wollten. Der Kurde fragte weiter: „Du nennst dich den Gastfreund des Bei. Wer bist du?" – „Ein Effendi gibt nur einem angesehenen Krieger Auskunft. Bring mich zu eurem Anführer, oder hole ihn her zu mir! Ich habe als Bote des Bei mit ihm zu reden."

„Chodih, gehörst du zu den Fremden, die auch gefangen worden sind?"

„So ist es."

„Und du bist wirklich kein Verräter, Herr?"

[1] Knabe [2] Zündholz

„Katischt, baqa – was, du Frosch?“ rief da laut eine andere Stimme. „Siehst du denn nicht, daß es der Effendi ist, der ohne Aufhören schießen kann? Geh weg, du Wurm, und laß mich hin zu ihm!“

Zugleich kam ein junger Kurde hinter einem Baum hervor, trat ehrerbietig zu mir heran und sagte: „Allahm d'Allah – Gott sei Dank, daß ich dich wiedersehe, Chodih! Wir haben große Sorge um euch gehabt.“ Ich erkannte in ihm einen der Männer, die gestern dem Melik glücklich entkommen waren, und antwortete: „Man hat uns wieder ergriffen, aber wir befinden uns wohl. Wer ist euer Anführer?“

„Der Raïs von Dalascha, und bei ihm ist der tapfere Scheik der Haddedihn.“ Das war mir lieb zu hören. Also hatte Mohammed Emin doch, wie vermutet, den Weg nach Gumri gefunden und kam nun, uns zu befreien. „Ich kenne den Raïs von Dalascha nicht“, sagte ich. „Führe mich zu ihm!“ – „Effendi, er ist ein großer Krieger. Er kam gestern am Abend, um den Bei zu besuchen, und da er hörte, daß Kadir Bei gefangen sei, so schwur er, Lisan dem Erdboden gleichzumachen und alle seine Bewohner in die Hölle zu senden. Jetzt ist er unterwegs, und wir gehen voran, damit er nicht überrumpelt wird. Aber Chodih, wo hast du dein Pferd? Hat man es dir geraubt?“ – „Nein, ich ließ es freiwillig zurück. Doch komm und führe mich!“ Ich nahm Halefs Tier am Zügel und folgte ihm. Wir waren vielleicht tausend Schritte gegangen, da stießen wir auf eine Gruppe von Reitern, unter denen ich zu meiner großen Freude Mohammed Emin erblickte.

„Hamdulillah“, rief er, „Preis sei Gott, der mir die Gnade gibt, dich wiederzusehen. Er hat dir den Pfad erleuchtet, daß es dir glückte, diesen Naßara zu entkommen. Aber“, fügte er erschrocken hinzu – „du bis entflohen, ohne deinen Rih mitzunehmen?“ Das war ihm ein ganz unmöglicher Gedanke, und ich beruhigte ihn auch sogleich:

„Ich bin nicht entflohen, und das Pferd gehört noch mir. Rih befindet sich in der Obhut von Hadschi Halef Omar, bei dem er sicher ist.“

„Du bist nicht entflohen?“ fragte er erstaunt.

„Nein. Ich komme als Abgesandter des Bei von Gumri und des Melik von Lisan. Wo ist der Mann, der hier gebietet?“

„Ich bin es“, meldete sich eine tiefe Stimme. Ich sah mir den Mann an. Er saß auf einem starkknochigen, zottigen Pferd. Der Reiter war sehr lang und außerordentlich hager. Ein ungeheurer Turban bedeckte seinen Kopf, und sein Gesicht starrte von einem so borstigen und dichten Bart, daß man nur die Nase und zwei Augen erblickte, die mich unheimlich forschend anfunkelten. „Du bist der Raïs von Dalascha?“ fragte ich ihn. „Ja. Wer bist du?“ Mohammed Emin gab an meiner Stelle Bescheid. „Dieser Fremde ist Kara Ben Nemsi Effendi, von dem ich dir erzählt habe.“ Der Kurde grub seinen Blick abermals tief in den meinigen, und es schien dann, als sei er sich über mich im klaren.

„Er soll uns später erzählen und mag sich uns jetzt anschließen!“ sagte er. „Vorwärts!“ – „Halt! Ich habe dringend mit dir zu sprechen“, bat ich. „Schweig!“ fuhr er mich an. „Ich bin der Anführer dieser Truppen, und was ich sage, geschieht ohne Widerrede. Ein Weib schwatzt, ein Mann aber handelt. Jetzt wird nicht geplaudert!“

Ich war nicht geneigt, in einem solchen Ton mit mir reden zu lassen.

Auch Mohammed Emin gab mir unbemerkt einen aufmunternden Blick. Der Raïs war bereits einige Schritte fort. Ich trat vor und griff seinem Pferd in die Zügel. „Halt! Bleib! Ich bin der Abgesandte des Bei!“ mahnte ich ernst. Ich habe immer gefunden, daß ein furchtloses Wesen, unterstützt durch ein wenig Leibesstärke, diese halbwilden Leute beeindruckt. Hier aber schien ich mich verrechnet zu haben; denn der Mann hob die Faust und drohte: „Die Hand vom Pferd, sonst schlag ich zu!“ Ich erkannte, daß meine Sendung verunglückt sei, wenn ich mich von ihm einschüchtern ließ. Darum gab ich wohl mein Pferd frei, nicht aber das seinige, und erwiderte: „Ich bin hier an Stelle des Bei von Gumri und habe zu befehlen. Du aber bist nichts als ein kleiner Kjaja, der gehorchen muß. Steig ab!“

Da riß der Raïs die Büchse von der Schulter, faßte sie beim Lauf und wirbelte sie um den Kopf. „Ich spalte dir den Kopf in vier Teile, du Dummkopf!“ brüllte er. „Versuch es, doch zuerst gehorche!“ entgegnete ich lachend. Mit einem raschen Ruck riß ich sein Pferd auf die Hinterhand nieder und schlug dem Tier dann den Fuß mit solcher Gewalt an den Bauch, daß es erschrocken wieder emporprallte. Diese beiden Bewegungen folgten so schnell aufeinander, daß der Raïs abgeworfen wurde. Ehe er sich erheben konnte, hatte ich ihm die Büchse und das Messer entrissen und erwartete seinen Angriff.

„Sa – Hund“, brüllte er und schnellte empor. „Ich zermalme dich!“

Der Raïs von Dalascha sprang auf mich ein. Ich hob nur den Fuß bis zur Gegend seiner Magengrube – ein Tritt, und er überschlug sich rückwärts. Nun nahm ich sein eigenes Gewehr und zielte auf ihn.

„Bleib weg von mir, sonst schieße ich!“ gebot ich ihm. Er raffte sich auf, hielt die Magengegend und blickte mich mit wutfunkelnden Augen an, wagte aber doch keinen Angriff mehr.

„Gib mir meine Waffen!“ grollte er drohend.

„Später, wenn ich mit dir gesprochen habe.“

„Ich habe nichts mit dir zu sprechen.“

„Aber ich mit dir, und ich bin gewohnt, mir Gehör zu verschaffen. Das merke dir, Kjaja!“

„Ich bin kein Kjaja; ich bin ein Raïs.“

Obgleich dieser Vorgang nur wenige Augenblicke in Anspruch genommen hatte, war er doch von den anrückenden Kurden bemerkt worden, und es hatte sich eine bedeutende Schar, die sich immer mehr vergrößerte, um uns gesammelt. Doch sagte mir ein einziger Blick, daß keiner von ihnen gewillt war, voreilig Partei zu ergreifen. Darum entgegnete ich unbesorgt: „Du bist kein Raïs. Du bist nicht einmal ein freier Kurde wie diese tapferen Männer hier, denen du befehlen willst.“

„Beweise es!“ rief er in höchster Wut.

„Du bist der Dorfälteste von Dalascha. Aber die sieben Orte Dalascha, Khal, Serschkiutha, Beschukha Behedri Biha und Schuraisi gehören zum Land Khal, das dem Müteßellim von Amadije Tribut bezahlt und folglich dem Müteßarrif von Mossul als auch dem Großherrn in Stambul untertänig ist. Der Älteste eines Dorfes, das dem Padischah Tribut entrichtet, ist aber nur ein türkischer Kjaja. Wenn mich ein freier Kurde beleidigt, so fordere ich mit der Waffe Rechenschaft von ihm; denn er ist der Sohn eines Mannes, der vor keinem Menschen sein Knie beugte. Wagt es aber ein türkischer Kjaja, der ein Diener des Müteßarrif ist, mich einen Hund zu nennen, so werfe ich ihn vom Pferde und gebe ihm die Sohle meines Fußes auf den Leib, damit er die Demut lernt, die er jedem freien Mann schuldig ist! Sagt mir, ihr Männer: Wer hat den Tribut-Einsammler eines türkischen Dorfes zum Anführer der Kurden von Berwari gemacht?"

Ein lautes Murmeln ließ sich rundum hören. Dann erklärte einer:

„Er selbst." Ich wandte mich an den Sprecher: „Kennst du mich?"

„Ja, Effendi, die meisten von uns kennen dich."

„Du weißt, daß ich ein Gast des Bei bin?"

„Wir wissen es!"

„So antworte mir: Gab es unter den Berwari keinen, der würdig gewesen wäre, die Stelle des Bei zu vertreten?"

„Es gibt ihrer viele", entgegnete der Sprecher stolz.

„Aber dieser Mann, den du Kjaja nennst, ist oft in Gumri. Er ist stark, und da er eine Blutrache mit dem Melik von Lisan hat und wir mit einer langen Wahl keine Zeit verlieren wollten, haben wir ihm den Befehl übergeben." – „Er ist stark? Habe ich ihn nicht vom Pferd geworfen und dann zu Boden geschleudert? Ich sage euch, daß seine Seele zur Dschehenna fahren soll, wenn er es noch ein einziges Mal wagt, mich oder einen meiner Freunde zu beleidigen! Die Faust eines Effendi aus Almanja ist wie Kumasch[1] für den Freund, für den Feind aber wie Tschelik[2] und Demir[3]."

„Chodih, was forderst du von ihm?"

„Kadir Bei ist in Lisan gefangen. Er sendet mich zu euch, um mit eurem Anführer zu besprechen, was ihr tun sollt. Dieser Mann aber will dem Bei nicht gehorchen. Er will nicht mit mir reden und hat mich einen Hund genannt." – „Er muß gehorchen – er wird dich hören!" rief es rundum. „Gut", antwortete ich. „Ihr habt ihm den Befehl übertragen, und so mag er ihn behalten, bis euer Bei wieder frei ist. Aber wie ich ihm seine Ehre gebe, so soll er mir auch die meinige erweisen. Kadir Bei hat mich gesandt. Ich stehe hier an seiner Stelle. Will dieser Mann in Frieden mit mir verkehren und mich behandeln, wie ein Effendi behandelt werden muß, so gebe ich ihm seine Waffen zurück, und der Bei soll bald wieder in eurer Mitte sein." Ich blickte mich forschend im Kreis um. Es standen, soweit ich sie sehen konnte, weit über hundert Männer zwischen den lichten Büschen umher, und alle riefen mir ihre Zustimmung zu. Darauf wandte ich mich an den Kjaja:

„Du hast meine Worte gehört. Ich erkenne dich als Anführer an und werde dich deshalb jetzt Aga nennen. Hier hast du deine Büchse und dein Messer. Und nun erwarte ich, daß du auf meine Worte hörst."

„Was hast du mir zu sagen?" brummte er mißmutig. „Ruf alle Berwari zusammen. Sie sollen nicht eher vorgehen, als bis unsere Besprechung zu Ende ist." Der Gebieter von Dalascha blickte mich erstaunt an. „Weißt du denn nicht, daß wir Lisan überfallen wollen?" fragte er mich. „Ich weiß es. Aber es geschieht auch später noch zur

[1] Samt [2] Stahl [3] Eisen

rechten Zeit." – „Wenn wir zaudern, werden die Naßara über uns herfallen. Sie wissen, daß wir kommen. Sie haben uns gesehen."

„Eben weil sie es wissen, schickt mich Kadir Bei zu euch. Die Gegner werden euch nicht überfallen. Sie haben sich über den Sab zurückgezogen und werden die Brücke verteidigen."

„Weißt du das genau?"

„Ich selbst habe es ihnen geraten." Er blickte finster vor sich nieder, und auch aus dem Kreis ringsum wurde manch mißbilligender Blick auf mich geworfen. Dann entschied er sich: „Ich werde tun, was du verlangst. Aber glaube nicht, daß wir von einem Fremden einen schlechten Rat annehmen!" – „Das tue, wie du willst! Laß einen freien Platz aussuchen, wo wir Raum genug haben, um die Versammlung überblicken zu können. Die Ältesten mögen zur Beratung kommen, die anderen aber sollen den Ort bewachen, damit wir sicher sind."

Er gab die nötigen Befehle, und nun kam reges Leben in die Leute. Dabei hatte ich Zeit, einige Worte mit Mohammed Emin zu sprechen. Ich erzählte ihm unsere Erlebnisse seit der Trennung und wollte ihn nach den seinigen fragen, als gemeldet wurde, daß ein passender Platz gefunden sei. Wir mußten abbrechen. „Effendi", sagte der Scheik, „ich danke dir, daß du diesem Kjaja gezeigt hast, daß wir Männer sind!"

„Hat er das an dir auch bemerkt?" – „Bedenke, daß ich nur wenige kurdische Worte reden kann. Die Berwari aber haben nur einige unter sich, die etwas Arabisch verstehen. Dieser Kjaja muß ein berüchtigter Dieb und Räuber sein, weil sie solche Achtung vor ihm haben."

„Nun, du siehst, daß sie mich nicht weniger achten, obwohl ich kein Dieb und Räuber bin. Komm, man erwartet uns! Wir trennen uns nicht wieder."

„Welche Vorschläge sollst du machen?"

„Du wirst sie hören."

„Aber ich verstehe euer Kurdisch nicht."

„Ich werde dir das Nötige von Zeit zu Zeit verdolmetschen."

Wir gelangten zwischen den weit auseinander stehenden Büschen und Bäumen hindurch an eine Lichtung, die genug Raum zur Verhandlung bot. Rundum waren die Pferde angebunden. Etwa zwanzig grimmig aussehende Krieger saßen mit dem Raïs in der Mitte des Platzes. Die übrigen aber hatten sich ehrerbietig zurückgezogen, entweder bei den Pferden oder tiefer im Busch stehend, um für unsere Sicherheit zu sorgen. Es war ein malerischer Anblick, den diese sonderbar gekleideten Kurden mit ihren so verschieden aufgeschirrten Tieren boten. Doch hatte ich keine Zeit, weitere Betrachtungen darüber anzustellen.

„Effendi", begann der Anführer, „wir sind bereit, zu hören, was du uns zu sagen hast. Aber gehört dieser auch zu der Beratung?"

Er deutete dabei auf Mohammed Emin. Diesen bös gemeinten Hieb mußte ich sofort zurückgeben.

„Mohammed Emin ist der berühmte Scheik der Beni Haddedihn vom Volk der Arab esch Schammar. Er ist ein weiser Anführer und ein unüberwindlicher Krieger, dessen weißen Bart selbst der Ungläubige achtet. Noch niemand hat es gewagt, ihn vom Pferd zu werfen oder ihm den Fuß auf den Leib zu setzen. Hüte dich, Aga, sonst kehre ich zu Kadir Bei zurück, nehme dich aber vor mich aufs Pferd und lasse dir in Lisan die Fußsohlen peitschen!"

„Effendi, du wolltest in Frieden mit mir reden!"

„So halte du selbst Frieden! Zwei Männer wie Mohammed Emin und ich lassen sich von tausend Gegnern nicht beleidigen. Mit unseren Waffen brauchen wir dein ganzes Land Khal nicht zu fürchten. Wir stellen uns unter das Odschak[1] dieser Berwari, die nicht zugeben werden, daß die Freunde ihres Bei beleidigt werden."

Wer das Odschak anruft, dem ist der beste Schutz auf alle Fälle sicher, und so erhob sich denn auch sofort der älteste der Krieger, nahm Mohammed Emin und mich bei der Hand und beteuerte mit drohender Stimme:

„Wer diese Männer kränkt, der ist mein Feind. Ser babe men – beim Haupt meines Vaters!"

Dieser Schwur des angesehensten Kurden war kräftig genug, uns von jetzt an gegen alle Beleidigungen zu schützen. Der Kjaja von Dalascha fragte nun:

„Welches ist die Botschaft, die du uns ausrichten sollst?"

„Ich soll euch sagen, daß der Bei von Gumri der Gefangene des Melik von Lisan ist –"

„Das wußten wir bereits. Dazu brauchst du nicht zu uns kommen."

„Wenn du in die Dschehenna zu deinen Vätern kommst, so bedanke dich bei ihnen dafür, daß sie dich zu einem so höflichen Mann erzogen haben. Nur bei den Negern und Adschani[2] ist es Sitte, einander nicht ausreden zu lassen. Dein Chodschah[3] aber hat die Rute verdient."

Obwohl ich die Zurechtweisung damit selbst übernommen hatte, zog doch auch der alte Kurde seine Pistole und meinte gleichmütig:

„Ser babe men – beim Haupt meines Vaters! Vielleicht wird man bald die Stimme dieser Waffe vernehmen. Fahre fort, Effendi!"

Es war gewiß eine eigentümliche Lage. Wir beiden Fremdlinge wurden gegen den eigenen Anführer in Schutz genommen. Was würde wohl ein ‚zivilisierter' Kavallerie-Rittmeister dazu sagen? Ich folgte der Aufforderung und redete weiter:

„Der Melik von Lisan verlangt das Blut des Bei." – „Warum?" fragte es umher.

„Weil durch die Kurden so viele Chaldani gefallen sind."

Diese Behauptung brachte unter meinen Zuhörern eine bedeutende Aufregung hervor. Ich ließ sie einige Zeit gewähren und bat sie dann, mich ruhig anzuhören:

„Ich bin der Abgesandte des Bei. Aber ich bin zu gleicher Zeit auch der Bote des Melik. Ich liebe Kadir Bei und auch der Melik hat mich gebeten, sein Freund zu sein. Darf ich einen von ihnen enttäuschen?"

„Nein", antwortete der Alte.

„Du hast recht gesprochen. Ich bin fremd in diesem Land, ich habe weder mit euch noch mit einem Naßara eine Rache und darum muß

[1] eigentlich Familie, Haus und Herd; hier so viel wie Hausrecht [2] bei den Kurden Schimpfname für die persischen Schiiten [3] Lehrer

ich das Wort des Propheten befolgen: ‚Dein Wort sei der Schutz deines Freundes!' Ich werde zu euch so sprechen, als ob Kadir Bei und der Melik hier ständen und mit euch redeten. Und Allah wird eure Herzen erleuchten, daß kein ungerechter Gedanke eure Seele verdunkelt."

Wieder nahm der Alte das Wort.

„Rede getrost, Chodih! Rede auch für den Melik, denn auch er hat dich gesandt. Du wirst nur die Wahrheit sagen und wir glauben, daß du uns nicht beleidigen und erzürnen willst." – „So hört! Es ist noch nicht viele Jahre her, da gab es ein großes Geschrei auf den Bergen und ein großes Wehklagen in den Tälern dieses Landes. Die Menschen weinten, das Schwert wütete wie die erste Stunde des Jüngsten Tages, und das Messer lag in der Hand des tausendfältigen Todes. Sagt mir, wer führte dieses Schwert und dieses Messer?" – „Wir!" erscholl es triumphierend rundum.

„Und wer waren jene, die untergingen?"

Diesmal kam der Anführer allen zuvor:

„Die Naßara, die Allah verderben möge!"

„Was hatten sie euch getan?"

„Sie uns?" rief er verwundert. „Sie sind nicht Giaurs? Glauben sie nicht an drei Götter? Beten sie nicht Menschen an, die längst gestorben sind? Predigen nicht die Ulema[1] die ewige Vernichtung gegen sie?"

Es wäre hier die größte Unvorsichtigkeit gewesen, theologische Streitfragen aufzugreifen. Darum erwiderte ich einfach:

„Also ihr habt die Christen wegen ihres Glaubens getötet! Ihr gebt zu, daß ihr sie getötet habt, Hunderte und Tausende?" – „Viele Tausende!" sagte der Anführer stolz.

„Nun wohl, ihr kennt die Thar, die Blutrache. Dürft ihr euch wundern, daß sich die Verwandten der Gemordeten jetzt erheben und euer Blut fordern?" – „Effendi, sie dürfen das nicht. Sie sind Giaurs!" – „Du irrst, denn Menschenblut bleibt Menschenblut. Ich war in vielen Ländern und bei vielen Völkern, deren Namen ihr nicht einmal kennt. Sie waren keine Moslemin, aber die Blutrache hatten sie doch, und sie wundern sich nicht darüber, wenn einer den Tod eines Verwandten rächt. Ich stehe hier als ein unparteiischer Bote. Ich darf nicht sagen, daß ihr allein das Recht zur Blutrache habt, denn auch eure Gegner haben ihr Leben von Gott erhalten, und wenn sie es nicht gegen euch verteidigen sollen, so seid ihr feige Mörder. Ihr gebt zu, daß ihr Tausende von ihnen getötet habt. Nun dürft ihr euch nicht wundern, wenn sie das Leben eures Bei von euch fordern, der in ihre Hände gefallen ist. Eigentlich hätten sie das Recht, ebenso viele Leben von euch zu fordern, wie ihr ihnen genommen habt." – „Die Giaurs mögen kommen!" murrte der Aga.

„Sie werden auch kommen, wenn ihr ihnen nicht die Hand der Versöhnung reicht."

„Der Versöhnung? Bist du toll?"

„Ich bin bei Sinnen. Was wollt ihr ihnen tun? Der Sab liegt zwischen ihnen und euch, und es würde euch schwere Opfer kosten, um

[1] mohammedanische Gottesgelehrte

die Brücke oder eine Furt zu erstürmen. Und bis euch dies gelänge, hätten die Nestorianer so viele Helfer aus Achita, Serspitho, Sawitha, Mijanisch, Murghi und aus anderen Orten erhalten, daß sie euch erdrücken würden."

Da erhob sich der Anführer mit der Miene eines Anklägers vom Boden.

„Weißt du, wer daran schuld ist?" fragte er. „Du selbst, du allein!"

„Ich? Inwiefern?"

„Hast du uns nicht vorhin selbst gestanden, daß du ihnen den Rat gegeben hast, sich hinter den Fluß zurückzuziehen?"

Und zu den anderen gewendet, fügte er hinzu: „Seht ihr nun, daß er nicht unser Freund, sondern ein Verräter ist?"

Ich entgegnete ihm:

„Grad weil ich euer Freund bin, habe ich ihnen diesen Rat gegeben; denn sobald der erste Mann von ihnen unter euren Waffen gefallen wäre, hätten sie den Bei getötet. Soll ich vielleicht nach Lisan zurückkehren und Kadir Bei sagen, daß ihr sein Leben für nichts achtet?"

„So meinst du, daß wir gar nicht angreifen sollen?"

„Das meine ich allerdings."

„Hältst du uns für Feiglinge, die nicht einmal den Tod jener Männer rächen, die gestern gefallen sind?"

„Nein. Ich halte euch für tapfere Krieger, jedoch auch für kluge Männer, die nicht unnötigerweise in den Tod rennen. Ihr kennt den Sab. Wer von euch will hinüberkommen, wenn drüben der Feind liegt und jeden einzelnen von euch mit einer Kugel zu empfangen vermag?"

„Daran bist nur du schuld!"

„Pah! Ich habe damit dem Bei das Leben gerettet. Soll das umsonst geschehen sein?"

„Du hast nicht ihm, sondern dir das Leben retten wollen!"

„Du irrst. Meine Gefährten und ich sind Gäste des Melik. Nur Kadir Bei und die Kurden, die mitergriffen wurden, sind Gefangene. Sie sterben, sobald ihr die Feindseligkeiten beginnt."

„Und wenn wir nicht glauben, daß du der Gast des Melik bist, wie willst du es uns beweisen?"

„Stünde ich hier, wenn ich Gefangener wäre?'

„Er könnte dich auf dein Wort entlassen haben. Aus welchem Grund hat er dich unter den Schutz seines Hauses genommen? Wer hat dich dem Melik von Lisan empfohlen?"

Ich mußte eine Antwort geben, und ich gestehe offen, daß ich mich schämte, den Namen eines Weibes nennen zu müssen.

„Ich wurde ihm zwar nur von einem Weib empfohlen. Aber er scheint auf das Wort dieser Frau sehr viel zu geben."

„Wie heißt sie?"

„Marah Durimeh."

Ich hatte gefürchtet, mich lächerlich zu machen, und war daher überrascht vor der entgegengesetzten Wirkung, die dieser Name hervorbrachte. Der Aga machte ein überraschtes Gesicht und meinte:

„Marah Durimeh? Wo hast du sie getroffen?"

„In Amadije."
„Wann?" forschte er weiter.
„Vor wenigen Tagen."
„Wie bist du ihr begegnet?"
„Ihre Urenkeltochter hatte Gift gegessen, und da ich etwas von Heilmitteln verstehe, wurde ich geholt. Ich traf Marah Durimeh dort und rettete die Kranke."
„Hast du der Greisin gesagt, daß du nach Gumri und Lisan gehen würdest?"
„Ja."
„Hat sie dich nicht gewarnt?"
„Ja."
„Und als du bei deinem Vorsatz bliebst, was tat sie da? Besinne dich! Vielleicht hat sie dir ein Wort gesagt, das ich dir nicht nennen darf."
„Sie sagte, wenn ich in Gefahr komme, so soll ich nach dem Ruh 'i kulyan fragen. Er werde mich beschützen."
Kaum hatte ich diese Worte genannt, so stand der Sprecher, der sich mir erst so feindselig gesinnt gezeigt hatte, vor mir und streckte mir die Hand entgegen.
„Effendi, das habe ich nicht gewußt. Verzeih mir! Wem Marah Durimeh dieses Wort gesagt hat, dem darf kein Leid geschehen. Nun wird deine Rede vor unseren Ohren Achtung finden. Wie stark sind die Naßara?"
„Das werde ich nicht verraten. Ich bin ebenso ihr Freund wie der eurige. Ich werde auch ihnen nicht sagen, wie stark ihr seid."
„Du bist vorsichtiger, als nötig ist. Glaubst du wirklich, daß sie den Bei töten werden, wenn wir sie angreifen?"
„Ich bin überzeugt davon."
„Werden sie ihn freigeben, wenn wir uns zurückziehen?"
„Ich weiß es nicht, aber ich hoffe es. Der Melik wird auf meine Rede hören."
„Aber es sind mehrere der Unsrigen getötet worden; sie müssen gerächt werden."
„Habt ihr nicht vorher Tausende der Naßara getötet?"
„Zehn Kurden gelten mehr als tausend Naßara."
„Und die Chaldani denken, daß zehn Naßara mehr gelten als tausend Kurden."
„Würden sie uns den Blutpreis bezahlen?"
„Ich weiß es nicht, aber ich gestehe euch offen, daß ich an ihrer Stelle es nicht tun würde."
„So wirst du ihnen den Rat geben, es nicht zu tun?" – „Nein, denn ich rede sowohl bei euch als bei ihnen zum Frieden. Sie haben wenige von euch getötet, ihr aber Tausende von ihnen. Also wären nur sie es, die einen Preis zu fordern hätten. Außerdem haben sie den Bei in ihrer Gewalt, und wenn ihr ernstlich nachdenkt, so werdet ihr erkennen, daß sie euch gegenüber im Vorteil sind." – „Sind sie sehr kriegerisch gestimmt?"
Eigentlich hätte ich jetzt ‚Nein' sagen sollen, ich zog es aber vor, eine ausweichende Antwort zu geben:

„Habt ihr sie gestern vielleicht feig gesehen? Meßt das Blut, das den Sab hinabgeflossen ist. Zählt die Knochen, die noch heute das Tal des Flusses füllen! Aber fragt nicht, ob der Zorn der Hinterbliebenen groß genug zur Rache ist!"

„Haben sie viele und gute Gewehre?"

„Das werde ich nicht verraten. Oder soll ich auch ihnen sagen, wie ihr bewaffnet seid?"

„Haben sie auch ihre Habe auf das andere Ufer gerettet?"

„Nur der Unkluge läßt seine Habe zurück, wenn er sich zurückzieht. Die Chaldani haben übrigens so wenig Eigentum, daß es ihnen nicht schwerfallen kann, es mit sich zu nehmen."

„Tritt zurück! Wir werden jetzt beraten, nachdem wir alles gehört haben, was ich wissen wollte."

Ich folgte diesem Gebot und erhielt dadurch Gelegenheit, Mohammed Emin mit dem Inhalt unserer Verhandlung bekannt zu machen. Noch bevor die Kurden zu einem Entschluß gekommen waren, näherten sich einige ihrer Krieger und brachten einen unbewaffneten Mann herbei.

„Wer ist das?" fragte der Aga.

„Dieser Mann", antwortete einer, „schlich heimlich in unserer Nähe herum, und als wir ihn ergriffen, sagte er, er sei vom Melik von Lisan an diesen Effendi abgesandt worden."

Bei den letzten Worten deutete der Sprecher auf mich.

„Was sollst du bei mir?" fragte ich den Chaldäer.

Diese Sendung wollte mir verdächtig oder doch wenigstens sehr unvorsichtig erscheinen. Jedenfalls aber gehörte ein ungewöhnlicher Mut des Boten dazu, sich unter die feindlichen Kurden zu wagen.

„Chodih", erwiderte er, „du bliebst dem Melik zu lange aus, und so schickte er mich, um dir zu melden, daß der Bei von Gumri getötet wird, wenn du nicht schnell zurückkehrst."

„Seht ihr, daß ich euch recht berichtet habe?" wandte ich mich an die Kurden. „Laßt den Mann schleunigst umkehren! Er mag dem Melik sagen, daß mir nichts geschehen ist und daß er mich in kurzer Zeit wieder bei sich sehen wird."

„Führt ihn fort!" gebot der Aga.

Man gehorchte, und dann wurde die Verhandlung wieder aufgenommen.

Das Erscheinen dieses Boten mußte die Entschließungen der Kurden günstig beeinflussen. Dennoch aber kam es mir sonderbar vor, daß dieser Mann abgeschickt worden war. Der Melik hatte sich doch kurz vorher nicht gar so blutdürstig gezeigt, und aus Rücksicht auf mich war die Drohung auch nicht nötig, da ich als Gastfreund des Bei von den Kurden wohl nichts zu fürchten hatte.

Endlich war man zu einem Entschluß gekommen, und ich wurde herbeigerufen. Der Anführer nahm das Wort:

„Effendi, du versprichst uns, bei den Naßara kein Wort zu sagen, das zu unserem Schaden ist?"

„Ich verspreche es."

„Dann magst du jetzt zu ihnen zurückkehren."

„Ich und mein Freund Mohammed Emin."

„Warum soll er nicht bei uns bleiben?“
„Ist er euer Gefangener?“
„Nein.“
„So kann er gehen, wohin es ihm beliebt, und er hat beschlossen, an meiner Seite zu bleiben. Was soll ich dem Melik sagen?“
„Daß wir die Freiheit unseres Bei verlangen.“
„Und dann?“
„Dann mag Kadir Bei bestimmen, was geschehen soll.“
Dieser Zusatz konnte einen gefährlichen Hintergedanken verbergen. Darum erkundigte ich mich:
„Wann soll er ausgeliefert werden?“
„Sofort, mit allen seinen Begleitern.“
„Wohin soll er kommen?“
„Hierher.“
„Ihr werdet nicht weiter vorrücken?“
„Einstweilen nicht.“
„Aber wohl dann, wenn Kadir Bei ausgeliefert worden ist?“
„Dann wird geschehen, was der Bei bestimmt.“
„Und wenn der Melik ihn erst ausliefern will, nachdem ihr friedlich nach Gumri zurückgekehrt seid?“
„Effendi, darauf gehen wir nicht ein. Wir ziehen nicht eher von hier fort, als bis wir den Herrscher von Gumri bei uns haben.“
„Was begehrt ihr noch?“
„Nichts weiter.“
„Dann hört, was ich euch noch zu sagen habe! Ehrlich habe ich gegen euch gehandelt und werde das auch gegen den Melik tun. Ich werde ihn zu keinem Zugeständnis bereden, das ihm Schaden bringt. Und vor allem merkt euch, daß der Bei sofort getötet wird, wenn ihr diesen Ort verlaßt, bevor der Friede geschlossen ist.“
„Willst du etwa dem Melik zu diesem Mord raten?“
„Allah behüte mich davor! Aber ich werde auch nicht zugeben, daß ihr den Bei nur zu dem Zweck zurückerhaltet, daß er euch dann gegen Lisan führt.“
„Chodih, du redest sehr kühn und aufrichtig!“ – „So merkt ihr wenigstens, daß ich es mit meinen Freunden ehrlich meine. Schickt euch in Geduld, bis ich wiederkomme!“
Ich stieg aufs Pferd, Mohammed Emin ebenso. Wir verließen den Platz, und kein Kurde begleitete uns.
„Welche Botschaft hast du auszurichten?“ fragte der Scheik.
Ich erklärte ihm meinen Auftrag und auch meine Bedenken. Während dieser Auseinandersetzung gingen unsere Pferde einen schnellen Schritt, und wir hatten beinahe den Fluß erreicht, als ich seitlich ein verdächtiges Rascheln zu vernehmen glaubte. Ich wandte mein Gesicht der Gegend zu und sah im selben Augenblick das Aufleuchten zweier Schüsse. Sofort nach dem Doppelknall rannte das Pferd des Haddedihn mit seinem Reiter durch die Büsche. Auf das meinige aber hatte man besser gezielt. Es brach augenblicklich zusammen. Und da der Vorfall ganz unerwartet und blitzschnell über uns kam, fand ich nicht einmal Zeit, meine Füße aus den Steigbügeln zu befreien. Ich stürzte mit und kam

halb unter das Pferd zu liegen. In der nächsten Minute waren auch schon acht Männer dabei, sich meiner Waffen zu bemächtigen und mich zu binden. Einer von ihnen war der Mann, der vorhin als Bote des Melik bei mir gewesen war. Also hatte mich mein Mißtrauen doch nicht betrogen!

Ich vermutete eine Schurkerei des Raïs von Schurd, des Nedschir Bei, und wehrte mich aus Leibeskräften. Leider lag ich an der Erde, und mein rechtes Bein steckte unter dem Pferd. Aber ich hatte doch die Arme zur Verfügung, und wenn man sie mir auch festzuhalten und zu fesseln suchte, so gelangen mir doch noch einige gute Stöße, bevor ich wehrlos gemacht wurde. Dann zogen mich die Leute unter dem Pferd hervor, so daß ich mich erheben konnte.

Es war nicht das erstemal, daß ich mich in Fesseln sah, aber auf eine so niederträchtige Weise war ich doch noch nicht gebunden worden. Man hatte mir nämlich Riemen um die Handgelenke geschlungen und mit ihnen den rechten Arm über die Brust hinweg auf die linke Schulter, den linken Arm aber auf die rechte Schulter gezogen und die Riemen dann im Nacken so fest verknotet, daß mir die Brust beklemmend zusammengepreßt wurde. Außerdem waren die Knie so miteinander verbunden, daß ich keine weiten Schritte machen konnte. Und zu alledem wurde ich auch noch mit dem einen Ellbogen an den Steigbügel eines der Buschklepper geschnallt.

Vom Aufblitzen der Schüsse bis zu dem Augenblick, da ich an dem Pferd befestigt wurde, waren kaum drei Minuten vergangen. Ich hoffte, Mohammed Emin werde zurückkehren, wollte aber nicht um Hilfe rufen, um mir diesen Menschen gegenüber keine Blöße zu geben.

„Was wollt ihr von mir?“ fragte ich.

„Nur dich wollen wir“, antwortete der mutmaßliche Anführer. „Auch dein Pferd wollten wir. Aber du hattest es nicht bei dir.“

„Wer seid ihr?“

„Bist du ein Weib, daß du so neugierig bist?“

„Pah! Ihr seid Häscher im Dienst Nedschir Beis. Er hat sich nicht an mich gewagt, darum sendet er seine Meute, damit ihm die Haut nicht geritzt wird.“

„Schweig! Weshalb wir dich gefangennahmen, das wirst du bald erfahren. Jetzt verhalte dich still, sonst bekommst du einen Knebel in den Mund!“

Die Männer setzen sich langsam in Bewegung. Wir kamen an den Fluß, ritten – natürlich außer mir, der ich gehen mußte – eine Strecke daran abwärts und hatten dann wohl eine Furt erreicht, denn wir gingen ins Wasser.

Am jenseitigen Ufer stand eine Schar Bewaffneter, die sich bei unserem Anblick sofort unsichtbar machte. Jedenfalls war es Nedschir Bei mit seinem Gefolge, der das Gelingen seines Streiches dort abgewartet hatte und sich nun befriedigt zurückzog.

Das Bett des Flusses war hier mit scharfkantigen, schlüpfrigen Steinen besät. Das Wasser reichte mir stellenweise bis an die Brust, und da ich eng an das Pferd gefesselt war, hatte ich mehr als genug auszustehen, bis wir das andere Ufer erreichten. Dort blieben sechs von den Reitern zurück, während mich die übrigen zwei weiterschleppten. Es ging am Fluß abwärts bis an ein wildes Bergwasser, das sich hier von links her in den Sab ergoß. Die beiden ritten längs dieses Wassers aufwärts. Es war für mich ein beschwerlicher Weg, zumal meine Bewachung keine Rücksicht auf mich nahm. Kein Mensch begegnete uns. Nachher ging es seitwärts über wildes Geröll, durch wirres Dorngestrüpp, und ich merkte, daß man auf diese Weise das Dorf Schurd vermeiden wollte, dessen ärmliche Hütten und Häusertrümmer ich bald unter uns erblickte.

18. Bei der ‚Petersilie'

Später bogen wir wieder rechts ein und gelangten in eine wilde Schlucht, die das Tal von Raola hinabzuführen schien. Hier kletterten wir eine Strecke weiter und gelangten endlich an ein etwa drei Meter hohes Bauwerk, das einen würfelförmigen Steinhaufen darstellte und nur eine einzige niedrige Öffnung besaß, die zugleich als Tür und als Fenster zu dienen schien. Vor diesem Steinwürfel stiegen meine Wächter ab.

„Madana!" rief der eine. Sogleich ließ sich in dem Innern der Hütte ein heiseres Grunzen vernehmen, und einige Augenblicke später trat ein altes Weib aus dem Loch hervor. Madana heißt auf deutsch: Petersilie. Wie die Alte zu diesem würzigen Namen gekommen war, weiß ich nicht. Aber als sie jetzt nahe vor mir stand, duftete sie nicht nach Petersilie, sondern es entströmte ihr ein Hauch, der aus den Gerüchen von Knoblauch, faulen Fischen, toten Ratten, Seifenwasser und verbrannten Knochen zusammengesetzt zu sein schien. Hätte mich die Fessel nicht an dem Pferd festgehalten, so wäre ich einige Schritte zurückgewichen. Bekleidet war diese schöne Bewohnerin des Sabtals mit den im Morgenland allgemein üblichen weiten Pluderhosen und mit einem Hemd, das man bei uns wohl kaum als Scheuerlappen hätte benützen mögen. Der untere Rand der Hosen ließ ein Paar gespenstische Gehwerkzeuge sehen, deren Farbe vermuten ließ, daß sie bereits seit langen Jahren nicht mehr gewaschen worden seien.

„Ist alles bereit?" erkundigte sich der eine Wächter und stellte eine lange Reihe von kurzen Fragen, die alle mit „Ja" beantwortet wurden.

Jetzt wurde ich losgebunden und mit niedergebogenem Haupt in die Hütte geschoben. Wie ich feststellte, gab es doch einige Ritzen in der Mauer, durch die ein Lichtstrahl einzudringen vermochte, und so konnte ich das Innere des Bauwerkes ziemlich genau erkennen. Es bildete einen kahlen, viereckigen, roh aufgemauerten Raum, in dessen hinterster Ecke man einen starken Pfahl in die Erde gerammt hatte. Daneben lag ein Haufen von Streu und Blätterwerk, und in der Nähe erblickte ich einen gefüllten Wassernapf und einen großen Scherben, der früher wohl einmal zu einem Krug gehört hatte, jetzt aber als Schüssel benützt wurde und eine Masse enthielt, die halb aus Tischlerleim und halb aus Regenwürmern oder Blutegeln zu bestehen schien. Zwar hätte ich mich trotz meiner Fesseln immerhin einigermaßen zu sträuben vermocht, aber ich duldete es ruhig, daß ich mit einem starken Strick an den Pfahl gebunden wurde. Das geschah so, daß ich auf die Streu zu liegen kam. Meine Arme blieben nach wie vor auf den Schultern befestigt. Das Weib war draußen vor dem Eingang stehengeblieben. Einer meiner Begleiter verließ schweigsam die Hütte, der andere jedoch hielt es für notwendig, mir einige Verhaltungsmaßregeln zu erteilen. „Du bist gefangen", begann er ebenso treffend wie geistreich. Ich antwortete nicht. „Du kannst nicht entfliehen", belehrte er mich weiter. Wieder antwortete ich nicht.

„Wir gehen jetzt", fuhr er fort, „aber dieses Weib wird dich streng bewachen." – „So sag ihr wenigstens, daß sie draußen bleiben soll!" bemerkte ich endlich doch. „Madana muß in der Hütte bleiben", erwiderte er. „Sie darf dich nicht aus den Augen lassen und soll dich auch füttern, wenn du Hunger hast; denn du kannst deine Hände nicht gebrauchen."

„Wo ist das Futter?"

„Hier!"

Dabei deutete er auf den Scherben, dessen Inhalt mir so verführerisch entgegenlachte. „Was ist das?" erkundigte ich mich.

„Ich weiß es nicht. Aber Madana kann kochen wie keine zweite im Dorf."

„Warum schleppt ihr mich hierher?"

„Das werde ich dir nicht sagen. Du wirst es von einem anderen erfahren. Mach keinen Versuch, dich zu befreien! Sonst gibt Madana ein Zeichen, und dann kommen einige Männer, um dich noch schlimmer zu fesseln." Jetzt ging auch er fort. Ich hörte die verhallenden Tritte der beiden Männer. Dann kam die holde Petersilie hereingekrochen und kauerte sich so neben dem offenen Eingang nieder, daß ich vor ihrem Blick lag. Es war zwar keine angenehme Lage, in der ich mich befand, doch sie machte mir weniger Sorgen als der peinigende Gedanke an die Gefährten in Lisan. Der Melik lauerte mit Schmerzen auf mich, und die Kurden erwarteten wohl längst schon meine Wiederkehr. Und ich lag hier angebunden, wie ein Hund in seiner Hütte! Was mußte daraus entstehen! Einen Trost hatte ich dabei. War Mohammed Emin nach Lisan gekommen, so hatte man sicher sofort den Platz aufgesucht, wo ich überfallen worden war. Man fand das tote Pferd und die Spuren des Kampfes, und im übrigen mußte ich dann auf den Scharfsinn und die Verwegenheit meines treuen Halef bauen. So lag ich längere Zeit in Gedanken versunken und zermartete mir vergebens den Kopf, um eine Fluchtmöglichkeit zu ersinnen. Da störte mich die Stimme der holden Madana auf. Sie war ein Weib, warum sollte sie so lange schweigen! „Willst du essen?" fragte sie mich. „Nein."

„Trinken?"

„Nein."

Das Gespräch war zu Ende, aber die duftende Petersilie kam herbeigekrochen, ließ sich in unmittelbarer Nähe meiner armen Nase häuslich nieder und nahm den von mir verschmähten Scherben auf ihren Schoß. Ich sah, daß sie mit allen fünf Fingern der rechten Hand in das geheimnisvolle Gemisch langte und dann den zahnlosen Mund wie eine schwarzlederne Reisetasche auseinanderklappte. Ich schloß die Augen. Eine Zeitlang hörte ich ein mächtiges Geknatsch, sodann vernahm ich jenes sanfte, zärtliche Streichen, das entsteht, wenn die Zunge als Wischtuch gebraucht wird, und endlich erklang ein langes, zufriedenes Grunzen, das hörbar aus einer wonnetrunkenen Menschenseele kam. O Petersilie, du Würze des Lebens, warum duftest du nicht draußen im Freien! Nach langer Zeit erst öffnete ich die Augen wieder. Mein Schirm und Schutz saß noch immer vor mir und hielt die Augen forschend auf mich gerichtet. In diesen Augen schimmerte ein wenig Mitleid und viel Neugierde. „Wer bist du?“ fragte sie mich. „Weißt du es nicht?“ antwortete ich. „Nein. Du bist ein Moslem?“

„Ich bin ein Christ.“

„Ein Christ und gefangen! Du bist kein Berwari?“

„Ich bin ein Christ aus dem fernen Abendland.“

„Aus dem Abendland?“ rief sie erstaunt. „Wo die Männer mit den Frauen tanzen? Und wo man mit Schaufeln ißt?“

Also der Ruhm unserer abendländischen Zivilisation war bereits bis zu den Ohren der Petersilie gedrungen: Sie hatte von unseren Tänzen und von unseren Löffeln und Gabeln gehört. „Ja“, bestätigte ich.

„Was willst du hier in diesem Land?“

„Ich will sehen, ob die Frauen hier so schön sind wie die unsrigen.“

„Und was hast du gefunden?“

„Sie sind sehr schön.“

„Ja, sie sind schön“, stimmte sie bei, „schöner als anderswo. Hast du ein Weib?“

„Nein.“

„Dann bedauere ich dich. Dein Leben gleicht einer Schüssel, in der weder Sarmysak noch Saljanghosch ist.“ Sarmysak und Saljanghosch, Schnecken in Knoblauch? Sollte dies das fürchterliche Gericht sein, das vorhin in der ‚Reisetasche‘ verschwand? „Willst du dir kein Weib nehmen?“ erkundigte sie sich nun. „Ich möchte vielleicht wohl, aber ich kann nicht.“

„Warum nicht?“

„Kann man es tun, wenn man so gefesselt ist?“

„Du wirst warten, bis du wieder frei bist.“

„Wird man mir die Freiheit wiedergeben?“

„Wir sind Chaldani. Wir töten keinen Gefangenen. Was hast du getan, daß man dich gebunden hat?“

„Das will ich dir erzählen. Ich bin über Mossul und Amadije in dieses Land gekommen, um –“ Madana unterbrach mich hastig:

„Über Amadije?“

„Ja.“

„Wann warst du dort?“

„Vor kurzem erst.“

„Wie lange bliebst du dort?“

„Einige Tage.“

„Hast du dort vielleicht einen Mann getroffen, der ein Hekim aus dem Abendland war?“

„Ich habe ihn gesehen. Er machte ein Mädchen gesund, das Gift gegessen hatte.“

„Ist er noch dort?“

„Nein.“
„Wo befindet er sich?“
„Warum fragst du nach ihm?“
„Weil ich gehört habe, daß er in diese Gegend kommen wird.“
Die Alte sprach mit einer Hast, die nur lebhaftester Anteilnahme entspringen konnte. „Er ist bereits in dieser Gegend“, erklärte ich.
„Wo? Schnell, sag es!“
„Hier.“
„Hier in Schurd? Du irrst. Ich habe nichts davon gehört.“
„Nicht hier in Schurd, sondern hier in deiner Hütte.“
„In dieser Hütte? Katera aïssa – um Jesu willen! Dann warst du der Hekim aus dem Abendland!“
„Ich bin der Mann, nach dem du fragst.“
„Chodih, kannst du mir das beweisen? Antworte schnell! Wen trafst du im Haus der Kranken, die Gift gegessen hatte?“
„Ich traf dort Marah Durimeh.“
„Hat sie dir einen guten Rat gegeben?“
„Ja. Sie hat mir gesagt, wenn ich hier in Not komme, soll ich nach dem Ruh 'i kulyan fragen.“
„Du bist's, du bist's, Effendi!“ rief sie, wobei sie die Hände freudig zusammenschlug. „Du bist der Freund von Marah Durimeh. Ich werde dir helfen; ich werde dich beschützen. Erzähle mir, wie du in diese Gefangenschaft geraten bist!“ Das war heute bereits zum drittenmal, daß ich die wunderbare Wirkung des Namens Marah Durimeh erlebte. Welche Macht besaß dieses geheimnisvolle Weib? „Wer ist Marah Durimeh?“ fragte ich. „Sie ist eine alte Fürstin, deren Nachkommen vom Messias abgefallen und zu Mohammed übergetreten sind. Nun tut sie Buße für sie und wird ruhelos hin und her getrieben.“
„Und wer ist der Ruh 'i kulyan?“
„Das ist ein guter Geist. Die einen sagen, es sei der Engel Gabriel, und andere meinen, daß es der Erzengel Michael sei, der die Gläubigen beschützt. Er hat hier gewisse Orte und gewisse Zeiten, wo und wann man zu ihm kommen kann. Aber erzähle mir vorher, wie du gefangen wurdest!“
Die Erfüllung dieses Wunsches konnte mir nur Nutzen bringen. Ich überwand die Unannehmlichkeit meiner Körperlage und die Beschwerden, die mir die Armfesseln verursachten, und erzählte meine Erlebnisse von Amadije bis zur gegenwärtigen Stunde. Die Alte hörte mir aufmerksam zu, und als ich geendet hatte, faßte sie fast zärtlich die eine meiner zusammengeschnürten Hände. „Chodih“, rief sie, „du hast recht vermutet: Nedschir Bei ist es, der dich gefangenhält. Ich weiß nicht, weshalb er es getan hat. Aber ich liebe ihn nicht. Er ist ein gewalttätiger Mann, und ich werde dich retten.“
„Du willst mir die Fesseln abnehmen?“
„Herr, das darf ich nicht wagen. Nedschir Bei wird bald kommen, und dann würde er mich streng bestrafen.“
„Was willst du sonst tun?“
„Effendi, heute ist der Tag, an dem man hier um Mitternacht zum Ruh 'i kulyan geht. Der Geist wird dir helfen.“

„Willst du bei ihm für mich bitten?"

„Ich kann nicht zu ihm, denn ich bin alt, und der Weg ist mir zu steil. Aber" – sie hielt inne und blickte nachdenklich vor sich nieder; dann schaute sie mich forschend an –, „Chodih, wirst du mich belügen?"

„Ich sage dir die Wahrheit."

„Wirst du fliehen, wenn du mir versprichst, es nicht zu tun?"

„Was ich verspreche, das halte ich."

„Deine Arme schmerzen dich. Wirst du hierbleiben, wenn ich sie dir losbinde?"

„Ich verspreche es."

„Aber darf ich sie dir auch wieder fesseln, wenn jemand kommt?"

„Auch das."

„Ich glaube dir."

Madana erhob sich halb und versuchte, die Riemen in meinem Nacken zu lösen. Ich gestehe reumütig, daß mir in diesem Augenblick der Duft der guten Petersilie nicht im geringsten widerwärtig war. Ihr Vorhaben gelang, und ich streckte die schmerzenden Arme mit Wonne aus und gönnte der so lange eingepreßten Brust einen tiefen Atemzug. Madana aber nahm von jetzt an ihren Platz draußen vor der Hütte, wo sie jeden Nahenden bereits von weitem sehen und hören konnte. Daß unsere Unterhaltung auch durch die Türöffnung fortgesetzt werden könne, bewies mir die brave Alte auf der Stelle.

„Wenn jemand kommt, werde ich dich einstweilen wieder binden", sagte sie, „und dann – dann – o Herr, würdest du wiederkommen, wenn ich dir erlaube, einmal fortzugehen?"

„Ja. Wohin aber soll ich gehen?"

„Hinüber auf den Berg, zum Ruh 'i kulyan."

Ich horchte erstaunt auf. Das war ein Abenteuer, wie mir noch selten eines geboten worden war. Ich sollte heimlich aus meiner Gefangenschaft beurlaubt werden, um den geheimnisvollen Geist der Höhle kennenzulernen.

„Ich gehe, und du kannst dich darauf verlassen, daß ich sicher wiederkomme!" versprach ich Madana mit Freuden. „Aber ich kenne den Weg nicht."

„Ich rufe Ingdscha, die dich führen wird."

Ingdscha heißt Perle. Dieser Name war vielversprechend.

„Wer ist Ingdscha?" erkundigte ich mich neugierig.

„Eine der Töchter von Nedschir Bei." – „Von dem?" fragte ich überrascht.

„Die Tochter ist anders als der Vater, Herr."

„Aber wird sie mich auch richtig führen, da sie doch weiß, daß es ihrem Vater gilt?"

„Sie wird. Sie ist der Liebling Marah Durimehs, und ich habe mit ihr von dem fremden Effendi gesprochen, der das Gift besiegt und dessen Waffen niemand widerstehen kann."

Erstaunt fragte ich: „Wer sagt das?"

„Dein Diener hat es in Amadije dem Vater der Kranken erzählt, und Marah Durimeh hat es Ingdscha wiedergesagt. Sie ist begierig, einen Effendi aus Franghistan zu sehen. Soll ich sie rufen, Chodih?"

„Ja, wenn es nicht zuviel gewagt ist.“

„Aber ich muß dich vorher binden!“

„Tu es!“

Ich ließ mich unter diesen Umständen wieder fesseln, und als es geschehen war, verließ die Alte die Hütte. Bald kehrte sie zurück und meldete, daß Ingdscha kommen werde. Sie entfesselte mir die Hände. Ich fragte sie, ob sie im Dorf gewesen sei, und äußerte die Besorgnis: „Aber wenn man dich gesehen hat? Du sollst mich doch bewachen!“

„Oh, die Männer sind nicht daheim, und die Frauen, die mich gesehen haben, werden mich nicht verraten.“

„Wo sind die Männer?“

„Sie sind gen Lisan gegangen.“

„Was tun sie dort?“

„Ich habe nicht gefragt. Was geht mich das Treiben der Männer an! Wenn Ingdscha kommt, wird sie es dir vielleicht mitteilen.“

Die Alte setzte sich wieder vor die Tür. Nach einiger Zeit aber stand sie eilig auf und lief einer nahenden Person entgegen. Ich hörte vor der Hütte ein leises Geflüster, und dann verdunkelte sich der Eingang, um die ‚Perle‘ einzulassen.

Gleich der erste Blick auf die Eingetretene sagte mir, daß der Name Ingdscha hier am Platze sei. Das Mädchen mochte neunzehn Jahre zählen, war hochgebaut und von so kräftigen Körperformen, daß sie ohne Bedenken die Frau eines Flügelmannes aus der alten preußischen Garde hätte werden können. Dennoch war das Gesicht mädchenhaft weich und hatte jetzt, dem Fremden gegenüber, sogar einen bemerkbaren Anflug von Schüchternheit.

„Selâm, Effendi!“ grüßte sie leise.

„Selâm!“ antwortete ich. „Du bist Ingdscha, die Tochter des Raïs von Schurd?“

„Ja, Chodih.“

„Verzeih, daß ich mich nicht erhebe, um dich zu begrüßen. Ich bin an diesen Pfahl gebunden.“

„Ich denke, Madana hat dich einstweilen frei gemacht?“

„Nur die Hände.“

„Warum nicht gänzlich?“

Sie beugte sich sofort zu mir nieder, um mir die Stricke zu lösen, ich aber wehrte ab: „Ich danke dir, du Gute! Aber ich bitte dich, es nicht zu tun, da wir zu lange Zeit brauchen würden, um mich wieder zu binden, wenn jemand kommt.“ – „Madana hat mir alles erzählt“, erwiderte sie. „Chodih, ich werde nicht leiden, daß du hier am Boden liegst, du, ein Effendi aus dem Abendland, der alle Länder der Erde bereist, um Abenteuer zu erleben!“

Aha, das waren die Folgen der Aufschneiderei meines kleinen Halef. Das Mädchen hielt mich für einen abendländischen Harun al Raschid, der Jagd auf Abenteuer macht.

„Du wirst es aus Vorsicht dennoch leiden müssen“, entgegnete ich. „Komm, laß dich an meiner Seite nieder und erlaube, daß ich dir einige Fragen vorlege!“

„Chodih, deine Güte ist zu groß. Ich bin nur ein Mädchen, dessen Vater dich noch dazu tödlich beleidigt hat."

„Vielleicht verzeihe ich ihm um deinetwillen."

„Nicht um meinet-, sondern um meiner Mutter willen, Effendi."

„Armes Kind! Dein Vater ist wohl streng und grausam mit dir?"

Ihr Auge blitzte auf.

„Streng und grausam? Chodih, das sollte Nedschir Bei nicht wagen! Nein, aber er verachtet sein Weib und seine Töchter. Er sieht und hört nicht, daß sie in seinem Haus sind, und darum – darum ist es keine Sünde, wenn ich dich zum Ruh 'i kulyan geleite."

„Wann wird das geschehen?"

„Genau um Mitternacht muß man auf dem Berg sein."

„Der Geist befindet sich hier in einer Höhle?"

„Ja. Allemal um Mitternacht am ersten Tag der zweiten Woche eines Mondes."

„Und wie merkt man, daß er da ist?"

„An dem Licht, das man mitbringen muß. Man setzt ein Licht vor den Eingang der Höhle und zieht sich zurück. Brennt es fort, so ist der Geist nicht da; verlischt es aber, so ist er zugegen. Dann tritt man wieder hinzu, geht drei Schritt weit in die Höhle hinein und sagt, was man will."

„In welchen Angelegenheiten darf man mit dem Geist sprechen?"

„In allen. Man kann ihn um etwas bitten, man kann einen anderen verklagen, man kann sich auch nach etwas erkundigen."

„Aber ich denke, der Geist spricht nicht! Wie erhält man seine Antwort?"

„Wenn man den Wunsch gesagt hat, so geht man bis an das Bild zurück und wartet kurze Zeit. Beginnt das Licht wieder zu brennen, so ist die Bitte erfüllt, und sehr bald, oft schon in der ersten Nacht noch erhält man auf irgendeine Weise die Nachricht, die man erwartet."

„Was für ein Bild ist das, von dem du redest?"

„Ein hoher Pfahl, an dem das Bild der Mutter Gottes befestigt ist."

Das überraschte mich, da ich wußte, daß die Chaldani lehren, Maria sei nicht die Mutter Gottes, sondern nur die Mutter des Menschen Jesus. Der geheimnisvolle Ruh 'i kulyan schien sonach ein Katholik zu sein.

„Wie lange steht dieses Bild bereits?" fragte ich.

„Ich weiß es nicht. Es steht schon länger, als ich lebe."

„Und hat noch kein Kurde oder Chaldani gesagt, daß es fort müsse?"

„Nein, denn dann würde der Ruh 'i kulyan für immer verschwinden."

„Und das wünscht niemand?" – „Niemand, Effendi. Der Geist tut Wohltat über Wohltat in der ganzen Gegend. Er beglückt die Armen und berät die Reichen. Er beschützt die Schwachen und bedroht die Mächtigen, wenn sie ihre Macht mißbrauchen. Der Gute hofft auf ihn, und der Böse zittert vor ihm. Wenn ich den Vater bitte, dich freizugeben, so verlacht er mich. Wenn es ihm aber der Geist gebietet, so wird er gehorchen."

„Warst auch du einmal des Nachts oben bei der Höhle?"

„Schon mehrmals. Ich habe für meine Mutter und Schwester gebeten."
„Wurde deine Bitte erfüllt?"
„Ja."
„Wer brachte dir die Erfüllung?"
„Die ersten Male kam es des Nachts, und ich konnte nichts sehen. Beim letzten Mal aber war es Marah Durimeh. Der Geist war ihr erschienen und hatte sie zu mir gesandt."
„So kennst du Marah Durimeh?"
„Ich kenne sie, solange ich lebe."
„Sie ist wohl oft bei euch?"
„Ja, Chodih. Und dann gehe ich mit ihr in die Berge, um Kräuter zu sammeln, oder wir besuchen die Kranken, die ihrer Hilfe bedürfen."
„Wo wohnt die Greisin."
„Niemand weiß es. Vielleicht hat Marah Durimeh nirgends eine Wohnung, aber sie ist in jedem Haus willkommen, in das sie kommt."
„Woher stammt sie?"
„Darüber wird sehr verschieden gesprochen. Die meisten erzählen, Marah Durimeh sei eine Fürstin aus dem alten Geschlecht der Könige von Lisan. Das war ein gar mächtiges Geschlecht, und ganz Tijari und Tkhuma waren ihm untertan. Sie aßen und tranken aus goldenen Gefäßen, und alles andere Gerät war von Silber und edlem Metall gemacht. Da aber wandten sie sich dem Propheten zu, und ihre Nachkommen wurden in alle Lande verstreut. Nur Marah Durimeh war ihrem Gott treu geblieben, und er hat sie gesegnet mit einem hohen Alter, mit einem weisen Herzen und mit großen Reichtümern."
„Wo hat die alte Frau diese Reichtümer, wenn sie keine Wohnung besitzt?"
„Niemand weiß es. Einige sagen, sie habe ihr Gold in der Erde vergraben. Viele aber behaupten, sie habe Macht über die Geister der Tiefe, die ihr soviel Geld bringen müssen, wie sie braucht."
„Also Marah Durimeh hat dir von mir erzählt?" – „Ja, alles, was dein Diener in Amadije von dir berichtet hat. Sie hat mir befohlen, sobald ich höre, daß du in diese Gegend gekommen seist, solle ich hinauf zur Höhle gehen, um den Ruh 'i kulyan zu bitten, dich vor Unfällen zu behüten. Nun aber wirst du das selber tun."
„Du gehst nicht ganz mit bis zur Höhle?"
„Nein. Wenn du selber kommst, kann ich fernbleiben. Aber hast du nicht Hunger, Effendi? Madana sagte mir, daß du ihr erlaubt hast, dein Mahl zu verzehren."
„Wer hatte dieses Mahl bereitet?"
„Sie selbst. Der Vater hat es bei ihr bestellt."
„Warum nicht bei euch?"
„Weil wir nicht wissen sollen, daß er einen Gefangenen verbirgt. Der Mann Madanas ist sein bester Gefährte, und darum hat sie den Befehl erhalten, dich zu bewachen."
„Wo sind die Männer eures Dorfes?"
„Sie werden sich in der Gegend von Lisan befinden."
„Was tun sie dort?"

„Ich weiß es nicht."
„Kannst du es nicht erfahren?"
„Vielleicht. Doch sag, Chodih, ob du essen willst!"
Ich antwortete ausweichend:
„Ich verschmähte das Gericht, weil ich nicht gewohnt bin, Schnecken mit Knoblauch zu essen."
„O Effendi, ich werde dir etwas anderes bringen. In einer Stunde ist es Nacht. Ich eile, und dann komme ich wieder, um dir von allem zu bringen, was wir haben!"
Das Mädchen erhob sich, und ich bat:
„Erkundige dich auch, was eure Männer tun!"
Ingdscha ging, und es war just zur rechten Zeit geschehen; denn noch waren kaum zehn Minuten vergangen, da trat Madana, die das Mädchen begleitet hatte, in höchster Eile wieder herein.
„Ich muß dich fesseln!" rief sie. „Mein Mann kommt, gesandt von Nedschir Bei. Er darf nicht wissen, daß wir miteinander gesprochen haben. Verrate mich nicht!"
Madana band mir die Arme wieder hoch und hockte sich dann neben dem Eingang nieder. Ihr altes, runzeliges Gesicht nahm dabei einen unnahbaren, feindseligen Ausdruck an.
Bereits nach wenigen Sekunden erscholl draußen der Hufschlag eines Pferdes. Ein Reiter hielt vor der Hütte an, stieg ab und kam herein. Es war ein alter, hagerer Kerl, der jedenfalls nicht seinem Inneren, wohl aber ganz gut seinem Äußeren nach zu meiner braven Petersilie paßte. Er trat ohne Gruß zu mir und untersuchte meine Fesseln. Als er sie in Ordnung fand, wandte er sich barsch an sein Weib:
„Geh hinaus und horche nicht!"
Die Alte verließ lautlos die Hütte, und er kauerte sich mir gegenüber auf den Boden nieder. Ich war wirklich neugierig, was mir dieser Petersilius sagen wollte, dessen Kleidern der bereits beschriebene Duft seiner Madana im verstärkten Maß entströmte.
„Wie heißt du?" herrschte er mich an.
Ich antwortete nicht.
„Bist du taub? Ich will deinen Namen wissen."
Wieder erfolgte das, was der Musiker tacet nennt.
„Wirst du antworten!"
Dabei versetzte der Mann mir einen Tritt in die Seite. Mit den Händen konnte ich ihn nicht fassen, aber die Beine konnte ich wenigstens so weit bewegen, wie nötig war, ihm meine Ansicht von der Sache ohne alle theoretischen Auseinandersetzungen beizubringen. Ich zog die zusammengefesselten Knie empor, streckte sie wieder und schnellte mit dieser Bewegung den Mann vom Erdboden hoch, daß er an die Mauer flog. Sein Knochengerüst mußte von vorzüglicher Dauerhaftigkeit sein, denn er besah sich zunächst von allen Seiten und meinte dann im besten Wohlsein:
„Das wage nicht wieder!"
„Rede höflich, so antworte ich höflich!" entgegnete ich nun.
„Wer bist du?"
„Spare dir solche Fragen! Wer ich bin, das weißt du längst."

„Was wolltest du in Lisan?"
„Das geht dich nichts an."
„Was wolltest du bei den Berwari-Kurden?"
„Auch das geht dich nichts an."
„Wo hast du dein schwarzes Pferd?"
„Es ist sehr gut aufgehoben."
„Wo hast du deine Sachen?"
„Da, wo du sie nicht bekommen wirst."
„Bist du reich? Kannst du ein Lösegeld bezahlen?"
„Tritt näher, wenn du es haben willst. Merke dir eins: ich bin ein Effendi, und du bist ein Untergebener deines Raïs. Nur ich habe zu fragen, und du mußt antworten. Glaube nicht, daß ich mich von dir ausforschen lasse!"
Er schien es doch für das Klügste zu halten, auf meine Ansicht einzugehen; denn er meinte nach kurzem Überlegen:
„So frage du!"
„Wo ist Nedschir Bei?"
„Warum erkundigst du dich nach ihm?"
„Weil er es ist, der mich überfallen ließ."
„Du irrst."
„Lüge nicht!"
„Und doch irrst du. Du weißt gar nicht, wo du dich befindest!"
„Meinst du wirklich, daß man einen Effendi aus Franghistan täuschen kann? Wenn ich von hier aus das Tal herniedersteige, komme ich nach Schurd. Rechts liegt Lisan, links Raola, und da oben auf dem Berg ist die Höhle des Ruh 'i kulyan."
Der Buschklepper konnte eine Bewegung des Erstaunens nicht verbergen.
„Was weißt du von dem Geist der Höhle, Fremdling?" – „Mehr als du, mehr als alle, die in diesem Tal wohnen!"
Wieder war es Marah Durimeh, die mich zum Herrn der Lage machte. Der Nestorianer wußte offenbar nicht, ob er sich nun seines Auftrags werde entledigen können.
„Sag, was du weißt!" meinte er.
„Pah! Ihr seid nicht wert, von dem Geist der Höhle zu hören. Was willst du bei mir? Weshalb habt ihr mich überfallen und gefangengenommen?"
„Wir wollen von dir zunächst dein Pferd."
„Weiter!"
„Deine Waffen."
„Weiter!"
„Alle deine Sachen."
„Weiter!"
„Und alles, was deine Begleiter bei sich haben."
„Wahrlich, du bist bescheiden!"
„Dann werden wir dich freilassen."
„Glaubst du? Ich glaube es nicht, denn ihr wollt noch mehr."
„Nichts weiter, als daß du dem Melik von Lisan befiehlst, den Bei von Gumri nicht loszugeben."

„Befiehlst? Bist du verrückt, Alter? Du meinst, ich könne dem König von Lisan Befehle erteilen, und wagst es doch, mir Vorschriften zu machen, du, ein Wurm, den ich mit Füßen trete!"

„Chodih, schimpfe nicht!"

„Ich schimpfe nicht, ich sage die Wahrheit. Schäme dich! Du nennst dich einen Christen und bist doch ein ganz gemeiner Dieb und Räuber. Ich werde überall, wohin ich komme, erzählen, daß die Chaldani schlimmer sind als die kurdischen Wegelagerer. Die Berwari haben mich, den Christen, freundlich aufgenommen. Die Naßara aus Schurd aber haben mich hinterrücks überfallen und ausgeraubt."

„Du wirst nichts erzählen, denn wenn du nicht tust, was ich dir sage, so wirst du niemals wieder ohne Fesseln sein."

„Das wird sich finden, denn der Melik von Lisan wird mich von euch fordern."

„Wir fürchten ihn nicht. Er hat nichts zu befehlen, und wir werden noch heute mächtige Verbündete erhalten. Wirst du tun, was ich gefordert habe?" – „Niemals!" – „So wisse, daß ich erst morgen wiederkomme. Du bekommst niemand zu sehen als nur mich und deine Wärterin, die dir kein Essen mehr bringen darf. Der Hunger wird dich gefügig machen. Und da du mich mit den Füßen getreten hast, sollst du zur Strafe auch dürsten müssen."

Er schüttete das Wasser aus dem Napf, machte noch eine verächtliche Gebärde gegen mich und trat dann hinaus ins Freie. Dort hörte ich ihn eine Zeitlang befehlend mit seinem Weibe reden. Endlich stieg er aufs Pferd und ritt davon.

Ich wußte nun, warum man sich meiner bemächtigt hatte. Dem Raïs von Schurd war an einem Kampf mit den Kurden gelegen, und so sollte ich als Vermittler unschädlich gemacht werden. Nebenbei konnte man sich dann auch mein Eigentum nehmen.

Nach einiger Zeit trat Madana ein.

„Hat er dich beleidigt, Chodih?" war ihre erste Frage.

„Laß es gut sein!"

„Effendi, zürne ihm nicht! Der Raïs hat es ihm geboten. Aber er war sehr zornig auf dich. Ich soll kein Wort mit dir sprechen und darf dir wieder Essen noch Trinken geben."

„Wann kommt dein Mann wieder?"

„Erst morgen, sagte er. Er muß noch in der Nacht nach Murghi reiten." – „Kommen unterdessen andere Männer hierher?"

„Ich glaube es nicht. Es dürfen ja nur wenige wissen, wo du dich befindest. Er hat dir das Wasser ausgeschüttet. Ich werde an die Quelle gehen, um dir anderes zu holen."

Die gutmütige Petersilie tat, wie versprochen, und brachte auch ein Bündel Kienspäne herbei, um die Hütte zu erleuchten; denn es begann bereits stark zu dunkeln. Eben hatte die Alte den ersten brennenden Span in eine Mauerlücke gesteckt, als draußen Schritte erklangen. Zum Glück war ich noch nicht entfesselt worden. Aber was war das? Dies hastige Keuchen kam sicher von einem Hund, der mit aller Gewalt an der Leine vorwärtsstrebte – jetzt ein kurzer scharfer Laut – oh, den kannte ich, denn ich hatte ihn oft genug gehört.

„Dojan!“ rief ich froh.

Ein lautes Bellen und ein menschlicher Ruf waren zu vernehmen, dann sauste der Hund durch den Eingang herein, riß die brave Petersilie über den Haufen und stürzte sich, vor Freude heulend, auf mich. Und im nächsten Augenblick erschien der drohende Lauf einer Büchse in der Tür, und eine Stimme fragte:

„Sihdi, bist du drin?“

„Ja, Halef.“

„Ist Gefahr?“

„Nein. Du kannst ohne Sorge eintreten.“

Nun schob der kleine Hadschi erst die Büchse, dann seinen elfhaarigen Schnurrbart und endlich sich selbst herein.

„Hamdulillah, Sihdi, daß ich dich habe! Wie kommst du hierher? Maschallah, du bist gefangen, du bist gefesselt! Von diesem Weib? Von diesem Drachen? Fahre zur Dschehenna, du Ausbund aller Häßlichkeit!“

Er riß im höchsten Grimm seinen Dolch heraus.

„Halt, Halef!“ gebot ich. „Ich bin zwar gefangen, aber diese Frau ist meine Freundin. Sie hätte mich gerettet, auch wenn du nicht gekommen wärst.“

„Dich? Gerettet, Sihdi?“

„Ja. Wir hatten den Plan bereits besprochen.“

„Und ich wollte sie erstechen!“

Er wandte sich mit strahlendem Gesicht Madana zu: „Preis sei Allah, der dich erschaffen hat, du schönste der Frauen in Kurdistan! Dein Haar ist wie Seide, deine Haut wie die Verschämtheit der Morgenröte, und dein Auge glänzt wie ein Stern des Himmels. Wisse, du Holde: ich bin Hadschi Halef Omar Ben Hadschi Abul Abbas Ibn Hadschi Dawuhd al Gossarah! Du hast meinen Freund und Gebieter mit der Güte deines Herzens erquickt, und darum –“

„Halt ein!“ unterbrach ich den Fluß seiner Rede. „Diese Frau versteht kein Wort Arabisch. Sie spricht nur Kurdisch.“

Jetzt suchte der Kleine seinen ganzen kurdischen Wortvorrat zusammen, um ihr verständlich zu machen, daß er sie für die schönste und würdigste aller Frauen halte und daß sie sich für alle Tage ihres Lebens auf seine Freundschaft verlassen könne.

Ich aber half ihm und ihr aus der Verlegenheit, indem ich ihr erklärte: „Madana, du sprachst heute von meinem Diener, der in Amadije von mir erzählt hatte. Hier ist er! Hadschi Halef hat meine Spur gefunden und bis hierher verfolgt, um mich zu retten.“ – „O Effendi, was wirst du nun tun? Wirst du fliehen?“ – „Sei unbesorgt! Ich werde nichts tun, ohne zuvor mit dir gesprochen zu haben. Setz dich ruhig nieder!“

Unterdessen hatte Halef meine Bande zerschnitten und neben mir Platz genommen. Ich befand mich jetzt in Sicherheit, denn mit ihm und Dojan fürchtete ich keinen Chaldäer.

„Sihdi, erzähle!“ bat Halef.

Ich berichtete ihm ausführlich, was mir widerfahren war, und wurde dabei von ihm häufig durch lebhafte Ausrufe unterbrochen. Endlich sagte er: „Sihdi, wäre ich ein Pascha, so würde ich Madana belohnen und Ingdscha heiraten. Da ich aber kein Pascha bin und schon meine Hanneh habe, so rate ich dir: Nimm du die Perle zur Frau! Sie ist groß und stark – wie du selbst!“ – „Ich werde es mir überlegen“, erwiderte ich lachend. „Nun aber sag mir vor allen Dingen, wie es in Lisan steht, und wie du auf meine Spur gekommen bist.“ – „O Sihdi, es hat eine große Verwirrung gegeben. Es geschah, wie du gesagt hattest: die Naßara zogen sich über den Sab zurück und warteten auf deine Rückkehr. Aber du kamst nicht – “ – „Kam nicht Scheik Mohammed Emin?“ – „Er kam, und als er über die Brücke reiten wollte, wäre er beinahe erschossen worden. Doch ich erkannte ihn noch zur rechten Zeit. Er erzählte, daß man unterwegs auf euch geschossen hatte. Sein Pferd war gestreift worden und mit ihm durchgegangen. Es dauerte längere Zeit, bis er es zu zügeln vermochte, dann ritt er zurück und fand mein Pferd, das du geritten hattest, tot am Boden liegen. Du aber warst verschwunden.“

„Holte er nicht schnell bei den Kurden Hilfe?“

„O nein, Sihdi! Der Scheik glaubte, sie seien euch heimtückisch gefolgt, um euch zu töten; denn ihr Anführer, der Kjaja von Dalascha, war ein böser Mann gewesen. Darum eilte Scheik Mohammed Emin schnell nach Lisan, um uns herbeizuholen.“ – „Jetzt kamt ihr in Verlegenheit?“ – „Ich nicht, Sihdi, aber die anderen. Ich wußte, was zu tun sei, und habe es später auch richtig getan. Sie jedoch hielten einen großen Rat, und es wurde beschlossen, eine Gesandtschaft zu den Kurden zu schicken: sie sollten dich oder deinen Leichnam herausgeben.“

„Gott sei Dank! So weit war es nicht gekommen.“ – „Sihdi, wärest du von ihnen getötet worden – bei Allah, ich wäre nicht eher aus diesem Land fortgegangen, als bis ich alle Berwari nach und nach erschossen hätte! Du weißt, wie ich dich liebhabe.“ – „Ich weiß es, mein braver Halef. Doch weiter!“ – „Die Gesandtschaft wurde von den Kurden sehr schlimm aufgenommen –“ – „Wer war dabei?“ – „Mohammed Emin, zwei Kurden, die mit uns von den Naßara gefangen wurden, der Schreiber des Melik und ein Chaldani, der arabisch reden kann und den Dolmetscher des Scheiks machen sollte. Zuerst wollten die Kurden nicht glauben, daß du überfallen worden seist. Sie hielten das für eine Hinterlist des Melik. Als die Berwari aber das tote Pferd sahen, glaubten sie es. Nun behaupteten sie, die Naßara hätten dich beseitigt, weil sie keinen Vermittler haben wollten. Es wurden Botschaften hin und her gesandt. Dann kam auch Nedschir Bei und sagte, du seist von den Berwari-Kurden erschossen worden. Er habe es vom anderen Ufer aus gesehen –“

„Der Schuft!“ – „Das ist er, Sihdi. Aber er soll seinen Lohn erhalten! So wäre es beinahe zum Kampf gekommen. Da ging ich zum Melik, der sich beim Bei von Gumri befand, bat ihn, sie sollten einen Waffenstillstand abschließen, und sagte, ich wollte während dieser Zeit sehen, ob ich dich finden könne. Sie glaubten, das sei unmöglich. Aber als ich von unserem Dojan sprach, bekamen sie Hoffnung. Es wurde nun noch eine letzte Gesandtschaft fortgeschickt, mit der ich gehen sollte. Die Berwari zeigten sich einverstanden, daß beide Teile bis morgen Mittag auseinander bleiben sollten. Bist du dann noch nicht wieder da, so geht der Kampf los." – „Nun, und du?" – „Wir gingen mit dem Hund an die Stelle, wo das Pferd liegt. Dojan nahm sofort deine Fährte auf und zog mich fort bis an den Fluß. Es war klar, daß du über das Wasser hinübergeschafft worden warst. Die anderen meinten, ich solle erst nach Lisan zurück, um über die Brücke an das andere Ufer zu kommen. Ich hatte aber keine Zeit dazu, denn der Abend war schon nahe. Ich zog mich aus, wickelte meine Kleider um den Kopf, legte die Waffen darauf und ging mit dem Hund allein hinüber."

„Fandet ihr drüben die Spur sofort wieder?"

„Ja, Sihdi. Wir folgten ihr, nachdem ich mich wieder angekleidet hatte – und da sind wir nun!"

„Halef, das werde ich dir nicht vergessen."

„Schweig, Sihdi! Du hättest noch mehr für mich getan!"

„Was sagte der Engländer?"

„Man versteht seine Sprache nicht, aber er ist wütend herumgelaufen und hat ein Gesicht gemacht wie ein Panther, der gefangen ist."

„Weiß Nedschir Bei, daß du mich suchst und den Hund bei dir hast?"

„Nein. Er war schon vorher wieder fortgeritten."

„Sind dir hier Leute begegnet?"

„Niemand. Dojan führte mich durch eine völlig einsame Gegend."

„Wo befindet sich mein Rappe?"

„Im Hof des Melik. Ich habe ihn dem Scheik übergeben."

„So ist Rih in guten Händen."

Da erschollen leichte Schritte draußen. Halef griff zu seinen Waffen, und Dojan machte sich sprungfertig. Ich beruhigte beide, denn es war Ingdscha, die eintrat.

Das Mädchen blieb erstaunt am Eingang stehen, als sie den Diener und den Hund erblickte.

„Fürchte dich nicht!" sagte ich. „Dieser Mann und dieser Hund gehören zu mir."

„Wie kommen sie hierher?"

„Sie haben mich gesucht, um mich zu befreien."

„So willst du uns verlassen?"

„Jetzt noch nicht."

„Brauchst du nun noch den Beistand des Ruh 'i kulyan?"

„Ja. Willst du mich noch zu ihm führen?"

„Gern, Effendi. Hier habe ich dir Speise und Trank gebracht. Nun aber wird es nicht ausreichen für zwei und den Hund."

Ingdscha trug einen großen Binsenkorb, der voll gepackt war. Von seinem Inhalt hätten sich fünf Männer satt essen können.

„Sorge dich nicht, du Gute!" erwiderte ich. „Es reicht für uns alle. Du und Madana, ihr beide sollt auch mit zulangen."

„Chodih, wir sind Frauen!"

„Ich weiß, was du meinst. In meinem Vaterland aber nehmen die Frauen eine andere Stellung ein als bei euch. Bei uns sind sie die Zierde und der Stolz des Hauses und haben beim Mahl den Ehrenplatz."

„O Effendi, wie glücklich sind eure Frauen!"

„Aber sie müssen mit Schaufeln essen!" fiel die Petersilie mitleidig ein.

„Das sind keine Schaufeln, sondern kleine, zierliche Werkzeuge von schönem Metall, mit denen es sich ganz vortrefflich und viel sauberer essen läßt als mit den Fingern. Wer sich bei uns während des Essens die Hände mit Speise besudelt, der gilt für einen unreinlichen und ungeschickten Menschen. Ich will euch einmal zeigen, wie ein solcher Löffel aussieht."

Während Ingdscha ein mitgebrachtes Tuch auf den Boden breitete, um die Speisen darauf zu legen, nahm ich Halefs Dolchmesser und schnitt damit einen tüchtigen Span aus dem Pfahl, um daraus einen Löffel zu schnitzen. Er war bald fertig und erregte, als ich ihnen den Gebrauch des Eßgeräts an dem Wassernapf zeigte, die Bewunderung der beiden einfachen Frauen.

„Nun sag selbst, Madana, kann man dieses kleine Ding ein Kürek[1] nennen?"

„Nein, Chodih", gestand sie. „Ihr braucht doch keine so großen Mäuler zu haben, wie ich erst dachte."

„Effendi, was wirst du mit diesem Löffel tun", fragte Ingdscha.

„Wegwerfen."

„O nein, Chodih! Magst du ihn mir nicht schenken?"

„Für dich ist er nicht schön genug. Für die Perle von Schurd müßte er von Silber sein."

„Effendi", meinte sie errötend, „er ist schön genug. Er ist schöner, als wenn er von Altyn und Gümüsch[2] gemacht wäre; denn du hast ihn gefertigt. Ich bitte dich, schenke ihn mir, damit ich eine Erinnerung habe, wenn du uns verlassen hast!"

„So behalte ihn! Aber du sollst mich morgen mit Madana in Lisan besuchen, und da werde ich euch noch etwas Besseres geben."

„Wann willst du fort von hier?"

„Das wird der Ruh 'i kulyan bestimmen. Jetzt aber setzt euch! Wir wollen unser Mahl beginnen."

Ich mußte diese Bitte mehrmals wiederholen, ehe sie erfüllt wurde. Halef hatte bisher nicht gesprochen, sondern nur immer das schöne Mädchen beobachtet.

Jetzt stieß mein kleiner Diener einen Seufzer aus und meinte in arabischer Sprache: „Sihdi, du hast recht!"

„Womit?"

„Selbst wenn ich ein Pascha wäre, ich paßte nicht zu ihr. Nimm du sie, Sihdi! Sie ist schöner als alle, die ich gesehen habe."

„Es wird hier schon ein Jüngling sein, den sie lieb hat."

„Frage sie einmal!"

„Das geht nicht, mein kleiner Hadschi Halef. Das wäre unhöflich und zudringlich."

Ingdscha hatte wohl bemerkt, daß von ihr die Rede war. Darum sagte ich zu ihr: „Dieser Mann ist bereits ein guter Bekannter von dir."

„Wie meinst du das, Effendi?"

„Hadschi Halef ist der Diener, von dem dir Marah Durimeh erzählt hat. Die anderen haben alle geglaubt, ich sei ermordet worden, und er allein hat es gewagt, mir zu folgen."

[1] Schaufel [2] Gold und Silber

„Er ist ein kleiner, aber ein treuer und mutiger Mann“, meinte das Mädchen mit einem Blick der Anerkennung auf ihn.

„Was sagte sie von mir?“ fragte Halef, da er diesen Blick wohl bemerkt hatte.

„Ingdscha sagte, du seist ein treuer und mutiger Mann.“ – „Sag ihr, sie sei ein sehr schönes und gutes Mädchen, und es sei sehr schade, daß ich so klein und kein Pascha bin!“

Während ich Ingdscha seine Worte verdolmetschte, streckte er ihr die Hand entgegen, und sie schlug lachend ein. Dabei strahlte ihr Gesicht so lieb und gut, daß mich ein aufrichtiges und warmes Bedauern überkam, indem ich an das einförmige Leben dachte, das ihrer weiterhin in diesem Land wartete.

„Hast du nicht einen Wunsch, den ich dir erfüllen könnte?“, fragte ich das Mädchen infolge dieser freundschaftlichen Aufwallung.

Ingdscha blickte mir einige Sekunden lang nachdenklich ins Gesicht und erklärte dann: „Ja, o Herr, ich habe einen Wunsch.“

„Sprich ihn aus!“

„Effendi, ich werde viel an dich denken. Wirst du dich auch zuweilen an uns erinnern?“

„Oft, sehr oft!“

„Scheint der Mond bei euch auch so wie bei uns?“

„Genauso.“

„Chodih, blick am Abend eines jeden Vollmonds zu ihm empor! Dann werden sich da oben unsere Augen treffen!“

„Ich werde es tun – und ich werde auch an anderen Abenden deiner gedenken, wenn der Mond am Himmel steht. Sooft du ihn erblickst, so denke, daß er dir meine Grüße bringen soll.“

„Und er dir die unsrigen!“

Jetzt stockte die Unterhaltung; wir waren gefühlsselig geworden. Im weiteren Verlauf des Mahles aber kehrte die vorige Stimmung wieder zurück. Ingdscha war sogar die erste, die das Wort von neuem ergriff: „Wird dein Diener mit zur Höhle gehen, Chodih?“ – „Nein. Hadschi Halef wird jetzt nach Lisan zurückkehren, um meine Gefährten zu beruhigen.“

„Das mag er tun, denn ihnen droht Gefahr.“

„Inwiefern?“ fragte ich anscheinend ruhig.

„Es waren vorhin zwei Männer hier. Der eine ritt zu dir, und der andere blieb im Dorfe zurück. Mit ihm habe ich gesprochen. Er sollte niemand etwas sagen, aber er hat mir doch genug verraten, was ich dir erzählen muß. Du glaubst, daß der Streit bis morgen mittag ruhen soll?“ – „Ich hoffe es.“

„Es gibt aber viele Leute, die das nicht wünschen, und diese Männer haben sich meinen Vater zum Anführer gewählt. Er hat Eilboten nach Murghi, Mianisch und Aschita, auch das Tal abwärts bis nach Biridsche und Gissa gesandt, um alle waffenfähigen Männer herbeizurufen. Die Krieger werden sich noch während der Nacht versammeln und dann am Morgen über die Berwari herfallen.“

„Welche Unvorsichtigkeit! Dein Vater wird das ganze Tal unglücklich machen!“

„Glaubst du, daß die Berwari uns überlegen sind?“

„An Kriegstüchtigkeit, ja, wenn auch heute noch nicht an Zahl. Aber wenn einmal der Kampf entbrannt ist, so wird er an allen Orten auflodern, und dann sind die Kurden euch hundertfach überlegen; denn die Chaldani sind von den Stämmen der Kurden auf allen Seiten eingeschlossen.“

„O Gott, wenn du recht hättest!“

„Ich habe recht, das darfst du mir glauben. Wenn es heute und morgen nicht gelingt, einen Frieden zustande zu bringen, so brechen noch viel schlimmere Zeiten über euch herein, als zur Zeit von Beder Khan und Nur Ullah Bei. Es ist dann sehr wahrscheinlich, daß die Chaldani mit Weib und Kind ausgerottet werden.“

„O Jesus, was sollen wir tun?“

„Weißt du, wo dein Vater die Streitsüchtigen versammeln will?“

„Nein. Das konnte ich nicht erfahren.“

„Weißt du auch nicht, wo er sich jetzt befindet?“

„Er reitet von einem Ort zum anderen, um die Männer zum Kampf aufzumuntern.“

„So kann uns höchstens der Ruh 'i kulyan helfen. Bis dahin aber muß ich Vorbereitungen treffen.“

„Tu es, o Herr, und alle Friedfertigen werden dein Andenken segnen, wenn du längst nicht mehr bei uns bist!“

Das Mahl war beendet, und so fragte ich Halef:

„Wirst du den Weg nach Lisan finden können, und zwar so, daß dich unterwegs niemand bemerkt?“

Der Hadschi bejahte, und ich fuhr fort:

„Du gehst zum Melik und zu Kadir Bei und sagst ihnen, wie und wo du mich gefunden hast!“

„Soll ich auch sagen, wer dich überfallen hat?“

„Ja. Nedschir Bei hat mich gefangengenommen, damit ich den Frieden nicht vermitteln könne. Er verlangt für meine Freiheit mein Pferd, mein Eigentum und alles, was meine Gefährten bei sich tragen.“ – „Der Scheïtan soll's ihm geben!“

„Du siehst, daß man mir bereits alles genommen hat. Laß mir deine Pistolen und dein Messer hier! Auch Dojan behalte ich da.“

„Nimm das Gewehr dazu, Sihdi! Ich komme auch ohne Waffen nach Lisan zurück.“

„Das Gewehr könnte mir hinderlich sein. Erzähle dann Kadir Bei und dem Melik, daß der Reïs von Schurd in alle Orte auf- und abwärts von Lisan Boten gesandt hat, um die Männer zum Kampf aufzuwiegeln. Sie sollen sich während der Nacht an einem Ort versammeln, den ich leider nicht kenne, und dann wollen sie über die Berwari herfallen. Auch Nedschir Bei selbst reitet überall herum, und ich lasse dem Melik sagen, daß er ihn sofort festnehmen soll, sobald er ihn erwischen kann.“

„Sihdi, ich wollte, ich träte diesen Menschen jetzt unterwegs. Ich würde ihn unschädlich machen.“

„Du allein? Das laß bleiben! Du bist ihm nicht gewachsen; er ist zu stark für dich.“

Der kleine Mann erhob sich mit der Miene eines Beleidigten, reckte seine geschmeidigen Glieder und rief:

„Zu stark für mich? Was denkst du, Sihdi, und wo ist dein weises Urteil auf einmal hingeraten! Habe ich nicht Abu Seïf besiegt? Habe ich nicht noch viele andere große Taten verrichtet? Was ist dieser Nedschir Bei gegen den berühmten Hadschi Halef Omar? Ein blinder Frosch, eine lahme Kröte, die ich zertreten werde, sobald ich sie erblicke. Du bist Kara Ben Nemsi, der Held aus Franghistan. Soll ich, dein Freund und Beschützer, mich vor einem zerlumpten Chaldani fürchten? O Sihdi, wie wundere ich mich über dich!"

„Wundere dich meinetwegen, aber sei vorsichtig! Es kommt jetz alles darauf an, daß du Lisan glücklich erreichst."

„Und wenn mich die Anführer nun fragen, wann du mir folgen wirst? Was soll ich ihnen antworten?"

„Sag ihnen, daß ich wohl bis zum Morgen bei ihnen sein werde."

„So nimm hier die Pistolen und den Dolch, auch hier den Kugelsack, und Allah beschütze dich!"

Dann trat er zu Ingdscha und reichte ihr die Hand:

„Lebe wohl, du Schönste unter den Schönen! Wir sehen uns wohl wieder."

Auch der guten ‚Petersilie' reichte er die Hand:

„Lebe auch du wohl, liebliche Mutter der Chaldani! Meine Augenblicke bei dir waren süß, und wenn du dir auch einen Löffel wünschst, so werde ich dir gern einen schnitzen, damit du an mich denken kannst. Selâm, du Kluge, du Treue, Selâm!"

Beide verstanden zwar nicht, was Halef sagte, aber sie nahmen seine Worte freundlich auf, und Madana verließ sogar mit ihm die Hütte, um ihn eine Strecke zu begleiten.

Ich blickte durch den Eingang, um an dem Stand der Sterne die Zeit zu schätzen; denn auch die Uhr war mir abgenommen worden. Es mochte vielleicht zehn Uhr sein.

„Es ist zwei Stunden vor Mitternacht, wann gehen wir?" fragte ich das Mädchen.

„In einer Stunde." – „Meine Sache ist sehr eilig. Kann man mit dem Geist der Höhle nicht eher sprechen?" – „Die rechte Zeit ist genau um Mitternacht. Er wird zornig, wenn man eher kommt." – „Bei mir wird er nicht zornig werden." – „Weißt du das gewiß?" – „Ganz gewiß."

„So laß uns gehen, sobald Madana zurückgekehrt ist." – „Haben wir ein Licht?"

Ingdscha zeigte mir schweigend einige kurze Binsenflechten, die mit Hammeltalg getränkt waren. Auch Feuerzeug hatte sie bei sich. Dann sagte sie: „Chodih, ich habe eine Bitte." – „Sprich!" – „Wirst du meinem Vater verzeihen?" – „Ja, um deinetwillen." – „Aber der Melik wird ihm zürnen." – „Ich werde ihn besänftigen." – „Ich danke dir."

„Hast du nicht erfahren, wer meine Waffen erhalten hat und die anderen Sachen, die man mir abgenommen hat?" – „Nein. Der Vater wird sie wohl haben." – „Wo pflegt er solche Dinge aufzubewahren?"

„Nach Haus hat er nichts gebracht. Ich hätte es bemerkt."

Jetzt kam die ‚Petersilie' wieder.

„Ich werde dir sehr dankbar sein, Madana", sagte ich freundlich, „nur mußt du warten, bis ich wieder in Lisan bin." – „Ich werde warten, Herr!" – „Jetzt werde ich mit Ingdscha zur Höhle gehen", erklärte ich der Alten. „Was wirst du tun, wenn jemand unterdessen kommt, um nach mir zu sehen?" – „Effendi, rate mir!" – „Bleibst du hier, so trifft dich der Zorn des Betreffenden. Daher ist es besser, du versteckst dich, bis wir zurückkehren." – „Ich werde deinen Rat befolgen und an einen Ort gehen, wo ich die Hütte beobachten und auch eure Rückkehr bemerken kann." – „So wollen wir aufbrechen, Ingdscha."

Ich steckte die Waffen in den Gürtel und nahm Dojan an die Leine. Die Jungfrau schritt voran, und ich folgte ihr.

19. Der ‚Geist der Höhle‘

Wir gingen eine Strecke weit den Weg zurück, auf dem ich zur Hütte gebracht worden war. Dann stiegen wir rechts bergan und verfolgten diese Richtung, bis wir die Höhe erklommen hatten. Sie war mit Laubwald bestanden, so daß wir eng nebeneinander gehen mußten, um uns nicht zu verlieren.

Nach einiger Zeit lichtete sich das Gehölz wieder, und wir mußten einen schmalen Felsrücken überschreiten, der zu einer steilen Falte des Berges führte.

„Nimm dich in acht, Effendi!“ warnte das Mädchen. „Von jetzt an wird der Weg sehr beschwerlich.“ – „Das ist nicht gut für alte Leute, die zum Geist der Höhle wollen. Hier können nur junge Füße steigen.“

„Oh, auch die Alten können empor, nur müssen sie einen Umweg machen. Von jenseits führt ein ganz guter Pfad bis in die Nähe der Höhle.“

Indem wir einander gegenseitig stützten, kletterten wir Hand in Hand empor und gelangten schließlich in ein Gewirr von großen Steinblöcken, zwischen denen ich das Ziel unserer Wanderung vermutete, die bis jetzt über eine halbe Stunde gedauert hatte.

Später bildeten die Blöcke eine Art offenen Gang, in dessen Hintergrund sich eine dunkle Wand erhob. Ingdscha blieb stehen.

„Dort ist es“, sagte sie, auf die dunkle Wand deutend. „Du gehst geradeaus und wirst am Fuß jener Wand eine Öffnung finden, in die du das Licht setzst, nachdem du es angezündet hast. Dann kehrst du zu mir zurück. Ich warte hier auf dich.“ – „Kann man das Licht hier sehen?“ – „Ja. Aber es wird vergebens brennen, denn es ist noch nicht Mitternacht.“ – „Ich werde es doch versuchen. Hier ist die Leine. Halte einstweilen den Hund und leg ihm die Hand auf den Kopf.“

Ich nahm die Kerzen und schritt vorwärts. Es war ein Gefühl außergewöhnlicher Spannung, das mich jetzt beherrschte, und das war kein Wunder; sollte ich doch in das Geheimnis eindringen, das den Geist der Höhle umhüllte. Freilich, den eigentlichen Kern dieses Geheimnisses ahnte ich bereits.

Ich langte vor der Felswand an und bemerkte die Höhle, deren Eingang so hoch und breit war, daß ein Mann in aufrechter Haltung Zutritt nehmen konnte. Ich lauschte einige Augenblicke, hörte aber nichts, und brannte dann eine Kerze an, die ich auf den Boden der Höhle niederstellte. Das ging leicht, da die Kerze unten genügend breit war.

Nun kehrte ich um. Ich sagte mir, daß für einen nicht Unbefangenen schon ein gut Teil Mut dazu gehöre, um Mitternacht den Berg zu besteigen, um mit einem Geist in Verkehr zu treten.

„Das Licht brennt. Nun warte, ob es verlöschen wird", sagte Ingdscha.

„Es geht nicht der leiseste Lufthauch. Wenn das Licht verlischt, so ist es ein sicheres Zeichen, daß der Geist zugegen ist", bemerkte ich.

„Sieh!" meinte das Mädchen, mich hastig am Arm fassend. „Es ist verloschen!"

„So gehe ich."

„Ich erwarte dich hier."

Als ich wieder an die Höhle kam, bückte ich mich, um nach dem Licht zu fühlen – es war weggenommen worden. Ich hegte die Überzeugung, daß der Geist ganz nahe sei, vielleicht in einer Seitennische, um jedes Wort hören zu können. Ein anderer hätte nun einfach seine Angelegenheit vorgetragen und sich dann zurückgezogen. Das aber lag nicht in meiner Absicht. Ich trat zwei Schritte in die Höhle hinein.

„Ruh 'i kulyan!" rief ich halblaut.

Es folgte keine Antwort.

„Marah Durimeh!"

Wieder keine Antwort.

„Marah Durimeh, melde dich getrost! Ich werde dein Geheimnis nicht verraten. Ich bin der Hekim aus Franghistan, der dein Urenkelkind Schakara in Amadije vom Gift befreite, und muß dringend mit dir sprechen."

Ich hatte mich nicht getäuscht – seitwärts war ein Geräusch zu vernehmen, als erhebe sich jemand überrascht vom Boden. Dennoch vergingen mehrere Sekunden, bis eine Antwort erfolgte. Dann klang es:

„Du bist wirklich der Hekim-Effendi aus Franghistan?"

„Ja. Vertraue mir! Ich ahnte, daß du selbst der Ruh 'i kulyan bist, und werde dein Geheimnis bewahren."

„Es ist deine Stimme, aber ich kann dich nicht sehen."

„Verlange ein Zeichen von mir!"

„Gut! Was hatte der türkische Hekim in seinem Amulett, mit dem er den Teufel der Krankheit vertreiben wollte?"

„Eine tote Fliege."

„Effendi, du bist es wirklich! Wer hat dir die Höhle gezeigt?"

„Ingdscha, die Tochter von Nedschir Bei. Sie steht draußen und wartet auf mich."

„Geh noch vier Schritte vorwärts!"

Ich tat es und fühlte mich dann von einer Hand gefaßt, die mich seitwärts in eine Spalte zog, wo sie mich eine Strecke weiter führte.

„Jetzt warte! Ich werde das Licht anzünden."

Einen Augenblick später brannte die Kerze, und ich sah Marah Durimeh vor mir stehen, eingehüllt in einen weiten Mantel, aus dem mir ihr ehrwürdiges Gesicht entgegenschaute. Auch heute hingen ihr die schneeweißen Zöpfe beinahe bis zur Erde herab. Sie leuchtete mich an.

„Ja wirklich, du bist es, Effendi! Ich danke dir, daß du gekommen bist. Aber du darfst keinem Menschen sagen, wer der Geist der Höhle ist!“ – „Ich schweige.“ – „Ist es ein Wunsch, der dich zu mir führt?“ – „Ja. Aber er betrifft nicht mich, sondern die Chaldani, die einem großen Unglück entgegengehen, das nur du vielleicht abzuwenden vermagst. Hast du Zeit, mich anzuhören?“ – „Ja. Komm und setz dich!“

In der Nähe lag ein langer schmaler Stein, der Platz genug für zwei bot. Er bildete wohl stets die Ruhebank des Höhlengeistes. Wir ließen uns nebeneinander darauf nieder, während das Licht auf einer Steinkante stand. Dann sagte die Greisin mit besorgter Miene:

„Deine Worte verkünden Unheil. Rede, Effendi!“ – „Weißt du schon, daß der Melik von Lisan den Bei von Gumri überfallen und gefangengenommen hat?“ – „Heilige Mutter Gottes, ist das wahr?“ rief sie sichtlich erschrocken.

„Ja. Ich selbst war dabei als Gast des Bei und wurde ebenfalls gefangen.“ – „Ich weiß nichts davon, kein Wort. Ich war während der letzten Tage drüben in Hajschad[1] und Biridsche und bin erst heute über die Berge gekommen.“ – „Nun stehen die Berwari-Kurden vor Lisan, um morgen den Kampf zu beginnen.“ – „O ihr Toren, die ihr den Haß liebt und die Liebe haßt! Soll sich das Wasser wieder vom Blut röten und das Land vom Schein der Flammen? Erzähle, Chodih, erzähle. Meine Macht ist größer, als du denkst. Vielleicht ist es noch nicht zu spät.“

Ich folgte ihrem Gebot, und sie lauschte mit angehaltenem Atem meiner Darstellung. Es war, als hätte ich den Tod neben mir sitzen, und doch hing von dieser geheimnisvollen Greisin vielleicht das Leben von Hunderten ab. Kein Glied ihres Körpers bewegte sich, und keine Falte ihres Mantels zitterte. Aber sofort, als ich geendet hatte, fuhr sie vom Stein empor.

„Effendi, noch ist es Zeit. Willst du mir helfen?“ – „Gern.“ – „Du mußt mir auch von dir erzählen, aber nicht jetzt, sondern morgen. Jetzt gibt es Nötigeres zu tun. Der Geist der Höhle ist stumm gewesen. Noch nie hat ihn jemand sprechen hören. Heute aber wird er reden, heute muß er reden. Laß dich von Ingdscha führen, Effendi, und eile nach Lisan hinab. Der Melik, Kadir Bei und der Raïs von Schurd sollen sogleich zum Ruh 'i kulyan kommen.“ – „Werden sie gehorchen?“

„Sie müssen gehorchen, glaub es mir!“ – „Aber Nedschir Bei ist nicht zu finden.“ – „Effendi, wenn ihn niemand findet, so wirst doch du ihn finden. Ich kenne dich. Auch er muß kommen, ob gleichzeitig oder später als die beiden anderen, wenn er nur bis zum Morgen erscheint. Ich werde warten.“ – „Sie werden mich fragen, von wem ich den Auftrag erhalten habe. Ich werde antworten: ‚Vom Ruh 'i kulyan‘, weiter kein Wort. Ist es so recht?“ – „Ja. Die Anführer brauchen es vorerst nicht zu wissen, am allerwenigsten, wer der Geist der Höhle eigentlich ist.“ – „Soll ich wiederkommen?“ – „Du kannst sie begleiten, aber in die Höhle darfst du nicht mit hinein. Was ich ihnen mitteilen werde, ist nur für sie bestimmt. Sag ihnen, sie sollen sofort in die Höhle eintreten und drinnen weitergehen, bis sie in einen erleuchteten Raum gelangen.“ – „Kannst du es bewirken, daß ich wieder erhalte, was man mir abgenommen hat?“ fragte ich noch.

[1] Heschat

„Ja. Hab keine Sorge. Jetzt geh! Morgen sehen wir uns wieder, und dann kannst du mit Marah Durimeh sprechen, solange es dir gefällt."

Ich ging und traf Ingdscha noch an dem Platz, an dem ich sie verlassen hatte.

„Du warst lange dort, Chodih", sagte sie.

„Um so mehr müssen wir uns nun beeilen." – „Du mußt doch warten, bis das Licht wieder brennt. Sonst weißt du ja nicht, ob dir deine Bitte erfüllt wird." – „Sie wird erfüllt. Der Geist sagte es." – „O Herr, du hättest seine Stimme gehört?" – „Ja. Er hat lange mit mir gesprochen." – „Das ist noch niemals geschehen. Du mußt ein berühmter Effendi sein!" – „Ein Geist beurteilt den Menschen nicht nach seinem Stand." – „Hast du ihn vielleicht gar auch gesehen?" – „Von Angesicht zu Angesicht." – „Chodih, du erschreckst mich! Wie sah er aus?"

„Solche Dinge darf man nicht enthüllen. Komm, du sollst mich führen! Ich muß schnell nach Lisan hinab." – „Was wird da aus Madana, die auf dich wartet?" – „Du bringst mich zuerst auf den rechten Weg, und dann kehrst du zu ihr zurück, um ihr mitzuteilen, daß sie nicht mehr auf mich warten soll. Ich werde morgen nach Schurd kommen." – „Was aber soll sie meinem Vater sagen, wenn er dich von ihr verlangt?" – „Madana soll sagen, daß Nedschir Bei sogleich zum Geist der Höhle kommen soll. Auch wenn du deinen Vater triffst, sendest du ihn sofort hinauf zur Höhle. Er muß kommen, er mag vorhaben, was er will. Wenn der Raïs nicht auf der Stelle gehorcht, so ist es um ihn geschehen." – „Effendi, mir wird bange. Komm, laß uns gehen!"

Ich nahm Dojan wieder bei der Leine und das Mädchen bei der Hand. So stiegen wir rasch bergab. Als wir den Felsrücken wieder erreichten, wandten wir uns nun nach rechts statt nach links, und das Mädchen kannte das Gelände und führte mich so sicher, daß wir bereits nach einer starken Viertelstunde den Weg erreichten, der Lisan mit Schurd verbindet. Hier blieb ich stehen und sagte: „Nun kenne ich den Pfad. Wir müssen uns trennen. Als ich heute hier herabgeschleppt wurde, habe ich mir den Weg genau angesehen. Ich danke dir, Ingdscha. Morgen sehen wir uns wieder. Gute Nacht!" – „Gute Nacht!"

Ingdscha hatte meine Hand ergriffen und einen kaum fühlbaren Kuß daraufgehaucht. Dann eilte sie wie ein verscheuchtes Reh in das Dunkel der Nacht hinein. Ich stand eine Minute lang bewegungslos, dann schlug ich den Weg nach Lisan ein, während sich meine Gedanken rückwärts nach Schurd bewegten.

Ich mochte vielleicht die Hälfte der Strecke zurückgelegt haben, als ich vor mir den Hufschlag eines Pferdes hörte. Rasch trat ich zur Seite hinter einen Busch. Der Reiter kam eilig näher und trabte an mir vorüber. Es war der Raïs von Schurd. Schon war er vorbei, da rief ich ihn an: „Nedschir Bei!"

Der Riese hielt sein Pferd an.

Ich machte Dojan von der Leine frei, um ihn in seinen Bewegungen nicht zu hindern, falls mir sein Beistand nötig wurde, und trat dann zu dem Raïs.

„Wer bist du?" fragte er.

„Dein Gefangener“, antwortete ich, sein Pferd beim Zaum fassend.

Er beugte sich vor und sah mir ins Gesicht. Dann griff er nach mir. Ich war aber schneller und packte seine Faust.

„Nedschir Bei, höre in Ruhe, was ich dir zu sagen habe! Der Ruh ’i kulyan sendet mich: du sollst sofort zur Höhle kommen.“

„Lügner! Wer hat dich befreit?“ – „Wirst du dem Ruf des Geistes folgen oder nicht?“ – „Hund, ich töte dich!“

Der Raïs langte mit seiner freien Hand in den Gürtel, zu gleicher Zeit aber gab ich ihm aus allen Kräften einen jähen Ruck. Er wurde bügellos und flog in einem weiten Bogen vom Pferd.

„Dojan, faß!“

Der Hund warf sich auf den Riesen, während ich mir Mühe geben mußte, das Pferd zu beruhigen. Als mir das gelungen war, sah ich den Raïs bewegungslos am Boden liegen. Dojan stand neben ihm und hatte die Kehle des Mannes zwischen seinem aufgesperrten Gebiß.

„Nedschir Bei, die kleinste Bewegung oder das leiseste Wort kosten dich das Leben. Dieser Hund ist schlimmer als ein Panther. Ich werde dich binden und dich mit nach Lisan nehmen. Rührst du ein Glied falsch, oder sagst du ein lautes Wort gegen meinen Willen, so laß ich dich zerreißen.“

Er sah den Tod vor Augen und wagte keinen Widerstand. Zunächst nahm ich ihm seine Waffen ab: Büchse und Messer. Dann fesselte ich ihn mit der starken Hundeleine so, wie man mich vorher gefesselt hatte, und endlich stieß ich ihn empor und band ihn an den Steigbügel, gradso, wie man es mir gemacht hatte.

„Erlaube, Nedschir Bei, daß ich aufsteige!“ spottete ich. „Du bist heute genug zu Pferde gesessen. Vorwärts!“

Der Raïs folgte ohne Widerstand, denn er mußte einsehen, daß ein Sträuben nutzlos war. Es fiel mir nicht ein, meine jetzige vorteilhafte Lage zu benutzen, um den Mann weiterhin zu verhöhnen, und so verhielt ich mich schweigsam. Er selbst unterbrach schließlich die Stille, aber so vorsichtig, daß ich die Befürchtung heraushörte, der Hund werde ihn beim ersten Laut packen.

„Chodih, wer hat dich befreit?“ – „Das hörst du später.“

„Wohin bringst du mich?“ – „Das wirst du sehen.“ – „Ich werde Madana peitschen lassen!“ grollte er.

„Das wirst du bleiben lassen. Wo hast du meine Waffen und die anderen Sachen?“ – „Ich habe sie nicht.“ – „Sie werden sich finden. – Höre, Nedschir Bei, hast du kein besseres Pferd als das hier?“

„Ich habe Pferde genug.“ – „Das ist mir lieb. Ich werde sie mir morgen ansehen und mir eins davon auswählen für das, das du mir heute erschießen ließest.“ – „Der Scheïtan wird dir eins geben. Morgen um diese Zeit bist du wieder gefangen.“ – „Wollen sehen!“

Jetzt trat abermals Stille ein. Er trabte gezwungenermaßen neben mir her, Dojan hart an seinen Fersen, und bald sahen wir Lisan vor uns liegen.

Der Ort hatte sich während meiner Abwesenheit in ein Heerlager verwandelt. Drüben auf dem rechten Ufer des Sab herrschte tiefe Dunkelheit, hüben aber brannte Feuer an Feuer, an denen zahlreiche

Männergruppen lagen oder standen. Das größte Feuer brannte vor dem Haus des Melik, wie ich schon von weitem bemerkte. Um jeden unnützen Aufenthalt zu vermeiden, setzte ich mein Pferd in Trab. Der Gefangene mußte gleichfalls traben. Dennoch erkannte man mich allenthalben.

„Der Fremde, der Fremde!" erscholl es, wo ich vorüberkam. Oder es ertönte der Ruf: „Nedschir Bei! Und gebunden!"

Wir hatten bald ein zahlreiches Gefolge hinter uns, das sich Mühe gab, mit uns Schritt zu halten. So gelangten wir zum Haus des Melik. Hier waren wenigstens sechzig Bewaffnete versammelt. Der erste, den ich erblickte, war David Lindsay, der da behaglich an der Mauer lehnte. Als er mich sah, ging mit seinem gelangweilten Gesicht eine gewaltige Veränderung vor: die Stirn schob sich empor, und das Kinn fiel tief herunter, als sei es in Ohnmacht gesunken. Der Mund öffnete sich, als solle ein ganzer Fowlingbull verschlungen werden, und die Nase richtete sich auf wie der Hals eines Gemsbocks, dem etwas Verdächtiges in den Wind kommt. Dann tat der lange David einen gewaltigen Sprung auf mich zu und fing mich, der ich soeben vom Pferd springen wollte, in seinen geöffneten Armen auf.

„Sir!" brüllte er. „Wieder da? Heigh-day – heisa! Huzza! Welcome! Hail, hail, hail!" – „Na, erdrückt mich nicht, Sir David! Andere Leute wollen auch etwas von mir übrigbehalten!" – „Eh! Oh! Ah! Wo habt Ihr gesteckt? Lack-a-day – Gott im Himmel! Einen Gefangenen mitgebracht! Wunderbar! Unbegreiflich! Yes!"

Da aber wurde ich bereits von der anderen Seite gefaßt.

„Hamdulillah! Da bist du ja, Effendi! Allah und dem Propheten sei Dank! Nun sollst du erzählen!"

Es war Mohammed Emin. Und Amad el Ghandur, sein Sohn, der neben ihm stand, rief: „Wallahi, das hat Gott geschickt! Nun hat die Not ein Ende!"

Und dort seitwärts stand der kleine brave Hadschi Halef Omar. Er sagte kein Wort, aber in seinen treuen Augen funkelten zwei große Freudentropfen. Ich reichte ihm die Hand:

„Halef, das habe ich zum großen Teil dir zu danken." – „Rede nicht, Sihdi!" wehrte er ab. „Was bin ich gegen dich? Eine schmutzige Ratte, ein häßlicher Igel, ein Hund, der froh ist, wenn ihn dein Auge mit einem Blick beglückt!" – „Wo ist der Melik?" – „Im Haus." – „Und Kadir Bei?" – „In der verborgensten Stube, weil er als Geisel gilt." – „Laßt uns hineingehen!"

Es hatte sich eine große Menschenmenge um uns versammelt. Ich schnürte den Raïs vom Bügel los und bedeutete ihm, mit mir ins Haus zu treten.

„Du bringst mich nicht hinein!" knirschte er.

„Dojan, paß auf!"

Dieser Ruf genügte. Ich ging voran, das Ende der Schnur in der Hand, und der Gefangene folgte ohne Zögern. Als die Tür geschlossen war, erhob sich draußen ein tosendes, hundertstimmiges Murmeln: die Menge suchte sich den seltsamen Vorgang zu erklären. Drinnen trat uns der Melik entgegen. Als er mich erblickte, stieß er einen Ruf der Freude aus und streckte mir beide Hände entgegen.

„Effendi, was sehe ich! Du bist wieder zurück? Heil und unverletzt? Und hier – Nedschir Bei! Gefesselt!“ – „Ja. Kommt, und laßt euch alles erklären!“

Wir begaben uns in den größten Raum des Erdgeschosses, wo Platz für uns alle war. Hier ließen sie sich erwartungsvoll auf die Matten nieder, während der Raïs stehen mußte. Seine Leine hatte der Hund zwischen den Zähnen, der bei der geringsten Bewegung des Gefangenen ein drohendes Knurren ausstieß.

„Wie ich in die Hände des Raïs von Schurd geraten bin und wie man mich behandelt hat, das hat euch Hadschi Halef wohl schon ausführlich erzählt?“ fragte ich.

„Ja“, erklang es im Kreis.

„So brauche ich es nicht zu wiederholen und –“ – „O doch, Effendi, erzähle es noch einmal selbst!“ unterbrach mich der Melik.

„Später. Jetzt haben wir keine Zeit dazu, denn es gibt sehr Notwendiges zu tun.“ – „Wie wurdest du frei und wie wurde der Raïs selbst dein Gefangener?“ – „Auch das sollt ihr später ausführlich hören. Nedschir Bei hat die ganze Gegend aufgestachelt, sich morgen früh auf die Berwari zu werfen. Das wäre das Verderben der Chaldani –“

„Nein!“ ließ sich eine Stimme vernehmen.

„Streiten wir uns nicht! Es gab nur einen, der hier helfen konnte, nämlich der Ruh 'i kulyan –“ – „Der Höhlengeist!“ erscholl es erstaunt und erschrocken.

„Ja, und ich ging zu ihm.“ – „Kanntest du seine Höhle?“ fragte der Melik.

„Ich fand sie und erzählte ihm alles, was geschehen war. Er hörte mir ruhig zu und sagte mir, ich solle –“ – „Der Geist hat mit dir gesprochen? Du hast seine Stimme gehört? Effendi, das ist noch keinem Sterblichen widerfahren“, rief einer der vornehmen Chaldäer, die mit uns eingetreten waren. „Du bist ein Liebling Gottes, und auf deine Stimme müssen wir hören.“ – „Tut es, ihr Männer! Das wird zu eurem Heil sein.“

„Was sagte der Geist der Höhle?“ – „Er sagte, ich solle sofort nach Lisan eilen und den Melik, Kadir Bei und den Raïs von Schurd zu ihm bringen.“

Ein lautes ‚Ah!‘ der Verwunderung ging durch die Versammlung, und ich fuhr fort:

„Ich eilte herab und begegnete dem Raïs. Ich sagte ihm, er solle zum Ruh 'i kulyan kommen, und da er dem Ruf des Geistes nicht gehorchen wollte, nahm ich ihn gefangen und brachte ihn hierher. Holt den Bei von Gumri herbei, damit auch er es erfährt!“

Der Melik von Lisan erhob sich.

„Effendi, du scherzt nicht?“ fragte er.

„Diese Sache ist zu ernst zum Scherzen!“ – „So müssen wir gehorchen. Aber ist es nicht gefährlich, Kadir Bei mitzunehmen? Wenn er uns entflieht, sind wir ohne Geisel.“ – „Er muß uns versprechen, nicht zu entfliehen, und er wird sein Wort halten.“ – „Ich hole ihn.“

Der Melik ging und brachte nach wenigen Augenblicken den Bei herein.

Als der Herrscher von Gumri mich erblickte, eilte er auf mich zu

„Du bist wieder da, Effendi!“ rief er. „Allah sei Dank, der dich mir wiedergegeben hat! Ich habe die Kunde von deinem Verschwinden mit großer Betrübnis vernommen, denn ich wußte, daß ich meine Hoffnung einzig und allein auf dich setzen konnte.“ – „Auch ich habe an dich mit banger Sorge gedacht, o Bei“, antwortete ich ihm. „Ich wußte, daß du wünschtest, dich frei zu sehen, und Allah, der immer gütig ist, hat mich aus der Gewalt des Feindes errettet und mich wieder zu dir geführt.“ – „Wer war der Feind? Dieser hier?“

Er deutete bei diesen Worten auf Nedschir Bei.

„Ja“, bestätigte ich.

„Allah verderbe ihn und seine Kinder und Kindeskinder! Bist du nicht der Freund dieser Leute gewesen, so wie du der meinige warst? Hast du nicht gesprochen und gehandelt, wie es zu ihrem Besten diente? Und dafür hat er dich überfallen und gefangengenommen! Siehst du nun, was du von der Freundschaft eines Chaldäers zu erwarten hast?“

„Es gibt überall gute und böse Leute, o Bei! Darum soll der Gute nicht mit dem Bösen leiden.“ – „Effendi“, entgegnete er, „ich liebe dich. Du hattest mein Herz erweicht, daß es Gedanken des Friedens hegte gegen diese Leute. Nun aber haben sie sich an dir vergriffen, und darum mag der Kampf zwischen mir und ihnen entscheiden.“ – „Bedenke, daß du ihr Gefangener bist!“ warf ich ein.

„Meine Berwari werden kommen und mich befreien“, antwortete er stolz.

„Sie sind bereits da, aber sie sind zu schwach an Zahl.“ – „Es sind noch viele Tausend hinter ihnen.“ – „Wenn diese kommen, ist es um dich geschehen. Sie würden dich nur als Leiche finden. Du bist als Geisel hier und wirst den Angriff deiner Leute mit dem Leben bezahlen müssen.“ – „So sterbe ich. Allah hat alles im Buch verzeichnet, was dem Gläubigen geschehen soll. Kein Mensch kann sein Kismet[1] ändern.“

„Bedenke, daß der Melik mein Gastfreund ist! Er hat nicht gewollt, daß mir Übles widerfahren soll, und nur der Raïs von Schurd ist es gewesen, der ohne Wissen der übrigen feindlich gegen uns gehandelt hat.“

„Wie bist du entkommen, Effendi?“ – „Frag den Ruh 'i kulyan!“

„Den Ruh 'i kulyan?“ fragte er verwundert. „War er bei dir?“

„Nein, ich war bei ihm, und er wünscht, daß auch du zu ihm kommst.“

„Ich? Wann?“ erkundigte sich Kadir Bei fast bestürzt.

„Sofort.“ – „Effendi, das ist nicht möglich. Der Ruh 'i kulyan ist ein gewaltiger, mächtiger Geist, und ich bin nichts als ein armer Sterblicher, der vor dem Unsichtbaren zittern muß.“ – „Ich habe ihn gesehen und mit ihm gesprochen.“ – „Und du bist nicht sofort gestorben?“

„Gibt es hier nicht viele Leute, die beim Ruh 'i kulyan gewesen sind, ohne darauf sterben zu müssen?“ – „Sie haben zu ihm gesprochen, aber sie sahen ihn nicht.“ – „Wie du siehst, lebe ich noch.“ – „Ja, ihr Effendis aus Franghistan wißt, wie man mit Geistern verkehren muß.“

„Ich habe dir nicht gesagt, daß du ihn sehen sollst. Er hat befohlen, daß der Melik, du und Nedschir Bei sofort zur Höhle kommen sollen. Willst du diesem Befehl ungehorsam sein? Der Melik wird hingehen.“

„Dann gehe auch ich “ - „Das wußte ich. Aber wirst du dabei nicht

[1] Vorherbestimmung

vergessen, daß du der Gefangene des Melik bist?" – „Fürchtet er, daß ich ihm entfliehe?" – „Er muß vorsichtig sein. Willst du ihm versprechen, keinen Fluchtversuch zu machen, und gibst du ihm dein Wort, freiwillig wieder hierher zurückzukehren?" – „Ich gebe ihm mein Wort."

„Reich ihm die Hand."

Er tat es, und der Melik versicherte ihm:

„Kadir Bei, ich vertraue dir und werde dich nicht bewachen, obgleich mir der Besitz deiner Person jetzt wichtiger ist, als große Schätze. Wir werden nicht gehen, sondern reiten, und du sollst frei auf deinem Pferd sitzen."–„Reiten?" fragte ich. „Ist das nicht unmöglich bei diesem Weg?"

„Es gibt einen Umweg", erklärte der Melik, „der zwar länger ist, auf dem wir aber zu Pferd die Höhle eher erreichen, als wenn wir die Höhen mühsam erklettern. Du reitest mit, Effendi?" – „Ja, obgleich ich nicht mit zum Geist gehen werde." – „Was soll aber mit Nedschir Bei geschehen?"

Der Genannte wartete meine Antwort gar nicht erst ab, sondern knurrte tückisch:

„Ich gehe nicht mit! Ich bleibe hier!" – „Du hast gehört, daß dich der Ruh 'i kulyan verlangt", warnte ihn der Melik ernst.

„Was dieser Fremde sagt, brauche ich nicht zu beachten."

„So willst du dem Geist nicht gehorchen?" – „Ich gehorche ihm, aber ich weigere mich, wenn er mir diesen Franken als Boten schickt!"

„Aber ich befehle es dir!" – „Melik, ich bin Nedschir Bei, der Raïs von Schurd. Du hast mir nichts zu befehlen!"

Der Melik sah mich fragend an, darum wandte ich mich an meinen kleinen Hadschi:

„Halef, weißt du, ob es hier Stricke gibt?" – „Dort im Winkel liegen genug, Sihdi", antwortete er.

„Nimm sie und komm!"

Der Kleine merkte, was geschehen sollte. Er versetzte dem Raïs, der ihm im Weg stand, einen nicht eben freundschaftlichen Rippenstoß und raffte dann die Stricke vom Boden auf. Ich aber erklärte dem Melik:

„Reitet Nedschir Bei nicht freiwillig mit, so wird er gezwungen. Wir binden ihn aufs Pferd, so daß er sich nicht bewegen kann." – „Versucht es!" drohte der Raïs. „Wer mir zu nahe kommt, mit dem verfahre ich so, wie du es mit dem Mann Madanas gemacht hast!" – „Was meint er?" fragte Halef.

„Nedschir Bei will einen jeden niedertreten, der es wagt, sich ihm zu nahen." – „Maschallah, der Mensch ist verrückt!"

Bei diesen Worten tat der kleine Mann einen Sprung, und im nächsten Augenblick lag der riesige Chaldäer, der allerdings an den Händen gefesselt war, auf der Erde. Eine halbe Minute später waren ihm die Beine so fest und eng zusammengebunden, als stecke seine Gestalt in einem Sack.

„Aber Halef, er soll ja auf dem Pferd sitzen!" erinnerte ich.

‚Ist nicht nötig, Sihdi", antwortete er. „Wir legen diesen Dede[1] mit dem Bauch auf das Pferd. So kann er schwimmen lernen."

„Wohl, schaff ihn hinaus!"

[1] Großvater

Der Kleine faßte den Großen beim Kragen, hob ihn halb empor, drehte sich um, so daß Rücken auf Rücken kam, und schleifte ihn hinaus. Die anderen folgten. Jetzt trat Lindsay zu mir heran.

„Sir“, sagte er, „habe nichts verstanden, weniger als nichts. Wohin geht Ihr?“ – „Zum Höhlengeist.“ – „Höhlengeist? The devil! Darf ich mit?“ – „Hm! Eigentlich nicht.“ – „Pshaw! Werde diesen Geist nicht auffressen!“ – „Glaub es.“ – „Wo wohnt er?“ – „Droben in den Felsen.“

„Felsen? Gibt's da Ruinen?“ – „Weiß nicht. Es war oben während meiner Anwesenheit dunkel.“ - „Felsen! Ruinen! Geister! Vielleicht auch Fowlingbulls?“ – „Ich glaube nicht.“ – „Gehe mit. War hier lange allein Kein Mensch versteht mich. Bin froh, daß ich Euch wiederhabe. Nehmt mich mit!“ - „Nun wohl! Aber zu sehen werdet Ihr wohl nichts bekommen.“ – „Disagreeable, uncivil! Wollte auch einmal Geist sehen – Geist oder Gespenst. Gehe aber doch mit. Yes!“

Als wir aus dem Haus traten, war die gesamte Bevölkerung Lisans versammelt. Doch herrschte trotz der vielen Menschen eine tiefe Stille. Man sah bei dem Schein des Feuers und der Fackeln deutlich, daß ich mit Halefs Hilfe den Raïs von Schurd auf das Pferd band. Aber niemand fragte nach dem Sinn dieses ungewöhnlichen Verfahrens Unsere Pferde nebst den nötigen Fackeln wurden herbeigeschafft, und dann erst, als wir aufsaßen, erklärte der Melik den Versammelten, daß wir im Begriff ständen, den Ruh 'i kulyan aufzusuchen. Er befahl, bis zu unserer Wiederkehr nichts zu unternehmen, und dann ritten wir zwischen den erstaunten Zuhörern hindurch und davon.

Voran trabte der Melik mit Kadir Bei, dann folgte Halef, der das Pferd des Raïs am Zügel führte, und der Engländer beschloß mit mir den kleinen Zug. Der Melik und Lindsay trugen die beiden Fackeln, die den Weg erleuchten sollten.

Dieser Weg war zunächst ein gebahnter Pfad. Später wichen wir von ihm ab, hatten aber immer noch Raum genug für zwei nebeneinander gehende Pferde. Es war ein überaus phantastischer Ritt. Unter uns lag das bisher höchstens von vier Europäern betretene Tal des Sab im tiefsten Dunkel. Rechts von uns glänzte die blutrote Lohe der Feuer von Lisan zu uns herauf. Links, jenseits des Wassers, zeigte ein mattheller Fleck die Stelle an, wo die Kurden lagerten. Über uns dunkelte die Bergmasse, auf deren Höhe der Geist hauste, der selbst mir ein Rätsel war, obgleich ich ihn kannte. Und was nun uns sechs selbst betraf, so ritten wir im gespenstischen Schein unserer Kienbrände dahin: ein Araber der Sahara, ein Engländer, ein Kurde, zwei Chaldäer und ein Deutscher.

Jetzt bogen wir um eine Felskante. Das Tal verschwand hinter uns, und vor uns tauchten die weit auseinander stehenden Stämme des Hochwaldes auf, auf dessen weichem Boden wir aufwärts ritten. Das flackernde Licht der beiden Flammen wanderte von Ast zu Ast, von Zweig zu Zweig, von Blatt zu Blatt. Neben, vor und hinter uns huschte, schwirrte und flatterte es wie zwischen den Spalten eines Gespensterromans. Der schlafende Wald atmete schwer rauschend, und die Huftritte unserer Pferde in dem tiefen Humusboden klangen wie die fernher tönenden Wirbel eines Trommler-Trauermarsches.

„Schauerlich! Yes!“ meinte der Engländer halblaut und schüttelte sich. „Möchte nicht allein zu dem Geist reiten! Well! Ihr wart allein?“

„Nein.“ – „Nicht? Wer war dabei?“ – „Ein Mädchen.“ – „A maid? Good luck! Jung?“ – „Ja.“ – „Schön?“ – „Sehr! Viel schöner als ein Fowlingbull.“ – „Habt Ihr Glück! Erzählt!“ – „Später, Sir David. Ihr werdet das Mädchen morgen auch sehen.“ – „Well! Werde beurteilen, ob sie wirklich schöner ist als Fowlingbull. Yes!“

Das leise Gespräch verstummte wieder. Es lag etwas Heiliges, Unberührbares in dieser tiefen Waldesnacht, und von jetzt an ertönte kein anderer Laut als nur zuweilen das Schnauben eines unserer Pferde. So kamen wir immer weiter empor, bis wir einen Bergkamm erreichten, wo die beiden Voranreitenden anhielten.

„Wir sind am Ziel“, sagte der Melik. „Dort drüben, zweihundert Schritt abwärts sind die Felsen, in denen sich die Höhle des Geistes befindet. Hier steigen wir ab und lassen unsere Pferde zurück. Gehst du mit, Effendi?“ – „Ja, um des Raïs willen, aber nur bis zur Höhle“, erwiderte ich. „Löscht die Fackeln aus!“

Wir banden die Pferde, bei denen Halef und Lindsay zurückbleiben sollten, an die Bäume und knüpften den Raïs los. Damit er gehen konnte, wurden ihm auch die Fesseln von den Beinen genommen. Dojan stand dabei und beobachtete ihn mit funkelnden Augen, die selbst in der Dunkelheit zu erkennen waren.

„Nedschir Bei“, sagte ich, „du folgst dem Melik und Kadir Bei. Ich gehe hinter dir. Zauderst du, so lernst du die Zähne dieses Hundes doch noch kennen!“

Mit diesen Worten gab ich das Zeichen, unseren Weg fortzusetzen. Die angegebene Reihenfolge wurde beibehalten, und Nedschir Bei weigerte sich nicht, meiner Weisung Folge zu leisten. Wir schritten quer über den Bergkamm hinüber und dann eine Steilung hinab, von wo aus ich die Felsen unter uns liegen sah. Nach etwa fünf Minuten standen wir an jenem Ort, an dem Ingdscha während meiner Unterredung mit dem Ruh 'i kulyan auf mich gewartet hatte.

„Ihr sollt in die Höhle eintreten und dann soweit gehen, bis ihr Licht findet“, bemerkte ich.

Das Abenteuer schien die Beteiligten nicht ganz gleichgültig zu lassen, wie ich aus ihren langen, tiefen Atemzügen schloß; denn ihre Gesichter konnte ich nicht deutlich sehen.

„Effendi, binde mir die Arme los!“ bat der Raïs.

„Das wollen wir lieber nicht wagen“, entgegnete ich.

„Ich entfliehe nicht. Ich gehe mit hinein.“

„Du hattest mich ebenso binden lassen, und ich mußte die gleichen Schmerzen viel länger ertragen als du. Dennoch würde ich die Schnur lösen, aber ich glaube deiner Versicherung nicht.“

Er schwieg. Mein Mißtrauen war also wohl begründet gewesen. Die beiden anderen nahmen ihn in ihre Mitte. „Chodih, bleibst du hier, oder gehst du zu den Pferden zurück?“ fragte Kadir Bei.

„Wie ihr es wollt.“ – „So bleib hier! Dieser Mann könnte es doch notwendig machen, daß wir dich brauchen.“ – „So geht. Ich werde hier warten.“

Sie gingen, und ich ließ mich auf einen Stein nieder. Dojan hatte seine Pflicht so gut begriffen, daß er dem Raïs folgte, bis ich ihn zurückrief. Nun kauerte er sich neben mir nieder, legte mir den feinen Kopf auf das Knie und ließ sich von meiner Hand streicheln.

So saß ich eine lange, lange Zeit allein im Dunkeln. Meine Gedanken schweiften zurück über Berg und Tal, über Land und Meer zur Heimat. Wie wunderbar hatte mich Gott bis hierher geleitet und beschützt, während ganz große, wohlausgerüstete Expeditionen da zugrunde gegangen und vernichtet worden waren, wo ich die freundlichste Aufnahme gefunden hatte! Woran lag das? Wie viele Bücher hatte ich über fremde Länder und ihre Völker gelesen und wie viele Vorurteile dabei in mich aufgenommen! Ich hatte manches Land, manches Volk, manchen Stamm ganz anders und besser gefunden, als sie mir geschildert worden waren. Der Gottesfunke ist im Menschen wohl kaum gänzlich zu ersticken, und selbst der Wildeste achtet den Fremden, wenn er sich selbst von diesem geachtet sieht. Ausnahmen gibt es überall. Mit so heiler Haut war ich ja auch nicht immer davongekommen, denn einige Schmarren, Schrammen und Löcher hat diese Haut doch davongetragen. Aber meist nur, weil ich sozusagen als armer Reisender gewandert war, und man weiß ja, daß selbst der höflichste Handwerksbursche zuweilen ein scharfes Wort oder gar einen unfreundlichen Klaps mit in Kauf nehmen muß. Dürfte ich doch ein Vorkämpfer der wahren Gesittung, des reinen, unverfälschten Christentums sein! Ich würde nicht zurückdrängend oder gar vernichtend unter fremde Völker treten. Ich würde jede Form der Kultur und auch den kleinsten ihrer Anfänge schätzen. Es kann ja nicht ein Volk wie das andere sein, und nicht dem Eigennutz, sondern nur der Selbstlosigkeit kann es gelingen, mit wirklichem Erfolg das erhabene Wort zu lehren, das ‚den Frieden predigt und das Heil verkündigt'. Dieses Wort stammt ja nicht von einem Cäsar oder Napoleon, sondern von Dem, der in einem Stall geboren wurde, aus Armut Ähren aß und nicht wußte, wohin er sein Haupt legen sollte, und dessen Predigt lautete: „Selig sind die Friedfertigen, denn sie werden Gottes Kinder heißen!"

20. Marah Durimeh

So verging weit über eine Stunde, und noch immer saß ich allein. Ich wollte fast schon befürchten, daß denen in der Höhle ein Unfall widerfahren sei, und ging bereits mit mir zu Rate, ob es nicht besser sei, ihnen zu folgen, als ich endlich Schritte hörte.

Ich erhob mich. Es waren die drei, und – wie ich gleich sah – man hatte dem Raïs von Schurd die Fesseln gelöst.

„Du hast sehr lange warten müssen!" bedauerte der Melik.

„Ich bangte bereits um euch", antwortete ich, „und wäre wohl in kurzem nachgekommen." – „Das war nicht nötig. Herr, wir haben den Ruh 'i kulyan gesehen und mit ihm gesprochen." – „Habt ihr ihn erkannt?" – „Ja. Es war – sag du zuerst den Namen!"

„Marah Durimeh?" – „Ja, Effendi. Wer hätte das gedacht!"

„Was habt ihr mit ihr gesprochen?" – „Das ist Geheimnis und wird Geheimnis bleiben. Chodih, diese Frau ist eigentlich eine Melika[1], und was sie zu uns redete, hat unsere Herzen zum Frieden gestimmt. Die Berwari werden unsere Gäste sein und Lisan dann als Freunde verlassen." – „Ist das wirklich so?" fragte ich, herzlich erfreut. – „Es ist so", erklärte der Bei von Gumri. „Und weißt du, wem wir das zu verdanken haben?" – „Dem Ruh 'i kulyan." – „Ja, aber zunächst doch dir, Effendi, die alte Königin hat uns befohlen, deine Freunde zu sein. Doch wir waren es bereits vorher. Bleib bei uns in diesem Land als unser aller Bruder!" – „Ich danke euch. Doch ich liebe das Land meiner Väter und möchte einst mein Haupt dort zur Ruhe legen. Aber ich werde mit meinen Gefährten so lange bei euch weilen, wie es meine Zeit gestattet. Wird Marah Durimeh auch fernerhin der Ruh 'i kulyan bleiben?" – „Ja. Niemand darf es wissen, daß sie es ist. Wir haben geschworen, es zu verschweigen, bis sie gestorben ist. Auch du wirst nicht davon sprechen, Effendi?" – „Zu keinem Menschen!"

„Sie wird dich morgen nach Mittag in meinem Haus besuchen, denn sie hat dich lieb, als ob du ihr Enkel seist", bemerkte der Melik. „Jetzt aber laß uns gehen!" – „Und die Chaldani, die Nedschir Bei zusammengerufen hat?" fragte ich rasch, denn ich wollte sichergehen.

Da trat der Raïs von Schurd zu mir heran.

„Herr, sei auch mein Freund und Bruder, und verzeih mir! Ich bin auf falschem Weg gewandelt und will gern umkehren. Du sollst alles wieder erhalten, was ich dir abgenommen habe, und ich werde gleich zum Versammlungsort meiner Leute gehen, um ihnen zu sagen, daß

[1] Königin

Friede ist." – „Nedschir Bei, ich verzeih dir gern. Aber weißt du, wer mich aus der Gefangenschaft befreit hat?" – „Ich weiß es. Marah Durimeh hat es mir gesagt. Madana und Ingdscha sind es gewesen, und meine Tochter hat dich dann selbst zum Ruh 'i kulyan geführt."

„Du zürnst den beiden?" – „Ich hätte sie hart bestraft, aber die Worte der alten Melika haben mir die Erkenntnis gebracht, daß die beiden Frauen recht gehandelt haben. Erlaube, daß auch ich dich besuche!" – „Ich bitte dich darum! Nun aber kommt! Meine beiden Gefährten werden sich um uns sorgen."

Wir verließen den geheimnisvollen Ort, kletterten die Anhöhe empor und fanden den Engländer und Halef in großer Sorge um mich.

„Wo bleibt Ihr denn, Sir?" rief mir Lindsay entgegen. „Beinahe wäre ich gekommen, um diesen Holeghost totzuschlagen!" – „Ihr seht, daß diese kühne Tat nicht nötig war, Sir David." – „Was gab es denn da unten?" – „Später, später! Jetzt wollen wir aufbrechen."

Da nahm mich Halef beim Arm.

„Sihdi!", raunte er mir zu, „dieser Mann ist nicht mehr gefesselt!"

„Der Geist der Höhle hat ihn befreit, Halef." – „So ist dieser Ruh 'i kulyan ein sehr unvorsichtiger Geist. Komm, Sihdi, laß uns den Menschen sofort wieder binden!" – „Nein. Er hat mich um Verzeihung gebeten, und ich habe ihm verziehen." – „Sihdi, du bist ebenso unvorsichtig wie der Geist. Aber ich werde klüger sein: ich bin Hadschi Halef Omar und verzeihe ihm nicht." – „Du hast ihm nichts zu verzeihen." – „Ich? Nicht?" fragte er verwundert. „O sehr viel, Sihdi!"

„Was denn?" – „Er hat sich an dir vergriffen, an dir, dessen Freund und Beschützer ich bin, und das ist viel ärger, als wenn er mich selbst feindselig behandelt hätte. Wenn ich ihm verzeihen soll, so mag er mich um Verzeihung bitten. Ich bin kein Kurde und kein Chaldäer, sondern ein Radsche el arab[1], der seinen Sihdi nicht beleidigen und kränken läßt. Sag ihm das!" – „Vielleicht gibt es Gelegenheit dazu. Jetzt aber steig auf! Du siehst, die anderen sitzen bereits zu Pferd."

Der Melik hatte neue Fackeln angebrannt, und der Rückweg wurde angetreten. Man war jetzt nicht so schweigsam wie zuvor, und nur ich beteiligte mich nicht an dem Gespräch, das von den drei Eingeborenen in fließendem Kurdisch, zwischen Lindsay und Halef aber mittels englischer und arabischer Sprachbrocken geführt wurde. von denen die beiden gegenseitig wenig verstanden.

Unser Besuch auf dem Berg gab mir viel zu denken. Worin bestand die Macht, die diese Marah Durimeh auf den Melik sowohl als auch auf den Bei von Gumri ausübte? Der Umstand, daß sie Königin gewesen war, konnte an und für sich von keiner solchen Wirkung sein. Es gehörte mehr dazu, um in so kurzer Zeit zwei Gegner zu versöhnen, die sich in bezug auf ihre Abstammung wie auch auf ihren Glauben so schroff gegenüberstanden. Und fast ebenso wunderbar war es, aus dem wilden, ungefügen Nedschir Bei so schnell einen freundlichen, lammfrommen Mann zu machen. Warum sollte das alles verborgen bleiben, auch für mich? Marah Durimeh war nicht nur ein geheimnisvolles Menschenkind, sondern jedenfalls auch ein ungewöhnlicher bedeutender Charak-

[1] arabischer Mann

ter. Welch ein Stoff für einen neugierigen Menschen, der sich in der weiten Welt umhertreibt, um packende Gegenstände für seine Feder zu finden! Ich gestehe, daß mir jetzt das Geheimnis der alten Königin weit mehr am Herzen lag als vorher die Streitigkeiten zwischen den Kurden und den Chaldani. – Als wir die Lichter von Lisan wieder vor uns erblickten, meinte der Raïs von Schurd:

„Jetzt muß ich mich von euch trennen." – „Warum?" fragte der Melik.

„Ich muß, wie gesagt, zum Versammlungsort meiner Leute, um ihnen zu sagen, daß Friede ist, sonst könnten sie ungeduldig werden und noch vor dem Morgen gegen die Kurden losbrechen." – „So geh!"

Er ritt rechts ab, und wir waren in zehn Minuten in Lisan. Die Leute empfingen uns dort mit neugierigen Gesichtern. Die laute Stimme des Melik rief sie zusammen, und dann richtete er sich im Sattel auf, um ihnen zu verkünden, daß aller Kampf zu Ende sei, weil der Ruh 'i kulyan es geboten habe.

„Wollen wir die Berwari bis morgen warten lassen?" fragte ich dann.

„Nein. Sie sollen es sofort erfahren." – „Wer soll der Bote sein?"

„Ich", antwortete der Bei. „Sie werden keinem so leicht glauben wie mir. Reitest du mit, Effendi?" – „Ja", stimmte ich bei. „Nur warte noch ein wenig!"

Ich wandte mich zum nächstbesten Chaldani mit der Frage:

„Du kennst den Weg nach Schurd auch im Dunkeln?" – „Ja, Chodih."

„Kennst du dort Ingdscha, die Tochter des Raïs, und vielleicht auch ein Weib, das Madana heißt?" – „Auch sie." – „So nimm jetzt ein Pferd und reite hin! Du sollst diesen beiden sagen, daß sie sich ohne Sorgen zur Ruhe legen können, denn es ist Friede. Nedschir Bei ist mein Freund geworden und wird ihnen nicht zürnen, daß ich aus der Hütte entkommen bin."

Ich fühlte mich verpflichtet, den beiden braven Frauen Nachricht von dem glücklichen Ausgang der heutigen Verwicklungen zu geben; denn ich konnte mir denken, daß sie in bezug auf das Verhalten des Raïs sehr in Sorge sein würden. Und nun schloß ich mich dem Bei von Gumri an. Wir hatten unsere Pferde bereits in Gang gebracht, als uns der Melik nachrief:

„Bringt die Berwari mit! Sie sollen unsere Gäste sein."

Wir hatten noch nicht viel über die Hälfte der vorgesehenen Strecke zurückgelegt, als uns ein lauter Zuruf entgegenscholl:

„Wer kommt?" – „Freunde!" antwortete der Bei.

„Sagt die Namen!"

Jetzt erkannte der Bei den Posten an der Stimme.

„Sei ruhig, Talaf, ich bin es selbst!" – „O Bei, du selbst bist es? Gott sei Dank, daß ich den Ton deiner Stimme vernehme! Ist es dir gelungen, zu entfliehen?" – „Ich bin nicht entflohen. Wo lagert ihr?" – „Reite geradeaus, so wirst du die Feuer sehen!" – „Führe uns!" – „Ich darf nicht, o Bei. Ich gehöre zu den Wachen und darf diesen Ort nicht eher verlassen, als bis ich abgelöst werde." – „Wer befiehlt bei euch?"

„Noch immer der Raïs von Dalascha." – „Da habt ihr euch einen besonders klugen Anführer gewählt. Jetzt aber bin ich da, und ihr habt nur mir zu gehorchen. Die Wachen sind nicht mehr nötig. Komm und führe uns!"

Der Mann nahm seine lange Flinte über die Schulter und schritt uns voran. Bald sahen wir die Lagerfeuer zwischen den Stämmen der Bäume leuchten und gelangten an den Platz, wo wir am vorigen Tag die Beratung gehalten hatten.

„Kadir Bei!" erklang es rundum.

Alle erhoben sich voll Freude, um ihn zu begrüßen. Auch ich wurde umringt und freundschaftlich bewillkommnet. Nur der bisherige Anführer stand fern und beobachtete alles mit finsterem Blick. Er sah, daß seine Macht zu Ende war. Endlich aber trat er doch herbei.

„Willkommen!" sagte er. „Du bist entronnen?" – „Nein. Man hat mich freiwillig freigegeben." – „Kadir Bei, das ist das größte Wunder, das ich erlebe." – „Es ist kein Wunder. Ich habe mit den Chaldani Frieden geschlossen." – „Du hast zu schnell gehandelt. Ich habe nach Gumri gesandt, und in der Frühe werden viele Hunderte von Berwari zu uns stoßen." – „Dann bist du selbst es, der zu schnell gehandelt hat. Hast du nicht gewußt, daß dieser Effendi nach Lisan ging, um Frieden zu stiften?" – „Er wurde überfallen." – „Aber du erfuhrst dann später, daß es nicht der Melik war, der ihn überfallen ließ." – „Was bekommst du von den Chaldani für den Frieden?" – „Nichts." – „Nichts? O Bei, du hast unklug gehandelt! Sie haben dich überfallen und mehrere der Unsrigen getötet. Gibt es keine Blutrache und kein Blutgeld mehr im Land?"

Kadir Bei blickte ihm ruhig lächelnd ins Gesicht. Aber dieses Lächeln war beängstigend.

„Du bist der Raïs von Dalascha, nicht?" fragte er mit freundlicher Stimme.

„Ja", antwortete der Kjaja verwundert.

„Und mich kennst du wohl?" – „Warum sollte ich dich nicht kennen!"

„So sag mir, wer ich bin!" – „Du bist Kadir, der Bei von Gumri."

„Richtig! Ich wollte nur sehen, ob ich mich täuschte; denn ich dachte, dein Gedächtnis habe dich verlassen. Was glaubst du wohl, was wird Kadir Bei dem Mann tun, der es wagt, ihn vor so vielen tapferen Männern unklug zu nennen?" – „O Bei, willst du mir meine Dienste mit Undank lohnen?"

Da nahm die Stimme des Bei einen ganz anderen Ton an.

„Wurm!" donnerte er. „Willst du gegen mich ebenso auftreten, wie du es zuerst mit diesem Effendi aus Franghistan getan hast? Sein Mund wies dich zurecht, und seine Hand hat dich gezüchtigt. Soll ich mich vor dir fürchten, da sich der Fremdling nicht scheute, dich vom Pferd zu werfen? Welchen Dienst hast du mir geleistet, und wer hat dich zum Anführer ernannt? Bin ich es gewesen? Ich sage dir, der Ruh 'i kulyan hat uns geboten, Frieden zu schließen, und weil die Stimme des Geistes zur Milde riet, will ich auch dir vergeben. Aber wage nicht noch einmal, gegen das zu handeln, was ich rede und was ich tue! Du steigst sofort zu Pferd und reitest nach Gumri, um den Berwari zu sagen, daß sie ruhig in ihren Dörfern bleiben können. Gehorchst du nicht genau und augenblicklich, so bin ich mit diesen Kriegern morgen in Dalascha, und man soll von Behedri bis Schuraïsi, von Biha bis Beschukha im ganzen Land Khal erfahren, wie der Sohn des gefürchteten Abd es Summit Bei den Kjaja züchtigt, der ihm zu widerstreben wagt. Mach dich auf und davon!“

Die Augen des Bei leuchteten so unheimlich, und sein Arm streckte sich zu gebieterisch aus, daß der Gescholtene ohne ein Wort zu Pferd stieg und schweigend davonritt. Dann wandte sich Kadir Bei an die anderen:

„Holt die Wachen herbei, und folgt uns nach Lisan! Ihr sollt von unseren Freunden bewirtet werden.“

Mehrere eilten fort. Die anderen löschten die Feuer aus, und ohne daß ein Wort der Frage oder des Widerspruchs gefallen war, hatten wir bereits nach zehn Minuten die Lichtung verlassen und ritten auf Lisan zu.

Als wir dort anlangten, bot sich uns ein sehr lebendiges Bild. Man hatte mächtige Holzhaufen gestapelt, um die Feuer zu vermehren und zu vergrößern. Viele Chaldani waren damit beschäftigt, Hammel zu schlachten, und sogar zwei prächtige Ochsen lagen am Boden, um abgehäutet, ausgenommen, zerstückelt und dann an den Feuern gebraten zu werden. Dazu waren alle Mahlsteine des Ortes zusammengeschleppt worden. Sie bildeten eine lange Reihe, und an ihnen saßen die Frauen und Mädchen, um Körner in Mehl zu verwandeln und aus dem Mehl dann breite Brotfladen herzustellen.

Man begrüßte sich zunächst still, und die eine Schar mengte sich vorsichtig und noch mißtrauisch unter die andere. Aber bereits nach einer Viertelstunde hatte man sich in Freundschaft vereinigt, und überall erklangen fröhliche Stimmen, die den Geist der Höhle lobten, weil er das Leid in Freude verwandelt hatte.

Wir Honoratioren (ich gebrauche dieses Wort natürlich mit ungeheurem Stolz) saßen im Heim des Melik vereint, um beim Schmaus über die Begebenheiten der letzten Tage zu reden. Auch mein wackerer Halef war dabei, der meine öffentliche Anerkennung seiner Treue und seines mutigen Verhaltens mit sichtlicher Genugtuung entgegennahm. Der Tag war bereits angebrochen, als ich mich mit den Gefährten in den oberen Raum des Hauses begab, um einige Stunden zu schlafen.

Als ich erwachte, hörte ich unten die Stimme des Raïs von Schurd. Ich eilte hinab und wurde von ihm mit großer Freundlichkeit begrüßt. Er hatte mir alles mitgebracht, was mir abgenommen worden war. Es fehlte nichts, und dazu erklärte er mir, daß er obendrein zu jeder Genugtuung bereit sei. Natürlich verzichtete ich hierauf.

Vor dem Haus lagen Kurden und Chaldani bunt durcheinander. Sie schlummerten noch friedlich.

Da sah ich von unten herauf zwei weibliche Gestalten langsam nahen. Ich legte die Hand wie einen Schirm über die Augen und erkannte Ingdscha mit der holden ‚Petersilie‘. Die alte Madana hatte sich wahrhaft prachtvoll herausgeputzt. Ihre Kleidung, das blusige Hemd, das Jäckchen darüber und die langen Pluderhosen waren sauber und fast feiertäglich neu. An Stelle der Schuhe aber waren zwei rote Lappen um die Füße gewickelt.

Ganz anders aber wanderte Ingdscha nebenher. Ihr dichtes, volles

Haar hing in zwei Zöpfen weit über den Rücken herab. Auf dem Scheitel saß ein kleines, in Falten gelegtes türkischrotes Tuch. Schneeweiße, weite Frauenbeinkleider gingen bis zu niedlichen Smyrnaer Stiefelchen herab. Ein blaues, gelbbeschnürtes Baschi-Bosuk-Jäckchen reichte bis zur Hüfte, und darüber trug sie einen Saub[1] von dünnem, blauem Baumwollstoff. Als sie näherkam und mich erblickte, färbten sich die Wangen ihres bräunlichen Gesichts dunkler. Meine ‚Petersilie' aber kam sofort mit Siebenmeilenstiefeln auf mich losgestiegen, legte die Arme über die Brust und machte eine Verbeugung, die so tief ging, daß die Spitzen ihrer Hüften fast über den waagrecht liegenden Rücken emporragten. „Sabah'l kher – guten Morgen, Herr!" grüßte sie. „Du wolltest uns heute sehen, hier sind wir!" Das war eine militärisch kurze Meldung. „Seid willkommen", erwiderte ich, „und tretet mit mir ins Haus! Meine Gefährten sollen die Frauen kennenlernen, denen ich meine Rettung verdanke." – „Effendi", sagte Ingdscha, „du hast uns einen Boten gesandt. Wir danken dir, denn wir waren wirklich in Sorge um dich." – „Hast du deinen Vater bereits gesehen?" – „Nein. Er ist seit gestern nicht in Schurd gewesen." – „Er ist hier. Komm herein!"

Schon unter der Tür stießen wir auf den Raïs, der soeben das Haus verlassen wollte. Er machte ein einigermaßen erstauntes Gesicht, als er seine Tochter erblickte, fragte sie aber doch freundlich:

„Suchst du mich?" – „Es ist Krieg, und ich habe dich seit gestern nicht gesehen", antwortete sie. – „Ängstigte dich nicht! Die Feindschaft ist vorüber. Geht zur Frau des Melik! Ich habe keine Zeit."

Er schritt hinaus, schwang sich auf sein Pferd und ritt davon. Ich aber stieg mit den beiden hinauf, wo meine Gefährten hausten.

„Heigh-day, wen bringt Ihr da, Sir?" fragte Lindsay. Ich nahm die Frauen bei der Hand und führte sie ihm zu.

„Das sind die beiden, die mich aus der Höhle des Löwen befreiten, Sir David", erklärte ich. „Diese hier ist Ingdscha, die Perle, und diese andere heißt Madana, die Petersilie." – „Petersilie, hm! Aber diese Perle ist prächtig! Habt recht gehabt, Sir! Aber beide brav, alle beide. Werde ihnen ein Geschenk geben, gut bezahlen, sehr gut. Yes!"

Auch die anderen waren sehr erfreut, meine Gäste kennenzulernen, und ich darf wohl sagen, daß den beiden Chaldäerinnen recht viel Achtung und Aufmerksamkeit entgegengebracht wurde. Sie blieben bis Mittag da. Dann begleitete ich sie eine Wegstrecke nach Schurd zu. Als ich von ihnen schied, fragte Ingdscha: „Chodih, hast du dich wirklich mit meinem Vater ausgesöhnt?" – „Völlig."

„Und hast du ihm auch völlig verziehen?" – „Ja."

„Und zürnt er mir nicht? Er wird mich nicht schelten?"

„Er wird dir nicht ein unfreundliches Wort sagen." – „Wirst du ihn einmal besuchen?" – „Bin ich denn dir und ihm willkommen, Ingdscha?"

„Ja, Effendi!" – „So komme ich bald, vielleicht schon heute, vielleicht auch morgen." – „Ich danke dir. Leb wohl!"

Sie reichte mir die Hand und schritt weiter. Madana aber blieb bei mir stehen und wartete, bis das Mädchen außer Hörweite war. Dann fragte sie: „Effendi, weißt du noch, was wir gestern gesprochen

[1] weites Obergewand, das von den Schultern bis zum Knöchel reicht

haben?“ Ich ahnte, was jetzt kommen werde, und meinte daher lächelnd:

„Jedes Wort.“ – „Und doch hast du etwas vergessen. Besinne dich!“

„Ich glaube, alles zu wissen.“ – „Oh, gerade das Allerwichtigste hast du vergessen. Das Geschenk.“ – „Meine gute Madana, ich habe es nicht vergessen. Aber sieh, ich komme aus einem Land, wo man die Frauen höher hält als alles andere. Sie, die so schön, so zart und liebenswürdig sind, sollen sich nicht mit schweren Lasten tragen. Darum haben wir euch eure Geschenke nicht mitgegeben. Ihr sollt sie nicht den weiten Weg nach Schurd tragen müssen, sondern wir werden sie euch heute noch senden. Und wenn ich morgen komme, wird dein Anblick mein Herz erfreuen, denn ich werde dich geschmückt sehen mit dem, was ich dir aus Dankbarkeit verehre.“ Die Wolke schwand, und heller Sonnenschein glänzte auf dem runzeligen Gesicht der guten Petersilie. Sie schlug die Hände zusammen und rief: „Oh, wie glücklich müssen die Frauen deines Landes sein! Ist es weit bis dahin?“

„Weit über hundert Tagereisen.“ – „Wie schade! Aber du kommst morgen wirklich?“ – „Sicher.“ – „Dann lebe wohl, Effendi! Der Ruh 'i kulyan hat gezeigt, daß du sein Liebling bist, und auch ich versichere dir, daß ich deine Freundin bin.“ Nun gab sie mir die Hand und eilte Ingdscha nach. Wäre Almanja nicht so viele Tagereisen entfernt gewesen, meine Petersilie hätte vielleicht versucht, aus eigener Anschauung kennenzulernen, wie glücklich unsere Frauen sind.

Ich hatte den Rückweg noch nicht weit verfolgt, als ich eine Gestalt rechts von der Höhe herabsteigen sah. Es war Marah Durimeh. Auch sie hatte mich erkannt. Sie blieb stehen und winkte mir. Als sie merkte, daß ich ihrem Wink Folge leistete, drehte sie um und stieg langsam wieder den Berg hinan, wo sie hinter einem Gesträuch verschwand. Dort erwartete sie mich. „Der Friede Gottes sei mit dir, mein Sohn!“ begrüßte mich die Greisin. „Verzeih mir, daß ich dich zu mir heraufsteigen ließ. Meine Seele hat dich lieb, und im Haus des Melik kann ich mit dir nicht allein sein. Darum winkte ich dich zu mir. Hast du ein wenig Zeit für mich?“ – „Soviel du willst, meine gute Mutter.“

„Dann komm!“ Marah Durimeh nahm mich bei der Hand, wie es eine Mutter mit ihrem Kinde tut, und führte mich noch einige Hundert Schritt weiter, bis wir einen moosbewachsenen Fleck erreichten, von dem aus man die Gegend überblicken konnte, ohne selbst bemerkt zu werden. Sie setzte sich nieder. „Komm, nimm an meiner Seite Platz!“

Ich folgte ihrem Gebot. Sie ließ den weiten Mantel fallen, und so saß sie neben mir so greis, so ehrwürdig, so Ehrfurcht gebietend, wie eine Sage aus der Zeit der Propheten Israels. „Effendi“, begann sie, „blick auf, dahin zwischen Süd und Ost! Diese Sonne bringt Frühling und Herbst, bringt Sommer und Winter. Solche Jahre sind mehr als hundert über mein Haupt dahingegangen. Sieh dir dieses Haupt an! Es hat nicht mehr das Grau des Alters, sondern das Weiß des Todes. Ich sagte dir bereits in Amadije, daß ich nicht mehr lebe, und ich habe die Wahrheit gesprochen: ich bin ein Geist, der Ruh 'i kulyan.“

Sie hielt inne, ihre Stimme klang dumpf und hohl, wirklich wie aus dem Grab heraus. Aber sie bebte doch wie unter der Regung eines lebendigen Herzens, und die Augen, die auf das Gestirn des Tages gerichtet waren, zeigten einen lichten, feuchten Glanz.

„Ich habe viel gehört und viel gesehen", fuhr sie fort. „Ich sah den Hohen fallen und den Niederen emporsteigen. Ich sah den Bösen triumphieren und den Guten zuschanden werden. Ich sah den Glücklichen weinen und den Unglücklichen jubeln. Die Gebeine des Mutigen zitterten vor Angst, und der Zaghafte fühlte den Mut des Löwen in seinen Adern. Ich weinte und lachte mit. Ich stieg und sank mit – dann kam die Zeit, da ich denken lernte. Da fand ich, daß ein großer Gott das All lenkt und daß ein lieber Vater alle bei der Hand hält, den Reichen und den Armen, den Jubelnden und den Weinenden. Aber viele sind von ihm abgefallen. Sie lachen über ihn. Und noch andere nennen sich zwar seine Kinder, aber sie sind dennoch die Kinder dessen, der in der Dschehenna wohnt. Darum geht ein großes Leid über die Erde und über die Menschen, die nicht mehr an Gott denken."

Marah Durimeh machte eine neue Pause. Ihre Worte, der Ton ihrer Stimme, dieses tote und doch so sprechende Auge, ihre langsamen, müden und doch so bezeichnenden Gesten machten einen tiefen Eindruck auf mich. Ich begann die geistige Herrschaft zu begreifen, die dieses Weib auf die geistig armen Bewohner dieses Landes ausübte. Sie fuhr fort: „Meine Seele zitterte, und mein Herz wollte brechen. Das arme Volk erbarmte mich. Ich war sehr reich an irdischen Gütern, und in meinem Herzen lebte Gott, den sie verworfen hatten. Mein Leben starb, aber Gott starb nicht mit. Er berief mich, seine Dienerin zu sein. Und nun wandere ich von Ort zu Ort, um zu reden und zu predigen von dem Allmächtigen und Allgütigen, nicht mit Worten, die man doch nur verlachen würde, sondern mit Taten, die segnend auf alle fallen, die des Beistands bedürftig sind. Die alte Marah Durimeh und der Ruh 'i kulyan sind dir ein Rätsel gewesen. Sind sie es dir auch jetzt noch, mein Sohn?" Ich konnte nicht anders. Ich mußte ihre Hand erfassen und an meine Lippen drücken. „Ich verstehe dich!" – „Ich wußte es, daß es bei dir nur dieser Worte bedurfte; denn auch du ringst mit dem Leben, ringst mit den Menschen außer dir und mit dem Menschen in dir selbst." Ich schaute rasch zu ihr auf. War sie hellsehend? Wie kam es, daß ihr Auge so tief drang und so richtig blickte? Ich antwortete nicht, und sie fuhr nach einer Weile fragend fort:

„Du bist ein Emir in deinem Land?" – „Nicht das, was bei euch ein Emir ist. Bei uns gibt es Emire der Geburt, Emire des Geldes, Emire des Wissens und Emire des Leidens, des Duldens und des Ringens."

„Und zu welchen gehörst du?" – „Zu den letzteren." – Sie blickte mich abermals forschend an. Dann fragte sie: „Bist du reich?"

„Ich bin arm." – „Arm an Gold und Silber, aber nicht arm an anderen Gütern; denn dein Herz teilt Gaben aus, die andere erfreuen. Ich habe gehört, wie viele Freunde du dir erworben hast, und auch mich hast du beglückt. Warum bleibst du nicht daheim? Warum gehst du in ferne Länder? Man sagt, du wanderst, um mit deinen Waffen Taten zu verrichten. Aber das ist nicht wahr, denn die Waffen töten, und du willst den Tod des Nächsten nicht." – „Marah Durimeh, ich habe noch keinem gesagt, weshalb ich die Heimat immer wieder verlasse. Du aber sollst es hören." – „Weiß es auch in deiner Heimat niemand?"

„Nein. Ich bin dort ein unbekannter, einsamer Mann. Doch diese Einsamkeit tut meinem Herzen wohl." – „Mein Sohn, du bist noch jung. Hat dir Gott bereits solches Leid beschert, daß deine Seele einwärts geht?" – „Das ist es nicht, sondern es ist das, was dich noch leben läßt", erwiderte ich. „Erkläre es mir!" bat sie.

„Wer in der Wüste schmachtet, der lernt den Wert des Tropfens schätzen, der dem Dürstenden das Leben rettet. Und wer Leid trägt, ohne daß sich ihm eine Hand helfend entgegenstreckt, der weiß, wie köstlich die Liebe ist, nach der er sich vergebens sehnte. So ist mein ganzes Herz erfüllt von dem, was ich nicht fand, von jener Liebe, die den Sohn des Vaters auf die Erde trieb, um ihr die Botschaft zu verkünden, daß alle Menschen Brüder sind und Kinder eines Vaters. Und wie der Heiland aus den Höhen, wohin kein Sterblicher dringen kann, auf die kleine Erde herniederstieg, so gehen nun seine Boten hinaus in alle Welt, um das Evangelium der Liebe zu verkündigen allen, die noch in Finsternis wandeln. Da sind die Emire des Christentums, die Helden des Glaubens, die Meliks der Barmherzigkeit."

„Aber nicht alle lehren das, was du jetzt gesagt hast. Sieh dieses Land an! Die Sonne hat Tausende hier sterben sehen, und der Fluß, den du hier vor uns erblickst, hat Hunderte von Leichen mit sich fortgerissen. Und warum? Weil die Emire, die Mächtigen, nie auf das Wohl ihrer Völker bedacht waren. Ich habe heute um Mitternacht die Bewohner dieses Tales vom Tod errettet, ich, das Weib. Warum haben diese Emire weniger Macht als ich? Einst war ich Melika, jetzt bin ich nur ein altes Weib, und dennoch hören Kurden und Chaldani meine Stimme. Auch ich habe heut um Mitternacht das Christentum verkündet, aber nicht das Christentum des Wortes, über dessen Sinn die Kirchen streiten, sondern das Christentum der Tat, daran niemand zweifeln kann. Züchtigt die Bösen, und sie werden es euch danken, während die Guten, die sich nach Erlösung sehnen, euer Nahen mit Freudigkeit begrüßen werden. Sendet nicht Boten, die wie einzelne Funken im Meere verlöschen, sondern sendet Männer, vor denen sich der Unterdrücker fürchtet. Dann werden die Berge jauchzen und die Täler jubilieren; das Land wird Segen bringen zu jeder Zeit, und es wird sich das Wort von einem Hirten und einer Herde erfüllen. Hat nicht dieser eine Hirte bereits seinen Statthalter auf Erden? Kehrt zu ihm zurück, dann seid ihr einig, und die Macht dessen, der euch sendet, wird die Erde zum Heiligen Land machen, in dem Milch und Honig fließt!" Sie hatte sich während ihrer Rede erhoben. Ihre vorher gebeugte Gestalt stand aufrecht vor mir. In ihren erwachenden Zügen zeigte sich plötzlich helles Leben. Ihre Augen leuchteten vor Begeisterung, und ihre Stimme erscholl laut und voll, als spräche sie zu Tausenden. Es war ein Augenblick, den ich nie vergessen werde. Jetzt hielt sie erschöpft inne und setzte sich wieder nieder. Diese Frau mußte viel gesehen und gehört, viel gefühlt und gedacht, vielleicht auch gar manches gelesen haben. Was sollte ich ihr antworten? „Marah Durimeh, tadelst du auch mich?" fragte ich sie. – „Dich? Warum meinst du das?"

„Weil ich auch ein Bote bin." – „Du? Wer hat dich gesandt?"

„Niemand! Ich komme ohne Auftrag." – „Um zu lehren?"

„Nein und ja." – „Ich verstehe dich nicht, mein Sohn. Erkläre es!"

„Du selbst hast gesagt, daß du Boten der Tat wünschst. Gott teilt nun die Gaben verschieden aus. Dem einen gibt er die erobernde Rede, und dem anderen befiehlt er, auf andere Art zu wirken. Mir ist die Gabe der Rede versagt. Darum läßt es mich in der Heimat nimmer ruhen. Ich muß immer wieder hinaus, um zu lehren, nicht durch das Wort, sondern dadurch, daß ich jedem, bei dem ich einkehre, nützlich bin. Ich war in Ländern und bei Völkern, deren Namen du kaum kennst. Ich bin eingekehrt bei weiß, gelb, braun und schwarz gefärbten Menschen; bei ihnen allen habe ich Liebe und Barmherzigkeit gesät. Und immer war ich reich belohnt, wenn es dann hinter mir erklang: ‚Dieser Fremdling kannte keine Furcht. Er konnte und wußte mehr als wir, und war doch unser Freund. Er ehrte unseren Gott und liebte uns. Wir werden ihn nie vergessen, denn er war ein guter Mensch, ein wackerer Gefährte; er war – ein Christ!' Auf diese Weise verkünde ich meinen Glauben. Und sollte ich auch nur einen einzigen Menschen finden, der diesen Glauben durch mich achten und vielleicht gar lieben lernt, so ist mein Tagewerk nicht umsonst getan und ich will mich irgendwo auf dieser Erde gern zur letzten Ruhe legen."

Es entstand eine lange Pause. Wir beide blickten wortlos zu Boden. Dann ergriff sie langsam mit beiden Händen meine Rechte.

„Chodih", sagte sie, „ich liebe dich!" Dabei sahen mich die alten Augen so mütterlich innig an, daß ich's nie vergessen werde.

„Mein Sohn", fuhr sie fort, „wenn du dieses Tal verlassen hast, wird dich mein Auge wohl nie wiedersehen, aber Marah Durimeh wird für dich beten und dich segnen, bis dieses Auge geschlossen ist. Du sollst nun auch der einzige sein, der außer den dreien, die um Mitternacht beim Ruh 'i kulyan waren, mein Geheimnis erfährt. Willst du?"

„Wenn Schweigen besser ist, so verzichte ich darauf. Doch willst du es mir gern anvertrauen, so nimm meinen Dank dafür."

„Diese drei haben geschworen, nie ein Wort davon zu sagen –"

„Auch ich werde nie darüber sprechen." – „So sollst du alles hören."

Und nun erzählte sie. Es war eine Geschichte, die als Romanstoff einen Dichter berühmt machen könnte, eine lange Geschichte aus jener Zeit, in der die drei Teufel Abd es Summit Bei, Beder Khan Bei und Nur Ullah Bei das Christentum im Tal des Sab ausrotteten, eine Geschichte, die mir die Haare sträuben machte. Es dauerte lange, ehe sie beendet war, und dann saß die Alte noch geraume Zeit in tiefem Schweigen neben mir. Nur ein leises Schluchzen unterbrach dann und wann die Stille, und die bebende Hand langte zu den Augen, um die immerfort rinnenden Tränen zu trocknen. Endlich legte sie ermüdet und ganz von selbst ihr Haupt an meine Schulter und bat mit leiser Stimme:

„Geh jetzt! Ich wollte hinab nach Lisan, aber ich steige nochmals zurück, um zu warten, bis mein Herz wieder ruhig schlägt. Am Abend komme ich zu euch." Ich achtete diesen Wunsch und ging. Als ich in Lisan anlangte, sah ich dort keine Kurden mehr. Nur der Bei hatte auf mich gewartet. „Effendi", sagte er, „meine Leute sind fort, und auch ich scheide von hier. Aber ich erwarte, daß du noch einmal nach Gumri kommst." – „Ich komme." – „Auf lange Zeit?" – „Auf kurze Zeit, denn die Haddedihn sehnen sich nach den Ihrigen." – „Sie haben mir versprochen, mitzukommen, und wir werden dann beraten, wie ihr am sichersten den Tigris erreicht. Lebe wohl, Effendi!" – „Lebe wohl!"

Der Melik stand mit meinen Gefährten dabei. Kadir Bei verabschiedete sich nochmals von ihnen und eilte dann davon, seinen Kurden nach. Marah Durimeh hielt Wort: Sie kam des Abends, und als sie mich ungestört sprechen konnte, fragte sie mich:

„Willst du mir eine Bitte erfüllen?" – „Von Herzen gern."

„Glaubst du an die Macht der Amulette?" – „Nein."

„Dennoch habe ich dir heute eines gemacht. Willst du es tragen?"

„Als Andenken an dich, ja." – „So nimm es! Es hilft nicht, solange es geschlossen ist. Aber wenn du einmal eines Retters bedarfst, so öffne es! Der Ruh 'i kulyan wird dir dann beistehen, auch wenn er nicht an deiner Seite ist." – „Ich danke dir."

Das Amulett war viereckig und in einem zusammengenähten Kattunlappen eingeschlossen. Da es mit einem Band versehen war, hängte ich es mir gleich um den Hals. Später sollte es mir allerdings sehr nützlich sein, trotz meines offen gestandenen Unglaubens. Freilich konnte ich auch nicht ahnen, was es enthielt.

Die Fortsetzung zu diesem Buch bildet:

Bd. 3: Von Bagdad nach Stambul

INHALT

1. Eine nächtliche Feier 5
2. Der Opfertod des Heiligen 22
3. Pir Kameks Begräbnis 43
4. Dojan 56
5. Trautes Heim 75
6. Beim Herrn der Festung 87
7. Eine glückliche Kur 98
8. Amad el Ghandur 108
9. Klugheit nützt auch Mißgeschick 123
10. Der „Trank des Paradieses" 141
11. Hinter Gefängnismauern 159
12. Der Blutrache verfallen 181
13. Der Bei von Gumri 202
14. Bärenhetze 214
15. Menschenjagd 229
16. Bei den Nestorianern 248
17. Krieg oder Friede? 262
18. Bei der „Petersilie" 275
19. Der „Geist der Höhle" 294
20. Marah Durimeh 306

Karl May wurde am 25. Februar 1842 in Hohenstein-Ernstthal geboren und ist in ärmlichsten Verhältnissen aufgewachsen. Nach trauriger Kindheit und Jugend wandte er sich ursprünglich dem Lehrerberuf zu. Als Redakteur verschiedener Zeitschriften begann er ungefähr ab 1875 die Schriftstellerlaufbahn, und zwar zunächst mit kleineren Humoresken und Kurzgeschichten. Bald jedoch kam sein einzigartiges Talent zur vollen Entfaltung, als er mit den „Reiseerzählungen" seinen späteren Weltruhm begründete und sich eine nach Millionen zählende Lesergemeinde schuf. Seit Ende des vorigen Jahrhunderts gilt er als der wohl bedeutendste deutsche Volksschriftsteller. Die spannungsreiche Form seiner Erzählkunst, ein hohes Maß an fachlichem Wissen und eine überzeugend vertretene Weltanschauung verbanden sich überaus glücklich in seinen Schriften. Auch heute begeistern die blühende Phantasie und der liebenswürdige Humor des Schriftstellers in unverändertem Maß seine jungen und alten Leser. Karl May starb am 30. März 1912 in Radebeul bei Dresden. Seine Werke wurden in mehr als fünfundzwanzig Kultursprachen übersetzt. Allein von der deutschen Originalausgabe sind bis 1983, also 70 Jahre nach Gründung des Karl-May-Verlags, über 65 Millionen Bände gedruckt worden.

Karl Mays Gesammelte Werke

DURCHS WILDE KURDISTAN

ist als Band 2 der Original-Reihe Karl Mays Gesammelte Werke erschienen

Jeder Band in olivgrünem Ganzleinen mit Goldprägung und farbigem Deckelbild

Bd. 1 Durch die Wüste
Bd. 2 Durchs wilde Kurdistan
Bd. 3 Von Bagdad nach Stambul
Bd. 4 In den Schluchten des Balkan
Bd. 5 Durch d. Land d. Skipetaren
Bd. 6 Der Schut
Bd. 7 Winnetou I
Bd. 8 Winnetou II
Bd. 9 Winnetou III
Bd. 10 Sand des Verderbens
Bd. 11 Am Stillen Ozean
Bd. 12 Am Rio de la Plata
Bd. 13 In den Kordilleren
Bd. 14 Old Surehand I
Bd. 15 Old Surehand II
Bd. 16 Menschenjäger
Bd. 17 Der Mahdi
Bd. 18 Im Sudan
Bd. 19 Kapitän Kaiman
Bd. 20 Die Felsenburg
Bd. 21 Krüger Bei
Bd. 22 Satan und Ischariot
Bd. 23 Auf fremden Pfaden
Bd. 24 Weihnacht
Bd. 25 Am Jenseits
Bd. 26 Der Löwe der Blutrache
Bd. 27 Bei d. Trümmern v. Babylon
Bd. 28 Im Reiche d. silbernen Löwen
Bd. 29 Das versteinerte Gebet
Bd. 30 Und Friede auf Erden
Bd. 31 Ardistan
Bd. 32 Der Mir von Dschinnistan
Bd. 33 Winnetous Erben
Bd. 34 „ICH"
Bd. 35 Unter Geiern
Bd. 36 Der Schatz im Silbersee
Bd. 37 Der Ölprinz
Bd. 38 Halbblut
Bd. 39 Das Vermächtnis des Inka
Bd. 40 Der blaurote Methusalem
Bd. 41 Die Sklavenkarawane
Bd. 42 Der alte Dessauer
Bd. 43 Aus dunklem Tann
Bd. 44 Der Waldschwarze
Bd. 45 Zepter und Hammer
Bd. 46 Die Juweleninsel
Bd. 47 Professor Vitzliputzli
Bd. 48 Das Zauberwasser
Bd. 49 Lichte Höhen
Bd. 50 In Mekka
Bd. 51 Schloß Rodriganda
Bd. 52 Die Pyramide d. Sonnengottes
Bd. 53 Benito Juarez
Bd. 54 Trapper Geierschnabel
Bd. 55 Der sterbende Kaiser
Bd. 56 Der Weg nach Waterloo
Bd 57 Das Geheimnis des Marabut
Bd. 58 Der Spion von Ortry
Bd. 59 Die Herren von Greifenklau
Bd. 60 Allah il Allah!
Bd. 61 Der Derwisch
Bd. 62 Im Tal des Todes
Bd. 63 Zobeljäger und Kosak
Bd. 64 Das Buschgespenst
Bd. 65 Der Fremde aus Indien
Bd. 66 Der Peitschenmüller
Bd. 67 Der Silberbauer
Bd. 68 Der Wurzelsepp
Bd. 69 Ritter und Rebellen
Bd. 70 Der Waldläufer
Bd. 71 Old Firehand
Bd. 72 Schacht und Hütte
Bd. 73 Der Habicht

KARL-MAY-VERLAG · BAMBERG